Стивен
КИНГ

Стивен Кинг

Мистер Мерседес

АСT
москва

УДК 821.111(73)-313.2
ББК 84 (7Сое)-44
К41

Серия «Темная башня»

Stephen King
MR. MERCEDES

Перевод с английского В. Вебера

Художник В. Лебедева

Компьютерный дизайн В. Воронина

Печатается с разрешения автора и литературных агентств
The Lotts Agency и Andrew Nurnberg Associates.

Кинг, Стивен.

К41   Мистер Мерседес : [роман] / Стивен Кинг ; [пер.
с англ. В.Вебера]. — Москва: АСТ, 2015. — 479, [1] с. —
(Темная башня).

ISBN 978-5-17-085312-0

Восемь убитых и пятнадцать раненых на счету бесследно исчезнувшего убийцы, протаранившего на «мерседесе» ни в чем не повинных людей...

Стивен Кинг написал триллер, который заставит вас в ужасе оглядываться на каждый проезжающий мимо «мерседес» и совершенно по-другому смотреть на людей, с которыми вы сталкиваетесь каждый день.

Кто знает, какие жуткие тайны скрываются за соседней дверью и кто именно хочет свести счеты именно с вами?..

УДК 821.111(73)-313.2
ББК 84 (7Сое)-44

С мыслями о Джеймсе М. Кейне

*Из грузовика с сеном меня выбросили около полудня...**

* Начальная фраза романа «Почтальон всегда звонит дважды» Джеймса М. Кейна. — *Здесь и далее примеч. пер.*

Серый «мерседес»

Оги Оденкерк обычно ездил на «датсуне» 1997 года выпуска, который, несмотря на большой пробег, никаких хлопот по части ремонта ему не доставлял, но бензин стоил дорого, особенно для безработного. Городской центр находился в дальней части мегаполиса, поэтому Оги решил воспользоваться последним автобусом. Вышел из него в двадцать минут двенадцатого, с рюкзаком за плечами и скатанным спальником под мышкой. Подумал, что в три часа утра похвалит себя за пуховый спальник. Ночь выдалась туманной и холодной.

— Удачи, парень, — пожелал водитель, когда Оги выходил из автобуса. — Ты должен что-нибудь получить хотя бы за то, что будешь первым.

Только первым не вышло. Добравшись до гребня широкой, круто поднимавшейся дороги, которая вела к Городскому центру, Оги увидел у дверей большого зала Центра не меньше двух десятков человек: кто-то сидел, другие стояли. Стойки, соединенные желтыми лентами с надписями «НЕ ПЕРЕСЕКАТЬ», уже расставили, создав сложный, петляющий проход, похожий на лабиринт. Оги с подобным уже сталкивался, как в кинотеатрах, так и в банке (где он в настоящий момент превысил лимит по кредитной карточке), и понимал, зачем это нужно: чтобы разместить как можно больше людей в ограниченном пространстве.

Оказавшись в конце состоявшей из соискателей очереди, которой скоро предстояло превратиться в анаконду, Оги удивился и смутился, увидев, что перед ним женщина с младенцем, спящим в слинге. Щечки младенца покраснели от температуры, в каждом вдохе слышался хрип.

Женщина услышала приближение запыхавшегося Оги и обернулась. Молодая и симпатичная, несмотря на темные мешки под глазами. У ее ног стояла стеганая сумка. Наверняка с детскими вещами, предположил Оги.

— Привет, — поздоровалась она. — Добро пожаловать в Клуб ранних пташек.

— Надеюсь, нам удастся ухватить червячка. — Не долго думая, он протянул руку. Почему нет? — Огаст Оденкерк. Оги. Недавно уценен. В двадцать первом веке это означает, что меня турнули с работы.

Она пожала его руку. Крепко, твердо, без всякой застенчивости.

— Я Дженис Крей, а эта маленькая котомка радости — Патти. Наверное, я тоже уценена. Работала прислугой в одной милой семье в Шугар-Хайтс. Он... гм... ему принадлежал автомобильный салон.

Оги поморщился.

Дженис кивнула:

— Я знаю. Он сказал, что очень сожалеет, отпуская меня, но они должны потуже затянуть пояса.

— Такое здесь сплошь и рядом, — ответил Оги, подумав: *Неужели она никого не смогла найти, чтобы посидели с ребенком? Неужели никого?*

— Мне пришлось взять ее с собой. — Ей не требовалось уметь читать мысли, чтобы догадаться, о чем он думает. — Ни с кем не смогла оставить. Просто не с кем. Девушка, которая живет по соседству, не осталась бы на всю ночь, даже если бы я могла заплатить, а я не могу. Если не получу работу, просто не знаю, что мы будем делать.

— Ваши родители не могли ее взять? — спросил Оги.

— Они живут в Вермонте. Будь я поумнее, отвезла бы Патти туда. Там хорошо. Только у них свои проблемы. Папа говорит, что их дом ушел под воду. Не в прямом смысле, его не затопило или что-то в этом роде, а по части финансов.

Оги кивнул. Такое тоже случалось сплошь и рядом.

Несколько автомобилей поднялись по крутому склону со стороны Мальборо-стрит, где Оги вышел из автобуса. Повернули налево, на огромную и пока еще пустую равнину автостоянки, которая, Оги знал наверняка, заполнится к рассвету... задолго до открытия Первой ежегодной городской ярмарки вакансий. Все автомобили сошли с конвейера давным-давно. Из каждого вылезло по три-четыре соискателя, направившихся к дверям зала Городского центра. Оги давно уже не замыкал очередь. Она почти добралась до первого изгиба, образованного стойками и лентой.

— Если я получу работу, то смогу нанимать няню, — продолжила Дженис. — Но не на эту ночь. Ее нам с Патти придется провести здесь.

Малышка сухо закашлялась, встревожив Оги, шевельнулась в слинге, снова затихла. По крайней мере девочку тепло одели: даже на ручках крохотные варежки.

Детям и похуже приходится, без должной уверенности сказал себе Оги. Подумал о Пыльном котле, Великой депрессии. Что ж, этот кризис для него тоже тянул на великий. Два года назад он ни на что не жаловался. Разумеется, жил не на широкую ногу, но концы с концами сводил, и почти каждый месяц удавалось немного откладывать. Теперь все полетело в тартарары. С деньгами что-то произошло. Он этого не понимал, работал в экспедиционном отделе «Грейт лейкс транспорт» — офисный планктон, ничего больше, — занимался накладными и использовал компьютер только затем, чтобы отправить грузы кораблем, поездом или по воздуху.

— Люди увидят меня с ребенком и подумают, что я безответственная, — тревожилась Дженис. — Я это знаю. Уже вижу на их лицах то, что прочитала на вашем. Но что еще мне оставалось? Даже если бы девушка-соседка смогла остаться на ночь, мне бы это обошлось в восемьдесят четыре доллара. *Восемьдесят четыре!* У меня отложены деньги на квартиру за следующий месяц, а больше нет ни цента. — Она улыбнулась, но в свете ярких натриевых фонарей автостоянки Оги увидел блестевшие на ресницах слезы. — Я слишком много болтаю.

— Если вы пытаетесь извиниться, то это лишнее. — Очередь миновала первый изгиб и подошла к тому месту, где стоял Оги. И девушка говорила чистую правду. Многие глазели на малышку, спавшую в слинге.

— Да ладно. Я незамужняя мать-одиночка без работы. Хочу извиняться перед всеми и за все. — Она отвернулась и посмотрела на транспарант, натянутый над дверьми. «**1000 РАБОЧИХ МЕСТ ГАРАНТИРОВАНА!**» — гласила надпись большими буквами. «*Мы поддерживаем жителей нашего города!*» — сообщали буквы поменьше. Указали и автора цитаты, снова большими буквами: «**МЭР РАЛЬФ КИНСЛЕР**». — Иногда я хочу извиняться и за «Колумбайн», и за «девять-одиннадцать», и за Барри Бондса, принимавшего стероиды. — С ее губ сорвался истеричный смешок. — Иногда хочется извиняться даже за взрыв шаттла, но я только училась ходить, когда это произошло.

— Не волнуйтесь, — заверил ее Оги. — Все будет хорошо. — Это прозвучало вполне к месту.

— Жаль только, что так сыро, вот и все. Я ее тепло одела, на случай если действительно похолодает, но сырость... — Дженис покачала головой. — Мы прорвемся, правда, Патти? — Она одарила Оги беспомощной улыбкой. — Только бы дождь не пошел.

Дождь не пошел, но влажность увеличивалась, и вскоре они уже видели капельки, висевшие в ярком свете фонарей. В какой-то момент Оги осознал, что Дженис Крей спит стоя. Она чуть согнула одну ногу, ее плечи поникли, мокрые волосы прилипли к лицу, подбородок уткнулся в грудь. Оги посмотрел на часы: без четверти три.

Десятью минутами позже Патти Крей проснулась и заплакала. Ее мать (*Мать-одиночка*, подумал Оги) дернулась, всхрапнула, совсем как лошадь, подняла голову и попыталась вытащить малышку из слинга. Поначалу не получилось: ножки застряли. Оги пришел на помощь, придержал слинг с боков. Когда Патти все-таки вытащили, она уже вопила, и Оги заметил капельки воды, поблескивавшие на ее розовой курточке и шапочке такого же цвета.

— Она голодна, — пояснила Дженис. — Я могу дать ей грудь, но малышка еще и мокрая. Я это чувствую через штанишки. Господи, здесь ее не переоденешь... Посмотри, какая морось.

Оги задался вопросом, какой божок-шутник привел его в очередь следом за ней. Да и как эта женщина намеревалась прожить оставшиеся ей годы — все, а не только следующие восемнадцать, которые предстояло заботиться о ребенке? Прийти сюда в такую ночь с одной лишь пачкой подгузников! Попасть в столь отчаянное положение!

Спальник он еще раньше пристроил рядом с сумкой, в которой лежали подгузники Патти. Оги присел, развязал тесемки, расстелил спальник, расстегнул молнию.

— Залезай в него. Согреетесь обе. Потом я передам тебе все, что потребуется.

Она всмотрелась в него, прижимая к груди извивающуюся, вопящую малышку.

— Ты женат, Оги?

— Разведен.

— Дети?

Он покачал головой.

— Почему ты так добр к нам?

— Потому что вы здесь, — ответил он, пожав плечами.

Она еще мгновение не отрывала от него взгляда, решаясь, потом передала ему малышку. Оги держал ее на вытянутых руках, зачарованный красным, разъяренным личиком, капелькой сопли, повисшей на вздернутом носике, ножками во фланелевом комбинезоне, пребывающими в непрерывном движении. Дженис залезла в спальник, протянула руки.

— Давай ее сюда.

Оги отдал, и женщина уползла в спальник. Позади, там, где очередь уходила ко второму изгибу, двое молодых людей таращились на них.

— Увидели что-то интересное? — бросил Оги, и они отвернулись.

— Дашь мне подгузник? — спросила Дженис. — Я хочу переодеть ее перед кормлением.

Он опустился на колено на мокрую мостовую, расстегнул сумку. Удивился, найдя марлевые подгузники вместо памперсов, потом понял: марлевые могли использоваться снова и снова. Может, эту женщину не стоило совсем уж списывать со счетов.

— Тут бутылочка «Бэби мэджик». Достать?

Из спальника торчали только каштановые волосы.

— Да, пожалуйста.

Он передал подгузник и лосьон. Спальник зашевелился. Поначалу крики усилились. Откуда-то из терявшейся в тумане очереди донеслось:

— Неужели нельзя заткнуть ребенку рот?

Тут же послышался другой голос:

— Кто-нибудь, вызовите службу социальной защиты.

Оги ждал, наблюдая за спальным мешком. Наконец шевеления прекратились. Появилась рука с подгузником.

— Положишь в сумку? Там есть пластиковый мешок для грязных подгузников. — Дженис смотрела на него, как крот из норы. — Не волнуйся, он не испачкан, только мокрый.

Оги взял подгузник, положил в пластиковый мешок с надписью «КОСТКО», затем застегнул сумку на молнию. Плач из спального мешка (*Так много мешков*, подумал он) доносился еще с минуту, потом резко оборвался: Патти принялась сосать грудь на автостоянке у Городского центра. Над дверьми, до открытия которых оставалось шесть часов, от порыва ветра апатично колыхнулся транспарант с надписью **«1000 РАБОЧИХ МЕСТ ГАРАНТИРОВАНА!»**

Конечно, подумал Оги. *И СПИДом не заболеешь, если горстями жрать аскорбинку.*

Прошло двадцать минут. Новые автомобили подъезжали со стороны Мальборо-стрит. Все больше людей присоединялось к очереди. Оги прикинул, что в ней уже стояло человек четыреста. И по самым скромным оценкам выходило, что к моменту открытия ярмарки вакансий здесь будет стоять две тысячи безработных.

Если мне предложат жарить бургеры в «Макдоналдсе», я соглашусь?

Вероятно.

Как насчет зазывалы в «Уол-марте»?

Наверняка. Широкая улыбка и вопрос: «Как поживаете сегодня?» Оги подумал, что за эту работу он бы схватился обеими руками. Помчался бы на смену прямо из Городского центра.

Общение с людьми — это мое, подумал он. И рассмеялся.

— Что смешного? — донеслось из спальника.

— Ничего, — ответил он. — Корми малышку.

— Этим я и занимаюсь. — В голосе Дженис слышалась улыбка.

В половине четвертого он присел, приподнял клапан спального мешка, заглянул внутрь. Дженис Крей, свернувшись калачиком, крепко спала с малышкой у груди. Ему сразу вспомнились «Гроздья гнева». Как звали девушку из романа? Ту, что кормила грудью мужчину? Имя-цветок, подумал он. Лилия? Нет. Жасмин? Точно нет. Он уже собрался сложить руки рупором у рта и громким голосом спросить толпу: «КТО ЗДЕСЬ ЧИТАЛ "ГРОЗДЬЯ ГНЕВА"?»

И когда поднимался (улыбаясь этой абсурдной мысли), имя выплыло из глубин памяти. Роза. Так звали девушку в «Гроздьях гнева». И не просто Роза, а Роза *Сарона*. В этом слышалось что-то библейское*, но утверждать он не мог, поскольку не входил в число читателей Библии.

---

* «Я нарцисс Саронский, лилия долин» (Книга Песни песней Соломоновых, 2:1).

Оги посмотрел на спальный мешок, где собирался провести предрассветные часы, и подумал о Дженис Крей, которой хотелось извиняться за «Колумбайн», и за 9/11, и за Барри Бондса. Возможно, она согласилась бы извиниться и за глобальное потепление. Может, когда все закончится и они получат обещанную работу — или не получат, шансы примерно одинаковые, — он пригласит ее на завтрак. Не на свидание, ничего такого, просто на яичницу с беконом. А после этого они скорее всего больше никогда не увидятся.

Люди подходили и подходили. Очередь уже полностью заполнила изгибы лабиринта из лент с надписями «НЕ ПЕРЕСЕКАТЬ», а потом принялась растягиваться по автомобильной стоянке. Что удивляло — и тревожило — Оги, так это *молчание* всех этих людей. Словно они заранее знали, что их приход сюда — напрасный труд. И дожидались только официального подтверждения.

Послышался очередной хлопок транспаранта.

Туман все сгущался.

Около пяти утра Оги очнулся от полудремы, потопал, чтобы разбудить ноги, и осознал, что воздух пронизывает неприятный серый свет, разительно отличавшийся от «розовых пальчиков зари», которыми славилась поэзия и старые цветные фильмы. Он тянул на антизарю, влажную и такую же белую, как щека несвежего трупа.

Оги видел Городской центр, медленно выплывавший из ночи во всем великолепии архитектурной безвкусицы семидесятых годов прошлого века. Видел двенадцать рядов терпеливо ждущих людей, а хвост очереди уползал в туман. Почти все молчали, но появление уборщика в сером комбинезоне, который пересек вестибюль по другую сторону дверей, не осталось без внимания.

— На других планетах открыта жизнь! — насмешливо крикнул один из двух парней, которые таращились на Дженис Крей. Его звали Кит Фрайас, и в недалеком будущем он останется без левой руки.

Шутка вызвала смех, пошли разговоры. Ночь закончилась. Наползавший свет не сильно радовал, но оставшиеся позади долгие предрассветные часы были куда хуже.

Оги вновь опустился на колени у спальника и прислушался. Тихое размеренное сопение вызвало у него улыбку. Может, он зря волновался за девушку. Оги догадывался, что есть люди, выживающие — а то и процветающие — благодаря доброте незнакомцев. Возможно, к таковым относилась и молодая женщина, которая вместе с малышкой сейчас посапывала в его спальном мешке.

Ему в голову пришла мысль: к столам, за которыми будет проводиться собеседование, они могли подходить вдвоем. И тогда присутствие малышки уже не покажется безответственностью, а будет символизировать совместную заботу. Он не мог этого утверждать, человеческая душа — потемки, но чувствовал, что такое возможно. Решил поделиться этой идеей с Дженис, когда та проснется. Хотелось посмотреть, как она отреагирует. Они не могли представляться мужем и женой: она обручального кольца не носила, он свое уже три года как снял, — но могли сказать, что они... как это теперь называется? В гражданском браке.

Автомобили продолжали взбираться один за другим по крутому склону с Мальборо-стрит. Скоро следовало ожидать и пешеходов, приехавших на первом утреннем автобусе. Оги вроде бы припоминал, что автобусы начинали ходить в шесть утра. Из-за густого тумана от прибывающих автомобилей оставались только лучи фар да расплывчатые силуэты за ветровым стеклом. Некоторые, увидев огромную толпу, разворачивались, потеряв надежду, но большинство следовало в глубь автостоянки в поисках оставшихся свободных мест, и свет задних фонарей медленно таял в тумане.

Потом Оги заметил силуэт автомобиля, который не развернулся, но и не проследовал в глубины автостоянки. Рядом с необычайно яркими фарами светились желтые противотуманные.

Ксеноновые фары, подумал Оги. *Это же «мерседес-бенц». Что делает «бенц» на ярмарке вакансий?*

Он предположил, что это, возможно, мэр Кинслер приехал, чтобы произнести речь перед Клубом ранних пташек. Поздравить их с предприимчивостью, свойственным американцам старым добрым стремлением всюду быть первыми. Если и так, подумал Оги, то приезд на «мерседесе», пусть и старом, свидетельствовал о дурном вкусе.

Пожилой мужчина, который стоял впереди (Уэйн Уэлланд, в последние мгновения своего земного существования), тоже обратил внимание на странный автомобиль:

— Это же «бенц»? Выглядит как «бенц».

Оги уже хотел ответить, что, разумеется, так и есть, эти фары ни с чем не перепутаешь, но тут водитель — силуэт за ветровым стеклом — резко нажал на клаксон: долгий нетерпеливый вопль разорвал рассветную тишину. Ксеноновые фары засияли еще ярче, ярко-белые конусы прорезали висевшие в воздухе капельки тумана, и автомобиль рванулся вперед, словно пришпоренный этим нетерпеливым гудком.

— Эй! — в изумлении вскрикнул Уэйн Уэлланд, и это слово стало для него последним.

Набирая скорость, «мерседес» ударил туда, где соискатели рабочих мест стояли наиболее плотно, зажатые между лентами с надписями «НЕ ПЕРЕСЕКАТЬ». Некоторые попытались убежать, но вырваться удалось только из задних рядов. У тех, кто находился рядом с дверьми — настоящих Ранних пташек, — шансов на спасение не было. Они сшибали стойки, падали, запутавшись в лентах, сталкивались друг с другом. Толпу волнами качало то в одну, то в другую сторону. Пожилых и слабых сбивали с ног и затаптывали.

Оги толкнули влево, он покачнулся, устоял на ногах, но тут же получил толчок в спину. Чей-то локоть попал ему в скулу, аккурат под правым глазом, и в этом глазу вспыхнули фейерверки Дня независимости. Другим глазом он видел, что «мерседес» не просто выныривал из тумана, но, казалось, *возникал* из него. Большой серый седан, возможно, «S600» с двенадцатью цилиндрами, и все двенадцать ревели.

Оги сшибли на колени у спального мешка и пинали, когда он пытался подняться: в руку, в плечо, в шею. Люди кричали. Он услышал женский вопль:

— Смотрите, смотрите, он не останавливается!

Он увидел, как из спального мешка высунулась Дженис Крей: молодая женщина в недоумении моргала. Она вновь напомнила ему застенчивого крота, выглядывающего из норы. Точнее, кротиху с всклокоченными после сна волосами.

Оги пополз на четвереньках вперед, лег на мешок с женщиной и малышкой, словно надеялся, что сумеет защитить их от двухтонного шедевра немецкой инженерной мысли. Он слышал, как кричат люди, однако крики эти почти полностью заглушал приближающийся рев двигателя большого седана. Кто-то с силой врезал ему по затылку, но он едва почувствовал удар.

Он успел подумать: *Я собирался купить Розе Сарона завтрак.*

Успел подумать: *Может, свернет.*

Это давало им шанс, похоже, единственный шанс. Оги начал поднимать голову, чтобы посмотреть, сворачивает седан или нет, и тут же огромная черная шина заслонила собой мир. Он почувствовал, как рука женщины стиснула ему предплечье. Мелькнула надежда, что малышка не проснулась. Потом его время истекло.

Детпен

1

Ходжес выходит из кухни с банкой пива в руке, садится в раскладное кресло, ставит банку на столик слева, рядом с револьвером. «Смит-вессон» тридцать восьмого калибра, АП, где «А» — армия, а «П» — полиция. Ходжес рассеянно похлопывает по револьверу, будто это старый пес, берет пульт дистанционного управления и включает «Седьмой канал». Чуть опоздал, потому что студийная аудитория уже хлопает.

Он думает об увлечении, кратковременном и злобном, охватившем город в конце восьмидесятых. А может, *заразившем*, потому что все это напоминало внезапно вспыхнувшую лихорадку. Три ведущие городские газеты в одно лето посвятили этому увлечению передовицы. Две газеты уже канули в Лету, а третья дышит на ладан.

Ведущий выходит на сцену в модном костюме, машет руками аудитории. Ходжес смотрит эту передачу чуть ли не каждый будний день с тех пор, как ушел на пенсию, отслужив свое в полиции, и думает, что ведущий слишком умен для этой работы, которая напоминает ныряние в канализационный коллектор с аквалангом, но без гидрокостюма. Он думает, что ведущий из тех мужчин, которые иногда совершают самоубийство, а потом друзья и близкие родственники говорят, что и представить себе не могли, будто что-то не так, и вспоминают, каким веселым он был при их последней встрече.

При этой мысли Ходжес вновь рассеянно похлопывает по револьверу. Это модель «Виктория». Стар да удал. На службе его табельным оружием был «глок» сорокового калибра. Пистолет Ходжес купил — в этом городе считалось, что полицейские должны сами покупать себе табельное оружие, — и теперь он лежит в сейфе в спальне. В сейфе. А значит, в безопасности. Ходжес разрядил его, положил в сейф сразу после церемонии проводов со службы и с тех пор ни разу на него не взглянул. Никакого интереса пистолет у него не вызывает. А вот «тридцать восьмой» он любит. Испытывает сентиментальную привязанность, но дело не только в этом: револьвер никогда не заклинивает.

Вот и первая гостья, молодая женщина в коротком синем платье. Лицо простоватое, но фигура сногсшибательная. И где-то под этим платьем — Ходжес знает — есть татуировка, именуемая «шлюхиным клеймом»*. Может, даже две или три. Мужчины в студии топают ногами и свистят. Женщины реагируют более сдержанно. Некоторые закатывают глаза. Да и какой жене понравится, чтобы муж смотрел на такую?

Гостья начинает жаловаться, едва выйдя на сцену. Рассказывает ведущему, что ее бойфренд сделал ребенка другой женщине, уходит к ним, проводит там чуть ли не все время. Она все еще любит его, но ненавидит эту...

Следующие два слова глушат пиканьем, но Ходжес умеет читать по губам: «гребаную манду». Аудитория радостно вопит. Ходжес подносит ко рту банку пива, делает маленький глоток. Он знает, что за этим последует. Эта передача такая же предсказуемая, как мыльная опера, которую показывают по пятницам после полудня.

Ведущий позволяет ей изложить свою версию, а потом представляет... «ДРУГУЮ ЖЕНЩИНУ». Опять же со сногсшибательным телом и несколькими ярдами густых светлых волос. «Шлюхино клеймо» у нее на лодыжке. Блондинка приближается к сопернице и говорит: «Я понимаю твои чувства, но тоже люблю его».

---

* «Шлюхино клеймо» — первоначально татуировка на нижней части спины, теперь и в других местах. Вошли в моду в 2000-х гг., считаются женским видом татуировок.

Ей определенно хочется сказать больше, но это все, что она успевает произнести, прежде чем Сногсшибалка-один переходит к делу. За сценой кто-то бьет в гонг, словно это официальный поединок. Ходжес полагает, что так оно и есть, потому что все участники передачи наверняка получают вознаграждение. Иначе зачем им это надо? Женщины бьют и царапают друг дружку несколько секунд, а потом два здоровяка (с надписью «СЛУЖБА БЕЗОПАСНОСТИ» на футболках), которые поначалу только наблюдали за происходящим, растаскивают их.

Какое-то время они кричат друг на друга, каждая со всей откровенностью высказывает мнение о сопернице (большую часть глушит пиканье), тогда как ведущий благодушно наблюдает, не вмешиваясь, и на этот раз драку начинает Сногсшибалка-два, отвешивает Сногсшибалке-один такую оплеуху, что у той голова откидывается назад, чуть не отрывается от шеи. Вновь звучит гонг. Они падают на сцену. Платья задираются, женщины визжат и царапаются, удары и оплеухи сыплются как из рога изобилия. Здоровяки из службы безопасности вновь растаскивают их, и теперь ведущий, встав между ними, начинает говорить. Голос вроде бы успокаивающий, но в нем слышатся подзуживающие нотки. Обе женщины меряются глубиной своей любви, плюясь друг другу в лицо. Ведущий сообщает, что они вернутся через минуту, а потом актриса из «списка Си»* начинает втюхивать диет-пилюли.

Ходжес делает еще глоток и понимает, что не осилил и половины банки. Забавно, потому что, служа в полиции, он едва не стал алкоголиком. После того как выпивка разрушила семью, решил, что он уже алкоголик. Собрал волю в кулак и нанес удар по дурной привычке, пообещав себе, что будет пить сколько захочет после того, как отслужит сорок лет: странно, что обозначил такой рубеж, поскольку половина городских копов уходила на пенсию после двадцати пяти лет

---

* «Список Си» — список знаменитостей, о которых мало кто знает.

службы и лишь тридцать процентов задерживалось после тридцати лет. Да только когда он отслужил сорок лет, алкоголь его больше не интересовал. Он заставил себя напиться несколько раз, и выяснилось, что пьяным быть ничуть не лучше, чем трезвым. Если на то пошло, даже немного хуже.

Передача возвращается. Ведущий говорит, что у них еще один гость, и Ходжес знает, кто он. Зрители в студии тоже знают. Ревут в предвкушении. Ходжес берет отцовский револьвер, заглядывает в ствол и кладет обратно на «ДайрекТВ-гид».

Мужчина, из-за которого Сногсшибалка-один и Сногсшибалка-два готовы порвать друг друга, выходит на сцену справа. Как он будет выглядеть, понятно и до его появления, и надежд он не обманывает: оператор бензоколонки, или грузчик на складе «Таргет», или парень, который вымыл вашу машину (плохо) в одном из пунктов «Мистер Спиди». Костлявый и бледный, черные волосы падают на лоб. Он в чинос и каком-то безумном зелено-желтом галстуке, обхватывающем шею чуть ниже выпирающего кадыка. Из-под брюк торчат острые мыски замшевых сапог. Ты знал, что у обеих женщин «шлюхино клеймо», и знаешь, что у этого парня прибор как у коня, и он выстреливает сперму с мощностью локомотива и скоростью пули. Девственница, севшая на сиденье унитаза после того, как этот парень спустил на него, встанет беременной. И может, родит двойню. На лице мужчины блуждает улыбка классного чувака с придурью. Мечта идиота: пожизненная инвалидность. Скоро прозвучит гонг, и женщины вновь набросятся друг на друга. А позже, когда наслушаются его тупой болтовни, переглянутся, коротко кивнут и прыгнут на него. На этот раз здоровяки службы безопасности выждут чуть дольше, потому что именно эту завершающую битву больше всего хотят увидеть зрители и в студии, и у телевизоров: наседки, объединившиеся против своего петуха.

То кратковременное злобное увлечение конца восьмидесятых — *зараза* — называлось «бомж-бои». Кому-то из трущобных гениев пришла в голову эта идея, а как только она оказалась прибыльной, три или четыре предпринимателя ухватились за нее и довели до ума. Всего-то требовалось заплатить по тридцать баксов двум бомжам, чтобы они принялись мутузить друг друга в назначенное время и в оговоренном месте. Из таких мест Ходжесу лучше всего запомнилась площадка за старым фермерским домом, переделанным в стрип-клуб «Бам-ба-лам» в восточной части города. После определения времени и места начиналась рекламная кампания (в те дни устная, Интернет тогда даже не маячил на горизонте), и с каждого зрителя брали по двадцать баксов. На одном из боев, который прервали Ходжес и Пит Хантли, их собралось больше двухсот, чуть ли не все сделали ставки, орали и прыгали как безумные. Среди них были и женщины, некоторые в вечерних туалетах и обвешанные драгоценностями; дамы тоже смотрели, как два пропивших мозги бомжа колотят друг друга руками и ногами, падают, поднимаются, снова падают и поднимаются, выкрикивая что-то бессвязное. Толпа смеялась, кричала, требовала продолжения банкета.

Эта программа отличается от бомж-боев только диет-пилюлями и страховыми компаниями, которые прерывают действо, поэтому Ходжес полагает, что участники (а они именно участники, хотя ведущий называет их «гостями») после передачи унесут в клювике чуть больше тридцати баксов и бутылки «Ночного поезда»*. И никаких тебе копов, чтобы обломать кайф, потому что все законно, как лотерейные билеты.

Когда это шоу закончится, появится безжалостная дама-судья, облаченная в мантию собственной непререкаемой правоты, чтобы с едва сдерживаемой яростью выслушать жалких просителей, представших перед ее очами. Судью сменит семейный психолог, который доводит гостей до слез (он называет это «прорывом сквозь стену отрицания») и предлагает уйти, если им не нравятся его методы. Ходжес думает, что семейный психолог мог научиться этим методам, просматривая учебные видеоролики КГБ.

---

* «Ночной поезд» («Night Train») — дешевое ароматизированное крепленое вино. В Америке его называют вином бродяг.

Ходжес вкушает эту диету цветного дерьма каждый будний день, сидя в раскладном кресле в компании отцовского револьвера — с ним отец патрулировал улицы, — который лежит на столе под рукой. Несколько раз в день он берет револьвер и смотрит в ствол. Изучает круглую черноту. Пару раз вставлял ствол между губ, чтобы понять, каково это — заряженный револьвер на языке, нацеленный в нёбо. Чтобы, как он полагает, привыкнуть.

«Если бы я напивался с удовольствием, то мог бы это оттянуть, — думает он. — Оттянуть как минимум на год. А если бы на два, желание могло и пропасть. Я мог заинтересоваться огородничеством, наблюдением за птицами, даже живописью. Тим Куигли начал рисовать, уехав во Флориду. Поселился в городке отставных копов». Судя по всему, Куигли рисовать нравилось, он даже продал несколько своих работ на Арт-фестивале в Венисе. До инсульта, разумеется. После инсульта он пролежал восемь или девять месяцев с парализованной правой половиной тела. Рисование для Тима Куигли закончилось. А потом он ушел. Так-то.

Удар боевого гонга, и да, обе женщины набрасываются на костлявого парня в безумном галстуке, мелькают накрашенные ногти, развеваются длинные волосы. Ходжес вновь тянется к револьверу, но лишь касается его, когда слышит, как хлопает крышка почтовой щели на входной двери и корреспонденция шлепается на пол.

В эру электронной почты и «Фейсбука» ничего важного через дверную щель не доставляется, но Ходжес тем не менее встает с кресла. Он посмотрит, что там принесли, и оставит отцовский АП до завтра.

2

Когда Ходжес возвращается к креслу с небольшой стопкой конвертов, ведущий драчливой передачи прощается и обещает зрителям, что завтра перед ними предстанут карлики. Телом или духом — не уточняет.

Рядом с раскладным креслом стоят два небольших пластиковых контейнера. Один для стеклянных бутылок и банок, второй — для мусора. В мусор летит письмо из «Уол-марта» с уведомлением о СНИЖЕННЫХ ЦЕНАХ, предложение похоронной страховки, адресованное «НАШЕМУ ЛЮБИМОМУ СОСЕДУ», сообщение о том, что в течение недели все DVD в «Дисконт электроникс» будут продаваться с пятидесятипроцентной скидкой, мольба с просьбой прийти к урнам для голосования и отдать «ваш важный голос» за одного из кандидатов на освободившееся место члена городского совета. Фотография кандидата имеется, и он живо напоминает Ходжесу доктора Оберлина, стоматолога, которого в детстве он боялся до смерти. Еще одно письмо приходит от «Альбертсонс». Его Ходжес откладывает (на время накрывает им револьвер отца), потому что оно набито купонами.

Последнее в стопке письмо — настоящее, на ощупь достаточно толстое, в конверте «делового» формата. Адресовано дет. К. Уильяму Ходжесу (пен.), дом 63 по Харпер-роуд. Обратного адреса нет. Вверху слева, где его обычно пишут, — второй смайлик в сегодняшней корреспонденции. Только не подмигивающий, обещающий снижение цен в «Уол-марте», а из тех, что используют в электронной почте: в черных очках и скалящий зубы.

Смайлик что-то напоминает, что-то нехорошее.

Нет, думает Ходжес. *Нет*.

Но вскрывает конверт так быстро и резко, что из него вываливаются четыре отпечатанные страницы — отпечатанные, разумеется, на принтере, однако шрифтом, напоминающим шрифт пишущей машинки.

Дорогой детектив Ходжес! — начинается письмо.

Ходжес не глядя протягивает руку, сшибает послание «Альбертсонса» с купонами на пол, проходится пальцами по револьверу, словно и не замечая его, хватает пульт дистанционного управления. Нажимает кнопку выключения, обрывая безжалостную женщину-судью на полуслове, и сосредотачивается на письме.

3

Дорогой детектив Ходжес!

Я надеюсь, Вы не будете возражать против использования Вашего звания, пусть Вы и ушли со службы шестью месяцами раньше. По мне, если некомпетентные судьи, продажные политики и глупые военачальники могут сохранять свои звания и титулы после ухода на пенсию, на это имеет полное право один из самых заслуженных полицейских в истории города.

Так что пусть будет детектив Ходжес!

Сэр (еще один титул, которого Вы заслуживаете, ибо Вы — истинный Рыцарь жетона и пистолета), я пишу по многим причинам, но считаю себя обязанным начать с того, чтобы поздравить Вас со столь долгими годами службы, 27 — в детективах и 40 — всего. Я видел часть официальной Церемонии проводов со службы по телику («Общественный второй канал», который многие игнорируют) и случайно узнал, что следующим вечером состоялась вечеринка в «Рейнтри инн», рядом с аэропортом.

Готов спорить, это и была настоящая Церемония проводов.

Я, конечно, никогда не бывал на такой тусовке, но смотрел достаточно полицейских телесериалов, и хотя во многих представлена по большей части вымышленная картина «полицейской жизни», в некоторых показывали вечеринки в честь уходящих на пенсию («Полиция Нью-Йорка», «Убойный отдел», «Прослушка», и т.д., и т.п.). Мне хочется думать, что они ТОЧНО воспроизводят момент, когда Рыцарь жетона и пистолета говорит «прощай» одному из своих компатриотов. Я думаю, такое вполне возможно, потому что читал описания «прощальной вечеринки» как минимум в двух романах Джозефа Вамбо, и они похожи. Он должен знать, ведь он, как и Вы, детпен.

Я представляю себе воздушные шары под потолком, огромное количество выпивки, множество похабных разговоров и еще больше воспоминаний о Прежних днях и давно завершенных расследованиях. Вероятно, играет громкая веселая музыка, возможно, стриптизерша или две «трясут задом». Произносятся речи, смешнее и честнее тех, что звучали на официальной церемонии.

Как у меня получается?

«Неплохо, — думает Ходжес. — Очень даже неплохо».

Согласно моему исследованию, в период Вашей службы детективом Вы раскрыли в буквальном смысле сотни преступлений, и многие из них репортеры (которых Тед Уильямс* окрестил «Рыцарями клавиатуры») называли «резонансными». Вы ловили Убийц и Грабителей, Поджигателей и Насильников. В одной статье (опубликованной в день Церемонии Ваших проводов со службы) Ваш постоянный напарник (детектив 1-го класса Питер Хантли) отметил, что в Вас «удивительным образом сочетались следование инструкциям и блестящая интуиция».

Приятный комплимент.

Если это правда, а я думаю, так оно и есть, Вы уже наверняка поняли, что я один из тех немногих, кого Вам поймать не удалось. Я тот самый, кому репортеры дали следующие прозвища:

а) Шутник;

б) Клоун;

или

в) Мерседес-убийца.

Я отдаю предпочтение последнему!

Я уверен, Вы «сделали все, что могли», но, к сожалению (Вашему — не моему), потерпели неудачу. Я даже могу представить, что если бы Вам, детектив Ходжес, предложили назвать «перка», которого Вы хотели бы поймать больше всего, то Вы назвали бы того парня, который в прошлом году сознательно направил «мерседес» в толпу безработных, дожидавшихся открытия Ярмарки вакансий в Городском центре, убив восьмерых и покалечив многих и многих. (Должен признать, результат превзошел мои самые смелые ожидания.) Думали ли Вы обо мне, когда Вам

---

* Уильямс, Теодор Сэмюель (1918—2002) — американский профессиональный бейсболист, спортивная карьера которого практически целиком связана с бостонской командой «Ред сокс». Конфликтовал с прессой едва ли не с первого выступления за команду.

вручали тот почетный знак на Официальной церемонии проводов со службы? Думали ли Вы обо мне, когда Ваши сослуживцы, Рыцари жетона и пистолета, рассказывали истории о том (подумать только), как Вы застигали преступников буквально на толчке со спущенными штанами, или вспоминали розыгрыши, которые устраивались в старой доброй дежурной части?

Готов спорить, что думали!

Должен сказать Вам, что повеселился я тогда на славу. (И в этом я честен.) Вы и представить себе не можете, какой у меня был «стояк», когда я вдавил педаль в пол и погнал «мерседес» бедной миссис Оливии Трелони на толпу. Билось ли мое сердце с частотой двести ударов в минуту? Спрашиваете!

Еще один мистер Смайлик в черных очках.

Я поделюсь с Вами тем, что действительно называется «информацией для своих», и Вы можете смеяться, если хотите, потому что это и впрямь забавно (хотя, думаю, это также демонстрирует мою предусмотрительность). Я надел кондом! «Резинку»! Потому что опасался Самопроизвольной эякуляции и следов ДНК, которые могли в результате появиться. Что ж, этого не произошло, но потом я онанировал много раз, думая о том, как они пытались убежать и не могли (потому что набились плотно, как <u>сардины в банку</u>), и какими испуганными они все выглядели, и как меня бросило вперед, когда автомобиль «вспахал» их. Ремень безопасности заблокировало напрочь. Господи, как это возбуждало.

По правде говоря, я не знал, что может произойти. Я думал, мои шансы попасться составляют 50 на 50. Но я «сумасбродный оптимист» и всегда готов скорее к Успеху, чем к Неудаче. Кондом — «информация для своих», однако готов спорить, что сотрудники Вашего Экспертно-криминалистического отдела (я также смотрю <u>«Место преступления»</u>) ощутили острое разочарование, не обнаружив никаких следов ДНК на клоунской маске. Они, должно быть, сказали: «Черт! Этот предусмотрительный перк, наверное, надел под маску сетку для волос!»

И я надел! Да еще выстирал в хлорке!

Я до сих пор слышу глухие звуки ударов в людей, хруст костей, ощущаю подпрыгивание на рессорах, когда автомобиль перекатывался через тела. Если мы говорим о мощности и управляемости, то я обеими руками за «мерседес» с 12-цилиндровым двигателем! Узнав из газеты, что одна из моих жертв — младенец, я обрадовался! Оборвать такую юную жизнь! Только представьте себе, сколь много она никогда не узнает, а? Патриция Крей, RIP*! Прикончил и ее мамашку! Клубничное варенье в спальном мешке! Восторг, правда? Меня греют мысли о мужчине, потерявшем руку, а еще больше — о тех двух, которые остались парализованными. Мужчина — только ниже пояса, но Мартина Стоувер теперь буквально «голова на палке». Они не умерли, но, наверное, ЖАЛЕЮТ, что этого не произошло! Как по-Вашему, детектив Ходжес?

Теперь Вы, наверное, думаете: *Да это какой-то безумный извращенец.* Винить Вас в этом не буду, но могу поспорить! Я думаю, очень многие получили бы удовольствие, делая то, что сделал я, вот почему они наслаждаются книгами и фильмами (в наши дни даже телевизионными передачами), в которых хватает Пыток и Расчлененки, и прочего, и прочего. Единственная разница в том, что я действительно это сделал. И не потому, что я безумен. А потому, что точно не знал, какими будут ощущения, только чувствовал, что невероятно захватывающими, как говорится, с «воспоминаниями на всю жизнь». Большинство людей с малолетства обзаводится Свинцовыми сапогами и должно таскать их всю жизнь. Эти Свинцовые сапоги зовутся СОВЕСТЬЮ. У меня их нет, так что я могу высоко парить над головами тех, кто составляет Обычную толпу. А если бы они меня поймали? Что ж, случись это прямо там, если бы заглох двигатель «мерседеса» миссис Трелони или произошло что-то в этом роде (вероятность была близка к нулю, потому что автомобиль содержался в идеальном состоянии), полагаю, толпа могла бы разорвать меня на части. Я понимал, что такая возможность существует, и это только добавляло азарта. Но я не думал, что они действительно разорвут меня, потому что большинство

---

* RIP (requiescat in pace) — покойся с миром (*лат.*).

людей — овцы, а овцы не едят мяса. (Наверное, меня бы немного побили, но я бы это пережил.) Потом арестовали бы, отдали под суд, где я попросил бы считать меня психом. Возможно, я действительно безумен (конечно же, такая идея приходила мне в голову), но это особый вид безумства. В любом случае мне подфартило, и я ушел.

Туман помог!

И вот что еще я видел, на этот раз в кино (названия фильма не помню). Там был Серийный убийца, очень умный, и поначалу копы (одного играл Брюс Уиллис, тогда еще с волосами) никак не могли его поймать. Вот Брюс Уиллис и сказал: «Он сделает это снова, потому что не может остановиться, и рано или поздно допустит ошибку, и тогда мы его поймаем».

И поймали!

Но к моему случаю это не относится, детектив Ходжес, потому что у меня <u>абсолютно нет желания</u> сделать это снова. Для меня <u>одного раза достаточно</u>. У меня есть воспоминания, и они чисты, как звон колокольчика. А как потом были напуганы люди, поскольку думали, что я сделаю это снова. Помните, отменили все многолюдные общественные сборища на открытом воздухе? Не то чтобы весело, но tres amusant*.

Так что, как Вы сами видите, мы <u>оба</u> «пены».

И если уж об этом зашла речь, я сожалею только об одном: что не смог посетить Вашу Прощальную вечеринку в «Рейнтри инн» и поднять бокал за Вас, мой дорогой сэр Детектив. Вы действительно прилагали все силы. Детектив Хантли тоже, но если газеты и Интернет приводят точную информацию касательно ваших достижений по службе, Вы играли в высшей лиге, а он пребывал и останется в первой. Я уверен, что дело по-прежнему не закрыто и он время от времени просматривает старые донесения, но не продвинется ни на шаг. Думаю, вы оба это знаете.

И напоследок позвольте выразить тревогу.

В некоторых сериалах (и, кажется, в одной книге Вамбо, но, возможно, я путаю с Джеймсом Паттерсоном) за веселой вечеринкой с воздушными шарами, и выпивкой, и музыкой следует

---

* Все же забавно (*фр.*).

грустная финальная сцена. Детектив приходит домой и обнаруживает, что без Жетона и Пистолета жизнь его бессмысленна. Я это понимаю. Если подумать, что может быть печальнее старого, вышедшего на пенсию Рыцаря? Короче, Детектив сводит счеты с жизнью (из своего табельного револьвера). Я заглянул в Интернет и обнаружил, что это не просто выдумка. Такое случается в реальной жизни!

У вышедших на пенсию полицейских <u>невероятно высокий процент самоубийств</u>!!

В большинстве своем у копов, так поступающих, нет родственников, которые могут заметить Угрожающие признаки. Многие, как Вы, в разводе. У многих взрослые дети, живущие далеко от дома. Я думаю, Вы очень одиноки в Вашем доме на Харпер-роуд, детектив Ходжес, и <u>я тревожусь</u>. Какая у Вас теперь жизнь, когда «азарт охоты» уже в прошлом? Вы много смотрите телик? Вероятно. Пьете больше? Возможно. Часы текут гораздо медленнее, потому что Ваша жизнь пуста? Вы страдаете от бессонницы? Нет, надеюсь, что нет.

Но я боюсь, что Вас посещают такие мысли!

Вам, вероятно, нужно Хобби, чтобы Вы думали о чем-то, а не только о «том, кто скрылся» и кого Вам никогда не поймать. Будет очень плохо, если Вы придете к выводу, что вся Ваша карьера ничего не стоит, потому что парень, который убил всех этих Невинных людей, ускользнул, «просочился у Вас между пальцами».

Я бы не хотел, чтобы Вы начали думать о Вашем табельном оружии.

Но Вы думаете, ведь так?

Я хочу закончить письмо еще одной мыслью от «того, кто скрылся». Мысль эта следующая:

ПОШЕЛ ТЫ, ЛУЗЕР.

Шутка!

Искренне Ваш,

МЕРСЕДЕС-УБИЙЦА.

Ниже красовался еще один смайлик, но письмо на этом не заканчивалось.

P.S. Сожалею о миссис Трелони, но когда Вы передадите это письмо детективу Хантли, скажите ему, что бессмысленно разглядывать фотографии, которые сделала полиция на ее похоронах. Я присутствовал, но лишь в своем воображении. (Воображение у меня очень яркое.)

P.P.S. Хотите со мной связаться? Оставить отзыв? Попробуйте сайт «Под синим зонтом Дебби». Я даже придумал Вам имя пользователя: «кермит_лягушонок-19». Я могу и не ответить, но... «никогда не знаешь»*.

P.P.P.S. Надеюсь, это письмо Вас взбодрило.

4

Ходжес сидит две минуты... четыре минуты... шесть... восемь. Застыв, как монумент. Держит письмо в руке, смотрит на репродукцию Эндрю Уайета на стене. Наконец кладет листы на стол у кресла, берет конверт. Почтовый штемпель городской, что его не удивляет. Автор письма хочет, чтобы он знал, что тот неподалеку. Это насмешка. Как сказал бы автор письма, это...

Часть шутки!

Новые специальные химические вещества и методы, включая компьютерное сканирование, позволяют получать с бумаги прекрасные отпечатки пальцев, но Ходжес знает: передай он эти листы экспертам, они найдут только его собственные отпечатки. Этот парень безумен, но его самооценка — *предусмотрительный преступник* — абсолютно верна. Только он написал «перк», не «преступник»**, и написал дважды. А еще...

Минуточку, минуточку.

Что ты хочешь этим сказать: *Когда Вы передадите это?*..

Ходжес встает, с письмом в руке идет к окну, смотрит на Харпер-роуд. Девчушка Харрисонов проносится на своем мопеде. На самом деле она слишком молода, чтобы ездить на этих штуковинах, что бы там ни разрешал закон, но по крайней мере надела шлем. Позвякивая, проезжает фургон «Мистер Вкусняшка». В хорошую погоду он работает в западной части города, после окончания школьных занятий и до сумерек. Маленький изящный черный автомобиль следует за ним. Седеющие волосы женщины за рулем накручены на бигуди. Женщины ли? Это может быть мужчина в парике и платье. Бигуди — идеальный завершающий штрих, верно?

Он хочет, чтобы именно о чем-то таком ты и думал.

Но нет. Не совсем.

Не *о чем-то таком*. Этот самозваный Мерседес-убийца (он прав, именно так и называли его в газетах и новостных выпусках) хочет, чтобы ты *так* думал.

Это продавец мороженого!

Нет, это мужчина, переодетый женщиной, в изящном автомобиле!

Нет-нет, это парень, который ездит на пикапе, работающем на пропане, или учетчик показаний счетчиков!

Как быстро он разжег твою паранойю! А она помогает представить, что он знает гораздо больше, чем адрес бывшего детектива. Он знает, что ты разведен, и намекает, что у тебя где-то есть ребенок или дети.

Ходжес смотрит на траву, замечает, что ее пора косить. Если Джером не придет в самом скором времени, придется ему позвонить.

Ребенок или дети? Не надо себя обманывать. Он знает, что моя бывшая — Коринн, и у нас взрослая дочь, которую зовут Элисон. Он знает, что Элисон тридцать и она живет в Сан-Франциско. Наверное, он знает, что рост у нее пять футов шесть дюймов и она играет в теннис. Все это есть в Интернете. В наши дни там есть *все*.

Его следующий шаг — передать письмо Питу и Изабель Джейнс, новой напарнице Пита. После того как Ходжес вышел из игры, они унаследовали дело с «мерседесом», как и несколько других висяков. Некоторые расследования напоминают компьютер в спящем режиме. Это послание быстро разбудит дело с «мерседесом».

Мысленно он прослеживает путь письма.

Из дверной щели для почты — на пол прихожей. С пола прихожей — к раскладному креслу. От кресла к окну, стоя у которого Ходжес наблюдает, как почтовый пикап возвращается, держит путь в ту сторону, откуда приехал: Энди Фенстер рабочий день закончил. Отсюда — на кухню, где письмо отправится в совершенно бесполезный пакет «Глэд» с застежкой, потому что давние привычки — они въедливые. Потом — к Питу и Изабель. От Пита — к экспертам-криминалистам для всестороннего исследования. Которое и докажет абсолютную бесполезность глэдовского пакета: ни отпечатков пальцев, ни волосков, ни следов ДНК, бумага самая обычная, доступная в любом магазине канцелярских товаров города, и последнее, по счету, но не по важности, — стандартный лазерный принтер. Они, возможно, даже смогут сказать, на каком компьютере набивалось письмо (в этом уверенности у него нет, о компьютерах он знает мало и, если возникает проблема, обращается к Джерому, живущему — как это удобно — по соседству), а если и так, выяснится, что использовался «Мак» или «Ай-би-эм».

От экспертов письмо вернется к Питу и Изабель, которые, несомненно, соберут полицейский коллоквиум вроде тех, что показывают в сериалах Би-би-си «Лютер» и «Главный подозреваемый» (которые, вероятно, тоже любит сбрендивший автор письма). Коллоквиум дополнят экран и выведенная на него увеличенная фотокопия письма, а может, и лазерная указка. Ходжес тоже смотрит некоторые из английских полицейских сериалов и верит, что в Скотленд-Ярде не принимают во внимание давнюю поговорку: слишком много кухарок только портят похлебку.

Этот полицейский коллоквиум может привести только к одному, и Ходжес уверен, что именно это психу и нужно:

присутствовать будут десять — двенадцать детективов, так
что информация о письме обязательно просочится в прессу.
Псих, вероятно, врет, говоря, что нет у него желания повторить свое преступление, но Ходжес полностью уверен в
другом: ему недостает упоминания в новостях.

Лужайка пестрит одуванчиками. Определенно пора позвонить Джерому. Да и вообще Ходжесу хочется его пови-
дать. Хороший парнишка.

Кое-что еще. Даже если псих говорит правду, что не испытывает желания пойти на новое массовое убийство (маловероятно, но полностью исключать нельзя), смерть его
очень даже интересует. Этот контекст в письме присутствует однозначно. *Покончи с собой. Ты уже думаешь об этом, так
сделай еще один шаг, который станет последним.*

«Он видел, как я играю с отцовским "тридцать восьмым"?»

«Видел, как я сую ствол в рот?»

Ходжес вынужден признать, что такое возможно: он никогда не думал о том, чтобы задергивать шторы. Ощущал
себя в полной безопасности в собственной гостиной, а ведь
любой мог воспользоваться биноклем. И Джером мог видеть,
Джером, забежавший узнать, не будет ли для него какой-
нибудь работенки. Как он обычно спрашивает: «Чё-нить
надо?»

Да только Джером перепугался бы до смерти, увидев, как
он играет со старым револьвером. Обязательно сказал бы
ему что-нибудь.

Мистер Мерседес действительно онанирует, думая о том,
как давит всех этих людей?

За годы службы Ходжес насмотрелся такого, о чем никогда не стал бы говорить с человеком, который сам ничего
подобного не видел. Эти разъедающие душу воспоминания
склоняют к тому, чтобы поверить автору письма: насчет мастурбации он говорил правду, как и насчет отсутствия совести. Ходжес где-то прочитал, что в Исландии есть такие глу-
бокие колодцы, что всплеска воды от брошенного камня не
слышно. Он думает, что некоторые человеческие души такие

же. И бомж-бои совсем не на дне таких колодцев. Разве что на полпути.

Он возвращается к раскладному креслу, выдвигает ящик стола и достает мобильник. Кладет рядом с «тридцать восьмым» и задвигает ящик. Нажимает кнопку быстрого набора номера полицейского управления, но на вопрос секретаря, кто ему нужен, отвечает:

— Ох, черт. Случайно нажал не ту кнопку. Извините за беспокойство.

— Ничего страшного, сэр. — Он слышит улыбку в ее голосе.

Никаких звонков, во всяком случае, пока. Никаких действий. Ему надо об этом подумать.

Крепко, крепко об этом подумать. Ходжес сидит, глядя на телевизор, который впервые за долгие месяцы выключен в будний день.

5

Вечером он едет в «Ньюмаркет-плазу», чтобы поесть в тайском ресторане. Миссис Бурамук обслуживает его лично.

— Давно не видела вас, детектив Ходжес. — Звучит это как «дефекив Хатчес».

— После выхода на пенсию готовил себе сам.

— Вы позвольте готовить мне. Будет гораздо лучше.

Вновь отведав том юм ган миссис Бурамук, он понимает, что его тошнит от наполовину прожаренных гамбургеров и спагетти с соусом «Ньюманс оун». А сан кайя фуг тун заставляет его осознать, как надоел ему кокосовый торт «Пепперидж фарм». «Если я никогда больше не попробую кокосового торта, — думает он, — все равно умру счастливым, сколько бы ни прожил». За едой он выпивает две банки тайского пива «Сингха», и это лучшее пиво, которое ему доводилось пить после прощальной вечеринки в «Рейнтри», где, как правильно догадался Мистер Мерседес, стриптизерша «трясла задом». Как и всем остальным.

Интересно, Мистер Мерседес наблюдал из какого-нибудь темного угла? Как сказал бы опоссум из мультфильма*: «Возможно, Маски, возможно».

Вернувшись домой, он садится в раскладное кресло и берет письмо. Знает, каким будет его следующий шаг, если он не собирается передавать письмо Питу Хантли — а он не собирается, — но также знает, что нет смысла делать этот шаг после пары банок пива. Поэтому кладет письмо в ящик стола поверх «тридцать восьмого» (на этот раз без пакета) и берет еще одну банку. Из холодильника, и это всего лишь «Айвори спешл», местный продукт, но по вкусу ничем не уступающий «Сингхе».

Когда с пивом покончено, Ходжес включает компьютер, открывает «Файрфокс», набивает в строке поисковика «Под синим зонтом Дебби». Создатели сайта характеризуют его очень расплывчато: *Неформальный сайт, где интересные люди обмениваются интересными мнениями.* Он думает о том, чтобы зайти на сайт, но потом выключает компьютер. И этого тоже не нужно. Во всяком случае, этим вечером.

Обычно он ложится спать поздно, тем самым сокращая количество часов, которые придется ворочаться, вспоминая давние дела и давние ошибки, но сегодня укладывается рано, точно зная, что заснет сразу. И какое это приятное чувство.

Последняя мысль, прежде чем он проваливается в сон, о том, как заканчивается сочащееся ядом письмо Мистера Мерседеса. Автор хочет, чтобы он покончил с собой. Ходжес задается вопросом, а что подумает Мистер Мерседес, узнав, что вместо самоубийства подвигнул этого конкретного бывшего Рыцаря жетона и пистолета на дальнейшую жизнь? По крайней мере на какое-то время.

А потом сон забирает его. Он крепко спит шесть часов, прежде чем его будит мочевой пузырь. Ходжес шлепает в ванную, отливает, возвращается в постель и спит еще три часа. Когда открывает глаза, светит солнце и щебечут птицы. Он идет на кухню, готовит себе сытный завтрак. Когда пе-

---

* Имеются в виду американские и английские мультфильмы про помощника шерифа Дауга.

рекладывает два прожаренных яйца на тарелку с беконом и тостом, в изумлении замирает.

Кто-то поет.

Он сам, больше некому.

6

После завтрака, поставив грязные тарелки в посудомоечную машину, он идет в кабинет, чтобы разобрать письмо по косточкам. За время службы он это проделывал не меньше двух десятков раз, но не в одиночку: ему помогал Пит Хантли, а до Пита — два других напарника. Большинство писем являли собой угрожающие послания от бывших мужей (одно или два — от бывших жен). Эти особого интереса не представляли. В некоторых кто-то что-то вымогал. В других — шантажировал, можно сказать, тоже вымогал. Одно написал похититель, требовавший какую-то ерунду и мелкий выкуп. И три... четыре, считая письмо Мистера Мерседеса, пришли от признающих свою вину убийц. Два из них прислали люди, убивавшие в собственном воображении. Третье мог написать (а может, и нет) серийный убийца, которого они называли Дорожным Джо.

А как воспринимать это? Настоящее оно или фальшивое? Автор — реальный убийца или какой-то фантазер?

Ходжес выдвигает ящик стола, достает блокнот линованной бумаги, вырывает верхний лист со списком продуктов, которые собирался купить неделей раньше. Вынимает шариковую ручку из стаканчика, стоящего рядом с компьютером. Сначала обдумывает упоминание кондома. Если парень действительно его надел, то унес с собой... это естественно, правда? На кондомах остаются и отпечатки пальцев, не только сперма. Ходжес рассматривает другие подробности: как ремень безопасности заблокировало, когда автомобиль врезался в толпу, как «мерседес» подпрыгивал на телах. В газетах этого не было, но и вообразить такое несложно. Он же сам написал...

Ходжес проглядывает письмо, и вот оно, нужное место: *Воображение у меня очень яркое.*

Но было в письме и то, чего он выдумать не мог. Два нюанса, которые утаили от средств массовой информации.

В блокноте, под заголовком «ОН — РЕАЛЬНЫЙ УБИЙЦА?», Ходжес пишет: СЕТКА ДЛЯ ВОЛОС. ХЛОРКА.

Мистер Мерседес унес сетку с собой, как и кондом (возможно, свисавший с его конца, при условии, что это не выдумка), но Гибсон из экспертно-криминалистического отдела не сомневался: сетка у него на голове была. Потому что Мистер Мерседес оставил клоунскую маску, и к ней не прилипло ни одного волоска. И запах убивающей ДНК хлорки, какой пользуются в бассейнах, тоже сомнений не вызывал. Мистер Мерседес ее не пожалел.

Но главное заключалось, конечно, не в этих мелочах, а в другом. *В уверенности в себе.*

После короткого колебания Ходжес пишет печатными буквами: ОН — ТОТ САМЫЙ ПАРЕНЬ.

Снова медлит. Вычеркивает ПАРЕНЬ и пишет МЕРЗАВЕЦ.

7

Давно уже он не думал как коп и еще дольше не занимался такой работой — особым видом экспертизы, который не требовал фотоаппаратов, микроскопов, специальных веществ, — но как только Ходжес за нее берется, навыки возвращаются быстро. Начинает он с заголовков.

АБЗАЦЫ ИЗ ОДНОГО ПРЕДЛОЖЕНИЯ.
ФРАЗЫ С ЗАГЛАВНЫМИ БУКВАМИ.
ФРАЗЫ В КАВЫЧКАХ.
ПРИЧУДЛИВЫЕ ФРАЗЫ.
НЕОБЫЧНЫЕ СЛОВА.
ВОСКЛИЦАТЕЛЬНЫЕ ЗНАКИ.

Тут он останавливается, постукивая ручкой по нижней губе, и вновь полностью перечитывает письмо, от слов Дорогой детектив Ходжес до Надеюсь, это письмо Вас взбодрило. Потом добавляет еще два заголовка на уже густо исписанной странице:

ИСПОЛЬЗУЕТ БЕЙСБОЛЬНЫЕ МЕТАФОРЫ, МОЖЕТ, БОЛЕЛЬЩИК. С КОМПЬЮТЕРОМ НА ТЫ (МОЛОЖЕ 50?).

Он далеко не уверен в двух последних предположениях. Спортивные метафоры стали расхожими, особенно среди знатоков политики, и в наши дни на «Фейсбуке» и в «Твиттере» хватает тех, кому за восемьдесят. Сам Ходжес использует потенциал своего «Мака» только на двенадцать процентов (таково мнение Джерома), но это не означает, что таких, как он, большинство. Начинать можно в любом возрасте, однако чувствуется, что письмо написано молодым.

По этой части полицейской работы он всегда выказывал недюжинный талант, и на интуицию приходилось куда больше двенадцати процентов.

Он уже выписал с десяток примеров под НЕОБЫЧНЫМИ СЛОВАМИ и теперь обвел кружком два: *компатриоты* и *самопроизвольная эякуляция*. Потом добавил фамилию — Вамбо. Мистер Мерседес — говнюк, но умный, начитанный говнюк. У него большой словарный запас, и он не делает грамматических ошибок. В этот момент Ходжес представляет себе, как Джером Робинсон говорит: «Проверка орфографии, сечешь, *чувак*?»

Конечно, конечно, нынче все, у кого есть программа проверки правописания, могут похвастаться грамотностью, но Мистер Мерседес правильно написал достаточно простую, но редкую фамилию: *Вамбо*. Никаких тебе *Вамбу* или *Вамбоу*. Все точно, как и положено. То есть книги Мистер Мерседес наверняка читал. Может, и не классику, но уровень его писательского мастерства намного выше, чем у авторов диалогов в таких сериалах, как «Морская полиция: спецотдел» или «Кости».

Домашнее обучение, старшая школа или самообразование? Имеет ли это значение? Может, нет, а может, и да.

Ходжес думает, что самообразование можно вычеркнуть. Стиль письма слишком... какой?

— Непринужденный, — сообщает он пустой комнате, но это еще не все. — Свободный. — Никакой зажатости. Он учился у других. И писал для других.

Зыбкое умозаключение, но оно подкрепляется некой цветистостью стиля — этими ВЫЧУРНЫМИ ФРАЗАМИ. *Считаю себя обязанным начать с того, чтобы поздравить*, пишет он. *Вы раскрыли в буквальном смысле сотни преступлений*, пишет он. И дважды: *Думали ли Вы обо мне?* В старшей школе за английский язык и литературу Ходжес получал пятерки, в колледже — четверки, и он знал, как это называется: усилительный повтор. Неужели Мистер Мерседес воображает, что его письмо опубликуют в местной газете, что оно будет циркулировать в Интернете, будет цитироваться (с некой долей вынужденного уважения) в шестичасовом выпуске «Новости на Четвертом канале»?

— Конечно, воображаешь, — говорит Ходжес. — Когда-то давно ты зачитывал свои сочинения в классе. Тебе это тоже нравилось. Нравилось быть в центре внимания. Правда? Когда я тебя найду... если я тебя найду... наверняка выяснится, что по английскому языку и литературе ты учился никак не хуже меня. — Может, даже лучше. Ходжес не помнит, чтобы он использовал усилительный повтор, разве что случайно.

Да только в городе четыре муниципальных старших школы, и одному Богу известно, сколько частных, не говоря уже о подготовительных, двухгодичных колледжах, Городском колледже и Католическом университете Святого Иуды. Достаточно стогов сена, чтобы спрятать одну отравленную иголку. Даже если он учился в здешней школе, а не в Майами или Финиксе.

Плюс он хитрец. В письме полно слов, которые начинаются с большой буквы, фразы в кавычках, избыточное количество восклицательных знаков, энергичные абзацы в одно предложение. Если попросить его предоставить образец почерка, Мистер Мерседес, конечно же, обойдется без всех этих стилистических изысков. Ходжес знает это так же хорошо, как и свое первое, такое неудачное имя: Кермит, как в *кермит_лягушонок-19*.

Но.

Говнюк не так умен, как он о себе думает. Письмо *практически* наверняка содержит два *настоящих* «отпечатка пальцев»: один смазанный и один идеально четкий.

Смазанный — постоянное использование чисел вместо слов: 27, не двадцать семь, 40 вместо сорока, детектив 1-го класса. Числа могут быть только маскировкой, он это знает, но велика вероятность, что Мистер Мерседес и не подозревал о том, что это отпечаток.

«Если бы я смог привести его в ДК-4 и попросить написать: *Сорок воров украли восемьдесят обручальных колец...*»

Только К. Уильям Ходжес никогда больше не попадет в допросный кабинет, включая ДК-4 — его любимый, точнее, счастливый, как он всегда думал. Хотя, если выяснится, что он залез в это дерьмо, сидеть ему по другую сторону металлического стола.

Ладно, хорошо, Пит приводит этого парня в ДК. Пит, или Изабель, или они оба. И просят написать: *40 воров украли 80 обручальных колец*. Что тогда?

Потом они просят его написать: *Копы поймали преступника, прячущегося в проулке*. Только слово *перп* произносят невнятно. Потому что, несмотря на его уровень писательства, Мистер Мерседес думает, что человек, совершающий преступные деяния, — *перк*. Может, он также думает, что специальные привилегии — это *перп*, как в *Перп генерального директора путешествовал 1-м классом*.

Ходжеса это не удивляет. До колледжа он сам думал, что игрок, который бросает мяч на бейсбольном поле, штуковина, из которой наливают воду, и предмет в раме, который вешают на стену, чтобы украсить квартиру, пишутся одинаково. Он видел слово *picture** в самых разных книгах, но разум каким-то образом отказывался зафиксировать его. Его мать говорила: «Поправь эту *pitcher***, Керм, она перекосилась», а отец иногда давал ему денег на «*pitcher*-шоу», и это накрепко засело в голове.

Я узнаю тебя, когда найду, милок, думает Ходжес.

Он пишет слово большими буквами и обводит снова и снова, берет в плотный круг. «Ты окажешься тем говнюком, для которого "перп" — это "перк"».

8

Он отправляется на прогулку по кварталу, здоровается с людьми, которых давно не видел. Кого-то — несколько недель. Миссис Мельбурн возится в палисаднике и, заметив Ходжеса, приглашает его отведать кофейного торта.

— Я тревожилась за вас, — говорит она, когда они усаживаются за стол на кухне. У нее яркий, пронзительный взгляд вороны, которая видит перед собой только что раздавленного бурундука.

— Привыкнуть к пенсии сложно. — Ходжес делает глоток кофе. Он жидкий, но горячий.

— Кое-кто никак не может к этому привыкнуть, — продолжает она, оценивая его своими яркими глазами.

«Пожалуй, она бы не стушевалась и в четвертом ДК», — думает Ходжес.

— Особенно те, у кого была напряженная работа.

— Сначала я, конечно, скис, но теперь дело пошло на поправку.

— Рада это слышать. Тот милый негритянский мальчик все еще работает у вас?

— Джером? Да. — Ходжес улыбается, представив себе реакцию Джерома, если бы тот узнал, что кто-то из соседей

---

* Picture — картина (*англ.*).
** Pitcher — кувшин, питчер (*англ.*).

считает его *милым негритянским мальчиком*. Наверное, оскалил бы зубы в ухмылке и воскликнул: *Адназначна!* Джером и его «чё-нить надо». Уже нацеливается на Гарвард или Принстон, фланговым защитником.

— Он ленится, — говорит она. — Ваша лужайка заросла. Еще кофе?

Ходжес с улыбкой отказывается. Одной кружки плохого кофе предостаточно.

9

Снова дома. Икры покалывает, голова полна чистым воздухом, во рту вкус подстилки со дна птичьей клетки, но мозг вибрирует от избытка кофеина.

Он заходит на сайт городской газеты и открывает несколько статей о бойне у Городского центра. Не находит нужного ни в первой статье под пугающим заголовком от 11 апреля 2009 года, ни в огромном материале воскресного номера от 12 апреля, только в номере за понедельник: фотография руля брошенного убийцей автомобиля. Негодующий заголовок: «ОН ДУМАЛ, ЭТО СМЕШНО». На эмблему «Мерседеса» в центре руля прилеплено желтое улыбающееся лицо. Тот самый оскаленный смайлик в черных очках.

Полицию сильно разозлила эта фотография, потому что ведущие расследование детективы — Ходжес и Хантли — просили репортеров не публиковать лыбящуюся физиономию. Редактор, Ходжес помнит, льстиво извинялся. До кого-то команда не дошла, говорил он. Больше такое не повторится. Обещаю. Честное скаутское.

«Команда не дошла! — кипятился тогда Пит. — Они заполучили фотографию, которая могла чуть подстегнуть тираж, и, само собой, ее использовали».

Ходжес увеличивает газетное фото, пока лыбящееся желтое лицо не занимает весь экран. *Знак зверя*, думает он, *в стиле двадцать первого века*.

На этот раз он нажимает клавишу быстрого набора уже другого номера: не полицейского участка, а мобильника Пита. Его прежний напарник откликается на втором гудке:

— О, привет, старина. Как тебе на пенсии? — По голосу чувствуется, что он действительно рад звонку, и Ходжес улыбается. Ощущает и чувство вины, но у него и в мыслях нет дать задний ход.

— Я в порядке, — отвечает он, — но мне не хватает твоей толстой и вечно красной рожи.

— Естественно, не хватает. И в Ираке мы победили.

— Клянусь Богом, Пит. Как насчет того, чтобы встретиться за ленчем и наверстать упущенное? Ты выбираешь место, а я плачу.

— Идея мне нравится, но сегодня я уже поел. Как насчет завтра?

— Со временем у меня беда. Приезжает Обама, ему нужен мой совет по части бюджета, но, думаю, я кое-кого передвину. Видишь, в каком ты у меня фаворе?

— Да пошел ты сам знаешь куда, *Кермит*.

— Только после тебя. — Никакая музыка не могла звучать лучше.

— Как насчет «Димасио»? Тебе всегда там нравилось.

— «Димасио» подойдет. В полдень?

— Заметано.

— Ты уверен, что у тебя найдется время для такой старой шлюхи, как я?

— Билли, мог бы и не спрашивать. Хочешь, чтобы я привез Изабель?

Он не хочет, но отвечает:

— Решай сам.

Дружеская телепатия срабатывает, потому что после короткой паузы Пит говорит:

— Пожалуй, на этот раз лучше устроить мальчишник.

— Как скажешь. — В голосе Ходжеса слышится облегчение. — Жду встречи.

— Я тоже. Приятно слышать твой голос, Билли.

Ходжес разрывает связь и вновь смотрит на скалящийся смайлик. Тот полностью заполняет экран его компьютера.

10

Вечером Ходжес вновь сидит в кресле, смотрит одиннадцатичасовой выпуск новостей. В белой пижаме он выглядит разжиревшим призраком. На черепе кожа мягко поблескивает сквозь поредевшие волосы. Главная тема дня — платформа «Дипуотер хорайзн» в Мексиканском заливе, где нефть по-прежнему бьет ключом, загрязняя окружающую среду. Диктор говорит, что синеперый тунец в опасности, а в Луизиане о выращивании моллюсков можно забыть на целое поколение. В Исландии извергающийся вулкан (его название диктор превращает во что-то вроде «Эйджа-филлкулл») все еще чинит препятствия трансатлантическому воздушному сообщению. В Калифорнии полиция сообщает, что наконец-то совершен прорыв в деле серийного убийцы, прозванного Угрюмым Соней. Пока никаких имен, но подозреваемого (*перка*, думает Ходжес) описывают как «вежливого афроамериканца с грамотной речью». «Если бы кто-нибудь поймал еще и Дорожного Джо, — думает Ходжес. — Не говоря об Усаме бен Ладене».

Появляется девушка-синоптик. Обещает тепло и синее небо. Время доставать купальники.

— Хотел бы посмотреть на тебя в купальнике, — говорит Ходжес и берет пульт дистанционного управления, чтобы выключить телевизор. Достает из ящика отцовский «тридцать восьмой», по пути в спальню разряжает его, кладет в сейф рядом с «глоком». В последние два или три месяца модель «Виктория» тридцать восьмого калибра подолгу не выходила у него из головы, но в этот вечер, запирая револьвер в сейф, он о нем и не думает. Думает о Дорожном Джо, но так, между прочим, потому что теперь Дорожный Джо — чужая проблема. Как и Угрюмый Соня, афроамериканец с грамотной речью.

Мистер Мерседес тоже афроамериканец? В принципе возможно, ведь никто ничего не видел, кроме эластичной маски клоуна, рубашки с длинными рукавами и желтых перчаток на руле, однако Ходжес считает иначе. Бог свидетель, черножих, способных на преступление, в городе предостаточно, но надо принимать во внимание использованное орудие убийства. Район, где жила мать миссис Трелони, — по большей части богатый и населен белыми. Черный мужчина, отирающийся около припаркованного «Мерседеса-S600», сразу привлек бы внимание.

Да. Вероятно. Люди бывают на удивление ненаблюдательными. Но по собственному опыту Ходжес знает, что у богатых с наблюдательностью получше, чем у подавляющего большинства американцев, особенно когда дело касается их дорогих игрушек. Он не хочет говорить, что у них *паранойя*, но...

Чего там, еще какая. Богатые могут быть щедрыми (даже те, кто исповедует леденящие кровь политические взгляды), да, могут быть щедрыми, но внутри, и не так чтобы глубоко, они всегда боятся, что кто-то собирается украсть их подарки и съесть именинный торт.

А как же тогда насчет аккуратности, вежливости и грамотности речи?

Да, решает Ходжес. Вещественных улик нет, но письмо предполагает, что он именно такой. Мистер Мерседес может носить костюм и работать в офисе или же одеваться в джинсы и рубашки «Кархартт» и балансировать колеса в гараже, но неряха — это не про него. Он, может, и не очень разговорчивый — такие люди осторожны во всех аспектах жизни, а это исключает склонность к болтовне, — но когда говорит, речь у него ясная и четкая. И если вы заблудились, он всегда подскажет, как добраться до нужного вам места.

Занимаясь чисткой зубов, Ходжес думает: «"Димасио". Пит хочет, чтобы мы встретились за ленчем в "Димасио"».

Это нормально для Пита, который по-прежнему при жетоне и пистолете, и Ходжес придерживался того же мнения по ходу разговора, потому что *думал* тогда как коп, а не пенсионер, набравший тридцать лишних фунтов. Может, ничего страшного — ясный день и все такое, — но «Димасио» расположен на границе Лоутауна, а туда туристов не водят. В квартале к западу от ресторана, за эстакадой платной автомагистрали, город уже не город: одни пустыри да брошенные здания. На улицах открыто продают наркотики. Процветает незаконная торговля оружием, поджоги — общее для района хобби. Если, конечно, Лоутаун можно назвать районом. Сам ресторан — с потрясающей итальянской кухней — совершенно безопасен. У владельца такие связи, что «Димасио» — та же «Бесплатная стоянка» в «Монополии».

Ходжес ополаскивает рот, возвращается в спальню и — все еще думая о «Димасио» — с сомнением смотрит на стенной шкаф, в котором за развешанными на плечиках брюками, рубашками и приталенными пиджаками, которые он больше не носит (так растолстел, что влезает только в два из них), спрятан сейф.

Взять «глок»? Может, «Викторию»? «Виктория» меньше.

Нет — и первому, и второму. Его лицензия на скрытое ношение оружия по-прежнему действует, но он не пойдет вооруженным на ленч со своим прежним напарником. Ему будет неловко, а он и так чувствует себя не в своей тарелке из-за планов, в которые посвящать Пита не собирается. Поэтому Ходжес идет к комоду, выдвигает ящик, заглядывает под стопку нижнего белья. Веселый ударник на месте, лежит там после прощальной вечеринки.

Ударника вполне хватит. Маленькая страховка в крайне неблагополучной части города.

Довольный принятым решением, он идет к кровати и выключает свет. Сует руки в мистический холодный карман под подушкой и думает о Дорожном Джо. Джо пока везет, но, вероятно, его все-таки поймают. Не потому, что он продолжает нападать на людей на площадках отдыха у автострад, а потому, что он не может прекратить убивать. Он думает о письме Мистера Мерседеса: *Но к моему случаю это не относится, потому что у меня абсолютно нет желания сделать это снова.*

Говорит правду или лжет, как лгал своими ФРАЗАМИ С ЗАГЛАВНЫМИ БУКВАМИ, и МНОЖЕСТВОМ ВОСКЛИЦАТЕЛЬНЫХ ЗНАКОВ, и АБЗАЦАМИ ИЗ ОДНОГО ПРЕДЛОЖЕНИЯ?

Ходжес думает, что он лжет, — возможно, и самому себе, не только К. Уильяму Ходжесу, детективу-пенсионеру, — но в данный момент, когда Ходжес, засыпая, лежит в кровати, его это не волнует. Главное в другом: этот парень думает, что он в безопасности. Он от этого просто тащится. Похоже, не осознает, что подставился, написав письмо человеку, который до выхода на пенсию возглавлял расследование массового убийства у Городского центра.

Тебе хочется поговорить об этом, верно? Да, хочется, милок, не лги своему старому дяде Билли. И если сайт «Под синим зонтом Дебби» — не очередной ложный след, как все эти закавыченные цитаты, ты прорыл тоннель в свою жизнь. Ты хочешь поговорить. У тебя насущная потребность поговорить. И если ты сможешь втянуть меня во что-то, это будет лишь дополнительный бонус, правильно?

В темноте Ходжес говорит:

— Я готов тебя выслушать. Времени у меня достаточно. Я, в конце концов, детпен.

Улыбаясь, он засыпает.

11

На следующее утро Фредди Линклэттер сидит на краю разгрузочной платформы и курит «Мальборо». Ее аккуратно сложенная куртка с надписью «Дисконт электроникс» на спине лежит рядом, на куртке — бейсболка с буквами «ДЭ». Фредди рассказывает о каком-то иисусоносце, который ее доставал. Люди вечно ее достают, и она рассказывает об этом Брейди в обеденный перерыв. Во всех подробностях, потому что Брейди слушать умеет.

— Вот он подходит ко мне и говорит: все гомосексуалы попадают в ад, и эта брошюра объясняет почему. Ну, я ее и беру, так? На обложке картинка двух узкозадых парней-геев — в спортивных костюмах, клянусь Богом, — которые держатся за руки и смотрят в пещеру, где бушует пламя. Плюс дьявол! С вилами! Я не несу пургу. Однако я пытаюсь с ним это обсудить. У меня ощущение, что он хочет завязать диалог. Вот я и говорю: слушай, ты должен оторваться от Книги Лабитта — или что ты там постоянно читаешь — и ознакомиться с последними научными исследованиями. Люди *рождаются* гомосексуальными, доступно это тебе? Он говорит: такое просто не может быть правдой. Гомосексуальность — усвоенная модель поведения и сама по себе не возникает. Но я не могу в это поверить. Я же вижу, что он пудрит мне мозги. Но я ему это не говорю. Я говорю другое: посмотри на меня, чувак, посмотри как следует. Не стесняйся, разгляди от пяток до макушки. Что ты видишь? И прежде чем ты начнешь вновь вешать мне лапшу на уши, я сама тебе скажу. Ты видишь *парня*, вот что. Только Бог в какой-то момент отвлекся перед тем, как пришлепнуть мне член, и взял то, что лежало рядом. Так *потом* он...

Брейди следит за рассказом Фредди, пока она не добирается до Книги Лабитта (она подразумевает Книгу Левита, но Брейди лень поправлять ее), а потом теряет нить, прислушивается разве что к интонациям, чтобы вставлять иногда «да-да» или «ага». Он ничего не имеет против ее монолога, который успокаивает, совсем как «Эл-си-ди саундсистем», которую он иногда слушает на айподе, когда ложится спать. Фредди Линклэттер очень высокая, со своими шестью футами и двумя или тремя дюймами возвышается над Брейди и говорит чистую правду: она похожа на девушку ничуть не больше, чем Брейди Хартсфилд — на Вина Дизеля. Прямые джинсы, байкерские сапоги, простая белая футболка, которая висит ровненько, безо всякого намека на грудь. Русые волосы торчат на четверть дюйма. Ни сережек, ни косметики. Возможно, по мнению Фредди, «Макс Фактор» — синоним того, что какой-то парень сделал с какой-то девушкой за отцовским амбаром.

Он говорит «ага», и «да-да», и «точно», гадая при этом, как старый коп отреагировал на его письмо и попытается ли старый коп связаться с ним через «Синий зонт». Он знает, что отправка письма — риск, но не сильно большой. Стиль он изменил кардинально, сам пишет совсем иначе. Шансы, что старый коп выудит из письма что-то полезное, минимальны, может, и вообще нулевые.

«Синий зонт Дебби» — чуть больший риск, но если старый коп думает, что сумеет проследить весь путь до компьютера Брейди, то его ждет большой сюрприз. Серверы «Дебби» — в Восточной Европе, а в Восточной Европе защищенность компьютерной информации — что гигиена в Америке: ей поклоняются почти как Богу.

— Так он продолжает гнуть свое, клянусь, это правда, продолжает. У нас в церкви много молодых женщин-христианок, которые покажут тебе, как прихорашиваться. А если ты отрастишь волосы, то станешь красивой. Можешь ты в это поверить? Вот я и говорю ему: если тебя подкрасить, ты тоже станешь красивым. Надень кожаный пиджак и высокий жесткий воротник, и какая-нибудь озабоченная деваха обязательно склеит тебя в «Коррале». Получишь свой первый шанс вставить. Это не на шутку выводит его из себя, и он говорит, если ты думаешь, тут что-то личное...

В любом случае, если старый коп захочет проследить сетевой путь, ему придется отдать письмо экспертам технического отдела, а Брейди думает, что старый коп этого не сделает. Во всяком случае, сразу. Ему скучно, надоело сидеть и бить баклуши в компании телика. И разумеется, револьвера, который он держит под рукой вместе с пивом и журналами. Нельзя забывать про револьвер. Брейди не видел, как старый коп совал ствол в рот, но на его глазах тот несколько раз брал оружие в руки. Счастливые, всем довольные люди не сидят с оружием на коленях.

— Вот я и говорю: я пойду. Не злись. Если кому-то не нравятся ваши драгоценные идеи, вы, парни, всегда злитесь. Ты не замечал такого в христерах*?

Он не замечал, но соглашается с ней.

— Только этот слушал. Действительно слушал. И в итоге мы пошли в «Пекарню Хоссени» и выпили кофе. А там — я

---

* Христер — христианин, проповедующий слово Божье тем, кто не хочет его слушать (уличный проповедник).

знаю, в это трудно поверить — у нас получилось что-то вроде диалога. Насчет человечества я особых надежд не питаю, но иной раз...

Брейди не сомневается, что письмо взбодрит старого копа, во всяком случае, поначалу. Он не сочтет все эти цитаты глупостью и сразу увидит завуалированный совет покончить с собой, как это сделала миссис Трелони. *Завуалированный?* Ну, не слишком. Достаточно ясный. Брейди верит, что старый коп будет хорохориться, хотя бы какое-то время. А когда увидит, что результатов — ноль, разочарование окажется сильным. И потом — при условии, что старый коп проглотит приманку «Синего зонта», — Брейди сможет быстренько довести его до кондиции.

Старый коп думает: *Если я сумею тебя разговорить, то сумею и поймать.*

Только Брейди готов поспорить, что старый коп никогда не читал Ницше. Брейди готов спорить, что старый коп — скорее поклонник Джона Гришэма. Если вообще читает. «Когда ты смотришь в бездну, — писал Ницше, — бездна тоже смотрит в тебя».

Бездна — это я, старичок. Я.

Старый коп, конечно, более серьезный вызов в сравнении с бедной, мучившейся чувством вины Оливией Трелони... но достигнутый результат вызвал такой выброс адреналина, что Брейди хочет его повторить, ничего не может с собой поделать. В каком-то смысле подталкивание Сладкой Ливви к самоубийству принесло ему даже большее удовлетворение, чем превращение в кровавое месиво всех этих ищущих работу говнюков у Городского центра. Потому что потребовало умственных усилий. Потребовало решимости. Потребовало планирования. И помощь копов пришлась кстати. Догадались ли они, что их ошибочные версии отчасти привели к самоубийству Сладкой Ливви? Хантли, конечно, нет, такая мысль просто не могла прийти в голову этому работяге. А Ходжес? У него могли возникнуть сомнения. Несколько маленьких мышек грызли проводки в мозгах этого умника копа. Брейди на это надеется. Если нет, у него, возможно, появится шанс прямо сказать об этом жирному экс-копу. На сайте «Синий зонт».

Но львиную долю работы сделал он. Брейди Хартсфилд. Имеет полное право это утверждать. Городской центр — это удар кувалдой. С Оливией Трелони в ход пошел скальпель.

— Ты меня слушаешь? — спрашивает Фредди.

Он улыбается:

— Извини, на минутку отвлекся.

Никогда не лги, если можешь сказать правду. Правда — не всегда самый безопасный путь, но очень часто. Он лениво задается вопросом, а что бы она сказала, услышав от него: *Фредди, я и есть Мерседес-убийца.* Или: *Фредди, у меня в подвальном чулане — девять фунтов самодельного пластита.*

Она смотрит так, словно может читать его мысли, и Брейди на мгновение становится не по себе. Но она говорит:

— Это все две работы, дружище. Они тебя доконают.

— Да, но я хочу вернуться в колледж, и никто не заплатит за учебу, кроме меня. А еще у меня мама.

— И ее тяга к вину.

Он улыбается:

— Если на то пошло, мама предпочитает водку.

— Пригласи меня в гости, — мрачно предлагает Фредди. — Я затащу ее на собрание гребаных Анонимных алкоголиков.

— Ничего не выйдет. Ты знаешь, что сказала Дороти Паркер? Шлюху можно приобщить к культуре, но думать ее не заставишь.

Фредди мгновение обдумывает фразу, откидывает голову и смеется хрипловатым из-за «Мальборо» смехом.

— Я не знаю, кто такая Дороти Паркер, но это я запомню. — Она становится серьезной. — Слушай, а почему не попросить Фробишера дать тебе еще несколько часов? Твоя вторая работа — просто мура.

— Я скажу тебе, почему он не просит Фробишера дать ему больше часов, — говорит Фробишер, выходя на разгрузочную площадку. Энтони Фробишер молод и из-за толстых очков напоминает ботаника. В этом он схож с большинством сотрудников «Дисконт электроникс». Брейди тоже молод, но симпатичнее Тоунса Фробишера. Тем не менее он не красавчик. Брейди это устраивает. Не выделяться из толпы для него только в плюс.

— Выкладывай, — кивает Фредди и тушит окурок. На другой стороне разгрузочной зоны, за громадой гипермаркета в южном конце торгового центра «Берч-хилл», стоят автомобили сотрудников (по большей части старые) и три новеньких фольксвагеновских «жука» ярко-зеленого цвета. Они всегда чисто вымыты, и лучи весеннего солнца отражаются от ветровых стекол. На дверцах — синие надписи: «ПРОБЛЕМЫ С КОМПЬЮТЕРОМ? ПОЗВОНИ В КИБЕРПАТРУЛЬ "ДИСКОНТ ЭЛЕКТРОНИКС"».

— «Контур-сити» закрылся, «Лучшая покупка» едва дышит, — говорит Фробишер учительским тоном. — «Дисконт электроникс» *тоже* едва дышит, вместе с целыми отраслями бизнеса, которые скорее мертвы, чем живы, и все из-за компьютерной революции. Это и газеты, и книжные издательства, и магазины записей, и Почтовая служба Соединенных Штатов. Я перечислил далеко не все.

— Магазины записей? — спрашивает Фредди, затягиваясь новой сигаретой. — Каких таких записей?

— Обхохочешься, — отвечает Фробишер. — У меня есть друг, который заявляет, что у розовых нет чувства юмора, но...

— У тебя есть друзья? — перебивает Фредди. — Ух ты! Кто бы мог подумать?

— ...твой пример доказывает, что он не прав. Вы не можете получить больше часов, потому что компания выживает на одних только компьютерах. Преимущественно дешевых, собранных в Китае или на Филиппинах. Великому большинству наших покупателей больше не нужно прочее дерьмо, которое мы продаем. — Брейди думает, что только Тоунс Фробишер мог сказать «великое большинство». — Отчасти причина в технической революции, но еще и в том...

— ...*что Барак Обама — наихудший выбор, который когдалибо сделала эта страна!* — хором восклицают Фредди с Брейди.

Фробишер мрачно смотрит на них, потом изрекает:

— По крайней мере вы меня слушаете. Брейди, ты заканчиваешь в два, правильно?

— Да. Моя вторая работа начинается в три.

Фробишер морщит занимающий пол-лица шнобель, показывая, что́ он думает о второй работе Брейди.

— Я слышал, ты что-то говорил о возвращении в колледж?

Брейди молчит, потому что любой его ответ может быть воспринят негативно. Энтони Фробишер по прозвищу Тоунс не должен знать, что Брейди ненавидит его. *Презирает.* Брейди ненавидит всех, включая пьющую мать, но, как говорится в песне, никому не нужно знать об этом прямо сейчас.

— Тебе двадцать восемь, Брейди. Ты достаточно взрослый, чтобы не полагаться на говняный общий котел для оплаты страховки своего автомобиля — и это хорошо, — но ты чуть старше, чем нужно, чтобы учиться на инженера-электрика. Или программиста, если на то пошло.

— Не будь жабой, — говорит Фредди. — Не будь Тоунс-жабой.

— Если правда превращает человека в жабу, тогда я согласен быть жабой.

— Да, — кивает Фредди, — таким ты и войдешь в историю. Тоунс, Жаба-правдоруб. В школе детям будут рассказывать о тебе.

— Я не возражаю против толики правды, — вставляет Брейди тихим, спокойным голосом.

— Хорошо. Тогда ты не будешь возражать и против того времени, которое потратишь на инвентаризацию и наклеивание новых ярлыков на DVD. Можешь приступать.

Брейди добродушно кивает, встает, отряхивает пыль со штанов. «Дисконт электроникс» начинает распродажу DVD за полцены со следующей недели. Руководство компании в Нью-Джерси решило, что «ДЭ» должен выйти из торговли DVD к январю 2011 года. Когда-то прибыльное направление удушили «Нетфликс» и «Редбокс». Скоро в магазине не останется ничего, кроме настольных компьютеров (собранных в Китае и на Филиппинах) и телевизоров с плоским экраном, которые из-за рецессии мало кто мог себе позволить.

— У тебя вызов. — Фробишер поворачивается к Фредди, протягивает ей розовую накладную. — У старушки завис компьютер. Или не шевелится экран, как она говорит.

— Да, mon capitan*. Я живу, чтобы служить. — Она встает, отдает честь и берет накладную.

— Заправь футболку. И надень бейсболку, чтобы наша клиентка не пришла в ужас от твоей стрижки. Не гони. Получишь еще один штраф, и работа в киберпатруле для тебя закончится. Опять же перед отъездом подбери свои гребаные окурки. — Он уходит в магазин, прежде чем она успевает найтись с ответом.

— Ярлыки на DVD — тебе, а старушка, у которой системный блок наверняка засыпан хлебными крошками, — мне, — говорит Фредди, спрыгивает на землю, надевает бейсболку. Скручивает накладную и направляется к «жуку», не удостоив окурки и взглядом. На мгновение останавливается, чтобы повернуться к Брейди, упирается руками в практически несуществующие бедра. — Не такой я представляла свою жизнь, когда училась в пятом классе.

— Я тоже, — ровным голосом отвечает Брейди.

Он наблюдает, как она уезжает спасать старушку, которая, вероятно, сходит с ума, лишившись возможности загрузить рецепт любимого яблочного пирога без яблок. На этот раз Брейди задается вопросом, какой будет реакция Фредди, если он расскажет ей, как жил, когда был мальчишкой. Когда убил своего брата. Когда мать прикрыла его.

И почему нет?

В конце концов, это была ее идея.

12

Брейди приклеивает желтые ярлыки пятидесятипроцентной скидки к старым фильмам Квентина Тарантино, Фредди помогает пожилой миссис Вере Уилкинс, проживающей в Уэст-Сайде (оказалось, что хлебными крошками забита

· * Мой капитан (иск. фр.).

клавиатура), а Билл Ходжес поворачивает на Лоубрайр, четырехполосную улицу, пересекающую город, которая и дала название Лоутауну, а потом на стоянку у итальянского ресторана «Димасио». Ему не нужно изображать Шерлока Холмса, чтобы понять, что Пит его опередил. Ходжес паркуется рядом с простеньким серым седаном «шевроле», который разве что не кричит: «Городская полиция!» Вылезает из старой «тойоты», которая разве что не кричит: «Старикан-пенсионер!» Прикасается к капоту «шевроле». Теплый. Пит опередил его ненамного.

Ходжес замирает на мгновение, наслаждаясь поздним утром с ярким солнцем и резкими тенями, глядя на эстакаду в квартале от ресторана. Он знает, что все колонны изрисованы, и хотя под эстакадой сейчас никого нет (полдень — время завтрака для молодого поколения Лоутауна), его встретит кислый запах дешевого вина и виски, под ногами будут хрустеть осколки, а еще больше бутылок — маленьких, из коричневого стекла — он увидит в ливневых канавах.

Теперь это не его проблема. Кроме того, в сумраке под эстакадой сейчас пусто, а его ждет Пит. Ходжес входит, и ему приятно, что Элейн идет навстречу от стойки менеджера зала и приветствует его по имени, хотя он не появлялся здесь многие месяцы. Может, и целый год. Разумеется, Пит в одной из кабинок, уже машет рукой, и это Пит скорее всего «освежил память» Элейн, как говорят адвокаты.

Он тоже машет, а когда добирается до кабинки, Пит уже стоит рядом с ней, протягивая руки, чтобы заключить напарника в медвежье объятие. Они хлопают друг друга по спине положенное число раз, и Пит говорит ему, что он хорошо выглядит.

— Ты знаешь три возраста мужчины? — спрашивает Ходжес.

Пит, улыбаясь, качает головой.

— Юность, зрелость и «ты отлично выглядишь».

Пит гогочет, а потом спрашивает Ходжеса, знает ли тот, что сказала блондинка, открыв коробку «Чириос». Ходжес отвечает, что нет. Пит делает круглые глаза и говорит:

— Ой! Посмотрите на эти славные маленькие семена пончиков.

Ходжес показывает, что умеет громко смеяться, хотя думает, что это не лучший пример анекдотов про блондинок. На этом обмен любезностями заканчивается, и они садятся. Подходит официант — в «Димасио» никаких официанток, только мужчины в возрасте, и их белоснежные фартуки завязаны не на талии, а на цыплячьей груди, — и Пит заказывает кувшин пива. «Бад лайт» — не «Айвори спешл». Когда кувшин на столе, а пиво разлито по стаканам, Пит поднимает свой.

— За тебя, Билли, и за жизнь после работы.

— Спасибо.

Они чокаются и пьют. Пит спрашивает об Элли, а Ходжес спрашивает о сыне и дочери Пита. Их жены — обе в разряде бывших — появляются в разговоре (чтобы доказать друг другу и себе, что они не боятся говорить о них), а потом полностью из него исчезают. Они заказывают еду. К тому времени когда ее приносят, они обсудили двух внуков Ходжеса и проанализировали шансы «Кливлендских индейцев», географически ближайшей к их городу профессиональной бейсбольной команды. Пит заказал равиоли, Ходжес — спагетти с чесноком и маслом, как и всегда.

Наполовину уговорив свою калорийную бомбу, Пит достает из нагрудного кармана сложенный листок и многозначительно кладет рядом с тарелкой.

— Это что? — спрашивает Ходжес.

— Доказательство, что мои детективные навыки не ржавеют и я по-прежнему в форме. Я не видел тебя с той жуткой вечеринки в «Рейнтри инн» — между прочим, потом три дня мучился похмельем, — а говорил с тобой... сколько... дважды? Трижды? И вдруг ты приглашаешь меня на ленч. Удивлен ли я? Нет. Чую ли я какой-то тайный мотив? Да. Так давай поглядим, прав ли я.

Ходжес пожимает плечами.

— Я — тот самый любопытный кот. Знаешь, как говорят... утоление любопытства воскресило кота.

Пит Хантли широко улыбается, но когда Ходжес протягивает руку к сложенному листку, накрывает его ладонью.

— Нет, нет, нет, нет. Ты должен сказать, что там написано. Не юли, *Кермит*.

Ходжес вздыхает и один за другим загибает четыре пальца, озвучивая общеизвестные истины. Когда с этим покончено, Пит протягивает ему листок. Ходжес разворачивает его и читает:

1. Дэвис
2. Парковый насильник
3. Ломбарды
4. Мерседес-убийца

Ходжес прикидывается, будто потрясен.

— Я в ауте, шериф. Ничего не говори, если не хочешь.

Пит становится серьезным.

— Господи, если бы тебя не интересовали дела, которые оставались в оперативной разработке, когда ты сдал жетон, я бы разочаровался. Даже... начал бы тревожиться за тебя.

— Я не хочу влезать в них или что-то такое. — Ходжес даже удивлен, как легко слетает с губ столь чудовищная ложь.

— У тебя растет нос, Пиноккио.

— Нет, я серьезно. Просто захотелось узнать последние данные.

— Рад помочь. Давай начнем с Доналда Дэвиса. Его прошлое тебе известно. Все предприятия, которые он создавал, разорялись. Последним стал салон «Классические автомобили Дэвиса». Парень в таких долгах, что ему впору нырнуть на дно, как капитану Немо. Плюс две или три симпатичных любовницы.

— Когда я уходил, их было три, — говорит Ходжес, вновь принимаясь за спагетти. Он здесь не из-за Доналда Дэвиса, и не из-за насильника из Городского парка, и не из-за того парня, который последние четыре года грабит ломбарды и винные магазины. Они — ширма. Но ему тем не менее интересно.

— Жене надоедают долги и любовницы. Она исчезает, готовя документы на развод. История стара как мир. Он заявляет о ее исчезновении и в тот же день объявляет о своем банкротстве. Следуют телевизионные интервью, он выжимает из себя ведро крокодиловых слез. Мы знаем, что он ее убил, но пока нет тела... — Пит пожимает плечами. — Ты же участвовал в совещаниях с Крутой Дианой. — Это городской прокурор.

— Обвинения ему так и не предъявили?

— Нет трупа — нет обвинений. Копы в Модесто знали, что Скотт Питерсон виновен, как смертный грех, но все равно не могли его посадить, пока не обнаружили тела жены и ребенка. Ты в курсе.

Это точно. Они с Питом частенько обсуждали Скотта и Лейси Питерсон, когда расследовали исчезновение Шейлы Дэвис.

— Но знаешь что? В их летнем коттедже у озера обнаружили кровь. — Пит выдерживает паузу, потом взрывает еще одну бомбу: — Ее кровь.

Ходжес наклоняется вперед, еда временно забыта.

— Когда?

— В прошлом месяце.

— И ты мне не сказал?

— Сейчас говорю. Потому что ты спрашиваешь. Поиски продолжаются. Этим занимаются копы округа Виктор.

— Кто-нибудь видел его в тех местах перед исчезновением Шейлы?

— Да. Двое мальчишек. Дэвис утверждает, что ходил по грибы. Гребаный Юэлл Гиббонс*. Когда они найдут тело — если найдут, — старине Донни Дэвису не придется ждать семь лет, прежде чем подать прошение о признании ее умершей и забрать страховку. — Пит широко улыбается. — Подумай, сколько он сэкономит времени.

— А что насчет Паркового насильника?

---

* Гиббонс, Юэлл Теофилус (1911—1975) — американский натуралист, пропагандировавший натуральное питание («подножный корм»).

— Это лишь вопрос времени. Мы знаем, что он белый, мы знаем, что ему двадцать или чуть больше, и мы знаем, что у него ненасытный аппетит к хорошо ухоженной дамской киске.

— Ловите на живца, так? Потому что он любит теплую погоду.

— Ловим и поймаем.

— Будет хорошо, если вы поймаете его, прежде чем он изнасилует еще одну пятидесятилетнюю даму, возвращающуюся домой с работы.

— Мы делаем все, что можем. — На лице Пита отражается легкое раздражение. Подходит официант, чтобы спросить, все ли в порядке, и Пит машет рукой, показывая, что пока они в его услугах не нуждаются.

— Я знаю. — Тон у Ходжеса успокаивающий. — А этот наш специалист по ломбардам?

Губы Пита растягиваются в широченную улыбку.

— Юный Эрон Джефферсон.

— Кто?

— Это его настоящее имя, хотя он называл себя Уай-Эй, когда играл в футбол за Городскую среднюю школу. Ты понимаешь, как Уай-Эй Титтл*. Хотя его подруга — и мать его трехлетнего сына — говорит, что он называет этого парня Уай-Эй Титтис. Когда я спросил, в шутку или всерьез, она ответила, что понятия не имеет.

Это еще одна история, которую Ходжес знает очень хорошо: такая старая, что ноги, вероятно, растут из Библии... или в ней есть какая-то ее версия.

— Позволь догадаться. На его счету уже дюжина ограблений...

— Четырнадцать. Размахивает этим обрезом, как Омар в «Прослушке»...

— ...и не попадается, потому что дьявол на его стороне. Потом он изменяет маме своей крошки. Та выходит из себя и сдает его.

---

* Титтл, Йелбертон Абрахам (р. 1926) — знаменитый куотербек 50–60-х гг. XX в.

Пит нацеливает палец в прежнего напарника.

— В яблочко. И в следующий раз, когда юный Эрон войдет в ломбард или в винный магазин, размахивая обрезом, мы будем знать заранее и, как ангелы, спустимся с небес.

— А чего ждать?

— Опять городской прокурор. Если приносишь Крутой Диане стейк, она говорит: приготовь его, как я люблю, а если он будет пережарен или недожарен, я отошлю его назад.

— Но вы его пасете.

— Готов спорить на комплект белобоких покрышек, что Уай-Эй Титтис будет в тюрьме округа до Четвертого июля. А в тюрьме штата — до Рождества. С Дэвисом и Парковым насильником, возможно, придется повозиться подольше, но мы их возьмем. Хочешь десерт?

— Нет. Да. — Официанту он говорит: — У вас все еще есть ромовый торт? С черным шоколадом?

Официант выглядит оскорбленным.

— Да, сэр. Всегда.

— Я возьму кусок. И кофе. Пит?

— Обойдусь оставшимся пивом. — С этими словами он выливает пиво из кувшина в свой стакан. — Ты уверен насчет торта, Билли? По-моему, ты набрал несколько фунтов с тех пор, как мы виделись последний раз.

Это правда. На пенсии в еде Ходжес себе не отказывал, но только в последние два дня она обрела для него вкус.

— Я думаю насчет «Следящих за весом».

Пит кивает.

— Да? А я думаю, не податься ли мне в священники.

— Пошел ты. А что по Мистеру Мерседесу?

— Мы все еще работаем по району Трелони. Собственно, Изабель и сейчас там. Но я буду в шоке, если она или кто-то еще найдет хоть одну ниточку. В любую дверь, в которую постучится Иззи, уже стучались пять-шесть раз. Этот парень украл дорогую тачку Трелони, выехал из тумана, сделал свое черное дело, уехал в туман, бросил тачку и... все. Какой там Уай-Эй Титтис! Если кому дьявольски повезло, так это Мистеру Мерседесу. Если бы он попытался проделать это часом позже, там бы уже были копы. Для обеспечения порядка.

— Я знаю.

— Думаешь, он знал, Билли?

Ходжес неопределенно взмахивает рукой, показывая, что вопрос открыт. Может, если он и Мистер Мерседес наладят контакт на сайте «Синий зонт», он спросит.

— Этот говнюк-убийца мог потерять контроль над автомобилем, когда начал давить людей, но не потерял. Чудо немецкой инженерной мысли, вот что говорит Изабель, лучший автомобиль в мире. Кто-то мог прыгнуть на капот и перекрыть ему обзор, но никто не прыгнул. Одна из стоек, к которым крепилась лента, могла попасть под машину, зацепиться за днище, но не зацепилась. И кто-то мог увидеть его, когда он парковался за складом и снимал маску, но никто не увидел.

— Он парковался в двадцать минут шестого, — напоминает Ходжес, — а то место пустует и в полдень.

— Из-за рецессии, — мрачно добавляет Пит. — Да, да. Вероятно, половина людей, прежде работавших на том складе, пришла к Городскому центру в ожидании открытия ярмарки вакансий. Кто рано встает, тому Бог подает.

— То есть у тебя ничего нет.

— Тишь да гладь.

Приносят заказанный Ходжесом торт. Запах отменный, вкус еще лучше.

Когда официант отходит, Пит наклоняется над столом.

— Мой ночной кошмар — он сделает это снова. С озера на город наползет туман, и он сделает это снова.

Он говорит, что не сделает, отмечает про себя Ходжес, отправляя в рот очередной кусок восхитительного торта. Он говорит, у него *абсолютно нет желания*. Он говорит, *одного раза достаточно*.

— Это или что-то еще, — соглашается Ходжес.

— Я поругался с дочерью в марте, — говорит Пит. — *Жутко* поругался. В апреле ни разу с ней не виделся. Она не желала приезжать ко мне на выходные.

— Правда?

— Да. Она хотела пойти посмотреть конкурс групп поддержки. «Зажигай», думаю, так он называется. Практически все школы штата в нем участвовали. Ты помнишь, как Кэнди относилась к группам поддержки?

— Ага. — Он не помнил.

— У нее была короткая плиссированная юбка, когда ей было то ли четыре, то ли шесть. Так она чуть ли не спала в ней. Матери двух ее подружек сказали, что повезут их на конкурс, но я запретил. Знаешь почему?

Конечно, он знает.

— Потому что конкурс проводили в Городском центре, вот почему. Я будто видел примерно тысячу девочек-подростков и их мам, толпящихся у Городского центра, ожидающих, когда откроются двери, только в сумерках, а не на заре, но ты знаешь, что туман наползает с озера и в это время. Я буквально видел, как этот членосос врезается в них на другом угнанном «мерседесе» — а может, на этот раз на гребаном «хаммере», — а дети и мамаши просто стоят, смотрят, как олени, на огни фар. Поэтому я ей запретил. Слышал бы ты, как она на меня кричала, Билли, но я все равно запретил. Она не разговаривала со мной месяц, и сейчас бы не разговаривала, если бы Морин не отвезла ее. Я сказал Мо: нельзя, не смей, а она ответила: «Поэтому я и развелась с тобой, Пит. Надоело слышать твои "нельзя" и "не смей"». И разумеется, ничего не случилось.

Он допивает пиво, вновь наклоняется вперед.

— Мне хотелось бы, чтобы со мной были другие люди, когда мы его поймаем. Если я поймаю его один, то убью только за то, что он выставил меня круглым дураком перед моей дочерью.

— Тогда к чему надеяться, что тебя остановят?

Пит обдумывает его слова, потом улыбается:

— Пожалуй, ты прав.

— Ты когда-нибудь думал о миссис Трелони? — как бы между прочим спрашивает Ходжес, но он много думал об Оливии Трелони с того момента, как анонимное письмо упало на пол прихожей. И даже раньше. Несколько раз после ухода на пенсию она ему пригрезилась. Это длинное лицо — морда несчастной лошади. Такое лицо говорит: *никто не понимает меня* и *весь мир против меня*. Столько денег — и неспособность осознать собственное счастье, начиная с того, что у нее не было необходимости зарабатывать на жизнь. Прошли долгие годы с тех пор, когда миссис Ти приходилось соотносить расходы с доходами или отслеживать по автоответчику звонки кредиторов, но она по-прежнему лишь считала проклятия да вела длинный список плохих парикмахеров и грубых сотрудников сферы обслуживания. Миссис Оливия Трелони с ее бесформенными платьями с вырезом-«лодочкой» считала, что лодки вечно кренятся то на правый борт, то на левый. И глаза у нее всегда были на мокром месте. Никто не любил ее, включая детектива первого класса Кермита Уильяма Ходжеса. Никто не удивился, когда она покончила с собой, включая того самого детектива Ходжеса. Смерть восьми человек, не упоминая про множество покалеченных, — тяжелая ноша для совести любого.

— Чего о ней думать?

— А она правду говорила? Насчет ключа?

Пит вскидывает брови.

— Она *думала*, что говорит правду. Ты знаешь это не хуже моего. Убедила себя в этом до такой степени, что прошла бы проверку на детекторе лжи.

Все так, и Оливия Трелони не стала для них откровением. Бог свидетель, они видели таких же, как она. Рецидивисты признавали себя виновными, даже когда не совершали преступления или преступлений, в которых подозревались, потому что чертовски хорошо знали: *в чем-то* они да виноваты. Добропорядочные граждане обычно просто не могли поверить в свою вину, и если кого-то из них допрашивали перед тем, как предъявить обвинения, Ходжес знал, что причина допроса почти наверняка не была связана с оружием. Нет, чаще всего это был автомобиль. *Я думал, что всего-то переехал собаку*, обычно говорили они независимо от того, что видели в зеркале заднего вида после жуткого двойного прыжка, и верили в это.

Всего-то собаку.

— А я думал, — говорит Ходжес. Как бы размышляя, стараясь не подавать виду, что это наиболее важный для него момент.

— Да перестань, Билл. Ты видел то же, что и я, и всякий раз, когда надо освежить память, ты можешь заглянуть в участок и вновь просмотреть фотографии.

— Пожалуй.

Начальные аккорды «Ночи на Лысой горе» звучат из кармана спортивного пиджака Пита, купленного в «Доме мужской одежды». Он выуживает мобильник, смотрит на экран и говорит:

— Должен ответить.

Ходжес машет рукой: само собой.

— Алло? — Пит слушает, его глаза округляются, он вскакивает так быстро, что стул едва не падает. — *Что?*

Другие посетители ресторана отрываются от трапезы и оглядываются. Ходжес с интересом наблюдает.

— Да... Да! Уже еду. Что? Да, да, хорошо. Не жди, поезжай.

Он закрывает мобильник и садится. Буквально вибрирует от распирающей его энергии, и в этот момент Ходжес отчаянно ему завидует.

— Мне надо почаще встречаться с тобой, Билли. Ты мой счастливый талисман и всегда им был. Мы говорим об этом — и это случается.

— Что? — И думает: *Это Мистер Мерседес.* Далее следует нелепая и печальная мысль: *Его должен был взять я.*

— Это Иззи. Ей только что позвонил полковник полиции штата. Из округа Виктор. Примерно час назад егерь обнаружил какие-то кости в старом гравийном карьере. Карьер менее чем в двух милях от летнего коттеджа Донни Дэвиса на озере, и знаешь что? На костях обрывки платья.

Он поднимает руку над столом. Ходжес звонко хлопает ладонью о ладонь Пита.

Пит возвращает мобильник в отвисший карман, достает бумажник. Ходжес качает головой, точно зная, что сейчас чувствует: облегчение. *Безмерное* облегчение.

— Нет, я угощаю. Ты встречаешься с Изабель там?

— Да.

— Тогда не теряй времени.

— Ладно. Спасибо за ленч.

— Один момент... слышал что-нибудь про Дорожного Джо?

— Этим занимается полиция штата. И федералы. Чему я только рад. Насколько мне известно, пока у них ничего нет. Ждут, что он сделает это снова, и надеются, что им повезет. — Он смотрит на часы.

— Иди, иди.

Пит направляется к двери, останавливается, возвращается к столу, наклоняется и чмокает Ходжеса в лоб.

— Рад видеть тебя, милый.

— Проваливай, — говорит ему Ходжес. — Люди скажут, что мы любовники.

Пит широко улыбается, а Ходжес вспоминает, как они иногда называли себя: гончие небес.

И задается вопросом, а какой у него теперь нюх?

13

Официант возвращается, чтобы спросить, не нужно ли чего-нибудь еще. Ходжес уже собирается ответить отрицательно, но потом заказывает новую чашку кофе. Хочет еще немного посидеть, смакуя двойную радость: это не Мистер Мерседес, а Донни Дэвис, лицемерный членосос, убивший жену, а потом через своего адвоката создавший фонд, чтобы выплатить вознаграждение за информацию, которая помогла бы ее разыскать. Потому что, дорогой Боже, он так любил ее и больше всего на свете хотел, чтобы она вернулась домой и они начали все с чистого листа.

Он также хочет подумать об Оливии Трелони и ее угнанном «мерседесе». В том, что его угнали, сомнений нет ни у кого. Но, несмотря на уверения миссис Ти в обратном, никто не верит, что она не поспособствовала краже.

Ходжес помнит расследование, о котором рассказала им только что прибывшая из Сан-Диего Изабель Джейнс, после того как они ввели ее в курс дела по части непроизвольного — и нигде не озвученного — участия миссис Трелони в бойне у Городского центра. В истории Изабель фигурировал не автомобиль, а пистолет. Ее с напарником вызвали в дом, где девятилетний мальчик застрелил свою четырехлетнюю сестру. Они играли автоматическим пистолетом, который их отец оставил на комоде.

«Отцу обвинение не предъявили, но он не простит себе этого до конца жизни, — сказала она. — Здесь тот самый случай, подождите и увидите».

Прошел месяц, прежде чем Трелони наглоталась таблеток, а может, и меньше, и никто из детективов, расследовавших дело Мерседеса-убийцы, и ухом не повел. Они — и он — видели в миссис Ти переполненную жалостью к себе богатую женщину, которая отказывалась признать свою роль в случившемся.

«Мерседес-S600» украли в центре города, но миссис Трелони, вдова, муж-миллионер которой умер вроде бы от рака, жила в Шугар-Хайтс, пригороде, таком же богатом, как и его название, где перегороженные воротами подъездные дорожки вели к безвкусным, напоминающим замки особнякам с четырнадцатью, а то и двадцатью комнатами. Ходжес вырос в Атланте и, оказавшись в Шугар-Хайтс, подумал о не менее богатом районе Атланты, именуемом Бакхед.

Престарелая мать миссис Ти, Элизабет Уэртон, жила в квартире — очень хорошей, с комнатами столь же большими, как обещания кандидата на выборную должность, в кондоминиуме высшего класса на Лейк-авеню. Места хватало и для женщины, которая постоянно находилась при старушке, и для сиделки, приходившей трижды в неделю. Миссис Уэртон страдала прогрессирующим сколиозом, и именно ее таблетки оксиконтина взяла дочь из домашней аптечки, когда решила уйти из этого мира.

Самоубийство доказывает вину. Он помнит эту присказку лейтенанта Моррисси, но Ходжес всегда сомневался на сей счет, а в последнее время сомнения его только усилились. Теперь он знает, что чувство вины — не единственная причина, которая может подвигнуть человека на самоубийство.

Иногда достаточно скуки, которую навевают дневные телепередачи.

14

Двое патрульных обнаружили «мерседес» через час после массового убийства. За одним из складов, которых хватало на берегу озера.

Огромный мощеный двор заполняли ржавые контейнеры, чем-то напоминавшие монолиты с острова Пасхи. Серый «мерседес» небрежно бросили между ними. Когда прибыли Ходжес и Хантли, во дворе уже стояло пять патрульных автомобилей, два — нос к носу у заднего бампера серого седана, словно ожидая, что он сам по себе заведется и попытается уехать, как тот «плимут» в старом фильме ужасов. Туман перешел в накрапывающий дождь. Синие вспышки на крышах патрульных автомобилей подсвечивали капли.

Ходжес и Хантли подошли к группке патрульных. Пит Хантли заговорил с теми двумя, что первыми обнаружили брошенный «мерседес», а Ходжес обошел автомобиль. Передняя часть «S600» лишь чуть помялась — знаменитое немецкое качество, — но капот и ветровое стекло пятнала свернувшаяся кровь. Рукав, затвердевший от крови, зацепился за радиаторную решетку. Потом выяснилось, что его оторвало от рубашки Огаста Оденкерка, одного из убитых. Ходжес заметил и кое-что еще, блестевшее даже в сумрачном утреннем свете. Он опустился на колено, чтобы приглядеться. В таком положении его и застал Хантли.

— И что это такое, черт побери? — спросил Пит.

— Думаю, обручальное кольцо, — ответил Ходжес.

Он не ошибся. Простенькое золотое колечко принадлежало Франсине Райс, тридцати девяти лет, проживавшей на Сквиррел-ридж-роуд, и потом его вернули семье. Женщину похоронили, надев кольцо на безымянный палец правой руки, потому что три пальца левой, начиная от указательного, оторвало. Медицинский эксперт предположил, что она инстинктивно вытянула руку перед собой, словно пытаясь остановить надвигавшийся на нее «мерседес». Два пальца нашли на месте преступления перед самым полуднем десятого апреля. Указательный исчез. Ходжес подозревал, что одна из чаек, которых на берегу озера хватало, схватила его и унесла. Он предпочитал эту идею более мерзкой альтернативе: кто-то из выживших прихватил палец в качестве сувенира.

Ходжес встал и подозвал одного из патрульных.

— Надо накрыть автомобиль брезентом, прежде чем дождь окончательно смоет...

— Уже вызвали. — Патрульный указал на Пита. — Он нам сказал первым делом.

— Какой же ты молодец, — похвалил Пита Ходжес елейным голосом набожной прихожанки, но его напарник лишь кисло улыбнулся. Он смотрел на заляпанную кровью морду «мерседеса» и кольцо, застрявшее в хромированной решетке.

Подошел другой коп, с блокнотом в руке, открытая страница уже коробилась от влаги. На жетоне Ходжес прочитал его фамилию: «Ф. ШЕММИНГТОН».

— Автомобиль зарегистрирован на миссис Оливию Энн Трелони, дом семьсот тридцать девять по Лайлак-драйв. Это Шугар-Хайтс.

— Где большинство добропорядочных «мерседесов» укладывается спать после долгого рабочего дня, — кивнул Ходжес. — Выясните, дома ли она, патрульный Шеммингтон. Если нет, попытайтесь ее найти. Сможете?

— Да, сэр, конечно.

— Рутинный звонок, понимаете? В связи с угоном автомобиля.

— Будет исполнено.

Ходжес повернулся к Питу.

— Передняя часть салона. Что-нибудь заметил?

— Подушки безопасности не сработали. Он вывел их из строя. Значит, готовился.

— А еще значит — знал, как это сделать. Что ты думаешь о маске?

Пит всмотрелся сквозь капли дождя на окне водительской дверцы, не прикасаясь к стеклу. На кожаном водительском сиденье лежала резиновая маска из тех, что натягивают на голову. На висках, будто рога, торчали пучки клоунских рыжих волос. Нос заменял красный резиновый шарик. Без растягивающей маску головы красногубая улыбка выглядела презрительной ухмылкой.

— Просто мурашки бегут по коже. Видел когда-нибудь этот фильм о клоуне в канализации?

Ходжес покачал головой. Позже — за несколько недель до выхода на пенсию — он купил DVD с фильмом, и Пит оказался прав. Маска очень напоминала лицо Пеннивайза, клоуна из фильма.

Вдвоем они обошли автомобиль, заметив кровь на покрышках и порогах. Большую ее часть могло смыть до прибытия брезента и экспертов; было только двадцать минут седьмого.

— Патрульные! — позвал Ходжес, а когда они подошли, спросил: — У кого мобильник с камерой?

Выяснилось, что у всех. Ходжес велел им окружить автомобиль — он уже думал о нем как о машине смерти, — и они начали делать снимки.

Патрульный Шеммингтон стоял чуть в стороне, разговаривая по мобильнику. Пит подозвал его.

— Вы знаете возраст этой Трелони?

Шеммингтон сверился с блокнотом.

— Дата рождения в ее водительском удостоверении — третье февраля пятьдесят седьмого года. То есть ей... э...

— Пятьдесят два, — вставил Ходжес. Они с Питом Хантли работали в паре уже двенадцать лет, так что многое могли и не озвучивать. По возрасту и полу Оливия Трелони годилась в жертвы Парковому насильнику, но никак не в массовые убийцы. Они знали о случаях, когда водители теряли контроль над автомобилем и случайно въезжали в группы людей. Только пятью годами раньше, в этом самом городе, мужчина — глубоко за восемьдесят, на границе старческого слабоумия — въехал на своем «бьюике-электре» в летнее кафе, убив одного человека и покалечив десяток, но Оливия Трелони никак не попадала в эту категорию. Слишком молода.

Плюс маска.

Но...

Но.

15

Счет прибывает на серебряном подносе. Ходжес кладет на него кредитную карточку и мелкими глотками пьет кофе, дожидаясь, когда ее вернут. Желудок приятно полон, а когда такое случается в середине дня, его обычно тянет прилечь на пару часов. Но не сегодня. Сегодня он бодр как никогда.

Но выглядело столь очевидным, что никому не пришлось произносить его вслух — ни друг для друга, ни для патрульных (подъезжали все новые, хотя этот чертов брезент появился только в четверть восьмого). Дверцы «S600» были заперты, замок зажигания пуст. Никаких признаков взлома детективы не заметили, и позже главный механик городского салона, который продавал «мерседесы», это подтвердил.

— Сильно придется кому-то потрудиться, чтобы открыть дверцу отмычкой? — спросил Ходжес механика. — Не имея ключа?

— Это практически невозможно, — ответил тот. — Эти «мерсы» делаются на совесть. Вскрыть замок, конечно, можно, но остались бы следы. — Он сдвинул фирменную кепку на затылок. — Все очень просто. Она оставила ключ в замке зажигания и проигнорировала предупреждающий сигнал, когда вылезала из автомобиля. Вероятно, думала о чем-то еще. Я хочу сказать, у него *был* ключ. Как иначе он мог запереть автомобиль, когда уходил?

— Вы говорите про *нее*, — заметил Пит. Они не упоминали имени владелицы.

— Да ладно вам. — Механик улыбнулся. — Это «мерседес» миссис Трелони. Оливии Трелони. Она приобрела его в нашем салоне, и мы каждые четыре месяца проводим техобслуживание, как по часам. У нас лишь несколько «мерседесов» с двенадцатицилиндровыми двигателями, и я знаю их все. — И добавил, не погрешив против истины: — Эта крошка — танк.

Убийца завел «бенц» между контейнеров, выключил двигатель, снял маску, полил ее хлоркой и вылез из автомобиля. Перчатки и сетку для волос, наверное, сунул под пиджак. А напоследок — еще одна подлянка: перед тем как уйти в туман, запер автомобиль смарт-ключом Оливии Энн Трелони.

Отсюда и это *но*.

16

Она попросила их не шуметь, потому что ее мать спала, вспоминает Ходжес. Потом предложила кофе с булочками. Сидя в «Димасио», он пьет кофе маленькими глотками и ждет возвращения кредитной карточки. Думает о гостиной в той роскошной квартире в кондоминиуме, с потрясающим видом на озеро.

Одновременно с кофе и булочками они получили изумленный взгляд округлившихся глаз: *разумеется, я этого не делала*. Такие взгляды — эксклюзивная собственность богатых горожан, у которых никогда не возникало проблем с полицией. Они просто не могут себе такого представить. Она даже озвучила эту мысль, когда Пит спросил, не могла ли она оставить ключ в замке зажигания, когда припарковала «мерседес» на Лейк-авеню неподалеку от дома, в котором жила ее мать.

— Конечно же, нет. — Слова сопровождались изгибом губ в легкой улыбке, говорившей: *Я нахожу вашу идею глупой, более того, чувствую себя оскорбленной.*

Наконец официант возвращается. Опускает на стол маленький серебряный поднос, и Ходжес сует мужчине десятку и пятерку, прежде чем тот успевает выпрямиться. В «Димасио» официанты делят чаевые поровну, и Ходжес к такой практике относится крайне неодобрительно. Да, он старомодный, но меняться не собирается.

— Благодарю вас, сэр, и buon pomeriggio*.

— И вам того же, — отвечает Ходжес. Убирает чек и «Амэкс», но сразу из-за стола не встает. На тарелке еще несколько крошек, оставшихся от торта, он собирает их вилкой и отправляет в рот, как в детстве — крошки материнских пирогов. Ему эти последние крошки, которые тают на языке, всегда казались самыми вкусными.

17

Решающий первый допрос через считанные часы после преступления. Кофе и булочки, пока продолжалось опознание искалеченных тел. Где-то рыдали родственники и рвали на себе одежду.

Миссис Трелони прошла в прихожую, где на столике лежала ее сумка. Принесла ее, порылась, нахмурилась, продолжая рыться, вроде бы встревожилась, потом улыбнулась:

— Вот он. — И она протянула им смарт-ключ.

Детективы какое-то время смотрели на него. Ходжес думал, каким ординарным выглядит ключ к столь дорогому автомобилю. Черная пластиковая палочка с набалдашником.

---

* Доброго дня (*ит.*).

С одной стороны набалдашника — логотип «Мерседеса», с другой — три большие кнопки. На одной — закрытый висячий замок. На второй — открытый. Третья — тревожная. На случай если грабитель нападет в тот самый момент, когда вы открываете замок. Нажатие кнопки — и автомобиль взвоет, призывая на помощь.

— Я понимаю, почему у вас возникли проблемы с поиском ключа. — Тон Пита был таким дружелюбным, что казалось, будто он просто поддерживает разговор. — Большинство людей цепляет к ключам брелоки. У моей жены это большая пластмассовая ромашка. — И он обаятельно улыбнулся, словно Морин оставалась его женой и есть свидетели, которые видели, как эта женщина в дорогой одежде доставала из сумки пластмассовую ромашку с прицепленными к ней ключами.

— Рада за нее, — ответила миссис Трелони. — Когда я смогу получить автомобиль?

— Это решать не нам, мэм, — ответил Ходжес.

Она вздохнула и поправила лиф платья с вырезом-«лодочкой». Потом они видели этот жест десятки раз, тогда — впервые.

— Мне, конечно, придется его продать. После случившегося никогда не смогу сесть за руль этого автомобиля. Это *так* прискорбно. Подумать только, мой... — Поскольку сумочка находилась под рукой, она вновь в ней порылась, достала несколько бумажных салфеток, промокнула глаза. — Это так прискорбно.

— Я бы хотел, чтобы вы еще раз нам все рассказали, — попросил Пит.

Она закатила покрасневшие глаза.

— Неужели это действительно необходимо? Я вымоталась. Почти всю ночь провела у постели матери. Она не могла уснуть до четырех утра. Ее мучают такие сильные боли. Мне бы хотелось немного прилечь до прихода миссис Грин. Это сиделка.

«На твоем автомобиле только что убили восемь человек, и это при условии, что остальные выживут, а тебе хочется прилечь», — подумал Ходжес. Позже он не мог точно сказать, когда начал недолюбливать миссис Трелони, но, возможно, именно в тот момент. Когда люди грустят, одних хочется обнять, похлопать по спине, сказать: «Все хорошо, хорошо». Других — стукнуть посильнее и крикнуть: «Будь мужчиной!» Или в случае с миссис Ти: «Будь женщиной!»

— Мы постараемся закончить побыстрее, — пообещал Пит. Он не сказал ей, что это будет только первый допрос из многих. И к тому времени, когда они с ней закончат, история эта не отпустит ее и во сне.

— Что ж, тогда хорошо. Я приехала к маме в четверг вечером, в самом начале восьмого...

По ее словам, она приезжала не реже четырех раз в неделю, а в четверг всегда оставалась на ночь. По пути заезжала в «Бхай», очень милый вегетарианский ресторан, расположенный в торговом центре «Берч-хилл», брала обед, а потом разогревала в духовке. («Хотя мама, конечно, теперь ест мало. Из-за болей».) Она сказала детективам, что всегда подгадывала, чтобы прибыть в начале восьмого. В семь открывались ночные парковки, и большинство мест у тротуаров освобождалось.

— Я никогда не паркуюсь параллельно. Просто не умею.

— А почему вы не воспользовались гаражом чуть дальше по улице? — спросил Ходжес.

Миссис Трелони посмотрела на него как на безумца.

— Парковка на ночь стоит там шестнадцать долларов. У тротуара — *бесплатно*.

Пит по-прежнему держал ключ, хотя еще не сказал миссис Трелони, что они забирают его с собой.

— Вы заехали в «Берч-хилл», заказали обед для себя и матери в... — Он сверился с блокнотом. — В «Бхай».

— Нет, я заказала заранее. Из дома на Лайлак-драйв. Они всегда рады моим звонкам. Я их давний и важный клиент. Прошлым вечером я взяла куку сабзи для мамы, это омлет со шпинатом и кинзой... и гейме для себя. Гейме — это тушеное блюдо из гороха, картофеля и грибов. Никакой нагрузки на желудок. — Она поправила вырез. — У меня с подросткового возраста ужасный кислотный рефлюкс. Пришлось учиться с этим жить.

— Я полагаю, ваш заказ... — начал Ходжес.

— И шоле задр на десерт, — добавила она. — Это рисовый пудинг с корицей. И шафраном. — Она одарила их своей фирменной тревожной улыбкой. С этим «трелонизмом» они познакомились так же хорошо, как и с одергиванием платья. — Именно благодаря шафрану пудинг приобретает особый вкус. Даже мама всегда ест шоле задр.

— Судя по вашему рассказу, все очень вкусно, — кивнул Ходжес. — И заказ к вашему приезду приготовили и уже разложили по коробкам?

— Да.

— То есть в одну коробку не уместилось?

— Нет, в три.

— Их поставили в пакет?

— Нет, я взяла только коробки.

— Наверное, вам пришлось попотеть, вытаскивая все из автомобиля, — предположил Пит. — Три коробки с ужином, сумка...

— И ключ, — вставил Ходжес. — Не забывай про ключ, Пит.

— Опять же вам хотелось как можно быстрее доставить эту вкуснятину домой. Холодная еда — удовольствие маленькое.

— Я вижу, к чему вы клоните, — ответила миссис Трелони, — и заверяю вас... — короткая пауза, — ...*господа*, что вы взяли ложный след. Я положила ключ в сумку, как только выключила двигатель, я всегда делаю это прежде всего. Что касается коробок, их поставили одну на другую и перевязали. Получилась вот такая башня... — она развела руки дюймов на восемнадцать, — управиться с которой не составляло труда. Сумку я повесила на руку. Смотрите. — Она согнула руку в локте, повесила на получившийся крюк сумку и прошлась по большой гостиной, держа в руке воображаемую башню коробок из «Бхая». — Видите?

— Да, мэм, — ответил Ходжес, увидев и кое-что еще.

— Что касается спешки... Отнюдь. Я никуда не спешила, потому что обед все равно потом разогреваю. — Она помолчала. — Только не шоле задр, разумеется. Ни к чему разогревать рисовый пудинг. — С ее губ слетел легкий смешок. Тихий, но все-таки смешок. С учетом того, что ее муж умер, этакое вдовье хихиканье. К неприязни Ходжеса добавился новый слой — тоненький, почти невидимый, но осязаемый. Вполне осязаемый.

— Позвольте мне еще раз коснуться ваших действий до прибытия сюда, на Лейк-авеню, — продолжил Ходжес. — Куда вы приехали чуть позже семи.

— Да. В пять минут восьмого, максимум в семь-восемь.

— Так-так. И припарковались... где? В трех или четырех домах дальше по улице?

— В четырех, не дальше. Мне требовалось свободное пространство на два автомобиля. Только в этом случае я могу припарковаться без заднего хода. Терпеть не могу ездить задом. Всегда поворачиваю руль не в ту сторону.

— Да, мэм, у моей жены та же проблема. Вы заглушили двигатель, вынули ключ из замка зажигания, положили в сумку. Повесили сумку на руку и взяли коробки с едой...

— Башню из коробок. Связанных крепким шпагатом.

— Башню, совершенно верно. Что потом?

Она посмотрела на него так, словно среди всех идиотов, живших в этом преимущественно идиотском мире, ему не было равных.

— Потом пошла к дому моей матери. Миссис Харрис — она постоянно с мамой, вы знаете — открыла мне дверь. По четвергам она уходит, как только я прихожу. На лифте я поднялась на девятнадцатый этаж, где вы задаете все эти вопросы, вместо того чтобы сказать, когда мне вернут мой автомобиль. *Украденный* у меня автомобиль.

Ходжес мысленно отметил, что надо спросить миссис Харрис, видела ли она «мерседес», когда уходила.

— В какой момент вы снова достали ключ из сумки, миссис Трелони? — Этот вопрос задал Пит.

— Снова? Зачем мне...

Пит поднял ключ — «вещественную улику А».

— Чтобы запереть автомобиль перед тем, как войти в дом. Вы его *заперли*, правда?

В ее глазах мелькнула неуверенность. Детективы это заметили.

— Разумеется, заперла.

Ходжес поймал ее взгляд. Он тут же ушел в сторону, к виду на озеро из большого панорамного окна, но Ходжес поймал его вновь.

— Подумайте хорошенько, миссис Трелони. Это важно, потому что погибли люди. Вы помните, как держали коробки с едой в одной руке, второй доставая из сумки ключ и нажимая кнопку «ЗАПЕРЕТЬ»? Вы видели, как в подтверждение мигнули задние фонари? Они мигают, вы знаете.

— Разумеется, знаю. — Она прикусила нижнюю губу, но, осознав это, тут же отпустила.

— Вы точно помните, как мигнули фонари?

На мгновение ее лицо превратилось в маску, начисто лишенную эмоций. А потом торжествующая улыбка вспыхнула во всем своем раздражающем великолепии.

— Подождите. Теперь я вспомнила. Я положила ключ в сумку *после* того, как взяла коробки и вылезла из автомобиля. И после того, как нажала кнопку, запирающую замок.

— Вы уверены. — Вопросительных ноток в голосе Пита не слышалось.

— Да. — Уверенность появилась и сразу стала непоколебимой. Оба детектива это знали. Точно так же добропорядочный гражданин, сбивший человека и скрывшийся с места преступления, настаивал, когда его наконец разыскали, что, *разумеется*, раздавил собаку. Потому и уехал.

Пит захлопнул блокнот и встал. Ходжес последовал его примеру. На лице миссис Трелони читалось безмерное облегчение, вызванное представившейся возможностью проводить их к двери.

— Еще один вопрос. — Ходжес повернулся к миссис Трелони уже в прихожей.

Она приподняла аккуратно выщипанные брови.

— Да?

— Где ваш запасной ключ? Мы должны забрать и его.

На этот раз не было ни бесстрастной маски, ни блуждающего взгляда, ни неуверенности в голосе.

— У меня нет запасного ключа, детектив, и он мне ни к чему. Я очень внимательно отношусь к своим вещам. Серая леди — так я называю эту машину — у меня пять лет, и единственный ключ, которым я пользовалась, сейчас лежит в кармане у вашего напарника.

18

Со столика, за которым они с Питом ели, уже убрали посуду — остался только недопитый стакан с водой, — но Ходжес сидит на прежнем месте, смотрит через окно на автомобильную стоянку и эстакаду — неофициальную границу Лоутауна, куда никогда не суют нос обитатели Шугар-Хайтс, такие, как усопшая Оливия Трелони. И что им там делать? Покупать наркотики? Ходжес уверен: наркоманы в Шугар-Хайтс есть, их там хватает, но таким клиентам товар привозят на дом.

Миссис Ти лгала. *Не могла* не лгать. Или ложь, или признание факта, что мимолетная забывчивость привела к столь ужасным последствиям.

Но допустим — чисто теоретически, — что она говорила правду.

Ладно, допустили. Если мы ошибались в том, что она оставила «мерседес» незапертым, с ключом в замке зажигания, как сильно повлияла бы эта ошибка на ход расследования? И что произошло *на самом деле*?

Он сидит, смотрит в окно и за воспоминаниями не замечает, что некоторые официанты начинают как-то странно поглядывать на него: располневший пенсионер застыл на стуле, словно робот с разряженными аккумуляторами.

19

Эвакуатор доставил по-прежнему запертую *машину смерти* на полицейскую стоянку. Ходжес и Хантли получили эту информацию, когда вернулись к собственному автомобилю.

Главный механик салона «Росс-Мерседес» только прибыл и сообщил, что дверцы он откроет. Но потребуется время.

— Скажите ему, пусть не парится, — отозвался Ходжес. — Ключ у нас.

После паузы лейтенант Моррисси спросил:

— У вас? Вы же не утверждаете, что она...

— Нет, нет, ничего такого. Механик рядом, лейтенант?

— Он на стоянке, осматривает повреждения. Насколько я слышал, чуть не плачет.

— Возможно, он захочет сберечь слезы для погибших, — буркнул Пит. Он сидел за рулем. «Дворники» ходили туда-сюда. Дождь усиливался. — Надеюсь на это.

— Попросите его связаться с салоном и кое-что выяснить, — продолжил Ходжес. — А потом пусть позвонит мне на мобильник.

Автомобили в центре еле ползли, отчасти из-за дождя, отчасти из-за перекрытия Мальборо-стрит около Городского центра. Они проехали только четыре квартала, когда зазвонил мобильник Ходжеса. Говард Макгроури, механик.

— Вы связались с кем-нибудь в салоне, чтобы удовлетворить мое любопытство? — спросил Ходжес.

— Нет необходимости, — ответил Макгроури. — Я работаю в «Россе» с восемьдесят седьмого года. За это время салон продал не меньше тысячи «мерсов», и я могу гарантировать, что каждый комплектовался двумя ключами.

— Спасибо, — поблагодарил его Ходжес. — Мы скоро подъедем. У нас есть еще вопросы.

— Я вас дождусь. Это ужасно. *Ужасно.*

Ходжес дал отбой и пересказал Питу разговор.

— Ты удивлен? — спросил Пит. Впереди оранжевый указатель сообщал: «ОБЪЕЗД», — направляя транспортный поток подальше от Городского центра. Они могли бы проехать прямо, включив мигалку, но ни один такого желания не испытывал. Им требовалось время, чтобы обсудить сложившуюся ситуацию.

— Нет, — ответил Ходжес. — Это стандартная процедура. Как говорят англичане, наследник и про запас. Они дают тебе два ключа, когда ты покупаешь автомобиль...

— ...и говорят, — подхватил Пит, — что второй надо положить в безопасное место, на случай утери первого. Некоторые люди, если запасной требуется им через год или два, забывают, куда они его положили. Женщины, у которых объемистые сумки, вроде чемодана миссис Трелони, обычно таскают с собой оба ключа, чтобы подстраховаться. Если она сказала правду насчет того, что не цепляла ключ к брелоку, тогда, возможно, она пользовалась ключами попеременно.

— Да, — кивнул Ходжес. — Она приезжает к матери, занята мыслями о том, что впереди бессонная ночь, потому что маму мучают боли, в руках сумка и коробки...

— И она оставляет ключ в замке зажигания. Не хочет в этом признаваться ни нам, ни себе, но именно это она и сделала.

— Но предупреждающий сигнал... — В голосе Ходжеса слышалось сомнение.

— Может, большой, шумный грузовик проезжал мимо, когда она вылезала из машины, и сигнала она не расслышала. Или патрульный автомобиль с включенной сиреной. А может, она так глубоко ушла в собственные мысли, что не обратила внимания на сигнал.

Здравого смысла в этом предположении прибавилось, когда Макгроури заверил их, что дверные замки «машины смерти» не взламывали, чтобы получить доступ в салон, и двигатель заводили ключом, а не напрямую, соединив провода. Что волновало Ходжеса — собственно, единственное, что его волновало, — так это то, насколько ему *хотелось* уцепиться за этот здравый смысл. Ни одному из детективов не приглянулась миссис Трелони, с ее вырезом-«лодочкой», идеально выщипанными бровями и вдовьим хихиканьем. Миссис Трелони не спросила об убитых и раненых, не поинтересовалась ни единой подробностью. Преступницей она не была — ни в коем случае, — но хотелось возложить на нее часть вины. Предоставить ей возможность подумать о чем-то еще, помимо вегетарианских обедов из «Бхай».

— Не усложняй, — посоветовал его напарник. Пробка рассосалась, и он нажал на педаль газа. — Ей дали два ключа. Она заявляет, что у нее один. И теперь это правда. Ублюдок, который убил этих людей, вероятно, выбросил тот, что остался в замке зажигания, в первую канализационную решетку, которая встретилась по пути. Нам она показала запасной.

Конечно же, это и был искомый ответ. Когда слышишь топот копыт, думаешь не о зебрах.

20

Кто-то легонько трясет его за плечо, как трясут крепко спящего человека. И Ходжес осознает, что он практически заснул. Или воспоминания вогнали его в транс.

Это Элейн, менеджер зала «Димасио», и в ее глазах озабоченность.

— Детектив Ходжес? Вы в порядке?

— Все прекрасно. Но теперь — просто мистер Ходжес, Элейн. Я на пенсии.

Он подмечает в ее глазах не только озабоченность, но и кое-что еще. Кое-что похуже. Из посетителей в ресторане только он. Официанты толпятся у двери на кухню, и внезапно Ходжес видит себя со стороны, каким, должно быть, видят его они с Элейн. Старик, сидящий за столиком, хотя человек, который составлял ему компанию, давно ушел, как и другие посетители ресторана. Разжиревший старик, который вилкой подбирал с тарелки последние крошки торта и сосал их, как ребенок — леденец, а потом просто смотрел в окно.

«Они гадают, еду ли я в королевство Деменция на экспрессе "Альцгеймер"», — думает он.

Он улыбается Элейн своей лучшей улыбкой, широкой и обаятельной.

— Мы с Питом обсуждали наши прежние расследования. Я задумался об одном. Прокручивал в голове некоторые моменты. Извините. Уже ухожу.

Он встает, но пошатывается, толкает стол, недопитый стакан с водой падает. Элейн хватает его за плечо, чтобы поддержать, озабоченности в ее глазах и на лице прибавляется.

— Детектив... мистер Ходжес, вы сможете сесть за руль?

— Конечно, — отвечает он слишком уверенно. Покалывания поднимаются по ногам от лодыжек к промежности, потом спускаются обратно. — Всего два стакана пива. Пит выпил остальное. Ноги затекли, ничего больше.

— А-а. Вам уже лучше?

— Все хорошо, — отвечает он, и ногам действительно лучше. Слава Богу! Где-то он, помнится, читал, что старикам, особенно грузным старикам, не следует сидеть слишком долго. Под коленями в сосудах может образоваться тромб. Ты встаешь, тромб отрывается, продвигается к сердцу, и вот она, встреча с ангелом.

Элейн провожает его к двери. Ходжес думает о сиделке, которая ухаживала за матерью миссис Ти. Как ее фамилия? Харрис? Нет, Харрис — это женщина, которая постоянно жила в квартире. А сиделка — Грин. Когда миссис Уэртон хотела пройти в гостиную или в туалет, миссис Грин сопровождала ее так же, как сейчас Элейн сопровождает его.

— Элейн, я в порядке, — говорит он. — Голова трезвая. Тело слушается. — Он поднимает руки, чтобы подтвердить свои слова.

— Отлично, — улыбается она. — И приходите к нам снова... поскорее.

— Обещаю.

Выходя в яркий солнечный свет, Ходжес смотрит на часы. Начало третьего. Он пропустил дневные передачи, но нисколько об этом не жалеет. Дама-судья и нацист-психолог могут удовлетворить себя сами. Или друг друга.

21

Он медленно идет по автомобильной стоянке, на которой, кроме его «тойоты», остались скорее всего только машины сотрудников. Достает из кармана ключи и подбрасывает их на ладони. В отличие от ключа миссис Ти ключ от «тойоты» на кольце. И да, имеется брелок, пластиковый прямоугольник с закатанной в него фотографией дочери. Улыбающаяся семнадцатилетняя Элли в форме команды по лакроссу Городской средней школы.

Что касается ключа от «мерседеса», миссис Трелони твердо стояла на своем. При последующих допросах она продолжала настаивать, что у нее всегда был один ключ. Даже после того, как Пит показал ей накладную, в которой указывалось, что в 2004 году в комплекте с «мерседесом» среди прочего она получила «2 (два) ключа», она не отступилась. Заявила, что в накладной ошибка. Ходжес помнит железную уверенность, которая звучала в ее голосе.

Пит сказал бы, что в итоге она все-таки сдалась. Причем никакой бумажки не потребовалось. Самоубийство по своей природе — признание вины. Стена отрицания рухнула. Как и в случае с тем парнем, который сбил человека и скрылся с места преступления, но потом сознался. *Да, это был ребенок, не собака. Это был ребенок, а я посмотрел на дисплей мобильника, чтобы понять, чей звонок пропустил, и убил его.*

Ходжес помнит, как каждый последующий допрос миссис Ти странным образом усиливал эффект. Чем дольше она упорствовала, тем сильнее они ее недолюбливали. И чем сильнее они ее недолюбливали, тем решительнее она настаивала на своем. Потому что знала, что они чувствовали. О да! Она была эгоцентричной, но не глу...

Ходжес останавливается, одна рука на согретой солнцем дверной ручке «тойоты», вторая прикрывает глаза от солнца. Он смотрит в тень под эстакадой. Полдень давно миновал, и обитатели Лоутауна начали подниматься из гробниц. В тени четверо. Трое больших засранцев и один маленький. Большие, похоже, шпыняют мелкого. У мелкого на спине рюкзак, и на глазах Ходжеса один из больших срывает его со спины мальчишки. Следует взрыв тролльего смеха.

Ходжес неспешно идет по крошащемуся тротуару к эстакаде. Он спокоен, и торопиться ему незачем. Руки в карманах пиджака. С эстакады доносится мерный гул легковушек и грузовиков, их тени падают на улицу внизу. Он слышит, как один из троллей спрашивает мелкого, сколько у того денег.

— Нету их у меня, — отвечает мелкий. — Отвалите.

— Выверни карманы, и мы поглядим, — говорит Второй тролль.

Мальчишка пытается убежать. Третий тролль хватает его сзади, руки железным кольцом стягивают щуплую грудь. Первый тролль ощупывает карманы пленника.

— Хо-хо, я слышу, как хрустят денежки, — говорит он, и лицо мальчишки кривится от усилий не расплакаться.

— Мой брат узнает, кто вы, и надерет вам зад, — говорит мальчишка.

— Потрясающая идея, — отвечает Первый тролль. — Вызывает желание нассать тебе...

Тут он замечает Ходжеса, который — с животом наперевес — входит в тень, чтобы присоединиться к ним. Его руки по-прежнему в карманах старого клетчатого пиджака с заплатами на локтях, с которым он никак не может заставить себя расстаться, хотя прекрасно понимает, что ходить в нем просто неприлично.

— Чё надо? — спрашивает Третий тролль, который держит мальчишку со спины.

Ходжес уже собирается имитировать выговор Джона Уэйна, но понимает, что это лишнее. Эти подонки могут знать только одного Уэйна — Лила.

— Я хочу, чтобы вы оставили этого маленького человека в покое, — говорит он. — Валите отсюда. Быстро.

Первый тролль отпускает карманы мальчишки. Он в куртке с капюшоном и бейсболке «Янкис». Упирает руки в узкие бедра, склоняет голову набок: похоже, ситуация забавляет его.

— Сам вали, жироба.

Ходжес времени не теряет. Все-таки их трое. Достает из правого кармана пиджака Веселый ударник. Приятно ощущать в руке его тяжесть. Веселый ударник — это носок с рисунком из разноцветных ромбиков. Мысок заполнен стальными шариками. Чтобы они не высыпались, на лодыжке носок завязан узлом. Замах — Ударник врезается Первому троллю в шею и обвивает ее. Ходжес наносит точный удар, следит за тем, чтобы носок прошел мимо адамова яблока. Если попасть по нему, смерть практически неминуема, а это грозит объяснениями с бюрократией.

Слышится металлический звон. Первый тролль отшатывается, на лице изумление, которое тут же сменяется гримасой боли. Еще шаг в сторону — с тротуара на мостовую, — и он падает на асфальт. Перекатывается на спину, жадно ловит ртом воздух, хватается руками за шею, выпученные глаза таращатся на подбрюшье эстакады.

Третий тролль выступает вперед.

— Гребаный... — начинает он, но тут Ходжес поднимает ногу (слава Богу, сейчас нигде ничего не колет) и бьет в промежность. Слышит, как рвутся по шву его брюки, и думает: *Ну ты, твою мать, и толстый.* Третий тролль издает вопль боли. Под эстакадой, со всеми этими грузовиками и легковушками, которые проносятся над головой, вопль этот почти не слышен. Сам тролль сгибается пополам.

Левая рука Ходжеса все еще в кармане пиджака. Не вытаскивая ее, он, оттопыривая ткань, нацеливает указательный палец на Второго тролля.

— Эй, придурок, нет нужды ждать брата маленького человека. Я тебе сам зад надеру. Меня бесит, когда трое на одного.

— Нет, чувак, нет! — Второй тролль высокий, хорошо сложенный, ему лет пятнадцать, но от ужаса он молодеет еще года на три. — Пожалуйста, чувак, мы просто играли.

— Тогда беги, игрун, — приказывает Ходжес. — Кыш!

Второй тролль бежит.

Первый тем временем поднялся на колени.

— Ты об этом пожалеешь, толс...

Ходжес делает к нему шаг, поднимает Ударник. Первый тролль это видит, издает девичий вскрик, прикрывает шею.

— И ты лучше беги, пока толстяк не врезал тебе по физиономии. Потому что после этого твоя мать, которую вызовут в отделение экстренной помощи, пройдет мимо тебя. — В этот момент, когда адреналин и давление зашкаливают, он совершенно серьезен.

Первый тролль встает. Ходжес притворно замахивается, и тот в испуге отпрыгивает. Пенсионер результатом доволен.

— Забери с собой своего друга и приложи лед к его яйцам, — говорит Ходжес. — Они уже распухают.

Первый тролль обнимает Третьего за талию, и они плетутся к краю эстакады, за которым начинается Лоутаун. Когда Первый тролль понимает, что они уже в безопасности, он поворачивается и грозит:

— Мы еще встретимся, толстяк!

— Моли Бога, чтобы этого не случилось, недоумок, — отвечает Ходжес.

Он поднимает рюкзак и протягивает мальчишке, который смотрит на него широко раскрытыми, недоверчивыми глазами. Ему, наверное, лет десять. Ходжес убирает Ударник в карман.

— Почему ты не в школе, маленький человек?

— Мама болеет. Я собирался купить ей лекарство.

Ложь настолько неприкрытая, что Ходжес не может не улыбнуться.

— Нет, не собирался. Ты удрал с уроков.

Мальчишка молчит. Он во власти незнакомца, никто больше не вмешается, как вмешался этот старик. Никто больше и не носит в кармане носок с завязанным в нем чем-то тяжелым. Так что лучше сыграть дурачка.

— Тебе надо бы найти более безопасное место, раз школа не подошла, — продолжает Ходжес. — На Восьмой авеню есть детская площадка. Почему не пойти туда?

— На той площадке продают крэк, — отвечает мальчишка.

— Знаю, — почти ласковым голосом отвечает Ходжес, кивая, — но тебе не обязательно его покупать. — Он мог бы добавить: «Тебе не обязательно его и толкать», — но это прозвучало бы слишком наивно. В Лоутауне большинство подростков продает наркоту. Можно арестовать десятилетнего за владение, да только это себе дороже.

Ходжес направляется к автостоянке и безопасному краю автострады. Когда оборачивается, мальчишка стоит на прежнем месте и смотрит на него. Рюкзак он держит в руке.

— Маленький человек, — говорит Ходжес.

Мальчишка молча смотрит.

Ходжес поднимает руку, нацеливает на него палец.

— Сейчас я сделал тебе доброе дело. И хочу, чтобы ты передал эстафету кому-то еще, прежде чем зайдет солнце.

На лице мальчишки читается абсолютное непонимание, словно Ходжес внезапно заговорил на иностранном языке, но это нормально. Иногда до людей все же доходит, особенно до молодых.

Такое случается, думает Ходжес. Да, такое случается.

22

Брейди Хартсфилд переодевается в другую униформу — белую, проверяет фургон, быстро просматривает инвентарный список, как требует мистер Леб. Все на месте. Он заглядывает в офис, чтобы поздороваться с Ширли Ортон. Ширли — жирная свинья и очень любит продукт, который производит компания, но он хочет, чтобы она относилась к нему хорошо. Брейди хочет, чтобы *все* относились к нему хорошо. Так гораздо безопаснее. Она в него втюрилась, и это ему только на руку.

— Ширли, моя красотуля! — кричит он, и она краснеет до корней волос над прыщавым лбом. Маленькая свинка, хрю-хрю-хрю, подумал он. Ты такая жирная, что твоя манда, вероятно, выворачивается наружу, когда ты садишься.

— Привет, Брейди. Опять Уэст-Сайд?

— Всю неделю, дорогая. Ты в порядке?

— Все отлично. — Она краснеет еще сильнее.

— Хорошо. Забежал, чтобы поздороваться.

Потом он уезжает, нигде не превышая разрешенную скорость: ревностно следит за этим, пусть у него и уходит сорок гребаных минут, чтобы добраться до Уэст-Сайда. Но так надо. Если тебя остановят за превышение скорости на автомобиле компании после того, как в школе закончились занятия, — это увольнение. Никакие оправдания не помогут. Наконец он прибывает, и это приятно, потому что он в том самом районе, где живет Ходжес, и имеет на это все основания. Прятаться лучше у всех на виду, гласит давняя пословица, и, по мнению Брейди, эта пословица мудра, будьте уверены.

Он сворачивает со Спрус-стрит и медленно едет по Харпер-роуд, мимо дома старого детпена. Нет, вы только посмотрите: этот ниггер-юнец, раздетый по пояс (чтобы все неработающие мамочки смогли полюбоваться его блестящими от пота мышцами), на лужайке толкает перед собой «Лаун-боя».

Давно пора, полагает Брейди. Лужайка сильно заросла. Хотя едва ли старый детпен обращает на это внимание. Старый детпен слишком занят: смотрит телик, лопает «Поптартс», играет с револьвером, который держит на столе рядом с креслом.

Несмотря на рев газонокосилки, ниггер-юнец слышит приближение фургона и поворачивается, чтобы посмотреть на него. «Я знаю, как тебя зовут, ниггер-юнец, — думает Брейди. — Джером Робинсон. Я знаю практически все о детпене. Не могу утверждать, что вы трахаете друг друга, но меня это не удивит. Может, поэтому он держит тебя при себе».

Сидя за рулем фургона «Мистер Вкусняшка» — борта оклеены картинками, изображающими счастливых детей, а сам фургон звенит записанным звоном колокольчиков, — Брейди машет рукой. Ниггер-юнец отвечает тем же и улыбается. Конечно, улыбается.

Все любят мороженщика.

Под синим зонтом Дебби

1

Брейди Хартсфилд курсирует по лабиринту улиц Уэст-Сайда до половины восьмого, когда сумерки начинают смывать синеву с весеннего неба. Первая волна покупателей, с трех до шести часов, состоит из школьников, у которых закончились занятия. С ранцами или рюкзаками за спиной, они размахивают долларовыми купюрами. Большинство на него и не смотрит. Слишком заняты болтовней с друзьями и подругами или разговаривают по мобильнику, который считают не аксессуаром, а жизненной необходимостью вроде еды и воздуха. Некоторые говорят «спасибо», но большинство не заморачивается. Брейди не возражает. Не хочет, чтобы на него смотрели и тем более запоминали. Для этих паршивцев он всего лишь одетый в белую униформу продавец сладкого, и его такое положение вполне устраивает.

С шести до семи — мертвый час, потому что маленькие спиногрызы дома, обедают. Кто-то, возможно, те, что благодарят, даже разговаривает с родителями. Большинство продолжает нажимать кнопки мобильников, пока родители обсуждают работу или смотрят вечерние новости, чтобы узнать, а что происходит в большом мире, где переворот в одном месте сменяется землетрясением в другом.

В последние полчаса продажи вновь набирают обороты. На этот раз к позвякивающему фургону «Мистер Вкусняшка» подходят не только дети, но и родители. Они покупают мороженое, чтобы съесть его, устроившись задницей (по большей части толстой) на пластмассовом стуле, какие есть в каждом дворике за домом. Брейди их чуть ли не жалеет. Ничего не знают, ничего не видят, глупые, как муравьи, ползающие вокруг своего муравейника. Массовый убийца продает им мороженое, а они и не в курсе.

Время от времени Брейди задается вопросом, а так ли сложно отравить их всей этой вкуснятиной: ванильным мороженым, шоколадным, «Ягодным ароматом», «Вкусом дня», «Морозной свежестью», «Кофейной радостью», «Ледяной палочкой» и «Снежной нежностью». Он пошел еще дальше: изучил этот вопрос в Интернете. Провел, как сказал бы Энтони Фробишер по прозвищу Тоунс, «прогнозное исследование» и пришел к выводу, что это вполне возможно, но глупо. Риск Брейди не пугает, он вышел сухим из воды после «мерседес»-бойни, когда вероятность попасться превышала вероятность уйти от ответственности. Но сейчас попасться не хочет. Потому что есть у него одна работенка. На конец весны и начало лета работенка эта — жирный экс-коп, К. Уильям Ходжес.

Вполне возможно, он отправится в круиз по Уэст-Сайду с грузом отравленного мороженого после того, как экс-копу надоест играть с револьвером, который он держит под рукой в гостиной, и он использует оружие по назначению. Но не раньше. Этот жирный экс-коп достал Брейди Хартсфилда. Достал не по-детски. Ходжес вышел на пенсию со всеми полагающимися почестями, они даже устроили *прощальную вечеринку*, и разве это справедливо, если ему не удалось поймать самого знаменитого преступника в истории города?

2

Совершая последний на сегодня круг по Уэст-Сайду, он проезжает мимо дома на Тиберри-лейн, в котором Джером Робинсон — парень, работающий у Ходжеса, — живет с матерью, отцом и младшей сестрой. Джером Робинсон тоже достал Брейди. Робинсон симпатичный, работает у экс-копа, по выходным встречается с разными девушками. Все девушки — красотки. Некоторые даже белые. Это неправильно. Противоречит природе.

— Эй! — кричит Робинсон. — Мистер Мороженое! Подождите!

Он бежит через лужайку со своей собакой, большим ирландским сеттером, который не отстает ни на шаг. За ним увязывается и младшая сестра, ей лет девять.

— Купи мне шоколадное, Джерри! — кричит она. — *По-жа-а-алуйста!*

У него даже имя белого парня. Джером. Джерри. Это оскорбительно. Почему он не может быть Треймором? Или Девоном? Или Лероем? Почему не может быть гребаным Кунтой Кинте*?

Джером в мокасинах на босу ногу, лодыжки все еще зеленые от травы с лужайки жирного экс-копа. На его безусловно симпатичном лице сияет широкая улыбка, и когда он так улыбается девицам, с которыми встречается по выходным, они — Брейди готов на это поспорить — сами стаскивают с себя трусы и протягивают руки. Давай, *Джерри*.

— Как дела, чувак? — спрашивает Джером.

Брейди, который уже не за рулем, а в раздаточном окошке, улыбается:

— Хорошо. Рабочий день подходит к концу, а это всегда радует.

— Шоколадное еще осталось? Русалочка хочет шоколадного.

Брейди вскидывает руки с оттопыренными большими пальцами, продолжая улыбаться. Точно так же он улыбался под клоунской маской, когда, вжав в пол педаль газа, врезался в толпу жаждущих работы у Городского центра.

— Вас понял, мой друг.

Подбегает младшая сестра, глаза сверкают, косички подпрыгивают.

---

* Кунта Кинте (1750—1822) — американский раб, родившийся в Гамбии, герой романа американского писателя Алекса Хейли и снятого по нему телесериала «Корни».

— Не зови меня Русалочкой, Джерри. Я этого терпеть не могу.

Ей девять или около того, и имя у нее нелепо белое: Барбара. Брейди находит идею назвать черного ребенка Барбарой не просто оскорбительной, а сюрреалистической. Во всей семье ниггерское имя только у собаки, которая сейчас стоит на задних лапах, упираясь передними в борт фургона, и виляет хвостом.

— Сидеть, Одилл! — приказывает Джером, и собака садится, весело пыхтя.

— А ты? — спрашивает Брейди Джерома. — Что-нибудь будешь?

— Ванильное мягкое, пожалуйста.

«Видать, хочешь быть белым, как ваниль», — думает Брейди и выполняет их заказы.

Ему нравится приглядывать за Джеромом, нравится больше узнавать о Джероме, потому что в эти дни Джером, похоже, единственный, кто хоть иногда общается с детпеном, и за последние два месяца Брейди видел их достаточно часто, чтобы полагать, что Ходжес воспринимает парня скорее как друга, а не работника, выполняющего разовые поручения. У самого Брейди друзей никогда не было, друзья — это опасно, но он знает, кто они: подпорки для эго. Эмоциональные страховочные сети. Когда тебе плохо, куда ты бежишь? К друзьям, разумеется, и твои друзья говорят тебе: *Не вешай нос*, или: *Взбодрись*, или: *Мы с тобой*, или: *Пойдем выпьем*. Джерому только семнадцать, и он не может пойти с Ходжесом выпить (разве что колу), но может сказать: *Взбодрись* или *Я с тобой*. Так что приглядывать за ним смысл есть.

У миссис Трелони подруг не было. Как и мужа. Только старая больная мамаша. Поэтому она и стала легкой добычей, особенно после того, как за нее взялись копы. Чего там, они сделали за Брейди половину работы. Остальное он сделал сам, прямо под носом этой суетливой сухопарой суки.

— Держи. — Брейди протягивает Джерому две порции мороженого, жалея, что они не сдобрены мышьяком. А может, варфарином. Если скормить им варфарин, кровь потечет из глаз, ушей, ртов. Не говоря уже про дырки в жопе. Брейди представляет себе, как все детки Уэст-Сайда бросают рюкзаки или ранцы и свои драгоценные мобильники, а кровь хлещет у них из каждого отверстия. Роскошный получился бы фильм-катастрофа!

Джером дает ему десятку, и Брейди прибавляет к сдаче собачье печенье.

— Для Одилла, — говорит он.

— Спасибо, мистер, — благодарит его Барбара, облизывая шоколадный шар в вафельном рожке. — Так вкусно!

— Наслаждайся, милая, — отвечает Брейди.

Он водит фургон «Мистер Вкусняшка» и часто садится за руль одного из киберпатрульных «фольксвагенов», но настоящая его работа этим летом — детектив К. Уильям Ходжес (пен.). Он должен добиться, чтобы детектив Ходжес (пен.) использовал свой револьвер.

Брейди направляется в обратный путь, на «Фабрику мороженого Леба», чтобы сдать фургон и сменить униформу на уличную одежду. Нигде не превышает разрешенной скорости.

Тише едешь — дальше будешь.

3

Покинув «Димасио» — после непредвиденной пешей прогулки, чтобы разобраться с тремя громилами, которые приставали к маленькому пацану под эстакадой, — Ходжес просто едет, ведет «тойоту» по городским улицам, не собираясь попасть в какое-либо конкретное место. Или так думает, пока не осознает, что находится на Лайлак-драйв в роскошном прибрежном районе Шугар-Хайтс. Сворачивает к тротуару и паркуется напротив перегороженной воротами подъездной дорожки. На одном из каменных столбов табличка с номером 739.

Дорожка асфальтированная и шириной не уступает улице, к которой дом обращен фасадом. На воротах большой плакат с надписью «ПРОДАЕТСЯ». Ниже покупателей с серьезными намерениями приглашают обратиться в «ЛУЧШИЕ ДОМА — РИЕЛТОРСКОЕ АГЕНТСТВО МАЙКЛА ЗАФРОНА». Ходжес думает, что плакат этот какое-то время повисит, учитывая состояние рынка жилья в год 2010-й от Рождества Христова. Но кто-то продолжает скашивать траву, а учитывая размеры лужайки, для этого требуется газонокосилка размером побольше, чем ходжесовский «Лаун-бой».

Кто платит за поддержание лужайки и, вероятно, дома в идеальном состоянии? Должно быть, наследники миссис Ти. Она, конечно, купалась в деньгах. Он припоминает, что такой дом в этом районе стоит порядка семи миллионов долларов. Впервые после ухода на пенсию, после того, как он передал расследование нераскрытого преступления, названного Бойней у Городского центра, Питу Хантли и Изабель Джейнс, Ходжес задается вопросом, а жива ли мать миссис Ти? Он помнит, что сколиоз согнул старушку пополам, вызывая дикие боли... но сколиоз — болезнь не смертельная. И разве не было у Оливии Трелони сестры, которая жила где-то на западе?

Он роется в памяти в поисках фамилии сестры, но результата нет. Вспоминает другое: Пит прозвал Оливию Трелони миссис Нерва, потому что она непрерывно одергивала одежду, оглаживала и без того уложенные волосы, теребила золотой браслет часов «Патек Филипп», поворачивая и поворачивая его на костлявом запястье. Ходжесу она не нравилась; Пит был близок к тому, чтобы презирать ее. Так что они испытали бы чувство глубокого удовлетворения, возложив на нее хотя бы часть вины за случившееся у Городского центра. Она, в конце концов, вооружила этого парня. Какие могли быть в этом сомнения? Когда миссис Ти покупала «мерседес», ей дали два ключа, но предъявить она смогла только один.

Потом, перед самым Днем благодарения, самоубийство.

Ходжес четко помнит, что сказал Пит, когда они получили эту новость: «Если она встретит убитых на той стороне, особенно эту Крей и ее малышку, ей придется ответить на несколько серьезных вопросов». Для Пита самоубийство стало окончательным подтверждением: где-то в глубинах сознания миссис Ти отдавала себе отчет, что оставила ключ в замке зажигания машины, которую называла Серой леди.

Тогда Ходжес тоже в это верил. Теперь предстоит определиться: верит ли он по-прежнему? Или ядовитое письмо, полученное вчера от признающего вину Мерседеса-убийцы изменило его точку зрения?

Может, и нет, но письмо вызывает вопросы. Допустим, Мистер Мерседес отправил аналогичное послание миссис Трелони? Миссис Трелони со всеми ее тиками и комплексами, которые скрывались под тонкой пленочкой уверенности в собственной правоте. Или такое невозможно? Мистер Мерседес, конечно же, знал о злости и презрении, которые обрушила на миссис Трелони широкая общественность после трагедии у Городского центра. Свидетельства тому — на странице «Письма редактору» многих номеров местной газеты.

Возможно ли?..

Но тут поток его мыслей прерывается, потому что подъехал автомобиль и остановился сзади, так близко, что едва не коснулся бампера «тойоты». Мигалок на крыше нет, однако это последняя модель «краун-виктории», синего цвета. Из-за руля вылезает крепкий мужчина с короткой стрижкой, спортивный пиджак, несомненно, скрывает пистолет в наплечной кобуре. Будь это городской детектив, Ходжес сказал бы, что в кобуре «глок» сорокового калибра, не отличающийся от того, что лежит в его домашнем сейфе. Но мужчина — не городской детектив. Ходжес по-прежнему знает всех.

Он опускает стекло.

— Добрый день, сэр, — здоровается Короткая Стрижка. — Могу я узнать, что вы тут делаете? Вы стоите здесь достаточно давно.

Ходжес смотрит на часы и убеждается, что это правда. Почти половина пятого. С учетом плотного транспортного потока в центре города ему сильно повезет, если он успеет вернуться домой к «Вечерним новостям» Си-би-эс со Скоттом Пелли. Раньше он отдавал предпочтение Эн-би-си, пока не решил, что Брайан Уильямс — слишком добродушный балбес, да еще обожающий ролики с «Ю-тьюб». Не тот ведущий выпуска новостей, которого хочется видеть, когда мир разваливается...

— Сэр? Искренне надеюсь на ответ. — Короткая Стрижка наклоняется, полы пиджака распахиваются. Не «глок», а «ругер». По мнению Ходжеса, оружие ковбоев.

— А я искренне надеюсь, — отвечает Ходжес, — что у вас есть право спрашивать.

Брови его собеседника изумленно поднимаются.

— Простите?

— Я думаю, что вы из частного охранного агентства, — терпеливо объясняет Ходжес, — но хочу увидеть удостоверение. А знаете, что потом? Я хочу увидеть разрешение на скрытое ношение пушки, которая у вас под пиджаком. И будет лучше, если оно в вашем бумажнике, а не в бардачке вашего автомобиля, иначе вы нарушаете положение главы девятнадцать городского кодекса, регулирующего все вопросы, связанные с огнестрельным оружием, в которой, если коротко, указано: «Если вы скрыто носите оружие, то должны иметь при себе *разрешение* на скрытое ношение оружия». Так что давайте поглядим на ваши бумаги.

Короткая Стрижка хмурится все сильнее.

— Вы коп?

— На пенсии, — отвечает Ходжес, — но это не означает, что я забыл как свои права, так и ваши обязанности. Пожалуйста, позвольте взглянуть на ваше удостоверение и разрешение на ношение оружия. Вы не обязаны передавать их мне...

— Вы правы, черт побери, не обязан.

— ...но я хочу их видеть. А потом мы сможем обсудить мое присутствие на Лайлак-драйв.

Короткая Стрижка обдумывает его слова, но лишь несколько секунд. Потом достает бумажник и раскрывает его. В этом городе — как и в большинстве других, полагает Ходжес — сотрудники охранных агентств не делят копов на бывших и действующих, потому что у пенсионеров хватает друзей среди тех, кто служит, а уж они-то могут сильно усложнить жизнь, только дай повод. Выясняется, что парня зовут Рэдни Пиплс и он — сотрудник охранного агентства «Всегда начеку». Он также показывает Ходжесу разрешение на скрытое ношение оружия, и оно действительно до июня 2012 года.

— Рэдни — не Родни, — комментирует Ходжес. — Как Рэдни Фостер, который поет кантри.

Пиплс-Фостер широко улыбается.

— Совершенно верно.

— Мистер Пиплс, меня зовут Билл Ходжес, я закончил службу детективом первого класса, и моим последним большим делом был Мерседес-убийца. Полагаю, теперь вы представляете себе, что я здесь делаю.

— Миссис Трелони, — отвечает Пиплс-Фостер и уважительно отступает на шаг, когда Ходжес открывает водительскую дверцу, вылезает из «тойоты» и потягивается. — Небольшая прогулка по Аллее памяти, детектив?

— В эти дни я просто мистер. — Ходжес протягивает руку, Пиплс ее пожимает. — В остальном вы правы. Мы с миссис Трелони ушли практически одновременно, только я со службы, а она из жизни.

— Грустная история, — кивает Пиплс. — Знаете, подростки забрасывали ее ворота яйцами. И не только на Хэллоуин. Три или четыре раза. Одних мы поймали, другие... — Он качает головой. — Плюс туалетная бумага.

— Да, они это любят, — соглашается Ходжес.

— И однажды ночью кто-то разрисовал левый столб ворот. Мы позаботились, чтобы она этого не увидела, и я рад. Знаете, что на нем написали?

Ходжес качает головой.

Пиплс понижает голос:

— «МАНДА-УБИЙЦА», большими печатными буквами с потеками. Что абсолютно несправедливо. Она опростоволосилась, вот и все. Как будто такое время от времени не случается с каждым из нас.

— Со мной — нет, будьте уверены, — говорит Ходжес.

— Да, конечно, но в Библии сказано: пусть первым бросит камень тот, кто без греха.

«Хотел бы я на это посмотреть», — думает Ходжес и спрашивает (с искренним любопытством):

— Вам она нравилась?

Взгляд Пиплса непроизвольно смещается вверх и влево. За годы работы Ходжес видел такое множество раз. В комнатах для допросов. Это означает, что Пиплс или уйдет от прямого ответа, или солжет.

Он выбирает первый вариант:

— Знаете, на Рождество она относилась к нам по-доброму. Иногда путала имена, но знала нас всех, и мы получали по сорок долларов и бутылке виски. *Хорошего* виски. А что мы видели от ее мужа? — Он фыркает. — Десять баксов в конверте с открыткой от «Холлмарка», это все, что нам доставалось, когда балом правил тот господин.

— На кого именно работает «Всегда начеку»?

— На Ассоциацию домовладельцев Шугар-Хайтс. Знаете, одна из организаций, образованных соседями. Они оспаривают территориальные ограничения, которые им не нравятся, следят за тем, чтобы все живущие здесь придерживались определенных... э... стандартов, если можно так сказать. Местных правил очень много. К примеру, на Рождество можно зажигать белые лампочки, но не цветные. И они не должны мигать.

Ходжес закатывает глаза. Пиплс улыбается. Теперь от антагонизма они перешли к сотрудничеству, стали — почти — коллегами, и почему? Потому что Ходжес удачно прокомментировал чуть отличающееся от обычного имя охранника. Вы можете называть это везением, но существует нечто, позволяющее встать на одну сторону с человеком, которого вы собираетесь допросить, и отчасти успех Ходжеса на полицейском поприще объяснялся тем, что ему удавалось найти это *нечто*, если не всегда, то в большинстве случаев. Пит Хантли подобным талантом не обладал. Ходжес рад, что после ухода на пенсию умение по-прежнему служит ему верой и правдой.

— Кажется, у нее была сестра, — говорит он. — Я про миссис Трелони.

— Джанель Паттерсон, — без запинки отвечает Пиплс.

— Как я понимаю, вы с ней знакомы.

— Да, конечно. Она хороший человек. Похожа на миссис Трелони, но моложе и симпатичнее. — Его руки обводят некую фигуру. — Не такая худая. Вы, часом, не знаете, мистер Ходжес, есть ли прогресс в деле «мерседеса»?

На такой вопрос Ходжес ответа обычно не давал, но если хочешь получить информацию, необходимо ею и делиться. И теперь он в выгодном положении, поскольку никакой информации нет. Он повторяет фразу, которую услышал от Пита Хантли несколькими часами ранее:

— Тишь да гладь.

Пиплс кивает, словно ничего другого и не ожидал.

— Спонтанное преступление. Никаких связей с жертвами, никакого мотива, просто дьявольская жажда убивать. Единственный шанс поймать его — если он сделает это вновь, вы так не думаете?

Мистер Мерседес говорит, что повторения не будет, думает Ходжес, но этой информацией он делиться не собирается, поэтому соглашается. Согласие с коллегой всегда воспринимается положительно.

— Миссис Ти оставила большое наследство, — продолжает Ходжес, — и я говорю не только о доме. Как я понимаю, все отошло сестре.

— Да, — кивает Пиплс. Делает паузу, а потом произносит фразу, которую в не столь уж далеком будущем скажет Ходжес в разговоре с совсем другим человеком: — Могу я рассчитывать, что это останется между нами?

— Да. — На подобный вопрос наилучший ответ — простой. Никаких уточнений.

— Эта Паттерсон жила в Лос-Анджелесе, когда ее сестра... вы знаете. Таблетки.

Ходжес кивает.

— Замужем, детей нет. Семейная жизнь не сложилась. Узнав, что она унаследовала мегабаксы и дом в Шугар-Хайтс,

Джанель мгновенно развелась с мужем и перебралась на восток. — Пиплс указал на ворота, асфальтовую подъездную дорогу и особняк. — Прожила здесь пару месяцев, до утверждения судом права наследования. Сблизилась с миссис Уилкокс, которая живет в доме шестьсот сорок. Миссис Уилкокс любит поговорить и видит во мне друга.

Под этим могло подразумеваться что угодно, от чаепития до дневного секса.

— Миз Паттерсон стала ездить к матери, которая жила в кондоминиуме в центре города. Вы знаете о матери?

— Элизабет Уэртон, — отвечает Ходжес. — Я как раз задался вопросом, жива ли она.

— Я практически уверен, что да.

— Дело в том, что ее сильно донимал сколиоз. — Ходжес сгибается, чтобы показать, о чем речь. Если хочешь получать, надо и отдавать.

— Да? Тяжелое дело. Короче, Элен... миссис Уилкокс... говорит, что миз Паттерсон регулярно навещала мать, так же, как миссис Трелони. Но месяц тому назад или около того матери стало хуже, и теперь, как я понимаю, она в доме престарелых в Варшавском округе. Миз Паттерсон перебралась в кондоминиум. Там она сейчас и живет. Я, правда, изредка вижу ее. Последний раз — неделю тому назад, когда риелтор показывал дом потенциальному покупателю.

Ходжес приходит к выводу, что получил от Рэдни Пиплса предостаточно.

— Спасибо, что ввели в курс дела. Я поеду. Извините, что поначалу наши отношения не заладились.

— Пустяки, — отвечает Пиплс и крепко пожимает протянутую руку Ходжеса. — Вы вели себя как истинный профессионал. Только помните, я вам ничего не говорил. Джанель Паттерсон, может, и живет в центре, но она по-прежнему член Ассоциации, то есть клиент.

— Вы не произнесли ни слова. — Ходжес усаживается за руль. Он надеется, что муж Элен Уилкокс не застанет женушку и этого здоровяка в постели, если у них действительно так повелось. В этом случае охранное агентство «Всегда начеку» наверняка лишится выгодного контракта с Ассоциацией, а Пиплса тут же уволят. В этом сомнений быть не может.

«А может, она иногда подходит к его автомобилю, чтобы угостить свежеиспеченной булочкой, — думает Ходжес, отъезжая. — Ты слишком часто смотришь дневную программу этого нациста, который выдает себя за семейного психолога».

Но любовная жизнь Рэдни Пиплса не имеет для него никакого значения. Что имеет — и Ходжес, направляясь к своему куда более скромному дому в Уэст-Сайде, об этом размышляет, — так это следующие факты: Джанель Паттерсон унаследовала состояние своей сестры, Джанель Паттерсон живет в городе (уже какое-то время) и Джанель Паттерсон как-то распорядилась вещами ушедшей Оливии Трелони. В том числе и личными бумагами, а в них, возможно, есть письмо — как знать, может, и не одно — от этого урода, написавшего Ходжесу. Если такие письма существуют, ему хочется на них взглянуть.

Разумеется, это дело полиции, а К. Уильям Ходжес больше не полисмен. Этот путь уводит его все дальше за грань закона, и Ходжес прекрасно это понимает — прежде всего он скрывает от следствия важную информацию, — но у него нет ни малейшего желания останавливаться. Самодовольная наглость этого урода вывела Ходжеса из себя. И он признает: ему это только на руку. Появилась какая-то цель, а после нескольких месяцев, проведенных у телевизора, это великое благо.

«Если мне удастся чуть продвинуться, я, конечно же, передам все Питу», — убеждает он себя.

Когда эта мысль мелькает у него в голове, он не смотрит в зеркало заднего вида, а если бы смотрел, увидел бы, как его взгляд на мгновение сместился вверх и влево.

4

Ходжес паркует «тойоту» слева от дома под навесом, который служит ему гаражом, и, прежде чем пойти к двери, замирает на несколько мгновений, чтобы насладиться видом только что выкошенной лужайки. Потом находит записку, торчащую из щели для почты. Первая его мысль о Мистере Мерседесе, но Ходжес тут же понимает, что это чересчур смело даже для такого урода.

Записка от Джерома. Аккуратный почерк дико контрастирует с преднамеренной безграмотностью:

Дорогой масса Ходжес!

Я косить ваша лужайка и ставить косилка под ваш навес. Надеюсь, вы ее не раздавите, са! Если у вас есть другой работа для этот хороший черный мальчик, звякните на моя труба. Я быть счастлив говорить с вами, если не занят с одной из моих лошадей. И вы знать, они требовать много работы и иногда их надо одернуть, ведь они могут взбрыкнуть, особенно те, что красивые. Я всегда радоваться слышать вас, са!

Джером

Ходжес устало качает головой, но не может сдержать улыбку. Его наемный работник получает одни пятерки по алгебре, может заменить отвалившийся сточный желоб, приводит в порядок электронную почту Ходжеса, если та начинает артачиться (зачастую — благодаря неумелым действиям владельца); заменить кран для него — пара пустяков, он хорошо говорит по-французски, а если спросить его, что он читает, в ответ он будет полчаса утомлять тебя рассуждениями о чертовом символизме Д. Г. Лоуренса. Он не хочет быть белым, но его угораздило родиться одаренным черным в семье, принадлежащей к верхнему эшелону среднего класса, и в итоге он столкнулся, по его терминологии, с «вызовом самоидентификации». Он говорит об этом вроде бы в шутку, да только Ходжес ему не верит. Похоже, это действительно проблема.

Отец Джерома, университетский профессор, и мать, дипломированный бухгалтер, — у обоих, по мнению Ходжеса, с чувством юмора нелады, — несомненно, ужаснутся, увидев эту записку. Могут даже прийти к выводу, что их сын нуждается в услугах консультанта-психоаналитика. Но от Ходжеса они ни о чем таком не узнают.

— Джером, Джером, Джером, — говорит он, входя в дом. Джером и его «занят с лошадьми». Джером, который не может решить — во всяком случае, пока, — в какой из колледжей «Лиги плюща» он хочет поступать; в том, что возьмут его в любой, сомнений нет. Он — единственный человек в округе, которого Ходжес считает другом, и, если на то пошло, одного вполне достаточно. Ходжес уверен, что значение дружбы преувеличено — и в этом, пусть и только, схож с Брейди Хартсфилдом.

Он успевает к вечернему выпуску новостей, но решает, что может обойтись без них. Уже наслушался и о разливе нефти в заливе, и о политике Движения чаепития. Поэтому включает компьютер, запускает «Файрфокс», набивает в поисковой строке **«Под синим зонтом Дебби»**. Ссылок только шесть, очень маленький улов в кишащем рыбой море Интернета, и лишь одна полностью соответствует запросу. Ходжес открывает ее, и на экране появляется картинка.

Под тяжелыми дождевыми облаками — склон холма в сельской глубинке. Дождь — простенькая циклическая анимация, решает Ходжес — льет и льет. Но два человека, молодой мужчина и молодая женщина, сидящие под большим синим зонтом, в полной безопасности и совершенно сухи. Они не целуются, однако близко склонили головы. Судя по всему, о чем-то увлеченно беседуют.

Под картинкой — короткое raison d'être* «Синего зонта»:

В отличие от таких сайтов, как «Фейсбук» и «Линкедин», «Под синим зонтом Дебби» — сайт-чат, где старые друзья могут встречаться, а новые — знакомиться друг с другом в условиях ПОЛНОЙ ГАРАНТИРОВАННОЙ АНОНИМНОСТИ. Никаких картинок, никакого порно, никаких 140-символьных твиттерок, только ДОБРАЯ СТАРОМОДНАЯ БЕСЕДА.

---

* Политическое кредо (*фр.*).

Ниже — кнопка с призывом «НАЧНИ ПРЯМО СЕЙ-ЧАС». Ходжес передвигает на нее курсор, но колеблется. Примерно шестью месяцами ранее Джерому пришлось удалить старый адрес его электронной почты и заменить на новый, потому что все, кто значился в адресной книге Ходжеса, получили одинаковое послание: он застрял в Нью-Йорке, у него украли бумажник со всеми кредитными карточками, ему нужны деньги, чтобы добраться домой. Получателю электронного письма предлагалось отправить пятьдесят долларов — или больше, если он или она могли себе такое позволить — в «Мейл боксес этс.» в Трибеке. «Я верну деньги, как только выберусь из этой передряги», — такой фразой заканчивалось послание.

Ходжес сильно расстроился, потому что это электронное вымогательство получили и его бывшая, и брат в Толедо, и более сорока полицейских, с которыми он работал долгие годы. И его дочь. Он ожидал, что телефоны — и городской, и мобильный — будут разрываться от звонков, но позвонили лишь несколько человек, и только в голосе Элисон он услышал искреннюю озабоченность. Его это не удивило. Элли, пессимистка по натуре, ожидала, что с ее отцом может что-то случиться, с тех пор как ему исполнилось пятьдесят пять.

Ходжес призвал на помощь Джерома, и тот объяснил, что он стал жертвой фишинга.

— Большинство людей, которые выуживают ваш адрес, просто хотят продать виагру или поддельные драгоценности, но я сталкивался и с таким мошенничеством. Это случилось с моим учителем по охране окружающей среды, и ему пришлось вернуть чуть ли не тысячу баксов. Разумеется, речь о давних временах, теперь все поумнели...

— Давние времена — это когда, Джером?

Джером пожал плечами.

— Два-три года назад. Теперь у нас новый мир, мистер Ходжес. Благодарите Бога, что фишер не подсадил вам вирус, который уничтожил бы все ваши файлы и программы.

— Я бы немного потерял, — ответил Ходжес. — В основном я просто брожу по Сети. Хотя нет, мне недоставало бы компьютерного пасьянса. Когда я выигрываю, звучит мелодия «Счастья дни вернулись вновь».

В ответ он получил фирменный взгляд Джерома: «я-слишком-вежлив-чтобы-назвать-вас-чурбаном-сэр».

— А как насчет налоговой декларации? В прошлом году я помогал вам заполнять ее онлайн. Вы хотите, чтобы кто-то еще увидел, сколько вы платите дяде Сэму? Кроме меня, разумеется?

Ходжес признал, что не хочет.

И особым (как ни странно, приятным) педагогическим тоном, на который этот интеллигентный юноша переходил всегда, когда предоставлялась возможность поучить старого чайника, Джером продолжил: «Ваш компьютер — не просто новый вид телика. Выбросьте эту мысль из головы. Включая его, вы всякий раз открываете окно в вашу жизнь. Если, конечно, кому-то захочется туда заглянуть».

Все это проносится в его голове, когда он смотрит на синий зонт и падающие капли дождя. Проносятся и другие мысли, рожденные той частью разума, что занималась расследованиями. Совсем недавно она крепко спала, а теперь проснулась и бодра как никогда.

Может, Мистер Мерседес хочет поговорить? С другой стороны, вдруг он действительно хочет заглянуть в окно, упомянутое Джеромом?

И вместо того чтобы кликнуть «НАЧНИ ПРЯМО СЕЙЧАС», Ходжес уходит с сайта, берет мобильник, нажимает одну из кнопок быстрого набора. В этот режим у него внесено лишь несколько номеров. Он слышит голос матери Джерома. После короткой и приятной болтовни ни о чем она передает трубку мистеру Конюху.

Ходжес тоже пытается перейти на язык конюшни:

— Эй, друга, ты держать своих кобылок в узде? Они зарабатывать? Ты представлять?

— О, привет, мистер Ходжес. Да, все хорошо.

— Тебе не нравится, когда я так говорю по трубе, браток?

— Э...

Джером явно сбит с толку, и Ходжес его жалеет.

— Лужайка выглядит потрясающе.

— Да? Я рад. Спасибо. Могу я что-нибудь еще для вас сделать?

— Скорее да, чем нет. Не мог бы ты заглянуть ко мне завтра после школы? Одна компьютерная проблема.

— Конечно. А что на этот раз?

— Я бы не хотел говорить об этом по телефону, но, думаю, тебе будет интересно. В четыре часа?

— Договорились.

— И сделай мне одолжение, оставь тайронских* массу и са дома.

— Хорошо, мистер Ходжес, будет исполнено.

— И когда ты просветлишься и начнешь называть меня Билли? «Мистер Ходжес» звучит так, будто я — твой учитель по американской истории.

— Может, когда закончу школу, — совершенно серьезно отвечает Джером.

— Главное, чтобы ты знал, что можешь перейти на «Билли» в любой момент.

Джером смеется. Смех у него отличный, такой заразительный. У Ходжеса поднимается настроение всякий раз, когда он его слышит.

Он сидит за компьютерным столом в кабинете-клетушке, барабанит пальцами, думает. Вдруг ему в голову приходит мысль, что по вечерам он эту комнату практически не использует. Если просыпается в два часа ночи и не может заснуть — тогда другое дело. Приходит сюда и где-то с час раскладывает пасьянсы, прежде чем вернуться в постель. С семи вечера до полуночи он обычно в старом кресле, смотрит старые фильмы, которые показывают по Эй-эм-си и Ти-си-эм, и набивает живот жирным и сладким.

Он вновь берет телефон, набирает номер справочной и спрашивает у робота на другом конце, знает ли тот номер телефона Джанель Паттерсон. Особых надежд Ходжес не

_____
* Тайрон — собирательное имя для чернокожих мужчин.

питает: теперь сестра миссис Трелони — разведенная обладательница дома стоимостью семь миллионов, так что практически наверняка сменила прежний номер на другой, который в списках не значится.

Но робот выкашливает номер. Ходжес так удивлен, что ему приходится искать ручку, а потом нажимать кнопку «2» для повтора. Он снова барабанит пальцами, обдумывая, как подступиться к Джанель Паттерсон. Возможно, проку от этого не будет, но именно таким стал бы его следующий шаг, служи он в полиции. Поскольку он в ней не служит, требуется найти убедительный повод.

И он изумлен радостью, которую ощущает, столкнувшись с необходимостью решить эту проблему.

5

Брейди заранее звонит в «Пиццерию Сэмми» и по пути домой забирает маленькую пиццу с пепперони и грибами. Если бы надеялся, что мать съест пару кусков, взял бы пиццу побольше, но знает: это вряд ли.

«Может, будь эта пицца с пепперони и водкой, — думает он. — Если бы они продавали такую, я бы пропустил среднюю и сразу заказал большую».

Дома в Норт-Сайде в основном типовые. Их построили между Кореей и Вьетнамом, а это означает, что выглядят они одинаково и все постепенно превращаются в говно. Перед большинством на лужайках, заросших ползучими сорняками, валяются пластмассовые игрушки, хотя почти стемнело. Хартсфилды живут в доме 49 по Элм-стрит, улице Вязов, хотя никаких вязов здесь нет и скорее всего никогда не было. Просто в этой части города — раньше ее знали как Северное поле — улицам давали названия в честь деревьев.

Брейди паркуется впритык к ржавеющей материной «хонде», которой требуется новая выхлопная система, новые тормозные колодки и новые свечи. Не говоря уж о наклейке инспектора технического контроля.

Пусть *сама* об этом заботится, думает он. Но она палец о палец не ударит. Придется заботиться ему. И он позаботится. Как заботится обо всем остальном.

Как позаботился о Фрэнки, думает он. Давно, когда подвал был подвалом, а не командным пунктом.

Брейди и Дебора Энн Хартсфилд не говорят о Фрэнки.

Дверь заперта. Хотя бы этому он ее научил, пусть, Бог свидетель, было непросто. Она относится к тем людям, которые думают, что слово «ладно» решает все жизненные проблемы. Говоришь ей: *Поставь пакет молока обратно в холодильник, после того как налила себе стакан.* И она соглашается. А когда приходишь домой — пакет стоит на столешнице, и молоко прокисло. Говоришь ей: *Пожалуйста, постирай белье, чтобы завтра я мог надеть чистую униформу продавца мороженого,* — и она снова соглашается. А когда вечером заглядываешь в комнату-прачечную — все по-прежнему в корзине.

Его приветствуют голоса из телика. Что-то насчет проверки иммунитета, то есть она смотрит реалити-шоу «Последний герой». Он пытался объяснить ей, что все это лажа, обман. Она отвечает: да, конечно, так и есть, — но все равно смотрит.

— Я дома, мама!

— Привет, милый! — Язык лишь слегка заплетается, и это хороший признак, учитывая, который час. «Будь я ее печенью, — думает Брейди, — выпрыгнул бы ночью через открытый храпящий рот и удрал бы куда подальше».

Тем не менее, входя в гостиную, он ощущает, как внутри что-то трепещет от предвкушения, а это он ненавидит. Она сидит на диване в белом шелковом халате, который он подарил ей на Рождество, и он видит еще кусочек белого между распахнувшимися на бедрах полами. Ее нижнее белье. Он отказывается использовать слово «трусики» применительно к матери, оно слишком сексуальное, но слово это все равно копошится в глубинах сознания: змея, прячущаяся в ядовитом сумахе. И он видит маленькие круглые тени ее сосков. Все это не должно его возбуждать: ей под пятьдесят, она начинает расплываться в талии, она, в конце концов, *его мать* — но...

Но.

— Я принес пиццу, — говорит он, поднимая коробку, и мысленно отвечает за нее: «Я уже поела».

— Я уже поела, — произносит она. Вероятно, так оно и есть. Несколько листочков салата и чуть-чуть йогурта. Так она бережет то, что осталось от ее фигуры.

— Это твоя любимая, — говорит он, думая: «Съешь ее сам, милый».

— Съешь ее сам, дорогой. — Она поднимает стакан и делает маленький глоток, как и положено даме. Пить залпом она начнет позже, когда он ляжет в кровать и она решит, что он уже заснул. — Возьми себе колу и посиди со мной. — Она похлопывает по дивану. Полы халата раскрываются чуть шире. Белый халат, белые трусики.

«Нижнее белье, — напоминает он себе. — Нижнее белье, только так, она моя мать, она мама, а когда речь о моей маме — только нижнее белье».

Она видит, куда он смотрит, и улыбается. Не поправляет халат.

— В этом году они выживают на Фиджи. — Она хмурится. — Я думаю, это Фиджи. Во всяком случае, один из этих островов. Иди сюда, давай посмотрим вместе.

— Нет, пожалуй, я пойду вниз и немного поработаю.

— Какой проект на этот раз, милый?

— Новый вид маршрутизатора. — Она не отличит маршрутизатор от видеорегистратора, поэтому он ничем не рискует.

— Когда-нибудь одно из твоих изобретений сделает нас богатыми, — говорит она. — Я знаю. И тогда — прощай, магазин электроники. Прощай, фургон мороженого. — Смотрит на него широко раскрытыми глазами, лишь чуть затуманенными водкой. Он не знает, сколько она выпивает в обычный день — ему не удается подсчитать бутылки, поскольку пустые она прячет, — но понятно, что пьянеет она все быстрее.

— Спасибо, — отвечает он. Испытывает удовольствие, пусть ему этого и не хочется. Испытывает кое-что еще, чего ему совсем не хочется.

— Поцелуй свою мамочку, красавчик.

Он подходит к дивану, прилагая усилия, чтобы не заглянуть в разрез халата, и стараясь игнорировать ощущения пониже пряжки ремня. Она отворачивается в сторону, а когда он наклоняется, чтобы поцеловать ее в щеку, поворачивает голову обратно и прижимает полураскрытые влажные губы к его рту. Он улавливает запах спиртного и аромат ее духов. Она всегда душится за ушами. Душится и в других местах.

Она кладет ладонь ему на загривок и пальцами ерошит волосы, отчего по спине бегут мурашки. Прикасается кончиком языка к его верхней губе, только на мгновение — было и уже нет, — потом отстраняется и смотрит на него широко раскрытыми глазами старлетки.

— Мой красавчик, — выдыхает она совсем как героиня какого-нибудь пустопорожнего романтического фильма, где мужчины размахивают мечами, а женщины носят платья с низким вырезом, из которого чуть ли не вываливаются их буфера.

Он торопливо отстраняется. Она улыбается ему, потом вновь смотрит в телевизор: симпатичные молодые люди в купальниках и плавках бегут по берегу. Он открывает коробку с пиццей — руки слегка дрожат, — вынимает один кусок и кладет в ее пустую салатную миску.

— Съешь, — говорит он. — Пицца свяжет спиртное. Хотя бы какую-то часть.

— Не груби мамочке, — отвечает она беззлобно и безо всякой обиды. Рассеянно запахивает халат, уже с головой уйдя в мир выживающих, стремясь понять, кого выгонят с острова на этой неделе. — И не забудь про мой автомобиль, Брейди. Ему нужна наклейка инспектора.

— Ему нужна не только наклейка. — С этими словами он уходит на кухню. Берет из холодильника колу, открывает дверь в подвал. Какое-то время стоит в темноте, потом произносит одно слово: «Контроль». Внизу вспыхивают флуоресцентные лампы (он установил их сам, когда полностью отремонтировал подвал).

У подножия лестницы он думает о Фрэнки. Он почти всегда это делает, когда стоит на том месте, где умер Фрэнки. Он не думал о нем только в тот период, когда готовил наезд у Городского центра. В те недели все постороннее ушло из головы, и какое же он испытывал облегчение.

«Брейди», — сказал Фрэнки. Его последнее слово на планете Земля. Стоны и булькание в горле не в счет.

Он ставит коробку с пиццей и колу на верстак, который занимает середину подвала, потом идет в маленький туалет и снимает брюки. Он не может есть, не может работать над новым проектом (и это точно не маршрутизатор), не может *думать*, не покончив с одним более срочным делом.

В своем письме жирному экс-копу он заявил, что, врезавшись на автомобиле в толпу безработных у Городского центра, так сексуально возбудился, что надел кондом. А потом добавил, что мастурбировал, вновь и вновь переживая случившееся. Будь это правдой, у слова «аутоэротизм» появилось бы новое значение, но он солгал. В том письме было много лжи, и каждая ложь преследовала цель еще сильнее завести Ходжеса. Его фальшивые секс-фантазии не являлись чем-то особенным.

Если на то пошло, интереса к девушкам он не испытывает, и девушки это чувствуют. Вероятно, по этой причине он так славно ладит с Фредди Линклэттер из «Дисконт электроникс», лесбиянкой и коллегой по киберпатрулю. Насколько известно Брейди, она скорее всего думает, что *он* — гей. Однако он вовсе не гей. Он по большей части загадка для самого себя сам — фронт окклюзии[*], — но одно он знает наверняка: он не асексуален, во всяком случае, не полностью. Он и его мать разделяют великий секрет, о котором нельзя думать без абсолютной на то необходимости. Когда

---

[*] Фронт окклюзии — сложный фронт, который образовывается в результате смыкания холодного и теплого фронтов циклона.

она возникает, приходится с ней разобраться и вновь спрятать ее в дальний ящик.

«Мама, я вижу твои трусики», — думает он и как можно скорее заканчивает с насущным делом. В аптечке есть вазелин, но он его не использует. Хочет, чтобы продирало.

6

Вернувшись в просторный подвал, Брейди произносит еще одно слово, на этот раз — *хаос*.

К дальней стене командного пункта, примерно в трех футах над полом, крепится длинная полка. На ней в ряд стоят семь раскрытых ноутбуков с темными экранами. Перед полкой — стул на колесиках, позволяющий Брейди перемещаться от одного компьютера к другому. Произнесенное волшебное слово оживляет их все. На каждом экране появляется число 20, потом 19, потом 18. Если позволить обратному отсчету дойти до нуля, запустится программа самоуничтожения, которая сотрет всю информацию, хранящуюся на жестких дисках, и заменит белибердой.

— Тьма, — говорит Брейди, и числа исчезают, уступая место обычным заставкам. У Брейди это кадры «Дикой банды», его любимого фильма.

Он пытался использовать *апокалипсис* и *Армагеддон*, по его мнению, куда более подходящие стартовые слова, в которых звенит ожидающий человечество конец, но у программы распознавания речевых команд возникли с ними проблемы, а ему меньше всего хочется восстанавливать файлы из-за глупого сбоя. Одно- и двусложные слова гораздо безопаснее. Впрочем, на жестких дисках шести из семи компьютеров ничего важного нет. Только Номер три содержит, по терминологии жирного экс-копа, «инкриминирующую информацию», но Брейди нравится смотреть на впечатляющую демонстрацию компьютерной мощи, на все эти освещенные экраны. С ними подвал действительно выглядит командным пунктом.

Брейди считает себя как созидателем, так и разрушителем, но знает, что пока ему не удалось создать ничего такого, что заставило бы ахнуть весь мир, и его не оставляет мысль, что в будущем ситуация не улучшится. То есть созидатель он, по правде сказать, второсортный.

Взять, к примеру, «Роллу». Идея сверкнула в голове одним вечером, когда он пылесосил гостиную (как и стирку, это занятие его мать считает ниже своего достоинства). Он нарисовал устройство, напоминающее скамейку для ног, только на колесиках, с моторчиком и всасывающим шлангом на днище. Простая компьютерная программа, предположил Брейди, позволила бы «Ролле» передвигаться по комнате, всасывая пыль. При столкновении с препятствием «Ролла» сам по себе изменял бы направление движения.

И он уже начал собирать прототип, когда увидел аналог его «Роллы», деловито кружащий в витрине одного из самых дорогих магазинов бытовой техники в центре города. Даже название было похоже: «Румба». Кто-то опередил его, и этот кто-то, вероятно, теперь зарабатывал миллионы. Несправедливо, конечно, но кому пожалуешься? Жизнь — паршивая ярмарка с хреновыми призами.

Он оснастил все телевизоры в доме самодельными декодерами, а это означало, что теперь Брейди с матерью могли смотреть бесплатно не только базовый пакет каналов кабельного телевидения, но и все платные (включая несколько экзотических, таких как «Аль-Джазира») — и «Тайм Уорнер», «Комкаст» или «ИКСФИНИТИ» ничего не могли с этим поделать. Он перенастроил DVD-плеер, и теперь на нем можно просматривать диски, предназначенные не только для продажи в Штатах, но и для всего остального мира. Не такая сложная задача: несколько команд, в быстрой последовательности отданных с пульта дистанционного управления, плюс шестизначный идентификационный код. В теории звучит отлично, но используется ли на практике? В доме сорок девять по Элм-стрит — точно нет. Мама смотрит только то, что скармливают ей большими ложками четыре ведущие телекомпании, а Брейди постоянно занят: на двух работах или в командном пункте, где у него *настоящая* работа.

Ломаные декодеры — это замечательно, но они запрещены законом. Насколько ему известно, возня с DVD — тоже. Не говоря уже про его манипуляции с «Редбокс» и «Нетфликс». *Все* его лучшие идеи нарушают закон. Что Изделие один, что Изделие два.

Изделие один лежало на пассажирском сиденье «мерседеса» миссис Трелони, когда Брейди уехал от Городского центра туманным апрельским утром, и кровь капала с погнутой радиаторной решетки и стекала с лобового стекла. Идея пришла ему в голову тремя годами раньше, после того как он решил разом убить кучу народа — совершить *террористический бросок*, — но еще не придумал, каким образом, когда или где это сделать. Тогда его переполняли идеи, он не находил себе места, спал мало и плохо. В те дни его не покидало ощущение, будто он только что выпил термос черного кофе, сдобренного амфетаминами.

Изделие один представляло собой усовершенствованный пульт дистанционного управления от телевизора, с микрочипом в качестве мозгов и аккумулятором для увеличения радиуса действия... хотя тот все равно оставался небольшим. Направив Изделие на светофор с двадцати — тридцати ярдов, ты мог одним нажатием изменить красный свет на желтый, двумя — красный на мигающий желтый, тремя — красный на зеленый.

Брейди Изделие один нравилось, и он использовал его несколько раз (всегда сидя в своем старом «субару», потому что припаркованный фургон мороженого выглядел бы подозрительно) на загруженных перекрестках, пока все не закончилось столкновением двух автомобилей. Конечно, они только чуть помяли бамперы, но Брейди получил огромное удовольствие, наблюдая, как двое мужчин ругались, пытаясь решить, кто прав, а кто виноват. В какой-то момент он даже подумал, что в ход пойдут кулаки.

Изделие два появилось чуть позже, но именно Изделие один укрепило желание Брейди добиться поставленной цели, потому что кардинальным образом увеличивало его шансы уйти от возможной погони. Расстояние от Городского центра до заброшенного склада, за которым он намеревался оставить «мерседес» миссис Трелони, составляло ровно 1,9 мили. На выбранном им маршруте имелось восемь светофоров, и благодаря своему замечательному гаджету он мог о них не тревожиться. Но в то утро — Господи Иисусе, кто бы знал? — светофоры встречали его зеленым светом. Брейди понимал, что это каким-то образом связано с ранним часом, однако все равно пришел в ярость.

«А если бы я не взял с собой Изделие один, — думает Брейди, направляясь к чулану в дальнем конце подвала, — как минимум четыре светофора светились бы красным. Так устроена моя жизнь».

Изделие два — единственный из его гаджетов, который позволил заработать деньги. Не слишком большие, но, как известно, не в деньгах счастье. А кроме того, без Изделия два не было бы «мерседеса». А без «мерседеса» — бойни у Городского центра.

Старое доброе Изделие два.

Дверь чулана заперта на большой висячий замок. Брейди открывает его ключом из связки, которая всегда при нем. Свет внутри — тоже флуоресцентные лампы — уже горит. Чулан маленький, и простые дощатые полки еще уменьшают его размеры. На одной полке — девять коробок из-под обуви. В каждой — по фунтовому блоку самодельного пластита. Брейди испытывал ее в заброшенном гравийном карьере в сельской глубинке. И остался доволен результатом.

«Окажись я в Афганистане, — думает он, — в головном платке и в балахоне до пят, сделал бы неплохую карьеру, взрывая армейские бронетранспортеры».

На другой полке, тоже в коробке из-под обуви, — пять мобильников. Они одноразовые, торговцы наркотиками Лоутауна называют такие сгоралками. Сегодняшний проект Брейди — эти телефоны, которые можно купить в любом магазине. Их нужно доработать, чтобы один звонок прошел сразу на все пять, вызвав искру, необходимую для детонации бум-пластита, который сейчас лежит в коробках из-под обуви. Он еще не готов к использованию взрывчатки, но какая-то его часть уже мечтает об этом. Он написал жирному экс-копу, что не собирается повторять свой шедевр, но это еще одна ложь. Многое зависит от жирного экс-копа. Если коп сделает то, что хочет Брейди, — как миссис Трелони сделала то, чего хотел Брейди, — он не сомневается, что желание использовать взрывчатку уйдет хотя бы на время.

Если нет... Что ж...

Он берет коробку с мобильниками, направляется к двери чулана, останавливается, оборачивается. Еще на одной полке лежит стеганая походная жилетка от «Л.Л. Бина». Если бы Брейди действительно собирался в лес, ему подошел бы размер М — телосложение у него хрупкое, — но размер этой жилетки — XL. На груди жилетки — скалящийся смайлик в черных очках. В ней лежат еще четыре фунтовых блока пластита, два — в наружных карманах, два — во внутренних. Жилетка выглядит раздутой, потому что набита металлическими шариками (как Веселый ударник Ходжеса). Брейди разрезал подкладку, чтобы засыпать их. Даже подумал, а не попросить ли мамулю зашить разрезы, и от души посмеялся, после чего заклеил их изолентой.

Моя личная жилетка смертника, с удовлетворением думает он.

Он ею не воспользуется... *Вероятно*, не воспользуется... Но идея эта определенно его привлекает. Ее реализация положит конец всему. Никакого тебе «Дисконт электроникс», никаких вызовов киберпатруля, чтобы вычищать арахисовое масло или крошки из компьютеров старых идиотов, никакого фургона с мороженым. Никаких ползающих змей в глубинах сознания. Или ниже пряжки ремня.

Он представляет себе, как идет на рок-концерт. Знает, что в июне намечено выступление Спрингстина в «Лейкфронт-арене». А как насчет парада Четвертого июля по Лейк-авеню, главной магистрали города? Или, может, наилучший вариант — первый день Летнего фестиваля искусств и Уличной ярмарки, которые ежегодно открываются в первую субботу августа?

Все верно, но идею нужно тщательно проработать ради достижения максимального эффекта, думает Брейди, раскладывая на верстаке одноразовые мобильники и вынимая из них сим-карты. А кроме того, жилетка смертника, как ни крути, — сценарий Последнего дня. Возможно, он никогда не будет реализован. Тем не менее хорошо иметь такую жилетку под рукой.

Прежде чем подняться наверх, он садится перед Номером три, проверяет «Синий зонт». Ничего от жирного экс-копа.

Пока ничего.

7

Ходжес нажимает кнопку вызова домофона, стоя у кондоминиума миссис Уэртон в десять часов следующего утра; на нем костюм, который он надел во второй или третий раз после выхода на пенсию. И это приятно — снова быть в костюме, хотя он узковат в талии и жмет в подмышках. Человек в костюме ощущает себя работающим человеком.

— Да? — доносится из динамика женский голос.

— Билл Ходжес, мэм. Мы разговаривали вчера вечером.

— Да, разговаривали, и вы точны как часы. Квартира девятнадцать си, детектив Ходжес.

Он собирается возразить насчет детектива, но жужжит открывающийся замок, поэтому обходится без объяснений. И вообще во время вчерашнего телефонного разговора он сказал, что уже на пенсии.

Джанель Паттерсон ждет его у открытой двери, точно так же, как ее сестра в день бойни у Городского центра, когда Ходжес и Пит Хантли пришли, чтобы допросить миссис Ти в первый раз. Две женщины достаточно похожи, чтобы вызвать у Ходжеса сильное чувство *déjà vu*. Но, направляясь по короткому коридору от лифта к двери в квартиру (стараясь идти, а не переваливаться), он видит, что различия перевешивают сходство. У Паттерсон те же светло-синие глаза и высокие скулы, но в отличие от тонких и вечно поджатых губ Оливии Трелони, свидетельствующих о внутренней напряженности и раздражении, полные губы Джанель Паттерсон всегда готовы разойтись в улыбке. Или одарить поцелуем. Они сверкают влажным блеском. Их хочется съесть. И никаких вырезов-«лодочек». На даме водолазка, плотно облегающая идеальные полукружия грудей. Они небольшие, ее груди, но, как говаривал отец Ходжеса, все, что не вмещается в руку мужчины, уже лишнее. Это творение природы или результат послеразводной коррекции? Ходжес склоняется ко второму. Благодаря сестре Джанель Паттерсон может позволить себе самых лучших пластических хирургов.

Она крепко, по-деловому пожимает руку Ходжеса.

— Спасибо, что пришли. — Как будто он здесь по ее просьбе.

— Я рад, что вы смогли меня принять. — Он вслед за ней входит в квартиру.

В гостиной его встречает все тот же фантастический вид на озеро. Он прекрасно его помнит, хотя здесь миссис Ти допрашивали лишь однажды. Все остальные допросы проходили в большом доме в Шугар-Хайтс или в полицейском участке. Он помнит, как во время одного из визитов в полицейский участок у нее случилась истерика. «Все винят меня», — сказала она. А вскоре, через считанные недели, — самоубийство.

— Хотите кофе, детектив? У меня ямайский.

Ходжес взял за правило не пить кофе до полудня, потому что он вызывает сильную изжогу, от которой не помогает зантак. Но тут соглашается.

Он сидит в одном из шезлонгов у широкого окна гостиной и ждет ее возвращения из кухни. День теплый и ясный, на озере яхты, будто фигуристки, вычерчивают дорожки и дуги. Ходжес встает, чтобы помочь вернувшейся с серебряным подносом хозяйке, но Джанель с улыбкой качает головой и ставит поднос на низкий столик, легко согнув колени. Почти как в реверансе.

Ходжес тщательно продумывал подводные камни и повороты предстоящего разговора, но подготовка оказалась излишней. Словно приходишь к даме, до мельчайших деталей спланировав соблазнение, а твой объект страсти открывает дверь в коротенькой ночнушке и туфлях на шпильках.

— Я хочу найти того, кто довел мою сестру до самоубийства, — говорит она, наливая кофе в толстые фарфоровые кружки, — но до сих пор не знала, как это сделать. Ваш звонок для меня — что манна небесная. После нашего разговора я поняла, что именно вас мне и не хватало.

От изумления Ходжес лишается дара речи.

Она протягивает ему кружку.

— Если хотите сливки, наливайте сами. Я в ответе только за кофе.

— Черный меня устроит.

Она улыбается. То ли у нее идеальные зубы, то ли первоклассный дантист.

— Мужчина моей мечты.

Он пьет маленькими глоточками, чтобы выиграть время, но кофе восхитительный. Наконец откашливается.

— Как я упомянул во время нашего вчерашнего телефонного разговора, миссис Паттерсон, я больше не полицейский детектив. С двенадцатого ноября прошлого года — обычный гражданин, частное лицо. Давайте сразу расставим все по местам.

Она смотрит на него поверх ободка кружки. Ходжес задается вопросом, оставляет ли блеск для губ отпечаток на фарфоре, или современные технологии с этим справились? Задаваться подобными вопросами — бред, но перед ним красивая женщина, а он теперь редко выходит из дома.

— По мне, — говорит миссис Паттерсон, — из сказанного вами значение имеют только два слова. Одно — «частный», второе — «детектив». Я хочу знать, кто влез в ее жизнь, кто *играл* с ней, пока не довел до самоубийства. Они хотят поймать человека, который использовал ее автомобиль, чтобы убить этих людей, это да, но на мою сестру, извините за вульгарность, им насрать.

Ходжес, конечно, на пенсии, но верит в закон.

— Это совсем не так.

— Я понимаю, почему вы это говорите, детектив...

— Мистер, пожалуйста. Просто мистер Ходжес. Или Билл, если хотите.

— Тогда Билл. И *это* правда. Существует связь между этими убийствами и самоубийством моей сестры, поскольку то письмо написал ей человек, который использовал ее автомобиль. И есть кое-что еще. Эти разговоры «Под синим зонтом».

«Не гони лошадей, — предупреждает себя Ходжес. — А не то все испортишь».

— О каком письме мы говорим, миссис Паттерсон?

— Джейни. Если вы Билл, то я Джейни. Я вам его покажу.

Она поднимается и выходит из гостиной. Сердце Ходжеса бьется сильно — гораздо сильнее, чем при разборке с троллями под эстакадой, — но он отмечает, что сзади Джейни Паттерсон выглядит ничуть не хуже, чем спереди.

«Не гони лошадей, — повторяет он мысленно и вновь пьет кофе маленькими глотками. — Ты не Филип Марлоу». Его кружка наполовину пуста, но никакой изжоги. Даже намека. Действительно чудесный кофе.

Она возвращается с двумя листами бумаги, которые держит за края. На ее лице написано отвращение.

— Я их нашла, когда просматривала бумаги на столе Оливии. Со мной был ее адвокат, мистер Шрон — она назначила его исполнителем завещания, поэтому он не мог не присутствовать, — но он вышел на кухню, чтобы налить себе стакан воды. И этого письма не видел. Я его спрятала. — Она говорит буднично — никакого стыда, никаких вызывающих интонаций. — Сразу поняла, что это такое. Из-за *вот этого*. Тот парень оставил такой же на руле ее автомобиля. Как я понимаю, это можно назвать его визитной карточкой.

Джейни постукивает пальцем по смайлику в черных очках на первой странице письма. Ходжес уже его заметил. Заметил и шрифт, который ранее идентифицировал по своему письму как «американский машинописный».

— Когда вы его нашли?

Она задумывается, мысленно возвращаясь в прошлое.

— Я приезжала на похороны в конце ноября. После оглашения завещания узнала, что являюсь единственной наследницей Олли. Спросила мистера Шрона, можем ли мы отложить составление списка активов и имущества Олли до января, потому что мне нужно вернуться в Лос-Анджелес по неотложному делу. — Она смотрит на Ходжеса спокойно, но в синих глазах сверкают искорки. — Вернуться мне требовалось, чтобы развестись с мужем, еще раз извините за вульгарность, распутным говнюком-кокаинщиком.

У Ходжеса нет желания отвлекаться на личные дела собеседницы.

— Вы вернулись в Шугар-Хайтс в январе?

— Да.

— И тогда нашли письмо?

— Да.

— Полиция его видела? — Он знает ответ, январь закончился четыре месяца назад, но вопрос необходимо задать.

— Нет.

— Почему?

— Я уже вам сказала! Потому что я им не доверяю. — Искорки выплескиваются из ее глаз, и она начинает плакать.

8

Она просит разрешения покинуть его на какое-то время. Ходжес, конечно же, ее отпускает. Она уходит, чтобы взять себя в руки и поправить макияж. Он берет письмо, читает, по ходу маленькими глотками продолжает пить кофе, который действительно выше всяких похвал. А если бы к нему еще пару булочек...

Дорогая Оливия Трелони!

Я надеюсь, Вы прочитаете это письмо до конца, прежде чем выбросите в мусорное ведро или сожжете. Я знаю, что не заслуживаю Вашего внимания, но все равно умоляю прочесть письмо. Видите ли, я — тот человек, который украл Ваш «мерседес» и, сидя за рулем, задавил всех этих людей. Теперь я горю, как может гореть мое письмо, если Вы поднесете к нему спичку или зажигалку, только от стыда, угрызений совести и печали.

Пожалуйста, пожалуйста, пожалуйста, дайте мне шанс все объяснить! Мне никогда не получить Вашего прощения, это я тоже знаю и не ожидаю ничего такого, но мне будет достаточно, если Вы хотя бы сможете меня понять! Вы дадите мне этот шанс? Пожалуйста! Для широкой общественности я — монстр, для телевизионных новостей — еще одна кровавая история, помогающая привлечь рекламодателей, для полиции — еще один преступник, которого они хотят поймать и посадить в тюрьму, но я еще и человеческое существо, такое же, как и Вы. Вот моя история.

Я рос в атмосфере психологического и сексуального насилия. Начало положил мой отчим, и знаете, что произошло после того, как моя мать узнала об этом? Она присоединилась к веселью! Вы перестали читать? Я бы не удивился, это отвратительно, но надеюсь на обратное, потому что мне необходимо излить душу. Я, возможно, в скором времени покину «страну живых», но видите ли, я не могу уйти, не рассказав кому-нибудь, ПОЧЕМУ я сделал то, что сделал. Я и сам не очень-то это понимаю, но, возможно, Вы, как «сторонний наблюдатель», поймете.

Мистер Смайлик.

Сексуальное насилие продолжалось, пока мой отчим не умер от инфаркта. Мне только исполнилось 12. Моя мать пригрозила, что вину возложат на меня, если я кому-нибудь расскажу о прошлом. А если покажу шрамы от сигаретных ожогов на руках, ногах и гениталиях, то она скажет, что все это я сделал сам. Я был ребенком и думал, что она говорит правду. Она также сказала, что ее отправят в тюрьму, а меня — в приют, если люди все-таки мне поверят (на этот раз скорее всего не солгала).

Я держал рот на замке. Иногда «знакомый черт лучше незнакомого».

Я всегда был маленького росточка и очень тощий, потому что слишком нервничал, чтобы есть, а когда ел, меня часто рвало (булимия). Из-за этого меня постоянно избивали в школе. У меня также развился синдром навязчивых движений. Скажем, я теребил одежду и дергал себя за волосы, иногда вырывал их целыми пучками. Надо мной, конечно же, смеялись не только дети, но и учителя.

Джейни Паттерсон вернулась и вновь сидит напротив, пьет кофе, но сейчас Ходжес ее не замечает. Он думает о четырех или пяти допросах миссис Ти, которые они провели с Питом. Он вспоминает, как она всегда поправляла платье у выреза. Или одергивала юбку. Или прикасалась к уголкам вечно поджатых губ, словно хотела сбросить крошки помады. Или накручивала прядь волос на палец и подергивала.

Он возвращается к письму.

Я не был злым ребенком, миссис Трелони, клянусь Вам! Никогда не мучил животных, не бил маленьких. Я напоминал мышонка, который пытается проскочить детство без насмешек и унижений, но безуспешно.

Я хотел поступить в колледж, только не вышло. Видите ли, я закончил тем, что ухаживаю за женщиной, которая участвовала в насилии надо мной. Смешно, правда? Маму хватил удар из-за ее пьянства. Да, она еще и алкоголичка или была ею, когда могла дойти до магазина за бутылкой. Она и сейчас может ходить, но чуть-чуть. Мне приходится доводить ее до туалета и подтирать после того, как она «сделает свои дела». Я целый день вкалываю на низко-оплачиваемой работе (вероятно, мне еще везет, что я работаю при таком состоянии экономики), а потом прихожу домой и забочусь о ней, потому что при моем доходе могу нанимать приходящую домработницу лишь на несколько часов в неделю. Это плохая и глупая жизнь. У меня нет друзей, нет возможности чего-то добиться там, где я работаю. Общество — улий, а я — одинокий трутень.

В итоге я начал злиться. Я хотел, чтобы кто-то за все это заплатил. Я хотел ударить мир, показать ему, что я живой. Вы можете это понять? У Вас возникало такое желание? Скорее всего нет, потому что Вы богаты и у Вас лучшие друзья, которых могут купить деньги.

За этим резким замечанием следует еще один смайлик в черных очках, словно говоря: *шутка*.

И однажды мне стало совсем невмоготу, и я сделал то, что сделал. Ничего не планировал заранее...

Хрена с два, ты не планировал, думает Ходжес.

...и думал, что шансы, что меня поймают, как минимум пятьдесят на пятьдесят. Меня это не волновало. И я, БУДЬТЕ УВЕРЕНЫ, не знал, что потом содеянное будет преследовать меня. Я все еще переживаю глухие удары, с которыми автомобиль врезался в людей, все еще слышу их крики. А потом я увидел новости и узнал, что <u>даже убил младенца</u>. Тут до меня окончательно дошло, какой ужасный я совершил поступок. Я не знаю, как мне с этим жить.

Миссис Трелони, ну почему, почему, почему Вы оставили ключ в замке зажигания? Если бы я не увидел его, прогуливаясь одним ранним утром, когда не мог заснуть, ничего этого не случилось бы. Если бы Вы не оставили ключ в замке зажигания, малышка и ее мать были бы сейчас живы. Я Вас не виню, я уверен, Вас занимали свои заботы и проблемы, но мне хочется, чтобы все пошло иначе, и все бы пошло, если бы не оставленный Вами ключ, я сейчас не горел бы в этом аду вины и угрызений совести.

Вы, вероятно, тоже чувствуете вину и угрызения совести, и я об этом сожалею, особенно потому, что Вам очень скоро предстоит выяснить, какими злыми могут быть люди. В выпусках теленовостей и газетах будут говорить, как Ваша безответственность сделала возможным мое ужасное деяние. Полиция будет доставать Вас. Если Вы пойдете в супермаркет, люди будут шептаться друг с другом. Некоторые сочтут шептание недостаточным и выскажут все Вам в лицо. Меня не удивит вандализм по отношению к Вашему дому, поэтому скажите Вашей службе безопасности (я уверен, она у Вас есть), чтобы были начеку.

Я не предполагаю, что Вы захотите поговорить со мной, ведь так? Нет, конечно, я не про встречу лицом к лицу, но есть безопасное место, безопасное для нас обоих, в котором мы можем поговорить через наши компьютеры. Это сайт, который называется «Под синим зонтом Дебби». Я даже завел Вам имя пользователя, если Вы захотите это сделать. Ваше имя — «отрело-19».

Я знаю, обыкновенный человек отнес бы это письмо в полицию, но позвольте задать Вам вопрос. Что они для Вас делают, не считая того, что стараются прижать к стенке и служат причиной бессонных ночей? Хотя вот о чем я думаю: если Вы хотите видеть меня мертвым, конечно же, отдать письмо в полицию — все равно что приставить пистолет к моему виску и нажать спусковой крючок. Потому что я покончу с собой.

Пусть это и кажется безумным, но Вы — *единственная, кто не дает мне умереть*. Потому что Вы — единственная, с кем я могу говорить. Единственная, кто поймет, каково это — жить в аду.

Теперь я буду ждать.

Миссис Трелони, мне очень, очень, очень ЖАЛЬ.

Ходжес кладет письмо на кофейный столик и говорит:

— Срань господня.

Джейни Паттерсон кивает:

— Именно такой была и моя реакция.

— Он пригласил ее связаться с ним...

Джейни изумленно смотрит на него:

— *Пригласил?* Скажите лучше, *заставил*. Сделай это, или я покончу с собой.

— По вашим словам, она пошла у него на поводу. Вы видели что-нибудь из их переписки? Вместе с этим письмом не было никаких распечаток?

Она качает головой:

— Олли сказала нашей матери, что общается, как она выразилась, «с очень неуравновешенным человеком» и пытается убедить его обратиться за помощью, поскольку он сделал что-то ужасное. Мама встревожилась. Она предположила, что Олли беседует с этим психом лицом к лицу, в парке, или в кафетерии, или где-то еще. Не забывайте, что ей уже под девяносто. Она знает о компьютерах, но очень смутно представляет себе, как ими пользоваться. Олли объясняла ей, что такое чаты — или пыталась, — но я не знаю, что из этого мама действительно поняла. Помнит она только одно: Олли говорила с этим типом под синим зонтом.

— Ваша мать связывала этого человека с угнанным «мерседесом» и убийствами у Городского центра?

— Она ни разу не сказала ничего, что навело бы меня на такие мысли. Но ее кратковременная память сильно затуманена. Если спросить ее о бомбардировке японцами Перл-Харбора, она в точности перескажет все, что слышала в новостных выпусках по радио, возможно, даже назовет имя диктора информационной программы. Но спроси ее, что она ела на завтрак или даже где она находится... — Джейни пожимает плечами. — Мама может ответить, а может и не ответить.

— А где она сейчас?

— Это заведение называется «Солнечные просторы», в тридцати милях от города. — Джейни смеется, но без всякой радости. — Когда я слышу это название, всегда вспоминаю старые мелодрамы, которые показывают по каналу «Классические фильмы Тернера». В них героиню объявляют безумной и отправляют в какой-то ужасный дурдом на отшибе.

Она поворачивается, чтобы посмотреть на озеро. Выражение ее лица заинтересовало Ходжеса: немного печальное, немного настороженное. Чем дольше он на нее смотрит, тем больше она ему нравится. Морщинки у глаз свидетельствуют, что она любит посмеяться.

— Я знаю, кем бы я была в одном из этих фильмов, — говорит она, по-прежнему глядя на яхты, бороздящие гладь озера. — Коварной сестрой, которая наследует опеку над престарелым родителем вместе с кучей денег. Жестокой сестрой, которая оставляет деньги себе, а престарелого родителя отправляет в какой-нибудь дешевый мерзкий приют, где старикам дают на обед собачью еду и на всю ночь оставляют их лежать в собственной моче. Но «Солнечные просторы» — не такое место. На самом деле там хорошо. И уход стоит недешево. Мама сама попросила, чтобы ее туда отвезли.

— Да?

— *Да*, — передразнивает она его, наморщив нос. — Вы помните женщину, которая постоянно жила у мамы? Миссис Харрис? Миссис Алтею Харрис.

Ходжес ловит себя на том, что сунул руку в карман, чтобы достать блокнот, которого там больше нет, и проконсультироваться с ним. Но после короткого раздумья решает, что и так помнит сиделку. Высокую, дородную женщину, которая не ходила, а плыла. Копной вьющихся седых волос миссис Харрис напоминала Эльзу Ланчестер в «Невесте Франкенштейна». Они с Питом спрашивали, заметила ли сиделка «мерседес» миссис Трелони, когда уходила в тот четверг. Она ответила, что практически в этом не сомневается. Для Ходжеса и Хантли подобный ответ означал, что миссис Харрис в этом не уверена.

— Да, я помню ее.

— Она объявила об уходе на пенсию, как только я переехала сюда из Лос-Анджелеса. Сказала, что в шестьдесят четыре года больше не может квалифицированно обслуживать пациентку, которая страдает таким серьезным заболеванием, и стояла на своем, когда я предложила нанять ей помощницу, даже двух, если она того хочет. Думаю, ее напугало все это внимание, вызванное бойней у Городского центра, но если бы этим дело и ограничилось, она бы осталась.

— Самоубийство вашей сестры стало последней каплей?

— Я в этом более чем уверена. Не могу сказать, что Алтея и Олли жили душа в душу, но они ладили, и забота о матери их сближала. Теперь «Солнечные просторы» — самое подходящее для мамы место, и она рада, что находится там. В хорошие дни по крайней мере. Я тоже рада. Во всяком случае, с ее болями там справляются лучше.

— Если я поеду туда и поговорю с ней...

— Возможно, мама что-то вспомнит, а может, и нет. — Она поворачивается и смотрит на него. — Вы возьметесь за эту работу? Я проверила в Сети ставки частных детективов и готова платить гораздо больше. Пять тысяч долларов в неделю плюс расходы. Минимум за восемь недель.

Сорок тысяч долларов за восемь недель работы. Ходжес в шоке. Как знать, может, он все-таки станет Филипом Марлоу. Он представляет себя в обшарпанном офисе из двух комнат, к которому ведет коридор третьего этажа дешевого административного здания. Он нанимает себе громкоголосую секретаршу по имени Лола или Вильма. Разумеется, блондинку, не чурающуюся крепкого словца. В дождливые дни он носит длинное пальто и коричневую федору, сдвинутую на одну бровь.

Нелепо. И привлекает его не это. Привлекает возможность больше не сидеть в раскладном кресле, наблюдая за дамой-судьей и набивая живот. Привлекает возможность ходить в костюме. И кое-что еще. Он ушел из полиции, оставив свободные концы. Пит идентифицировал грабителя ломбардов, и, похоже, они с Изабель Джейнс скоро арестуют Доналда Дэвиса, идиота, который убил жену, а потом отправился на телевидение, сверкая обаятельной улыбкой. Все это хорошо для Пита и Иззи, но ни Дэвис, ни грабитель ломбардов с обрезом не принесут славы.

Также он думает, что Мистеру Мерседесу следовало оставить его в покое. И миссис Ти. Ему следовало оставить в покое и ее.

— Билл? — Джейни щелкает пальцами, словно гипнотизер на сцене, выводя из транса подопытного кролика. — Вы здесь, Билл?

Он вновь переключает внимание на нее, женщину, которая в сорок пять не боится сидеть в ярком солнечном свете.

— Если я соглашусь, вы наймете меня консультантом по безопасности.

На ее лице — удивление.

— Как те, что работают в охранном агентстве «Всегда начеку»?

— Нет, не как они. Они связаны инструкциями. Я — нет. — И никогда не был, думает он. — Я буду простым частным охранником вроде тех, кто работает в ночных клубах в центре города. Вам не удастся получить льготы по налоговой декларации.

Удивление переходит в широкую улыбку, и она вновь морщит нос. По мнению Ходжеса, это зрелище из приятных.

— Не важно. На случай если вы не знаете: денег у меня куры не клюют.

— Я пытаюсь донести до вас другое, Джейни. У меня нет лицензии частного детектива, что не помешает мне задавать вопросы, но насколько хорошо это удастся без полицейского жетона и лицензии? Похоже на предложение слепому прогуляться по городу без собаки-поводыря.

— Конечно же, у вас остались друзья в полицейском управлении.

— Остались, но попытайся я использовать старые связи, поставил бы и себя, и моих друзей в крайне неудобное положение. — Он уже воспользовался предложенным ею вариантом, вытащил кое-какую информацию из Пита, но не собирался делиться ею с Джейни, учитывая, сколь недавно они знакомы.

Он поднимает со стола письмо, которое Джейни показала ему.

— Знаете, мне могут вменить в вину уже одно то, что я скрываю от следствия важную информацию. — Ей пока не обязательно знать, что он скрыл от следствия и другое письмо. — Формально, во всяком случае. А это уголовно наказуемое преступление.

На ее лице отражается страх.

— Господи, никогда об этом не думала.

— С другой стороны, я сомневаюсь, что наши эксперты сумеют что-то из этого выжать. Нет ничего более анонимного, чем письмо, брошенное в почтовый ящик на Мальборо-стрит или Лоубрайр-авеню. Когда-то — я эти времена застал — не составляло труда проследить шрифт на отпечатанном письме до пишущей машинки. А если находилась машинка, считай, имелись и отпечатки пальцев.

— Но это письмо напечатано не на пишущей машинке.

— Нет. На лазерном принтере. А это значит, что не будет ни западающих «А», ни кособоких «Т». Поэтому скрываю я не так уж много.

Но, разумеется, сокрытие — это сокрытие.

— Я собираюсь согласиться на эту работу, Джейни, но пять тысяч в неделю — это перебор. Я возьму чек на две, если вы готовы его выписать. И пришлю вам счет по расходам.

— Мне кажется, этого недостаточно.

— Если я что-то раскопаю, мы поговорим о премии. — Но он не думает, что возьмет ее, даже если ему и удастся прижать Мистера Мерседеса к ногтю. Он сам принял решение отыскать этого ублюдка и вышел на Джейни, рассчитывая на помощь, а не наоборот.

— Хорошо. Согласна. И спасибо вам.

— Не за что. А теперь расскажите мне о ваших отношениях с Оливией. Я понимаю, что они были достаточно теплыми, раз вы называете ее Олли, но хочу знать гораздо больше.

— На это уйдет время. Выпьете еще кофе? С чем-нибудь сладким? У меня есть лимонный бисквит.

Ходжес соглашается на оба предложения.

9

— Олли.

Джейни произносит это слово и надолго замолкает: Ходжес успевает сделать несколько глотков кофе и съесть ломтик бисквита. Потом она вновь поворачивается к окну и яхтам, кладет ногу на ногу и говорит, не глядя на него:

— Вы когда-нибудь любили человека, пусть он вам и не нравился?

Ходжес думает о Коринн и бурных восемнадцати месяцах, которые предшествовали окончательному разрыву.

— Да.

— Тогда вы поймете. Олли была моей большой сестрой, на восемь лет старше меня. Я любила ее, но когда она уехала в колледж, чувствовала себя самой счастливой девочкой

Америки. Однако три месяца спустя она бросила учебу и вернулась домой, и я превратилась в уставшую девочку, которой после короткой передышки предстояло поднять большой мешок кирпичей и тащить дальше. Ничего плохого она мне не делала, никогда не обзывала, не дергала за косички, не дразнила, увидев, как в первом классе старшей школы я возвращалась домой, держась за руки с Марки Салливаном, но когда она находилась дома, возникал «желтый» уровень угрозы. Вы понимаете, о чем я?

Ходжес может только догадываться, но кивает.

— Еда вызывала у нее расстройство желудка. Нервничая, она покрывалась сыпью. Собеседования с потенциальными работодателями повергали ее в ступор, но в конце концов она нашла место секретаря. Олли обладала всеми необходимыми навыками и была очень красивой. Вы это знали?

Ходжес бурчит что-то невразумительное. Если бы от него потребовали честного ответа, он бы сказал: могу поверить, потому что вижу вас.

— Однажды она согласилась взять меня на концерт. Выступала группа «Ю-ту», и мне безумно хотелось их увидеть. Олли они тоже нравились, но прямо перед концертом у нее началась рвота. И такая сильная, что родители повезли ее в больницу, а я осталась у телевизора, вместо того чтобы прыгать и кричать под пение Боно. Олли клялась, что причиной стало пищевое отравление, но мы все ели одно и то же, и никто не заболел. Стресс — вот что послужило причиной. Чистый стресс. Плюс ипохондрия. Для моей сестры любая головная боль становилась симптомом опухоли мозга, а каждый прыщик — свидетельством рака кожи. Однажды она подцепила конъюнктивит и неделю не сомневалась в том, что ослепнет. Ее месячные превращались в драму вселенского масштаба. Она укладывалась в постель и не вставала, пока все не приходило в норму.

— Но при этом продолжала работать?

Ответ Джейни сух, как Долина Смерти:

— Месячные у Олли длились ровно сорок восемь часов и всегда приходились на выходные. Фантастика.

— Да уж. — Других слов у Ходжеса не находится.

Джейни кончиками пальцев вертит листки письма на кофейном столике, потом вскидывает светло-синие глаза на Ходжеса.

— Он тут написал о навязчивых движениях. Вы заметили?

— Да. — Ходжес заметил в этом письме многое, но прежде всего обратил внимание на то, сколь радикально оно отличалось от присланного ему.

— У моей сестры их тоже хватало. Какие-то скорее всего не укрылись и от вас.

Ходжес сдвигает узел галстука сначала в одну сторону, потом — в другую.

Джейни улыбается:

— Да. Это одно. Но не единственное. Похлопать по выключателю, чтобы убедиться, что свет погашен. После завтрака вытащить из розетки вилку тостера. Она всегда говорила: «Хлеб с маслом», — прежде чем выйти из дома. Считается, что эти слова помогают вспомнить забытое. Я помню, как однажды она повезла меня в школу, потому что я опоздала на автобус. Мама с папой уже уехали на работу. На полпути она решила, что оставила включенной духовку. Нам пришлось вернуться, чтобы проверить. Потому что ехать дальше она просто не могла. Конечно же, духовка оказалась выключена. Я попала в школу только ко второму уроку и получила первое и единственное свое замечание. Просто рвала и метала. Я часто злилась на нее, однако я ее и любила. Мама, папа, мы все ее любили. Жили дружно. Но я считала ее тупой.

— Слишком нервничала, чтобы выйти в свет, однако при этом не только вышла замуж, но и нашла себе богатого мужа.

— Если на то пошло, она вышла замуж за лысеющего клерка инвестиционной компании, в которой работала. Кента Трелони. Настоящего ботаника... в хорошем смысле слова. Кент был отличным парнем... несмотря на его любовь к видеоиграм. Он начал инвестировать в компании, которые эти игры производили, и инвестиции приносили доход. Моя мать говорила, что у него волшебная рука, мой отец считал, что ему чудовищно везло, но, разумеется, все это к делу не относилось. Он разбирался в инвестициях, только и всего, а если чего-то не знал, докапывался до сути. В конце семидесятых, поженившись, они были просто богатыми. А потом Кент наткнулся на «Майкрософт».

Тут Джейни откидывает голову и весело смеется. Ходжес от неожиданности вздрагивает.

— Извините. Просто подумала о чисто американской иронии в этой ситуации. Я была красивой, полностью адаптированной, общительной. Множество подруг, друзей, телефонных звонков, свиданий. Если бы когда-нибудь участвовала в конкурсах красоты, которые, если хотите знать — хотя скорее всего не хотите, — я называю кабаре-шоу для мужчин, то могла бы выиграть титул Мисс Идеал за походку. Когда училась в выпускном классе Католической средней школы, отвечала за адаптацию новичков и отлично справлялась с этой работой, если можно такое говорить про себя. Стольким успокоила нервы. Моя сестра тоже была красивой, но при этом неврастеничной. Обсессивно-компульсивной. Участвуй она в конкурсе красоты, заблевала бы весь купальник.

Джейни снова смеется. По ее щеке скатывается слеза. Она рассеянно вытирает ее ладонью.

— В этом вся ирония. Мисс Идеал вышла замуж за болвана-кокаинщика, а мисс Невроз оторвала себе хорошего парня, зарабатывающего деньги и не помышляющего о том, чтобы сходить на сторону. Понимаете?

— Да, — кивает Ходжес. — Понимаю.

— Оливия Уэртон и Кент Трелони. Шансов на успех было не больше, чем у недоношенного шестимесячного младенца, — шансов на выживание. Кент продолжал приглашать ее на свидания, а она — ему отказывать. Наконец согласилась пообедать с ним — только для того, сказала она, чтобы он ее больше не доставал, — но когда они подъехали к ресторану, оцепенела. Не смогла выйти из машины. Дрожала, как лист на ветру. Некоторые отступились бы, но не Кент. Он повез ее в «Макавто», взял два эконом-обеда. Они поели на автомобильной стоянке. Наверное, потом они часто туда заезжали. Она ходила с ним в кино, но всегда садилась на кресло у прохода. Говорила, что в середине ряда ей не хватает воздуха.

— Дама со множеством закидонов.

— Мои родители долгие годы убеждали ее пойти к мозгоправу. Им это не удалось в отличие от Кента. Мозгоправ посадил ее на таблетки, и она стала лучше. Но одна из фирменных панических атак случилась с ней в день свадьбы — мне пришлось держать ее фату, пока она блевала в церковном туалете. Правда, потом все пошло как по маслу. — Джейни задумчиво улыбается и добавляет: — В подвенечном платье она выглядела прекрасно.

Ходжес молчит, зачарованный давним образом Оливии Трелони, столь разительно отличающимся от более знакомой ему Госпожи-над-всеми-нами в платьях с вырезом-«лодочкой».

— После ее свадьбы наши пути разошлись. С сестрами такое случается. Встречались пять-шесть раз в году, пока не умер отец. Потом еще реже.

— День благодарения, Рождество, Четвертое июля?

— Именно так. Я видела, как возвращаются некоторые из ее навязчивостей, а после смерти Кента от инфаркта они вернулись все. Она вновь начала носить эту ужасную одежду, в какой ходила в старших классах и на работу. Кое-что я заметила, когда прилетала, чтобы повидаться с ней и мамой, кое-что — когда мы говорили по «Скайпу».

Он понимающе кивает:

— У меня есть друг, который пытается держать меня в курсе.

Джейни тоже улыбается:

— Вы человек старой школы, верно? К новому относитесь настороженно. — Улыбка гаснет. — В последний раз я видела Олли в мае прошлого года, вскоре после того происшествия у Городского центра. — Джейни запинается, потом произносит правильное слово: — Бойни. Олли была в ужасном состоянии. Говорила, что копы травят ее. Так и было?

— Нет, но она думала, что мы ее травили. Действительно, мы неоднократно допрашивали ее, потому что она продолжала настаивать, что вытащила ключ из замка зажигания и заперла «мерседес». Мы не понимали, как такое могло быть, потому что дверной замок «мерседеса» не взламывали, а двигатель завели не при помощи проводов. В итоге мы пришли к выводу... — Ходжес замолкает, думая о семейном психологе, который появляется на экране в четыре пополудни каждый будний день. Который специализируется на прорывах сквозь стену отрицания.

— И к какому вы пришли выводу?

— Что она не может заставить себя признать правду. Это похоже на сестру, с которой вы выросли?

— Да. — Джейни кивает на письмо. — Вы полагаете, что она в конце концов сказала правду этому человеку? С «Синего зонта Дебби»? Думаете, поэтому она выпила мамины таблетки?

— Точно утверждать нельзя, — отвечает Ходжес, но думает, что вероятность велика.

— Она перестала принимать антидепрессанты. — Джейни вновь смотрит на озеро. — Она это отрицала, когда я спросила ее, но я же видела. Никогда их не любила, говорила, что они туманят мозги. Принимала их ради Кента, когда он умер — ради матери, а после Городского центра... — Она качает головой, глубоко вдыхает. — Я достаточно рассказала о ее душевном состоянии, Билл? Мне есть что добавить, если вы сочтете нужным.

— Думаю, картина ясна.

Она изумленно качает головой:

— Такое ощущение, что этот парень хорошо ее знал.

Ходжес не озвучивает то, что кажется ему очевидным — главным образом благодаря его собственному письму. Он знал. Каким-то образом знал.

— Вы говорите, она была обсессивно-компульсивной. До такой степени, что могла развернуть автомобиль и вернуться домой, чтобы проверить, выключена ли духовка.

— Да.

— Вам представляется вероятным, что такая женщина могла забыть ключ в замке зажигания?

Джейни долго не отвечает на вопрос. Потом говорит:

— Если честно, то нет.

И Ходжес с ней согласен. Конечно, когда-то все случается в первый раз, но... Обсуждали ли они с Питом этот момент? Он не помнит, но думает, что, возможно, обсуждали. Только не зная масштаба душевных проблем миссис Ти.

— Вы когда-нибудь пытались зайти на сайт «Синий зонт»? Под именем пользователя, которое он ей создал?

Она ошеломленно смотрит на него.

— Мне и в голову не приходило, а если бы пришло, я бы испугалась того, что могу там найти. Поэтому, наверное, вы — детектив, а я — клиент. Вы попытаетесь?

— Еще не знаю. Надо над этим поразмыслить, и я должен проконсультироваться с человеком, который понимает в компьютерах гораздо больше меня.

— Не забудьте указать в расходах его вознаграждение.

Ходжес обещает, думая, что Джером Робинсон останется в плюсе вне зависимости от того, как лягут карты. И почему нет? Восемь человек погибли у Городского центра, еще трое на всю жизнь остались калеками, но Джерому все равно надо поступать в колледж. Ходжес вспоминает давнюю пословицу: даже в самый пасмурный день солнце светит хоть на один собачий зад.

— Что теперь?

Он берет письмо и встает.

— Теперь я отнесу это в ближайший копировальный салон. Потом верну вам оригинал.

— В этом нет нужды. Я отсканирую письмо и распечатаю. Давайте его мне.

— Правда? Вы это можете?

Ее глаза все еще красные от слез, но светятся весельем.

— Это хорошо, что у вас есть эксперт по компьютерам, — говорит она. — Я сейчас вернусь. А пока возьмите еще ломтик бисквита.

Ходжес взял три.

10

Когда она приносит копию письма, Ходжес складывает листы и убирает во внутренний карман пиджака.

— Оригинал надо положить в сейф, если он здесь есть.

— Есть в Шугар-Хайтс... Подойдет?

Скорее всего да, но идея Ходжесу не нравится. Слишком много потенциальных покупателей будет шастать по дому. Мысль, конечно, глупая, но тем не менее.

— У вас есть банковская ячейка?

— Нет, но я могу ее арендовать. В «Бэнк оф Америка», в двух кварталах отсюда.

— Думаю, так будет лучше, — говорит Ходжес, направляясь к двери.

— Спасибо, что согласились. — И она протягивает к нему обе руки, словно он пригласил ее на танец. — Вы и представить себе не можете, какая гора свалилась с плеч.

Он берет ее руки, легонько пожимает, нехотя отпускает.

— Еще два момента. Первый — ваша мать. Как часто вы ее навещаете?

— Почти каждый день. Иногда привожу ей еду из иранского ресторана, который нравился им с Олли. На кухне «Солнечных просторов» ее всегда готовы разогреть. Иногда один или два DVD. Она любит старые фильмы, с Фредом Астером и Джинджер Роджерс. Всегда что-то ей привожу, и она всегда рада видеть меня. В хорошие дни она действительно меня видит. В плохие — называет Олли. Или Шарлоттой. Это моя тетя. А еще у меня есть дядя.

— В следующий хороший день позвоните мне, чтобы я тоже мог с ней повидаться.

— Хорошо. Поедем вместе. А второй момент?

— Адвокат, о котором вы упомянули. Шрон. Он показался вам компетентным?

— У меня такое впечатление, что лучше не бывает.

— Если я что-то *раскопаю*, может, даже выясню, кто этот парень, нам понадобится такой человек. Мы пойдем к нему, передадим письма...

— Письма? Я нашла только одно.

Ух, черт, думает Ходжес, но тут же отыскивает возможность вывернуться:

— Я хотел сказать, письмо и копию.

— А-а, вот вы о чем.

— Если я найду этого парня, арестовать и предъявить ему обвинения — работа полиции. А Шрону придется позаботиться, чтобы нас не арестовали за сокрытие информации и проведение собственного расследования.

— Но это ведь уголовное право? Я не уверена, что он в нем разбирается.

— Вероятно, нет, но если он хорош в своей области, то наверняка знает того, кто разбирается. И разбирается хорошо. Мы друг друга поняли? Иначе быть не должно. Я готов покопаться в этом деле, но как только информация будет собрана, за него должна взяться полиция.

— Меня это вполне устраивает, — отвечает Джейни. Потом встает на цыпочки, кладет руки на плечи Ходжеса, обтянутые тесноватым костюмом, и целует его в щеку. — Я думаю, вы хороший человек, Билл. И я сделала правильный выбор.

Он чувствует этот поцелуй, пока лифт спускается на первый этаж. Приятное теплое пятнышко. И рад, что побрился перед тем, как выйти из дома.

11

Серебряный дождь льет и льет, но молодая пара — влюбленные? друзья? — надежно укрыта от него синим зонтом, принадлежащим кому-то, вероятно, вымышленной женщине по имени Дебби. На этот раз Ходжес замечает, что юноша что-то говорит, а глаза у девушки чуть округлены, словно его слова ее удивляют. Может, он делает ей предложение?

От слов Джерома эта романтическая мысль лопается, как воздушный шарик.

— Похоже на порносайт, вам не кажется?

— Откуда такой молодой парень, собирающийся поступать в колледж «Лиги плюща», знает о порносайтах?

Они сидят бок о бок в кабинете Ходжеса, смотрят на стартовую страницу «Синего зонта». Позади них Одилл, ирландский сеттер Джерома, лежит на спине, разведя задние лапы, вывалив язык и устремив добродушный взгляд в потолок. Джером привел его на поводке, но лишь потому, что таковы правила выгула собак в городской черте. Одилл сам никогда на улицу не выскакивает и для прохожих никакой опасности не представляет.

— Я знаю только то, что знаете вы, да и любой, у кого есть компьютер, — отвечает Джером. В брюках цвета хаки и рубашке с пуговками на воротнике, с коротко подстриженными курчавыми волосами, он, по мнению Ходжеса, выглядит как молодой Барак Обама, только выше. Роста в нем шесть футов пять дюймов, и его окутывает слабый, приятно-ностальгический аромат лосьона после бритья «Олд спайс». — Порносайтов сейчас больше, чем мух на сбитом животном. Если вы бродите по Сети, обязательно на них наткнетесь. И те, у которых самые невинные названия, загружены больше всего.

— Загружены чем?

— Изображениями, за которые арестовывают.

— Ты про детское порно?

— Или пытки. Девяносто девять процентов всех этих наручников и цепей — постановка. Оставшийся процент... — Джером пожимает плечами.

— И откуда ты это знаешь?

Джером смотрит на него: прямо, честно, открыто. Это не игра, просто он такой, и Ходжесу это нравится больше всего. Его мать и отец — такие же. И даже маленькая сестра.

— Мистер Ходжес, это *все* знают. Кто младше тридцати.

— В свое время говорили: не доверяй никому старше тридцати.

Джером улыбается:

— Я им доверяю, но когда дело касается компьютеров, подавляющее их большинство ничего не понимает. Лупят по своим машинам, а потом думают, что они будут работать. Открывают файлы, прицепленные к электронным письмам, которые приходят неизвестно от кого. Заходят на такие вот сайты, после чего их компьютер превращается в ЭАЛ и начинает рассылать картинки голых детей или видео террористов, где людям отрубают головы.

Ходжеса так и подмывает спросить, кто такой ЭАЛ — похоже на прозвище главаря банды, — но упоминание видео террористов отвлекает его.

— Такое действительно случается?

— Документально подтвержденные факты. А потом... — Джером сжимает пальцы в кулак и стучит костяшками по голове. — Тук-тук-тук! Министерство внутренней безопасности у вашей двери. — Он разжимает кулак, чтобы ткнуть пальцем в парочку под синим зонтом. — С другой стороны, никакого подвоха, возможно, и нет. Это чатовый сайт, где застенчивые люди могут найти друзей по электронной переписке. Знаете, место встречи одиноких сердец. Для тех, кто ищет любви, чувак. Давайте поглядим.

Он тянется к мышке, но Ходжес перехватывает его запястье. Джером вопросительно смотрит на него.

— Не с моего компьютера, — говорит Ходжес. — Погляди со своего.

— Если вы хотите, чтобы я принес свой ноутбук...

— Сделай это вечером, спешки нет. А если какой-нибудь вирус целиком сожрет твой компьютер, я компенсирую тебе расходы на покупку нового.

Взгляд Джерома полон снисходительного веселья.

— Мистер Ходжес, у меня лучшая программа определения и предотвращения вирусных атак, какую только можно купить за деньги, и та, что в рейтингах идет под номером два, тоже есть, на всякий пожарный. Никакому вирусу в мои машины не прокрасться.

— Может, ему и не надо ничего из того, что там есть, — говорит Ходжес. Думает о словах сестры миссис Ти: *Такое ощущение, что этот парень хорошо ее знал.* — Может, он будет только наблюдать.

Тревоги на лице Джерома нет, только предвкушение чего-то интересного.

— Как вы вышли на этот сайт, мистер Ходжес? Вам надоело сидеть на пенсии? Вы взялись за новое расследование?

Ходжес как никогда жалеет о том, что рядом нет Питера Хантли: надежного теннисного партнера, с которым можно перебрасываться гипотезами и предположениями, будто ворсистыми зелеными мячами. У него нет сомнений, что Джером — достойная замена: ум у парня острый, выводы он обычно делает правильные, и с дедукцией полный порядок; вот только право голосовать он получит лишь через год, а покупать спиртное — через четыре. И кто знает, какие опасности будут их подстерегать?

— Просто загляни для меня на этот сайт, — отвечает Ходжес. — А перед этим пройдись по Сети. Выясни, что про него известно. Больше всего меня интересует...

— Есть ли у него какая-то история, — перебивает его Джером, вновь демонстрируя впечатляющие дедуктивные способности. — Или, точнее, предыстория. Вы хотите убедиться, не создан ли этот сайт специально для вас.

— Знаешь, — говорит Ходжес, — тебе пора перестать выкашивать мою лужайку и найти работу в одной из этих компаний компьютерной помощи. Там ты сможешь получать намного больше. Кстати, не забудь назвать цену за эту работу.

Джером оскорблен, но не предложением вознаграждения.

— Эти компании для гиков, которые не умеют общаться с людьми. — Он протягивает руку и почесывает темно-рыжую шерсть Одилла. Пес благодарно виляет хвостом, но определенно предпочел бы мясной сандвич. — Собственно, одна такая есть и у нас. Они ездят на фольксвагеновских «жуках». Больших чудиков точно не найти. «Дисконт электроникс»... знаете их?

— Конечно, — отвечает Ходжес, думая о рекламных проспектах, которые пришли одновременно с анонимным письмом.

— Им эта идея явно понравилась, поскольку они занимаются тем же самым, только называют себя киберпатрулем, и их «фольксвагены» зеленые, а не черные*. А еще полно независимых специалистов. Зайдите в Сеть и найдете пару сотен только в этом городе. Нет, думаю, я буду держаться за лошадей, масса Ходжес.

Джером уходит с сайта «Под синим зонтом Дебби», экран заполняет заставка: фотография Элли в пятилетнем возрасте, когда она еще думала, что ее отец — Господь Бог.

— Но раз вы волнуетесь, я приму меры предосторожности. У меня в шкафу лежит старый аймак, на котором только несколько замшелых игр. Я им воспользуюсь, чтобы проверить этот сайт.

— Хорошая идея.

— Могу я сделать для вас что-нибудь еще?

Ходжес уже собирается ответить «нет», но угнанный «мерседес» миссис Ти по-прежнему не дает ему покоя. Что-то там не так. Он это чувствовал тогда, а теперь чувствует еще сильнее... Так сильно, что почти видит. Но с *почти* призовую куклу кьюпи на окружной ярмарке не получишь. Эта неправильность — тот самый теннисный шар, по которому он хочет ударить, однако нужно, чтобы кто-то его отбил.

— Ты можешь выслушать одну историю, — отвечает Ходжес. Он ее уже сочиняет, следя за тем, чтобы ничего не упустить. Кто знает, а вдруг Джером свежим взглядом заметит то, что прошло мимо него? Маловероятно, но возможно. — Готов к этому?

— Конечно.

— Тогда цепляй Одилла на поводок. Мы прогуляемся к «Большому лизуну».

— Может, по пути увидим фургон «Мистер Вкусняшка», — говорит Джером. — Этот парень всю неделю ездит по району, и мороженое у него потрясающее.

— Тем лучше. — Ходжес встает. — Пошли.

---

* На черно-белых «жуках» ездят компьютерные специалисты корпорации «Команда гиков», отделения которой работают в США, Великобритании, Канаде и других странах.

12

Они идут вниз по склону к небольшому торговому центру на пересечении Харпер-роуд и Гановер-стрит. Одилл трусит между ними на провисающем поводке. В двух милях от них виднеются громады Городского центра и Центра культуры и искусств Среднего Запада. ЦКИ, по мнению Ходжеса, не относится к лучшим творениям Юй Мин Пэя. Но мнение это, естественно, не решающее.

— Так о чем пойдет рассказ в этот наш волшебный час? — спрашивает Джером.

— Предположим, что есть мужчина, у которого в центре города живет давняя подруга. Сам он из Парсонвилла. — Этот район находится за Шугар-Хайтс, не столь роскошный, но далеко не трущобы.

— Некоторые из моих друзей называют Парсонвилл Беловиллем, — говорит Джером. — Однажды его так назвал отец, но мать велела ему прекратить этот расистский разговор.

— Понятно. — Друзья Джерома наверняка называют Беловиллем и Шугар-Хайтс, и Ходжес думает, что пока движется в правильном направлении.

Одилл остановился, чтобы проинспектировать цветы миссис Мельбурн. Джером дергает поводок, прежде чем пес успевает оставить на них свою метку.

— Его давняя подруга живет в кондоминиуме рядом с парком Брэнсона. Уайленд-авеню, Брэнсон-стрит, Лейк-авеню — та часть города.

— Тоже неплохая.

— Да. Он проводит с ней три или четыре вечера в неделю. Раз или два приглашает на обед или в кино и остается на ночь. В этих случаях паркует автомобиль — красивый «бумер» — на улице, потому что это хороший район с множеством ярких фонарей и полицейскими патрулями. Опять же парковка бесплатная с семи вечера до восьми утра.

— Будь у меня «бумер», я бы ставил его в гараж и не думал о бесплатной парковке, — говорит Джером и дергает за поводок. — Прекрати, Одилл, воспитанные собаки не едят из канавы.

Одилл оглядывается и выразительно смотрит, как бы говоря: «Ты понятия не имеешь, что делают воспитанные собаки».

— Знаешь, у богатых странные идеи по части экономии, — отвечает Ходжес, думая о мнении миссис Ти по поводу парковки в гараже.

— Раз вы так говорите... — Джером пожимает плечами. Они уже подходят к торговому центру. Пока спускались по склону, все время слышали звон колокольчиков фургона с мороженым, один раз совсем близко, но потом он стал удаляться: «Мистер Вкусняшка» направился в жилой микрорайон к северу от Харпер-роуд.

— Однажды в четверг вечером этот парень, как обычно, приезжает к своей подруге, как обычно, паркуется — благо свободных мест после окончания рабочего дня много, — как обычно, запирает автомобиль. Идет с дамой в ресторан по соседству, после трапезы они возвращаются домой. Автомобиль стоит там, где мужчина его и припарковал. Он проводит ночь с дамой, а когда утром выходит из дома...

— «Бумера» как не бывало. — Они уже у кафе-мороженого. Рядом — велосипедная стойка. Джером привязывает к ней поводок. Одилл ложится, кладет морду на лапу.

— Нет, — качает головой Ходжес. — «Бумер» никуда не делся. — Он думает, что это чертовски удачная версия того, что произошло на самом деле. Ему даже хочется в нее поверить. — Но стоит фарами в противоположную сторону. И припаркован на другой стороне улицы.

Джером вскидывает брови.

— Да, я понимаю. Странно, так? Этот парень переходит улицу. Автомобиль вроде бы в порядке, дверцы заперты, только стоит на новом месте. Первым делом парень проверяет ключ, и да, он в кармане. Так что произошло, Джером?

— Я не знаю, мистер Хо. Это прямо-таки шерлокхолмсовская история. Дело на три трубки. — На губах Джерома —

легкая улыбка, значения которой Ходжес не может истолковать, но она ему определенно не нравится. Улыбка хитрая.

Ходжес достает из кармана джинсов бумажник (костюм — это хорошо, но до чего приятно вернуться к джинсам и свободному пуловеру). Вынимает пятерку и протягивает Джерому.

— Купи мороженое. Я посторожу Одилла.

— В этом нет необходимости, с ним ничего не случится.

— Я в этом не сомневаюсь, но в очереди у тебя будет время подумать над моей маленькой проблемой. Представь себе, что ты Шерлок. Вдруг это поможет.

— Ладно. — Он широко улыбается. — Только Шерлок — это вы! Я — докта Ватсон!

13

В дальнем конце Гановер-стрит есть маленький сквер. Они переходят улицу на зеленый свет, садятся на скамью, наблюдают, как длинноволосые ученики средних классов, не щадя жизни и конечностей, гоняют по площадке для скейтбординга. Одилл смотрит то на мальчишек, то на рожки с мороженым.

— Когда-нибудь пробовал? — спрашивает Ходжес, кивая в сторону сорвиголов.

— Нет, са! — Джером улыбается, широко раскрыв глаза. — Я *черный*, я проводить свободный время бросать мяч в кольцо и бегать по дорожке в школе. Мы, черные, такие быстрые, весь мир это знать.

— Вроде бы я просил тебя оставить тайронский выговор дома. — Ходжес проводит по мороженому пальцем и протягивает палец Одиллу, который живо его облизывает.

— Иногда этот мальчик просто хотеть выпендриться! — заявляет Джером. Потом становится серьезным. — Нет ни парня, ни его давней подруги, ни «бумера». Вы говорите о Мерседесе-убийце?

Да уж, фокус не удался.

— Допустим.

— Вы самостоятельно продолжаете расследование, мистер Ходжес?

Ходжес тщательно продумывает ответ, потом повторяет:

— Допустим.

— Сайт «Под синим зонтом Дебби» имеет к этому отношение?

— Имеет.

Какой-то мальчишка падает со скейта и встает с ободранными коленями. Один из его друзей проносится мимо, радостно крича. Ободранные Колени проводит рукой по ране, обдавая Крикуна красными брызгами, потом катит дальше, вопя: «СПИД! СПИД!» Крикун гонится за ним, только теперь он превратился в Хохотуна.

— Варвары, — бормочет Джером. Наклоняется, чтобы почесать Одилла за ушами, выпрямляется. — Если вы хотите об этом поговорить...

— Я не думаю, что сейчас... — В голосе Ходжеса слышится смущение.

— Понимаю, — кивает Джером. — Но я *подумал* над вашей проблемой, пока стоял в очереди, и у меня есть вопрос.

— Какой?

— Этот ваш воображаемый парень с «бумером». Где был его запасной ключ?

Ходжес застывает, изумляясь сообразительности этого подростка. Потом видит розовую струйку, текущую по вафельному рожку, и слизывает ее.

— Скажем так, он заявляет, что у него никогда не было запасного ключа.

— Как женщина, которой принадлежал «мерседес»?

— Да. Именно так.

— Помните, я рассказывал вам, как разозлилась моя мать на отца, когда тот назвал Парсонвилл Беловиллем?

— Да.

— Хотите услышать историю о том, как мой отец разозлился на мою мать? Тогда я единственный раз услышал от него: «Такого можно ожидать только от женщины».

— Если она имеет отношение к моей маленькой проблеме, выкладывай.

— У мамы «шеви-малибу». Ярко-красный. Вы видели его на нашей подъездной дорожке.

— Конечно.

— Папа купил его три года назад и подарил ей на день рождения, вызвав восторженные вопли.

Да, думает Ходжес, тайронский выговор определенно отбыл на каникулы.

— Год она ездит без проблем. Потом подходит время перерегистрации. Папа говорит, что все сделает сам по пути с работы. Идет за документами, потом возвращается с подъездной дорожки, держа в руке ключ. Не в ярости, но раздраженный. Говорит ей, что посторонний человек может найти запасной ключ и угнать машину, если держать его в бардачке. Она спрашивает, где лежал ключ. Он отвечает: в пластиковом пакете с застежкой, вместе с регистрационным талоном, страховой карточкой и инструкцией для владельца, которую она никогда не открывала. Инструкция перехвачена бумажной лентой со словами благодарности за приобретение автомобиля в «Лейк-Шевроле».

Еще одна струйка мороженого стекает по вафельному рожку Ходжеса. На этот раз он ее не замечает, даже когда на руке начинает образовываться лужица.

— В...

— В бардачке, да. Мой папа заявил, что это безответственно, а моя мама... — Джером наклоняется вперед, его карие глаза смотрят в серые глаза Ходжеса. — Моя мама ответила, что *знать не знала, где лежит запасной ключ.* Вот тогда он и сказал, что такого можно ждать только от женщины. И ее это совершенно не порадовало.

— Еще бы. — Мозг Ходжеса лихорадочно работает.

— Папа говорит: «Милая, все, что от тебя требуется, так это однажды оставить автомобиль незапертым. Какой-нибудь наркоман проходит мимо, видит, что кнопки подняты, и решает заглянуть в салон, надеясь поживиться чем-нибудь ценным. Проверяет бардачок — а там ключ в пластиковом пакете. И парень уезжает, чтобы найти человека, которому захочется купить за наличные «малибу» с небольшим пробегом».

— И что на это сказала твоя мать?

Джером улыбается:

— Прежде всего перешла из обороны в наступление. Моя мама умеет это, как никто другой. Она говорит: «*Ты* купил автомобиль, и *ты* приехал на нем домой. Тебе следовало мне сказать!» Во время той их дискуссии я завтракал и хотел было ввернуть: «Если бы ты один раз заглянула в инструкцию, мама, хотя бы для того, чтобы посмотреть, что означают все эти огоньки на приборной панели, то увидела бы ключ», — но предпочел промолчать. Мама с папой редко ссорятся, но когда до этого доходит, лучше отойти в сторону. Даже Барбара это знает, а ей только девять.

Ходжес думает о том, что и Элисон это знала, когда они с Коринн жили вместе.

— И еще она сказала, что *никогда* не забывает запирать автомобиль. И это, насколько мне известно, правда. Как бы то ни было, теперь запасной ключ висит на одном из крючков в нашей кухне. В полной безопасности, готовый к использованию в случае утери основного ключа.

Ходжес сидит, глядя на скейтеров, но не видит их. Он думает, что мать Джерома правильно упрекнула мужа, который не передал ей запасной ключ и даже не сказал, что таковой имеется. Нельзя же исходить из того, что люди проведут инвентаризацию и сами все найдут. Но с Оливией Трелони дело обстояло иначе. Она сама покупала автомобиль, и ей следовало знать, что входит в комплектацию.

Да только продавец, вероятно, перегрузил ее информацией о дорогой покупке: они это умеют. Когда менять масло, как пользоваться круиз-контролем, каковы преимущества навигатора, не забудьте положить запасной ключ в безопасное место, сюда подключается зарядка мобильника, по этому номеру надо позвонить, если в дороге что-то случится, переведите этот рычажок до упора влево, чтобы фары автоматически включались в сумерки.

Ходжес помнит, как сам покупал новый автомобиль и не мешал продавцу выливать на него все новые и новые потоки информации, отвечая лишь «да», «о», «ах», «ух ты». Ему не терпелось вывезти приобретение на дорогу, оставив позади всю эту трескотню, и вдохнуть ни с чем не сравнимый запах нового автомобиля, для покупателя — аромат с толком потраченных денег. Но миссис Ти была обсессивно-компульсивной. Он мог поверить, что она забыла про запасной ключ, лежащий в бардачке, но если вечером того четверга она вытащила основной ключ из замка зажигания, неужто не заперла дверцы? Она утверждала, что заперла, до конца стояла на этом, и действительно, если подумать...

— Мистер Ходжес?

— С этими новыми смарт-ключами это очень простой процесс из трех шагов, верно? — спрашивает он. — Шаг первый — выключить двигатель. Шаг второй — вытащить ключ из замка зажигания. Если твоя голова занята чем-то другим и ты забываешь шаг два, предупреждающий сигнал напомнит тебе об этом. Шаг три — закрыть дверцу и нажать кнопку с висячим замком. Как можно об этом забыть, если ключ у тебя в руке? Защита от воров для чайников.

— Все так, мистер Хо, но некоторые чайники все равно забывают.

Распирающие Ходжеса мысли требуют выхода.

— Чайник — это не про нее. Нервная, дерганая, но не глупая. Если она вытащила ключ из замка зажигания, я практически уверен, что она заперла автомобиль. И дверной замок не взламывали. Даже если запасной ключ лежал в бардачке, как этот парень до него добрался?

— То есть у нас загадка запертого автомобиля, а не комнаты. Это дело уже на четыре трубки.

Ходжес не отвечает. Думает и думает. Теперь очевидно, что запасной ключ вполне мог лежать в бардачке, но выдвигали ли они с Питом такую версию? Он почти наверняка уверен, что нет. Потому что думали, как мужчины? Или потому что злились на халатность миссис Ти и хотели возложить вину на нее? А ведь ее было в чем винить, верно?

Нет, если она все-таки заперла автомобиль, думает он.

— Мистер Ходжес, какое отношение имеет этот «Синий зонт» к Мерседесу-убийце?

Ходжес с трудом вырывается из глубоких раздумий.

— Сейчас я не хочу говорить об этом, Джером.

— А если я могу помочь?

Видел ли он когда-нибудь Джерома таким возбужденным? Может, один раз, когда команда десятиклассников, которую Джером возглавлял, победила в дебатах на городском конкурсе.

— Выясни, что сумеешь, об этом сайте, и поможешь, — отвечает Ходжес.

— Вы не хотите говорить мне, потому что я подросток? В этом все дело?

В том числе, но Ходжес не собирается это подтверждать. Потому что есть кое-что еще.

— Все гораздо сложнее. Я больше не коп, и расследование случившегося у Городского центра подводит меня к границе закона. Если я что-то раскопаю и не сообщу моему бывшему напарнику, который сейчас ведет дело Мерседеса-убийцы, я эту границу переступлю. У тебя впереди блестящее будущее, включая поступление в любой колледж или университет, который ты решишь осчастливить своим присутствием. И что я скажу твоим отцу и матери, если втяну тебя в это расследование как соучастника?

Джером сидит молча, переваривая услышанное. Затем передает остаток мороженого Одиллу, который этому несказанно рад.

— Я понял.

— Точно?

— Да.

Джером встает, и Ходжес следует его примеру.

— Мы по-прежнему друзья?

— Конечно. И если вы решите, что я могу вам помочь, пообещайте, что обратитесь ко мне. Вы же знаете пословицу: одна голова хорошо, а две лучше.

— Договорились.

Они направляются вверх по склону. Сначала Одилл идет между ними, потом начинает тянуть Джерома вперед, потому что Ходжес замедляет шаг. И дыхание у него сбивается.

— Мне надо сбросить вес, — говорит он Джерому. — Знаешь, вчера я порвал совершенно новые штаны.

— Вам не повредит, если вы похудеете фунтов на десять, — дипломатично отвечает Джером.

— Удвой это число — и приблизишься к истине.

— Хотите остановиться и передохнуть?

— Нет. — Ему самому такой ответ кажется глупым. Впрочем, насчет веса он настроен серьезно, и по возвращении домой все пакеты с чертовыми закусками из буфетов и холодильника отправятся в мусорный бак. Нет, в утилизатор отходов. Слишком просто дать слабину и вытащить их из мусора.

— Джером, будет лучше, если ты никому не расскажешь о моем маленьком расследовании. Могу я рассчитывать, что это останется между нами?

Джером отвечает без запинки:

— Абсолютно. Об этом ни гугу!

— Хорошо.

В квартале от них позвякивающий колокольчиками фургон «Мистер Вкусняшка» пересекает Харпер-роуд и продолжает свой путь по аллее Винсона. Джером машет рукой. Ходжес не видит, отвечает ли водитель фургона тем же.

Джером поворачивается к Ходжесу, широко улыбается:

— Мороженщик — тот же коп.

— Что?

— Никогда нет рядом, когда нужен.

14

Брейди едет по улице, не превышая разрешенной скорости (на аллее Винсона это двадцать миль в час), едва слыша мелодию «Девушек из Буффало», доносящуюся из динамиков на крыше. Под белой курткой у Брейди свитер, потому что груз холодный.

«Как и мой разум, — думает он. — Только мороженое просто холодное. А мой разум — еще и аналитический. Это машина. «Мак», начиненный под завязку».

Он обдумывает только что увиденное: жирного экс-копа, поднимающегося по Харпер-роуд в компании Джерома Робинсона и ирландского сеттера с ниггерской кличкой. Джером помахал ему рукой, и Брейди помахал в ответ, потому что так проще жить среди людей. По этой причине он выслушивает бесконечные монологи Фредди Линклэттер о трудной доле лесбиянки в мире традиционной сексуальной ориентации.

Кермит Уильям «Хотелось бы мне быть молодым» Ходжес и Джером «Хотелось бы мне быть белым» Робинсон. И о чем говорила эта Странная парочка? Брейди сожалеет, что не может этого узнать. Вдруг он бы выяснил, проглотил ли коп приманку и готов ли завязать разговор «Под синим зонтом Дебби». С этой богатой сукой сработало; она начала говорить — и остановиться уже не смогла.

Детпен и его черный слуга.

А также Одилл. Нельзя забывать про Одилла. Джером и его маленькая сестра обожают пса. У них все оборвется внутри, если с ним что-то случится. Вероятно, ничего не случится, хотя вечером — по возвращении домой — есть смысл поискать в Сети информацию о ядах.

Такие мысли постоянно порхают в голове Брейди, они — летучие мыши на его колокольне. Этим утром в «ДЭ», когда он проводил инвентаризацию еще одной партии дешевых DVD (почему поступали новые диски, если они хотели полностью отказаться от этого товара, было выше его понимания), у него сверкнула мысль, что жилетку смертника он может использовать, чтобы убить президента, мистера Барака «Хотелось бы мне быть белым» Обаму. Уйти в сиянии славы. Барак часто приезжает в этот штат, потому что он важен для переизбрания. И ни один приезд не обходится без визита в этот город. Барак выступает на митинге. Говорит о надежде. Говорит о переменах. Ра-ра-ра, бла-бла-бла. Брейди думал о том, как избежать рамок металлоискателей и выборочных проверок, когда рядом возник Тоунс Фробишер и сказал, что поступил вызов. Катясь по улице в одном из зеленых киберпатрульных «фольксвагенов», Брейди думал уже совсем о другом. О Брэде Питте, если быть точным. Гребаном любимчике женщин.

Иногда, впрочем, его идеи пускали корни.

Пухлый маленький мальчик бежит по тротуару, размахивая деньгами. Брейди сворачивает к бордюру, останавливает фургон.

— *Я хочу шокола-а-а-т!* — верещит мальчик. — *С апсы-ы-ы-пкой!*

Сейчас получишь, маленький жирный гаденыш, думает Брейди и одаривает малыша самой широкой, самой обаятельной улыбкой. Хочешь, чтобы холестерин у тебя зашкаливал, — дело твое. Жить тебе до сорока, и это при условии, что ты выкарабкаешься после первого инфаркта. Но тебя это не остановит, отнюдь. Да и как может остановить, если мир битком набит пивом, вопперами и шоколадным мороженым?

— Держи, маленький дружок. Одно шоколадное мороженое с обсыпкой в лучшем виде. Как прошли занятия в школе? Получил пятерки?

15

В этот вечер телевизор в доме 63 по Харпер-роуд не включается даже на «Вечерние новости». Как и компьютер. Ходжес завис над проверенным временем линованным блокнотом. Джанель Паттерсон назвала его человеком старой школы. Такой он и есть и не собирается за это извиняться. Так он работал всегда, и именно такая работа давала наилучшие результаты.

Окруженный изумительной бестелевизионной тишиной, он перечитывает письмо, присланное ему Мистером Мерседесом. Потом перечитывает второе, полученное миссис Ти. Больше часа переходит от одного к другому и обратно, сравнивая строку за строкой. Поскольку письмо, отправленное миссис Ти, — копия, он считает себя вправе делать пометки на полях и обводить некоторые слова.

Он заканчивает эту процедуру, зачитав письма вслух. Читает на разные голоса, потому что написаны письма разными ипостасями Мистера Мерседеса. Ходжес получил злорадное и самодовольное письмо. *Ха-ха, старый дурак, оставшийся не у дел*, говорится в нем. *Тебе незачем жить, и ты это знаешь, так почему бы не покончить с собой?* Тон письма Оливии Трелони — заискивающий и меланхоличный, сплошные угрызения совести и байки о насилии в детстве, но и здесь проглядывает идея самоубийства, только на этот раз она окутана сочувствием: «Я понимаю. Мне эта идея тоже близка, потому что я с Вами на одной волне».

Наконец он кладет письма в папку с наклейкой, на которой напечатано: «МЕРСЕДЕС-УБИЙЦА». Больше в ней ничего нет, папка тонкая, но если он по-прежнему на что-то годится, она начнет утолщаться от страниц, исписанных его заметками.

Пятнадцать минут он сидит, сложив руки на толстом животе, напоминая медитирующего Будду. Потом придвигает к себе блокнот и начинает писать.

Думаю, я не ошибся насчет большинства стилистических ложных следов. В письме миссис Ти он обходится без восклицательных знаков, слов с заглавных букв, большого количества абзацев из одного предложения (те, что в конце, — для усиления драматического эффекта). Я ошибся насчет кавычек, они ему нравятся. Также он любит подчеркивание. Он, возможно, совсем и не молод, в этом я тоже мог ошибиться...

Но он думает о Джероме, который уже забыл о компьютерах и Интернете больше, чем сам Ходжес узнает до конца жизни. И о Джанель Паттерсон, знающей, как с помощью сканера скопировать письмо, адресованное ее сестре, и пользующейся «Скайпом». Джейни Паттерсон, которая почти на двадцать лет моложе его.

Он вновь берет ручку.

...но скорее всего не ошибся. Вероятно, он не подросток (хотя и этого исключать нельзя), и ему предположительно

*20—35 лет. Он умный. Большой словарный запас, умение стро-
ить цепляющие фразы.*

Он вновь перечитывает письма и выписывает некоторые
цепляющие фразы: *напоминал мышонка, который пытается
проскочить детство; клубничное варенье в спальном мешке;
большинство людей — овцы, а овцы не едят мяса.*

Ничего такого, что заставит людей забыть Филипа Рота,
но Ходжес полагает, что эти фразы свидетельствуют о талан-
те. Он находит еще одну и записывает под остальными: *Что
они для Вас делают, не считая того, что стараются прижать
к стенке и служат причиной бессонных ночей?*

Он постукивает ручкой над этой фразой, создавая созвез-
дия крошечных темно-синих точек. Он думает, что большинство людей написало бы *приводя к бессонным ночам* или
вызывая бессонные ночи, но Мистера Мерседеса эти варианты
не устроили, потому что он — садовник, сеющий семена
сомнения и паранойи. *Они* пытаются достать Вас, миссис
Ти, и их можно понять, правда? Потому что Вы *оставили*
свой ключ. Копы так говорят, я так говорю, и я там был. Ведь
не можем мы все ошибаться!

Эти идеи он берет в рамочку, потом переходит на новую
страницу.

*Наилучшие ориентиры для идентификации — по-прежне-
му ПЕРК вместо ПЕРП, а еще ДЕФИСЫ в письме к Трелони.
Низко-оплачиваемой вместо «низкооплачиваемой». Улий
вместо «улей». Если бы я смог установить личность этого
парня и он бы написал продиктованный мной текст, я бы его
прижал.*

Таких стилистических «отпечатков пальцев» не хватило
бы, чтобы убедить присяжных, но самого Ходжеса? Целиком
и полностью.

Он вновь приваливается к спинке, склонив голову, глядя
в никуда. Не замечает проходящего времени. Для Ходжеса
время, которое облепляло его вязкой массой с момента выхода на пенсию, исчезло. Потом он наклоняется вперед так
резко, что офисный стул протестующе скрипит, и пишет
большими буквами: *МИСТЕР МЕРСЕДЕС СЛЕДИЛ?*

Ходжес чувствует, что может ответить утвердительно. Это его МО*.

Он следил по газетам, как миссис Ти обливали грязью, видел два или три эпизода с ее участием в теленовостях (короткие и нелестные, эти эпизоды опустили ее и без того невысокую самооценку ниже плинтуса). Возможно, он проезжал мимо ее дома. Ходжес приходит к выводу, что ему надо вновь переговорить с Рэдни Пиплсом и выяснить, не привлекали ли внимания Пиплса или других сотрудников охранного агентства «Всегда начеку» автомобили, регулярно появлявшиеся около дома миссис Трелони в Шугар-Хайтс в предшествующие самоубийству недели. И кто-то написал из баллончика «МАНДА-УБИЙЦА» на столбе ворот. Через сколько дней после этого она наложила на себя руки? Может, Мистер Мерседес сам это и сделал. И разумеется, он мог познакомиться с ней ближе, гораздо ближе, если она приняла его предложение встретиться «Под синим зонтом».

Потом он переключился на меня, думает Ходжес и смотрит на окончание адресованного ему письма. *Я бы не хотел, чтобы Вы начали думать о Вашем табельном оружии.* И следующая фраза: *Но Вы думаете, ведь так?* Мистер Мерседес говорит о табельном оружии вообще или видел, как Ходжес иногда играет с «тридцать восьмым»? Точно не скажешь, но...

«Но я думаю, он видел. Знает, где я живу, мог прямо с улицы заглянуть в мою гостиную, и я думаю, он видел».

Догадка, что за ним наблюдали, скорее подбадривает Ходжеса, чем злит. Если он сможет соотнести автомобиль, на который обратили внимание сотрудники охранного агентства, с автомобилем, излишне долго стоявшим на Харпер-роуд...

Тут звонит телефон.

16

— Привет, мистер Хо.
— Что-то случилось, Джером?
— Я «под Зонтом».

---

* Modus operandi, способ действия (*лат.*).

Ходжес отодвигает блокнот. Первые четыре страницы заполнены несвязными записями, следующие три — обобщающими результатами, совсем как в прежние времена. Он откидывается на спинку стула.

— Как я понимаю, твой компьютер жив.

— Да. Никаких червей, никаких вирусов. И я уже получил четыре предложения поболтать с новыми друзьями. Одно из Абилина, штат Техас. Она говорит, что ее зовут Бернис, но я могу называть ее Берни. По стилю общения очень милая, и я бы познакомился поближе, но скорее всего это окажется трансвестит, продавец обуви из Бостона, который живет с мамой. Интернет, чувак, — это волшебный ларец.

Ходжес улыбается.

— Сначала предыстория, которую я почерпнул отчасти в Сети, а в основном у двух гиков из университета. Готовы записывать?

Ходжес пододвигает блокнот, берет ручку.

— Излагай. — То же самое он говорил Питу Хантли, когда тот возвращался со свежими данными по текущему расследованию.

— Хорошо... Но сначала... Вы знаете, что в Интернете ценится больше всего?

— Нет. — Он думает о Джейни Паттерсон. — Я представитель старой школы.

Джером смеется.

— Это точно, мистер Ходжес. Одна из составляющих вашего очарования.

— Спасибо тебе, Джером, — сухо отвечает Ходжес.

— Больше всего в Интернете ценится анонимность, и такие сайты, как «Синий зонт Дебби», ее обеспечивают. В сравнении с ними «Фейсбук» — проходной двор. Сотни подобных сайтов появились после «девять-одиннадцать». Именно тогда ведущие государства мира действительно принялись подглядывать и подсматривать. Власти испугались Сети, и у них есть все основания бояться. Короче, большинство этих ЭК-сайтов — сайтов с экстремальной конфиденциальностью — ведут свою деятельность из Центральной Европы. Для Интернета этот регион — что Швейцария для банковских счетов. Успеваете за мной?

— Да.

— Серверы «Синего зонта» расположены в Олово, боснийском городке, который до две тысячи пятого года знали разве что по боям быков. Серверы с шифрованием. Мы говорим об уровне НАСА, понимаете? Проследить сетевой путь невозможно, если только Агентство национальной безопасности или Кан Шэн* — это китайский аналог АНБ — не разработали какое-то суперсекретное программное обеспечение, о котором никто не знает.

А если и разработали, думает Ходжес, никогда не позволят использовать его для поимки Мерседеса-убийцы.

— У этих сайтов есть еще одна положительная черта, крайне удобная в наш век сексуальных интернет-скандалов. Мистер Хо, вам доводилось находить в Сети настолько интересный материал, картинку или газетную статью, что у вас возникало желание распечатать его, да только ничего не получалось?

— Несколько раз бывало. Кликаешь «Печать», а на странице предварительного просмотра — пустота. Это раздражает.

— С «Синим зонтом Дебби» — та же история. — Раздражения в голосе Джерома нет, только восхищение. — Я немного поболтал с моей новой подругой Берни — вы понимаете, о том о сем, какая погода, какие любимые группы, все такое, — а когда попытался распечатать наш разговор, получил пару губ с приложенным к ним пальцем и сообщение: «Ш-ш-ш». Можно сохранить запись разговора...

Естественно, думает Ходжес, с любовью глядя на заполненные строчки блокнота.

— ...но для этого надо делать скриншоты, а это лишняя головная боль. Понимаете, что я подразумевал под экстремальной защитой, да? Эти ребята настроены серьезно.

---

* Кан Шэн (1898—1975) — один из лидеров коммунистической партии Китая, который до самой смерти возглавлял органы госбезопасности.

Ходжес понимает. Возвращается к первой странице блокнота и обводит одну из первых записей: *С КОМПЬЮТЕРОМ НА ТЫ (МОЛОЖЕ 50?)*.

— Когда входишь на сайт, предлагается обычный выбор: «ВВЕДИТЕ ИМЯ ПОЛЬЗОВАТЕЛЯ» или «ЗАРЕГИСТРИРУЙТЕСЬ ПРЯМО СЕЙЧАС». Поскольку имени пользователя у меня не было, я кликнул «ЗАРЕГИСТРИРУЙТЕСЬ ПРЯМО СЕЙЧАС» и получил его. Если захотите поговорить со мной «Под синим зонтом», я — тайрон-сорок. Далее вопросник, который надо заполнить: возраст, пол, интересы, тому подобное. А потом ты должен ввести номер кредитной карточки. Тридцать баксов в месяц. Я заплатил, потому что верю в вашу способность компенсировать мои расходы.

— Тебе воздастся по вере твоей, сын мой.

— Компьютер раздумывает порядка тридцати секунд, синий зонт вращается, на экране — надпись «ПОДБОР». И ты получаешь список людей, интересы которых похожи на твои. Через несколько секунд уже с кем-то болтаешь.

— Могут ли люди на таком сайте обмениваться порнографией? Я знаю, в описании сказано, что нет, но...

— Его можно использовать, чтобы обмениваться *фантазиями*, но не картинками. Хотя я могу представить, как люди со странностями — растлители малолетних, краш-фетишисты, такие типы — используют «Синий зонт», чтобы направить друзей со схожими интересами на сайты, где можно найти запрещенные законом фотки.

Ходжес собирается спросить, кто такие краш-фетишисты, но приходит к выводу, что ему лучше этого не знать.

— Значит, в основном невинные разговоры.

— Ну...

— Что «ну»?

— Я вижу, как психи могут использовать этот сайт, чтобы обмениваться опасной информацией. Вроде инструкций по изготовлению бомб.

— Допустим, у меня уже есть имя пользователя. Что тогда?

— У вас есть? — Голос Джерома снова звучит возбужденно.

— Допустим, есть.

— Все зависит от того, придумали вы его сами или получили от другого пользователя, который хочет поболтать с вами. Скажем, он переслал его вам по мобильнику или по электронной почте.

Ходжес улыбается. Джером — истинный сын своего времени. Даже не рассматривает возможность пересылки информации таким древним способом, как обычная почта.

— Скажем, вы получили его от кого-то еще, — продолжает Джером. — Скажем, от парня, который украл автомобиль той дамы. Скажем, он хочет поговорить с вами о том, что сделал.

Он ждет. Ходжес молчит, но его переполняет восхищение. Через несколько секунд Джером говорит:

— Не могу винить того парня за попытку. В любом случае от вас требуется ввести имя пользователя.

— А когда мне платить тридцать баксов?

— Вам их платить не нужно.

— Почему?

— Потому что кто-то их за вас заплатил. — Возбуждение ушло из голоса Джерома. Он предельно серьезен. — Вероятно, мне нет нужды говорить вам, что нужно быть очень осторожным, но я все равно скажу. Раз у вас есть имя пользователя, значит, этот парень ждет вас.

17

По дороге домой Брейди покупает ужин (на этот раз сандвичи в «Маленьком поваре»), но его мать лежит в отключке на диване. В телевизоре — очередное реалити-шоу, сегодня с симпатичными девушками, пытающимися завоевать расположение мускулистого холостяка, у которого, если судить по внешнему виду, ума как у торшера. Брейди видит, что мать уже поела. На кофейном столике — ополовиненная бутылка «Смирновской» и два пакетика «Нутраслима». *Адский чай*, думает он, но сегодня она хотя бы одета в джинсы и футболку Городского колледжа.

На всякий случай он разворачивает один сандвич и водит взад-вперед перед носом матери, но та лишь похрапывает и отворачивается. Он решает съесть этот сандвич сам, а второй кладет в свой личный холодильник. Когда возвращается из гаража, мускулистый холостяк спрашивает одну из своих потенциальных секс-игрушек (блондинку, естественно), нравится ли той готовить завтрак. В ответ блондинка глупо улыбается: «На завтрак ты предпочитаешь что-нибудь погорячее?»

Держа тарелку с сандвичем в руках, Брейди смотрит на мать. Он знает, что когда-нибудь, вернувшись домой, найдет ее мертвой. Даже сейчас может ей в этом помочь, взяв подушку и прижав к ее лицу. И это убийство в их доме не будет первым. Если он это сделает, станет ли его жизнь лучше или хуже?

Он боится — на подсознательном уровне, но этот страх осязаем, — что *ничего* не изменится.

Он идет вниз, голосовыми командами включает свет и компьютеры. Садится перед Номером три и заходит на «Синий зонт Дебби», в полной уверенности, что экс-коп проглотил наживку.

Но там ничего нет.

Он бьет кулаком в ладонь, чувствуя тупую пульсацию в висках, предвещающую мигрень, которая полночи не даст ему заснуть. Аспирин эти головные боли не снимает. Брейди называет их Маленькими ведьмами, только иногда эти Маленькие ведьмы — большие. Он знает о таблетках, снимающих такие головные боли — о них все расписано в Интернете, — но без рецепта их не купить, а врачей Брейди боится до ужаса. Вдруг кто-то из них обнаружит у него опухоль мозга? Глиобластому, самую ужасную из всех, как говорит Википедия. Вдруг из-за этой опухоли он раздавил тех людей перед открытием ярмарки вакансий?

«Не дури, глио уже давно убила бы тебя».

Ладно, но, допустим, врач скажет, что эти мигрени — симптом душевного заболевания? Параноидной шизофрении или чего-то такого? Брейди не спорит с тем, что он психически болен: это очевидно. Нормальные люди не направляют автомобиль на толпу людей и не обдумывают возможность уйти из жизни, прихватив с собой президента Соединенных Штатов. Нормальные люди не убивают младших братьев. Нормальные люди не стоят под дверью матери, гадая, голая ли она.

Но ненормальные люди не хотят, чтобы другие *знали* об их ненормальности.

Он выключает компьютер и бесцельно бродит по командному пункту. Берет Изделие два, кладет обратно. Даже оно не оригинальное, он узнал, что автомобильные воры давно пользуются такими гаджетами. Он не решается пустить его в ход с тех пор, как открыл им «мерседес» миссис Трелони, но, может, пора вернуть старое доброе Изделие два на службу... чего только люди не оставляют в своих автомобилях. Использовать Изделие два опасно, но не так, чтобы очень. Надо лишь соблюдать осторожность. А Брейди может быть предельно осторожным.

Гребаный экс-коп, почему он не проглатывает наживку?

Брейди потирает виски.

18

Ходжес не проглатывает приманку, потому что понимает, сколь высоки ставки. Если он сочинит неправильное послание, то никогда больше ничего не услышит от Мистера Мерседеса. С другой стороны, если попытается осторожно и неуклюже выяснить, кто он такой — чего и ждет от него Мистер Мерседес, — этот хитрый сукин сын примется водить его за нос.

Вопрос, на который необходимо ответить, прежде чем вступать в переписку, прост: кому из них быть рыбой, а кому — рыбаком?

Он должен что-то написать, потому что никакой другой зацепки, кроме «Синего зонта», у него нет. Он не может задействовать ресурсы полиции. Письма, которые Мистер Мерседес написал Оливии Трелони и ему, без подозреваемого — клочки бумаги. Кроме того, письмо — это только письмо, тогда как компьютерный чат...

— Диалог, — говорит он.

Только ему тоже нужна приманка. Приманка, перед которой устоять невозможно. Ходжес может прикинуться, будто на грани самоубийства, никакого труда это не составит, потому что он только-только стоял на ней. Он уверен, что рассуждения о привлекательности смерти на какое-то время удержат Мистера Мерседеса, но как быстро тот сообразит, что с ним играют? Мистер Мерседес — не одуревший наркоман, который думает, что полиция действительно даст ему миллион долларов и «Боинг-747» доставит его в Сальвадор. Мистер Мерседес очень умен, но так уж вышло, что он еще и безумен.

Ходжес кладет блокнот на колени, открывает чистую страницу и пишет посередине большими буквами:

НАДО ВЫВЕСТИ ЕГО ИЗ СЕБЯ.

Обводит эти слова рамкой, прячет блокнот в папку и закрывает ее, заметно потолстевшую. Сидит, глядя на заставку: фотографию дочери, которой уже не пять лет и которая больше не думает, что он — Господь Бог.

— Спокойной ночи, Элли.

Он выключает компьютер и ложится в кровать. Не думает, что заснет, но засыпает.

19

Ходжес просыпается в 2.19 — именно это время показывают часы на прикроватном столике, и ответ горит у него в голове яркой неоновой вывеской. Он идет в кабинет, большой бледный призрак в боксерах. Включает компьютер. Заходит на сайт «Под синим зонтом Дебби» и кликает кнопку «НАЧНИТЕ ПРЯМО СЕЙЧАС».

Появляется новая картинка. Теперь молодая пара летит на ковре-самолете, парящем над бескрайним морем. Серебряный дождь все льет, но под синим зонтом они в сухости и безопасности. Под ковром две кнопки: «ЗАРЕГИСТРИРУЙТЕСЬ ПРЯМО СЕЙЧАС» слева и «ВВЕДИТЕ ИМЯ ПОЛЬЗОВАТЕЛЯ» справа. Ходжес кликает правую кнопку и вбивает **кермит_лягушонок-19** в появившийся прямоугольник. Нажимает клавишу «Ввод», возникает новое окно. В нем сообщение:

мерсуби хочет с тобой поговорить!
ты хочешь поговорить с мерсуби?
ДА НЕТ

Ходжес подводит курсор к «ДА» и кликает мышкой. Появляется прямоугольное окно для сообщения. Ходжес печатает быстро, без колебаний.

20

В трех милях от Ходжеса, в доме 49 по Элм-стрит Брейди Хартсфилд не может спать. Голова раскалывается. Он думает: *Фрэнки*. Его брат, которому следовало умереть, когда он подавился кусочком яблока. Жизнь стала бы куда проще, если бы все так и произошло.

Он думает о матери, которая иногда забывает про ночнушку и спит голая.

Но больше всего он думает о жирном экс-копе.

Наконец встает, выходит из спальни, на мгновение останавливается у двери в комнату матери, прислушиваясь к ее храпу. Самый неэротичный звук во вселенной, говорит он себе, но все равно останавливается. Потом идет вниз, открывает дверь в подвал, закрывает за собой. Застыв в темноте, произносит: «Контроль». Но голос слишком сиплый, и вокруг по-прежнему темно. Он откашливается и предпринимает вторую попытку: «Контроль!»

Загораются лампы. *Хаос* оживляет компьютеры, *тьма* останавливает обратный отсчет. Он садится перед Номером три. Среди множества иконок — маленький синий зонт. Брейди кликает по нему, не отдавая себе отчет, что задержал дыхание, пока воздух с шумом не вырывается из груди.

кермит_лягушонок-19 хочет с тобой поговорить!
ты хочешь поговорить с кермит_лягушонок-19?
ДА НЕТ

Брейди кликает «ДА» и наклоняется вперед. Мгновение спустя нетерпение на его лице сменяется недоумением. А после того как он несколько раз перечитывает сообщение, недоумение уступает место сначала злости, потом — дикой ярости.

За свою жизнь видел и слышал много ложных признаний, но это — просто прелесть.
Я на пенсии, но не идиот.
Закрытая информация доказывает, что ты — не Мерседес-убийца.
Да пошел ты, говнюк.

Брейди ощущает, как в нем нарастает желание пробить кулаком экран, но сдерживается. Сидит на стуле, его трясет. Глаза широко раскрыты, он просто не может поверить тому, что видит. Проходит минута. Две. Три.

«Очень скоро я поднимусь наверх, — думает он. — Поднимусь наверх и лягу в кровать».

Да только какой прок? Он точно знает, что не уснет.

— Ты жирный хрен, — шепчет он, не осознавая, что по щекам текут горячие слезы. — Жирный, глупый, никчемный хрен. Это *был я!* Это *был я!* Это *был я!*

Закрытая информация доказывает.

Это невозможно.

Его охватывает желание причинить боль жирному экскопу, а с этой идеей возвращается и способность думать. И как ему это сделать? Он обдумывает вопрос почти полчаса, рассматривает и отвергает несколько сценариев. Наконец приходит ответ, простой и элегантный. Друг жирного экскопа — единственный друг, насколько известно Брейди — ниггер-юнец с белым именем. И кто любимчик всей семьи? Ирландский сеттер, разумеется. Одилл.

Брейди вспоминает свою прежнюю фантазию — отравить несколько галлонов лучшего мороженого от «Мистера Вкусняшки» — и начинает смеяться. Выходит в Сеть и приступает к поиску.

Моя комплексная экспертиза, думает он улыбаясь.

И в какой-то момент осознает, что головной боли как не бывало.

Отравленная приманка

1

Брейди Хартсфилду не требуется много времени, чтобы понять, как он отравит Одилла, четвероногого друга Джерома Робинсона. Помогает и то, что Брейди — также Ральф Джонс, созданная им личность с достаточным количеством bona fides* и карточкой «Виза» с небольшим лимитом, чтобы делать заказы на таких сайтах, как «Амазон» или «иБэй». Большинство людей не осознает, насколько легко «слепить» интернет-фантома. Надо только оплачивать счета. Если не оплачивать, все раскроется очень быстро.

От имени Ральфа Джонса он заказывает двухфунтовую банку яда «Суслики — вон», указав адрес пункта «Быстрой доставки», расположенного неподалеку от «Дисконт электроникс».

Активный ингредиент «Сусликов» — стрихнин. Брейди находит в Сети симптомы отравления стрихнином и рад, что Одилла ждут мучения. Минут через двадцать после попадания стрихнина в желудок начинаются судороги в мышцах шеи и головы. Они быстро распространяются по всему телу. Губы растягиваются, будто в улыбке (по крайней мере у людей, про собак Брейди не знает). Может начаться рвота, но к тому времени уже слишком много яда всосалось в кровь, исход неизбежен. Судороги усиливаются, переходя в конвульсии, позвоночник выгибается дугой. Иногда даже ломается. Наконец наступает смерть — Брейди уверен, что она кажется облегчением, — и наступает она в результате удушья.

---

* Доказательства честности (*лат.*). ---

Мышцы, отвечающие за поступление воздуха из окружающего мира в легкие, перестают функционировать.

Брейди трясет от нетерпения.

К счастью, ожидание будет недолгим, говорит он себе, выключив компьютеры и поднимаясь по лестнице. Яд должен прибыть на следующей неделе. Наилучший способ скормить его собаке — шарик из вкусно пахнущего, сочного мясного фарша, полагает Брейди. Все собаки любят мясной фарш, и Брейди точно знает, как и где он угостит Одилла.

У Барбары Робинсон, младшей сестры Джерома, есть подруга по имени Хильда. Девочки любят заглядывать в «Мини-маркет Зоуни», продовольственный магазин в двух кварталах от дома Робинсонов. Взрослым они говорят, что там очень вкусное виноградное мороженое, но на самом деле их влечет туда возможность потусоваться с подружками. Они усаживаются на низкой стене за стоянкой на четыре автомобиля — полдесятка сорок — и трещат, и смеются, и угощают друг дружку сладостями. Брейди часто их видит, когда проезжает мимо на фургоне «Мистер Вкусняшка». Машет рукой, и они отвечают тем же.

Все любят мороженщика.

Миссис Робинсон разрешает Барбаре ходить туда раз или два в неделю (рядом с «Минимаркетом Зоуни» наркотой не торгуют, она скорее всего выяснила это сама), но с условиями, которые Брейди без труда просчитал. Барбара не ходит туда одна, возвращается через час, и они с подругой должны брать с собой Одилла. Собакам в «Мини-маркет» вход запрещен, поэтому Барбара привязывает поводок к дверной ручке расположенного снаружи туалета, пока они с Хильдой ходят в магазин, чтобы купить мороженое с виноградным вкусом.

Именно в этот момент Брейди — приехав на своем неприметном «субару» — и подкинет Одилле смертоносный шарик из фарша. Собака большая, умирать будет около суток. Брейди на это надеется. Горе передается от одного к другому, в полном соответствии с аксиомой: плохие вести не лежат на месте. Боль Одилла почувствуют и эта ниггерская девчонка, и ее старший брат. Джером передаст свою боль жирному экс-копу, также известному как Кермит Уильям Ходжес, и жирный экс-коп поймет, что смерть собаки — его вина, расплата за возмутительно дерзкое послание, которое он прислал Брейди. Когда Одилл умрет, жирный экс-коп узнает...

Поднявшись до середины лестницы на второй этаж, уже слыша похрапывание матери, Брейди останавливается, его глаза широко раскрываются от снизошедшего откровения.

Жирный экс-коп узнает.

И это беда, правда? Потому что действия вызывают последствия. По этой причине Брейди может *грезить* о том, чтобы сдобрить ядом мороженое, которое он продает детям, но на самом деле никогда такого не сделает, если по-прежнему хочет оставаться никем не замеченным, не привлекать к себе внимания.

Пока Ходжес еще не ходил к своим полицейским дружкам с письмом, которое отправил ему Брейди. Поначалу Брейди видел причину в том, что Ходжес решил никого не посвящать в их дела, может, попытаться самостоятельно отловить Мерседеса-убийцу и искупаться в лучах пенсионной славы, но теперь он точно знает, что произошло. И с какой дури этому гребаному детпену пытаться выслеживать его, если он думает, что Брейди — псих, и ничего больше?

Брейди не может понять, как Ходжес пришел к такому выводу, если он, Брейди, знал о хлорке и сетке для волос, которые так и остались тайной для прессы, — но как-то пришел. Если Брейди отравит Одилла, Ходжес обратится к друзьям-полицейским. Прежде всего — к своему прежнему напарнику, Хантли.

Но это не главная беда. Смерть Одилла может стать толчком, пробудившим жажду жизни у человека, которого Брейди намеревался подвести к самоубийству, то есть окажется недостижимой цель, ради которой так тщательно составлялось письмо. Несправедливо. Подталкивая эту суку Трелони к краю пропасти, он испытывал невероятный, неописуемый восторг, куда более острый (по причинам, ему непонятным, да и не вызывающим никакого интереса) в сравнении с тем, что он ощутил, убивая всех этих людей, и ему хотелось повторения. Довести до самоубийства главного детектива, расследовавшего его дело... Вот это триумф так триумф!

Брейди стоит на лестнице между этажами, глубоко задумавшись.

Жирный ублюдок все равно может это сделать, говорит он себе. Убийство собаки станет последней каплей.

Только он сам в это не верит, и в висках начинает пульсировать боль.

Он чувствует внезапно вспыхнувшее желание броситься в подвал. Войти на «Синий зонт» и потребовать, чтобы жирный экс-коп немедленно сказал ему, о какой чертовой «закрытой информации» идет речь, чтобы он, Брейди, мог уличить его во лжи. Да только это будет большой ошибкой. Создастся впечатление, что он нуждается в моральной поддержке, может, даже впал в отчаяние.

Закрытая информация.

Да пошел ты, говнюк.

Но это сделал я! Я рисковал свободой, я рисковал жизнью, и я это сделал! Ты у меня этого не отнимешь! Это несправедливо!

Голова болит все сильнее.

Глупый членосос, негодует он, так или иначе ты заплатишь. Но сначала умрет пес. Может, умрет и твой ниггерский друг. Может, и вся ниггерская семейка, а после них еще много людей. Достаточно для того, чтобы случившееся у Городского центра показалось пикником.

Он поднимается в свою комнату, в нижнем белье ложится на кровать. Голова раскалывается, руки трясутся (словно *он сам* принял стрихнин). И лежать ему в муках до утра, если только...

Он встает и выходит в коридор. Стоит у двери в спальню матери почти четыре минуты, потом сдается и заходит. Залезает к ней в постель, и головная боль почти сразу начинает уходить. Может, дело в тепле. Может — в ее запахе: шампунь, лосьон для тела, перегар. Вероятно, во всем вместе.

Она поворачивается к нему. Ее глаза широко раскрыты.

— Мой красавчик. Одна из этих ночей?

— Да. — Он чувствует, как слезы жгут глаза.

— Маленькие ведьмы?

— На этот раз *Большая* ведьма.

— Хочешь, чтобы я тебе помогла? — Она уже знает ответ. Он трется о ее живот. — Ты так много для меня делаешь. — В ее голосе — нежность. — Позволь мне сделать это для тебя.

Он закрывает глаза. От нее очень сильно пахнет перегаром. Он не возражает, хотя обычно ненавидит этот запах.

— Хорошо.

Она быстро и умело заботится о нем. Много времени это не занимает. Никогда не занимало.

— Вот, — говорит она. — Теперь спи, красавчик.

Он засыпает почти мгновенно.

Когда он просыпается в свете раннего утра, она похрапывает рядом, прядь волос слюной прилеплена к уголку рта. Он вылезает из кровати и идет в свою комнату. В голове прояснилось. Яд для сусликов со стрихнином уже в пути. По прибытии он отравит собаку, и к черту последствия. *К черту* последствия. Что же касается этих ниггеров с белыми именами из пригорода... они значения не имеют. Следующим уйдет жирный экс-коп, после того как получит шанс в полной мере прочувствовать боль Джерома Робинсона и горе Барбары Робинсон, и кого волнует, самоубийство это будет или нет? Главное, он уйдет. А после этого...

— Что-то великое, — говорит Брейди, надевая джинсы и простую белую футболку. — Сияние славы.

Что это будет за сияние, он пока не знает, но это нормально. У него есть время, и сначала он должен сделать кое-что еще. Ему надо опровергнуть утверждение Ходжеса о так называемой закрытой информации и доказать, что именно он, Брейди, и есть Мерседес-убийца, монстр, которого Ходжесу не удалось поймать. Нужно вдалбливать в Ходжеса эту мысль, пока тому не станет больно. Нужно еще и по другой причине: если Ходжес верит в эту липовую «закрытую информацию», значит, и другие копы — *настоящие* — тоже верят. Это неприемлемо. Ему нужно...

— Доверие! — объявляет Брейди пустой кухне. — Мне нужно, чтобы мне поверили!

Он начинает готовить завтрак: яичницу с беконом. Запах просочится наверх, и, возможно, мама не устоит перед искушением. Если устоит — не беда. Он съест ее порцию. Потому что голоден.

2

На этот раз срабатывает, хотя Дебора Энн появляется, еще завязывая пояс халата, совсем сонная. Глаза красные, щеки бледные, волосы всклокочены. Она больше не страдает от похмелья, мозг и тело привыкли к спиртному, но по утрам пребывает в состоянии полузабытья, смотрит викторины и глотает «Тамс». Примерно в два часа пополудни, когда туман перед глазами полностью рассеивается, наливает себе первый за день стакан.

Если она и не забыла, что произошло ночью, то не упоминает об этом. Впрочем, она никогда не упоминает. Они оба не упоминают.

«Мы никогда не говорим и о Фрэнки, — думает Брейди. — А если бы заговорили, что могли бы сказать друг другу? Да, жаль, конечно, что он так неудачно упал?»

— Пахнет вкусно, — говорит она. — На мою долю останется?

— Бери сколько хочешь. Кофе?

— Пожалуйста. И сахара побольше. — Она садится за стол и смотрит на телевизор в углу. Он выключен, но она все равно на него смотрит. Насколько известно Брейди, она, возможно, думает, что телик включен.

— Ты не в униформе, — говорит она, подразумевая, что он не в синей рубашке с надписью «Дисконт электроникс» на нагрудном кармане. В шкафу у него висят три. Он гладит их сам. Наряду с уборкой квартиры и стиркой глажка не входит в сферу деятельности матери.

— До десяти часов она мне не нужна, — говорит он, и, словно слова — магическое заклинание, оживает и, вибрируя, ползет по столешнице мобильник. Брейди успевает схватить его у самого края.

— Не отвечай, красавчик. Прикинься, будто мы пошли куда-то на завтрак.

Соблазн есть, но Брейди не способен позволить телефону звонить и звонить. Для него это равносильно отказу от вечно меняющихся грандиозных планов уничтожения. Он смотрит на экран и без удивления видит, что звонит ТОУНС. То есть Энтони Фробишер, его грозный босс из «Дисконт электроникс» (отделение в торговом центре «Берч-хилл»).

Он берет мобильник и говорит:

— Я сегодня начинаю позже, Тоунс.

— Знаю, но ты мне нужен, чтобы съездить на вызов. — Тоунс не может заставить Брейди поехать на вызов в нерабочее время, отсюда и просительный тон. — Это миссис Роллинз, и ты знаешь, она дает чаевые.

Разумеется, дает, она живет в Шугар-Хайтс, и одной из тамошних клиенток — одной из клиенток Брейди — была безвременно ушедшая Оливия Трелони. Он побывал в ее доме дважды после того, как начал болтать с ней на сайте «Под синим зонтом Дебби», и до чего это было клево! Видеть, как она похудела. Видеть, как трясутся ее руки. Опять же доступ к ее компьютеру предоставлял такие возможности!

— Не знаю, Тоунс... — Но, разумеется, он поедет, и не только из-за чаевых миссис Роллинз. Это приятно, проехать мимо дома номер 739 по Лайлак-драйв, думая: «Ворота закрыты *моими* стараниями. И все, что мне пришлось сделать, чтобы сподобить ее на последний шаг, — поставить одну маленькую программу на ее "Мак"».

Компьютеры — это чудо.

— Послушай, Брейди, если ты съездишь на этот вызов, то сегодня можешь не приходить в магазин. Как насчет этого? Просто вернешь «жука», а потом свободен, пока не придет время выкатывать твой глупый фургон с мороженым.

— А как насчет Фредди? Почему бы не послать ее? — Он дразнит Тоунса. Если бы тот мог послать Фредди, она бы уже ехала в Шугар-Хайтс.

— Она позвонила и сказалась больной. Говорит, у нее месячные и боль жуткая. Разумеется, чушь собачья. Я это знаю, она это знает, и она знает, что я знаю, но она заявит о сексуальном преследовании, если я так ей скажу, и *это* она тоже знает.

Дебора Энн видит, что Брейди улыбается, и улыбается в ответ. Поднимает руку, сжимает кулак, покачивает из стороны в сторону. *Прихвати его за яйца, красавчик.* Улыбка Брейди становится шире. Мать, конечно, алкоголичка, готовит раз или два в неделю, иногда ужасно раздражает, но видит его насквозь.

— Ладно, — соглашается Брейди. — А если я поеду на своем автомобиле?

— Ты же знаешь, я не могу оплачивать бензин, если ты едешь на личном автомобиле, — отвечает Тоунс.

— И это противоречит политике компании, — добавляет Брейди. — Так?

— Ну... да.

«Шин лтд.», немецкая материнская компания «ДЭ», исходит из того, что киберпатрульные «фольксвагены» — хорошая реклама. Фредди Линклэттер говорит, что только психам нравится, когда их компьютеры ремонтируют люди, приезжающие на «жуках» цвета густых соплей, и в этом Брейди с ней согласен. Но психов вокруг, похоже, хватает, потому что вызовов много.

Хотя мало кто дает чаевые, как Пола Роллинз.

— Ладно, — говорит Брейди, — но ты у меня в долгу.

— Спасибо, дружище.

Брейди разрывает связь, не потрудившись ответить: «Ты мне не дружище». Оба и так это знают.

3

Пола Роллинз — пышнотелая блондинка, которая живет в шестнадцатикомнатном псевдотюдоровском особняке в трех кварталах от дома усопшей миссис Ти. Брейди не знает, откуда у нее деньги, но думает, что она вторая или третья бывшая жена какого-то богача, при разводе не оставшаяся внакладе. Наверное, этого парня так зачаровали ее буфера, что он даже не подписал с ней брачный контракт. Брейди это совершенно не волнует, главное, у нее хватает бабла, чтобы платить чаевые, и она ни разу не попыталась затащить его в постель. Это хорошо. Полная фигура миссис Роллинз его не возбуждает.

Она *хватает* его за руку и буквально затаскивает в дом.

— Ох... Брейди! Слава Богу!

Голос как у женщины, которую спасли после трех дней пребывания на необитаемом острове без пищи и воды, но Брейди слышит короткую паузу перед своим именем и замечает ее взгляд, скользнувший вниз, на рубашку, чтобы прочитать его имя на бейдже, хотя они виделись пять или шесть раз. (И Фредди тоже частый гость в этом доме, если на то пошло. У Полы Роллинз постоянные нелады с компьютером.) Он не против того, что она его не помнит. Брейди нравится оставаться неприметным.

— Дело в том... Я не знаю, что не так!

Как будто эта слабоумная когда-то знала. Во время его последнего визита, шестью неделями раньше, миссис Роллинз в панике чуть ли не рвала на себе волосы: она не сомневалась, что вирус сожрал все ее файлы. Брейди мягко выпроводил ее из кабинета и пообещал (безнадежным голосом) сделать все, что в его силах. Потом сел, перезагрузил компьютер, какое-то время побродил по Сети, а затем позвал ее, чтобы сказать, что едва успел устранить проблему. Еще полчаса, и от ее файлов *не осталось бы* и следа. Она дала ему восемьдесят долларов. В тот вечер они с мамой пошли в ресторан и выпили полбутылки шампанского.

— Расскажите мне, что случилось, — просит Брейди, серьезный, как нейрохирург.

— Я *ничего* не делала! — стенает она. Она всегда стенает. Как и большинство клиентов киберпатруля. Не только женщины. Мысль о том, что содержимое жесткого диска отправилось в мир иной, в мгновение ока превращает в причитающую клушу даже топ-менеджера.

Она ведет его через гостиную — длинную, как вагон-ресторан — в кабинет.

— Я там прибиралась сама — домработницу не пускаю на порог, — мыла окна, пылесосила, а когда села за стол, чтобы посмотреть почту, этот чертов компьютер даже не включился!

— Гм-м. Странно. — Брейди знает, что миссис Роллинз держит служанку, родом из Мексики, но, возможно, в кабинет ее не пускает. И Брейди полагает, что служанке это только во благо, поскольку он уже понял, в чем проблема, и, если бы виноватой оказалась служанка, ее бы уволили.

— Ты сможешь все поправить, Брейди? — Благодаря дрожащим на ресницах слезам и без того большие синие глаза миссис Роллинз кажутся еще больше. Брейди внезапно вспоминает Бетти Буп в этих старых мультфильмах, которые можно посмотреть на «Ю-тьюб», думает: *Пуп-пуп-пи-буп!* — и едва подавляет смех.

— Я попытаюсь, — галантно отвечает он.

— Мне нужно сходить к Элен Уилкокс, — добавляет она, — но это лишь на несколько минут. Она живет напротив. На кухне свежесваренный кофе, если захочешь.

С этими словами она оставляет его одного в большом, дорогом доме, с хрен знает какими драгоценностями, разбросанными на втором этаже. Впрочем, им ничего не грозит. Брейди никогда бы не стал обворовывать клиента. Его могли поймать на месте преступления. А если бы и не поймали, на кого пало бы подозрение? Правильно. Он раздавил этих идиотов у Городского центра не для того, чтобы его арестовали за кражу бриллиантовых сережек. Тем более что он знать не знает, кому их загнать.

Он ждет, пока хлопнет дверь, потом идет в гостиную посмотреть, как миссис Роллинз несет через улицу пару первоклассных грудей. Возвращается в кабинет, залезает под стол, втыкает вилку в розетку. Вероятно, она выдернула ее, чтобы подключить пылесос, и забыла.

На экране появляется окошко для пароля. Лениво — спешить ему некуда — он набирает «ПОЛА», и вот он, рабочий стол, заполненный иконками. Господи, ну до чего люди глупы.

Он заходит на сайт «Под синим зонтом Дебби», чтобы полюбопытствовать, не порадовал ли его жирный экс-коп чем-нибудь новым. Ничего, но Брейди импульсивно решает все-таки отправить детпену сообщение. Почему нет?

Еще в старших классах он убедился: долгие раздумья над тем, что написать, ему противопоказаны. В голове роится слишком много идей, и они накладываются друг на друга. Лучше все выстреливать разом. Так он написал письма Оливии Трелони — строчил как из пулемета — и Ходжесу, правда, письмо бывшему детективу пару раз перечитал, чтобы убедиться, что стиль выдержан от начала и до конца.

В том же стиле он пишет и теперь, только напоминает себе о краткости.

Откуда я знаю о сетке для волос и хлорке, детектив Ходжес? ЭТА ИНФОРМАЦИЯ и была закрытой, потому что не попала ни в прессу, ни в теленовости. Вы говорите, что вы не глупый, но МНЕ ПРЕДСТАВЛЯЕТСЯ, ЧТО ЧАСТИЦА «НЕ» ТУТ ЛИШНЯЯ. Я думаю, от долгого сидения перед теликом мозги у вас протухли.
КАКАЯ ЕЩЕ закрытая информация вам нужна?
НАДЕЮСЬ, ВЫ ОТВЕТИТЕ НА ЭТОТ ВОПРОС.

Брейди перечитывает послание и вносит только одно изменение: вставляет дефис в *теленовости*. Он не думает, что когда-нибудь полиция им заинтересуется, но знает: если такое произойдет, его попросят написать короткий текст. Он даже хочет, чтобы попросили. Он натянул на лицо маску, когда направил автомобиль в толпу, а теперь надевает другую, когда пишет от лица Мерседеса-убийцы.

Брейди нажимает кнопку «ОТПРАВИТЬ», потом открывает список сайтов, на которых бывала миссис Роллинз. На мгновение замирает, и его губы растягиваются в улыбке: несколько посещений сайта «Мужчины во фраках». Он знает об этом сайте от Фредди Линклэттер: мужская эскорт-служба. Похоже, и у Полы Роллинз есть тайная жизнь.

С другой стороны, она есть у всех, верно?

Это не его дело. Он стирает свой визит на «Синий зонт», потом открывает чемоданчик с инструментами и достает наугад всякий хлам: установочные диски, модем (сломанный, но Пола Роллинз этого не знает), различные флэшки, регулятор напряжения. Все это не имеет никакого отношения к ремонту компьютера, но выглядит технологично. Также достает роман Ли Чайлда в мягкой обложке и читает, пока двадцать минут спустя стук двери не извещает о возвращении клиентки.

Когда миссис Роллинз всовывает голову в кабинет, книга давно убрана, а Брейди укладывает в чемоданчик свое барахло. Миссис Роллинз встревоженно улыбается:

— Удалось?

— Поначалу все выглядело очень печально, — отвечает Брейди, — но потом я сумел понять, в чем проблема. Барахлил триммерный переключатель и блокировал данусову цепь. В таких случаях компьютер не включается, потому что если он запустится, вы можете потерять всю информацию на жестком диске. — Он мрачно смотрит на нее. — Проклятая машина может даже загореться. Такое случалось не раз и не два.

— О... мой *Бог.* — Каждое слово наполняет душевная боль, одна рука прижата к груди. — Ты уверен, что теперь все в порядке?

— Лучше не бывает, — отвечает он. — Проверьте.

Он включает компьютер и тактично отворачивается, пока она вбивает свой тупой пароль. Она открывает пару файлов, потом смотрит на него, улыбаясь во весь рот.

— Брейди, ты для меня дар Божий!

— Мама говорила то же самое, пока мне не начали продавать пиво.

Она так смеется, будто за всю жизнь не слышала ничего смешнее. Брейди смеется вместе с ней, потому что вдруг видит: она лежит на спине, он придавил ее коленями и загоняет мясницкий нож, который взял на кухне, в раззявленный рот.

Буквально чувствует, как хрустят разрезаемые хрящи.

4

Ходжес постоянно проверяет «Синий зонт» и читает послание Мерседеса-убийцы через несколько минут после того, как Брейди нажал кнопку «ОТПРАВИТЬ».

Ходжес широко улыбается. Улыбка разглаживает кожу, он становится почти красивым. Их отношения официально оформлены: Ходжес — рыбак, Мистер Мерседес — рыба. Но *коварная рыба*, напоминает себе Ходжес. Действовать надо крайне осторожно. Медленно, очень медленно подводить ее к лодке. Если Ходжес сможет это сделать, если проявит должное терпение, рано или поздно Мистер Мерседес согласится на встречу. Ходжес в этом уверен.

Наилучший вариант, которым мог воспользоваться Мистер Мерседес, — дать задний ход. Сделай он это — ниточка к нему оборвалась бы. Но пронесло. Он разозлился, однако это только часть, и малая часть. Ходжес задается вопросом, а осознает ли Мистер Мерседес степень собственного безумия? И осознает ли, что в его послании содержится еще одна крупинка достоверной информации?

Я думаю, от долгого сидения перед теликом мозги у Вас протухли.

До этого утра Ходжес только подозревал, что Мистер Мерседес наблюдал за его домом; теперь он знает. Этот сукин сын бывал на улице, где живет Ходжес, и не раз.

Он придвигает к себе линованный блокнот и начинает записывать возможные последующие послания. Они должны бить в десятку, потому что его рыба чувствует крючок. Боль заставляет Мистера Мерседеса злиться, хотя он еще не понимает, что происходит. И его следует разозлить гораздо сильнее, прежде чем он сообразит, что к чему, а это означает, что надо рисковать. Ходжес должен подсечь рыбу, чтобы крючок впился глубже, несмотря на риск оборвать леску. Так что же?..

Он вспоминает слова Пита Хантли, мимоходом сказанные за ленчем, и ответ приходит. Ходжес его записывает. Переписывает, шлифует. Перечитывает законченный текст и решает, что нужный результат достигнут. Послание короткое и жесткое. Ты кое-что позабыл, *sucka*. Кое-что, чего не мог знать человек, дающий ложное признание. Или в данном случае — настоящий преступник... если только Мистер Мерседес не осмотрел четырехколесное орудие убийства от переднего до заднего бампера, прежде чем сесть за руль, а Ходжес готов спорить, что не осмотрел.

Если он ошибается, леска оборвется, и рыба уплывет. Но, как говорится, без риска нет победы.

Ему хочется отправить послание немедленно, но он знает: это плохая идея. Пусть рыба чуть дольше поплавает кругами со старым добрым крючком во рту. Вопрос в том, а чем ему в это время заняться? Телевизор больше не привлекает.

Идея приходит тут же — в это утро они сыплются как из рога изобилия, — и он выдвигает нижний ящик стола. Там лежит коробка, наполненная маленькими перекидными блокнотами, какие он носил с собой, когда они с Питом опрашивали свидетелей. Он и представить себе не мог, что такой блокнот может снова ему понадобиться, но теперь берет один и прячет в задний карман чиносов.

Карман идеально подходит по размеру.

5

Ходжес проходит половину Харпер-роуд, а потом начинает стучаться в двери, совсем как в прежние времена. Снова и снова пересекает улицу, не пропуская ни одного дома по пути к своему. День будний, но удивительно много людей отвечает на его стук или звонок. Некоторые — мамы-домо-хозяйки, однако хватает и пенсионеров, таких же, как он, которым в достаточной мере повезло в жизни: они успели расплатиться за свои дома, прежде чем экономика рухнула в пропасть, а в остальном едва сводят концы с концами. Наверное, им не приходится бороться за существование изо дня в день или из недели в неделю, но в конце месяца наверняка возникает вопрос: пойдут ли оставшиеся деньги на еду или на лекарства?

Его история проста, потому что лучше простоты ничего нет. Он говорит, что в нескольких кварталах отсюда совершена серия краж со взломом — подростки, наверное, — и он хочет знать, не видел ли кто раньше в их районе подозрительные автомобили, которые показывались здесь не один раз. Может, даже ехали с меньшей скоростью, чем разрешенные двадцать пять миль в час. Больше ему говорить и не нужно. Они все смотрят полицейские сериалы и знают, что такое «прощупывание местности».

Он показывает им свое удостоверение. На нем под фотографией, поверх имени, фамилии и должности, стоит красная печать: «В ОТСТАВКЕ». Он сразу говорит, что нет, полиция не обращалась к нему с такой просьбой (меньше всего ему хочется, чтобы соседи позвонили в управление и задали соответствующие вопросы), это его собственная инициатива. Он тоже живет в этом районе, в конце концов, и готов внести лепту в повышение безопасности.

Миссис Мельбурн, вдова, чьи цветы зачаровали Одилла, приглашает его на кофе с булочками. Ходжес соглашается, чувствуя ее одиночество. Это его первый настоящий разговор с ней, и он быстро понимает, что в лучшем случае она эксцентричная, в худшем — больная на всю голову. Но язык подвешен хорошо. В этом он отдает ей должное. Она рассказывает о черном внедорожнике, который видела («С тонированными стеклами, через которые ничего не видно, таком же, как в "24 часах"»), и особо подчеркивает специальные антенны, установленные на нем. Называет их взбивалками и показывает, как они вращаются.

— Да, да, — кивает Ходжес. — Позвольте мне это записать. — Открывает чистую страницу и пишет: *Надо отсюда выметаться, и побыстрее.*

— Хорошая идея, — говорит она, сверкая глазами. — Я, кстати, давно хотела сказать, что очень сожалела, когда от вас ушла жена, детектив Ходжес. Она ведь ушла, так?

— Мы согласились, что порознь нам будет лучше, — доброжелательно, хотя миссис Мельбурн и не вызывает у него теплых чувств, отвечает Ходжес.

— Приятно поболтать с вами и узнать, что вы по-прежнему начеку. Еще булочку?

Ходжес смотрит на часы, захлопывает блокнот и встает.

— Я бы с удовольствием, но должен идти. В полдень у меня встреча.

Она оглядывает его тучное тело.

— С врачом?

— С мануальным терапевтом.

Она хмурится, и ее лицо становится похожим на грецкий орех с глазами.

— Подумайте хорошенько, детектив Ходжес. Мануальщики опасны. Есть люди, которые ложились на их столы и больше уже не ходили.

Она провожает его до двери. На крыльце говорит:

— Я бы проверила и мороженщика. Этот выглядит подозрительно. Как вы думаете, на «Фабрике мороженого Леба» проверяют людей, которых нанимают водителями этих фургонов? Надеюсь, что так, потому что этот выглядит подозрительно. Возможно, он *пидарост.*

— Я уверен, что водители предоставляют рекомендательные письма. Но я проверю.

— Еще одна хорошая мысль! — восклицает она.

Ходжес задается вопросом, а что он сделает, если она достанет длинный крюк, как в старых водевильных шоу, и попытается утащить его обратно в дом? В голове всплывает детское воспоминание: ведьма из сказки «Гензель и Гретель».

— А еще — только что об этом вспомнила — я в последнее время видела несколько автофургонов. Они *выглядели* как доставка, с названиями компаний на бортах, но ведь написать-то можно что угодно, правда?

— Такое вполне возможно, — соглашается Ходжес, спускаясь по ступенькам.

— Вам надо зайти в дом семнадцать. — Миссис Мельбурн тычет пальцем вниз по склону. — Это почти у самой Гановер-стрит. Люди приходят туда поздно и заводят громкую музыку. — Она наклоняется вперед, согнувшись почти пополам. — Возможно, это наркопритон. Рассадник крэка.

Ходжес благодарит ее за наводку и пересекает улицу. Черный внедорожник и фургон «Мистер Вкусняшка», думает он. Плюс автофургоны, набитые террористами «Аль-Каиды».

На другой стороне улицы он находит папашу-домохозяина, звать которого Алан Боуфингер.

— Только не путайте меня с Голдфингером, — говорит он, приглашая Ходжеса присесть на один из пластмассовых стульев, которые стоят в тени с левой стороны дома. Ходжес с удовольствием принимает приглашение.

Боуфингер рассказывает ему, что зарабатывает на жизнь сочинением текстов поздравительных открыток.

— Я специализируюсь на чуть язвительных. Снаружи, скажем, будет написано: «Счастливого дня рождения! Кто самый лучший?» А внутри — сложенный пополам листик блестящей фольги.

— Да? И что там написано?

Боуфингер поднимает руки, складывает из пальцев рамку.

— Не ты, но мы все равно тебя любим.

— Как-то грубовато, — высказывается Ходжес.

— Да, но заканчивается послание выражением любви. И благодаря этому открытка и продается. Сначала щелчок по носу, потом — объятие. Что же касается причины вашего прихода, мистер Ходжес... или мне называть вас детективом?

— Просто мистером.

— Я не видел ничего, кроме обычного транспорта. Если кто-то сбавлял скорость, так это люди, которые искали нужный им адрес, и фургон с мороженым, который появляется здесь после окончания школьных занятий. — Боуфингер закатывает глаза. — Миссис Мельбурн много чего вам наговорила?

— Ну...

— Она состояла в НКИАФ. Национальном комитете исследований атмосферных феноменов.

— Вы про погоду? Торнадо, смерчи, тайфуны?

— Летающие тарелки. — Боуфингер сводит брови к переносице, вскидывает руки к небу. — Она думает, они среди нас.

Тут Ходжес произносит фразу, которая никогда бы не слетела с его губ, будь он при исполнении:

— Она думает, что водитель фургона «Мистер Вкусняшка» может быть *пидаростом*.

Боуфингер смеется, пока из глаз не текут слезы.

— Господи! Этот парень ездит здесь уже пять или шесть лет, звеня колокольчиками. Как думаете, скольких за это время он мог обратить в свою веру?

— Не знаю, — отвечает Ходжес, поднимаясь. — Десятки, наверное. — Он протягивает руку, и Боуфингер пожимает ее. Это еще один любопытный момент, который открылся Ходжесу после ухода на пенсию: его соседи могут кое-что рассказать, и каждый — личность со своими особенностями. Некоторые даже интересные люди.

Когда он убирает блокнот, на лице Боуфингера отражается тревога.

— Что такое? — спрашивает Ходжес, сразу насторожившись.

Боуфингер указывает на дом на другой стороне улицы.

— Вы ели ее булочки?

— Ел. А что?

— Тогда на вашем месте я бы несколько часов держался поближе к туалету.

6

Когда Ходжес приходит домой, икры ноют, колени скрипят, лампочка на автоответчике мигает. Это Пит Хантли, и голос у него взволнованный. «Позвони мне, — говорит он. — Это невероятно. Невероятно, твою мать!»

Прежде всего Ходжес ощущает неожиданно раздражающую уверенность, что Пит и его новая симпатичная напарница Изабель все-таки поймали Мистера Мерседеса. Его охватывает зависть и — как это ни безумно — злость. Он нажимает кнопку быстрого набора номера Пита, сердце колотится, но сразу включается голосовая почта.

— Получил твое сообщение, — говорит Ходжес. — Позвони, когда сможешь.

Дает отбой, какое-то время сидит, барабаня пальцами по столу. Говорит себе, что не имеет значения, кто поймал этого чокнутого сукиного сына, но это не так. Прежде всего это означает, что его переписка с «перком» (удивительно, как слово может залипнуть в голове) выплывет наружу и поставит его в весьма щекотливое положение. Но это не главное. Главное то, что без Мистера Мерседеса все вернется на круги своя: послеполуденный телик и игры с отцовским револьвером.

Он достает линованный блокнот и начинает записывать сведения, полученные от опроса соседей. Через минуту или две кладет блокнот в папку и захлопывает ее. Если Пит и Иззи Джейнс изловили этого парня, фургоны и зловещие внедорожники миссис Мельбурн ни хрена не значат.

Он думает о том, чтобы зайти под «Синий зонт Дебби» и послать **мерсуби** сообщение: *Они тебя поймали?*

Нелепо, но очень хочется.

Телефон звонит, и он хватает трубку, но это не Пит. Сестра Оливии Трелони.

— О, — говорит он. — Привет, миссис Паттерсон. Как дела?

— Все хорошо, и, пожалуйста, зовите меня Джейни, помните? Я Джейни, а вы Билл.

— Джейни, конечно.

— Вы, похоже, не рады слышать меня, Билл.

Она флиртует? Как это мило.

— Нет, нет. Я счастлив, что вы позвонили, но пока сказать мне нечего.

— Я ничего и не жду. Я позвонила насчет мамы медсестре из «Солнечных просторов», которая лучше других знает о ее самочувствии, потому что работает в корпусе Макдоналдса, где поселили маму. Попросила узнать, как она сейчас. Я же вам говорила, что у нее бывают периоды, когда она в здравом уме.

— Да, помню.

— Медсестра перезвонила несколько минут назад и сказала, что у мамы в голове прояснилось, во всяком случае, на какое-то время. В таком состоянии она может оставаться день или два, а потом все вновь затянет облаками. Вы все еще хотите повидаться с ней?

— Думаю, да, — осторожно отвечает Ходжес, — но только позже. Сейчас я жду звонка.

— Это как-то связано с человеком, который украл ее автомобиль? — В голосе Джейни слышится оживление. *И мне тоже следует его испытывать*, говорит себе Ходжес.

— Это я и хочу выяснить. Могу я вам перезвонить?

— Конечно. У вас есть номер моего мобильника?

— Ага.

— *Ага*. — С мягкой усмешкой. И она вызывает улыбку, несмотря на то что от волнения Ходжес едва может дышать. — Позвоните, как только сможете.

— Обязательно.

Он обрывает связь, и телефон звонит у него в руке: не успел даже положить. На этот раз Пит, взволнованный еще сильнее.

— Билли! Я должен вернуться, он сейчас в допросном кабинете... Если на то пошло, в ДК-четыре, помнишь, ты всегда говорил, что он твой любимый?.. Но я не мог не позвонить тебе. Мы его взяли, напарник, мы взяли его!

— Взяли кого? — спрашивает Ходжес нарочито спокойным голосом. Сердце бьется ровно, но так сильно, что удары отдаются в висках: *бум-бум-бум.*

— Гребаного Дэвиса! — кричит Пит. — Кого же еще?

Дэвиса. Не Мистера Мерседеса, а Донни Дэвиса, фотогеничного женоубийцу. От облегчения Ходжес закрывает глаза. Он не должен испытывать облегчение, но тем не менее испытывает.

— Значит, егерь нашел около летнего коттеджа тело Шейлы Дэвис? Ты уверен?

— Более чем.

— Но кого ты вздрючил, чтобы так быстро получить результаты анализа ДНК? — Когда Ходжес еще служил, подобные результаты приходили в лучшем случае через месяц после передачи в лабораторию образца, а в среднем — через шесть недель.

— Нам не нужна ДНК! Для суда — конечно, но...

— Что значит — не нужна?..

— Молчи и слушай. Он только вошел в допросный кабинет, как начал заливаться соловьем. Никакого адвоката, никаких чертовых оправданий. Только мы зачитали его права, как он заявил, что обойдется без адвоката и хочет облегчить душу.

— Господи, нам на допросах он говорил другое. Ты уверен, что он не водит тебя за нос? Может, задумал какую-то долгую игру.

Ходжес думает, что именно так повел бы себя Мистер Мерседес, если бы они прижали его. Начал бы не просто игру, а *долгую* игру. Не потому ли оба его письма написаны в разных стилях?

— Билли, речь *не только о его жене.* Помнишь тех крошек, которых он ублажал на стороне? Девушек с длинными волосами, надутыми сиськами и именами вроде Бобби Сью?

— Конечно. А они-то при чем?

— Когда все попадет в прессу, эти барышни бухнутся на колени и будут благодарить Бога, что остались живы.

— Я тебя не понимаю.

— Дорожный Джо, Билли! Пять женщин, изнасилованных и убитых на площадках отдыха различных автострад здесь и в Пенсильвании между девяносто четвертым и две тысячи восьмым! Донни Дэвис говорит, что это он! *Дэвис и есть Дорожный Джо!* Он дает нам время, и место, и приметы женщин! Все сходится. Это... у меня голова пухнет!

— У меня тоже, — отвечает Ходжес совершенно искренне. — Поздравляю!

— Благодарю, но я ничего не сделал, разве что этим утром пришел на работу. — Пит заливисто смеется. — У меня такое ощущение, будто я выиграл миллион в лотерею.

Ходжес ничего такого не чувствует, но по крайней мере он и не проиграл миллион. Потому что его расследование продолжается.

— Я должен туда идти, Билли, пока он не передумал.

— Да, да, но, Пит, прежде чем ты пойдешь...

— Что?

— Вызови ему назначенного судом адвоката.

— Послушай, Билли...

— Я серьезно. Допрашивай его сколько хочешь, но прежде объяви для протокола, что вызвал ему адвоката. Ты успеешь выжать его досуха, прежде чем кто-то приедет в Марроу, но надо все сделать правильно. Ты меня слышишь?

— Да, да, ты совершенно прав. Я попрошу Иззи.

— Отлично. А теперь возвращайся к нему. И окончательно прижми его к стенке.

Пит буквально кукарекает от восторга. Ходжес читал о том, что с людьми такое случается, но сам до этого момента никогда подобного не слышал. Петухи не в счет.

— Дорожный Джо, Билли! *Гребаный Дорожный Джо!* Ты можешь в это поверить?

Он дает отбой, прежде чем бывший напарник успевает ответить. Ходжес сидит минут пять, дожидаясь, пока его перестанет трясти. Потом набирает номер Джейни Паттерсон.

— Вам звонили не о том человеке, которого мы ищем?

— К сожалению, нет. Совсем по другому делу.

— О! Очень жаль.

— Не то слово. Вы поедете со мной в дом престарелых?

— Само собой. Буду вас ждать у подъезда.

Он еще раз заглядывает на сайт «Под синим зонтом Дебби». Ничего, но и он пока не собирается отправлять тщательно выстроенное послание. Даже вечером будет еще рано. Пусть рыба подольше поплавает на крючке.

Он выходит из дома, даже не догадываясь, что не вернется.

7

«Солнечные просторы» выглядят роскошно. Элизабет Уэртон — нет.

Она в инвалидной коляске, сгорбленная, напоминает Ходжесу «Мыслителя» Родена. Послеполуденный свет вливается в окна, превращая ее волосы в серебряное облако, которое можно принять и за нимб. За окном — идеально ровная зеленая лужайка, на которой несколько старичков играют в замедленный крокет. Для миссис Уэртон крокет в прошлом. Как и возможность выпрямить спину. Когда Ходжес видел ее в последний раз (Пит Хантли сидел рядом с ним, а Оливия Трелони — с матерью), она не была такой сгорбленной.

Джейни — неотразимая в белых зауженных слаксах и сине-белой матроске — опускается рядом с ней на колени, гладит скрюченную руку миссис Уэртон.

— Как ты сегодня, дорогая моя? — спрашивает она. — Выглядишь ты получше. — Если это правда, Ходжес в ужасе.

Светло-синие глаза миссис Уэртон не выражают ничего, даже недоумения. Ходжес разочарован. Но он получил огромное удовольствие от поездки рядом с Джейни, от возможности видеть ее, узнавать о ней все новое и новое, и это хорошо. Значит, бесполезной эту поездку не назовешь.

Потом происходит маленькое чудо. Полуслепые глаза старушки становятся ясными, потрескавшиеся губы расползаются в улыбке.

— Привет, Джейни. — Она может только чуть приподнять голову, но ее взгляд упирается в Ходжеса. Глаза становятся ледяными. — Крейг.

Благодаря разговору во время поездки Ходжес знает, о ком речь.

— Это не Крейг, дорогая. Это мой друг. Его зовут Билл Ходжес. Ты его уже видела.

— Нет, это вряд ли... — Она замолкает, хмурится, потом добавляет: — Вы... один из детективов.

— Да, мэм. — У него и в мыслях нет сказать ей, что он на пенсии. Незачем грузить лишней информацией те клеточки ее мозга, что еще работают.

Она хмурится сильнее, морщины углубляются.

— Вы думали, что Ливви оставила ключ в автомобиле и тот человек смог его украсть. Она говорила и говорила вам, что не оставляла, но вы ей так и не поверили.

Ходжес, как и Джейни, встает на колени около инвалидной коляски.

— Миссис Уэртон, теперь я думаю, что мы скорее всего ошибались.

— Естественно, ошибались. — Глаза миссис Уэртон смещаются к единственной оставшейся дочери, смотрят на нее из-под обтянутого кожей лба. Только так теперь она и может смотреть. — Где Крейг?

— Я развелась с ним в прошлом году, мама.

Она задумывается, потом говорит:

— Скатертью дорога.

— Полностью с тобой согласна. Может Билл задать тебе несколько вопросов?

— Почему бы и нет, но я хочу апельсинового сока. И мои таблетки от боли.

— Я схожу на сестринский пост, чтобы узнать, пора ли тебе их принимать. — Она смотрит на Ходжеса. — Билл, ничего, что я?..

Он кивает и двумя пальцами показывает: иди, иди. Как только она уходит, Ходжес поднимается, минуя стул для посетителей, направляется к кровати Элизабет Уэртон и садится, сцепив руки между колен. Блокнот у него есть, но записывать он не решается: боится, что это будет ее отвлекать. Какое-то время они молча смотрят друг на друга. Ходжес зачарован серебристым нимбом над головой старушки. Есть признаки того, что утром кто-то из санитарок расчесал ее волосы, но за прошедшее время они вновь распушились. Ходжес этому рад. Сколиоз безобразно согнул ее тело, но волосы прекрасны. Своенравны и прекрасны.

— Я думаю, — говорит он, — мы отнеслись к вашей дочери пристрастно, миссис Уэртон.

И так и было. Даже если миссис Ти и стала невольным соучастником — а Ходжес не до конца отказался от версии, что она оставила ключ в замке зажигания, — он и Пит сразу записали ее в виноватые. Это так легко, слишком легко, — не верить тому, кого невзлюбил.

— Мы исходили из предварительных выводов, которые оказались неверными. За это я прошу у вас прощения.

— Вы говорите о Джейни? О Джейни и Крейге? Он ее ударил, вы знаете? Она пыталась заставить его отказаться от наркотика, который он так любил, и он ее ударил. Она говорит, только раз, но я думаю, больше. — Она медленно поднимает руку и постукивает по носу бледным пальцем. — Мать знает.

— Речь не о Джейни. Я говорю об Оливии.

— Он заставил Ливви отказаться от таблеток. Она говорила, что перестала их пить, поскольку не хотела превратиться в такого же наркомана, как Крейг, но с ней была другая история. Она *не могла обойтись* без этих таблеток.

— Вы говорите об антидепрессантах?

— Эти таблетки помогали ей выходить из дома. — Она замолкает, задумавшись. — Были и другие, благодаря им она не трогала все вокруг. У нее возникали странные идеи, у моей Ливви, но она была хорошим человеком. Глубоко внутри она была очень хорошим человеком.

Миссис Уэртон начинает плакать.

На ночном столике — коробка с бумажными салфетками. Ходжес берет несколько и протягивает старушке, но видит, как сложно той сжать пальцы, и сам вытирает ей слезы.

— Благодарю вас, сэр. Ваша фамилия Ходжес?

— Ходжес, мэм.

— Вы были хорошим. Второй относился к Ливви очень сурово. Она говорила, он смеялся над ней. Смеялся все время. Она видела это в его глазах.

Это правда? Если так, ему стыдно за Пита. И стыдно за себя, раз он этого не замечал.

— Кто предложил ей отказаться от таблеток? Вы помните?

Джейни возвращается с апельсиновым соком и маленьким бумажным стаканчиком, в котором, вероятно, болеутоляющие таблетки матери. Ходжес видит ее краем глаза и вновь двумя пальцами предлагает ей уйти. Не хочет, чтобы внимание миссис Уэртон раздваивалось, и опасается, что таблетки сотрут и без того смутные воспоминания. Миссис Уэртон молчит. И когда Ходжес уже уверен, что ответа не будет, говорит:

— Ее друг по переписке.

— Она встречалась с ним под «Синим зонтом»? «Под синим зонтом Дебби»?

— Она с ним никогда не встречалась. Во всяком случае, лично.

— Я хочу сказать...

— «Синий зонт» — фантазия. — Ее глаза смотрят на него из-под седых бровей как на идиота. — Он существовал только в ее компьютере. Фрэнки был ее *компьютерным* другом по переписке. Наверняка это было его ненастоящее имя. Но имена иногда так много значат. *Фрэнки.*

— Это он уговорил ее отказаться от лекарств?

— Да, сказал, что она подсела на них. Где Джейни? Мне нужны мои таблетки.

— Вернется через минуту.

Миссис Уэртон какое-то время размышляет, уставившись в колени.

— Фрэнки говорил, что принимал те же таблетки и из-за них сделал... то, что сделал. Сказал, что ему стало лучше после того, как он перестал их принимать, и он знает, что поступил неправильно. Сожалел о том, что нельзя все вернуть назад. Так он *говорил*. И о том, что такая жизнь не стоит того, чтобы жить. Я говорила Ливви, что она должна перестать с ним общаться. Я говорила, что он плохой. Что он — отрава. И она сказала...

Слезы потекли вновь.

— Она сказала, что должна его спасти.

На этот раз, когда Джейни появляется на пороге, Ходжес кивает. Она кладет две синие таблетки в приоткрытый рот матери и дает ей глоток апельсинового сока.

— Спасибо, Ливви.

Ходжес видит, как Джейни сначала морщится, потом улыбается:

— Всегда рада помочь, дорогая. — Она поворачивается к Ходжесу. — Я думаю, нам пора, Билл. Она очень устала.

Он тоже это видит, но не хочет уходить. Чувствует, что узнал еще не все. По крайней мере одно яблоко осталось на ветке.

— Миссис Уэртон, Оливия говорила о Фрэнки что-нибудь еще? Потому что вы правы. Он плохой. Я хочу найти его до того, как он причинит вред кому-то еще.

— Ливви никогда бы не оставила ключ в своем автомобиле. *Никогда.* — Элизабет Уэртон сидит, согнувшись, в инвалидной коляске, человек-скобка в синем махровом халате, не подозревая о серебристом нимбе над головой. Палец поднимается снова: наставительно. — Собака, которая у нас жила, больше не блевала на ковер. Только один раз.

Джейни берет Ходжеса за руку, произносит одними губами:

— *Пошли.*

Давние привычки умирают медленно, и когда Джейни наклоняется и целует мать в морщинистую щеку, а потом в уголок пересохшего рта, Ходжес произносит знакомые слова:

— Спасибо, что нашли время, чтобы побеседовать со мной, миссис Уэртон. Вы мне очень помогли.

Они уже у двери, когда миссис Уэртон говорит громко и четко:

— Она бы *не покончила* с собой, если бы не призраки.

Ходжес разворачивается. Рядом Джейни Паттерсон застывает с широко раскрытыми глазами.

— Какие призраки, миссис Уэртон?

— Один — младенец. Бедняжка погибла вместе с остальными. Ливви ночами слышала, как малышка плакала и плакала. Она говорила, что ее звали Патриция.

— В своем доме? Оливия слышала плач в своем доме?

Элизабет Уэртон удается чуть кивнуть:

— И ее мать. Иногда ее мать. Ливви говорила, что мать малышки обвиняла ее.

Согнутая старушка смотрит на них с кресла.

— Она кричала: «Почему ты позволила ему убить мою малышку?» *Из-за этого* Ливви покончила с собой.

8

Пятница, вторая половина дня, и на улицах пригорода полно ребятни, отпущенной из школы. На Харпер-роуд их не так много, но они дают Брейди веское основание для того, чтобы сбросить скорость. Он медленно проезжает мимо дома 63, чтобы посмотреть в окно. Но ничего не видит, потому что шторы задернуты. И под навесом слева от дома — только газонокосилка. Вместо того чтобы сидеть дома и смотреть телик, перед которым ему самое место, детпен куда-то укатил на раздолбанной старой «тойоте».

И куда? Вероятно, значения это не имеет, но отсутствие Ходжеса странным образом тревожит Брейди.

Две маленькие девчушки бегут к бордюру, зажав в кулаках деньги. Их наверняка учили — и дома, и в школе — не подходить к незнакомцам, особенно к незнакомым *мужчинам*, но это ведь старый добрый мистер Вкусняшка!

Он продает им по рожку, одной с шоколадным, второй — с ванильным мороженым. Болтает с ними, спрашивает, как им удалось вырасти такими красотками. Они хихикают. На самом деле одна — уродина, а вторая еще страшнее. Обслуживая их и отсчитывая сдачу, он думает об отсутствующей «королле», гадая, что заставило Ходжеса изменить привычный распорядок дня и не связано ли это с ним. Еще одно послание от Ходжеса на «Синем зонте» может пролить свет, подсказать, что задумал жирный экс-коп.

Если и не подскажет, Брейди хочет получить весточку.

— Ты не посмеешь проигнорировать меня, — говорит он под звон колокольчиков над головой.

Он пересекает Гановер-стрит, паркуется на стоянке у торгового центра, глушит двигатель (мгновенно смолкает и раздражающий звон) и достает из-под сиденья ноутбук. Держит его в теплоизоляционном чехле, потому что в фургоне всегда чертовски холодно. Включает и заходит на сайт «Под синим зонтом Дебби», спасибо вай-фаю ближайшей кофейни.

Ничего.

— Старый пердун, — бормочет Брейди. — Ты не посмеешь проигнорировать меня, старый пердун.

Застегивая молнию чехла, в который уже убрал ноутбук, Брейди видит двух мальчишек, которые стоят рядом с магазином комиксов, разговаривают, смотрят на него и улыбаются. С учетом пяти лет опыта, накопленного на этой работе, Брейди прикидывает, что они учатся в шестом или седьмом классе, их ай-кью в сумме составит сто двадцать, а впереди у них долгое безработное будущее. Или короткое, которое оборвется в какой-нибудь стране с избытком пустынь.

Они подходят, тот, что потупее, возглавляет шествие. Улыбаясь, Брейди выглядывает из окошка.

— Чем я могу вам помочь, мальчики?

— Мы хотим узнать, нет ли в фургоне Джерри Гарсии? — спрашивает Тупой.

— Нет. — Брейди улыбается еще шире. — А если бы был, я бы точно его выпустил.

На их лицах написано такое разочарование, что Брейди с трудом сдерживает смех. Вместо этого он указывает на штаны Тупого.

— У тебя ширинка расстегнута. — И когда Тупой смотрит вниз, Брейди вгоняет палец ему под подбородок. Чуть сильнее, чем собирался — если на то пошло, намного сильнее, — ну и хрен с ним. — Попался! — радостно кричит он.

Тупой улыбается. Показывает, что да, его подловили, однако чуть повыше кадыка виднеется красная отметина, а на глазах мальчишки — слезы изумления.

Тупой и Не-такой-тупой отходят. Тупой оглядывается. Его нижняя губа дрожит, и он больше похож на третьеклассника, а не на подростка, давно освоившегося в коридорах Билской средней школы.

— Это же больно, — говорит он с удивлением.

Брейди зол на себя. Он ткнул достаточно сильно для того, чтобы вызвать слезы, а это означает, что мальчишка говорит чистую правду. Кроме того, теперь Тупой и Не-такой-тупой его запомнят. Брейди может извиниться, даже может дать им по бесплатному мороженому, чтобы показать, что извинения искренние, но тогда его запомнят за *это*. Пустячок, однако пустячки накапливаются, а потом могут сложиться во что-то большое.

— Извини. — Он говорит совершенно серьезно. — Это шутка, ничего больше, сынок.

Тупой показывает ему палец, Не-такой-тупой добавляет свой: демонстрирует солидарность. Они заходят в магазин комиксов, где — если Брейди знает таких мальчишек, как они, а он знает — ровно через пять минут им предложат или что-нибудь купить, или проваливать.

Они его запомнят. Тупой может даже сказать родителям, и те напишут жалобу Лебу. Это маловероятно, но такая возможность есть, и кто виноват в том, что он достаточно сильно — так, что осталась отметина — ткнул в шею Тупого, вместо того чтобы просто щелкнуть, как собирался? Жирный экс-коп, который выбил Брейди из колеи. Заставил его напортачить, и Брейди это не нравится.

Он заводит двигатель фургона. Из громкоговорителя на крыше вновь несется перезвон колокольчиков. Выезжая на Гановер-стрит, Брейди поворачивает налево, продолжает дневной маршрут, продавая рожки, стаканчики и брикеты, радуя детей и взрослых и соблюдая все скоростные ограничения.

9

Хотя после семи часов парковочных мест на Лейк-авеню сколько хочешь — о чем хорошо знала Оливия Трелони, — в пять пополудни, когда Ходжес и Джейни Паттерсон возвращаются из «Солнечных просторов», их еще надо поискать. Ходжес обнаруживает одно в трех или четырех домах дальше по улице, и хотя оно тесновато (автомобиль позади оттяпал кусок), он втискивает «тойоту» в просвет быстро и легко.

— Я в шоке, — говорит Джейни. — Мне бы такое не удалось. Я дважды провалила экзамен по вождению, когда нужно было задним ходом подъехать к тротуару.

— Наверное, не повезло с экзаменатором.

Джейни улыбается:

— В третий раз я надела короткую юбку, и все прошло гладко.

Думая о том, как ему хочется увидеть ее в короткой юбке — и чем короче, тем лучше, — Ходжес говорит:

— Ничего сложного тут нет. Когда подъезжаешь к тротуару задним ходом под углом в сорок пять градусов, все получается само собой. Если, конечно, автомобиль не слишком велик. «Тойота» — идеальный вариант для городской парковки. В отличие от... — Он замолкает.

— В отличие от «мерседеса», — заканчивает она фразу. — Пойдемте ко мне и выпьем кофе, Билл. Я даже оплачу стоянку.

— Я сам оплачу. До семи часов. Нам многое надо обсудить.

— Вы что-то узнали у мамы, да? Поэтому всю обратную дорогу молчали?

— Узнал и все расскажу, но разговор начнется не с этого. — Он смотрит ей в глаза, и ему это нравится. Эх, будь он лет на пятнадцать моложе. Даже на десять. — Я хочу быть с вами откровенен. Думаю, у вас создалось впечатление, что я пришел к вам в поисках работы, но это не так.

— Нет, — качает она головой. — Я думаю, вы пришли потому, что чувствуете вину за случившееся с моей сестрой. Я просто этим воспользовалась. Но нисколько не жалею. Вы так хорошо говорили с мамой. Так мягко. Очень... очень мягко.

Она так близко, в послеполуденном свете синева ее распахнутых глаз потемнела. Губы раскрываются, словно она хочет сказать что-то еще, но он не дает ей такого шанса. Целует, прежде чем успевает подумать, как это глупо, как безрассудно, и изумлен, когда она отвечает на поцелуй, более того, правой рукой обнимает его за шею, чтобы они теснее прижались друг к другу. Поцелуй длится секунд пять, но Ходжесу кажется, что гораздо дольше, ведь он давно уже так не целовался.

Она отстраняется, проводит рукой по его волосам и говорит:

— Я этого хотела весь день. Теперь пошли наверх. Я сварю кофе, а потом ты отчитаешься.

Отчитался он гораздо позже, а до кофе дело вообще не дошло.

10

Он вновь целует ее в лифте. На этот раз она обвивает его шею обеими руками, а его руки путешествуют от талии к белым брюкам и останавливаются на ягодицах. Он понимает, что его слишком толстый живот давит на ее плоский, и думает, что ей неприятно, но когда двери лифта расходятся, ее щеки пылают, глаза сверкают, а в улыбающемся рту влажно блестят белые зубы. Она берет его за руку и тащит по маленькому коридору между лифтом и дверью в квартиру.

— Пошли, — говорит она, — пошли, мы должны это сделать. Пошли, пока никто из нас не наложил в штаны.

«Только не я», — думает Ходжес. Его мысли сейчас заняты совсем другим.

Поначалу она не может открыть дверь, потому что рука с ключом сильно трясется. Это вызывает у нее смех. Он накрывает ее руку своей, и совместными усилиями они вставляют «шлейг» в замочную скважину.

В квартире, где Ходжес впервые встретил мать и сестру этой женщины, сумрачно, потому что солнце ушло на другую сторону здания. Озеро обрело цвет кобальта, такой глубокий, что кое-где кажется почти лиловым. Яхты уплыли, лишь грузовое судно держит курс...

— Пошли, — повторяет Джейни. — Пошли, Билл, не тормози.

Они входят в одну из спален. Ходжес не знает, спит ли в ней Джейни или ее использовала Оливия, когда оставалась здесь по четвергам, да его это и не волнует. И жизнь в последние несколько месяцев — послеполуденный телик, игры с отцовским «смит-вессоном» — выглядит совсем нереальной, будто ее вел вымышленный персонаж из скучного иностранного фильма.

Она пытается стянуть полосатую матроску через голову, но ткань цепляется за заколку в волосах. С губ Джейни срывается приглушенный смешок, в котором слышится раздражение.

— Помоги мне с этой чертовой тряпкой, пожалуйста...

Он проводит руками по ее гладким бокам — и от прикосновения по ее телу пробегает дрожь. Потом его пальцы забираются под матроску, отцепляют ее и поднимают, освобождая голову Джейни. Она смеется, прерывисто дышит. На ней простой белый хлопковый бюстгальтер. Он держит ее за талию, целует между грудей, а она расстегивает пряжку его ремня и пуговицу брюк. Он думает: «Если бы предполагал, что такое может случиться на этом этапе моей жизни, ходил бы в тренажерный зал».

— Почему... — начинает он.

— Заткнись. — Ее рука скользит вниз вместе с бегунком молнии. Брюки падают на туфли, звенит рассыпавшаяся мелочь. — Поговорим позже. — Она стискивает его через трусы, покачивает из стороны в сторону, как ручку коробки передач, заставляя ахнуть. — Хорошее начало. И не смей меня подводить, Билл. Давай без сюрпризов.

Они валятся на кровать, Ходжес — в боксерах, Джейни — в трусиках из такого же белого хлопка, как и бюстгальтер. Он пытается закатиться на нее, но она не дает.

— Ты на меня не ляжешь, — говорит она. — Если у тебя случится инфаркт, когда мы будем трахаться, ты меня раздавишь.

— Если у меня случится инфаркт, когда мы будем трахаться, я стану самым разочарованным мужчиной, когда-либо покидавшим этот мир.

— Лежи смирно. Просто лежи смирно.

Она подцепляет большими пальцами резинку его боксеров. Он охватывает ладонями ее качающиеся груди.

— А теперь подними ноги. И не теряй времени. Используй пальцы по назначению, я это люблю.

Он выполняет обе ее команды. Без проблем. Всегда умел одновременно заниматься несколькими делами.

Мгновением позже она смотрит на него сверху вниз, прядь волос падает на один глаз. Она выпячивает нижнюю губу, сдувает прядь.

— Лежи смирно. Позволь мне все сделать самой. И не отставай от меня. Не хочу показаться командиршей, но я без секса два года, и последний раз был так себе. Так что сейчас я хочу получить удовольствие. Я это заслужила.

Упругое влажное тепло охватывает его жарким объятием, и он инстинктивно вскидывает бедра.

— Я сказала, лежи смирно. Следующий раз будешь двигаться, как тебе захочется, но этот — мой.

Это трудно, но он подчиняется.

Волосы опять падают ей на глаза, но теперь она не может выпятить нижнюю губу и дунуть, потому что кусает ее, и он думает, что потом на ней останутся следы от зубов. Ее руки гладят его грудь, заросшую жесткими седеющими волосами, перебираются на толстый живот.

— Мне нужно... похудеть, — выдыхает он.

— Тебе нужно заткнуться, — говорит она, потом двигается — чуть-чуть — и закрывает глаза. — Господи, как глубоко. И хорошо. О диете будешь волноваться позже. — Снова начинает двигаться, останавливается, чтобы изменить угол, ловит ритм.

— Не знаю, как долго я...

— Придется держаться. — Глаз она не открывает. — Просто держись, детектив Ходжес. Считай до ста. Думай о книгах, которые тебе нравились в детстве. Произноси «ксилофон» наоборот. Но оставайся со мной. Много времени мне не потребуется.

Он остается с ней столько, сколько нужно.

11

Иногда, в расстроенных чувствах, Брейди Хартсфилд проезжает маршрутом своего величайшего триумфа. Его это успокаивает. И вечером этой пятницы, оставив на фабрике мороженого фургон и перекинувшись парой шуток с Ширли Ортон, он не отправляется домой. Едет на своей таратайке в центр города. Ему не нравится, что капот сильно вибрирует, а двигатель ревет слишком громко. Скоро придется сравнивать цену нового (нового *старого*) автомобиля со стоимостью ремонта. И «хонда» матери взывает о помощи даже громче, чем его «субару». Правда, на «хонде» она ездит не так уж часто, учитывая, сколько времени проводит с бутылкой.

Его Аллея памяти начинается на Лейк-авеню, в непосредственной близости от ярких огней центра города, где по четвергам миссис Трелони всегда парковала свой автомобиль, и тянется к Мальборо-стрит и Городскому центру. Только в этот вечер привычный маршрут обрывается в непосредственной близости от кондоминиума. Он тормозит так резко, что следовавший за ним автомобиль едва не врезается в него. Водитель негодующе жмет на клаксон, но

Брейди не обращает внимания. Для него это все равно что пароходный гудок по ту сторону озера.

Следовавший за ним автомобиль объезжает его, водитель опускает стекло со стороны пассажирского сиденья, чтобы во всю глотку крикнуть: «Говнюк!» Брейди не обращает внимания и на крик.

В этом городе тысячи «тойот-королл», и сотни из них *синие*, но у скольких «королл» на бамперах красуется наклейка «ПОДДЕРЖИМ ГОРОДСКУЮ ПОЛИЦИЮ»? Брейди готов поспорить, что только у одной. И что делает жирный экс-коп около кондоминиума, в котором жила мать той женщины? Зачем приехал к сестре миссис Трелони, которая теперь живет здесь?

Ответ очевиден: детектив Ходжес (пен.) охотится.

У Брейди отпадает желание проехать маршрутом прошлогоднего триумфа. Он делает запрещенный разворот (и это так не похоже на него) и направляется в Норт-Сайд. Направляется с единственной мыслью, которая вспыхивает и гаснет, как неоновая вывеска.

Ублюдок. Ублюдок. Ублюдок.

Все идет не так, как он предполагал. Ситуация выходит из-под контроля. Это неправильно.

Что-то надо сделать.

12

Когда над озером появляются звезды, Ходжес и Джейни Паттерсон сидят на кухне, поглощают обед, доставленный из китайского ресторана, и пьют красный чай. Джейни — в мягком белом банном халате, Ходжес — в боксерах и футболке. Воспользовавшись после секса душем (Джейни дремала, свернувшись калачиком посреди кровати), он встал на весы и обрадовался: сбросил четыре фунта с того дня, когда взвешивался в прошлый раз. Процесс пошел.

— Почему я? — спрашивает Ходжес. — Только пойми меня правильно. Я чувствую себя невероятно счастливым, даже благословенным, но мне шестьдесят два, и я толстый.

Она потягивает чай.

— Что ж, давай об этом подумаем. В старых детективных фильмах, которые мы с Олли в детстве смотрели по телику, я была бы одной из жадных стерв, может, продавщицей сигарет в ночном клубе, которая пытается соблазнить грубого и циничного частного детектива своим роскошным белым телом. Только я не из жадных, да мне это и не нужно, учитывая, что я недавно унаследовала несколько миллионов долларов, а мое роскошное белое тело начало обвисать в нескольких стратегически важных местах. Как ты, должно быть, заметил.

Он не заметил. Заметил другое: она не ответила на вопрос. Поэтому он ждет.

— Недостаточно?

— Нет.

Джейни закатывает глаза.

— Хотелось бы мне найти более мягкий ответ, чем «мужчины такие глупые», или более элегантный, чем «я возбудилась, и мне хотелось смахнуть паутину». Но ничего другого в голову не приходит, поэтому ограничимся этими. Плюс ты мне понравился. Прошло тридцать лет с тех пор, как я была юной дебютанткой, да и сексом я последний раз занималась слишком давно. Мне сорок четыре, а это позволяет тянуться к тому, чего я хочу. Не всегда успешно, но тянуться я имею право.

Он таращится на нее с искренним изумлением. Сорок *четыре*?

Она хохочет.

— Знаешь что? Этот твой взгляд — лучший комплимент, который я получала за долгие годы. И самый честный. Один этот взгляд. Так что продлю себе удовольствие. Сколько мне, по-твоему?

— Может, сорок. Это по максимуму. То есть я — совратитель малолеток.

— Чушь. Если бы деньги были у тебя, а не у меня, любой счел бы твой роман с молодой женщиной вполне естественным. Если бы ты спал с двадцатипятилетней, это воспринималось бы как должное. — Она выдерживает паузу. — Хотя *было бы* растлением малолеток, на мой взгляд, разумеется.

— И все-таки...

— Ты старый, но не *слишком*, и тяжелый, но не *очень*. Хотя станешь неподъемным, если и дальше будешь поправляться. — Она нацеливает на него вилку. — Так откровенно женщина может говорить только с мужчиной, с которым переспала и который по-прежнему нравится ей до такой степени, что она готова с ним пообедать. Я говорила, что секса у меня не было два года. Это правда, но знаешь, когда я последний раз занималась сексом с мужчиной, который мне действительно нравился?

Он качает головой.

— В двухгодичном колледже. И он был не мужчиной, а мальчишкой, защитником футбольной команды, а на его носу краснел огромный прыщ. Такой неуклюжий парень и кончил слишком быстро, но милый. Потом он просто плакал у меня на плече.

— Так это не был... ну, не знаю...

— Секс из благодарности? Из жалости? Даже не думай. И вот что я тебе обещаю. — Она наклоняется вперед, в распахнутом халате видна ложбинка меж грудей. — Похудей на двадцать фунтов, и я рискну лечь под тебя.

Он смеется.

— Все было прекрасно, Билл. Я ни о чем не сожалею, и крупные мужчины — моя слабость. Защитник с прыщом весил примерно двести сорок фунтов. А мой бывший напоминал жердь, и мне при нашей первой встрече следовало понять, что ничего путного у нас не выйдет. Мы можем поставить на этом точку?

— Ага.

— *Ага.* — Она улыбается и встает. — Пойдем в гостиную. Пора тебе отчитаться.

13

Он рассказывает ей обо всем, за исключением долгих послеполуденных посиделок перед теликом и заигрываний с отцовским табельным револьвером. Она слушает внимательно, не перебивая, ее взгляд редко отрывается от его лица. Когда он заканчивает, Джейни достает из холодильника бутылку вина и наполняет два стакана. Они большие, и на свой Ходжес смотрит с сомнением.

— Не знаю, Джейни, я за рулем.

— Не этим вечером. Ты остаешься. Если только у тебя нет кота или собаки.

Ходжес качает головой.

— Даже попугая? В одном из тех старых фильмов в твоем кабинете обязательно стояла бы клетка с попугаем, говорящим всякие гадости потенциальным клиентам.

— Конечно. А ты работала бы у меня секретаршей. Только звали бы тебя не Джейни, а Лола.

— Или Вильма.

Ходжес улыбается. Мысленные волны существуют, и они с Джейни настроены на одну частоту.

Она наклоняется вперед, вновь открывая соблазнительное зрелище.

— Составь портрет этого парня.

— Знаешь, я таким никогда не занимался. У нас есть для этого специальные люди. Один из полиции, двое — с кафедры психологии университета штата.

— Все равно составь. Я проверила в «Гугле», и сдается мне, что в полицейском управлении ты был лучший. У тебя куча благодарностей.

— Иногда мне везло.

Это похоже на ложную скромность, но удача действительно играла немалую роль. Удача и постоянная готовность к действию. Вуди Аллен был прав: восемьдесят процентов успеха — умение сдвинуться с места.

— Попробуй, а? Если у тебя хорошо получится, может, мы вновь посетим спальню. — Она морщит нос. — Если, конечно, ты не слишком стар для второго раза.

В настоящий момент он, возможно, не стар и для третьего. Слишком много ночей в одиночестве, отсюда и столько энергии. Во всяком случае, он надеется, что не стар. Какая-то его часть — и немалая — никак не может поверить, что все это — явь, а не удивительно яркий сон.

Он делает глоток вина, перекатывает его по рту, собираясь с мыслями. Ее халат снова запахнут, что помогает сосредоточиться.

— Ладно. Он, вероятно, молод, это первое. Я предполагаю, ему от двадцати до тридцати пяти. Отчасти потому, что он разбирается в компьютерах, но не только. Когда человек постарше убивает нескольких людей, обычно это его родственники, или сотрудники, или те и другие. И ты всегда находишь причину. Мотив. Жена выгнала его, потом чем-то ущемили на работе. Или босс не просто уволил его, но и унизил, прислав в кабинет двух сотрудников службы безопасности, под наблюдением которых он собирал вещи. Просроченная ссуда. Пропавшие кредитные карточки. Невозможность расплатиться за дом.

— А серийные убийцы? Тот парень в Канзасе вовсе не был молод.

— Насчет Денниса Рейдера* ты права. Но в среднем возрасте его арестовали... Убивать же он начал в тридцать. Опять же теми убийствами Рейдер удовлетворял свои сексуальные фантазии. Мистер Мерседес — не сексуальный маньяк и не серийный убийца в традиционном смысле этого понятия. Он начал с массового убийства, а потом перешел на индивидуальные... Сначала твоя сестра, теперь я. И он пошел на нас не с оружием и не с угнанным автомобилем.

— Во всяком случае, пока, — кивнула Джейни.

— Наш человек — гибрид, но у него много общего с более молодыми убийцами. Он ближе к Ли Мальво, одному из Вашингтонских снайперов, чем к Рейдеру. Мальво и его подельник планировали убивать по шесть белых в день. Убийс-

---

* История Денниса Рейдера положена в основу повести Стивена Кинга «Счастливый брак».

тва наугад. Тех, кто попадет в перекрестие их прицелов. Они убили десять человек, не так уж мало для пары убийц-маньяков. В качестве мотива они назвали расовую ненависть, и для Джона Аллена Мухаммада — это подельник Ли Мальво, гораздо старше, в некотором смысле — фигура отца, — возможно, так оно и было, хотя бы отчасти. Я думаю, у Мальво мотивация была куда более сложной, и многих из этих мотивов он просто не понимал. Если присмотреться внимательнее, наверное, обнаружится, что главные причины — сексуальное расстройство и воспитание. И я думаю, та же история с нашим парнем. Он молод. Умен. Легко вписывается в любую среду, так в этом хорош, что люди, с которыми он общается, и не подозревают, что по натуре он одиночка. Когда его поймают, они все скажут: «Не могу поверить, что это он. Всегда был таким милым».

— Как Декстер Морган в том сериале.

Ходжес знает, о ком она говорит, и энергично качает головой. И не только потому, что сериал — полная туфта, высосанная из пальца.

— Декстер знает, почему он делает то, что делает. Наш парень — нет. Он практически наверняка не женат. Не встречается с девушками. Велик шанс, что он до сих пор живет в родительском доме. Скорее всего с одним из родителей. Если это отец, отношения холодные и отстраненные: корабли, разминувшиеся в ночи. Если мать, велика вероятность того, что Мистер Мерседес — суррогатный муж. — Он видит, что она собирается заговорить, и поднимает руку. — Это не значит, что у них сексуальные отношения.

— Может, и нет, но я тебе кое-что скажу, Билл. Не обязательно спать с парнем, чтобы иметь с ним сексуальные отношения. Иногда это визуальный контакт, иногда — одежда, которую ты надеваешь перед его приходом, или движения рук: прикосновения, похлопывания, поглаживания, ласки, объятия. Секс здесь обязательно присутствует. Я хочу сказать, в присланном тебе письме... Это упоминание кондома, который он надел, когда... — Она дрожит, кутаясь в белый халат.

— Девяносто процентов этого письма — белый шум, но точно, секс где-то присутствует. Без него никуда. Плюс злость, агрессивность, одиночество, чувство ущербности... но нет смысла в это углубляться. Это уже не портрет, а его анализ. За это мне деньги не платили, даже когда я еще работал.

— Понятно...

— Он ущербный, — продолжает Ходжес. — И злой. Похож на яблоко, обычное с виду, но внутри сгнившее и полное червей.

— Злой. — Она выдыхает это слово. Потом добавляет, но разговаривает с собой — не с Ходжесом: — Конечно, злой. Присосался к моей сестре, как вампир.

— Возможно, его работа связана с общением с людьми, потому что внешнего обаяния ему не занимать. Если так, работа эта низкооплачиваемая. И он никогда не продвинется по службе, потому что не сможет совместить свой высокий интеллект с продолжительной концентрацией на чем-то одном. Убийства у Городского центра — тому пример. Я думаю, он давно присматривался к «мерседесу» твоей сестры, но не сомневаюсь, что понял, как можно его использовать, лишь за несколько дней до ярмарки вакансий. Может, за несколько часов. Мне только хочется выяснить, как он его угнал.

Он замолкает, мысленно благодаря Джерома, в чьей версии заключалась половина ответа: запасной ключ скорее всего все пять лет пролежал в бардачке.

— Я думаю, идеи убийства мелькают в голове этого парня, как карты, которые сдает опытный дилер в казино. Он наверняка думал о взрыве самолетов, поджогах, расстреле школьных автобусов, отравлении водопровода, может, убийстве губернатора или президента.

— Господи, Билл!

— Сейчас он зациклен на мне, и это хорошо. Его будет проще поймать. Хорошо и по другой причине.

— Какой?

— Это не позволит ему думать о чем-то крупном. Заставит сосредоточиться на одном человеке. И чем дольше он будет думать обо мне, тем меньше вероятность, что он попытается устроить еще одно шоу ужасов, как у Городского центра, а то и большего масштаба. Знаешь, что меня очень тревожит? Он скорее всего уже составил список потенциальных целей.

— Разве он не написал в письме, что не собирается повторять?

Улыбка освещает лицо Ходжеса.

— Ага, написал. И знаешь, как распознать, когда такие парни лгут? У них шевелятся губы. А Мистер Мерседес пишет письма.

— Или общается с намеченными жертвами на сайте «Под синим зонтом». Как с Олли.

— Ага.

— Если предположить, что он справился с ней в силу ее психологической неустойчивости... Прости меня, Билл, но у него есть причина верить, что он справится и с тобой?

Ходжес смотрит на свой стакан: пустой. Начинает наполнять, задается вопросом, как вино повлияет на шансы на успех при возвращении в спальню, и ограничивается каплей на донышке.

— Билл?

— Возможно, — отвечает он. — После ухода на пенсию я потерял опору. Не до такой степени, как твоя сестра... — Теперь, слава Богу, все изменилось. — И это не главное. Главное не связано с письмами или общением под «Синим зонтом».

— Тогда что?

— *Он наблюдал.* Вот что главное. Это делает его уязвимым. И, к сожалению, опасным для моего круга общения. Едва ли он знает о том, что я разговаривал с тобой...

— И не только разговаривал, — поправляет она, сведя брови у переносицы.

— ...но он знает, что у Оливии есть сестра, и мы можем предположить, что ему известно о твоем переезде в наш город. Тебе необходимо соблюдать крайнюю осторожность. Проверять, заперта ли дверь, когда ты дома...

— Я всегда проверяю.

— ...и не верить тому, что тебе говорят по домофону в коридоре. Любой может сказать, что он из службы доставки и ему нужна подпись. Хорошенько разглядывай всех, кто приходит, прежде чем открыть дверь. Смотри, кто рядом, когда выходишь из дома. — Ходжес наклоняется вперед. Вино в стакане остается нетронутым. Он не хочет больше пить. — И вот что важно, Джейни. Когда выходишь на улицу, следи за транспортом. Не только в машине, но и пешком. Тебе знаком термин «БУНА»?

— Копы так сокращают «будь начеку».

— Правильно. И отныне БУНА относительно любого автомобиля, который вновь и вновь появляется в непосредственной близости от тебя.

— Как черные внедорожники той старушки. — Джейни улыбается. — Миссис Как-ее-там?

— Миссис Мельбурн. — Упоминание ее фамилии вызывает у Ходжеса какие-то смутные ассоциации, но они уходят, прежде чем он успевает их уловить.

И Джерому надо быть начеку. Раз Мистер Мерседес неоднократно бывал рядом с домом Ходжеса, он, вероятно, видел, как Джером выкашивал лужайку, устанавливал сетчатые двери, чистил дренажные канавы. И Джером, и Джейни скорее всего в полной безопасности, но как знать? Мистер Мерседес — ходячая спонтанная бомба, никто не знает, когда она может взорваться, а Ходжес выбрал путь сознательного провоцирования.

Джейни читает его мысли.

— И все-таки ты... как ты это назвал? Заводишь его?

— Ага. И очень скоро я собираюсь воспользоваться твоим компьютером и завести его еще сильнее. Я уже составил ему послание, но теперь хочу кое-что добавить. У моего напарника сегодня большая победа, и я тоже могу воспользоваться ее плодами.

— Какая?

Нет причин держать рот на замке, потому что завтра все будет в газетах. В крайнем случае — в воскресенье.

— Дорожный Джо.

— Который убивал женщин на площадках отдыха? — И после его кивка добавляет: — Он соответствует твоему портрету Мистера Мерседеса?

— Отнюдь. Но наш парень этого знать не может.

— И что ты собираешься делать?

Ходжес рассказывает.

14

Им не приходится ждать утренней газеты: известие о том, что Доналд Дэвис, ранее подозреваемый в убийстве жены, сознался и в убийствах, совершенных Дорожным Джо, — главная тема одиннадцатичасовых новостей. Ходжес и Джейни смотрят выпуск в постели. От Ходжеса повторный визит в спальню потребовал больше усилий, но и принес большее удовлетворение. Дыхание до сих пор не восстановилось, он потный, ему надо принять душ, но давно, очень давно он не чувствовал себя таким счастливым. И до чего же ему хорошо!

Когда комментатор переходит к щенку, застрявшему в трубе, Джейни берет пульт дистанционного управления и выключает телевизор.

— Да, может сработать. Но это так рискованно.

Он пожимает плечами:

— Без поддержки полиции для меня это наилучший вариант продвижения к цели. — И вариант, который больше всего ему нравится, потому что он хочет добраться до цели сам, без поддержки той самой полиции.

Он думает о самодельном, но весьма эффективном оружии, которое держит в ящике комода, — носке с металлическими шариками. Представляет, с каким удовольствием врежет Веселым ударником этому сукину сыну, который направил один из самых тяжелых седанов в мире на толпу беззащитных людей. Такого, возможно, и не случится, но как знать? В этом лучшем (и наихудшем) из всех миров чего только не случается.

— А что ты думаешь о сказанном моей матерью в самом конце? Насчет призраков, которых слышала Оливия?

— С этим надо разбираться, — отвечает Ходжес, но кое-какие мысли на этот счет у него есть, и, если он прав, это еще одна ниточка к Мистеру Мерседесу. С учетом ограничений, которые он сам наложил на свое расследование, Ходжес не собирается еще в большей степени вовлекать в него Джерома Робинсона, но если он хочет как-то использовать информацию миссис Уэртон о призраках, ему, возможно, придется. Он знает с десяток копов, которые не уступят Джерому по части компьютеров, но не может обратиться ни к одному из них.

Призраки, думает он. Призраки из машины.

Он садится и перекидывает ноги через край кровати.

— Если приглашение остаться по-прежнему в силе, мне надо прямо сейчас принять душ.

— В силе. — Она наклоняется и сопит ему в шею. Ее рука поглаживает плечо, отчего по телу расползается приятное тепло. — И ванная в твоем распоряжении.

Приняв душ и вернувшись в одних боксерах, Ходжес просит ее включить компьютер. Она сидит рядом и всматривается в экран, когда он заходит на сайт «Под синим зонтом Дебби» и оставляет сообщение **мерсуби**. Пятнадцать минут спустя — рядом уютно устроилась Джейни — он спит... так сладко, как не спал с самого детства.

15

Брейди приезжает домой после нескольких часов бесцельного кружения по городу; уже поздно, и на двери черного хода — записка: *Где ты был, красавчик? Лазанья по-домашнему в духовке*. Ему достаточно одного взгляда на неровные, заваливающиеся буквы, чтобы понять, что мать уже крепко набралась к тому моменту, когда взялась за ручку. Он срывает записку и входит.

Обычно первым делом он проверяет, как там мать, но запах горелого заставляет его метнуться на кухню, которую затянуло сизым туманом. Слава Богу, кухонный детектор дыма не работает (он давно собирается его заменить, но забывает, слишком много более важных дел). Благодарить надо и мощную вытяжку над плитой, которая засосала немалую часть дыма, в результате чего другие детекторы пока не сработали, хотя наверняка поднимут тревогу, если он тотчас не проветрит кухню. Духовка включена. Он выключает ее, открывает окно над раковиной, потом — дверь черного хода. В чулане, где они держат чистящие средства, есть напольный вентилятор. Брейди ставит его перед духовкой и включает на полную мощность.

Покончив с этим, идет в гостиную и проверяет, как мать. Она на диване — в халате, который распахнут на груди и задран до бедер, — храпит громко и ровно, как бензопила на холостых оборотах. Он отводит взгляд и идет на кухню, бормоча: «Черт, черт, черт, черт».

Садится за стол, наклонив голову, ладони сдавливают виски, пальцы вжимаются в волосы. Почему если что-то одно идет не так, этим дело не ограничивается? Он думает о слогане компании «Мортон солт»: «Она сыплется даже в дождь»*.

Через пять минут проветривания Брейди рискует открыть духовку. Смотрит на черный дымящийся шматок внутри, и голодное урчание желудка, с которым он прибыл домой, затихает. Водой противень не отмоешь, губкой для мытья посуды не ототрешь, даже промышленный лазер, возможно, не сумеет его отчистить. Ему теперь одна дорога — в мусорный бак. Просто счастье, что он, приехав домой, не увидел здесь гребаную пожарную команду и мать, предлагающую всем коллинз с водкой.

Брейди захлопывает духовку — не хочет смотреть на этот ядерный расплав — и идет в гостиную вновь взглянуть на мать. И даже когда его взгляд пробегает по ее голым ногам,

---

* Рекламный лозунг «When it rains it pours» обыгрывает буквальное значение английской пословицы, русскоязычный аналог которой — «беда не приходит одна».

думает: Было бы лучше, если б она умерла. Лучше для нее и лучше для него.

Он идет вниз, голосовыми командами включает свет и компьютеры. Направляется к Номеру три, подводит курсор к иконке «Синего зонта»... и колеблется. Не потому, что боится, а вдруг сообщения от жирного экс-копа еще нет? Наоборот, боится, что оно пришло. А если пришло, он точно знает, что ничего хорошего не прочтет. Учитывая, как все складывается. Голова уже гудит, так стоит ли напрягать ее еще сильнее?

Но из ответа, возможно, удастся понять, что делал коп в кондоминиуме на Лейк-авеню. Допрашивал сестру Оливии Трелони? Возможно. В шестьдесят два он, понятное дело, ее не трахал.

Брейди кликает иконку, и конечно же:

кермит_лягушонок-19 хочет с тобой поговорить!
ты хочешь поговорить с кермит_лягушонок-19?
ДА НЕТ

Брейди подводит курсор к «НЕТ», потом поглаживает округлую спину мышки подушечкой указательного пальца. Убеждает себя покончить со всей этой историей здесь и сейчас. Уже понятно, что не получится довести жирного экс-копа до самоубийства, как он это проделал с миссис Трелони, так почему не поставить точку? Разве это не правильное решение?

Но он должен знать.

Более того: детпен не должен выиграть.

Он сдвигает курсор на «ДА», кликает, и послание — на этот раз длинное — появляется на экране.

Неужели мой обожающий ложные признания друг вновь дал о себе знать? Не следовало мне и отвечать, таких, как ты, пруд пруди, но в одном ты совершенно прав: я на пенсии, и общение с психом даже интереснее, чем доктор Фил и вся эта ночная реклама. Еще один тридцатиминутный ролик

«Оксиклина», и я стану таким же чокнутым, как ты. ХАХА-ХА. Опять же я должен поблагодарить тебя за то, что ты навел меня на этот сайт, который иначе я бы никогда не нашел. У меня уже трое новых друзей (и все в здравом уме). В том числе одна дама, которая так красиво и с удовольствием матерится!!! Так что ладно, мой «друг», позволь мне ввести тебя в курс дела.

Первое: любой, кто смотрит «Место преступления», сообразит, что Мистер Мерседес надел сетку для волос, а потом использовал хлорку, чтобы убрать все следы ДНК с клоунской маски. Понял, болван?

Второе: если бы это ты украл «мерседес» миссис Трелони, то упомянул бы про ключ парковщика*. Вот этого тебе просмотры «Места преступления» никогда бы не подсказали. Поэтому, уж извини, что повторяюсь, ты болван.

Третье (и я надеюсь, ты все записываешь): сегодня мне позвонил мой прежний напарник. Он поймал парня, который специализируется на НАСТОЯЩИХ признаниях. Загляни в новости, мой друг, а потом догадайся, в чем еще этот парень собирается признаться на следующей неделе или чуть позже.

Спокойной тебе ночи, и кстати, почему бы тебе не поразвлечь своими фантазиями кого-нибудь еще?

Брейди смутно вспоминает какого-то мультяшного персонажа — возможно, Фогхорна Легхорна, здоровенного петуха с южным акцентом, — у которого, когда он злился, сначала шея, а потом и голова превращались в термометр, показывающий поднимающуюся температуру: ГОРЯЧО, КИПЯТОК, АТОМНЫЙ ВЗРЫВ. Брейди чувствует, что с ним происходит то же самое, когда он читает это наглое, оскорбительное, приводящее в бешенство сообщение.

Ключ парковщика?

---

* Ключ парковщика позволяет открыть дверцы (но не багажник или бардачок) и завести автомобиль.

Ключ *парковщика*?

— О чем ты говоришь? — спрашивает он, и его голос напоминает полушепот-полурычание. — О чем ты, твою мать, *говоришь*?

Он поднимается и кружит по командному пункту — ноги не гнутся, словно ходули, — дергает себя за волосы так сильно, что на глазах выступают слезы. Мать забыта. Почерневшая, спекшаяся в комок лазанья забыта. Все забыто, кроме этого ненавистного поста.

И ему еще хватило наглости добавить смайлик!

Смайлик!

Брейди пинает стул. Пальцам ног больно, а стул катится через всю комнату и ударяется о стену. Потом Брейди поворачивается и бросается к Номеру три, нависает над ним, как стервятник. Его первое импульсивное желание — ответить немедленно, назвать гребаного копа лжецом, жирным идиотом с ранним проявлением болезни Альцгеймера, анальным рейнджером, сосущим член своего дружка-ниггера. Потом некое подобие здравомыслия — хрупкое и ускользающее — все-таки берет верх. Он пододвигает стул и заходит на сайт городской газеты. Ему даже не надо кликать «ГЛАВНЫЕ НОВОСТИ», чтобы узнать, о чем написал Ходжес: все на первой странице завтрашнего номера.

Брейди пристально следит за местными криминальными новостями и знает как имя Доналда Дэвиса, так и его смазливую физиономию. Он знает, что копы долго и безуспешно пытались обвинить Дэвиса в убийстве собственной жены, и сам нисколько не сомневается, что ее смерть — дело рук Дэвиса. Теперь этот идиот признался, но *не только* в убийстве *жены*. Согласно газетной статье, Дэвис также признался в изнасилованиях и убийствах *еще* пяти женщин. Короче, заявил, что он — Дорожный Джо.

Поначалу Брейди не может связать это признание с задиристым посланием жирного экс-копа, но потом его осеняет: решившись снять камень с души, Доналд Дэвис готов также признаться и в том, что бойня у Городского центра — его работа. Может, уже признался.

Брейди вращается на стуле, как дервиш: оборот, другой, третий. Голова идет кругом. Удары сердца отдаются в груди, шее, висках. Он чувствует их деснами и языком.

Дэвис сказал что-то насчет ключа парковщика? Вот откуда ноги растут?

— *Не было* никакого ключа парковщика, — говорит Брейди... но уверен ли он в этом? А если был? *Если* был... если они повесят бойню на Доналда Дэвиса и украдут величайший триумф Брейди Хартсфилда... а ведь он *рисковал* жизнью...

Больше он сдерживаться не может. Садится за Номер три и пишет сообщение пользователю **кермит_лягушонок-19**. Короткое, но руки дрожат так сильно, что набивает он его почти пять минут. Отсылает, едва поставлена последняя точка, не потрудившись перечитать.

ЭТО ПОЛНОЕ ДЕРЬМО ГОВНЮК. ЛАДНО ключа **в замке зажигания не было но не было и никакого КЛЮЧА ПАРКОВЩИКА. Запасной ключ лежал в барлдачке, а как я орткрыл автомобиль, ЭТО ТЫ ДОЛЖЕН РАСКУСИТЬ УРОД. Доналд Дэвис этого преступления не совершал. Повторяю, ДОНАЛД ДЭХВИС ЭТОГО ПРЕСТУПЛЕНИЯ НЕ СОВЕРШАЛ. Если ты кому-то скажешь что совершил он я тебя убью хотя и не хосчу марать руки о такого неудачника как ты.**

Подписано,

НАСТОЯЩИЙ Мерседес-убийца.

P.S. Твоя мать была шлюхой, которая давала в зад и слизывала сперму из канав.

Брейди выключает компьютер и идет наверх, оставляет мать храпеть на диване, вместо того чтобы помочь ей улечься в постель. Выпивает три таблетки аспирина, добавляет четвертую, потом лежит в своей кровати — с широко раскрытыми глазами, трясясь всем телом — до первых признаков зари на востоке. Наконец засыпает на пару часов, но сон тревожный, с кошмарами, и отдыха не приносит.

16

Субботним утром Ходжес жарит яичницу, когда Джейни выходит на кухню в белом халате и с влажными после душа волосами. Они зачесаны назад, и она выглядит моложе, чем обычно. Сорок *четыре*? — вновь думает он.

— Я поискал бекон, но увы. Разумеется, он где-то, возможно, и лежит. Моя бывшая заявляет, что большинство американских мужчин страдает холодильничной слепотой. Может, она права?

Джейни молча указывает на его живот.

— Ладно, — говорит он, а потом добавляет, потому что ей это, похоже, нравится: — Ага.

— Между прочим, какой у тебя холестерин?

Он улыбается и отвечает:

— Будешь тост? Он из цельных зерен! Впрочем, ты наверняка это знаешь, раз уж сама их покупала.

— Один кусочек. Никакого масла, немного джема. И что ты собираешься сегодня делать?

— Еще не решил. — Хотя он думает о том, чтобы пообщаться с Рэдни Пиплсом в Шугар-Хайтс, если Рэдни сегодня на службе и начеку. И ему надо поговорить с Джеромом о компьютерах. Эта тема — бездонная.

— Ты уже проверил «Синий зонт»?

— Сначала хотел приготовить тебе завтрак. И себе. — Это правда. Он действительно проснулся с желанием накормить тело, а не заполнять информацией пустое место в голове. — Опять же я не знаю твой пароль.

— Джейни.

— Мой совет: смени его. Если на то пошло, это совет подростка, который работает на меня.

— Джерома, да?

— Совершенно верно.

Он приготовил болтунью из шести яиц, и они съедают ее, разделив пополам. У него мелькает мысль спросить, не сожалеет ли она о прошлой ночи, но он решает, что на этот вопрос ответит ее поведение за завтраком.

Поставив тарелки в раковину, они идут к компьютеру и молча сидят почти четыре минуты, читая и перечитывая последний пост **мерсуби**.

— Ну и ну! — наконец говорит Джейни. — Ты хотел его завести, и должна сказать, теперь он на полном взводе. Ты видишь эти ошибки? — Она указывает на «барлдачке» и «орткрыл». — Это часть его... как ты это назвал... стилистической маскировки?

— Я так не думаю. — Ходжес смотрит на «хосчу» и улыбается. Не может не улыбаться. Рыба чувствует крючок, и он впивается все глубже. Это боль. И *жжение*. — Я думаю, так набирают текст, когда тебя довели до белого каления. Меньше всего он ожидал, что кто-то усомнится в достоверности его слов. Его это бесит.

— Недостаточно, — говорит она.

— В смысле?

— Он еще недостаточно взбешен. Отправь ему еще одно сообщение, Билл. Вдарь сильнее. Он этого заслуживает.

— Хорошо. — Он думает, потом печатает.

17

После того как Ходжес оделся, Джейни идет с ним по короткому коридору до лифта и провожает долгим поцелуем у кабины.

— Я до сих пор не могу поверить, что все это случилось.

— Конечно, случилось. И если ты правильно разыграешь свою партию, может повториться. — Она всматривается в его лицо синими глазами. — Но никаких обещаний длительных отношений, идет? В будущее не заглядываем. Живем сегодняшним днем.

— В моем возрасте я так и живу. — Подъезжает лифт, двери раскрываются, Ходжес заходит в кабину.

— Оставайся на связи, ковбой.

— Обязательно. — Двери кабины начинают закрываться. Он блокирует их рукой. — И помни: БУНА, подруга.

Она кивает с серьезным видом, но он замечает смешинки в ее глазах.

— Для Джейни теперь нет ничего, кроме БУНА.

— Держи мобильник под рукой, и, думаю, будет нелишним занести «девять-один-один» в режим быстрого набора.

Он убирает руку. Она посылает ему воздушный поцелуй. Двери закрываются, прежде чем он успевает ответить тем же.

Его автомобиль на прежнем месте, но предоплата, должно быть, закончилась раньше, чем наступило время бесплатной парковки, поэтому под «дворником» — штрафная квитанция. Ходжес открывает бардачок, кладет в него квитанцию, достает мобильник. Он дал Джейни совет, которому не следует сам: после выхода на пенсию вечно забывает про свою чертову «Нокию». Да и модель у него доисторическая. По меркам мобильников. Нынче звонят ему редко, но в это утро — три сообщения на голосовой почте. Все от Джерома. Второе и третье — доставлены соответственно в девять сорок и в десять сорок пять прошлого вечера — нетерпеливый вопрос, где он и почему не перезванивает. Оба — нормальным голосом Джерома. Первое, в шесть тридцать вечера, начинается захлебывающимся:

«Масса Ходжес, где вы быть? Я должен с вами говорить! — Тут голос становится серьезным. — Думаю, я знаю, как он это сделал. Как украл автомобиль. Перезвоните мне».

Ходжес смотрит на часы и решает, что Джером, вероятно, еще не встал: утро-то субботнее. Решает заехать к нему, но сначала заглянуть домой, чтобы забрать свои записи. Он включает радио, и Боб Сигер поет «Старый добрый рок-н-ролл». Ходжес подпевает:

— «Сняв с полки старые пластинки...»

18

Когда-то, в старые добрые времена, до появления мобильных приложений, айпадов, «Самсунг-гэлакси» и сотовой связи четвертого поколения, по выходным дням в «Дисконт электроникс» народ валил валом. Теперь подростки, которые приходили сюда за компакт-дисками, загружают «Вампирский уик-энд» через «айТьюнс», тогда как их родители прочесывают «иБэй» или смотрят на «Хулу» пропущенные сериалы.

И в эту субботу «ДЭ» в торговом центре «Берч-хилл» — пустыня.

Тоунс — в торговом зале, пытается продать старушке телевизор, который уже стал антиквариатом. Фредди Линклэттер — в подсобке, одну за другой курит «Мальборо редс» и, вероятно, мысленно репетирует очередную речь в защиту однополой любви. Брейди сидит за одним из компьютеров в глубине торгового зала, за древним «Визио», в настройках которого он покопался, чтобы исключить отслеживание по нажатым клавишам и доступ к истории. Он смотрит на последнее послание Ходжеса. Один глаз — левый — непроизвольно подергивается.

Оставь мою мать в покое. ☺ **Не ее вина, что тебя поймали на лжи. Взял ключ из бардачка, да? Это интересно, если учесть, что Оливия Трелони предъявила оба ключа. Отсутствовал только ключ парковщика. Она держала его в намагниченной коробочке под задним бампером. НАСТОЯЩИЙ Мерседес-убийца им и воспользовался.**

Я думаю, наша переписка закончилась, придурок. Мне с тобой уже неинтересно, и у меня есть веские основания полагать, что Доналд Дэвис собирается сознаться в убийствах у Городского центра. И что тогда останется тебе? Полагаю, и дальше проживать свою говняную скучную жизнь. И еще один момент, прежде чем поставить жирную точку. Ты грозился меня убить. Это преступление, но знаешь что? Мне плевать. Дружище, ты еще один жалкий паршивый трус. В Интернете таких как грязи. Хочешь прийти в мой дом? (Я знаю, тебе известно, где я живу.) Нет? Я так и думал. Позволь закончить одним словом, настолько простым, что даже такой дундук, как ты, должен его понять.

Отвали.

Ярость Брейди столь велика, что ему кажется, будто он примерз к стулу. Но при этом он весь горит. И если будет так сидеть, согнувшись над этим говенным «Визио» с нелепой ценой в восемьдесят семь долларов восемьдесят семь центов, то умрет от обморожения, или вспыхнет ярким пламенем, или произойдет и то и другое.

Но едва на стене возникает тень, Брейди обнаруживает, что все-таки может шевелиться. Убирает с экрана послание жирного экс-копа за мгновение до того, как Фредди наклоняется, чтобы прочитать его.

— Что это было, Брейдс? Ты очень быстро это спрятал.

— Документальный фильм с «Нэшнл джиографик». Называется «Когда нападут лесбиянки?».

— Без спермотоксикоза с юмором у тебя, наверное, было бы получше, хотя я в этом сомневаюсь.

К ним подходит Тоунс.

— Вызов в Эджмонт, — говорит он. — Кто поедет?

— Выбирая между поездкой в Рай чурбанов и укусом в зад дикого хорька, — высказывает свое мнение Фредди, — я бы отдала предпочтение хорьку.

— Я поеду, — говорит Брейди. Он пришел к выводу, что у него есть неотложное дело, которое не может ждать.

19

Когда прибывает Ходжес, на подъездной дорожке Робинсонов маленькая сестра Джерома и две ее подружки прыгают через скакалку. Все в ярких футболках с изображением какой-то мальчишечьей группы. С папкой в руке он идет через лужайку. Барбара подбегает, чтобы «дать пять», потом спешит обратно, хватает свой конец скакалки. Джером, в шортах и футболке Городского колледжа с обрезанными рукавами, сидит на крыльце и пьет апельсиновый сок. Одилл лежит рядом. Джером говорит, что родители отправились крогернуться* и до их возвращения он — нянька при сестре.

---

* «Крогер» — крупнейшая в США сеть супермаркетов. Один из рекламных лозунгов: «Давай крогернемся».

— Не то чтобы ей нужна нянька. Она куда более крутая, чем считают наши родители.

— Не надо думать, что она не нуждается в присмотре. Уж поверь мне, Джером.

— Это вы к чему?

— Сначала расскажи, что ты нарыл.

Вместо ответа Джером указывает на автомобиль Ходжеса, припаркованный у тротуара, чтобы не мешать девочкам прыгать через скакалку.

— Какого он года?

— Две тысячи четвертого. Глаз не радует, но пробег невелик. Хочешь купить?

— Я — пас. Вы его заперли?

— Ага. — Хотя район этот спокойный и автомобиль у него на виду. Сила привычки.

— Дайте мне ваши ключи.

Ходжес достает из кармана кольцо с ключами и протягивает ему. Джером смотрит на брелок и кивает:

— СДО. Используется с девяностых годов прошлого века. Сначала была дополнительной опцией, потом стала базовой. Знаете, что это такое?

Будучи главным детективом расследования бойни у Городского центра (не один раз допрашивавшим Оливию Трелони), Ходжес, конечно же, знает.

— Система дистанционного открывания.

— Правильно. — Джером нажимает одну из двух кнопок на брелоке. Огни «тойоты» Ходжеса мигают. Нажимает другую кнопку. Мигают вновь. — Теперь дверцы заперты. И ключ у вас. — Он отдает ключи Ходжесу. — Полный порядок, так?

— Если исходить из нашей дискуссии, наверное, нет.

— Я знаю нескольких парней из колледжа, которые создали компьютерный клуб. Имен не назову, можете и не спрашивать.

— Я и не собирался.

— Они ребята хорошие, но знают все плохие штучки: взлом баз данных, снятие копий, кража информации. Все такое. Они говорят, что СДО — лицензия на угон автомобиля. Когда вы запираете или отпираете ваш автомобиль, брелок испускает низкочастотный радиосигнал. Кодированный. Если бы вы могли его услышать, то он звучал бы как пиликанье при быстром наборе номера для отправки факса. Успеваете за мной?

— Пока все понятно.

На подъездной дорожке девочки крутят скакалку, а Барбара Робинсон ловко прыгает, крепкие коричневые ноги опускаются на асфальт и отталкиваются от него, косички взлетают и падают, взлетают и падают.

— Мои ребята сказали, что перехватить код — пустяк, если иметь при себе надлежащий гаджет. Его можно сделать из пульта дистанционного управления, что для телика, что для гаражных ворот, только с таким устройством нужно находиться в непосредственной близости от автомобиля, скажем, не дальше двадцати ярдов. Но можно собрать и более мощный перехватчик. Все компоненты в свободной продаже в любом магазине электроники. Стоимость не превысит сотни долларов. Радиус действия возрастет до ста ярдов. Ты следишь за водителем нужного тебе автомобиля. Когда он нажимает кнопку, запирающую дверцы, нажимаешь свою кнопку. Твой гаджет перехватывает сигнал и запоминает его. Водитель уходит, и ты снова нажимаешь кнопку. Замок открывается, и ты в салоне.

Ходжес смотрит на брелок, потом на Джерома.

— Это работает?

— Да, конечно. Мои друзья говорят, что сейчас проблем прибавилось: производители модернизировали систему, и сигнал меняется после каждого нажатия кнопки. Но все это можно решить. Любую систему, созданную разумом человека, взломает разум другого человека. Вы меня понимаете?

Ходжес едва его слышит, какое там понимание. Он думает о Мистере Мерседесе, который *еще не стал* Мистером Мерседесом. Который мог купить гаджет, только что описанный Джеромом, но скорее всего собрал его сам. Стал ли «мерседес» миссис Трелони первым автомобилем, который он вскрыл? Маловероятно.

«Я должен проверить автомобильные кражи в центре города, — думает он. — Начиная, скажем, с две тысячи седьмого и до весны две тысячи девятого».

В архиве работает его хорошая знакомая, Марло Эверетт, за которой должок. Ходжес уверен, что Марло просмотрит старые дела, не задавая лишних вопросов. И если отыщется несколько с выводом сотрудника полиции, что «потерпевший мог забыть запереть автомобиль», он поймет многое.

— Мистер Ходжес? — В голосе Джерома слышится неуверенность.

— Что, Джером?

— Когда вы расследовали бойню у Городского центра, разве вы не обсуждали СДО с копами, которые занимаются автомобильными кражами? Я хочу сказать, они должны об этом знать. Никакая это не новинка. Мои друзья говорят, что у применения этих штук даже есть жаргонное название: «сдернуть писк».

— Мы говорили с главным механиком салона, продающего «мерседесы», и он заверил нас, что использовался ключ. — Ходжес и сам чувствует, что ответ неубедительный. Хуже того — некомпетентный. И главный механик, и они сами заранее убедили себя, что использовался ключ. Тот самый, что оставила в замке зажигания рассеянная дама, которую они все невзлюбили.

Циничная улыбка Джерома выглядит странно и неуместно на столь юном лице.

— Работники автомобильных салонов, мистер Ходжес, об этом говорить не любят. Они не лгут, просто прикидываются, будто ничего такого нет и в помине. Как не говорят о том, что подушка безопасности может спасти вашу жизнь, но при этом разбивает очки, и осколки могут серьезно повредить глаза. Они не говорят, что некоторые модели внедорожников часто переворачиваются. Или что перехватить сигнал СДО очень легко. Но парни, которые расследуют автомобильные кражи, в курсе, правда? Я в том смысле, что *должны быть*.

Весь ужас в том, что Ходжес не знает. Должен, но не знает. Они с Питом в кабинете практически не бывали, работали по две смены, спали, может, по пять часов в сутки. Бумаги накапливались. Если и приходила служебная записка от коллег, которые расследовали автомобильные кражи, она наверняка есть в материалах дела. Пока он не решается спросить об этом своего прежнего напарника, но понимает, что, возможно, вскоре ему придется рассказать Питу все. Если, конечно, он сам не сможет довести дело до конца.

А пока придется ввести в курс дела Джерома. Потому что парень, с которым связался Ходжес, безумен.

Подбегает Барбара, потная и запыхавшаяся.

— Джей, можно мы с Хильдой и Тоней посмотрим «Все тип-топ»?

— Валяйте, — отвечает Джером.

Она его обнимает. Прижимается щекой к щеке.

— Испечешь нам блины, мой дорогой брат?

— Нет.

Она опускает руки, отступает на шаг.

— Ты *плохой*. И ленивый.

— Почему бы вам не сходить в «Зоуни»? Купите «Эгго».

— А на что?

Джером сует руку в карман, достает пятерку и протягивает ей. Конечно же, его вновь обнимают.

— Я все еще плохой?

— Нет, ты *хороший*! Самый лучший брат!

— И тебе нельзя идти без подружек, — напоминает Джером.

— И без Одилла, — добавляет Ходжес.

Барбара смеется.

— Мы *всегда* берем Одилла!

Ходжес наблюдает, как девочки в похожих футболках идут по тротуару, треща, будто сороки, и передавая друг другу поводок Одилла. На душе тревожно. Он не может посадить семью Робинсонов под замок, но эти три девочки *такие маленькие*.

— Джером, если кто-нибудь попытается к ним пристать, будет Одилл?..

— Защищать их? — На лице Джерома ни тени улыбки. — Ценой жизни, мистер Хо. Ценой жизни. А что такое?

— Я по-прежнему могу рассчитывать, что это останется между нами?

— *Дасэр!*

— Ладно, я собираюсь многое тебе рассказать. Но взамен ты должен пообещать называть меня Билл.

Джером задумывается.

— Потребуется время, чтобы привыкнуть, но хорошо.

Ходжес рассказывает ему почти все (опускает лишь некоторые подробности вечера и ночи), иногда сверяясь с записями в линованном блокноте. К тому времени, когда заканчивает, Барбара и подружки возвращаются из магазина, перебрасываясь коробкой «Эгго» и смеясь. Они уходят в дом, чтобы полакомиться вафлями перед телевизором.

Ходжес и Джером сидят на ступеньках крыльца и разговаривают о призраках.

20

Эджмонт-авеню напоминает зону боевых действий, но находится к югу от Лоубрайр, и это белая зона, населенная потомками фермеров Кентукки и Теннесси, которые перебрались сюда, чтобы работать на заводах после Второй мировой войны. Теперь заводы стоят, и большая часть населения — наркоманы, которые переключились на мексиканский героин, когда оксиконтин оказался им не по карману. По всей Эджмонт тянутся бары, ломбарды, пункты обналичивания чеков. В субботнее утро все, само собой, закрыты. Работают только два магазина: «Мини-маркет Зоуни» и «Пекарня Бейтула», куда, собственно, и вызвали Брейди.

Он паркуется перед пекарней, чтобы увидеть любого, кто попытается залезть в киберпатрульного «жука», и несет пузатый чемоданчик навстречу вкусным запахам. Смуглолицый мужчина за прилавком спорит с покупателем, размахивающим карточкой «Виза», и указывает на картонку с объявлением: «ДО ПОЧИНКИ КОМПЬЮТЕРА ОПЛАТА ТОЛЬКО НАЛИЧНЫМИ».

Компьютер пакистанца завис. Поглядывая на «жука» каждые тридцать секунд, Брейди играет «Буги застывшего экрана», одновременно нажимая клавиши Ctrl, Alt и Del. На экран выводится «Диспетчер задач», и Брейди видит, что программа «Эксплорер» в настоящий момент не отвечает.

— Плохо? — озабоченно спрашивает пакистанец. — Пожалуйста, скажите, что не очень.

В другой день Брейди разыграл бы целый спектакль, и не потому, что такие, как Бейтул, дают чаевые — они не дают, — а просто чтобы посмотреть, как пакистанец потеет. Но не сегодня. Поездка сюда — повод покинуть «ДЭ», поэтому он хочет закончить все как можно быстрее.

— Нет, все хорошо, мистер Бейтул, — отвечает он. Закрывает программу и перезагружает ПК пакистанца. Мгновением позже работа терминала для приема банковских карт восстановлена, на экране компьютера горят четыре иконки платежных систем.

— Вы гений! — кричит Бейтул. И на одно ужасное мгновение Брейди кажется, что этот воняющий одеколоном сукин сын собирается его обнять.

21

Брейди покидает Рай чурбанов и едет на север, к аэропорту. Магазин «Товары для дома» есть и в торговом центре «Берч-хилл», но вместо этого он направляется в торговый комплекс «Скайуэй». Он поступает рискованно, опрометчиво, и никакой необходимости в этом нет. Брейди не хочет усугублять ситуацию, отправившись за этими покупками в магазин, расположенный в двух шагах от «ДЭ». Не гадь там, где ешь.

В торговом комплексе он заходит в супермаркет «Мир садовода» и сразу понимает, что сделал правильный выбор. Этот огромный магазин в середине весеннего субботнего дня заполнен покупателями. В отделе пестицидов Брейди добавляет две банки яда «Суслики — вон» к покупкам, которые уже лежат в тележке: удобрения, мульча, семена, молоток-гвоздодер. Он знает: покупать яд лично — безумие, тем более что через несколько дней придет его заказ, — но не может ждать. Абсолютно не может. Вероятно, ему не удастся отравить собаку ниггерской семейки до понедельника — возможно, такой шанс появится во вторник или в среду, — но он должен *что-то делать*. Должен чувствовать, что он... как там сказал Шекспир? Вооружился против моря бедствий*.

Он стоит с тележкой в очереди, говоря себе: если кассирша (еще одна смуглолицая, город просто кишит ими) что-то скажет насчет приобретенного им яда, даже невинное *он действительно работает*, придется отказаться от задуманного. Велик шанс, что его запомнят, а потом опознают: *О да, нервный молодой человек с гвоздодером и ядом от сусликов*.

Он думает: «Может, мне следовало надеть солнцезащитные очки. И я бы в них совершенно не выделялся: в таких здесь половина покупателей».

Слишком поздно. «Рей-бэнс» он оставил у «Берч-хилл», в своем «субару». Так что приходится стоять в очереди в кассу и говорить себе: не потей. С тем же успехом можно предлагать кому-то не думать о синем полярном медведе.

Я обратила на него внимание, потому что он обильно потел, скажет полиции смуглолицая кассирша (очень может быть родственница Бейтула-пекаря). *И потому, что покупал яд от сусликов, со стрихнином*.

Он едва не срывается с места, чтобы откатить тележку в глубь магазина и удрать, но позади уже столпились люди, и если он выйдет из очереди, *разве не привлечет к себе внимания*? Разве у них не возникнет вопрос...

Легкий толчок в спину.

— Продвигайся, дружище.

Лишенный выбора, Брейди катит тележку вперед. Банки с ядом «Суслики — вон» кричаще-желтого цвета лежат на дне. Для Брейди это цвет безумия. И правильно. Заявиться сюда, чтобы купить яд, — *безумие*.

---

* У. Шекспир «Гамлет», акт III, сцена 1.

Но тут приходит успокаивающая мысль, словно холодная рука, прикоснувшаяся к горячечному лбу: «Въехать на автомобиле в толпу у Городского центра — еще большее безумие, но я же вышел сухим из воды».

Да, и уж тем более прорвется с этим. Смуглолицая сканирует штрих-коды покупок, на него даже не смотрит. Не глядя задает вопрос, как он будет расплачиваться, наличными или карточкой.

Брейди платит наличными.

Он не настолько безумен, чтобы карточкой заплатить за яд.

Вернувшись к «фольксвагену» (он припарковал его между двух пикапов, так что яркая зелень маленького автомобильчика в глаза не бросается), Брейди какое-то время сидит за рулем, дышит глубоко и медленно, пока сердце не замедляет свой бег. Думает о ближайших планах, и эти мысли еще больше успокаивают его.

Первое: Одилл. Пес должен умереть в муках, и жирный экс-коп поймет, что это его вина, даже если Робинсоны ничего не заподозрят. (С чисто научной точки зрения Брейди будет интересно поглядеть, признается ли детпен. Он думает, что нет.) Второе: сам жирный экс-коп. Брейди даст ему несколько дней, чтобы тот помариновался в чувстве собственной вины, и как знать, может, он все-таки покончит с собой? Скорее всего нет. И тогда Брейди его убьет, пусть еще не знает, как именно. И третье...

Шикарный жест. Нечто такое, о чем будут помнить сто лет. Вопрос в том, а что это будет?

Брейди заводит двигатель, настраивает паршивое радио «жука» на радиостанцию «БАМ-100», у которой каждые выходные «Рок, рок и только рок». Как раз заканчивается песня «Зи-Зи Топ», и Брейди уже собирается сменить радиостанцию, когда его рука замирает. Он увеличивает громкость. С ним говорит судьба!

Диджей сообщает Брейди, что самая популярная бойбэнд приезжает в город только на один концерт. Да, да, в следующий четверг «Здесь и сейчас» выступят в ЦКИ. «Почти все билеты проданы, детки, но хорошие парни с «БАМ-100» придержали для вас дюжину, и мы будем раздавать их по два, начиная с понедельника, поэтому слушайте наши вопросы, и тот...»

Брейди выключает радио. Его взгляд затуманен, устремлен в далекое далеко. Под ЦКИ подразумевается Центр культуры и искусств Среднего Запада. Он занимает целый квартал и включает огромный зал.

Брейди думает: «Какая возможность уйти красиво! Господи, какая возможность уйти и остаться в памяти!»

Он пытается вспомнить, какова вместимость аудитории Минго в ЦКИ. Три тысячи? Может, четыре? Вечером надо выйти в Сеть и проверить.

22

Ходжес покупает ленч в соседней кулинарии (салат вместо бургера, которого настоятельно требует желудок) и едет домой. Пусть и приятная, физическая нагрузка вчерашнего вечера и ночи дает о себе знать, и он — даже помня, что должен позвонить Джейни, поскольку им надо заглянуть в дом покинувшей этот мир Оливии Трелони в Шугар-Хайтс — решает, что следующим этапом расследования станет короткий сон. Проверяет автоответчик в гостиной: сообщений нет. Заглядывает под «Синий зонт»: Мистер Мерседес молчит. Ложится и «ставит» внутренний будильник на час. Перед тем как закрыть глаза, вспоминает, что опять оставил мобильник в бардачке «тойоты».

«Надо с этим завязывать, — думает он. — Я дал ей оба номера, но она человек новой школы, а не старой, поэтому будет звонить на мобильник».

С этим он засыпает.

Но будит его телефон старой школы. Протягивая руку, чтобы снять трубку, Ходжес видит, что внутренний будильник, который никогда не подводил его на службе в полиции, похоже, тоже вышел на пенсию. Он проспал почти три часа.

— Алло?

— Ты никогда не проверяешь свои сообщения, Билл? — спрашивает Джейни.

Мелькает мысль, что можно сослаться на севший аккумулятор, но ложь — не лучшее средство для укрепления только-только завязавшихся отношений. Да и ответ ей, судя по всему, не важен. Голос у Джейни осипший, словно она кричала. Или плакала.

Он садится.

— Что случилось?

— Утром у мамы был удар. Я в Мемориальной больнице Варшавского округа. Она ближайшая к «Солнечным просторам».

Он садится, перекидывает ноги через край кровати.

— Господи, Джейни. И как она?

— Совсем плоха. Я позвонила тете Шарлотте в Цинциннати и дяде Генри в Тампу. Они приедут. Тетя Шарлотта, конечно же, притащит с собой мою кузину Холли. — Она невесело смеется. — Конечно, они приедут... есть же давняя пословица о притягательной силе денег.

— Хочешь, чтобы я тоже подъехал?

— Да, но не знаю, как объяснить им твое присутствие. Как-то неудобно представлять тебя человеком, к которому я прыгнула в постель чуть ли не при первой встрече. А если скажу, что наняла тебя, чтобы расследовать смерть Олли, мои слова появятся на фейсбуковских страничках детей дяди Генри еще до полуночи. По части сплетен дядя Генри хуже тети Шарлотты. Нем как рыба — это не про них. К счастью, Холли — просто странная. — Глубокий, со всхлипом вздох. — Господи, как же мне сейчас нужен близкий человек. Я не видела Шарлотту и Генри много лет, на похороны Олли они не приезжали и, конечно, не принимали никакого участия в *моей* жизни.

Ходжес обдумывает ее слова и отвечает:

— Я — друг, ничего больше. Работал в охранном агентстве «Всегда начеку» в Шугар-Хайтс. Ты познакомилась со мной, когда приезжала, чтобы провести инвентаризацию

активов твоей сестры, которые унаследовала согласно завещанию. Приезжала с адвокатом. Чамом.

— Шроном. — Вновь глубокий всхлипывающий вздох. —
В это они поверят.

Вне всяких сомнений. Лгать с каменным лицом копы
умеют лучше всех.

— Я уже еду.

— Но... разве у тебя нет дел в городе? Твое расследование?

— Все это подождет. Мне потребуется час. Может, и
меньше, поскольку в субботу движение не такое плотное.

— Спасибо тебе, Билл. От всего сердца. Если не найдешь
меня в вестибюле...

— Я тебя найду. Как-никак детектив со стажем. — Он
сует ноги в шлепанцы.

— Я думаю, раз уж ты едешь, тебе лучше взять с собой
смену одежды. Я сняла три номера в «Холидей инн». Сниму
и четвертый. Хорошо, когда есть деньги. Не говоря уже о
платиновой карточке «Амэкс».

— Джейни, вернуться в город — пустяк.

— Конечно, но она может умереть. Если это случится
ночью, мне *действительно* понадобится друг. Для... ты понимаешь, для...

Слезы душат ее, и договорить не получается. Ходжес и
так знает, о чем она. Для улаживания формальностей и организации похорон.

Десять минут спустя он уже в пути, едет на восток, к
«Солнечным просторам» и Мемориальной больнице Варшавского округа. Думает, что найдет Джейни в комнате
ожидания отделения интенсивной терапии, но она во дворе
больницы, сидит на бампере припаркованной «скорой помощи». Залезает в «тойоту», как только он останавливается
рядом, и осунувшееся лицо и влажные глаза говорят все, что
ему надо знать.

Она держится, пока он паркуется на стоянке для гостей,
потом начинает рыдать. Ходжес обнимает ее. Она рассказывает, что Элизабет Уэртон ушла из этого мира в четверть

четвертого по летнему поясному времени центральных штатов.

«Я как раз обувался», — думает Ходжес и крепче прижимает ее к себе.

23

Сезон Малой лиги* в самом разгаре, и Брейди проводит вторую половину этого солнечного дня в парке Макгинниса, где на трех полях одна за другой идут игры. День теплый, и мороженое нарасхват. Множество девочек-подростков приходят посмотреть, как сражаются их младшие братишки, и пока они стоят в очереди за сладким лакомством, разговор у них только об одном (Брейди, во всяком случае, ничего другого не слышит): грядущем концерте группы «Здесь и сейчас» в ЦКИ. Такое ощущение, что они все туда идут. Брейди уже решил, что тоже пойдет. Остается только найти способ попасть на концерт в специальной жилетке, «заряженной» металлическими шариками и пластитом.

«Мой последний удар, — думает он. — Заголовок на века».

Мысль эта улучшает его настроение. Как и быстрая продажа всего товара. К четырем часам не остается даже «Ледяных палочек». Вернувшись на фабрику, он отдает ключи Ширли Ортон (похоже, она ночует на рабочем месте) и спрашивает, не может ли он поменяться с Руди Стэнхоупом, который должен работать в воскресенье после полудня. Воскресенья — при хорошей погоде — суматошные дни. Три фургона фабрики Леба работают не только в Макгиннисе, но и в четырех других больших парках города. Просьба сопровождается обаятельной улыбкой, от которой Ширли просто тает.

— Другими словами, — говорит Ширли, — ты хочешь два выходных подряд.

— Правильно, — кивает он и объясняет, что его мать собралась навестить брата, а значит, им придется провести

---

* Объединение детских бейсбольных команд.

там ночь, может, и две. Никакого брата, естественно, нет, а что касается путешествий, то в эти дни для матери они не отличаются разнообразием: от дивана к бару и обратно.

— Я уверена, что Руди возражать не станет. Не хочешь позвонить ему сам?

— Если просьба поступит от тебя, он точно не откажет.

Сука смеется, отчего горы плоти приходят в малоприятное глазу движение. Она звонит, пока Брейди переодевается. Руди только рад поменять свою воскресную смену на вторничную Брейди. Так у Брейди появляются два свободных дня, чтобы подежурить у «Мини-маркета Зоуни», и он думает, что этого хватит. Если девочка не появится там с собакой в эти дни, в среду он скажется больным, но Брейди сомневается, что охота на Одилла так затянется.

После фабрики Леба приходит пора крогернуться и Брейди. Он приобретает те же продукты, что и всегда: яйца, молоко, масло, «Какао паффс», а потом идет к мясному прилавку, где ему взвешивают фунт говяжьего фарша. Девяносто процентов мяса и лишь десять — жира. Только лучшее для последней трапезы Одилла!

Дома он открывает гараж и выгружает купленное в «Мире садовода». Банки с ядом «Суслики — вон» ставит на самую верхнюю полку. Его мать редко заходит сюда, но рисковать незачем. Под верстаком стоит маленький холодильник: Брейди приобрел его на дворовой распродаже за семь баксов, просто даром. В нем он держит банки с газировкой и теперь кладет мешочек с фаршем в самую глубину, за колу и «Маунтин дью». Прочие продукты относит на кухню. Там его ждет приятный сюрприз: мать перчит салат с тунцом, который выглядит крайне аппетитно.

Она перехватывает его взгляд и смеется.

— Хочу загладить свою вину за вчерашнюю лазанью. Сожалею, что так вышло, но *я очень устала*.

Она выпячивает только что накрашенные губы.

— Поцелуй мамочку, красавчик.

Красавчик обнимает ее и надолго впивается в губы. У помады сладкий вкус. Потом мать шлепает его по заду и отправляет вниз — поиграть на компьютере, пока не будет готов обед.

Брейди оставляет копу короткое — в одно предложение — сообщение: **Я тебя вздрючу, дедок**. После чего играет в «Обитель зла», пока мать не зовет его обедать. Салат с тунцом превосходен, и он дважды берет добавку. Она умеет готовить, если хочет, и он ничего не говорит, когда она наливает первый за вечер стакан, большой, чтобы компенсировать три маленьких, в которых отказала себе в этот день. К девяти часам она вновь храпит на диване.

Брейди выходит в Сеть, чтобы узнать все о грядущем концерте «Здесь и сейчас». Смотрит видеоролики на «Ютьюб», в которых смешливые девочки обсуждают, кто из пяти парней самый клевый. По общему мнению, это Кэм, солирующий в песне «Посмотри мне в глаза», образчике аудиоблевотины, которую часто крутят по радио. Он представляет себе, как металлические шарики разрывают эти смеющиеся лица, как обтягивающие джинсы становятся горящими лохмотьями.

Позже, уложив мать в постель и убедившись, что она действительно отключилась, он достает из холодильника фарш, вываливает в миску. Смешивает с двумя чашками яда «Суслики — вон». Если этого не хватит, чтобы убить Одилла, он раздавит чертова пса фургоном с мороженым. Эта мысль вызывает у него смех.

Отравленный фарш Брейди убирает в полиэтиленовый пакет с застежкой, ставит его в мини-холодильник, вновь прячет за банками с газировкой. Затем тщательно — горячей водой с мылом — моет руки, чашку и миску.

В эту ночь Брейди спит хорошо. Никаких тебе головных болей или снов о младшем брате.

24

Ходжесу и Джейни выделяют комнатку с телефоном, расположенную в коридоре, который отходит от больничного вестибюля, где они и договариваются, кто чем займется.

Ходжес связывается с похоронным бюро (Соумса, тем самым, которое занималось похоронами Оливии Трелони) и предпринимает шаги, необходимые для того, чтобы больница выдала тело сразу по прибытии катафалка. Джейни — Ходжес завидует легкости, с которой та управляется с айпадом — загружает макет некролога для городской газеты. Быстро заполняет его, что-то бормоча. Иногда до Ходжеса долетают обрывки фраз вроде *среди цветов*. После того как некролог по электронной почте отправлен в газету, Джейни достает из сумки записную книжку матери и начинает обзванивать ее еще живых подруг. Говорит с ними тепло и спокойно, но быстро. Ее голос срывается только раз, когда она беседует с Алтеей Харрис, женщиной, которая ухаживала за матерью почти десять лет.

К шести часам — примерно в это время Брейди Хартсфилд прибывает домой, где мать заканчивает готовить салат с тунцом — большинство формальностей улажено. Без десяти семь катафалк — белый «кадиллак» — въезжает на территорию больницы и огибает главный корпус. Водитель знает, куда ехать: бывал здесь неоднократно.

Джейни смотрит на Ходжеса: лицо бледное, губы дрожат.

— Не уверена, что смогу...

— Я все сделаю.

Происходящее не отличается от любой другой сделки. Он отдает гробовщику и его помощнику подписанное и заверенное печатью свидетельство о смерти, они ему — расписку. *Словно купил автомобиль*, думает он. Когда возвращается, видит, что Джейни во дворе, вновь сидит на бампере «скорой». Ходжес подходит, садится рядом с ней, берет за руку. Она сжимает его пальцы. Вдвоем они наблюдают, как белый катафалк появляется из-за угла, направляется к воротам и исчезает из виду. Он ведет ее к своей «тойоте» и отвозит в расположенный в двух кварталах отель «Холидей инн».

Генри Сируа, толстяк с влажным рукопожатием, появляется в восемь вечера. Шарлотта Гибни — часом позже, подгоняет гнущегося под тяжестью чемоданов носильщика и жалуется на ужасное обслуживание в самолете. «Да еще все эти плачущие дети... но вам это неинтересно». Им действительно неинтересно, но она все равно рассказывает. В отличие от брата-толстяка она худа как щепка и с подозрением смотрит на Ходжеса. Ни на шаг от Шарлотты не отходит дочь Холли, старая дева, ровесница Джейни, но без единого внешнего достоинства. Говорит Холли Гибни исключительно шепотом, даже не говорит — бормочет, и избегает встречаться с собеседником взглядом.

— Я хочу увидеть Бетти, — заявляет тетя Шарлотта после того, как коротко и сдержанно обнимает племянницу. Словно думает, что миссис Уэртон где-то в отеле, с лилиями у головы и гвоздиками в ногах.

Джейни объясняет, что тело увезли в похоронное бюро Соумса, которое находится в городе, и земные останки Элизабет Уэртон будут кремированы в среду во второй половине дня, после прощания во вторник и короткой внецерковной службы в среду утром.

— Кремация — это *варварство*, — объявляет дядя Генри. Эти двое никогда не говорят — только заявляют или объявляют.

— Она так хотела, — ровным голосом отвечает Джейни, но Ходжес замечает, как краснеют ее щеки.

Он думает, что возникнут проблемы, возможно, поступит требование показать подписанный документ, в котором речь о кремации, не захоронении, но на этом все и заканчивается. Возможно, они помнят о миллионах, унаследованных Джейни от сестры, которыми Джейни вольна распоряжаться по своему усмотрению. Может поделиться с ними. Или не поделиться. Возможно, дядя Генри и тетя Шарлотта думают о том, что ни разу не навестили сестру за время ее болезни. Все эти годы навещала миссис Уэртон только Оливия, которую тетя Шарлотта даже не называет по имени, только «та, с проблемами». И разумеется, Джейни, заменившая сестру и все еще зализывающая раны неудачной семейной жизни и развода.

Впятером они обедают в практически опустевшем ресторане «Холидей инн» под трубу Герба Алперта. Музыка льется из динамиков под потолком. Тетя Шарлотта заказывает салат и жалуется на заправку, которую, по ее просьбе, подали отдельно. «Да, они могут принести ее в маленьком кувшинчике, но налили в него из большой бутыли, купленной в супермаркете, а это не ресторанная еда», — объявляет она.

Ее бормочущая дочь заказывает *сицбагель побаненный*. Потом выясняется, что речь о прожаренном чизбургере. Дядя Генри останавливает выбор на феттучини альфредо, засасывает все в рот, как мощный пылесос — от усилий на лбу даже выступают капли пота, — потом корочкой хлеба подбирает с тарелки остатки соуса.

Разговор поддерживает главным образом Ходжес, рассказывает истории далеких дней, когда он работал в охранном агентстве «Всегда начеку». Работа вымышленная, но истории по большей части настоящие. В полиции с чем только не столкнешься. Он рассказывает о воре, который застрял, вылезая из узкого окна подвала, и лишился штанов в попытке освободиться (выслушав ее, Холли чуть улыбнулась); о двенадцатилетнем мальчике, который спрятался за дверью и уложил грабителя ударом бейсбольной биты; о служанке, укравшей хозяйские драгоценности, которые выпали из ее нижнего белья, когда она подавала обед. Он знает много куда более мрачных историй, но их держит при себе.

За десертом (Ходжес его пропускает, в основном из-за беззастенчивого обжорства дяди Генри) Джейни приглашает гостей поселиться — с завтрашнего дня — в Шугар-Хайтс, после чего троица отправляется в отведенные им и заранее оплаченные номера. Шарлотту и Генри, похоже, радует перспектива самолично узнать, как живут богачи. Что же касается Холли... трудно сказать наверняка.

Комнаты гостей на первом этаже. Джейни и Ходжеса — на третьем. Когда они подходят к соседним дверям, она спрашивает, не ляжет ли он с ней.

— Никакого секса, — говорит она. — Никогда в жизни не чувствовала себя более асексуальной. Просто не хочется быть одной.

Ходжеса такой вариант вполне устраивает. Он сомневается, что на что-то способен. Живот и мышцы ног еще не пришли в норму после прошлой ночи... а ведь, напоминает он себе, прошлой ночью она сделала чуть ли не всю работу. Под одеялом она сразу прижимается к нему. Он едва может поверить в теплоту и упругость ее тела. В то, что она *рядом*. Это правда, никакого желания в тот момент он не испытывает, но рад, что старушка откинулась сейчас, а не раньше. Едва ли это характеризует его с лучшей стороны, но что есть, то есть. Коринн, его бывшая, говорила, что в каждом мужчине есть червоточина.

Джейни опускает свою голову на его плечо.

— Я так рада, что ты приехал.

— Я тоже. — И это чистая правда.

— Думаешь, они знают, что мы сейчас в одной постели? Ходжес задумывается.

— Тетя Шарлотта знает, но она знала бы, даже если бы мы разошлись по своим номерам.

— И ты в этом уверен, потому что ты — детектив со...

— Именно. Спи, Джейни.

Она засыпает, но когда он просыпается глубокой ночью, потому что надо отлить, Джейни сидит у окна, смотрит на автостоянку и плачет. Ходжес кладет руку ей на плечо.

Она поднимает голову.

— Я разбудила тебя. Извини.

— Нет, я всегда встаю в три часа. По нужде. Ты в порядке?

— Да. *Ага*. — Она улыбается, вытирает глаза кулаками, как ребенок. — Ненавижу себя за то, что отправила маму в «Солнечные просторы».

— Но она хотела туда поехать, ты сама говорила.

— Да. Хотела. Но этим не изменить того, что я чувствую. — Джейни смотрит на него блестящими от слез глазами. — А еще ненавижу себя за то, что свалила все на Олли, оставаясь в Калифорнии.

— Как детектив со стажем, я склонен думать, что ты все-таки пыталась спасти семью.

Она озорно улыбается:

— Ты славный парень, Билл. Иди в ванную.

Когда он возвращается, она уже в постели. Он обнимает ее, и остаток ночи они крепко спят.

25

Ранним воскресным утром, до того как принять душ, Джейни показывает Ходжесу, как пользоваться айпадом. Он заходит на сайт «Под синим зонтом Дебби» и читает короткое послание: **Я тебя вздрючу, дедок.**

— Да, но скажи мне, что ты действительно чувствуешь, — говорит он и смеется, удивляя себя.

Джейни выходит из ванной, завернутая в полотенце. Ее окутывает пар: прямо-таки голливудский спецэффект. Она спрашивает, чего он смеется. Он показывает ей сообщение. Она не видит ничего забавного.

— Я надеюсь, ты знаешь, что делаешь.

Ходжес тоже надеется. В одном он уверен: вернувшись домой, достанет из сейфа «глок» сорокового калибра, который носил на службе, и начнет носить вновь. Веселого ударника уже недостаточно.

Рядом с двуспальной кроватью звонит телефон. Джейни снимает трубку. Короткий разговор, и трубка возвращается на рычаг.

— Тетя Шарлотта. Предлагает всей честной компании встретиться за завтраком через двадцать минут. Думаю, ей не терпится попасть в Шугар-Хайтс и начать пересчитывать серебряные ложки.

— Хорошо.

— Она также сочла кровать слишком жесткой, и ей пришлось принять таблетку от аллергии из-за поролоновых подушек.

— Скажи мне, Джейни, компьютер Оливии все еще в Шугар-Хайтс?

— Конечно. В комнате, которая служила ей кабинетом.

— Ты можешь запереть ее, чтобы они туда не попали?

Она как раз застегивает бюстгальтер и на мгновение застывает с отведенными назад локтями, в типично женской позе.

— Да ладно, просто скажу им, чтобы они держались от этой комнаты подальше. Эта женщина меня не запугает. А как тебе Холли? Ты понимаешь хоть слово из того, что она говорит?

— Я подумал, что на обед она заказала сицбагель, — признается Ходжес.

Джейни плюхается на стул, на котором плакала ночью, только теперь она смеется.

— Милый, ты очень плохой детектив, что в этом аспекте означает хороший.

— Как только похороны закончатся и они уедут...

— Четверг — самое позднее, — говорит она. — Или мне придется их убить.

— И никакие присяжные мира тебя за это не осудят. Как только они уедут, я хочу привезти моего друга Джерома, чтобы он заглянул в тот компьютер. Я бы привез его раньше, но...

— Они ему прохода не дадут. И мне.

Ходжес, помня пронзительный взгляд тети Шарлотты, соглашается.

— А разве переписка на «Синем зонте» остается в компьютере? Я думала, она исчезает, как только ты уходишь с сайта.

— Меня интересует не «Синий зонт Дебби», а голоса призраков, которые слышала твоя сестра.

26

Они идут к лифту, когда он задает Джейни вопрос, который не дает ему покоя после ее вчерашнего звонка:

— Ты не думаешь, что причина инсульта твоей матери — мои вопросы об Оливии?

Она с несчастным видом пожимает плечами:

— Точно не скажешь. Она была очень стара — думаю, на семь лет старше Шарлотты, — и ее не отпускала боль. — Потом с неохотой добавляет: — Но они могли сыграть свою роль.

Ходжес проводит рукой по торопливо причесанным волосам, вновь их взлохмачивает.

— Черт.

Двери лифта открываются. Они входят в кабину. Джейни хватает его за руки. Быстро, взволнованно говорит:

— Вот что я тебе скажу. Если бы пришлось сделать это вновь, я бы сделала. Мама прожила долгую жизнь. Олли, с другой стороны, имела право на еще несколько лет. Возможно, она не была счастлива, но как-то справлялась, пока этот ублюдок не вышел на нее. Этот... этот чокнутый. Украл ее автомобиль, убил восьмерых и покалечил еще бог знает скольких, но решил, что этого мало. Что нужно еще и лишить ее разума.

— То есть мы идем дальше.

— Да, черт побери. — Она крепче стискивает его руки. — Мы должны, Билл. Понимаешь? Мы *должны*.

Двери расходятся. Холли, тетя Шарлотта и дядя Генри ждут в вестибюле. Тетя Шарлотта впивается в них проницательным вороньим взглядом, вероятно, выискивает признаки сексуального удовлетворения. Спрашивает, чего они так долго, а потом, не дождавшись ответа, говорит, что шведский стол оставляет желать лучшего. И если они надеются на омлет — увы и ах.

Ходжес думает, что Джейни Паттерсон несколько следующих дней покажутся очень длинными.

27

Как и предыдущим днем, в воскресенье тепло и сухо. Прямо-таки лето. Брейди вновь распродает мороженое к четырем, почти за два часа до того, как наступает время вечерней трапезы и парки начинают пустеть. Думает о том, чтобы позвонить домой и спросить, что мать хочет на ужин, но потом решает, что возьмет еду навынос в «Долговязом Джоне Сильвере», и пусть это станет для нее сюрпризом. Она любит жареные кусочки лобстера.

Как выясняется, сюрприз ждет Брейди.

Он входит в дом из гаража, и его приветствие: *Привет, мам, я дома!* — замирает на губах. На этот раз она не забыла выключить плиту, но запах подгоревшего мяса, которое она жарила себе на ленч, висит в воздухе. А из гостиной доносится приглушенная барабанная дробь и какой-то странный булькающий крик. На одной из горелок — сковородка с длинной ручкой. Он заглядывает в нее и видит кусочки гамбургера, островками поднимающиеся над пленкой застывшего жира. На столешнице — ополовиненная бутылка «Столичной» и банка майонеза, без которого мать гамбургеры не ест.

Бумажные пакеты с пятнами жира, в которых он принес обед, падают на пол. Брейди этого не замечает.

Нет, думает он. *Не может быть.*

Однако может. Он рывком открывает холодильник, и на верхней полке — пакет с отравленным фаршем. Только половины фарша уже нет.

Брейди тупо смотрит на пакет, думая: *Она никогда не заглядывает в мини-холодильник в гараже.* Никогда. *Он* мой.

Тут же приходит новая мысль: «Откуда ты знаешь, куда она заглядывает в твое отсутствие? Очень может быть, что она облазила все ящики и даже шарила под матрасом».

Вновь доносится булькающий крик. Брейди бежит в гостиную, оставив открытой дверцу холодильника и пнув по пути пакет из «Долговязого Джона Сильвера», который отлетает под стол. Мать сидит на диване, вытянувшись в струнку. На ней синяя шелковая пижама. Рубашка запачкана кровавой блевотой. Живот раздут, пуговицы едва держатся. Это живот женщины на седьмом месяце беременности. Волосы торчат во все стороны, обрамляя мертвенно-бледное лицо. Ноздри забиты спекшейся кровью. Глаза вылезают из орбит. Мать не видит его, во всяком случае, поначалу он так думает, но потом она протягивает к нему руки.

— Мама! *Мама!*

Он хочет похлопать ее по спине, но видит на кофейном столике тарелку с практически съеденным гамбургером, стоящую рядом с большим стаканом, на дне которого остатки «отвертки», и понимает, что похлопывание не поможет. Дело не в застрявшем в горле куске гамбургера. Если бы.

Барабанная дробь, которую он услышал, когда вошел в дом, раздается вновь: ноги матери начинают стучать по полу, словно она марширует на месте. Спина изгибается дугой. Руки взлетают вверх. Теперь она одновременно марширует и подает кому-то только ей ведомые сигналы. Одна нога распрямляется и ударяет по кофейному столику. Стакан с остатками «отвертки» падает.

— Мама!

Ее бросает на спинку дивана, потом вперед. Безумные глаза не отрываются от сына. В горле булькает, но она пытается что-то произнести, возможно, его имя, а может, и нет.

Как помогают жертвам отравления? Вливают в горло сырые яйца? Или кока-колу? Нет, кола хороша при расстройстве желудка, а у матери все гораздо хуже.

«Я должен вставить ей в горло два пальца, — думает он. — Чтобы ее вырвало».

Но тут ее зубы начинают выбивать чечетку, и Брейди опасливо отдергивает уже протянутую руку, закрывает ладонью свой рот. Он видит, что она уже в лохмотья искусала нижнюю губу, и от этого на рубашке кровавые следы... во всяком случае, их часть.

— *Брейи!* — хрипит она, потом следует неразборчивое, но все-таки понятное: — Пазн... девт... одн... одн!

Позвони 911.

Он идет к телефону. Снимает трубку, потом осознает: звонить нельзя. Думает о вопросах, которые ему зададут. Кладет трубку и поворачивается к матери.

— Зачем ты туда полезла, мам? *Зачем?*

— *Брейи!* Девт... одн... одн!

— Когда ты его съела? Сколько прошло времени?

Вместо ответа она вновь марширует. Голова откидывается назад, выпученные глаза секунду-другую изучают потолок, прежде чем голову бросает вперед. Спина не двигается вовсе, зато голова — словно на шарнире. Булькающие звуки возвращаются: будто вода уходит в наполовину забитое сливное отверстие. Рот раскрывается, из него выплескивается блевота. С чавканьем плюхается ей на колени. Господи, сколько крови!

Он думает о том, что не раз желал ей смерти. «Но я никогда не хотел, чтобы она ушла так. Так — никогда».

Идея сверкает в голове: луч маяка в бурном ночном море. Он может выяснить, как ее спасти. В Сети. В Сети есть все!

— Я тебе помогу, — обещает он, — но мне нужно на несколько минут спуститься вниз. Ты просто... просто держись, мама. Попытайся...

Чуть не говорит: *Попытайся расслабиться.*

Он бежит на кухню, к двери в свой командный пункт. Внизу он найдет, как ее спасти. И даже если не найдет, не хочет смотреть, как она умирает.

28

Свет включается словом «контроль», и он произносит его трижды, но подвал остается темным. Брейди осознает, что программа, распознающая голос, не срабатывает, потому что он говорит не своим голосом, и стоит ли этому удивляться? Стоит ли этому удивляться, твою мать?

Так что он щелкает выключателем и спускается вниз, но сначала захлопывает за собой дверь, отсекая эти звериные звуки, доносящиеся из гостиной.

Он не пытается включить голосом компьютеры, просто нажимает кнопку «Пуск» на Номере три. Начинается обратный отсчет, который он останавливает, введя пароль. Но противоядие не ищет, знает, что уже слишком поздно, просто сидит в безопасном месте, свыкаясь с неизбежным.

Он даже знает, что произошло. Вчера она держалась, оставалась трезвой достаточно долго для того, чтобы приготовить вкусный ужин, поэтому сегодня наверстывала упущенное. Набралась и решила, что надо что-нибудь съесть, чтобы чуть протрезветь, до того как ее красавчик вернется домой. В кладовой и в холодильнике ничего путного не нашла. Вспомнила про мини-холодильник в гараже. Газировка ее не интересовала, но вдруг там лежат какие-нибудь закуски? И обнаружила кое-что получше: мешочек со свежим фаршем для гамбургеров.

Брейди вспоминает давнюю пословицу: если какая-то неприятность *может* случиться, она обязательно случится. Принцип Питера? Он выходит в Сеть, чтобы выяснить. Достаточно быстро узнает, что это не принцип Питера, а закон Мерфи. Назван в честь Эдварда Мерфи. Инженера, который занимался деталями для самолетов. Кто бы мог подумать...

Он заглядывает на несколько других сайтов — на самом деле больше, чем несколько, — какое-то время раскладывает пасьянс. Когда сверху доносится громкий удар, решает, что неплохо послушать музыку на айподе. Что-нибудь веселенькое. Скажем, «Стэйпл сингерс».

Слушая «Уважай себя», он заходит на сайт «Под синим зонтом Дебби», чтобы посмотреть, нет ли послания от жирного экс-копа.

29

Когда ждать дольше мочи нет, Брейди крадется наверх. Уже спустились сумерки. Запах подгоревшего гамбургера почти выветрился, но вонь блевоты все еще сильная. Он входит в гостиную. Мать лежит на полу рядом с кофейным столиком. Перевернутым. Ее глаза смотрят в потолок. Губы растянуты в широченной ухмылке. Пальцы скрючены. Она мертва.

Брейди думает: «Ну почему ты пошла в гараж, когда проголодалась? Ох, мама, мамочка, что на тебя нашло?»

Если какая-то неприятность *может* случиться, она обязательно *случится*. Он смотрит на грязный ковер и пытается вспомнить, есть ли у них пятновыводитель.

Это все вина Ходжеса. Только его.

И он поквитается со старым детпеном в самом скором времени. Но сейчас надо решать другую проблему, более насущную. Он садится, чтобы обдумать ее. Берет стул, на котором сидел, когда смотрел с матерью телевизор. Осознает, что она никогда больше не увидит реалити-шоу. Это грустно... но есть и смешная сторона. Он представляет себе Джеффа Пробста, присылающего цветы и открытку: «*От всех твоих* Выживающих *друзей*», и не может сдержать смех.

Так что же ему с ней делать? Соседи ее не хватятся, потому что она с ними не общалась, считала воображалами. Подруг и друзей у нее нет, даже собутыльников, потому что пила она исключительно дома и в одиночку. Однажды — в редком приступе самокритики — мать заявила ему, что по барам не ходит, поскольку там полно таких же пьяниц, как она.

— Поэтому ты попробовала это дерьмо, но не остановилась? — спрашивает он у трупа. — Потому что слишком набралась?

Он сожалеет, что у них нет морозильной камеры. Если б была, он бы затолкал в нее тело. Видел это в каком-то фильме. Он не решается оттащить мать в гараж: слишком близко к улице, вдруг кто войдет. Полагает, что мог бы закатать труп в ковер и спустить в подвал — он точно уместится в нише под лестницей, — но как он сможет работать, зная, что она рядом? Зная, что ее глаза горят, пусть она и закатана в ковер?

Кроме того, подвал принадлежит только ему. Его командный пункт.

В итоге Брейди осознает, что остается только одно. Хватает мать под мышки и тащит к лестнице. К тому времени когда добирается туда, пижамные штаны матери соскальзывают, обнажая, как она иногда это называет (*называла*, напоминает он себе), ее щелку. Однажды, когда они лежали в постели и она снимала ему особенно сильную головную боль, он попытался прикоснуться к ее щелке, и она тут же стукнула его по руке. Сильно. «*Никогда* этого не делай, — сказала она. — Ты оттуда *вышел*».

Брейди затаскивает ее наверх, со ступеньки на ступеньку. Пижамные штаны сползают до лодыжек, где и остаются. Он вспоминает, как она маршировала, сидя на диване. Жуть. Но, как и в случае с Джеффом Пробстом, посылающим цветы, есть в этом что-то смешное. Хотя едва ли он сможет объяснить эту шутку людям. Это сугубо личное.

По коридору. В ее спальню. Он выпрямляется, морщась от боли в пояснице. Господи, ну она и тяжелая. Словно смерть набила ее дополнительным мясом.

Не важно. Это надо закончить.

Он натягивает на нее пижамные штаны, чтобы она вновь выглядела прилично — насколько прилично может выглядеть труп в заляпанной блевотой пижаме, — и поднимает ее на кровать, застонав от нового укола боли, пронзившего поясницу. Когда выпрямляется, ощущения такие, будто треснул позвоночник. Брейди думает о том, чтобы снять с нее пижаму и одеть мать во что-то более чистое, скажем, в одну из больших футболок, в которых она иногда спит... но это означает, что придется вновь поднимать фунты мертвой плоти, повисшей на костях-плечиках. А если он надорвет спину?

Он мог бы просто снять с нее пижамную рубашку, на которую попала большая часть блевоты, но тогда придется смотреть на ее сиськи. Она позволяла ему их трогать, но редко. «Мой красавчик, — говорила она при этом. Гладила по волосам или массировала шею, а боль уходила, пусть и огрызаясь. — Мой сладкий красавчик».

— Извини, мама, — говорит он, глядя на тело. — Не твоя вина.

Нет, конечно. Это вина жирного экс-копа. Брейди купил яд «Суслики — вон», чтобы отравить собаку, все верно, но лишь с целью добраться до Ходжеса, наказать его. И наказал себя. Не говоря уже о том, какая теперь грязь в гостиной. Придется там прибраться, но сначала надо сделать кое-что еще.

30

Он уже взял себя в руки, и на этот раз голосовые команды срабатывают. Он не тратит время попусту, сразу садится перед Номером три и заходит на сайт «Под синим зонтом Дебби». Его послание Ходжесу короткое и по делу:

Тебе конец.
Ты и не заметишь.

Зов мертвых

1

В понедельник, через два дня после смерти Элизабет Уэртон, Ходжес вновь сидит в итальянском ресторане «Димасио». В последний раз он приезжал сюда на ленч с бывшим напарником. Теперь обедает в компании Джерома Робинсона и Джанель Паттерсон.

Джейни говорит, что костюм ему к лицу, и тот действительно сидит лучше, потому что Ходжес сбросил несколько фунтов (так что «глок» на бедре практически не виден). А Джерому нравится новая шляпа, коричневая федора, которую Джейни импульсивно купила Ходжесу в этот самый день и вручила со словами, что теперь он частный детектив, а любой уважающий себя частный детектив обязан носить федору, чтобы при необходимости сдвигать на одну бровь.

Джером надевает шляпу и сдвигает под нужным углом.

— Я похож на Боги*?

— Не хочется тебя разочаровывать, — говорит Ходжес, — но Боги был белым.

— Настолько белым, что практически светился, — добавляет Джейни.

— Забыл. — Джером возвращает федору Ходжесу, который кладет шляпу под стул, думая о том, как бы не забыть ее при уходе. Или не наступить на нее.

Ходжеса радует, что его гости сразу находят общий язык. Джером — умудренная опытом голова на юном теле, как часто думает Ходжес, — едва заканчивается интермедия со

* Боги — одно из прозвищ Хамфри Богарта (1899—1957).

шляпой, призванная растопить лед неловкости, поступает совершенно правильно: берет Джейни за руки и говорит, что сожалеет о ее утрате.

— Двух утратах, — добавляет он. — Я знаю, что вы потеряли и сестру. Если б я потерял свою, превратился бы в самого печального человека на земле. Барб, конечно, заноза, но я люблю ее всем сердцем.

Джейни с улыбкой благодарит. Поскольку Джером еще слишком молод, чтобы пить вино, все заказывают ледяной чай. Джейни спрашивает Джерома насчет колледжа, и когда упоминается Гарвард, закатывает глаза и восклицает:

— Гах-вад! Это ж надо ж!

— Масса Ходжес надоть искать новый мальчик косить траву! — подхватывает Джером, и Джейни так смеется, что выплевывает кусочек креветки на салфетку. Она краснеет, но Ходжесу приятно слышать ее смех. Тщательный макияж не может полностью скрыть бледность щек и темные мешки под глазами.

Когда он спрашивает, нравится ли тете Шарлотте, дяде Генри и Холли-Бормотунье большой дом в Шугар-Хайтс, Джейни сжимает руками голову, словно она раскалывается от боли.

— Тетя Шарлотта сегодня звонила шесть раз. Я не преувеличиваю. *Шесть.* В первый сообщила, что Холли проснулась ночью, не поняла, где находится, и у нее случилась паническая атака. Тетя Ша сказала, что уже собралась вызвать «скорую», но дядя Генри успокоил Холли, заговорив о НАСКАР. Она без ума от автомобильных гонок. Не пропускает ни одного показа, и, как я понимаю, Джефф Гордон для нее царь и бог. — Джейни пожимает плечами. — Кто бы мог подумать?

— Сколько лет Холли? — спрашивает Джером.

— Примерно моего возраста, но она в какой-то степени страдает от... наверное, можно так сказать, задержки эмоционального развития.

Джером обдумывает ее слова, потом говорит:

— Ей, возможно, надо получше присмотреться к Кайлу Бушу.

— К кому?

— Не важно.

Джейни говорит, что тетя Шарлотта также звонила, потому что: ее поразил огромный месячный счет за электричество; удивили своей заносчивостью соседи; она обнаружила огромное количество картин, и все это современное искусство ей не по вкусу; она хотела отметить (точнее, объявить), что если Оливия думала, что все эти лампы из карнавального стекла, ее явно обвели вокруг пальца. Последний звонок, за несколько минут до отъезда в ресторан, достал Джейни больше всего. По словам тети, дядя Генри хотел сообщить Джейни, что, согласно наведенным им справкам, отменить кремацию еще не поздно. Она сказала, что эта идея очень расстраивает брата — он называет кремацию «похоронами викингов», — а Холли даже не может об этом говорить, в такой впадает ужас.

— Вопрос с их отъездом в четверг решен, — говорит Джейни, — и я уже считаю минуты. — Она сжимает руку Ходжеса и добавляет: — Есть и хорошие новости: тетя Ша говорит, что Холли очень к тебе прониклась.

Ходжес улыбается:

— Сказывается мое сходство с Джеффом Гордоном.

Джейни и Джером заказывают десерт. Ходжес — нет, дабы не впадать хотя бы в один из смертных грехов. Потом, за кофе, он переходит к делу. Он привез с собой две папки и теперь вручает их своим гостям.

— Все мои записи. Я привел их в порядок и хочу, чтобы они были у вас на случай, если со мной что-то случится.

На лице Джейни — тревога.

— Что еще он сказал тебе на этом сайте?

— Больше ничего. — Лжет он легко и непринужденно. — Всего лишь мера предосторожности.

— Вы в этом уверены? — спрашивает Джером.

— Абсолютно. В этих записях нет ничего конкретного, но это не значит, что мы не приблизились к цели. Я вижу направление расследования, которое может — повторяю, *может* — вывести нас на этого парня. А пока очень важно, чтобы вы постоянно следили за тем, что происходит вокруг.

— БУНА, БУНА и еще раз БУНА, — говорит Джейни.

— Именно. — Он поворачивается к Джерому. — И на что ты будешь обращать внимание прежде всего?

Следует быстрый и уверенный ответ:

— На часто появляющиеся автомобили, особенно те, где за рулем достаточно молодые мужчины, скажем, от двадцати пяти до сорока лет. Хотя я думаю, что сорок — уже старость. То есть вы, Билл, — ходячая древность.

— Никто не любит остряков, — назидательно сообщает Ходжес. — Со временем ты это поймешь на собственном опыте, молодой человек.

Элейн, менеджер зала, подходит, чтобы узнать, все ли в порядке. Они заверяют ее, что все прекрасно, и Ходжес просит принести всем еще кофе.

— Конечно, — улыбается она. — Вы выглядите гораздо лучше, чем в прошлый раз, мистер Ходжес. Извините, если говорю лишнее.

Ходжес не возражает. Он и чувствует себя гораздо лучше в сравнении с прошлым посещением ресторана. И не только потому, что сбросил семь или восемь фунтов.

Когда Элейн уходит, а официант наливает кофе, Джейни наклоняется над столом, ловит взгляд Ходжеса.

— Какое направление? Скажи нам.

Он думает о Доналде Дэвисе, который признался в убийстве не только жены, но и пяти женщин на площадках отдыха у автострад Среднего Запада. Скоро симпатяга мистер Дэвис попадет в тюрьму штата, где, без всякого сомнения, останется до конца жизни.

Ходжес такое уже видел.

Он не настолько наивен, чтобы верить, что любое убийство раскрывается, но в большинстве случаев так и происходит. Обязательно появляется какая-то ниточка (скажем, в заброшенном карьере обнаруживается тело жены). Словно есть некая вселенская сила, которая — пусть и не так быстро, как хотелось бы — пытается воздать убийцам должное. Детективы, расследующие убийство, читают донесения, опрашивают свидетелей, сидят на телефоне, изучают результаты криминалистической экспертизы... и ждут, когда эта сила сделает свою работу. И как только она вмешивается (*если* вмешивается), появляется тропа. И очень часто она ведет прямо к убийце, тому человеку, которого Мистер Мерседес в своих письмах называл «перком».

Ходжес смотрит на своих сотрапезников.

— А если Оливия Трелони *действительно* слышала призраков?

2

На автомобильной стоянке, стоя рядом с подержанным, но по-прежнему надежным «джипом-рэнглером» — подарком родителей на семнадцатилетие, — Джером говорит Джейни, что очень рад знакомству, и целует ее в щеку. Она удивлена, но довольна.

Джером поворачивается к Ходжесу:

— Я могу ехать, Билл? Завтра вам ничего не нужно?

— Только просмотри все, о чем мы говорили, чтобы не терять времени, когда мы приступим к проверке компьютера Оливии.

— Буду готов на все сто.

— Отлично. И передай мои наилучшие пожелания отцу с матерью.

Джером широко улыбается:

— Вот что я вам скажу. Папе обязательно передам. Что же касается мамы... — Тайронский выговор возвращается во всей красе. — Моя сейчас ходить неделя подальше от этой дамы.

Ходжес в удивлении вскидывает брови.

— Ты поссорился с матерью? На тебя это не похоже.

— Нет, просто она сейчас очень ворчливая. И я стараюсь не попасть под горячую руку.

— О чем ты говоришь?

— Все просто, чувак. В четверг вечером в ЦКИ будет концерт. Этой тупой бой-бэнд «Здесь и сейчас». Барб с Хильдой и еще парой подружек безумно хочется их увидеть, хотя все мальчишки белые, как ванильный пудинг.

— Сколько лет твоей сестре? — спрашивает Джейни.

— Девять. Скоро исполнится десять.

— В ее возрасте все девочки такие. Можешь мне поверить. В одиннадцать я сама была без ума от «Бэй-Сити роллерс». — На лице Джерома недоумение, и Джейни смеется. — Если бы ты знал, кто они, я бы перестала тебя уважать.

— Короче, они никогда не были на настоящем шоу, понимаете? Если не считать «Барни», или «Улицы Сезам на льду», или чего-то такого. Поэтому они приставали и приставали — приставали даже ко мне, — и наконец мамаши сжалились и решили, что девочки могут пойти на этот концерт даже в будний день, потому что начинается он рано, но под присмотром одной из них. Они в прямом смысле тянули спички, и моей маме досталась короткая.

Он качает головой. Лицо серьезное, но глаза весело сверкают.

— Моя мама в ЦКИ среди нескольких тысяч вопящих девчонок от восьми до четырнадцати лет. Нужно объяснять, почему я стараюсь обходить ее стороной?

— Готова спорить, она тоже оттягивалась, — говорит Джейни. — Наверняка кричала на концертах Марвина Гэя или Эла Грина в не столь уж давние времена.

Джером садится за руль «джипа-рэнглера», на прощание машет рукой и выезжает на Лоубрайр. Ходжес и Джейни стоят у автомобиля Ходжеса, окутанные почти летней ночью. Месяц поднялся над автострадой, отделяющей более благополучную часть города от Лоутауна.

— Хороший мальчик, — говорит Джейни. — Тебе повезло, что он оказался рядом.

— Да, — кивает Ходжес. — Повезло.

Она снимает шляпу с его головы и надевает на свою, игриво, чуть набекрень.

— Что теперь, детектив? К вам?

— Вы про то, на что я надеюсь?

— Не хочу спать одна. — Она поднимается на цыпочки и возвращает шляпу на законное место. — Если ради этого придется принести в жертву свое тело, пожалуй, я готова.

Ходжес нажимает на брелоке кнопку, открывающую центральный замок «тойоты».

— Никто и никогда не упрекнет меня в том, что я упустил случай воспользоваться бедственным положением дамы.

— Вы не джентльмен, сэр, — говорит она. Потом добавляет: — И слава Богу. Поехали.

3

На этот раз все получается еще лучше, потому что они начинают притираться друг к другу. Озабоченность уступает место страсти. Когда с любовными ласками покончено, Джейни надевает одну из его рубашек (она такая большая, что грудей не видно, а подол доходит до колен) и обследует маленький дом. Ходжес с легкой тревогой следует за ней.

Вердикт она выносит после возвращения в спальню:

— Не так уж плохо для гнезда холостяка. В раковине нет грязных тарелок, в ванной — волос, на телевизоре — порнофильмов. Я даже заметила листья салата в холодильнике, что дает тебе бонусные очки.

Она захватила из холодильника две банки пива и теперь чокается с ним.

— Я и не ожидал оказаться здесь с женщиной, — говорит Ходжес. — Разве что приехала бы дочь. Мы говорим по телефону, переписываемся по электронной почте, но Элли уже пару лет не приезжала.

— При разводе она взяла сторону твоей бывшей?

— Полагаю, что да. — Раньше Ходжес об этом даже не думал. — Если так, то имела полное право.

— Ты слишком строго себя судишь.

Ходжес пьет пиво маленькими глотками. Вкус отменный. При очередном глотке в голову приходит интересная мысль.

— Тетя Шарлотта знает номер моего телефона, Джейни?

— Еще чего. Я захотела приехать сюда, а не возвращаться в кондоминиум, не по этой причине, но не буду врать, что не думала об этом. — Она очень серьезно смотрит на него. — Ты пойдешь на панихиду в среду? Скажи, что пойдешь. Пожалуйста. Мне нужен друг.

— Конечно. Буду и на прощании во вторник.

Ее лицо озаряет счастливое изумление.

— На такое я и не рассчитывала.

Ходжеса принятое им решение не удивляет. Он полностью включился в расследование, а присутствие на похоронах человека, имеющего отношение к делу об убийстве (даже косвенное), — стандартная полицейская процедура. Он не верит, что Мистер Мерседес придет прощаться с усопшей или на панихиду в среду, но исключить этого нельзя. Ходжес не видел сегодняшней газеты, но какой-нибудь ушлый репортер мог связать миссис Уэртон и Оливию Трелони, покончившую с собой после того, как ее автомобиль использовали в качестве орудия убийства. Такая связь едва ли тянет на новости, однако то же самое можно сказать о пристрастии Линдси Лохан к наркотикам и алкоголю. Ходжес думает, что в газете может появиться хотя бы маленькая заметка.

— Я хочу пойти, — говорит он. — А что ты сделаешь с пеплом?

— В похоронном бюро его называют кремейнс*, — отвечает она и морщит нос, как часто делает после его «ага». — Это, наверное, круто? Но мне напоминает то, что сыплют в кофе. С другой стороны, уверена, что не придется сражаться за урну с прахом с тетей Шарлоттой и дядей Генри.

— Конечно, не придется. Поминки будут?

Джейни вздыхает.

— Тетя Ша настаивает. Поэтому панихида в десять утра, а потом ленч в Шугар-Хайтс. Пока мы будем есть сандвичи и пересказывать любимые истории Элизабет Уэртон, сотрудники похоронного бюро позаботятся о кремации. А что де-

---

* Cremains — прах (англ.). Слово образовано из двух английских слов: cremation (кремация) и remains (останки).

лать с прахом, я решу после того, как эта троица отбудет в четверг. Им не придется даже смотреть на урну.

— Это хорошая идея.

— Спасибо, но ленч меня пугает. Не миссис Харрис, не несколько старых подруг матери, а *они*. Если тетя Шарлотта что-нибудь учудит, боюсь, Холли слетит с катушек. Ты ведь придешь на поминки, правда?

— Если ты позволишь залезть под рубашку, которая сейчас на тебе, я сделаю все, что захочешь.

— В таком случае я даже помогу с пуговицами.

4

Неподалеку от дома на Харпер-роуд, где Кермит Уильям Ходжес и Джанель Паттерсон лежат в постели, Брейди Хартсфилд сидит в своем командном пункте. Этим вечером — у верстака, а не перед компьютерами. И ничего не делает.

Рядом, среди инструментов, проводов и электронных деталей, лежит вышедший в понедельник номер газеты, все еще завернутый в полиэтилен. Он занес газету в дом, когда вернулся из «Дисконт электроникс», но только по привычке. Новости его не интересуют. Ему есть о чем подумать и без них. Как добраться до копа? Как попасть на концерт «Здесь и сейчас» в ЦКИ, надев жилетку смертника? Если он действительно собирается это сделать, впереди огромная работа. Предстоит вскопать длинную грядку. Или подняться на высокую гору. Или... или...

Но запас сравнений иссяк. Или это метафоры?

Может, мечтательно думает он, *мне покончить с собой прямо здесь и сейчас? Избавиться от всех этих ужасных мыслей? Моментальных снимков из ада?*

Моментальных снимков... Мать, судорожно дергающаяся на диване после того, как съела отравленное мясо, предназначавшееся собаке Робинсонов. Мать с выпученными глазами, в пижаме с пятнами кровавой блевоты... И как будет смотреться эта фотография в семейном альбоме?

Ему надо подумать, но в голове бушует ураган, мощный, разрушительный, пятой категории, масштаба Катрины, и все летит кувырком.

Его старый скаутский спальник расстелен в подвале поверх надувного матраса. Он принес их из гаража. Матрас медленно сдувается. Брейди полагает, что должен его заменить, если собирается спать в подвале тот короткий промежуток жизни, который ему остается. А где ему спать? Он не может заставить себя воспользоваться кроватью на втором этаже, потому что в комнате дальше по коридору лежит труп его матери, возможно, уже начавший разлагаться. Он включил кондиционер на максимальный холод, но не питает иллюзий насчет того, что это сработает. О том, чтобы спать в гостиной, речи нет. Он навел чистоту, сделал все, что мог, перевернул диванные подушки, но там все равно воняет ее блевотой.

Нет, ничего другого не остается, кроме как спать внизу. В его командном пункте. Разумеется, у подвала есть своя пренеприятная история: именно здесь умер его младший брат. Только *умер* — это эвфемизм, а сейчас не до смягчений.

Брейди думает о том, как воспользовался именем Фрэнки, когда чатился с Оливией Трелони под «Синим зонтом». Словно Фрэнки на какое-то время ожил. Но едва эта сука Трелони умерла, Фрэнки умер вместе с ней.

Снова умер.

— Ты мне никогда не нравился, — говорит он, глядя на пол у лестницы. Голос у него до странности детский, высокий и пронзительный, но Брейди этого не замечает. — И мне пришлось. — Пауза. — Нам пришлось.

Он думает о матери, о том, какой прекрасной она была в те дни.

В те давние дни.

5

Дебора Энн Хартсфилд относилась к тем редким девушкам из групп поддержки, которые, повзрослев (и даже после родов), сохранили фигуру, позволявшую им по пятницам прыгать и танцевать под яркими огнями в игровых паузах: светловолосая, высокая, с округлостями во всех положенных местах. В первые годы замужества она выпивала разве что стакан вина за обедом, и не каждый день. А чего напиваться, если и в трезвости жизнь приносила только радость? Муж работал, они жили в собственном доме в Норт-Сайде — не дворце, конечно, но вполне пристойном для первого семейного гнезда — и растили двоих детей.

Дебора стала вдовой, когда Брейди исполнилось восемь, а Фрэнки — три. Фрэнки ничем не выделялся, может, даже чуть отставал в развитии, но Брейди, наоборот, рос и красивым, и умным. Да еще таким обаятельным. Мать души в нем не чаяла, и Брейди отвечал ей тем же. По субботам, во второй половине дня, они частенько лежали на диване под одеялом, смотрели фильмы и пили горячий шоколад, в то время как Норм что-то мастерил в гараже, а Фрэнки ползал по полу, играя в кубики или с маленьким пожарным автомобилем, который так полюбил, что даже дал ему имя — Сэмми.

Норм Хартсфилд работал линейным монтером в «Энергетической компании центральных штатов». Получал хорошие деньги, забираясь на столбы, но нацеливался на большее. Может, ушел в эти грезы, вместо того чтобы быть внимательным в тот день на дороге 51, а может, качнулся и потянулся не в ту сторону, чтобы сохранить равновесие, но закончилось все смертельным исходом. Его напарник доложил, что они обнаружили повреждение и уже завершали ремонт, когда он услышал треск. Двадцать тысяч вольт ударили в Норма Хартсфилда. Напарник вовремя поднял голову и увидел, как тот вывалился из люльки со спеченной рукой и горящим рукавом фирменной спецовки и пролетел сорок футов до земли.

Подсев на кредитные карточки, как и большинство американцев среднего класса конца столетия, Хартсфилды на тот момент располагали примерно двумя тысячами долларов. Не так уж много, но жизнь Норма была застрахована на приличную сумму, и «Энергетическая компания» добавила семьдесят тысяч за подпись Деборы на документе, освобождавшем компанию от ответственности за смерть Нормана Хартсфилда. Деборе Энн сумма показалась огромной. Она полностью расплатилась за дом и купила новый автомобиль. Ей и в голову не пришло, что некоторые ведра наполняются только раз.

Она работала парикмахером, когда встретила Норма, и вернулась к прежнему занятию после его смерти. Еще через шесть месяцев или около того начала встречаться с мужчиной, с которым однажды познакомилась в банке: «мелкая сошка», сказала она Брейди, но с *перспективой*. Она привела друга домой. Он ерошил волосы Брейди и называл его *чемпионом*. Ерошил волосы Фрэнки и называл его *маленьким чемпионом*. Брейди бойфренда невзлюбил (особенно его большие зубы, совсем как у вампира в фильме ужасов), но своего отношения к нему не выказывал. Уже научился «носить» счастливое лицо и держать истинные чувства при себе.

Однажды, перед тем как увезти Дебору Энн на обед, бойфренд сказал Брейди, что мать у него красавица и он тоже хорош собой. Брейди улыбнулся и поблагодарил, надеясь, что бойфренд попадет в аварию и умрет. При условии, что мать не будет сидеть с ним в одной машине. Бойфренд с пугающими зубами не имел права занимать место отца.

Оно принадлежало Брейди.

Фрэнки подавился яблоком во время просмотра «Братьев Блюз». Этот фильм считался смешным. Брейди не понимал, что в нем смешного, но его мать и брат смеялись до колик. Дебора — счастливая и при параде — собиралась в ресторан с бойфрендом. До прихода няньки оставалось совсем ничего. Нянька была тупой обжорой, которая лезла в холодильник, чтобы найти что-нибудь вкусненькое, едва за Деборой Энн закрывалась дверь. Когда нянька наклонялась, жирный зад едва не рвал юбку.

На кофейном столике стояли две миски. Одна — с попкорном, вторая — с ломтиками яблок, посыпанными корицей. В телевизоре люди пели в церкви, а кто-то из братьев Блюз крутил сальто по всему центральному проходу. Фрэнки сидел на полу и покатывался со смеху, глядя, как толстый брат крутит сальто. Когда попытался набрать полную грудь воздуха, чтобы вновь рассмеяться, кусочек посыпанного корицей яблока застрял в дыхательном горле. Фрэнки перестал смеяться. Начал дергаться и схватился за шею.

Мать Брейди закричала, подняла Фрэнки на руки. Прижала к себе, чтобы заставить кусочек яблока выскочить. Не получилось. Лицо Фрэнки стало пунцовым. Она сунула пальцы ему в рот и горло, пытаясь достать помеху. Не смогла. Краснота начала уходить с лица Фрэнки.

— Господи Иисусе! — воскликнула Дебора Энн и метнулась к телефону. Схватив трубку, крикнула Брейди: — Не сиди как идиот! Постучи ему по спине!

Брейди не понравилось, что на него кричат, и мать никогда раньше не называла его идиотом, но он принялся стучать Фрэнки по спине. Стучал *сильно*. Кусочек яблока не выскочил. Лицо Фрэнки начало синеть. У Брейди возникла идея. Он схватил Фрэнки за лодыжки и перевернул. Фрэнки завис в воздухе, его волосы почти касались ковра. Кусочек яблока не выскочил.

— Перестань портить всем жизнь, Фрэнки, — сказал Брейди.

Фрэнки продолжал дышать — во всяком случае, издавал какие-то отрывистые, свистящие звуки — чуть ли не до приезда «скорой». Потом затих. Пришли медики. В черной одежде с желтыми полосами на куртках. Брейди отправили на кухню, и он не видел, что они делали, но его мать кричала, а потом на ковре он заметил пятна крови.

Но не кусочек яблока.

Потом все, кроме Брейди, уехали на «скорой». Он сидел на диване, ел попкорн и смотрел телик. Не «Братьев Блюз». Этот фильм он считал тупым: все бегали и пели. Он нашел кино про психа, который похитил школьный автобус со всеми ехавшими в нем детьми. Действительно классное.

Когда пришла толстая нянька, Брейди сказал ей: «Фрэнки подавился кусочком яблока. В холодильнике мороженое «Ванильный хруст». Угощайся». Может, подумал он, она обожрется, у нее случится сердечный приступ, и тогда он позвонит «девять-один-один».

Или оставит эту глупую суку лежать на полу. Наверное, так лучше. Будет на нее смотреть.

Дебора Энн вернулась домой в одиннадцать. Толстая нянька отправила Брейди в постель, но заснуть он не мог. Когда спустился вниз, одетый в пижаму, мать его обняла. Нянька спросила, как там Фрэнки. Толстая нянька всегда изображала заботу. Брейди точно знал, что изображала, потому что ему самому было наплевать, а раз так, няньке — тем более.

— Все будет хорошо, — с широкой улыбкой ответила Дебора Энн, а когда толстая нянька ушла, разрыдалась. Достала из холодильника вино, но вместо того чтобы налить в стакан, принялась пить прямо из горла. — А может, и нет, — поделилась она с Брейди. — Он в коме. Знаешь, что это такое?

— Конечно. Как в сериалах про врачей.

— Именно. — Она опустилась на колено, и они оказались лицом к лицу. От аромата ее духов — она надушилась перед несостоявшимся свиданием — внизу его живота возникли какие-то ощущения. Странные, но приятные. Он не отрывал взгляда от синевы ее глаз. И ему это нравилось.

— Он долго не дышал, прежде чем медики, приехавшие на «скорой», сумели открыть доступ воздуха в легкие. Доктор в больнице сказал, что повреждения мозга неизбежны, даже если он выйдет из комы.

Брейди думал, что у Фрэнки мозг и так поврежден — он был на удивление глупым и повсюду таскал с собой этот пожарный автомобильчик, — но ничего не сказал. Глубокий вырез материнской блузки открывал верхнюю часть ее сисек. И это тоже вызывало странные ощущения внизу живота.

— Если я тебе кое-что скажу, ты пообещаешь никому не говорить? Ни одной живой душе?

Брейди пообещал. Он умел хранить секреты.

— Будет лучше, если он *умрет*. Если очнется и останется дефективным, просто не знаю, что мы будем делать.

Потом она обняла его, и ее волосы щекотали ему лицо, и аромат духов стал очень сильным.

— Слава Богу, это не ты, красавчик, — добавила она. — Слава Богу.

Брейди обнял ее в ответ. Прижался грудью к ее сиськам. У него была эрекция.

Фрэнки *очнулся*, и, само собой, дефективным. Он никогда не отличался умом («Пошел в отца», — однажды сказала Дебора Энн), но прежний, дояблочный Фрэнки в сравнении с нынешним тянул на гения. Он и так писался до трех с половиной лет, а теперь вновь носил памперсы. Его словарный запас уменьшился до двух десятков слов. По дому он не ходил, а хромал, подволакивая ноги. Иногда падал и крепко засыпал, но только днем. Ночью частенько бродил из комнаты в комнату, а прежде чем отправиться в эти походы, срывал с себя памперс. Иногда залезал в постель к матери. Гораздо чаще — к Брейди, который просыпался, чувствовал, что постель мокрая, и видел уставившегося на него Фрэнки, глаза которого наполняла тупая, жутковатая любовь.

Фрэнки приходилось водить по врачам. Дыхание у него так и не восстановилось. Обычно он влажно хрипел, а если простужался — такое случалось часто, — надсадно кашлял. Он больше не мог есть твердую пищу. Ему все размалывали в блендере, и ел он, сидя на высоком стульчике. О том, чтобы пить из чашки, не могло быть и речи. Только из поильника.

Бойфренд из банка давно исчез за горизонтом, толстая нянька тоже не задержалась. Сказала, что очень сожалеет, но с таким Фрэнки сидеть не может. На какое-то время Дебора Энн наняла сиделку, однако так получилось, что ей приходилось платить больше денег, чем Дебора Энн зарабатывала в парикмахерской, поэтому она рассчитала сиделку и ушла с работы. Теперь они жили на сбережения. Дебора Энн начала больше пить, перейдя с вина на водку, которую называла *более эффективной системой догона*. Брейди частенько сидел рядом с ней на диване и пил пепси. Они наблюдали, как Фрэнки ползал по ковру, с пожарным автомобильчиком в одной руке и синим поильником с пепси в другой.

— Они тают, как полярные шапки, — говорила Дебора Энн, и Брейди уже не спрашивал, о чем речь. — А когда закончатся, мы окажемся на улице.

Она пошла к адвокату, который снимал офис в том самом торговом центре, где Брейди много лет спустя ткнет пальцем в шею тупому назойливому мальчишке. Взяла с собой Брейди. На двери висела табличка: «Гринсмит». Адвокат носил дешевый костюм и то и дело поглядывал на грудь Деборы Энн.

— Я знаю, что случилось, — сказал он. — Сталкивался с таким прежде. Этот кусочек яблока не полностью перекрыл дыхательное горло, так что мальчик мог дышать. Плохо, что вы полезли туда пальцами, вот и все.

— Я пыталась его вытащить! — негодующе воскликнула Дебора Энн.

— Знаю, любая хорошая мать поступила бы так же, но вы загнали этот кусочек глубже, и он полностью перекрыл дыхательное горло. Если бы это сделал один из медиков «скорой», вы смогли бы обратиться в суд. Получили бы несколько сотен тысяч долларов. Может, и полтора миллиона. Сталкивался с таким прежде. Но в горло полезли вы. И сказали им об этом, так?

Дебора Энн это признала.

— Они его интубировали?

Дебора Энн ответила положительно.

— Что ж, *на этом* можно сыграть. Они обеспечили доступ воздуха, но загнали яблоко еще глубже. — Он откинулся на спинку стула, забарабанил по столу, опять уставился на груди Деборы Энн, возможно, с тем, чтобы убедиться, что они не выскользнули из бюстгальтера и не убежали. — Отсюда и повреждения мозга.

— Так вы возьметесь за это дело?

— С удовольствием, если вы сможете платить в течение пяти лет, пока дело будет рассматриваться судом. Потому что юристы больницы и страховой компании будут вставлять палки в колеса на каждом шагу. Сталкивался с таким прежде.

— Сколько?

Гринсмит назвал сумму, и Дебора покинула кабинет, держа Брейди за руку. Потом они сидели в ее «хонде» (тогда новой), и она плакала. Покончив с этим, велела ему послушать радио, потому что у нее одно дельце. Брейди знал, какое именно: бутылка «эффективной системы догона».

В последующие годы она частенько вспоминала эту встречу с Гринсмитом, всегда восклицая: «Я заплатила сотню долларов, хотя не могла позволить себе такие расходы, адвокату в дешевом костюме из магазина "Мужская одежда", и узнала только одно: у меня нет денег, чтобы бороться с крупной страховой компанией и получить то, что мне причитается!»

Следующий год стоил пяти. В доме обитал высасывающий жизнь монстр, и звали этого монстра Фрэнки. Иногда он что-то ронял или будил Дебору Энн, когда она спала днем, и тогда она задавала ему трепку. Однажды потеряла контроль над собой и ударила по голове, отчего он упал на пол, дергаясь и закатив глаза. Она его подняла, покачала на руках, сказала, что сожалеет, но у каждой женщины есть предел терпения. Когда предоставлялась такая возможность, она подменяла кого-то из парикмахеров. В этих случаях писала Брейди записку в школу, чтобы он мог остаться дома и посидеть с Фрэнки. Иногда Брейди подлавливал Фрэнки, когда брат хватал то, что не следовало, к примеру, портативную игровую приставку, и бил по рукам, пока малыш не начинал плакать. Вопли напоминали Брейди, что Фрэнки не виноват, что у него поврежден мозг, что виноват этот гребаный кусочек яблока, и его охватывали чувство вины, ярость и печаль. Он усаживал Фрэнки на колени, качал, говорил, что сожалеет, но у каждого мужчины есть предел терпения. И он *был* мужчиной, мать его так и называла: мужчина в доме. Он ловко менял Фрэнки подгузники, но когда тот в них накладывал (чего уж там, срал, не накладывал — *срал*), щипал брата за ноги и кричал, чтобы тот лежал смирно, даже если

Фрэнки лежал смирно, прижимая к груди красный пожарный автомобильчик и глядя в потолок большими глупыми — а какими еще они могли быть при поврежденном мозге — глазами.

В тот год случалось всякое.

Иногда он любил Фрэнки и целовал его.

Иногда тряс и кричал: «Это твоя вина! Мы все окажемся на улице, и это твоя вина!»

Иногда, укладывая Фрэнки спать — после дня, проведенного в парикмахерской, — Дебора Энн видела синяки на руках и ногах мальчика. Однажды — на шее, где остались шрамы после трахеотомии, которую сделали медики «скорой». Но ничего не говорила.

Иногда Брейди любил Фрэнки. Иногда ненавидел. Обычно эти чувства накладывались друг на друга, и тогда у него болела голова.

Иногда (как правило, напившись) Дебора Энн жаловалась на жизнь: «Я не могу получить помощь ни от города, ни от штата, ни от чертова федерального правительства, и почему? Потому что у нас еще остаются деньги от страховки и сделки с компанией, вот почему. Кого-то волнует, что все уходит и ничего не приходит? Нет. Когда деньги закончатся и мы переселимся в приют для бездомных на Лоубрайр-авеню, они получат право помогать, и это просто *издевательство*!»

Иногда Брейди смотрел на Фрэнки и думал: «Ты нам мешаешь, Фрэнки, ты нам чертовски мешаешь».

Иногда — часто — Брейди ненавидел весь этот гребаный говенный мир. И если бы, как говорили по воскресеньям в телевизоре, Бог существовал, Он бы прибрал Фрэнки на небеса, чтобы мать могла пойти работать, и они не оказались бы на улице. И не попали бы в приют на Лоубрайр-авеню, по которой, по словам матери, бродили только ниггеры-торчки с ножами и пистолетами. Если Бог был, почему Он не позволил Фрэнки сразу задохнуться от этого гребаного кусочка яблока? Почему позволил ему выйти из комы с поврежденным мозгом, а потом меняться только от плохого к худшему? Не было никакого Бога. И чтобы понять, что сама идея Бога нелепа, всего-то следовало понаблюдать за Фрэнки: как он ползает по ковру с чертовым Сэмми в руке, поднимается с пола, чтобы чуть похромать, а потом ползает вновь.

Наконец Фрэнки умер. Произошло это быстро. И в каком-то смысле напоминало наезд на людей у Городского центра. Никакого продуманного плана, лишь осознание, что это надо сделать. Можно сказать, несчастный случай. Или судьба. Брейди не верил в Бога, но верил в судьбу, и иногда мужчине приходилось становиться правой рукой судьбы.

Мать пекла блины на ужин. Фрэнки играл с Сэмми. Дверь в подвал была открыта. Как-то раз Дебора Энн купила две коробки дешевой туалетной бумаги на распродаже, и их держали в подвале. Но теперь бумага в ванных комнатах закончилась, и мать велела Брейди принести несколько рулонов. Он поднялся из подвала с полными руками и не стал закрывать дверь. А когда разнес туалетную бумагу по двум ванным наверху и спустился на первый этаж, дверь в подвал так и осталась открытой. Фрэнки играл на полу, катая Сэмми и издавая рычащие звуки: «*Ррр-ррр*». В памперсе под красными штанами. Он находился уже в непосредственной близости от открытой двери и крутой лестницы, но Дебора Энн не обращала на это никакого внимания. И не попросила закрыть дверь Брейди, накрывавшего на стол.

— *Ррр-ррр*, — рычал Фрэнки. — *Ррр-ррр*.

Он толкнул пожарный автомобильчик. Сэмми покатился к порогу двери в подвал, ткнулся в него, остановился.

Дебора Энн отошла от плиты, направилась к двери в подвал. Брейди думал, что она поднимет пожарный автомобильчик и отдаст Фрэнки, но она этого не сделала. Вместо этого пнула Сэмми. И он, стукаясь о ступени, полетел вниз, до самого пола.

— Упс, — сказала она. — Сэмми упал, бум-бум. — В ее голосе не слышалось никаких эмоций.

Брейди подошел. Произошедшее заинтересовало его.

— Зачем ты это сделала, мама?

Дебора Энн уперла руки — из одной торчала лопаточка, которой она переворачивала блины — в бедра.

— Потому что меня достало его рычание.

Фрэнки открыл рот и заорал.

— Заткнись, Фрэнки! — рявкнул Брейди, но Фрэнки не заткнулся. Продолжая орать, выполз на верхнюю ступеньку и посмотрел вниз.

— Включи свет, Брейди, — добавила Дебора все тем же бесстрастным голосом. — Чтобы он увидел Сэмми.

Брейди включил свет и посмотрел вниз.

— Да, — кивнул он. — Там. В самом низу, у лестницы. Видишь его, Фрэнки?

Фрэнки прополз чуть дальше, продолжая орать. Он смотрел вниз. Брейди вскинул глаза на мать. Дебора Энн Хартсфилд едва заметно кивнула. Брейди ни о чем не думал. Просто пнул прикрытый штанами и подгузником зад Фрэнки. И тот покатился вниз, неуклюже кувыркаясь, отчего напомнил Брейди толстого брата Блюз, который крутил сальто в центральном проходе церкви. На первом кувырке Фрэнки продолжал орать, но на втором крепко приложился головой к бетонной ступеньке, и крик резко оборвался, словно Фрэнки был радиоприемником и кто-то его выключил. Ужасно, конечно, но и забавно. Он кувыркнулся снова, ноги разошлись, напоминая букву «Y». А потом он ударился головой об пол.

— Господи, Фрэнки упал! — выкрикнула Дебора Энн. Отбросила лопаточку и спустилась по лестнице. Брейди последовал за ней.

Фрэнки сломал шею — даже Брейди мог это сказать, глядя на неестественно повернутую голову, — но не умер. Он часто дышал. Кровь текла из носа. И из ссадины у виска. Глаза двигались из стороны в сторону, но только они. Бедный Фрэнки. Брейди заплакал. Его мать тоже плакала.

— Что нам делать? — спросил Брейди. — Что нам делать, мама?

— Иди наверх и принеси диванную подушку.

Он пошел. Когда принес подушку, Сэмми — пожарный автомобильчик — лежал на груди Фрэнки.

— Я хотела дать автомобильчик ему в руку, но он не может его держать, — пояснила Дебора.

— Да, — кивнул Брейди. — Его, наверное, парализовало. Бедный Фрэнки.

Фрэнки посмотрел сначала на мать. Потом на брата.

— Брейди, — сказал он.

— Все будет хорошо, Фрэнки. — И Брейди протянул матери подушку.

Дебора Энн взяла ее и положила на лицо Фрэнки. Много времени не потребовалось. Потом она вновь отправила Брейди наверх: отнести подушку и принести мокрое посудное полотенце.

— Выключи плиту, когда поднимешься, — велела она. — Блины горят. Я чувствую запах.

Она омыла лицо Фрэнки, чтобы убрать кровь. Брейди подумал, что это трогательно и по-матерински. Лишь годы спустя до него дошло, что она смывала ворсинки, которые могли остаться на лице Фрэнки.

Когда Дебора Энн закончила (хотя кровь осталась на волосах), они с Брейди посидели на ступеньках, глядя на Фрэнки. Мать обняла Брейди за плечи.

— Пожалуй, надо позвонить «девять-один-один».

— Да, — согласился Брейди.

— Он слишком сильно толкнул Сэмми, и Сэмми упал вниз. Он попытался спуститься за ним, потерял равновесие и упал. Я пекла блины, а ты раскладывал наверху туалетную бумагу. Ничего не видел. Когда спустился в подвал, он уже умер.

— Хорошо.

— Повтори.

Брейди повторил. В школе он учился на пятерки и запоминал все с ходу.

— Кто бы и о чем тебя ни спрашивал, говори только это. Ничего не добавляй, ничего не меняй.

— Хорошо, но я могу сказать, что ты плакала?

Она улыбнулась. Поцеловала его в лоб и щеку. Потом поцеловала в губы.

— Да, красавчик, это ты сказать можешь.

— Теперь у нас все будет хорошо?

— Да. — В ее голосе не слышалось ни тени сомнения. — Теперь у нас все будет отлично.

Она не ошиблась. Несчастный случай вызвал лишь несколько вопросов, не очень сложных. Потом Фрэнки похоронили. Красиво. Фрэнки, одетый в костюм, лежал в маленьком гробу. Он не выглядел дефективным, просто спящим. Прежде чем гроб закрыли, Брейди поцеловал брата в щеку и положил рядом с ним Сэмми — пожарный автомобильчик. Места как раз хватило.

В ту ночь у Брейди впервые случился приступ дикой головной боли. Он вдруг подумал, что Фрэнки под его кроватью, и головная боль усилилась. Он прошел в спальню матери и забрался в ее постель. Не сказал ей, что боится прячущегося под кроватью Фрэнки, только пожаловался на боль, от которой голова буквально разламывалась. Она обняла его и поцеловала, а он терся об нее, прижимаясь все сильнее. Тереться ему понравилось. И головная боль ушла. Так они и заснули, а наутро остались вдвоем, и жизнь стала лучше. Дебора Энн вновь пошла на работу, только никакие бойфренды больше не появлялись. Она сказала Брейди, что он — единственный бойфренд, который ей нужен. О случившемся с Фрэнки они никогда не говорили, хотя иной раз Брейди все это снилось. Он не знал, что снилось матери, но она стала пить больше водки, так много, что в конце концов ее выгнали с работы. Но значения это не имело, потому что к тому времени Брейди уже повзрослел и мог работать сам. Он не жалел о том, что не пошел в колледж.

В колледж шли люди, которые не знали, что они умные.

6

Брейди выныривает из воспоминаний — они его прямотаки загипнотизировали — и обнаруживает на коленях обрывки полиэтилена. Поначалу не понимает, откуда они взялись. Потом смотрит на газету, лежащую на верстаке: обертки нет, он разорвал ее в клочья, пока думал о Фрэнки.

Он сбрасывает обрывки в корзинку для мусора, берет газету, рассеянно проглядывает заголовки. Нефть по-прежнему выливается в Мексиканский залив, а топ-менеджеры «Бритиш петролеум» клянутся, что делают все возможное, и не понимают такого предвзятого к ним отношения. Гниет в тюрьме в ожидании очередной идиотской апелляции Нидал Хасан, говнюк-психолог, устроивший стрельбу на военной базе Форд-Худ в Техасе. *Тебе явно не хватало «мерседеса», старина Нидал*, думает Брейди. Пол Маккартни, экс-битл, которому мать Брейди дала прозвище Глаза Старого Спаниеля, получил премию в Белом доме. Почему, иной раз думает Брейди, людям с минимумом таланта достается так много? Еще одно свидетельство того, что мир безумен.

Брейди несет газету на кухню, чтобы прочитать раздел политики. Этих статей и капсулы мелатонина обычно вполне хватает, чтобы его усыпить. На лестнице он поворачивает газету, чтобы посмотреть, что под сгибом, и застывает. Фотографии двух женщин, рядом. Одна — Оливия Трелони. Другая — старуха, но сходство сомнений не вызывает. Особенно эти тонкие поджатые губы.

«УМЕРЛА МАТЬ ОЛИВИИ ТРЕЛОНИ», — гласит заголовок. И ниже: *Она протестовала против «несправедливого отношения к дочери», заявляла, что нападки прессы «загубили ее жизнь».*

Далее следует заметка из двух абзацев, предлог для того, чтобы вернуть прошлогоднюю трагедию (если охота, называйте и так, высокомерно думает Брейди) на первую полосу газеты, которую медленно душит Интернет. Читателям предлагается заглянуть в некролог, напечатанный на странице двадцать шесть, что Брейди и делает, уже сидя за кухонным столом. Туман, который окутывал его после смерти матери, рассеялся в мгновение ока. Голова работает, идеи приходят, разлетаются, собираются вновь, как элементы пазла. Этот процесс ему знаком, он знает, что так будет продолжаться, пока все не сойдется в единую цельную картину.

ЭЛИЗАБЕТ СИРУА УЭРТОН, 87 лет, скончалась 29 мая 2010 г. в Мемориальной больнице Варшавского округа. Она родилась 19 января 1923 г., дочь Марселя и Катерины Сируа. У нее остались брат, Генри Сируа, сестра, Шарлотта Гибни, племянница, Холли Гибни, и дочь, Джанель Паттерсон. Элизабет пережила своего мужа, Элвина Паттерсона, и любимую дочь, Оливию. Прощание с усопшей пройдет в Похоронном бюро Соумса с 10 до 13 во вторник, 1 июня. Панихида состоится в 10 утра в среду, 2 июня, в Похоронном бюро Соумса. После службы в доме 729 по Лайлак-драйв в Шугар-Хайтс пройдут поминки для близких друзей и родственников. Семья просит не присылать цветы, но пожертвовать эти деньги американскому Красному Кресту или Армии спасения, благотворительным организациям, которые более всего ценила миссис Уэртон.

Брейди внимательно прочитывает некролог, в голове у него сразу возникают вопросы. Пойдет ли жирный экс-коп прощаться с усопшей? На панихиду? На поминки? Брейди готов спорить, что на все три вопроса ответ положительный. В поисках «перка». В поисках него. Потому что копы всегда так делают.

Он вспоминает последнее послание Ходжесу, старому доброму детпену. Улыбается и произносит вторую строку вслух:

— Ты и не заметишь.

— Позаботься о том, чтобы не заметил, — говорит Дебора Энн Хартсфилд.

Он знает, что матери здесь нет, но буквально видит ее, сидящую напротив, по другую сторону стола, в черной обтягивающей юбке и синей блузе, которую он особенно любит, очень тонкой, позволяющей разглядеть очертания бюстгальтера.

— Потому что он будет тебя высматривать.

— Знаю, — отвечает Брейди. — Не волнуйся.

— Разумеется, я волнуюсь, — говорит она. — Должна. Ты мой красавчик.

Он идет вниз и залезает в спальник. Надувной матрас, из которого выходит воздух, шипит. Перед тем как выключить свет голосовой командой, он ставит будильник в айфоне на половину седьмого. Завтра у него много дел.

Если не считать красных лампочек компьютеров, в подвальном командном пункте — кромешная тьма. Из-под лестницы доносится голос матери:

— Я жду тебя, красавчик, но не заставляй меня ждать слишком долго.

— Скоро буду, мама. — Улыбаясь, Брейди закрывает глаза. Через две минуты он уже похрапывает.

7

Утром Джейни выходит из спальни только в начале девятого. В том же брючном костюме, который был на ней вечером. Ходжес, все еще в боксерах, разговаривает по телефону. Он машет ей рукой с одним поднятым пальцем. Жест означает и «доброе утро», и «дай мне одну минуту».

— Не такое большое дело, — говорит он. — Пустячок, который, однако, не дает покоя. Если ты сможешь проверить, буду тебе крайне признателен. — Слушает. — Нет, я не хочу тревожить из-за этого Пита, и ты, пожалуйста, не тревожь. Он сейчас по уши занят делом Доналда Дэвиса.

Он вновь слушает. Джейни присаживается на подлокотник дивана, указывает на часы, губами беззвучно произносит: «Прощание!» Ходжес кивает.

— Совершенно верно, — говорит он в трубку. — Скажем так, с лета две тысячи седьмого до весны две тысячи девятого. Район Лейк-авеню в центре города, где расположены все эти кондоминиумы. — Он подмигивает Джейни. — Спасибо, Марло, ты прелесть. И я обещаю не превращаться в дядюшку. — Слушает, кивает. — Да. Хорошо. Должен бежать, но передай мои наилучшие пожелания Филу и детям. Скоро увидимся. Разумеется, я плачу. Точно. Пока.

Он кладет трубку.

— Тебе надо быстро одеться, — говорит Джейни, — а потом отвезти меня домой, чтобы я смогла подкраситься перед тем, как мы отправимся в похоронное бюро. Да и белье не помешает сменить. Сколько тебе потребуется времени, чтобы надеть костюм?

— Совсем ничего. И краситься тебе незачем.

Она закатывает глаза.

— Скажи это тете Шарлотте. Она каждую морщинку высматривает. Одевайся и возьми с собой бритву. Побреешься у меня. — Она вновь смотрит на часы. — Я уже лет пять не вставала так поздно.

Он идет в спальню, чтобы одеться. Она перехватывает его у двери, разворачивает к себе, кладет руки ему на щеки, целует в губы.

— Хороший секс — лучшее снотворное. Похоже, я просто забыла об этом.

Он поднимает ее в воздух, прижимая к себе. Не знает, как долго это будет длиться, но каждая секунда для него — наслаждение.

— И надень шляпу. — Она смотрит ему в глаза и улыбается. — Удачная покупка. Эта шляпа — *ты*.

8

Они слишком счастливы и очень хотят прибыть в похоронное бюро раньше родственников, так что забывают про БУНА, но даже при красном уровне опасности почти наверняка не заметили бы ничего тревожного. Уже больше двух десятков автомобилей припарковано перед небольшим торговым центром на пересечении Харпер-роуд и Гановер-стрит, и принадлежащий Брейди Хартсфилду «субару» болотного цвета — самый неприметный из всех. Брейди поставил его так, что улица жирного экс-копа находится точно по центру зеркала заднего вида. Если Ходжес собирается на прощание с усопшей, он поедет по Харпер-роуд, а потом свернет налево на Гановер-стрит.

И вот он появляется в восемь тридцать две, гораздо раньше, чем ожидал Брейди, поскольку прощание назначено на десять утра, а добираться до похоронного бюро минут двадцать, может, чуть дольше. И когда «тойота» поворачивает налево, Брейди ждет новый сюрприз: жирный экс-коп не один. Пассажир — женщина, и хотя Брейди видит ее мельком, он успевает опознать сестру Оливии Трелони. Она опустила козырек, чтобы причесаться перед зеркалом. Вывод очевиден: ночь она провела в холостяцком бунгало жирного экс-копа.

Брейди потрясен. Почему, Христа ради, она это сделала? Ходжес — *старый, жирный, просто урод*. Не может она заниматься с ним сексом, правда? Такое даже представить себе нельзя. Затем он вспоминает, как мать избавляла его от убийственной головной боли, и признает (с неохотой): когда дело касается секса, возможно все. Но сама мысль, что Ходжес занимается этим с сестрой Оливии Трелони, вызывает дикую ярость (в немалой степени потому, что именно он, Брейди, их и свел). Удел Ходжеса — сидеть перед телевизором и раздумывать о самоубийстве. У него нет права получать наслаждение посредством вазелина и правой руки, не говоря о том, чтобы кувыркаться в постели с симпатичной блондинкой.

Брейди думает: «Она, наверное, легла в спальне, а он — на диване в гостиной».

Идея по крайней мере выглядит логичной, и настроение у Брейди улучшается. Он полагает, что Ходжес может заниматься сексом с симпатичной блондинкой... но ему приходится за это платить. Шлюха, возможно, требует доплаты за избыточный вес клиента. Он смеется и заводит машину.

Прежде чем выехать со стоянки, Брейди открывает бардачок и достает Изделие два. Он не пользовался им с прошлого года, но сегодня ему найдется работенка. Вероятно, не у похоронного бюро. Брейди сомневается, что они поедут прямо туда. Слишком рано. Он думает, что сначала они остановятся у кондоминиума на Лейк-авеню. Ему нет нужды прибывать туда первым. Достаточно попасть на Лейк к моменту их отъезда. И он знает, что будет там делать.

Не в первый раз.

Остановившись на красный свет у одного из светофоров уже в центре города, он звонит Тоунсу Фробишеру в «Дисконт электроникс» и говорит, что сегодня на работу не выйдет. Возможно, не выйдет всю неделю. Зажимая нос, дабы добавить в голос гнусавости, сообщает Тоунсу, что у него грипп. Думает о четверговом концерте «Здесь и сейчас» в ЦКИ и жилетке смертника и мысленно добавляет: *На следующей неделе гриппа у меня не будет, но на работу я все равно не выйду, потому что к тому времени умру*. Он разрывает связь, бросает мобильник на пассажирское сиденье рядом с Изделием два и смеется. Видит в автомобиле на соседней полосе женщину, принарядившуюся для работы; женщина уставилась на него. Брейди, у которого от смеха по щекам катятся слезы, а из носа льют сопли, показывает ей палец.

9

— Ты говорил со своей подругой из архивного департамента? — спрашивает Джейни.

— С Марло Эверетт, ага. Она всегда приходит рано. Пит Хантли, мой бывший напарник, клялся, что она не уходит с работы.

— И какую байку ты ей рассказал?

— Кто-то из моих соседей видел парня, который дергал ручки, пытаясь найти незапертый автомобиль. А я вспомнил, что пару лет тому назад в центре грабили автомобили и преступника так и не поймали.

— Ясно. Ты еще пообещал не превращаться в дядюшку. Это как понимать?

— Дядюшки — копы на пенсии, которые не могут подвести черту под работой. Они звонят Марло и просят пробить тот или другой автомобильный номер, по какой-то причине показавшийся им подозрительным. Или подходят к парню, который чем-то им не понравился, и требуют показать документы. Потом звонят Марло и просят ее проверить, привлекался ли он за какие-то правонарушения.

— Она возражает?

— Думаю, нет, хотя для приличия ворчит. Один ветеран по имени Кенни Шойс несколько лет тому назад сообщил о шесть-пять... по новой инструкции, принятой после одиннадцатого сентября, это код подозрительного поведения. Парень, которого он заприметил, террористом не был, зато разыскивался с восемьдесят седьмого года за убийство своей семьи в Канзасе.

— Ух ты! Ветерану дали медаль?

— Нет, но похвалили и похлопали по плечу, а больше ему и не требовалось. Он умер через полгода.

«Съел» пистолет, вот что сделал Кенни Шойс, нажал спусковой крючок до того, как его добил рак легких.

Звонит мобильник Ходжеса. Звук приглушенный, потому что владелец в очередной раз оставил его в бардачке. Джейни выуживает мобильник и протягивает Ходжесу с ироничной улыбкой.

— Привет, Марло, какая ты быстрая. Что-нибудь выяснила? — Он слушает, кивает, иногда вставляет «да-да», продолжая вести автомобиль в плотном транспортном потоке. Благодарит, отключает связь, протягивает «Нокию» Джейни, но та качает головой.

— Положи в карман. Кто-то еще может тебе позвонить. Я понимаю, идея для тебя необычная, но постарайся с ней свыкнуться. Что она выяснила?

— С сентября две тысячи седьмого в центре города вскрыли более десятка машин. Марло говорит, что наверняка больше, поскольку люди, у которых не крадут ничего ценного, предпочитают не обращаться в полицию. Некоторые даже не понимают, что их обокрали. Последний такой случай зафиксирован в марте две тысячи девятого, менее чем за три месяца до бойни у Городского центра. Наш парень, Джейни. Я в этом уверен. Мы вышли на его след, а это означает, что мы приближаемся к нему.

— Хорошо.

— Думаю, мы его найдем. И если нам это удастся, твой адвокат поедет в полицейское управление, чтобы ввести в

курс дела Пита Хантли. Тот займется всем остальным. В этом
у нас разногласий по-прежнему нет, так?

— Так. Но пока он *наш*. В *этом* у нас по-прежнему нет
разногласий, правильно?

— Абсолютно.

Они уже едут по Лейк-авеню, и свободное местечко находится аккурат перед домом усопшей миссис Уэртон. Если
везет, то во всем. Ходжес паркуется у тротуара, задаваясь
вопросом, а сколько раз миссис Трелони оставляла автомобиль на этом самом месте.

Джейни озабоченно смотрит на часы, пока Ходжес «скар-
мливает» монеты счетчику. Уже шагает к подъезду, когда
Ходжес запирает автомобиль нажатием кнопки на брелоке.
Он об этом не задумывается, его мысли заняты Мистером
Мерседесом, но привычка есть привычка. Сует ключи в карман и спешит за Джейни, чтобы придержать дверь, пропуская ее в подъезд.

Он думает: «Я превращаюсь в галантного кавалера».

Потом думает: «И что с того?»

10

Пятью минутами позже «субару» болотного цвета появляется на Лейк-авеню. Притормаживает, поравнявшись с
«тойотой» Ходжеса, а потом Брейди включает левый пово-
ротник и сворачивает в гараж на противоположной стороне
улицы.

На первом и втором уровнях много свободных мест, но
все они в глубине, а потому Брейди проку от них нет. Нужную
точку он находит на практически пустом третьем уровне: у
восточной стены гаража, выходящей на Лейк-авеню. Брейди паркуется, подходит к бетонному парапету, смотрит вниз,
на другую сторону улицы и «тойоту» Ходжеса. Расстояние
примерно шестьдесят ярдов. Преград, блокирующих сигнал,
нет, так что для Изделия два это плевая работенка.

Чтобы убить время, Брейди возвращается в «субару»,
включает айпад, заходит на сайт Центра культуры и искусств

Среднего Запада. Аудитория Минго — крупнейшая в комплексе. Оно и понятно, думает Брейди, потому что только она и приносит ЦКИ деньги. Зимой в ней выступает городской симфонический оркестр, плюс там проходят балетные гастроли, лекции и всякие заумные мероприятия, но с июня по август Минго целиком и полностью отдана поп-музыке. Согласно сайту, концерт «Здесь и сейчас» — начало летней Кавалькады песен. В ЦКИ ждут «Иглз», Стинга, Джона Мелленкампа, Алана Джексона, Пола Саймона и Брюса Спрингстина. Звучит неплохо, но Брейди думает, что людей, которые купили абонемент на все заявленные концерты, ждет разочарование. Этим летом в аудитории Минго пройдет только одно шоу, причем короткое, и закончится оно панковским «Сдохните, никчемные ублюдки!».

Сайт сообщает, что в аудитории Минго четыре с половиной тысячи мест.

Сайт также сообщает, что все билеты на концерт «Здесь и сейчас» проданы.

Брейди звонит Ширли Ортон на фабрику мороженого. Вновь зажав нос, говорит, чтобы она задействовала Руди Стэнхоупа до конца недели. Говорит, что постарается выйти на работу в четверг или пятницу, но лучше на это не рассчитывать: у него грипп.

Как он и ожидает, упоминание г-слова переполошило Ширли.

— Не приходи сюда, пока врач не даст справку, что ты не заразный. Если у тебя грипп, ты не можешь продавать мороженое детям.

— Я и не путу, — отвечает Брейди, зажимая ноздри. — Мне очень шаль, Шийли. Потсепил от мамы. Мне пришлось уклатыфать ее ф постель. — Тут ему в рот попадает смешинка, и губы дергаются.

— Ладно, выздоравливай...

— Толшен ийти. — И он прерывает связь, прежде чем накатывает приступ истерического смеха. Да, ему пришлось уложить мать в постель. И да, причиной стал грипп. Только не свиной и не птичий, а новый штамм — сусличий грипп.

Брейди гогочет и лупит кулаком по приборному щитку «субару». Лупит так сильно, что боль пронзает руку, но от этого смех становится только громче.

Приступ продолжается, пока не сводит живот. А когда смех начинает затихать, Брейди видит, как открывается входная дверь кондоминиума.

Брейди тут же хватает Изделие два и включает его. Загорается желтая лампочка готовности. Он выдвигает антенну. Вылезает из автомобиля, уже не смеясь, вновь подкрадывается к бетонному парапету, следя за тем, чтобы оставаться в тени ближайшей поддерживающей крышу колонны. Кладет большой палец на переключатель и нацеливает Изделие два вниз — но не на «тойоту», а на Ходжеса, который роется в кармане брюк. Блондинка стоит рядом с ним, в том же брючном костюме, но туфли и сумка другие.

Ходжес достает ключи.

Брейди сдвигает переключатель, переводя Изделие два в рабочий режим. Огни «тойоты» Ходжеса мигают. Одновременно единожды мигает и зеленая лампочка Изделия два. Оно перехватило и запомнило код СДО точно так же, как ранее перехватило и запомнило код «мерседеса» миссис Трелони.

Брейди пользовался Изделием два почти два года, перехватывая коды СДО, чтобы забирать из автомобилей ценные вещи и деньги. Прибыль от этих набегов разнилась, но острые ощущения он получал всегда. Найдя запасной ключ в бардачке «мерседеса» миссис Трелони (тот лежал в пластиковом пакете вместе с инструкцией для владельца), он уже собрался украсть автомобиль, покататься по городу, может, пару раз обо что-нибудь стукнуться, порезать ножом обшивку. Но что-то подсказало ему: надо оставить все как есть. Потому что «мерседес» может понадобиться для более серьезного дела. Так и вышло.

Брейди садится в «субару». Возвращает Изделие два в бардачок. Он крайне доволен утренней работой, но утро еще не закончилось. Ходжес и сестра Оливии поедут прощаться с покойной, а Брейди надо заглянуть в другое место. ЦКИ уже открылся, и он хочет разведать обстановку, сориентироваться на местности. Посмотреть, какая охрана, где установлены камеры наблюдения.

«Я найду способ попасть в зал, — думает Брейди. — Я нынче в ударе».

Опять же ему надо выйти в Сеть и добыть билет на концерт. Дела, дела, дела.

Он начинает насвистывать.

11

Ходжес и Джейни входят в зал «Вечный покой» Похоронного бюро Соумса без четверти десять, и благодаря настойчивости Джейни они первые. Верхняя половина гроба открыта. Нижняя задрапирована синим шелковым покрывалом. На Элизабет Уэртон — белое платье с синими цветочками в тон покрывалу. Глаза миссис Уэртон закрыты. Щеки розовые.

Джейни спешит по проходу между двумя рядами раскладных стульев, смотрит на мать, возвращается. Губы дрожат.

— Дядя Генри может называть кремацию язычеством, если ему хочется, но настоящее язычество — этот открытый гроб. Это не моя мать, а выставленное напоказ набивное чучело.

— Тогда почему...

— Пришлось на это пойти, чтобы дядя Генри заткнулся насчет кремации. Да поможет нам Бог, если он заглянет под покрывало и увидит, что гроб из прессованного картона, выкрашенного в серый цвет, чтобы выглядел металлическим. Он из картона, чтобы... ты понимаешь...

— Да, — говорит Ходжес и одной рукой обнимает ее.

Приходят подруги усопшей, ведомые Алтеей Харрис, которая постоянно ухаживала за ней, и миссис Грин, приходившей несколько раз в неделю. В двадцать минут одиннадцатого (неприлично поздно, думает Ходжес) прибывает тетя

Шарлотта под руку с дядей Генри. Они идут по проходу, останавливаются у гроба, смотрят на покойную. Тетя Шарлотта нагибается, целует мертвые губы. Едва слышно говорит: «Ох, сестренка, ох, сестренка». В первый раз за время их знакомства она не раздражает Ходжеса.

Потом пришедшие проститься с миссис Уэртон разбиваются на группки, общаются, иногда слышен приглушенный смех. Джейни в непрерывном движении, разговаривает со всеми (всего собралось человек двенадцать, по терминологии дочери Ходжеса — «старичье»), никого не оставляет без внимания. Дядя Генри присоединяется к ней, и однажды, когда Джейни дает слабину — она пытается утешить миссис Грин, — обнимает ее за плечи. Ходжес этому рад. *Голос крови дает о себе знать*, думает он. *Обычное дело для таких ситуаций.*

Сейчас он тут лишний, поэтому выходит на улицу. Стоит на верхней ступеньке, оглядывает припаркованные автомобили, ищет мужчину в одном из них. Никого не видит, но вдруг осознает, что не видит и Холли-Бормотунью.

Огибает похоронное бюро, направляясь ко второму выходу, на автомобильную стоянку для посетителей, и Холли там, сидит на нижней ступеньке. Одета в длинное бесформенное коричневое платье. Волосы собраны в два пучка по бокам. Такая прическа совершенно ей не идет. Ходжесу она напоминает принцессу Лею, просидевшую год на диете Карен Карпентер*.

Холли видит тень на мостовой, вздрагивает, потом пытается что-то спрятать. Ходжес подходит ближе и видит у нее в руке наполовину выкуренную сигарету. Холли в тревоге смотрит на него. Взглядом собаки, которую частенько били сложенной газетой за лужу под кухонным столом.

— Маме не говорите. Она думает, что я бросила.

— Ваш секрет умрет вместе со мной, — отвечает Ходжес, думая, что Холли достаточно взрослая, чтобы не бояться

_____
* Карен Карпентер (1950—1983) в 33 года весила 36 кг (одна из первых знаменитых анорексичек).

материнского осуждения своей, возможно, единственной дурной привычки. — Позволите присесть рядом?

— Разве вы не должны быть у гроба, с Джейни?

— Вышел глотнуть свежего воздуха. За исключением Джейни я там никого не знаю.

Она смотрит на него с неприкрытым детским любопытством.

— Вы с моей кузиной — любовники?

Он смущен не вопросом, а тем фактом, что этот вопрос вызывает у него смех. Ходжес даже сожалеет, что не оставил Холли наедине с запретной недокуренной сигаретой.

— Скажем так, мы близкие друзья. Давайте на этом и остановимся.

Она пожимает плечами и выпускает дым через ноздри.

— Мне без разницы. Я думаю, женщина должна иметь любовников, если у нее есть такое желание. У меня — нет. Мужчины меня не интересуют. И не потому, что я лесбиянка. Не подумайте ничего такого. Я пишу стихи.

— Да? Правда?

— Да. — И без паузы, словно продолжая тему: — Моя мама не любит Джейни.

— Неужели?

— Она считает, что Джейни не должны были достаться все деньги Оливии. Говорит, что это несправедливо. Возможно, она права, но мне все равно.

Она кусает губы, вызывая у Ходжеса тревожащее чувство *déjà vu*, и ему требуется лишь секунда, чтобы понять: Оливия Трелони точно так же кусала губы на полицейских допросах. Близкое родство дает о себе знать. Почти всегда так и бывает.

— Вы не заходили в зал прощания, — говорит он.

— Нет, и не пойду, и она меня не заставит. Я никогда не видела мертвеца — и не хочу сегодня увидеть впервые. Мне будут сниться кошмары.

Она тушит окурок о боковину ступеньки, не трет, а ударяет раз за разом, пока не перестают лететь искры и не разрывается фильтр. Лицо у нее белое, как стакан с молоком, ее начинает трясти (колени буквально стучат друг о друга), и если она не перестанет грызть нижнюю губу, наверняка брызнет кровь.

— Это самое худшее, — говорит она. Уже не бормочет; наоборот, ее голос прибавляет силы, еще немного — и перейдет в крик. — Это самое худшее, самое худшее, *это самое худшее!*

Он обнимает ее дрожащие плечи. На мгновение дрожь усиливается, все тело ходит ходуном. Он ожидает, что сейчас она вскочит и убежит (задержавшись лишь для того, чтобы обозвать его бабником и влепить оплеуху). Но дрожь затихает, и она кладет голову ему на плечо. Учащенно дышит.

— Вы правы, — говорит он. — Это худшая часть. Завтра будет проще.

— Гроб закроют?

— Да. — Он собирается попросить об этом Джейни, потому что в противном случае ее кузина опять будет сидеть в компании катафалков.

Холли смотрит на него. Лицо такое открытое. Ничего-то в ней нет, думает он. Такая наивная, такая бесхитростная. Впоследствии Ходжес поймет, что заблуждался, но сейчас вновь вспоминает Оливию Трелони. Ее травила пресса, травили копы. Включая его самого.

— Вы обещаете, что его закроют?

— Ага.

— *Точно?*

— Честное скаутское. — Потом, все еще думая об Оливии и компьютерном яде, который подсыпал ей Мистер Мерседес, спрашивает: — Вы принимаете свои лекарства, Холли?

Ее глаза округляются.

— Как вы узнали, что я принимаю лексапро? *Она* вам сказала?

— Никто мне не говорил. Да и зачем? Я двадцать семь лет отслужил детективом. — Он крепче обнимает ее за плечи, потом прижимает к себе. — А теперь ответьте на мой вопрос.

— Таблетки у меня в сумочке. Сегодня я их не принимала, потому что... — Она пронзительно смеется. — Потому что от них мне хочется писать.

— Если я принесу вам стакан воды, вы примете лекарство?

— Да. Ради вас. — Вновь открытый взгляд, взгляд маленького ребенка в теле взрослого. — Вы мне нравитесь. Вы хороший человек. Джейни повезло. Мне в жизни никогда не везло. У меня даже бойфренда не было.

— Я принесу вам воды, — говорит Ходжес и поднимается. Возле угла здания оборачивается. Она пытается раскурить новую сигарету, но это трудно, потому что дрожь вернулась. Холли держит одноразовую зажигалку «Бик» двумя руками, как стрелок в полицейском тире — пистолет.

Когда Ходжес возвращается в зал «Вечный покой», Джейни спрашивает, где он был. Он рассказывает и интересуется, можно ли будет закрыть гроб на завтрашней панихиде.

— Думаю, только так удастся ее сюда привести, — добавляет он.

Джейни смотрит на свою тетю, окруженную пожилыми женщинами: они о чем-то оживленно беседуют.

— Эта сука даже не заметила, что Холли здесь нет, — говорит она. — Знаешь, я уже решила, что завтра гроба здесь не будет вовсе. Я попрошу распорядителя похорон убрать его, а если тетушке Ша это не понравится, она может катиться к черту. Скажи это Холли, хорошо?

Скромно держащийся в стороне распорядитель похорон проводит Ходжеса в комнату с напитками и закусками. Взяв бутылку воды «Дасани», Ходжес идет на автомобильную стоянку. Передает Холли слова Джейни и сидит рядом с ней, пока она не принимает маленькую белую «таблетку счастья». Когда таблетка уже в желудке, Холли ему улыбается:

— Вы мне действительно нравитесь.

Воспользовавшись выработанной на службе привычкой убедительно лгать, Ходжес отвечает теплым голосом:

— И вы мне, Холли.

12

Центр культуры и искусств Среднего Запада — он же ЦКИ — газета и местная торговая палата называют «Лувром Среднего Запада» (а жители города — просто «Лувой»). Комплекс занимает шесть акров в буквальном смысле золотой земли в центре города, и его доминантой является круглое здание, которое, по мнению Брейди, очень напоминает гигантскую летающую тарелку, появляющуюся в конце фильма «Близкие контакты третьей степени». Это и есть аудитория Минго.

Брейди находит разгрузочно-погрузочную зону, где жизнь кипит, как в муравейнике в погожий летний день. Грузовики подъезжают и отъезжают, рабочие выгружают всевозможные вещи, включая — удивительно, но факт — секции колеса обозрения. Брейди видит также большие щиты — вроде бы их называют флэтами, — на которых нарисована звездная ночь и парочки, идущие, взявшись за руки, по белому песку пляжа вдоль кромки воды. Брейди замечает, что у всех рабочих есть идентификационные бейджи: висят на шее или закреплены на рубашке. Нехорошо.

Сторожка охраны стоит на входе в разгрузочно-погрузочную зону, и это тоже нехорошо, но Брейди все равно направляется к ней. Без риска нет победы. Охранников двое. Один внутри, ест бублик, глядя на полдесятка видеоэкранов. Второй выходит из сторожки, чтобы остановить Брейди. Он в солнцезащитных очках. Брейди видит в них свое двойное отражение, широкие — «боже-как-все-интересно» — улыбки.

— Чем я могу помочь вам, сэр?

— Захотелось узнать, что происходит, — отвечает Брейди, указывает на рабочих, разгружающих очередной трейлер. — Похоже, это колесо обозрения?

— В четверг большой концерт, — отвечает охранник. — Группа представляет новый альбом. «Поцелуи на мидвее». Думаю, так он называется.

— На сцене смонтируют колесо обозрения? — изумляется Брейди.

Охранник фыркает.

— Чем хуже они поют, тем роскошнее декорации. Знаете что? Когда в прошлом сентябре здесь пел Тони Беннетт, на сцене он был один. Выступал с Городским симфоническим оркестром. Это было *шоу*. Никаких вопящих детей. Настоящая музыка. Так что вы хотите, а?

— Хотел узнать, нельзя ли увидеть хоть одним глазком, что там делается. Может, сделать фотографию на мобильник?

— Нет. — Теперь охранник пристально вглядывается в него. Брейди это не нравится. — Собственно, и здесь вам быть не положено.

— Понял, понял, — отвечает Брейди, его улыбка становится еще шире. Пора уходить. Здесь ловить нечего. Если сейчас на вахте двое, в четверг вечером будет полдесятка. — Спасибо, что выкроили время на разговор со мной.

— Пустяки.

Брейди вскидывает руки с поднятыми большими пальцами. Охранник отвечает тем же, но, стоя у двери сторожки, провожает его взглядом.

Брейди идет по краю огромной и практически пустой автостоянки, которая заполнится под завязку перед концертом «Здесь и сейчас». Он размышляет о гребаных черномазых, которые девять лет назад направили пару самолетов в башни Всемирного торгового центра. Думает (без малейшего намека на иронию): «Надо же, всю малину обломали».

Пятиминутная прогулка приводит его к ряду дверей, через которые в четверг вечером будут входить зрители. Чтобы войти сегодня, приходится заплатить пять долларов. Вестибюль — огромное помещение, в настоящий момент заполненное любителями искусства и приехавшими на экскурсию школьниками. Впереди — магазин сувениров. Слева — коридор, ведущий в аудиторию Минго. Широкий, как двухполосное шоссе. Посередине — хромированная стойка с большим щитом: «ВХОД С ПАКЕТАМИ КОРОБКАМИ РЮКЗАКАМИ ВОСПРЕЩЕН».

Никаких рамок металлоискателей. Возможно, их еще не поставили, но Брейди практически уверен, что их не будет вовсе. На концерт придет более четырех тысяч человек, и пикающие и звенящие металлоискатели создали бы кошмарную пробку. Поэтому будет mucho* сотрудников безопасности, таких же подозрительных и внимательных, как этот говнюк в солнцезащитных очках на входе в зону разгрузки. В теплый июньский вечер человек в стеганой жилетке сразу привлечет их внимание. Собственно, внимание привлечет любой человек, которого не будет сопровождать дочь-подросток.

Не могли бы вы на минутку пройти сюда, сэр?

Разумеется, он взорвет жилетку в тот самый момент и заберет с собой сотню или больше, но ему хочется другого. Ему хочется вернуться домой, выйти в Сеть и найти название самой популярной песни «Здесь и сейчас». А потом взорвать жилетку на середине этой песни, когда маленькие тупицы будут вопить громче всего, начисто лишившись своих жалких мозгов.

Но преграды выглядят непреодолимыми.

Стоя в вестибюле среди пенсионеров, изучающих путеводители, и школьников-экскурсантов, Брейди думает: «Жаль, что Фрэнки мертв. Будь он жив, я бы взял его на шоу. Он был таким глупым, что оно могло бы ему понравиться. Я бы даже позволил ему принести Сэмми — пожарный грузовичок». Мысли эти наполняют душу глубокой и искренней грустью, которая часто охватывает его, когда он вспоминает Фрэнки.

«Может, для карьеры достаточно убить экс-копа и покончить с собой?»

Потирая виски, где зарождается головная боль (и теперь нет мамы, которая ее снимет), Брейди пересекает вестибюль и входит в художественную галерею Харлоу Флойда, где его встречает большой транспарант: «ИЮНЬ — МЕСЯЦ МАНЕ».

Он не знает, кто такой Мане, возможно, один из художников-лягушатников вроде Ван Гога, но некоторые картины роскошные. Он не жалует натюрморты — ну зачем, скажите

---

* Много (*исп.*).

на милость, тратить время, чтобы нарисовать дыню? — но в других полотнах чувствуется просто дикая ярость. На одной изображен погибший матадор. Заложив руки за спину, игнорируя людей, которые проталкиваются мимо и заглядывают через плечо, Брейди смотрит на него почти пять минут. Матадор не изувечен, вовсе нет, но кровь, струящаяся из-под левого плеча, выглядит более реальной, чем кровь во всех боевиках, которые видел Брейди, а видел он их предостаточно. Картина успокаивает его, в голове проясняется, отходя, он думает: *Должен быть способ сделать это.*

Импульсивно он заходит в магазин сувениров и накупает всякой хрени с символикой «Здесь и сейчас». Десять минут спустя выходит с пакетом, на котором написано: «Я ПОБЫВАЛ В ЦКИ», — и вновь смотрит в коридор, ведущий к аудитории Минго. В четверг вечером он превратится в загон для скота, заполненный смеющимися, толкающимися, заведенными до предела девчонками. Большинство будут сопровождать родители со страдальческими физиономиями. Вдруг он замечает, что у правой стены небольшая часть коридора отделена красными бархатными канатами. И у входа в мини-коридор — еще один щит на хромированной стойке.

Брейди читает надпись на нем и думает: *О Боже.*

О... Боже!

13

В квартире, ранее принадлежавшей Элизабет Уэртон, Джейни сбрасывает туфли и падает на диван.

— Слава Богу, все. Сколько это продлилось, тысячу лет или две?

— Две, — отвечает Ходжес. — Судя по твоему виду, тебе надо поспать часок-другой.

— Я спала до восьми, — протестует она, но, по мнению Ходжеса, без должной убедительности.

— И все равно, возможно, идея не из плохих.

— Учитывая, что вечером у меня обед с родственничками в Шугар-Хайтс, ты, вероятно, прав, сыщик. Кстати, на обед я тебя с собой не беру. Думаю, они захотят обсудить всеми любимый мюзикл «Миллионы Джейни».

— Меня это не удивит.

— Я собираюсь разделить деньги Олли. Пополам.

Ходжес смеется. Замолкает, лишь осознав, что она не шутит.

Джейни вскидывает брови.

— Тебя что-то удивляет? Или ты думаешь, что трех с половиной миллионов мне не хватит до конца жизни?

— Наверное, хватит, но... они твои. Оливия оставила их тебе.

— Да, и завещание оспорить невозможно. В этом меня заверяет адвокат Шрон, но это не означает, что Олли была в здравом уме, когда принимала такое решение. Ты это знаешь, ты ее видел, говорил с ней. — Джейни массирует ноги через чулки. — А кроме того, если я отдам им половину, у меня появится шанс увидеть, как они будут ее делить. Представь себе, какое веселое это будет зрелище.

— Ты действительно не хочешь, чтобы я поехал с тобой сегодня?

— Сегодня — нет, но завтра — обязательно. Одной мне не справиться.

— Я приеду к тебе в четверть десятого. Если только ты не желаешь провести еще одну ночь у меня.

— Соблазнительно, но нет. Этот вечер посвящается исключительно семейным забавам. И вот еще что, прежде чем ты уйдешь. Очень важное...

Она роется в сумке в поисках блокнота и ручки. Что-то пишет, вырывает листок и протягивает Ходжесу. Он видит две строчки цифр.

— Первый код открывает ворота дома в Шугар-Хайтс. Второй отключает охранную сигнализацию. Когда ты и твой друг Джером будете работать с компьютером Олли в четверг утром, я повезу тетю Шарлотту, Холли и дядю Генри в аэропорт. Если этот парень поставил в ее компьютер какую-то программу... и она все еще там... не думаю, что я это вынесу. — Она умоляюще смотрит на него. — Ты это понимаешь? Скажи, что да.

— Понимаю, — отвечает Ходжес. Опускается рядом с ней на колени, словно предлагающий руку и сердце персонаж одного из любовных романов, которые обожала его бывшая. Отчасти ситуация кажется ему абсурдной. В целом — нет. — Джейни, — говорит он.

Она смотрит на него, пытается улыбнуться, но получается не очень.

— Извини. За все. Мне очень, очень жаль. — Он думает не только о ней и ее сестре, которой хватало проблем, но которая доставляла их другим. Он думает о тех людях, что погибли у Городского центра, особенно о молодой женщине и ее малышке.

Когда его повысили в должности и он стал детективом, в наставники ему назначили Фрэнка Следжа. Ходжес считал его стариком, но тогда Следж был на пятнадцать лет моложе, чем Ходжес сейчас. «И чтобы я никогда не слышал, что ты называешь их жертвами, — учил его Следж. — Это исключительно для говнюков и недоумков. Запоминай их имена и фамилии. Называй их по именам и фамилиям».

Крей, думает он. Их фамилия Крей. Дженис и Патриция Крей.

Джейни обнимает его. Когда она шепчет, дыхание щекочет ему ухо, по коже бегут мурашки, а член привстает.

— Когда все закончится, я вернусь в Калифорнию. Не смогу остаться здесь. Я очень тебя ценю, Билл, и если бы осталась, вероятно, влюбилась бы в тебя, но не собираюсь этого делать. Мне нужно начать все с чистого листа.

— Знаю. — Ходжес подается назад, держит ее за плечи, смотрит в глаза. Лицо у Джейни прекрасное, но сегодня она выглядит на свой возраст. — Все хорошо.

Ее рука вновь ныряет в сумку, на этот раз за бумажной салфеткой. Вытерев глаза, она говорит:

— Сегодня ты покорил еще одно сердце.

— Се... — Тут он понимает. — Холли.

— Она думает, ты замечательный. Так и сказала.

— Мне она напоминает Оливию. Говоря с ней, я словно получаю второй шанс.

— Поступить правильно?

— Ага.

Джейни морщит нос и улыбается:

— *Ага.*

14

Во второй половине дня Брейди ездит по магазинам. На «хонде» покинувшей этот мир Деборы Энн Хартсфилд, потому что это хэтчбек. И все равно одна из покупок едва помещается в багажном отсеке. Он думает о том, чтобы по пути домой остановиться у пункта «Быстрой доставки» и проверить, пришел ли яд «Суслики — вон», заказанный на имя Ральфа Джонса, но все это произошло в далеком прошлом, да и какой теперь смысл? Эта страница его жизни перевернута. Скоро вообще будет поставлена последняя точка, и слава Богу.

Он прислоняет самую крупную из своих покупок к стене гаража. Потом идет в дом, останавливается на кухне, чтобы принюхаться (вони разлагающейся плоти нет, во всяком случае, пока), и спускается вниз, в командный пункт. Скорее по привычке произносит волшебное слово, включающее компьютеры. У него нет желания нырнуть под «Синий зонт Дебби», потому что больше сказать жирному экс-копу нечего. Эта страница его жизни тоже перевернута. Он смотрит на часы: половина четвертого пополудни — и прикидывает, что жить жирному экс-копу остается примерно двадцать часов.

Если ты действительно трахаешь ее, детектив Ходжес, думает Брейди, *тебе лучше пустить в ход свой конец, пока он у тебя еще есть.*

Он отпирает висячий замок на двери в чулан и заходит в сухой и чуть маслянистый запах самодельного пластита.

Смотрит на коробки, в которых она хранится, и выбирает ту, что от полуботинок «Мефисто». В них он сейчас и ходит: подарок матери на прошлое Рождество. С другой полки берет коробку с мобильниками. Достает один и относит его вместе с «Мефисто» на верстак, занимающий середину подвала. Принимается за работу: подсоединяет мобильник к простому детонатору, который питают AA-батарейки. Включает телефон, чтобы убедиться, что он работает, выключает. Шанс, что кто-то наберет по ошибке этот номер и взорвет его командный пункт, минимальный, но зачем рисковать? Шансы, что его мать найдет отравленное мясо и приготовит из него ленч, тоже не представлялись ему большими, и посмотрите, *к чему* это привело.

Нет, мобильник останется выключенным до десяти двадцати следующего утра. Именно тогда Брейди неспешно зайдет на автомобильную стоянку за похоронным бюро. Если на кого-нибудь наткнется, скажет, что хотел срезать угол и попасть на соседнюю улицу, к автобусной остановке (она там действительно есть, он проверил по карте). Но вряд ли он кого-то встретит. Все будут внутри, на панихиде, рыдая в три ручья.

Он использует Изделие два, чтобы открыть автомобиль жирного экс-копа, и положит обувную коробку на пол за водительским сиденьем. Потом запрет «тойоту» и вернется к своему автомобилю. Подождет. Увидит, как жирный экс-коп проезжает мимо. Позволит «тойоте» добраться до следующего перекрестка, а когда она окажется на безопасном для Брейди расстоянии, позвонит на лежащий в коробке мобильник и...

— Ка-пут, — говорит Брейди. — Им потребуется еще одна обувная коробка, чтобы собрать его останки.

Это очень забавно, и он смеется, возвращаясь в чулан за жилеткой смертника. Проводит остаток дня, демонтируя ее. Брейди эта жилетка больше не нужна.

У него есть идея получше.

15

Среда, 2 июня 2010 года, выдается теплой и безоблачной. И пусть на календаре весна* и учебный год еще не закончился, глянув в окно, понимаешь, что в центральной части Америки — прекрасный летний день.

Билл Ходжес, в костюме, но — какое блаженство — без галстука, в своем кабинете изучает список краж из автомобилей, который Марло Эверетт прислала ему по факсу. Он распечатал карту города и наносит красными точками места грабежей. Он знает: если от компьютера Оливии не протянется ниточка к Мистеру Мерседесу, придется потратить время — и немало — на встречи с пострадавшими, но, возможно, кто-то из них упомянет подозрительный автомобиль. Потому что Мистеру Мерседесу *приходилось* следить за владельцами машин, на которые он нацеливался. Он мог использовать гаджет, отпирающий замки, только зная наверняка, что владелец не вернется в ближайшем времени.

«Он следил за ними так же, как следил за мной», — думает Ходжес.

Мысль эта высекает короткую искру ассоциации, яркую, но гаснущую прежде, чем он успевает понять, что она осветила. Ходжес не горюет: если что-то действительно есть — появится вновь. А пока он сверяет адреса и наносит красные точки. У него двадцать минут до того, как завязать галстук и ехать за Джейни.

Брейди Хартсфилд — в командном пункте. Никакой головной боли, мысли, которые часто туманятся, сейчас четкие и ясные, как заставки его компьютеров: кадры из фильма «Дикая банда». Он вытащил фунтовые блоки пластита из жилетки смертника, осторожно отсоединил детонаторы. Некоторые блоки он укладывает в ярко-красный чехол диванной подушки с игривой надписью «ПАРКОВКА ЗАДА». Еще два, переформованные в цилиндры, с подсоединенными детонаторными проводами, отправляются в ярко-синий

---

* В США (и Западной Европе) времена года определяются по астрономическому календарю: весна длится до 21 июня.

мочеприемник «Уринеста». После этого Брейди украшает мочеприемник наклейкой, приобретенной — вместе с футболкой — днем раньше в сувенирном магазине ЦКИ. На наклейке — надпись: «ФЭН «ЗДЕСЬ И СЕЙЧАС» № 1». Он смотрит на часы. Почти девять. Жить жирному экс-копу осталось полтора часа. Может, и меньше.

Пит Хантли, бывший напарник Ходжеса, — в одном из допросных кабинетов. Не потому, что кого-то допрашивает. Прячется от утренней суеты общего зала департамента расследований. Просматривает записи. В десять у него пресс-конференция, речь пойдет о последних откровениях Доналда Дэвиса, и Пит не хочет напортачить. Мистер Мерседес — виновник массового убийства у Городского центра — напрочь вылетел из его головы.

В Лоутауне, позади известного в узких кругах ломбарда, продают и покупают оружие. Люди, которые этим занимаются, уверены, что за ними никто не приглядывает.

Джером Робинсон сидит за компьютером, слушает аудиозаписи, которые предлагает сайт «Звучит неплохо». Слушает истерический смех женщины. Слушает мужчину, насвистывающего мелодию баллады «Дэнни бой». Слушает хрипы мужчины и вскрики испытывающей оргазм женщины. Наконец находит то, что ему нужно. Название простое: «ПЛАЧ РЕБЕНКА».

Этажом ниже на кухню в сопровождении Одилла влетает сестра Джерома, Барбара. На ней переливающаяся блестками юбка, громоздкие синие сабо и футболка с симпатичной физиономией мальчика-подростка. Под ослепительной улыбкой и аккуратной прической — надпись: «КЭМ — ЛЮБОВЬ НАВЕКИ». Барбара интересуется у мамы, не слишком ли детский это прикид для концерта. Мама (возможно, вспоминая, в чем она ходила на свой первый концерт) улыбается и отвечает: самое то. Барбара спрашивает, может ли она надеть мамины висячие сережки-пацифики. Да, пожалуйста. Помада? Ну... хорошо. Тени для глаз? Нет, извини. Барбара радостно смеется — я-не-в-обиде — и крепко обнимает маму. «Не могу дождаться завтрашнего вечера», — признается она.

Холли Гибни — в ванной дома в Шугар-Хайтс. Она бы с радостью пропустила панихиду, но знает, что мать ей этого не позволит. Если попытается сослаться на нездоровье, получит вопрос, который слышала с самого детства: «Что скажут люди?» А если заявит, что ей без разницы, поскольку этих людей она не увидит до конца жизни (за исключением разве что Джейни), мать посмотрит на нее так, будто она заговорила на иностранном языке. Холли проглатывает таблетку лексапро, но живот у нее скручен узлом, и ее рвет, когда она чистит зубы. Таблетка благополучно вылетает в унитаз. Шарлотта зовет дочь, спрашивает, готова ли она. Холли отвечает, что почти, спускает воду и думает: *По крайней мере там будет бойфренд Джейни. Билл. Он такой милый.*

В квартире умершей матери Джейни Паттерсон тщательно одевается на панихиду: черные колготки, черная юбка, черный жакет поверх темно-темно-синей блузки. Она думает о словах, сказанных Биллу, насчет того, что влюбится в него, если останется здесь. Они далеки от правды, потому что она уже влюбилась. Джейни уверена, что мозгоправ, услышав это, улыбнется и заговорит об отцовском комплексе. Но она улыбнется в ответ и скажет, что это фрейдистская чушь. Ее отцом был лысый бухгалтер, которого никто не замечал, даже если он стоял рядом. Билл Ходжес другой: если он здесь, ты об этом не забудешь. Именно это в нем ей нравится. И еще шляпа, которую она ему купила. Федора Филипа Марлоу. Она смотрит на часы: четверть десятого. Пора бы ему появиться.

Если он опоздает, она его убьет.

16

Он не опаздывает, и на голове у него шляпа. Джейни говорит, что он прекрасно выглядит. Он — что она выглядит еще лучше. Она улыбается и целует его.

— Скорее бы с этим покончить, — добавляет он.

Джейни морщит нос и отвечает:

— *Ага.*

Они едут к похоронному бюро и вновь прибывают первыми. Ходжес ведет ее в зал «Вечный покой». Она осматривается и одобрительно кивает. Программки панихиды лежат на сиденьях складных стульев. Гроба нет, его место занял стол, отдаленно напоминающий алтарь, на котором — букеты весенних цветов. Из скрытых динамиков едва слышно звучит музыка Брамса.

— Все хорошо? — спрашивает Ходжес.

— Вполне. — И, глубоко вздохнув, она повторяет фразу, произнесенную Ходжесом двадцатью минутами ранее: — Скорее бы с этим покончить.

На панихиду собираются те же, кто приходил днем раньше. Джейни встречает их у дверей похоронного бюро. Пока пожимает руки, обнимает и произносит положенные слова, Ходжес стоит рядом, оглядывая проезжающие автомобили. Ни один не вызывает у него подозрения. В том числе и «субару» болотного цвета, который проносится мимо, не сбавляя скорости.

Арендованный «шеви» с наклейкой «Хертца» на лобовом стекле заезжает на автостоянку. Вскоре появляется дядя Генри с мерно покачивающимся впереди животом. Шарлотта рукой в белой перчатке держит дочь чуть выше локтя. Ходжесу она напоминает надзирательницу, сопровождающую арестованную — возможно, наркоманку — в местную кутузку. Холли бледнее, чем вчера, если только такое возможно. На ней все то же бесформенное коричневое платье, и она, кусая губы, уже съела большую часть помады.

Холли робко улыбается Ходжесу. Тот протягивает руку, и она цепко держится за нее, пока Шарлотта не увлекает дочь в зал мертвых.

Молодой священник из церкви, которую посещала миссис Уэртон, когда еще могла выходить из дома по воскресеньям, выступает церемониймейстером. Он предсказуемо зачитывает отрывок из Книги притчей Соломоновых, в котором речь идет о добродетельной женщине. Ходжес готов признать, что усопшая могла быть дороже рубинов, но сомневается, что она знала, как управляться с шерстью и льном.

Однако отрывок поэтический, и к тому времени, когда священник произносит последнюю строку, слезы льются рекой. Парень он молодой, но ему хватает ума, чтобы не говорить о той, кого едва знал. Вместо этого он приглашает присутствующих поделиться «бесценными воспоминаниями» об усопшей Элизабет. Некоторые делятся, и первой — Алтея Харрис, которая прожила с ней много лет. Последней выступает единственная оставшаяся в живых дочь. Говорит спокойно, коротко и просто.

— Хотелось бы, чтобы она жила дольше, — заканчивает Джейни.

17

Брейди паркуется за углом в пять минут одиннадцатого и «кормит» счетчик монетами, пока в окошечке не появляется зеленый флажок с надписью «МАКСИМУМ». Как ни крути, а Сына Сэма поймали именно благодаря штрафу за парковку. С заднего сиденья он берет матерчатую сумку. С надписями «КРОГЕР» и «ИСПОЛЬЗУЙ МЕНЯ СНОВА! СПАСИ ДЕРЕВО!». В сумке Изделие два лежит на коробке «Мефисто».

Он огибает угол и быстрым шагом проходит мимо Похоронного бюро Соумса — обычный горожанин, идущий по какому-то своему делу. Лицо спокойно, но сердце стучит, как отбойный молоток. У двери похоронного бюро никого нет, сама дверь закрыта, однако существует вероятность того, что жирного экс-копа нет на панихиде с остальными скорбящими. Он может караулить в подсобке, высматривая подозрительных личностей. Другими словами — поджидая его. Брейди это понимает.

Без риска нет победы, красавчик, шепчет его мать. Это правда. Да и риск минимальный. Если Ходжес трахает эту блондинистую суку (или надеется трахнуть), он не отойдет от нее ни на шаг.

У следующего перекрестка Брейди разворачивается, идет назад, без малейшего колебания сворачивает на дорожку, ведущую к автомобильной стоянке за похоронным бюро. До него доносится едва слышная музыка, какое-то классическое дерьмо. Он видит «тойоту» Ходжеса, припаркованную задним бампером к сетчатому забору, чтобы быстро уехать по окончании панихиды. Последняя поездка старого детпена, думает Брейди. И она будет короткой.

Он обходит больший из двух катафалков и, как только автомобиль скрывает его от глаз тех, кто может выглянуть в окна в задней стене похоронного бюро, достает из пакета Изделие два и выдвигает антенну. Сердце бьется еще быстрее. Случалось — несколько раз, — что его гаджет не срабатывал. Зеленая лампочка вспыхивала, но центральный замок не открывался. Какой-то сбой программы или микрочипа.

Если не сработает, просто сунь коробку под автомобиль, советует мать.

Конечно, получится так же хорошо, ну, может, *почти* хорошо. Не столь элегантно.

Он сдвигает переключатель. Вспыхивает зеленая лампочка. Мигают огни «тойоты». Успех!

Брейди подходит к автомобилю жирного экс-копа с таким видом, будто имеет на это полное право. Открывает заднюю дверцу, вынимает из пакета обувную коробку, включает телефон, ставит коробку на пол у спинки водительского сиденья. Захлопывает дверцу и направляется к улице, заставляя себя шагать уверенно и неспешно.

Когда огибает угол, Дебора Энн вновь подает голос. Ты ничего не забыл, красавчик?

Он останавливается. Задумывается. Возвращается во двор и направляет антенну Изделия два на «тойоту» Ходжеса.

Мигают огни, дверцы запираются.

18

После воспоминаний и короткой паузы («Используйте ее, как желаете») священник просит Господа благословить их, и поддержать, и успокоить души. Шуршит одежда. Программки исчезают в сумках или карманах. Холли держится хорошо, пока половина прохода не остается позади. Тут ее колени подгибаются. Ходжес бросается вперед, с удивительной для такого крупного мужчины быстротой, и успевает подхватить женщину под руки, прежде чем она падает. Ее глаза закатываются, и на мгновение она на грани обморока. Потом зрачки возвращаются на положенное место, и заславший их туман уходит. Она видит Ходжеса и слабо улыбается.

— Холли, прекрати немедленно! — строго говорит ее мать, словно дочь весело и неуместно выругалась. Ходжес думает, что получит немалое удовольствие, врезав тете Ша по густо напудренной физиономии. Может, это приведет ее в чувство.

— Я в порядке, мама, — говорит Холли. Потом обращается к Ходжесу: — Спасибо вам.

— Вы сегодня завтракали, Холли? — спрашивает он.

— Она ела овсянку, — объявляет тетя Шарлотта. — С маслом и тростниковым сахаром. Я сама ее приготовила. Ты уже привлекла к себе достаточно внимания, Холли? — Она поворачивается к Джейни. — Пожалуйста, не задерживайся, дорогая. Генри в этих делах — пустое место, а я одна не смогу принять столько гостей.

Джейни берет Ходжеса под руку.

— Я и не рассчитывала, что сможешь.

Тетя Шарлотта сухо улыбается. Зато Джейни отвечает ослепительной улыбкой, и Ходжес приходит к выводу, что ее решение отдать половину наследства — более чем здравое. Как только это произойдет, ей больше никогда не придется общаться с этой неприятной женщиной. Она даже сможет не отвечать на звонки тети Шарлотты.

Скорбящие выходят на залитую солнцем улицу. Какое-то время стоят, обмениваясь впечатлениями о панихиде, потом направляются к автомобильной стоянке за похоронным бюро. Холли идет между дядей Генри и тетей Шарлоттой. Ходжес и Джейни следуют за ними. На автостоянке Холли внезапно разворачивается и шагает к Ходжесу и Джейни.

— Позвольте мне поехать с вами. Я хочу поехать с вами.

У тети Шарлотты губы внезапно становятся узкими: едва видимые полоски. Злость так и распирает ее.

— Достаточно выходок на сегодня, мисс!

Холли ее игнорирует. Хватает руку Ходжеса. Ее пальцы холодны как лед.

— Пожалуйста. *Пожалуйста*.

— Я не против, — отвечает Ходжес. — Если Джейни не воз...

Тетя Шарлотта начинает рыдать. Звуки напоминают карканье вороны на кукурузном поле. Ходжес вспоминает, как она наклонилась над миссис Уэртон и поцеловала ее в холодные губы, и неожиданно ему в голову приходит неприятная мысль. Он ошибался в отношении Оливии; возможно, ошибается и в отношении Шарлотты Гибни. В конце концов, внешность человека — далеко не все.

— Холли, ты даже *не знаешь* этого мужчину!

Джейни сжимает запястье Ходжеса куда более теплой рукой.

— Почему бы тебе не поехать с Шарлоттой и Генри, Билл? Места хватит. Ты можешь сесть на заднее сиденье с Холли. — Она поворачивается к кузине. — Тебя это устроит?

— Да! — Холли все еще держит Ходжеса за руку. — Так будет хорошо!

Джейни поворачивается к дяде.

— Ты не возражаешь?

— Нет, конечно. — Он похлопывает Холли по плечу. — Чем нас больше, тем веселее.

— Это правильно, уделяйте ей максимум внимания, — говорит тетя Шарлотта. — Мы это любим. Правда, Холли? — Не дожидаясь ответа, она поворачивается и идет к «шеви», каблуки сердито цокают по асфальту.

Ходжес смотрит на Джейни.

— А моя машина?

— Я сяду за руль. Давай ключи. — Получив ключи, добавляет: — Мне нужно еще кое-что.

— Ага?

Она сдергивает федору с его головы, надевает на себя под идеальным углом, чтобы нависала над левой бровью. Морщит нос и передразнивает Ходжеса:

— *Ага.*

19

Брейди припарковался на противоположной от похоронного бюро стороне улицы, его сердце так и колотится. В руке у него мобильник. Номер сгоралки, подсоединенной к бомбе за водительским сиденьем «тойоты», написан на запястье.

Он наблюдает за скорбящими, которые стоят на тротуаре. Жирного экс-копа невозможно не заметить. В черном костюме он выглядит огромным как дом. Или катафалк. На голове эта нелепая старомодная шляпа, какие носят копы в черно-белых детективных фильмах пятидесятых годов.

Люди начинают огибать угол, направляясь на автостоянку, и через какое-то время туда же следуют Ходжес и блондинистая сука. Брейди предполагает, что блондинистая сука будет с жирным экс-копом, когда машина взорвется. Тогда зачистка получится полной: мать и обе дочери. Есть в этом что-то от изящного решения уравнения с нахождением всех корней.

Автомобили уже выезжают со стоянки за похоронным бюро, движутся в его сторону, как и должны, если их путь лежит в Шугар-Хайтс. Солнце бьет в лобовое стекло, но Брейди не составляет труда разглядеть «тойоту» жирного экс-копа, когда она появляется на подъездной дорожке похоронного бюро. Останавливается на выезде, сворачивает в его сторону.

Брейди не удостаивает и взглядом «шеви» дяди Гарри. Его внимание полностью сосредоточено на автомобиле жирного экс-копа. Когда он проезжает мимо, Брейди на мгновение ощущает разочарование: блондинистая сука, вероятно, поехала с родственниками, потому что в «тойоте» только водитель. Брейди видит его мельком — солнце слепит, — но идиотская шляпа жирного экс-копа бросается в глаза.

Брейди набирает номер.

— Я говорил, ты и не заметишь. Разве я не говорил тебе это, говнюк?

Он нажимает кнопку «ВЫЗОВ».

20

Когда Джейни протягивает руку, чтобы включить радио, раздается звонок мобильника. И последний звук, который слетает с ее губ — всем бы так везло, — смех. Дурачок, с любовью думает она. Опять ушел и оставил мобильник. Она тянется к бардачку. Мобильник звонит снова.

Только звонит он не из бардачка, он звонит из-за...

Никакого грохота нет, по крайней мере она его не слышит; ей только кажется, что чья-то сильная рука сдвигает водительское сиденье. А потом мир заливает белизна.

21

У Холли Гибни, известной также как Холли-Бормотунья, возможно, имеются проблемы с психикой, но ни антидепрессанты, ни сигареты, которые она тайком курит, не замедляют ее реакции. Дядя Генри жмет на педаль тормоза, и Холли выскакивает из «шеви», когда взрыв еще отдается в ушах.

Ходжес не отстает от нее, бежит быстро. Грудь пронзает боль, и он думает, что это инфаркт. Какая-то его часть надеется на это, но боль уходит. Пешеходы ведут себя, как и всегда в те моменты, когда насилие пробивает дыру в мире, который они считали нерушимым. Одни падают на тротуар и закрывают головы. Другие застывают как статуи. Несколько автомобилей останавливаются. Большинство набирает скорость, чтобы быстрее уехать с места взрыва. Один из них — «субару» болотного цвета.

Ходжес бежит за психически неуравновешенной кузиной Джейни, а в голове молотом стучат фразы последнего по-

Стивен Кинг

слания Мистера Мерседеса: *Тебе конец. Ты и не заметишь. Тебе конец. Ты и не заметишь.*

Он огибает угол, скользя на гладких подошвах парадных туфель, которые так редко надевает, и чуть не врезается в Холли. Она стоит как вкопанная, ссутулившись, с болтающейся в руке сумкой. Стоит и смотрит на остатки «тойоты» Ходжеса. Кузов сорван с осей и яростно пылает среди осколков стекла. Заднее сиденье лежит в двадцати футах, порванная обивка тоже в огне. Какой-то мужчина стоит, покачиваясь, держась за окровавленную голову. Женщина сидит на тротуаре у разбитой витрины сувенирного магазина, и на мгновение Ходжесу кажется, что это Джейни. Но на женщине зеленое платье, у нее седые волосы, и, конечно, это не Джейни, это не может быть Джейни.

Ходжес думает: «Это моя вина. Если бы я воспользовался отцовским револьвером двумя неделями раньше, она была бы жива».

Но он еще в достаточной степени коп, чтобы отбросить эту идею (хотя и с трудом). Приходит новая мысль, холодная, отрезвляющая. Это не *его* вина. Это вина сукиного сына, который заложил бомбу. Того самого сукиного сына, который направил угнанный «мерседес» в толпу безработных у Городского центра.

Ходжес видит черную туфлю на высоком каблуке, лежащую в луже крови. Видит оторванную руку с дымящимся рукавом в ливневой канаве, словно брошенный кем-то мусор, и у него в голове что-то щелкает. Дядя Генри и тетя Шарлотта скоро будут здесь, то есть времени в обрез.

Он хватает Холли за плечи и разворачивает лицом к себе. Волосы падают на щеки, вывалившись из растрепавшихся пучков принцессы Леи. Широко раскрытые глаза смотрят сквозь него. Его рассудок, здравый как никогда, знает, что в таком состоянии толку от нее нет. Ходжес бьет ее по щеке, потом по другой. Не сильно, но этого хватает, чтобы веки Холли дрогнули.

Кричат люди. Гудят клаксоны. Звенит пара охранных сигнализаций. Ходжес чувствует запахи бензина, горящей резины, плавящегося пластика.

— Холли. Холли. Послушай меня.

Она смотрит, но слышит ли? Ходжес не знает, однако времени нет.

— Я ее любил, но ты не должна никому говорить. *Ты никому не должна говорить, что я ее любил.* Может, позже, но не теперь. Ты понимаешь?

Она кивает.

— Мне нужен номер твоего мобильника. И возможно, *ты* мне тоже понадобишься. — Его холодный рассудок надеется, что нет, что дом в Шугар-Хайтс во второй половине дня будет пустовать, но он не уверён. Матери Холли и дяде придется уехать, хотя бы на короткое время, но Шарлотта не захочет, чтобы Холли ехала с ними. Потому что у Холли проблемы с психикой. Холли хрупкая. Ходжес задается вопросом, как часто у нее случались нервные срывы, не пыталась ли она покончить с собой? Эти мысли проскакивают метеоритами. Вот они на небе, а в следующий миг их нет.

Не время размышлять о психическом здоровье Холли.

— Когда твои мать и дядя поедут в полицейский участок, скажи им, что тебе никто не нужен, скажи, что ты вполне можешь остаться одна. Ты это сделаешь?

Она кивает, хотя по взгляду видно, что она понятия не имеет, о чем речь.

— Тебе позвонят. Возможно, я, а возможно, молодой человек, которого зовут Джером. *Джером.* Ты запомнишь имя?

Она кивает, открывает сумку, достает очечник.

Не получается, думает Ходжес. Свет горит, но дома никого нет. И все-таки он должен попытаться. Он хватает ее за плечи.

— Холли, я хочу поймать парня, который это сделал. Я хочу заставить его заплатить за содеянное. Ты мне поможешь?

Она кивает. Ее лицо остается бесстрастным.

— Тогда скажи. Скажи, что поможешь мне.

Она не говорит. Достает из очечника солнцезащитные очки, надевает их, словно рядом не горит автомобиль, а в канаве не лежит рука Джейни. Словно не кричат люди и не слышна приближающаяся сирена. Словно они на пляже.

Он легонько встряхивает ее.

— *Мне нужен номер твоего мобильника.*

Она согласно кивает, но ничего не говорит. Закрывает сумку и поворачивается к горящему автомобилю. Отчаяние, какого Ходжес никогда не испытывал, охватывает его, вызывает тошноту и разбрасывает мысли, еще недавно четкие и ясные.

Из-за угла пулей выскакивает тетя Шарлотта. Волосы — преимущественно черные, но седые у корней — развеваются позади. Дядя Генри следует за ней. Его мясистое лицо покрывает мертвенная бледность, если не считать клоунских красных пятен на скулах.

— Шарли, стой! — кричит дядя Генри. — Я думаю, у меня инфаркт!

Шарлотта не обращает внимания на брата. Хватает Холли за локоть, разворачивает, яростно прижимает к себе, вдавливая не такой уж маленький нос дочери во впадину между своих грудей.

— *НЕ СМОТРИ!* — ревет Шарлотта, оглядывая место трагедии. — *НЕ СМОТРИ, МИЛАЯ! НЕ СМОТРИ НА ЭТО!*

— Я едва дышу, — объявляет дядя Генри. Он уже сидит на бордюрном камне, наклонив голову. — Господи, надеюсь, я не умираю.

К первой сирене присоединяются новые. Люди начинают подходить ближе, чтобы получше рассмотреть горящий автомобиль. Его уже фотографируют на мобильники.

Ходжес думает: *Взрывчатки хватило, чтобы разнести автомобиль. Сколько у него еще?*

Шарлотта по-прежнему мертвой хваткой держит Холли, кричит, чтобы та не смотрела. Холли не вырывается, но одну руку завела за спину. В руке что-то есть. И хотя Ходжес знает, что, возможно, принимает желаемое за действительное, он надеется: это что-то предназначено ему. Берет. Очечник, из которого она достала солнцезащитные очки. На нем золотыми буквами написаны ее имя и адрес. Как и номер мобильника.

22

Ходжес достает «Нокию» из внутреннего кармана пиджака, откидывая крышку, понимает, что мобильник превратился бы в комок расплавленного пластика и торчащих из него проводов, если бы остался лежать в бардачке выгоревшей «тойоты». А он бы остался, если бы Джейни не настаивала, что ему там не место.

Он нажимает кнопку быстрого набора номера Джерома, молит Бога, чтобы тот отозвался, и мольбы его услышаны.

— Мистер Ходжес, Билл? Думаю, мы слышали сильный вз...

— Молчи, Джером. Просто слушай. — Он идет по засыпанному осколками стекла тротуару. Сирены все громче, полиция вот-вот подъедет, а полагаться Ходжес может исключительно на интуицию. Если только его подсознание не включилось в работу. Такое уже случалось. Он не зря получил все эти грамоты и благодарности от полицейского управления.

— Слушаю, — отвечает Джером.

— Ты ничего не знаешь о расследовании убийств у Городского центра. Ты ничего не знаешь об Оливии Трелони или Джейни Паттерсон. — Разумеется, они втроем обедали в «Димасио», но он не думает, что копы узнают об этом в ближайшее время, если вообще узнают.

— Я ничего не знаю. — В голосе Джерома нет ни недоверия, ни сомнений. — Кто спросит? Полиция?

— Может, позже. Сначала твои родители. Потому что ты слышал взрыв моего автомобиля. Джейни сидела за рулем. Мы поменялись в последнюю секунду. Ее... больше нет.

— Господи, Билл, вы должны сообщить пять-ноль*! Вы должны сказать своему прежнему напарнику!

Ходжес вспоминает ее слова: «Он наш. В этом у нас по-прежнему нет разногласий, правильно?»

«Правильно, — думает он. — В этом у нас по-прежнему нет разногласий, Джейни».

---

* Полиция, от названия полицейского сериала «Гавайи пять-ноль» (1968—1980).

— Еще рано. Пока буду разбираться сам, и мне нужна твоя помощь. Этот слизняк убил ее. Я хочу взять его за жопу. Ты поможешь?

— Да. — *Никаких у меня могут быть неприятности* или *из-за этого мне закроется дорога в Гарвард*. Простое *да*. Да благословит Господь Джерома Робинсона.

— Тебе придется вместо меня зайти на сайт «Под синим зонтом Дебби» и отправить сообщение парню, который это сделал. Помнишь мой логин?

— Да. Кермит-лягушонок-девятнадцать. Я только возьму лист бу...

— Нет времени. Суть ты и так запомнишь. И отправь сообщение через час. Он должен знать, что я отправил его после взрыва. Он должен знать, что я жив.

— Говорите, — отвечает Джером.

Ходжес диктует текст и разрывает связь, не попрощавшись. Сует мобильник в карман брюк, где уже лежит очечник Холли.

Пожарная машина выезжает из-за угла, за ней — два патрульных автомобиля. Они проскакивают мимо Похоронного бюро Соумса, перед которым на тротуаре стоит гробовщик и священник, проводивший панихиду по Элизабет Уэртон, прикрывая глаза от солнца и пламени горящей «тойоты».

Ходжесу предстоят долгие разговоры, но есть более важное дело. Он снимает пиджак, опускается на колени и накрывает лежащую в ливневой канаве руку. Чувствует, как глаза жгут слезы, но загоняет их внутрь. Слезы никак не соответствуют истории, которую он намерен рассказать.

Копы, два молодых парня — оба без напарников, — вылезают из автомобилей. Ходжес их не знает.

— Патрульные, — говорит он.

— Должен попросить вас отойти в сторону, — отвечает ему один, — но если вы свидетель этого... — Он указывает на горящую «тойоту». — ...Тогда я попрошу вас подождать, пока кто-нибудь возьмет у вас показания.

— Я не только это видел, я должен был ехать в этом автомобиле. — Ходжес достает бумажник и открывает его, чтобы показать удостоверение детектива с красной надписью «В ОТСТАВКЕ». — До прошлой осени моим напарником был Пит Хантли. Позвоните ему как можно скорее.

— Это ваш автомобиль, сэр? — переспрашивает его коп, к которому он обращался.

— Да.

— Тогда кто же сидел за рулем? — спрашивает второй.

23

Брейди приезжает домой до полудня, решив все свои проблемы.

Живущий напротив старик, мистер Бисон, стоит на лужайке.

— Ты слышал?

— Слышал что?

— Сильный взрыв где-то в центре города. Было много дыма.

— У меня слишком громко играло радио, — отвечает Брейди.

— Я думаю, взорвалась старая фабрика красок, вот что я думаю. Я стучался в дом, но твоя мать не открыла. Должно быть, спит. — Его глаза поблескивают, как бы добавляя: *Отсыпается после выпитого.*

— Должно быть. — Ему не нравится, что этот любопытный старый таракан стучал в дверь. Для Брейди Хартсфилда лучшие соседи — полное их отсутствие. — Я должен идти, мистер Бисон.

— Передай матери мои наилучшие пожелания.

Он отпирает дверь, заходит, запирает за собой. Принюхивается. Ничего. Или... может, *не совсем* ничего. Может, и есть едва заметный запах, неприятный, как от обглоданных куриных костей, пролежавших пару дней в мусорном ведре под мойкой.

Брейди поднимается в спальню матери. Откидывает покрывало, открывая ее бледное лицо и уставившиеся в одну точку глаза. Он уже к ним привык, да и любопытство мистера Бисона не слишком его тревожит. Брейди надо перекантоваться еще день-другой, так что ему плевать на мистера Бисона. И на уставившиеся в одну точку глаза матери. Он ее не убивал, она сама себя убила. Он-то рассчитывал, что экс-коп покончит с собой, но не сложилось. И что с того? Теперь он ушел, этот гребаный жирный экс-коп. Дет-окончательно-пен. Вечный пенсионер. Детектив Ходжес.

— Я это сделал, мама, — говорит он. — Провернул. И ты мне помогла. Только в моей голове, но... — Полностью он в этом не уверен. Может, мама действительно напомнила ему вновь запереть дверцы автомобиля жирного экс-копа. Он про это забыл. — В любом случае спасибо, — смущенно заканчивает он. — Спасибо за все. И мне очень жаль, что ты мертва.

Глаза смотрят на него.

Он тянется к ней — нерешительно — и подушечками пальцев закрывает ей глаза, как иногда делают в кино. Несколько секунд все хорошо, потом веки медленно поднимаются — и глаза снова смотрят. Во взгляде читается: «Ты-убил-меня-красавчик».

У Брейди портится настроение, он накидывает на лицо матери покрывало и идет вниз. Включает телевизор, думает, что хотя бы один из местных каналов ведет трансляцию с места взрыва, но ничего такого нет и в помине. Это раздражает. Разве они не поняли, что в автомобиле взорвалась бомба? Вероятно, нет. Вероятно, куда важнее Рейчел Рэй, которая готовит свой знаменитый гребаный мясной рулет.

Он выключает ящик для идиотов и спешит в командный пункт, произносит *хаос*, чтобы включить компьютеры, и *тьма*, чтобы предотвратить запуск программы самоуничтожения. Он танцует, выбивая чечетку, потрясает сжатыми кулаками над головой и поет — во всяком случае, те строки, которые помнит — «Динь-дон-дет, ведьмы больше нет», только вместо *ведьмы* вставляет *копа*. Он рассчитывает, что от этого настроение у него улучшится, но напрасно. Где-то между длинным носом мистера Бисона и уставившимися в одну точку глазами матери хорошее настроение, *удовлетворение* от сделанной на совесть работы, ощущение, что он славно *потрудился*, ушли, не попрощавшись.

Не важно. Грядет концерт, и к нему нужно подготовиться. Металлические шарики, ранее засыпанные под подкладку жилетки, теперь в трех майонезных банках. Рядом стоит коробка с глэдовскими пищевыми пакетами, каждый объемом в галлон. Их он и начинает наполнять шариками (но не под завязку). Работа его успокаивает, настроение постепенно улучшается. А потом, когда дело подходит к концу, раздается пароходный гудок.

Брейди, хмурясь, поднимает голову. Это особый сигнал Номера три. Он означает, что ему пришло сообщение на сайте «Под синим зонтом Дебби», но такое невозможно. Единственный человек, с которым он общался под «Синим зонтом», — Кермит Уильям Ходжес, он же жирный экс-коп, он же навсегда ушедший от нас детпен. Над иконкой «Синего зонта» появилась цифра «1» в маленьком красном круге. Брейди кликает ее. Смотрит в испуге, широко раскрыв глаза, на сообщение на экране.

кермит_лягушонок-19 хочет с тобой поговорить!
ты хочешь поговорить с кермит_лягушонок-19?
ДА НЕТ

Брейди хотел бы поверить, что это сообщение пришло вчера вечером или сегодня утром, до того как Ходжес вышел из дома, но не может. Он слышал, как оно поступило.

Собрав храбрость в кулак (потому что увиденное на экране пугает куда больше, чем уставившиеся в одну точку глаза матери), он кликает «ДА» и читает:

Ты облажался.
☺

И вот что тебе надо запомнить, говнюк: я — как твое боковое зеркало. Знаешь, в нем ОБЪЕКТЫ БЛИЖЕ, ЧЕМ КАЖУТСЯ.

Я знаю, как ты попал в ее «мерседес» безо всякого ключа парковщика. Но ты мне поверил, так? Конечно, поверил. Потому что ты говнюк.

У меня есть список краж из автомобилей в 2007—2009 годах.

У меня есть и другая информация, которой я не хочу делиться с тобой сейчас, но кое-что все-таки скажу: PERP — не PERK.

Почему я тебе все это пишу? Потому что уже не собираюсь ловить тебя и сдавать копам. Зачем? Я больше не коп.

Я просто тебя убью.

До скорой встречи, маменькин сынок.

В шоке, не веря своим глазам, Брейди вновь и вновь возвращается к последней фразе.

На негнущихся ногах, словно на ходулях, идет к чулану. Внутри, закрыв дверь, кричит и молотит кулаками по полкам. Вместо собаки ниггерской семейки он убил мать. Это плохо. Но теперь вместо копа он убил кого-то еще, а это гораздо хуже. Возможно, ту самую блондинистую суку. Блондинистая сука надела шляпу детпена по какой-то странной причине, понятной только блондинкам.

В одном Брейди уверен: в этом доме он больше не может чувствовать себя в безопасности. Возможно, Ходжес дурит ему голову, утверждая, что он близко, но, может, и нет. Он знает об Изделии два. Он знает о кражах из автомобилей. По его словам, знает и другое. И...

До скорой встречи, маменькин сынок.

Надо отсюда выметаться. Быстро. Однако до отъезда предстоит кое-что сделать.

Брейди идет наверх, в спальню матери, не обращая внимания на тело. Спешит в ванную. Роется в ящиках туалетного столика, пока не находит электрическую бритву «Леди шик». Приступает к работе.

24

Ходжес вновь в допросном кабинете номер четыре — ДК-4, его счастливом, — но на этот раз по другую сторону стола, лицом к Питу Хантли и его новой напарнице, рыжеволосой красотке с туманно-серыми глазами. Допрос больше похож на беседу коллег, но это не меняет основных фактов: взорван автомобиль, и погибла женщина. Еще один факт: допрос есть допрос.

— Это как-то связано с Мерседесом-убийцей? — спрашивает Пит. — Как думаешь, Билли? Я хочу сказать, очень даже вероятно. Потому что жертва — родная сестра Оливии Трелони.

Вот так: жертва. Женщина, с которой он спал на том этапе жизни, когда уже и не думал, что такое возможно. Женщина, которая смешила его и успокаивала душу. Женщина, которая на пару с ним участвовала в последнем расследовании, как раньше — Пит. Женщина, которая морщила нос и передразнивала его *ага*.

И чтобы я никогда не слышал, что ты называешь их жертвами, говорил ему Фрэнк Следж в стародавние времена... но теперь приходится с этим мириться.

— Не представляю себе, как такое возможно, — мягко произносит Ходжес. — Я понимаю, как это выглядит, но иногда сигара — это просто сигара, а совпадение — совпадение.

— Как вы... — начинает Изабель Джейнс, потом качает головой. — Это неправильный вопрос. *Почему* вы с ней познакомились? Вы самостоятельно расследовали бойню у Городского центра? — «Изображали дядюшку по-крупному», вот что она не решилась сказать, возможно, из уважения к Питу. В конце концов, они допрашивали давнего друга Пита, толстяка в измятых брюках, запачканной кровью белой рубашке и со съехавшим на широкую грудь узлом завязанного утром галстука.

— Как насчет стакана воды, прежде чем мы начнем? Я все еще потрясен случившимся. Она была такой милой женщиной.

Джейни была для него гораздо большим, чем просто милой женщиной, но хладнокровная часть его рассудка, которая — на данный момент — удерживает под замком горячую часть, говорит, что это правильный путь, тропа, которая выведет его ко всей истории точно так же, как узкий съезд выводит на четырехполосное шоссе. Пит встает и выходит. Изабель молчит до его возвращения, только изучает Ходжеса туманно-серыми глазами.

Ходжес одним глотком ополовинивает бумажный стаканчик и говорит:

— Ладно. Началось все с того ленча, за которым мы встретились в «Димасио», Пит. Помнишь?

— Конечно.

— Я спросил тебя обо всех делах — крупных, — по которым мы работали, когда я уходил на пенсию, но в действительности меня интересовало только одно дело: бойня у Городского центра. Думаю, ты это знал.

Пит молчит, но его губы кривятся в улыбке.

— Помнишь, как я спросил тебя, не задумывался ли ты насчет миссис Трелони? А вдруг она говорила правду? Насчет ключа.

— Ну-ну.

— А я действительно задался вопросом, беспристрастно ли мы к ней отнеслись? Или из-за того, как она себя вела, наши глаза закрывали шоры?

— Что значит — из-за того, как она себя вела? — спрашивает Изабель.

— Заноза в заднице. Дерганая, высокомерная, чрезмерно обидчивая. Чтобы лучше это понять, подумай обо всех людях, которые верили Доналду Дэвису, когда тот заявлял о своей невиновности. Почему? Потому что он *не* дергался, не держался надменно, не обижался по пустякам. Очень убедительно изображал убитого горем мужа, на которого возводят напраслину. Плюс — красота и обаяние. Однажды я видел его на Шестом канале, так симпатичная блондинка-ведущая изо всех сил сжимала бедра.

— Это отвратительно, — говорит Изабель, но с улыбкой.

— Да, но это факт. Он очаровывал. Оливия Трелони, наоборот, *отталкивала*. Вот я и начал думать, объективно ли мы отнеслись к ее версии.

— Объективно, — сухо вставляет Пит.

— *Возможно*. Так или иначе, я на пенсии, и времени у меня завались. Очень много времени. И однажды — перед тем как я предложил тебе встретиться за ленчем, Пит — я сказал себе: «Допустим, она говорила *правду*. Если так, где был второй ключ?» А потом — уже после нашего ленча — я зашел в Интернет и провел небольшое исследование. И знаешь, на что я наткнулся? На сленге — «сдернуть писк».

— Да ладно, — отмахивается Пит. — Ты действительно думаешь, что какой-то компьютерный гений списал сигнал ее ключа? А потом совершенно случайно нашел запасной ключ в бардачке или под сиденьем? Запасной ключ, про который она *забыла*? Это притянуто за уши, Билл. Особенно если вспомнить, какой была эта женщина.

Спокойно, словно тремя часами ранее он и не накрывал пиджаком оторванную руку женщины, которую любил, Ходжес излагает информацию о краже кодов, полученную от Джерома, представляя все так, будто это результат его собственного исследования. Он говорит, что пошел в кондоминиум на Лейк-авеню, чтобы задать несколько вопросов матери Оливии Трелони («Если бы она была жива — этого я точно не знал»), и выяснилось, что в квартире живет сестра Оливии, Джанель. Он опускает свой визит к особняку в Шугар-Хайтс и разговор с Рэдни Пиплсом, сотрудником охранного агентства «Всегда начеку», потому что этот эпизод может привести к вопросам, отвечать на которые ему никак не хочется. Со временем они все выяснят, но Ходжес настигает Мистера Мерседеса, знает, что настигает. И ему нужно лишь немного времени.

Он на это надеется.

— Мисс Паттерсон сказала мне, что ее мать живет в доме престарелых, расположенном в тридцати милях от города. «Солнечные просторы». Она предложила поехать туда со мной и представить своей матери, чтобы я мог задать интересующие меня вопросы.

— Почему она это предложила? — спросила Изабель.

— Потому что думала, что мы могли прессовать ее сестру, а это привело к самоубийству.

— Чушь! — вырывается у Пита.

— Я не собираюсь с тобой спорить, но ты понимаешь, о чем речь, правда? А еще она надеялась доказать, что ее сестра ни в чем не виновата.

Пит взмахом руки предлагает ему продолжать. Ходжес так и делает, после того как допивает воду. Он хочет выбраться отсюда. Мистер Мерседес наверняка уже прочитал послание Джерома. Если так, он может пуститься в бега. Ходжеса это устраивает. Бегущего поймать легче, чем прячущегося.

— Я задал вопросы старушке, но ничего нового не узнал. Разве что расстроил ее. У нее случился удар, и вскоре она умерла. — Он вздыхает. — Мисс Паттерсон... Джанель... была убита горем.

— Она разозлилась на вас? — спрашивает Изабель.

— Нет. Потому что сама на это согласилась. А когда умерла мать... В городе она никого не знала, за исключением сиделки матери, но та тоже больше напоминала божий одуванчик. Я дал ей номер моего телефона, и она позвонила мне, сказала, что ей требуется помощь, особенно с малознакомыми родственниками, прилетающими на похороны. Я согласился ей помочь. Джанель написала некролог. Я занимался организационными вопросами.

— Как она оказалась в вашем автомобиле, когда он взорвался?

Ходжес рассказывает о нервном срыве Холли. Не упоминает о том, что Джейни в последний момент позаимствовала его новую шляпу. Не потому, что упоминание об этом поставит под сомнение достоверность его истории. Просто очень больно об этом вспоминать.

— Хорошо, — кивает Изабель. — Вы знакомитесь с сестрой Оливии Трелони, которая так вам нравится, что вы зовете ее по имени. Сестра устраивает вам встречу с матерью, чтобы вы могли задать интересующие вас вопросы. У матери инсульт, и она умирает, может, потому, что воспоминания оказались слишком болезненными. Сестру взрывают сразу после похорон, в вашем автомобиле, и вы все равно не видите связи с Мистером Мерседесом?

Ходжес вскидывает руки.

— Откуда этот парень мог знать, что я задаю вопросы? Я не давал объявление в газету. — Он поворачивается к Питу. — Я ни с кем об этом не говорил, даже с тобой.

Пит определенно все еще обсасывает идею, что их личные чувства к Оливии Трелони могли повлиять на ход расследования, и выглядит мрачным. Ходжесу это без разницы, потому что у него сомнений нет: к миссис Ти они действительно отнеслись предвзято.

— Нет, за ленчем ты просто вызнал у меня все, что тебе требовалось.

Ходжес широко улыбается. При этом желудок у него перекручивается, словно оригами.

— Слушай, я же тебя угощал, верно?

— У кого еще могло возникнуть желание разорвать вас в мелкие клочки? — спрашивает Изабель. — Вы в черном списке Санта-Клауса?

— Раз уж ты спрашиваешь, я бы поставил на семью Аббаски. Пит, сколько этих говнюков мы упрятали за решетку в две тысячи четвертом за торговлю оружием?

— Десяток, а то и больше, но...

— Да, а годом позже — в два раза больше, по закону о рэкете и коррупции. Мы их раздавили, и Носатый Фабби сказал, что они доберутся до нас обоих.

— Билли, Аббаски уже ни до кого не доберутся. Фабрицио мертв, его брат в психушке и называет себя Наполеоном или кем-то еще, остальные — по тюрьмам.

Ходжес молча смотрит на него.

— Ладно, — вздыхает Пит, — всех этих тараканов никогда не поймать, но все равно это бред. При всем уважении к тебе, дружище, ты уже пенсионер. Из обоймы выпал.

— Точно. И это означает, что они могут разобраться со мной, не вызвав огонь на себя. Ты, с другой стороны, все еще под защитой золотого жетона, пришпиленного к твоему бумажнику.

— Нелепая идея, — говорит Изабель и скрещивает руки под грудью, как бы подводя черту.

Ходжес пожимает плечами:

— *Кто-то* пытался меня взорвать, и я не верю, что Мистер Мерседес обладает сверхъестественными способностями, позволившими ему каким-то образом узнать, что я расследую «Дело пропавшего ключа». Даже если он узнал, зачем ему убивать меня? Как этот ключ мог вывести на него?

— Так он же псих, — отвечает Пит. — Разве этого недостаточно?

— Возможно, но повторяю: *как он узнал?*

— Понятия не имею. Послушай, Билли, ты что-то недоговариваешь? Только честно?

— Нет.

— Я думаю, недоговариваете. — Изабель склоняет голову набок. — Эй, а вы с ней, часом, не спали?

Ходжес смещает взгляд на нее.

— А ты как думаешь, Иззи? Посмотри на меня.

Она держит его взгляд, потом опускает глаза. Ходжесу даже не верится, что она смогла так близко подойти к истине. Женская интуиция, думает он, и тут же приходит другая мысль: «Хорошо, что я не так сильно похудел и не покрасил волосы этим дерьмом под названием "Специально для мужчин"».

— Послушай, Пит, я хочу свалить. Прийти домой, выпить пива, постараться как-то осмыслить случившееся.

— Ты клянешься, что ничего не утаиваешь? Это уже между нами.

Ходжес упускает последний шанс уйти с чистой совестью.

— Абсолютно.

Пит просит его оставаться на связи. Завтра или в пятницу им понадобится формальное заявление.

— Нет проблем. И, Пит, на твоем месте я бы в ближайшем будущем внимательно осматривал автомобиль, прежде чем садиться за руль.

У двери Пит кладет руку Ходжесу на плечи, обнимает его.

— Очень сожалею. И из-за того, что все так вышло, и из-за наших вопросов.

— Да ладно. Это твоя работа.

Хватка Пита становится крепче, он шепчет Ходжесу в ухо:

— Ты что-то скрываешь. Думаешь, я принимаю пилюли глупости?

На мгновение Ходжес готов сдаться. Потом вспоминает Джейни: «Он наш».

Сам обнимает Пита, смотрит ему в глаза и говорит:

— Для меня это такая же загадка, как и для тебя. Поверь мне.

25

Ходжес пересекает общий зал департамента расследований с каменным лицом, которое отпугивает любопытные взгляды и предотвращает вопросы. Эта маска слетает лишь один раз, когда Кэсси Шин, с которой он часто работал, если Пит уходил в отпуск, говорит:

— Посмотрите на него. Живой и стал еще уродливее.

Ходжес улыбается:

— Да это же Кэсси Шин, королева ботокса. — Он шутливо поднимает руку, когда она берет со стола пресс-папье и угрожающе замахивается. Это кажется одновременно игрой и реальностью. Напоминает одну из девичьих драк послеполуденного телевидения.

В вестибюле Ходжес видит ряд стульев рядом с автоматами по продаже газировки и закусок. На двух сидят тетя Шарлотта и дядя Генри. Холли с ними нет, и Ходжес инстинктивно прикасается к очечнику в кармане брюк. Он спрашивает дядю Генри, полегчало ли тому. Дядя Генри отвечает, что да, и благодарит. Ходжес поворачивается к тете Шарлотте и спрашивает, как она.

— В порядке. Я тревожусь за Холли. Думаю, она винит себя за то, что стала причиной... вы знаете.

Ходжес знает. Причиной того, что Джейни сидела за рулем его автомобиля. Разумеется, Джейни все равно поехала бы в его «тойоте», но он сомневается, что это изменило бы настроение Холли.

— Я хочу, чтобы вы с ней поговорили. Вы с ней как-то *связаны*. — В ее глазах появляется неприятный блеск. — Точно так же, как были связаны с Джанель. Есть в вас что-то притягательное.

— Поговорю, — обещает Ходжес и обязательно сдержит слово, но первым с ней должен поговорить Джером. При условии, что номер на очечнике свяжет его с Холли. Как знать, может, телефон зазвонит... Где? В Цинциннати? В Кливленде?

— Надеюсь, от нас не потребуют опознать ее, — говорит дядя Генри. В одной руке у него пластиковая чашка с кофе. Дядя Генри едва пригубил его, и Ходжеса это не удивляет. В полицейском управлении кофе отвратительный. Это все знают. — Как мы сможем? Ее разорвало в клочья.

— Не идиотничай, — одергивает его тетя Шарлотта. — Нас об этом не попросят. Незачем.

— Если у нее когда-нибудь снимали отпечатки пальцев, — говорит Ходжес, — а у большинства людей снимали, этого будет достаточно. Возможно, вам покажут фотографии ее одежды или уцелевшие драгоценности.

— Да что мы знаем о ее драгоценностях? — кричит тетя Шарлотта. Коп, покупающий банку газировки, оборачивается и смотрит на нее. — Я даже не заметила, в чем она была.

Ходжес уверен, что тетя Шарлотта оценила каждый стежок, но не комментирует.

— У них могут быть и другие вопросы. — Некоторые о нем. — Много времени это не займет.

Есть лифт, но Ходжес выбирает лестницу. Спустившись на один пролет, приваливается к стене, закрывает глаза, несколько раз глубоко, со всхлипом вдыхает. Приходят слезы. Он смахивает их рукавом. Тетю Шарлотту заботит Холли — Ходжеса тоже, — но она ни слова не сказала о разорванной в клочья племяннице. Он полагает, что тетю Шарлотту по части Джейни интересует только одно: что случится с тем жирным куском, который Джейни унаследовала от сестры?

«Надеюсь, она завещала все деньги гребаной собачьей лечебнице», — думает Ходжес.

Он садится, крякнув от натуги. Используя ступеньку вместо стола, кладет на нее очечник и достает из бумажника листок с двумя длинными числами.

26

— Алло? — Голос мягкий, нерешительный. — Алло, кто это?

— Меня зовут Джером Робинсон, мэм. Как я понимаю, Билл Ходжес говорил вам, что я могу позвонить.

Тишина.

— Мэм? — Джером сидит у своего компьютера, сжимает смартфон так крепко, что корпус почти трещит. — Мисс Гибни?

— Я слушаю. — Тихо-претихо. — Он сказал, что хочет поймать человека, который убил мою кузину. Это был ужасный взрыв.

— Я знаю, — отвечает Джером. В своей комнате Барб в тысячный раз запускает новый диск «Здесь и сейчас». «Поцелуи на мидвее». Пока он не свел Джерома с ума, но каждое прослушивание приближает его к черте, за которой — безумие.

Тем временем женщина, с которой он говорит по мобильнику, начинает плакать.

— Мэм? Мисс Гибни? Я очень сожалею о вашей утрате.

— Я едва знала ее, но она была моей кузиной и так хорошо отнеслась ко мне. Как и мистер Ходжес. Знаете, что он меня спросил?

— Нет.

— Позавтракала ли я. Он такой чуткий.

— Это точно, — отвечает Джером. Он до сих пор не может поверить, что очаровательной, веселой женщины, с которой он обедал, больше нет. Он помнит, как сверкали ее глаза, как она смеялась, как передразнивала Билла с его «ага». А теперь он говорит по мобильнику с другой женщиной, которую никогда не видел и которая, судя по голосу, очень странная. Говорить с ней — все равно что обезвреживать бомбу. — Мэм, Билл хочет, чтобы я подъехал к вам.

— Он приедет с вами?

— Не сразу. У него есть другие дела.

Молчание, а потом все тот же тихий, едва слышный голос:

— Я могу вас не бояться? Потому что люди меня пугают. Люди сильно меня пугают.

— Да, мэм. Меня вы можете не бояться.

— Я хочу помочь мистеру Ходжесу. Я хочу помочь поймать человека, который это сделал. Он наверняка безумец, вы согласны?

— Да, — отвечает Джером. В комнате чуть дальше по коридору начинается новая песня, и две маленькие девочки — Барбара и Хильда — радостно визжат, так громко, что едва не трескаются стекла. Он думает о трех или четырех тысячах Барбар и Хильд, которые завтра вечером будут визжать в унисон, и благодарит Бога, что быть сопровождающим выпало его матери.

— Вы можете прийти, но я не знаю, как вас впустить, — говорит Холли. — Мой дядя Генри включил охранную сигнализацию, когда они уходили, а кода у меня нет. Я думаю, ворота он тоже запер.

— С этим я разберусь, — обещает Джером.

— Когда вы приедете?

— В течение получаса.

— Если будете говорить с мистером Ходжесом, передайте ему кое-что от меня?

— Конечно.

— Скажите ему, что мне тоже грустно. — Пауза. — И что я приняла лексапро.

27

В среду, ближе к вечеру, Брейди снимает номер в гигантском «Мотеле-6» рядом с аэропортом, воспользовавшись одной из кредитных карточек Ральфа Джонса. Из вещей у него чемодан и рюкзак. В рюкзаке лежит единственная смена одежды, все, что ему нужно на оставшиеся несколько десятков часов. В чемодане — диванная подушка с надписью «ПАРКОВКА ЗАДА», мочеприемник «Уринеста», фотография в рамке, несколько самодельных детонаторных выключателей (требуется только один, но запасные не помешают), Изделие два, глэдовские пакеты с металлическими шариками и самодельная взрывчатка, которой хватит, чтобы отправить на небеса и сам мотель, и прилегающую к нему автостоянку. Брейди возвращается к «субару», вытаскивает большой предмет (не без труда, тот едва помещается в автомобиле), относит в свой номер и прислоняет к стене.

Ложится на кровать. Прикосновение к подушке вызывает странное ощущение обнаженности. Почти сексуальное.

Он думает: *Я попал в полосу неудач, но выбрался из нее и по-прежнему на ногах.*

Закрывает глаза. Вскоре начинает похрапывать.

28

Джером останавливает «рэнглер» у самых ворот дома 739 по Лайлак-драйв, выходит из автомобиля, нажимает кнопку вызова. По-хорошему делать ему тут нечего, и если кто-то из сотрудников охранного агентства, патрулирующих Шугар-Хайтс, остановится и начнет задавать вопросы, единственная его надежда — подтверждение от женщины, которая сейчас в доме. Он не уверен, что может на нее рассчитывать. Разговор по телефону убедил его, что у дамы определенно не все дома. В любом случае вопросов ему никто не задает, а через мгновение или два — Джером всеми силами стремится показать, что имеет полное право находиться здесь, но это один из тех случаев, когда он чувствует себя особенно черным — Холли отвечает:

— Да? Кто это?

— Джером, мисс Гибни. Друг Билла Ходжеса.

Пауза такая долгая, что он собирается вновь нажать кнопку вызова.

— У вас есть код, открывающий ворота?

— Да.

— Хорошо. И если вы друг мистера Ходжеса, тогда можете называть меня Холли.

Он набирает на пульте код, и ворота открываются. Проезжает дальше и наблюдает, как они закрываются за ним. Пока все хорошо.

Холли у парадной двери, всматривается в него через боковое окно, словно заключенная в зоне свиданий тюрьмы строгого режима. Она в халате поверх пижамы, волосы всклокочены. Джером на мгновение представляет себе кошмарный сценарий: она нажимает тревожную кнопку на пульте охранной сигнализации (рядом с которым сейчас наверняка стоит), а когда прибывает охрана, обвиняет его в том, что он грабитель. Может, еще и насильник, помешанный на байковых пижамах.

Дверь заперта. Джером указывает на нее. Мгновение Холли стоит не шевелясь, будто робот с разряженными аккумуляторами. Потом поворачивает барашек врезного замка. Едва Джером открывает дверь, раздается пронзительный вой. Холли отступает на несколько шагов, прикрывает рот обеими руками.

— Не подведите меня! Только не подведите меня!

«Да она нервничает куда сильнее, чем я», — думает Джером и заметно успокаивается. Набирает на пульте код, потом нажимает кнопку «Ввод». Вой обрывается.

Холли падает на стул с резными ножками, который, похоже, стоит не меньше годовой платы за обучение в хорошем колледже (но, возможно, не в Гарварде), темные волосы обрамляют ее лицо.

— Это был худший день в моей жизни, — говорит она. — Бедная Джейни. Бедная, бедная Джейни.

— Я очень сожалею.

— Но по крайней мере это не *моя* вина. — Она смотрит на него. Воинственность в ее взгляде выглядит беспомощной и жалкой. — Никто такого не скажет. *Я* ничего не сделала.

— Разумеется, не сделали, — успокаивает ее Джером.

Звучит неестественно, но она улыбается, так что он, наверное, движется в правильном направлении.

— С мистером Ходжесом все в порядке? Он очень, очень, *очень* милый человек. Пусть даже моя мать его и не любит. — Она пожимает плечами. — Но кого она любит?

— У него все хорошо, — отвечает Джером, сомневаясь в этом.

— Вы *черный*. — Она смотрит на него, широко раскрыв глаза.

Джером бросает взгляд на свои руки.

— И правда.

Холли пронзительно хохочет.

— Извините. Это так грубо. Хорошо, что вы черный.

— Мысли черного черны, — говорит Джером.

— Да уж. Чернее не бывает. — Она встает, прикусывает нижнюю губу, потом протягивает руку. Очевидно, для этого ей пришлось собрать волю в кулак. — Давай твою, Джером.

Он пожимает ее руку. Она холодная и влажная. И трясется, как маленькая пугливая зверушка.

— Мы должны поторопиться. Если мать и дядя Генри вернутся и застанут тебя здесь, я пропала.

Ты? — думает Джером. — А как насчет этого черного паренька?

— Женщина, которая здесь жила, тоже приходилась тебе кузиной, верно?

— Да. Оливия Трелони. Я видела ее в последний раз, когда еще училась в колледже. Она и моя мать никогда не ладили. — Она очень серьезно смотрит на него. — Мне пришлось уйти из колледжа. У меня были проблемы.

Джером понимает, что были. И сейчас есть. Однако что-то в ней ему нравится. Одному Богу известно, что именно. Определенно не смех, напоминающий скрежет ногтя по грифельной доске.

— Ты знаешь, где ее компьютер?

— Да. Я покажу. Сможешь управиться по-быстрому?

Это и в моих интересах, думает Джером.

29

Компьютер усопшей Оливии Трелони защищен паролем, что просто глупо, поскольку, перевернув клавиатуру, Джером находит надпись маркером: «ОТРЕЛОНИ».

Холли, стоя в дверном проеме, теребит воротник халата, дергает вверх-вниз, вдруг что-то бормочет, но слов Джером разобрать не может.

— Что?

— Я спросила, что ты хочешь найти?

— Ты узнаешь, если я найду. — Он открывает окно поиска и печатает: «ПЛАЧ РЕБЕНКА». Результата нет. Меняет фразу на «РЫДАЮЩИЙ МЛАДЕНЕЦ». Ничего. Вводит «КРИЧАЩАЯ ЖЕНЩИНА». Ничего.

— Это можно спрятать. — Теперь он слышит ее ясно, потому что голос раздается над его ухом. Он даже подпрыгивает, но Холли этого не замечает. Она наклоняется вперед, упираясь руками в прикрытые халатом и пижамой колени, и всматривается в монитор. — Попробуй «АУДИОФАЙЛЫ».

Идея хорошая, поэтому он пробует. Ничего.

— Ладно, — кивает она, — зайди в «СИСТЕМНЫЕ НАСТРОЙКИ», а потом посмотри «ЗВУК».

— Холли, он же только контролирует вход и выход сигнала.

— *Да*, но все равно посмотри. — Она перестала кусать губы.

Джером смотрит. Для выхода меню предлагает «ДИНАМИКИ», «НАУШНИКИ» и «ЗВУКОВОЙ ДРАЙВЕР Log-MeIn» Для входа — «ВСТРОЕННЫЙ МИКРОФОН» и «ЛИНЕЙНЫЙ ВХОД». Что, собственно, он и ожидал.

— Есть еще идеи? — спрашивает он.

— Открой «ЗВУКОВЫЕ ЭФФЕКТЫ». Там, слева.

Джером поворачивается к ней.

— Слушай, а ты все это знаешь, да?

— Прошла курс обучения. Из дома. По «Скайпу». Это было интересно. Давай. Загляни в «ЗВУКОВЫЕ ЭФФЕКТЫ».

Джером заглядывает, моргает, не веря своим глазам. Помимо «ЛЯГУШКИ», «СТЕКЛА», «ЖУЖЖАНИЯ», «ХЛОПКОВ» и «МУРЧАНИЯ» — как и у всех, — есть еще одна строчка: «ПРИЗРАКИ».

— Никогда раньше такого не видел.

— Я тоже. — Холли по-прежнему не смотрит на него, но в остальном ее поведение разительно изменилось. Она пододвигает стул и садится рядом, закладывает за уши падающие на лицо волосы. — А я знаю все настройки «Мака».

— Ну ты даешь, — говорит Джером и поднимает руку, подставляя ладонь.

Не отрываясь от экрана, Холли хлопает по ней.

— Сыграй это, Сэм.

Джером улыбается.

— «Касабланка».

— Да. Я видела этот фильм семьдесят три раза. У меня есть «Кинокнига». Я записываю туда все фильмы, которые смотрю. Моя мать говорит, это ОКР*.

— *Вся жизнь* — сплошное ОКР, — говорит Джером.

— Продолжим. — Холли смотрит на экран.

Джером выделяет «ПРИЗРАКИ» и нажимает клавишу «Ввод». Из стереоколонок, которые стоят по обе стороны компьютера Оливии, начинает плакать младенец. Холли это терпит; хватается за плечо Джерома, лишь когда раздается женский крик:

— *Почему ты позволила ему убить мою малышку?*

— Твою мать! — кричит Джером и сжимает руку Холли. Он даже не думает об этом, а она не пытается вырваться. Они таращатся на компьютер, словно тот отрастил зубы и укусил их.

Тишина, потом вновь плач младенца. И женский крик. Еще один цикл, и все.

---

* Обсессивно-компульсивное расстройство.

Холли наконец-то смотрит на Джерома. Глаза у нее такие огромные, что едва не вылезают из орбит.

— Ты ожидал чего-то подобного?

— Господи, *нет*. — Чего-то он, конечно, ждал, иначе Билл не послал бы его сюда, но *такое*? — Ты сможешь что-нибудь выяснить насчет программы, Холли? Если не сможешь, ничего стра...

— Подвинься.

Джером разбирается в компьютерах, но Холли играет на клавиатуре, как на «Стейнвее». Через минуту охоты она говорит:

— Похоже, программу поставили первого июля прошлого года. В тот день на компьютер поставили много чего.

— Программа позволяет проиграть это в определенное время, верно? Три раза, а потом выход?

Она нетерпеливо смотрит на него.

— Естественно.

— Тогда как вышло, что она сейчас *не срабатывает*? Я хочу сказать, вы же здесь живете. И услышали бы.

Холли некоторое время работает мышкой, затем показывает ему кое-что еще.

— Я это уже видела. Это программа удаленного доступа, спрятанная в почтовых контактах. Готова спорить, Оливия и не знала о ее существовании. Она называется «Зеркало». Ее нельзя использовать, чтобы включить компьютер — во всяком случае, я так не думаю, — но если компьютер уже *включен*, ты можешь делать все, что угодно, с другого компа. Открывать файлы, читать электронные письма, заглядывать в истории поисковых запросов... или отключать программы.

— Скажем, после ее смерти, — говорит Джером.

— Ох. — Холли морщится.

— Почему парень, установивший программу, оставил ее? Почему не стер полностью?

— Не знаю. Может, просто забыл. Я постоянно что-то забываю. Моя мать говорит, что я забыла бы голову, если бы она не крепилась к шее.

— Да, моя тоже так говорит. Но кто *он*? О ком мы говорим?

Она обдумывает вопрос. Они оба обдумывают. И через несколько секунд одновременно выдают ответ.

— Ее компьютерный мастер. — Джером.

— Ее гик-фрик. — Холли.

Джером просматривает содержимое ящиков стола, на котором стоит компьютер Оливии, в поисках квитанции, счета, визитной карточки. Что-то из перечисленного должно быть, но ничего нет. Он становится на колени и залезает в нишу для ног. Безрезультатно.

— Посмотри на холодильнике, — предлагает он. — Иногда люди хранят такое дерьмо там, под маленькими магнитами.

— Магнитов на холодильнике много, — отвечает Холли, — но под ними ничего нет, кроме визитных карточек риелтора и охранного агентства «Всегда начеку». Я думаю, Джейни все собрала и куда-то положила. Может, и выкинула.

— Сейф здесь есть?

— Вероятно, но с чего моей кузине держать визитную карточку компьютерного мастера в сейфе? Едва ли она стоит *денег* или вообще имеет ценность.

— Это точно, — соглашается Джером.

— Если она здесь, то должна быть рядом с компьютером. Оливия не стала бы ее *прятать*. Я хочу сказать, она даже пароль написала на своей чертовой *клавиатуре*.

— Очень глупо, — говорит Джером.

— Да уж. — Холли внезапно осознает, как близко они сидят. Поднимается и отходит к двери. — Что собираешься делать?

— Пожалуй, самое время позвонить Биллу.

Он достает мобильник, но прежде чем успевает набрать номер, Холли произносит его имя. Он смотрит на нее, стоящую в дверном проеме. В пижаме и халате она выглядит потерянной.

— В городе, наверное, прорва компьютерных мастеров.

Едва ли так много, но предостаточно. Он это знает, и Ходжес тоже, потому что Джером сам ему говорил.

30

Ходжес внимательно выслушивает все, что говорит ему Джером. Он доволен тем, что Джером хвалит Холли (и надеется, что она тоже довольна, если слушает), но горько разочарован, что от компьютера Оливии не протянулась ниточка к мастеру, который в нем копался. Джером видит причину в том, что Джейни могла выкинуть его визитную карточку. Ходжес, более подозрительный, склонен думать, что Мистер Мерседес позаботился о том, чтобы у Оливии *не* было его карточки. Только не сходится. Разве ты не просишь визитку у человека, качественно выполнившего порученную ему работу? И ведь это удобно, когда визитка под рукой. Если только...

Он просит Джерома передать мобильник Холли.

— Алло? — Голос такой тихий, что Ходжесу приходится напрягать слух.

— Холли, в компьютере Оливии есть адресная книга?

— Минутку. — Он слышит, как она стучит по клавишам. Когда вновь берет мобильник, в ее голосе недоумение. — Нет.

— Тебе это не кажется странным?

— В каком-то смысле — да.

— Мог парень, который поставил программу с призраками, стереть адресную книгу?

— Конечно. Легко. Я принимаю лексапро, мистер Ходжес.

— Отлично. Можешь сказать, часто ли Оливия использовала компьютер?

— Да.

— Пока будешь выяснять, передай трубку Джерому.

Джером берет трубку и говорит, что сожалеет, что не удалось выяснить большего.

— Нет, нет, вы потрудились на славу. Когда ты просматривал ящики, *записная книжка* тебе не попадалась?

— Нет, но люди теперь ими не пользуются. Все контакты в компьютерах и мобильниках. Вы же это знаете, так?

Ходжес полагает, что *должен* знать, но мир нынче движется гораздо быстрее, чем он. Он даже не знает, как настроить цифровой видеомагнитофон.

— Подождите. Холли хочет вам что-то сказать.

— Вы с Холли отлично ладите, да?

— Мы — команда. Передаю трубу.

— У Оливии в компьютере множество программ, и она заходила на многие сайты. Особенно ей нравились «Хулу» и «Хаффпо». А история ее поисковых запросов... мне представляется, что она проводила в Сети больше времени, чем я, а я сижу там подолгу.

— Холли, почему у человека, который действительно в немалой степени зависит от компьютера, нет под рукой визитной карточки мастера?

— Потому что этот парень тайком проник в дом после ее смерти и забрал карточку, — без запинки отвечает Холли.

— Возможно, но подумай о риске... с учетом того, что охранное агентство приглядывает за всеми домами. И ему требовался код, открывающий ворота, и еще один, отключающий охранную сигнализацию, ключ от двери... — Он замолкает.

— Мистер Ходжес? Вы еще здесь?

— Да. И послушай, зови меня Биллом.

Но она не зовет. Видимо, не может назвать.

— Мистер Ходжес, он великий преступник? Как в «Джеймсе Бонде»?

— Я думаю, он просто безумец. И *потому*, что он безумен, риск для него — ничто. Посмотри, на какой он пошел риск, врезавшись на «мерседесе» в толпу у Городского центра.

Но все равно что-то не сходится.

— Пожалуйста, дай мне Джерома.

Она передает мобильник, и Ходжес говорит юноше, что тот должен уехать до возвращения тети Шарлотты и дяди Генри, чтобы они не застали его в компании Холли и компьютера.

— А что вы собираетесь делать, Билл?

Ходжес смотрит на улицу, где сумерки уже начали сгущать краски дня. На часах почти семь.

— Ложиться спать, — отвечает он.

31

Но прежде чем лечь, Ходжес четыре часа сидит перед телевизором, глаза смотрят передачу за передачей, однако до мозга информация не доходит, рассеивается по пути. Он старается ни о чем не думать, потому что только так можно открыть дверь, через которую войдет нужная идея. Нужная идея всегда появляется в результате правильной увязки фактов, и он чувствует, что все факты уже собраны, осталось только их увязать. В том, что он сумеет это сделать, сомнений нет. Он не позволяет Джейни войти в его мысли. Потом — обязательно, но сейчас она может заклинить вращающиеся шестеренки.

Центральное звено — компьютер Оливии Трелони. В него поставили программу с голосами призраков, и главный подозреваемый — конечно же, ее компьютерный мастер. И почему у нее нет его визитной карточки? Он мог дистанционно стереть ее адресную книгу — Ходжес ставит на то, что стер, — но как он мог проникнуть в дом, чтобы украсть свою гребаную визитку после смерти хозяйки?

Ему звонит репортер из городской газеты. Потом репортер с «Шестого канала». После третьего звонка от представителя масс-медиа Ходжес отключает телефон. Он не знает, кто слил номер его мобильника, но надеется, что этому человеку хорошо заплатили.

Одна фраза снова и снова приходит ему в голову, фраза, вроде бы ни к чему не относящаяся: *Она думает, они среди нас*.

Записи помогают освежить память и найти того, кто ему эту фразу сказал: мистер Боуфингер, автор текстов поздравительных открыток. Они с Боуфингером сидели на пластмассовых стульях, и Ходжес, помнится, радовался возможности побыть в тени. Он тогда обходил соседей в надежде найти кого-нибудь, кто видел подозрительный автомобиль, проезжавший по его улице.

Она думает, они среди нас.

Боуфингер говорил о миссис Мельбурн, жившей на противоположной стороне улицы. Миссис Мельбурн, которая состояла в организации чокнутых уфологов, именуемой НКИАФ, то есть Национальный комитет исследований атмосферных феноменов.

Ходжес приходит к выводу, что это всего лишь свидетельство переутомления: память выдавливает на поверхность какие-то ошметки. Он раздевается и ложится в постель, и тут же приходит Джейни, которая морщит нос и говорит «ага», и первый раз во взрослой жизни он в прямом смысле засыпает в слезах.

Просыпается уже в предрассветные часы четверга, отливает, возвращается к кровати и останавливается. Глаза широко раскрываются. То, что он искал, увязка фактов внезапно возникает в голове, четкая и ясная.

Визитную карточку не держат в доме, если она не нужна.

Допустим, этот парень работает не на себя, а на *компанию*. В этом случае, если у тебя что-то сломалось, ты звонишь в компанию, потому что этот номер всегда легко запомнить: он состоит из повторяющихся цифр, скажем, 555-9999, или набирается по буквам, к примеру, «КОМПЬЮТ».

Если он работал в компании, то и приезжал на автомобиле, принадлежащем компании.

Ходжес возвращается в постель в полной уверенности, что заснуть уже не удастся, но ошибается.

Он думает: *Если ему хватило взрывчатки, чтобы разнести мой автомобиль, наверное, осталось еще больше.*

Потом он засыпает.

Ему снится Джейни.

Поцелуи
на мидвее

1

В шесть утра Ходжес на ногах и готовит плотный завтрак: два яйца, четыре ломтика бекона, четыре тоста. Аппетита нет, но он заставляет себя съесть все, напоминая, что это горючее для тела. Возможно, ему представится шанс поесть сегодня, а может, и нет. И принимая душ, и пережевывая завтрак (теперь худеть не для кого), думает он только об одном. С этой мыслью он засыпал под утро. Она вцепилась и не отпускает.

Сколько у него взрывчатки?

Мысль эта выводит на два пренеприятных вопроса. Как этот парень — *перк* — намерен ее использовать? И когда?

Ходжес принимает решение: сегодня — последний день. Он хочет выследить Мистера Мерседеса сам, встретиться с ним лицом к лицу. Убить его? Нет, конечно (*вероятно*, нет), но он с *удовольствием* выбьет из него все дерьмо. Воздаст и за Оливию, и за Джейни, и за Дженис и Патрицию Крей. И за всех остальных, кого Мистер Мерседес убил и покалечил у Городского центра в прошлом году. Людей, которым отчаянно требовалась работа, иначе они не пришли бы туда глубокой ночью, чтобы стоять во влажном тумане, дожидаясь, когда откроются двери. Потерянные жизни. Потерянные надежды. Потерянные *души*.

Так что да, он хочет добраться до этого сучьего сына. Но если не сумеет выйти на него сегодня, все-таки передаст расследование Питу Хантли и Иззи Джейнс, пусть это и чревато... кто знает, он даже может получить тюремный срок.

Значения это не имеет. На его совести и так немало, поэтому он справится. Но только не с еще одним массовым убийством. Этого он точно не вынесет.

Ходжес назначает себе и крайний срок: восемь вечера. Это черта на песке. За оставшиеся тринадцать часов он может сделать не меньше Пита и Иззи. А то и больше, потому что его не ограничивают инструкции и процедуры. Сегодня он возьмет с собой отцовский револьвер тридцать восьмого калибра. И Веселый ударник тоже не помешает.

Ударник отправляется в правый наружный карман пиджака, револьвер — под левую руку. В кабинете Ходжес берет папку Мистера Мерседеса — она уже довольно толстая — и возвращается на кухню. Пока читает, пультом дистанционного управления включает телевизор, чтобы посмотреть «Семь утра» на «Шестом канале». Ощущает огромное облегчение, увидев кран, упавший на берегу озера и чуть не потопивший баржу с химикалиями. Он, разумеется, не хочет большего загрязнения озера (при условии, что такое возможно), но эта авария отодвинула взрыв автомобиля на второй план. И это хорошая новость. Есть и плохая: владельца идентифицировали как детектива, теперь на пенсии, который возглавлял расследование массового убийства у Городского центра. Ведущий также сообщает, что при взрыве автомобиля погибла сестра Оливии Трелони. На экране появляется фотография его и Джейни, стоящих у Похоронного бюро Соумса. Он понятия не имеет, кто и когда ее сделал.

— Полиция не говорит, связан ли этот взрыв с прошлогодним массовым убийством у Городского центра, — лицо у ведущего суровое, — но стоит отметить, что виновник того преступления так и не пойман. Из других криминальных новостей: Доналд Дэвис ожидает предъявления обвинения...

Ходжеса Доналд Дэвис совершенно не интересует. Он выключает телевизор и возвращается к линованному блокноту. Все еще читает свои записи, когда звонит телефон — не мобильный (хотя сегодня он в кармане), а на стене. Пит Хантли.

— Ты встаешь с петухами, — говорит Пит.

— Умозаключение, достойное настоящего детектива. Чем я могу тебе помочь?

— Вчера у нас состоялась интересная беседа с Генри Сируа и Шарлоттой Гибни. Тетей и дядей Джанель Паттерсон.

Ходжес знает, что за этим последует.

— Тетя нас просто заворожила. Она думает, что Иззи права и тебя с Паттерсон никак нельзя назвать просто знакомыми. Она думает, что вы были очень близкими друзьями.

— И что ты хочешь этим сказать, Пит?

— Изображали животное о двух спинах. Загоняли красный «кадиллак» в теплый гараж. Парили хомячка в баньке. Забивали гвоздик. Катались на...

— Думаю, я понял. Позволь рассказать тебе кое-что о тете Шарлотте. Если она увидит фотографию Джастина Бибера, разговаривающего с королевой Англии, то скажет, что Биб ее долбил. «Я вижу это по их глазам», — заявит она.

— Значит, ничего такого?

— Нет.

— Ладно, будем считать, что я поверил, учитывая наше прошлое, но я все равно хочу знать, что ты скрываешь? Потому что это дурно пахнет.

— Записывай по буквам: *я... ни-че-го...* не... скры-ва-ю.

Молчание на другом конце провода. Пит ждет, что Ходжесу станет не по себе и он заговорит. Забыл, кто обучал его этому трюку.

Наконец Пит сдается.

— Я думаю, ты роешь себе яму, Билли. Мой совет: брось лопату, прежде чем зароешься так глубоко, что не сможешь вылезти.

— Спасибо, напарник. Приятно получать уроки жизни в четверть восьмого утра.

— Я хочу снова допросить тебя во второй половине дня. И на этот раз, возможно, я тебе кое-что зачитаю.

Понятное дело, Пит говорит о «предупреждении Миранды».

— С нетерпением жду нашей встречи. Позвони мне на мобильник.

— Правда? После выхода на пенсию ты никогда не носишь его с собой.

— Сегодня он будет при мне. — Причина ясна: следующие двенадцать или четырнадцать часов он снова в строю.

Ходжес заканчивает разговор и возвращается к своим записям, слюнявит подушечку указательного пальца всякий раз, когда переворачивает страницу. Обводит имя и фамилию Рэдни Пиплса, сотрудника охранного агентства «Всегда начеку», с которым разговаривал в Шугар-Хайтс. Даже если Пиплс работает спустя рукава, он, возможно, ключевое звено в поисках Мистера Мерседеса. Но, с другой стороны, нет ни единого шанса, что он не запомнил Ходжеса, который сначала заставил охранника показать удостоверение, а потом допросил. И сегодня Пиплс уже будет знать, что Ходжес — звезда новостей. Впрочем, еще есть время, чтобы найти другое решение проблемы: Ходжес не собирается звонить в охранное агентство «Всегда начеку» до начала рабочего дня. Потому что звонок должен выглядеть рутинным.

Ему снова звонят — на этот раз на мобильник. Тетя Шарлотта. Ходжес не удивлен, но это не означает, что он рад.

— Я не знаю, что мне делать! — кричит она. — Вы должны мне помочь, мистер Ходжес!

— Вы не знаете, что делать насчет чего?

— *Тела! Тела* Джанель! Я даже не знаю, где оно!

Ходжесу звонят по второй линии, и он смотрит на номер.

— Миссис Гибни, у меня еще звонок, и я должен ответить.

— Не понимаю, почему вы не можете сначала...

— Джанель никуда не денется, так что вам придется подождать. Я перезвоню.

Он обрубает ее протестующий вопль и переходит на линию Джерома.

— Я подумал, что сегодня вам понадобится шофер, — говорит Джером. — Учитывая создавшуюся ситуацию.

Сначала Ходжес не понимает, о чем толкует Джером, потом вспоминает, что от «тойоты» остались обгоревшие обломки, которые отправили экспертам полицейского управления, и очень скоро люди в белых халатах определят, какая использовалась взрывчатка. Прошлым вечером он добирался домой на такси. Ему точно *нужны* колеса. Да и Джером может оказаться полезным не только за баранкой.

— Идея хорошая, — признает он, — но что скажут в школе?

— У меня средний балл три и девять, — терпеливо объясняет Джером. — Я также работаю в «Ситизенс юнайтед» и преподаю в компьютерном классе для детей с ограниченными возможностями. Так что могу позволить себе пропустить один день. И я уже договорился с мамой и папой. Они только попросили узнать, не собирается ли кто-то еще взорвать вас.

— Если на то пошло, исключить этого нельзя.

— Минуточку. — Ходжес слышит, как Джером передает его ответ родителям: — Он говорит, что такого не повторится.

Несмотря ни на что, Ходжес улыбается.

— Я сейчас подъеду, — говорит ему Джером.

— Не превышай скорость, — предупреждает Ходжес. — Девять часов меня устроит. Свободное время используй для развития своих актерских способностей.

— Правда? И какую мне репетировать роль?

— Старшего помощника младшего юриста, — отвечает Ходжес. — Спасибо тебе, Джером.

Он разрывает связь, идет в кабинет, включает компьютер, в поисковике ищет местного адвоката по фамилии Шрон. Фамилия необычная, так что поиск заканчивается, едва начавшись. Он выписывает название фирмы, адрес и телефоны, имя Шрона. Зовут его Джордж. Ходжес возвращается на кухню и звонит тете Шарлотте.

— Ходжес, — говорит он. — Снова с вами.

— Мне не понравилось, как вы оборвали наш разговор, мистер Ходжес.

— А мне не понравилось, что вы говорили моему бывшему напарнику, что я трахал вашу племянницу.

Он слышит, как ахает тетя Шарлотта. Следует долгая пауза. Ходжес надеется, что она повесит трубку. Этого не происходит, и он говорит все, что ей нужно знать:

— Останки Джейни в морге округа Гурон. Сегодня их вам не отдадут. Скорее всего и завтра тоже. Необходимо провести вскрытие, что представляется абсурдным, учитывая причину смерти, но таков порядок.

— Вы не понимаете! У меня билеты *на самолет*!

Ходжес смотрит в окно и медленно считает до пяти.

— Мистер Ходжес? Вы здесь?

— Как мне представляется, вариантов у вас два, миссис Гибни. Первый: остаться здесь и сделать все как положено. Второй: использовать билеты, улететь домой и оставить все на город.

Тетя Шарлотта начинает шмыгать носом.

— Я видела, как вы смотрели на нее, как она смотрела на вас. И я лишь отвечала на вопросы женщины-копа.

— И несомненно, со всей готовностью.

— С *чем*?

Он вздыхает:

— Не будем об этом. Я думаю, вам с братом необходимо лично подъехать в морг округа Гурон. Предварительно не звоните, пусть ваш приезд станет для них неожиданностью. Поговорите с доктором Голуорти. Если доктора Голуорти нет, поговорите с доктором Пателем. Если вы лично попросите их ускорить процесс — и вам удастся попросить вежливо, — они окажут всяческое содействие. Сошлитесь на меня. Я работал с ними обоими с начала девяностых.

— Нам опять придется оставить Холли одну, — говорит тетя Шарлотта. — Она заперлась в своей комнате. Сидит за ноутбуком и не выходит.

Ходжес обнаруживает, что дергает себя за волосы, и усилием воли прекращает это занятие.

— Сколько лет вашей дочери?

Долгая пауза.

— Сорок пять.

— Тогда, наверное, вы можете уехать, не нанимая няньку. — Он пытается этим ограничиться, но не выходит. — Подумайте о деньгах, которые удастся сэкономить.

— От вас и нельзя ожидать, чтобы вы поняли проблемы с Холли. Помимо психической неуравновешенности, моя дочь еще и легкоранимая.

Ходжес думает: *Поэтому с тобой ей особенно тяжело.* На этот раз ему удается промолчать.

— Мистер Ходжес?

— Слушаю вас.

— Вы, случайно, не знаете, оставила ли Джанель завещание?

Ходжес дает отбой.

2

Брейди долго стоит под душем, не зажигая свет в ванной. Ему нравится это внутриутробное тепло и барабанная дробь воды по полу душевой кабины. И темнота нравится, и это хорошо, потому что скоро у него не будет ничего, кроме темноты. Ему хотелось бы верить, что впереди нежное воссоединение матери-и-сына — может, даже матери-и-любовника, — но в его сердце нет веры. Он готов притвориться, но... нет.

Одна темнота.

Бог его не волнует, как и перспектива провести вечность, поджариваясь на медленном огне за свои преступления. Любой недоумок знает, что ничего такого не существует. Каким жестоким должно быть сверхсущество, чтобы создать столь изгаженный мир? Даже если мстительный Бог телеевангелистов и облаченных в черное растлителей малолетних *существует*, разве сможет этот испепеляющий молниями громовержец обвинить Брейди в содеянном? Разве Брейди заставил отца схватиться за высоковольтный провод? Нет. Разве Брейди засунул кусочек яблока в дыхательное горло Фрэнки? Нет. Разве *он* твердил без конца, что деньги закончатся и им придется жить в приюте для бездомных? Нет. *Он* поджарил отравленный гамбургер и сказал: *Съешь, мама, очень вкусно?*

Разве можно винить его за то, что он нанес ответный удар миру, который и сделал его таким?

Брейди думает, что нет.

Он размышляет о террористах, которые обрушили башни Всемирного торгового центра (о них он размышляет часто). Эти клоуны действительно думали, что отправятся в рай, где их ждала вечная жизнь в роскошном отеле в окружении ослепительных юных дев. Обхохочешься, а что самое смешное? На посмешище выставили их... а они этого не знали. Им досталось лишь несколько мгновений лицезрения всех этих окон и завершающая вспышка света. А потом они и тысячи их жертв просто ушли. Пуф — и нету. Пока, аллигатор, увидимся, крокодил. Все ушли, убийцы и убитые, ушли во вселенское ничто, окружающее одну одинокую синюю планетку и ее безмозглых суетящихся обитателей. Все религии лгут. Все моральные постулаты — заблуждение. Даже звезды — мираж. Истина — это темнота, и единственное, что имеет значение, так это заявить о себе, прежде чем ступить в нее. Взрезать кожу мира и оставить зарубку. Если на то пошло, вся история человечества — рубцовая ткань.

3

Брейди одевается и едет в круглосуточный аптечный магазин, расположенный рядом с аэропортом. Зеркало в ванной показало ему, что электрическая бритва матери с работой не справилась: череп требуется довести до ума. Он покупает бритвенные станки и пену для бритья. Прихватывает пальчиковые батарейки, потому что их много не бывает. С вращающейся стойки берет очки с простыми стеклами. Останавливает свой выбор на роговой оправе, потому что в них выглядит студентом. Так ему, во всяком случае, кажется.

По пути к кассе Брейди останавливается перед картонным рекламным щитом с изображенными на нем в полный рост четырьмя чистенькими, аккуратненькими мальчиками, группой «Здесь и сейчас». На щите надпись: «ПРИОБРЕТИ ВСЕ НЕОБХОДИМОЕ ДЛЯ БОЛЬШОГО ШОУ 3 ИЮНЯ!» «3 ИЮНЯ» кто-то зачеркнул, написав ниже: «СЕГОДНЯ».

Хотя Брейди всегда покупает футболки размера M — под свое хрупкое телосложение, — на этот раз он берет XL (как и в случае с жилеткой смертника) и добавляет к остальным покупкам. В очереди стоять нет нужды: в такую рань он единственный покупатель.

— Идете на сегодняшнее шоу? — спрашивает девушка-кассир.

Брейди широко улыбается:

— Будьте уверены.

По пути в мотель Брейди думает о своем автомобиле. *Тревожится* из-за своего автомобиля. Прикрываться Ральфом Джонсом — это здорово, но «субару» зарегистрирован на Брейди Хартсфилда. Если детпен узнает его имя и фамилию и сообщит пять-ноль, возникнет проблема. В мотеле он в безопасности — там больше не записывают в регистрационную карточку номерной знак, только данные водительского удостоверения, — а его автомобиль — нет.

«Детпен не подобрался так близко, — говорит себе Брейди. — Он всего лишь хотел меня напугать».

А если нет? Этот конкретный «дет» раскрыл множество преступлений перед тем, как стал «пеном», и все навыки, похоже, остались при нем.

И вместо того чтобы ехать в «Мотель-6», Брейди направляется в аэропорт, берет квитанцию и оставляет «субару» на долгосрочной парковке. Вечером автомобиль ему понадобится, но пока пусть постоит здесь.

Брейди смотрит на часы. Без десяти девять. Одиннадцать часов до начала шоу. Может, двенадцать часов до темноты. Может, меньше, может, и больше. Если больше — то ненамного.

Он надевает новые очки и, насвистывая, возвращается в мотель с покупками. Идти недалеко — полмили.

4

Когда Ходжес открывает входную дверь, внимание Джерома в первую очередь привлекает револьвер тридцать восьмого калибра в наплечной кобуре.

— Вы никого не собираетесь пристрелить, правда?

— Надеюсь на это. Этот револьвер для меня — скорее счастливый амулет. Он принадлежал моему отцу. И у меня есть лицензия на скрытое ношение оружия, если он тебя смущает.

— Скажите, он заряжен или нет? — спрашивает Джером.

— Естественно, заряжен. Что, по-твоему, я буду делать, если придется пустить его в ход? Бросать как камень?

Джером проходится рукой по волосам.

— Дело принимает серьезный оборот.

— Хочешь выйти из игры? Если да, так и скажи. Прямо сейчас. Я всегда могу арендовать автомобиль.

— Нет, я не о себе. Меня тревожите вы. У вас уже не мешки под глазами, а целые чемоданы.

— Со мной все будет хорошо. Все равно это мой последний день. Если я не поймаю этого парня до темноты, то пойду к моему прежнему напарнику и расскажу ему все.

— И чем вам это грозит?

— Не знаю, да меня это особо и не волнует.

— А чем это грозит *мне*?

— Ничем. Если бы я не мог этого гарантировать, ты бы сейчас сидел на алгебре.

Джером с жалостью смотрит на него.

— Алгебра уже четыре года как закончилась. Скажите, что мне делать.

Ходжес говорит. Джером готов, но у него есть сомнения.

— В прошлом месяце — только не говорите моим родителям — мы с парнями попытались попасть в «Панч и Джуди», новый ночной клуб в центре города. Бугай у двери даже не взглянул на мое прекрасное фальшивое удостоверение личности, только взмахом руки велел выйти из очереди и посоветовал купить молочный коктейль.

— Меня это не удивляет, — отвечает Ходжес. — Выглядишь ты на семнадцать, но, к счастью, твой голос звучит на двадцать пять. — Он дает Джерому листок с номером. — Звони.

Джером говорит секретарю охранного агентства «Всегда начеку», что он Мартин Лунсбери, помощник юриста фирмы «Кэнтон, Силвер, Макпис и Джексон». Говорит, что в настоящее время работает с Джорджем Шроном, младшим партнером, и ему поручено привести в порядок некоторые неувязки по части наследства усопшей Оливии Трелони. Одна из этих неувязок касается компьютера миссис Трелони. Его нынешняя задача — найти мастера, который этот компьютер обслуживал, и у него есть надежда, что кто-то из сотрудников охранного агентства, патрулирующих Шугар-Хайтс, поможет ему с розысками этого господина.

Ходжес соединяет большой и указательный пальцы в кольцо, чтобы показать, что в восторге от Джерома, и передает ему записку.

Джером читает и говорит:

— Одна из соседок миссис Трелони, миссис Элен Уилкокс, упоминала Родни Пиплса. — Он слушает, потом кивает. — *Рэдни*, понимаю. Какое интересное имя. Может, он мне позвонит, если его это не затруднит? Мой босс немного склонен к тирании, так что я, можно сказать, под дулом пистолета. — Слушает. — Да? Конечно. Премного вам благодарен. — Он диктует секретарю номера своего мобильника и городского телефона Ходжеса, кладет трубку и вытирает со лба воображаемый пот. — Я рад, что все закончилось. Уф!

— У тебя отлично получилось, — заверяет его Ходжес.

— А если она позвонит в «Кэнтон, Силвер и Как-их-там», чтобы проверить? И выяснит, что они никогда не слышали о Мартине Лунсбери?

— Ее работа — передавать сообщения, а не проверять их.

— А если Пиплс проверит?

Ходжес сомневается. Он думает, что упоминание Элен Уилкокс остановит его. При разговоре с Пиплсом перед особняком Трелони в Шугар-Хайтс у него сложилось впечатление, что отношения охранника с Элен Уилкокс отличаются от платонических. Может, чуть-чуть, может, и более чем. Он думает, что Пиплс без промедления скажет Мартину Лунсбери все, что тому нужно, лишь бы он поскорее отвалил.

— Что делаем дальше? — спрашивает Джером.

Делать им предстоит то, чем Ходжес занимался как минимум половину времени, проведенного на службе.

— Ждем.

— Как долго?

— Пока не позвонит Пиплс или кто-то еще. — Потому что на данный момент охранное агентство «Всегда начеку» — его главная ниточка. Если результата не будет, придется ехать в Шугар-Хайтс и опрашивать соседей. Такая перспектива Ходжеса совершенно не радует, учитывая свалившуюся на него известность.

Мысли его вновь возвращаются к мистеру Боуфингеру и миссис Мельбурн, определенно чокнутой женщине из дома напротив. С ее разговорами о таинственных черных внедорожниках и интересом к летающим тарелкам миссис Мельбурн определенно тянет на эксцентричного второстепенного персонажа в каком-нибудь старом фильме Альфреда Хичкока.

Она думает, они среди нас, говорил Боуфингер, сводя брови к переносице, и почему эта фраза продолжает крутиться в голове?

Без десяти десять звонит мобильник Джерома. Короткий отрывок мелодии «Адских колоколов» «Эй-си/Ди-си» заставляет обоих подпрыгнуть. Джером хватает мобильник.

— Тут написано «НОМЕР СКРЫТ». Что мне делать, Билл?

— Отвечай на звонок. Это он. И помни, кто ты.

Джером принимает звонок и говорит:

— Алло, это Мартин Лунсбери. Премного благодарен, что вы не сочли за труд перезвонить мне.

Ходжес пишет новую записку и протягивает через стол Джерому. Тот быстро проглядывает ее.

— Да-да... конечно... Миссис Уилкокс очень высоко отзывается о вас. Да, очень высоко. Но моя работа связана с усопшей миссис Трелони. Не можем закончить инвентаризацию ее наследства, пока не разберемся с ее компьютером и... да, я знаю, что прошло больше шести месяцев. Вы не представляете, как медленно все движется. В прошлом году у нас был клиент, которому пришлось обращаться за талонами на продукты, хотя по наследству ему полагались семьдесят тысяч долларов. Но только после решения суда.

Не переусердствуй, Джером, думает Ходжес. Сердце его громко стучит.

— Нет, нет, ничего такого. Мне просто нужна фамилия мастера, который обслуживал ее компьютер. Все остальное — на усмотрение моего босса. — Джером слушает. Его брови ползут вверх. — Не можете? Какая жа...

Но Пиплс продолжает говорить. На лбу Джерома выступает настоящий пот. Он протягивает руку, берет ручку Ходжеса, начинает записывать. И пока пишет, не забывает вставлять в монолог Пиплса *да-да, конечно, понимаю*. Наконец произносит:

— Отлично. Просто отлично. Я уверен, что мистеру Шрону вполне этого хватит. Вы мне так помогли, мистер Пиплс. Просто не знаю, как выразить... — Он опять слушает. — Да, это ужасно. Я уверен, что мистер Шрон занимается некоторыми... э... некоторыми аспектами, может, прямо сейчас, пока мы разговариваем, но я ничего не зна... Правда? Ух ты! Мистер Пиплс, как интересно. Да, обязательно передам. Можете не сомневаться. Еще раз огромное вам спасибо, мистер Пиплс.

Он обрывает связь и прижимает ладони к вискам, словно успокаивая головную боль.

— Еле отвязался. Он хотел поговорить о вчерашнем. А еще просил передать родственникам Джейни, что охранное агентство «Всегда начеку» готово оказать любую посильную помощь.

— Молодец. Я уверен, за это ему объявят благодарность с занесением в личное дело, но...

— Он также сказал, что разговаривал с парнем, чью машину вчера взорвали. Видел вашу фотографию в утренних новостях.

Ходжес не удивлен, и сейчас его это не волнует.

— Фамилия есть? Скажи мне, что он назвал тебе фамилию.

— Конкретного человека — нет, но у меня есть название компании, на которую он работает. Она называется «Кибер-патруль». Пиплс говорит, что они ездят на зеленых фолькс-вагеновских «жуках». Говорит, в Шугар-Хайтс они постоянно, так что не заметить их нельзя. Он видел мужчину и женщину, обоим по двадцать с чем-то. Про женщину сказал, что она «вроде бы лесби».

Ходжесу и в голову не приходило, что Мистер Мерседес на самом деле может оказаться Мисс Мерседес. Он полагает, что в принципе такое не исключено, и это изящная разгадка для романа Агаты Кристи, но тут реальная жизнь.

— Он сказал, как этот парень выглядит?

Джером качает головой.

— Пойдем в мой кабинет. Ты сядешь за руль компьютера, а я буду вторым пилотом.

И очень скоро они смотрят на три зеленых фольксваге-новских «жука» с надписью «КИБЕРПАТРУЛЬ» на дверцах. Это не какая-то отдельная компания, а часть сети, именуемой «Дисконт электроникс». Один из больших магазинов сети есть и в городе. В торговом центре «Берч-хилл».

— Я же там отоваривался, — говорит Джером. — Много раз. Покупал видеоигры, компьютерные комплектующие, DVD на распродажах.

Под фотографией «жуков» — надпись: «ПОЗНАКОМЬ-ТЕСЬ С ЭКСПЕРТАМИ». Ходжес перегибается через плечо Джерома и кликает ее. Появляются три фотографии. Блондинка с узким лицом, полноватый серьезный мужчина в очках, как у Джона Леннона, и еще один мужчина, симпатичный, с аккуратно причесанными каштановыми волосами и широкой улыбкой. Их зовут соответственно Фредди Лин-клэттер, Энтони Фробишер и Брейди Хартсфилд.

— Что теперь? — спрашивает Джером.

— Уезжаем. Только сначала мне надо кое-что взять.

Ходжес идет в спальню, набирает код маленького сейфа, который стоит в стенном шкафу, открывает дверцу. Внутри, помимо «глока», пары страховых полисов и нескольких других финансовых документов, лежит стопка ламинированных карточек вроде той, что сейчас у него в бумажнике. Городские копы каждые два года получают новое удостоверение, и всякий раз старое Ходжес убирал в сейф. Суть в том, что ни на одном из старых нет красной надписи «В ОТСТАВКЕ». Он берет последнее, срок действия которого истек в декабре 2008 года, вынимает из бумажника удостоверение отставника, заменяет тем, что лежало в сейфе. Разумеется, своими действиями он нарушает закон, статью 190, часть 25 уголовного кодекса штата: выдающему себя за сотрудника полиции грозит штраф двадцать пять тысяч долларов, или пять лет тюрьмы, или первое и второе в одном флаконе, — но Ходжеса это совершенно не волнует.

Он прячет бумажник в задний карман, уже берется за дверцу сейфа, чтобы закрыть его, но тут в голову приходит новая мысль: ему может понадобиться кое-что еще, маленький плоский кожаный чехол, похожий на те, что используются для хранения паспорта. Вещь эта тоже отцовская. Ходжес кладет ее в тот карман, где уже лежит Веселый ударник.

5

Сбрив щетину на черепе и надев новые очки с простыми стеклами, Брейди идет в офис «Мотеля-6» и оплачивает еще одну ночь. Возвращается в свой номер и раскладывает инвалидную коляску, которую купил в среду. Стоила она дорого, но деньги для него уже не имеют значения. Он кладет набитую взрывчаткой диванную подушку с надписью «ПАРКОВКА ЗАДА» на сиденье, потом взрезает ножом подкладку кармана на спинке, закладывает в разрез несколько блоков самодельного пластита. Каждый блок снабжен детонатором из азида свинца. Соединительные провода он скрепляет металлической скобкой. Концы проводов оголены; днем он собирается сплести их в единый шнур.

Детонатором послужит Изделие два.

Мешочки, заполненные металлическими шариками, Брейди один за другим закрепляет под сиденьем коляски клейкой лентой, армированной волокнами. Когда с этим покончено, садится на кровать и оглядывает результат своих трудов. Он не знает, удастся ли ему доставить эту катящуюся бомбу в аудиторию Минго… но он понятия не имел, удастся ли ему уехать от Городского центра после содеянного. Тогда все получилось. Может, получится и сегодня. В конце концов, на этот раз удирать ему не надо, так что задача наполовину упрощается. Даже если его раскроют и попытаются схватить, коридор будет набит людьми, и он заберет с собой не восьмерых, а гораздо больше.

Уйду с огоньком, думает Брейди. *Уйду с огоньком, а ты можешь катиться ко всем чертям, детектив Ходжес. Попутного ветра.*

Он ложится на кровать и думает о мастурбации. Может, помастурбировать, пока еще есть член? Но засыпает, не успев расстегнуть джинсы.

На прикроватном столике стоит рамка с фотографией. С нее улыбается Фрэнки, на коленях у него Сэмми, пожарный автомобильчик.

6

В торговый центр «Берч-хилл» Ходжес и Джером приезжают около одиннадцати. Пустых мест на стоянке предостаточно, и Джером ставит «Рэнглер» напротив «Дисконт электроникс». В витринах магазина — огромные надписи «РАСПРОДАЖА». Перед магазином сидит на бордюрном камне девушка-подросток: колени вместе, ступни врозь, голова уткнулась в айпад. В левой руке дымится сигарета. Только подойдя ближе, Ходжес замечает седину в волосах подростка. Сердце у него падает.

— Холли? — спрашивает Джером в тот самый момент, когда Ходжес задает свой вопрос:

— Что, черт побери, ты здесь делаешь?

— Я не сомневалась, что вы додумаетесь сами. — Она тушит окурок и встает. — Но потом заволновалась. Позвонила бы вам, если бы вы не подъехали в половине двенадцатого. Я принимаю лексапро, мистер Ходжес.

— Я рад это слышать. А теперь ответь на мой вопрос и скажи, что ты здесь делаешь?

Ее губы дрожат, и хотя прежде она заставляла себя смотреть им в глаза, теперь ее взгляд смещается на кожаные туфли. Ходжес не удивлен, что поначалу принял ее за подростка, потому что во многом она и есть подросток: ее развитие замедлили неуверенность в себе и необходимость сохранять равновесие на натянутой высоко над землей эмоциональной струне. По ней она идет всю жизнь.

— Вы на меня сердитесь? *Пожалуйста*, не сердитесь.

— Мы не сердимся, — отвечает Джером. — Просто удивлены.

Скорее шокированы, думает Ходжес.

— Я провела все утро в своей комнате, просматривала местных компьютерных мастеров, но, как мы и думали, их тут сотни. Мама и дядя Генри уехали поговорить с людьми. Думаю, о Джейни. Я догадываюсь, что будут еще одни похороны, но мне не хочется думать о том, что положат в гроб. От таких мыслей я начинаю плакать.

И да, большие слезы катятся по щекам Холли. Джером обнимает ее. Она бросает на него благодарный взгляд.

— Иногда мне трудно думать, когда мама рядом. Словно от нее в голове возникают помехи. Наверное, вам кажется, что я чокнутая?

— Мне — нет, — отвечает Джером. — У меня та же история с сестрой. Особенно когда она ставит диски с песнями этой чертовой бой-бэнд.

— Когда они ушли и в доме стало тихо, у меня возникла идея. Я пошла к компьютеру Оливии, включила его и просмотрела почту.

Джером хлопает себя по лбу:

— Черт! У меня и мысли не возникло проверить ее почту.

— Не волнуйся, ее не было. Все три почтовых ящика Оливии — «Мак», «Джимейл» и «АОЛ» — оказались пустыми. Может, она сама удалила письма, но я так не думаю, потому что...

— Потому что на рабочем столе и жестком диске много чего есть, — заканчивает Джером.

— Совершенно верно. Я нашла «Мост через реку Квай» в ее «айТьюнс». Никогда его не видела. Обязательно посмотрю, если представится возможность.

Ходжес смотрит на «Дисконт электроникс». Солнце отражается от витрин, и невозможно понять, наблюдает ли кто-нибудь за ними. Он чувствует себя очень уязвимым, как жучок на большом камне.

— Давайте прогуляемся, — предлагает он и ведет их к обувному магазину «Савой», книжному «Барнс-энд-Ноубл» и фрогуртовому магазину-кафе «Белянка».

— Не томи, Холли, выкладывай, — просит Джером. — Ты просто сводишь меня с ума.

Она улыбается, отчего сразу выглядит старше. Почти на свой возраст. Как только они отходят от больших витрин «Дисконт электроникс», Ходжес приободряется. Ему понятно, что Джерому нравится общество Холли (собственно, ему самому оно тоже нравится, хотя он и не хочет в этом признаваться), но Ходжесу неловко, что его обошла невротичка, сидящая на лексапро.

— Он забыл стереть программу «Призраки», вот я и подумала, что он, возможно, забыл стереть и ее спам, и оказалась права. Она получила четыре десятка писем от «Дисконт электроникс». Некоторые — сообщения о распродажах вроде той, что у них сейчас, хотя я сомневаюсь, что они продают хорошие DVD. Скорее корейские или что-то такое. Другие — купоны на двадцатипроцентную скидку. А еще она получала тридцатипроцентные скидки. На следующий приезд киберпатруля. — Холли пожимает плечами. — Поэтому я здесь.

Джером смотрит на нее во все глаза.

— Так просто? Всего лишь заглянуть в папку спама?

— Зря ты так удивляешься, — говорит ему Ходжес. — Сын Сэма попался на штрафе за неправильную парковку.

— Я походила вокруг, пока ждала вас, — говорит Холли. — На их сайте указано, что компьютерных мастеров в киберпатруле только трое, и все три зеленых «жука» на месте. Так что я думаю, что сегодня он на работе. Вы собираетесь его арестовать, мистер Ходжес? — Она вновь кусает губы. — А если он окажет сопротивление? Я не хочу, чтобы вам досталось.

Ходжесу есть о чем подумать. В киберпатруле три компьютерных мастера: Фробишер, Хартсфилд и Линклэттер, тощая блондинка. Он практически уверен, что им нужен Фробишер или Хартсфилд, и ни один из них наверняка не готов к тому, что **кермит_лягушонок-19** войдет в дверь. Даже если Мистер Мерседес не бросится бежать, он не сможет скрыть изумления.

— Я иду в магазин. Вы остаетесь здесь.

— Идете без поддержки? — спрашивает Джером. — Послушайте, Билл, мне это решение...

— Все будет хорошо. На моей стороне внезапность, но если я не вернусь через десять минут, звони «девять-один-один». Понятно?

— Да.

Ходжес поворачивается к Холли.

— Ты держишься рядом с Джеромом. Больше никаких расследований в одиночку.

Кто бы говорил, думает он.

Она застенчиво кивает, и Ходжес уходит, пока они не успели задать новых вопросов. Приближаясь к дверям «Дисконт электроникс», он расстегивает пуговицы пиджака. Отцовский револьвер чуть давит на грудную клетку, прибавляя уверенности.

7

Они провожают Ходжеса взглядами, когда у Джерома вдруг возникает вопрос:

— Холли, как ты добралась сюда? На такси?

Она качает головой и указывает на стоянку. Там, в трех рядах позади «рэнглера» Джерома, — серый седан. «Мерседес».

— Он стоял в гараже. — Она видит отвисшую челюсть Джерома и начинает оправдываться: — Я умею водить машину, знаешь ли. У меня действующее водительское удостоверение. Я никогда не попадала в аварию. И у меня есть страховой полис. От «Оллстейтс». Знаешь, актер, который рекламирует «Оллстейтс» на телевидении, играл президента в сериале «Двадцать четыре часа».

— Это же автомобиль...

— И что такого? Он стоял в гараже, ключи лежали в вазочке в холле. Что такого?

Джером замечает, что никаких вмятин и царапин нет. Фары и лобовое стекло скорее всего заменили. «Мерседес» выглядит как новенький. Никто и не подумает, что его использовали, чтобы убивать людей.

— Джером? Ты думаешь, Оливия бы возражала?

— Нет, — отвечает он. — Скорее всего нет. — Он представляет себе радиаторную решетку, залитую кровью, свисающие с нее обрывки одежды.

— Сначала двигатель не заводился, аккумулятор сел, но в гараже я увидела переносное пускозарядное устройство и знала, как им пользоваться, потому что такое же было у моего отца. Джером, если мистер Ходжес никого не арестует, мы сможем пойти в это фрогуртовое кафе?

Джером едва слышит ее. Он по-прежнему смотрит на «мерседес». Думает: Они его вернули. Естественно, вернули. Автомобиль принадлежал Оливии Трелони. Она позаботилась о том, чтобы его отремонтировали. Но Джером готов спорить, что на этом «мерседесе» она больше не ездила. Если и существовали призраки — настоящие, — они наверняка обжили автомобиль. И может, кричали внутри.

— Джером? Земля вызывает Джерома.

— Что?

— Если все обойдется, давай съедим по фрогурту. Я сидела на солнце, ждала вас, и мне очень жарко. Я вас угощу. Конечно, я бы предпочла настоящее мороженое, но...

Остального он не слышит. Думает о мороженом.

В голове щелкает так громко, что он морщится, и ему сразу становится понятно, почему лицо одного из киберпатрульных на экране компьютера Ходжеса показалось таким знакомым. Колени подкашиваются, и Джером приваливается к столбу, чтобы не упасть.

— Господи! — вырывается у него.

— Что не так? — Холли, кусая губы, трясет его за руку. — Что *не так*? Ты заболел, Джером?

Но он может только повторить:

— Господи...

8

Ходжес думает, что «Дисконт электроникс» в торговом центре «Берч-хилл» осталось жить от силы три месяца. Многие полки пусты, а на остальных товары выглядят одинокими, позабытыми. Покупатели есть только в отделе «Домашний отдых», где флуоресцентные розовые вывески сообщают: «ВАУ! РАСПРОДАЖА DVD! ВСЕ ДИСКИ ЗА ПОЛЦЕНЫ! ДАЖЕ BLU-RAY». Хотя касс десять, работают только три. Кассирши одеты в синие куртки с желтым логотипом «ДЭ» на нагрудном кармане. Две кассирши в настоящий момент смотрят в окно. Третья читает «Сумерки». Еще два сотрудника бродят по проходам, маясь от безделья.

Эта парочка Ходжесу не нужна, зато он видит двоих из тех, кто нужен. Энтони Фробишер — в очках как у Джона Леннона — беседует с покупателем, у которого в одной руке корзинка с уцененными дисками, а в другой — пачка купонов. Галстук Фробишера позволяет предположить, что он не только киберпатрульный, но еще и, возможно, управляющий. Блондинка с узким лицом сидит перед компьютером в глубине магазина. За ухом у нее сигарета.

Ходжес идет по центральному проходу отдела, где распродают диски. Фробишер смотрит на него и поднимает руку, как бы говоря: *Подойду к вам через минуту*. Ходжес улыбается и кивает, давая понять, что *его это устраивает*. Фробишер вновь сосредотачивается на покупателе с купонами. Не вызывает сомнений, что экс-копа он видит впервые. Ходжес направляется к блондинке.

Она мельком смотрит на него и утыкается в экран. Экскоп для нее — обычный покупатель. Блондинка не в фирменной рубашке «ДЭ», а в футболке с надписью «КОГДА МНЕ ЗАХОЧЕТСЯ ВЫСКАЗАТЬ СВОЕ МНЕНИЕ, ТЫ ЕГО УЗНАЕШЬ». Он видит, что она играет в современную версию «Питфолла». Четверть века тому назад этой игрой увлекалась Элисон, его дочь. Все возвращается на круги своя, думает он. Наверняка буддийская концепция.

— Если у вас вопрос не по компьютерам, обращайтесь к Тоунсу, — говорит она. — Я занимаюсь только ими.

— Тоунс — это Энтони Фробишер?

— Да, мистер Прикид в галстуке.

— А вы — Фредди Линклэттер. Из киберпатруля.

— Да. — Она останавливает Гарри Питфолла в прыжке над свернувшейся кольцами змеей, чтобы посмотреть на Ходжеса. Видит удостоверение детектива. Большой палец намеренно прикрывает дату. — О-о-о. — Она протягивает руки с запястьями-спичками. — Я плохая, плохая девочка и давно заслуживаю наручников. Порите меня, бейте, заставляйте выписывать фальшивые чеки.

Ходжес коротко улыбается и убирает удостоверение.

— А где Брейди Хартсфилд, третий член вашей веселой команды? Что-то я его не вижу.

— Болеет. Грипп. По *его* словам. Хотите знать мою версию?

— Слушаю внимательно.

— Я думаю, ему наконец-то пришлось отправить дорогую мамочку лечиться от алкоголизма. Он говорит, что она пьет, и большую часть времени ему приходится заботиться о ней. Вероятно, поэтому у него нет подружки. Вы понимаете, о чем я?

— Скорее да, чем нет.

Она разглядывает экс-копа с явно агрессивным интересом.

— У Брейди проблемы? Я бы не удивилась. Мне всегда казалось, что он какой-то не такой.

— Мне просто надо с ним поговорить.

Энтони Фробишер — Тоунс — подходит к ним.

— Могу я вам чем-нибудь помочь, сэр?

— Это пять-ноль, — встревает Фредди. Широко улыбается Фробишеру, демонстрируя мелкие зубы, нуждающиеся в зубной щетке. — Он узнал о лаборатории по производству мета в подсобке.

— Заткнись, Фредди.

Издав соответствующий звук, она проводит рукой по губам, словно застегивая молнию, поворачивает невидимый ключ в невидимом замке, но к игре не возвращается.

В кармане костюма Ходжеса звонит мобильник. Он обрывает звонок нажатием большого пальца на красную кнопку.

— Я детектив Билл Ходжес, мистер Фробишер. У меня несколько вопросов к Брейди Хартсфилду.

— Он болеет. Грипп. Во что он влип?

— Тоунс и сам не знает, что он поэт, — вмешивается Фредди Линклэттер. — Хотя это видно по его ногам, потому что они, как у Лонгфе...

— Заткнись, Фредди. Последнее предупреждение.

— Вас не затруднит дать мне его адрес?

— Разумеется, сейчас принесу.

— Можно мне на минуту разоткнуться? — спрашивает Фредди.

Ходжес кивает. Она нажимает клавишу на клавиатуре. Гарри Питфолл исчезает, уступая место странице «СОТРУДНИКИ МАГАЗИНА».

— Гоп-ля, — говорил Фредди. — Элм-стрит, дом сорок девять. Это в...

— В Норт-Сайде, знаю, — кивает Ходжес. — Огромное спасибо вам обоим. Вы мне очень помогли.

Когда он шагает к дверям, Фредди Линклэттер кричит вслед:

— Что-то там с его матерью, зуб даю. Он на ней завернут.

9

Ходжес выходит на солнце, и в него едва не врезается Джером. Холли не отстает ни на шаг. Она перестала кусать губы и принялась за ногти, которые и так сильно обгрызены.

— Я вам звонил, — говорит Джером. — Почему вы не ответили?

— Задавал вопросы. Чего у вас такие бешеные глаза?

— Хартсфилд здесь?

Ходжес от удивления теряет дар речи.

— Это он, — добавляет Джером. — Должен быть. Вы правы, он следил за вами, и я знаю как. Рассказ Готорна о похищенном письме. Прятать надо у всех на виду.

Холли отрывается от ногтей, чтобы сказать:

— Этот рассказ написал По. Неужели сейчас детей ничему не учат?

— Притормози, Джером, — просит Ходжес.

Джером глубоко вдыхает.

— Он работал в двух местах, Билл. В *двух*. Здесь, наверное, до полудня или чуть позже. А потом — у Леба.

— У Леба? Это же...

— Да, фабрика мороженого. Он ездит на фургоне «Мистер Вкусняшка». Тот, что с колокольчиками. Я покупал у него мороженое, моя сестра покупала. Все дети покупали. Он часто появлялся в нашем районе. *Брейди Хартсфилд — мороженщик!*

Ходжес осознает, что в последнее время очень часто слышал это веселенькое позвякивание колокольчиков. Этой депрессивной весной, сидя в кресле, глядя в телевизор (иногда играя с револьвером, который теперь прижимался к ребрам), он слышал эти колокольчики чуть ли не каждый день. Слышал и игнорировал. Потому что только дети замечают мороженщика. Но какая-то глубинная часть его сознания игнорировала их *не полностью*. Именно потому его мысли постоянно возвращались к Боуфингеру, его язвительному замечанию, касающемуся миссис Мельбурн.

Она думает, они среди нас, сказал Боуфингер, но в тот день, когда Ходжес обходил соседей, миссис Мельбурн тре-

вожилась не о пришельцах: она говорила о черных внедорожниках, о мануальщиках, о людях с Гановер-стрит, которые поздно ночью заводили громкую музыку.

А также о водителе фургона «Мистер Вкусняшка».

Этот выглядит подозрительно, говорила она.

Этой весной он здесь постоянно, говорила она.

Его совесть задает вопрос, ужасный, как змеи, которые
вечно поджидают Гарри Питфолла: если бы он обратил внимание на слова миссис Мельбурн, а не причислил ее к безвредным психам (как они с Питом не обратили внимания
на Оливию Трелони), осталась бы Джейни в живых? Он так
не думает, но наверняка знать ему не дано, и он чувствует,
что этот вопрос будет донимать его бессонными ночами в
грядущие недели и месяцы.

Может, и годы.

Он смотрит на автомобильную стоянку... и видит призрак.
Серый призрак.

Поворачивается к Джерому и Холли, которые теперь
стоят плечом к плечу. Ему даже нет нужды задавать вопрос.

— Да, — кивает Джером. — Холли на нем приехала.

— Регистрация и наклейка на номерном знаке немного
просрочены, — говорит Холли. — Пожалуйста, не сердитесь
на меня, ладно? Я не могла не приехать. Хотела помочь, но
знала, что вы мне откажете, если я позвоню.

— Я не сержусь, — говорит Ходжес. Собственно, он и не
знает, что сейчас чувствует. Такое ощущение, будто он попал
в сказочный мир, где все часы идут в обратную сторону.

— Что нам теперь делать? — спрашивает Джером. — По-
звоним копам?

Но Ходжес к этому еще не готов. Этот парень, возможно,
безумен, чего, впрочем, не скажешь по его смазливой физиономии, однако Ходжесу довелось сталкиваться с психо-
патами, и он знает: если захватить их врасплох, они схлопы-
ваются, как грибы-дождевики. Опасны они только для без-
оружных и ничего не подозревающих... вроде безработных,
ожидавших открытия ярмарки вакансий тем апрельским
утром 2009 года.

— Мы с тобой проедемся к дому мистера Хартсфилда, — говорит Ходжес. — И поедем мы вот на чем. — Он указывает на серый «мерседес».

— Но... если он увидит, что мы подъезжаем на этом «мерсе», разве он его не узнает?

Губы Ходжеса изгибаются в акульей улыбке, какой Джером Робинсон раньше не видел.

— Я очень на это надеюсь. — Он протягивает руку. — Давай ключ, Холли.

Ее искусанные губы поджимаются.

— Хорошо, но я тоже поеду.

— Нет, — возражает Ходжес. — Это опасно.

— Если это опасно для меня, то опасно и для вас. — Она не смотрит на Ходжеса, глаза избегают его лица, но голос у нее твердый. — Вы можете оставить меня, но тогда я позвоню в полицию и дам им адрес Брейди Хартсфилда, как только вы скроетесь из виду.

— У тебя нет адреса, — говорит Ходжес, сам понимая, что это не аргумент.

Холли не отвечает, но это всего лишь дань вежливости. Ей даже не нужно заходить в «Дисконт электроникс» и спрашивать блондинку. Имя известно, а уж адрес она без труда выудит из своего чертова айпада.

Твою мать!

— Ладно, можешь ехать. Но за руль сяду я, а по прибытии ты и Джером останетесь в машине. Надеюсь, с этим все понятно?

— Да, мистер Ходжес.

На этот раз она смотрит на него и не отводит глаз три полные секунды. Возможно, это шаг вперед. *Во всяком случае, для Холли*, — думает он.

10

Из-за прошлогодних значительных сокращений бюджета экипаж большинства городских патрульных автомобилей состоит из одного человека. Лоутауна это не касается. В Лоутаун копы ездят в паре, и идеальная пара включает хотя бы одного цветного, потому что в этом районе меньшинства составляют большинство. Третьего июня, чуть позже полудня, патрульные Лаверти и Росарио едут по Лоубрайр-авеню примерно в полумиле от того места, где Билл Ходжес помешал троице троллей ограбить мальчишку. Лаверти — белый, Росарио — латиноамериканка. Поскольку ездят они на ГПА-54, в управлении зовут их не иначе как Туди и Малдун, в честь копов древнего сериала «Машина 54, где вы?». Амарилис Росарио иногда веселит рыцарей в синем на построении перед сменой, говоря: «О-ох, о-ох, Туди, у меня есть идея!» Эти слова, произнесенные с доминиканским акцентом, ласкают слух и всегда вызывают смех.

Но на службе она свое дело знает. Они оба знают. Без этого в Лоутауне никак.

— Эти мальчишки на углах напоминают мне «Синих ангелов»* в том воздушном шоу, которое я однажды видела, — говорит она.

— Да?

— Они замечают нас и срываются с места. Смотри, вон еще один.

Они подъезжают к пересечению Лоубрайр и Страйк, и мальчишка в свитере «Кливлендских кавалеров» (на два размера больше и совершенно неуместном в столь жаркий день) внезапно покидает угол, на котором болтался, и рысцой бежит по Страйк. Выглядит он лет на тринадцать.

— Может, он вспомнил, что четверг — учебный день, — замечает Лаверти.

Росарио смеется:

— Ну ты скажешь.

Впереди — перекресток Лоубрайр и авеню Мартина Лютера Кинга. МЛК — еще одна основная магистраль гетто, и на этот раз с десяток мальчишек внезапно вспоминают, что у них полно дел в каком-то другом месте.

---

* «Синие ангелы» — авиационная группа высшего пилотажа ВМС США.

— Действительно, эскадрилья, ты права, — говорит Лаверти и смеется, хотя смешного тут мало. — Слушай, где хочешь поесть?

— Давай поглядим, стоит ли тот вагончик на Рендолфе, — отвечает она. — Что-то захотелось тако.

— «Сеньор Тако» — это хорошо, — кивает Лаверти, — но только без бобов. Нам еще четыре часа в... эй, посмотри, Рози. Это странно.

Впереди на тротуар выходит мужчина с длинной коробкой, в каких перевозят цветы. Это странно, потому что дверь, из которой вышел мужчина, ведет не в цветочный магазин, а в ломбард «Королевская цена». Странно и потому, что мужчина, похоже, белый, а они сейчас в самой черной части Лоутауна. Мужчина приближается к грязному белому «Эконолайну», который стоит у выкрашенного желтым бордюрного камня: такая парковка тянет на штраф в двадцать долларов. Но Лаверти и Росарио голодны, они уже настроились на тако, такие вкусные с острым соусом — его в «Сеньоре Тако» держат на прилавке, — и готовы закрыть глаза на это прегрешение. Вероятно, закрыли бы.

Но.

Дэвид Беркович попался на штрафной квитанции за неправильную парковку. Теда Банди арестовали из-за разбитого заднего фонаря. Сегодня цветочной коробки с порванными клапанами хватает, чтобы изменить мир. Мужчина роется в кармане в поисках ключей от старого минивэна (в Лоутауне даже император Мин с Монго не оставил бы свой автомобиль незапертым), и коробка наклоняется. Оторванный клапан откидывается, и из нее что-то выскальзывает.

Мужчина подхватывает это что-то и запихивает в коробку до того, как оно ударяется об асфальт, но Ларри Лаверти провел два года в Ираке и РПГ узнает с первого взгляда. Он включает мигалку и останавливает патрульный автомобиль за спиной белого парня. Тот оглядывается. На его лице — изумление.

— Оружие к бою! — кричит Лаверти напарнице. — Вылезаем!

Они распахивают дверцы и выскакивают с «глоками» в руках, целясь в небо.

— Бросьте коробку, сэр! — кричит Лаверти. — Бросьте коробку и упритесь руками в борт! Наклонитесь вперед! Быстро!

На мгновение этот парень — ему под сорок, смуглая кожа, покатые плечи — крепко прижимает коробку из-под цветов к груди, словно ребенка. Но Росарио опускает пистолет, направляя его мужчине в грудь, и тот бросает коробку. Крышка отлетает, и Лаверти видит, что в коробке ручной противотанковый гранатомет российского производства.

— Вот дерьмо! — восклицает Росарио. — Туди, Туди, у меня...

— Патрульные, опустите оружие!

Лаверти держит на мушке гранатометчика, но Росарио поворачивается и видит седоволосого белого мужчину в синей куртке. Он с наушником и с «глоком». Прежде чем она успевает произнести хоть слово, улица заполняется людьми в синих куртках, которые бегут к ломбарду «Королевская цена». Один тащит портативный таран «Стингер». Копы называют такие двеpевышибалами. Росарио видит буквы АТО* на спинах и сразу понимает, что они крепко вляпались.

— *Патрульные, опустите оружие.* Я — агент Джеймс Косински, АТО.

— Может, вы хотите, чтобы сначала один из нас надел на него наручники? — спрашивает Лаверти. — Просто интересуюсь.

Бойцы АТО врываются в ломбард «Королевская цена», совсем как рождественские покупатели в «Уол-март» в «черную пятницу». Толпа зевак собирается на противоположной стороне улицы. Все слишком потрясены количеством бойцов, чтобы поливать их нецензурной бранью. Или забрасывать камнями.

Косински вздыхает:

---

* АТО/ATF — сокращенное название Федерального бюро по контролю за оборотом алкоголя, табачных изделий и оружия (Bureau of Alcohol, Tobacco, Firearms and Explosives).

— Валяйте. Все равно из конюшни лошадь ушла.

— Мы не знали, что вы здесь что-то делаете, — говорит Лаверти. Тем временем гранатометчик завел руки за спину и сблизил запястья. Всем понятно, что это не первый его арест. — Он доставал ключи от минивэна, и я увидел, как из коробки выползает гранатомет. Что мне оставалось делать?

— То, что вы и сделали. — Из ломбарда доносится звон разбиваемых стекол, крики, грохот приступившего к работе дверевышибалы. — Вот что я вам скажу, раз уж вы здесь: почему бы вам не усадить мистера Кавелли на заднее сиденье вашей машины? А потом пойдем туда и поглядим, что мы нарыли.

Пока Лаверти и Росарио вталкивают арестованного на заднее сиденье патрульного автомобиля, Косински замечает номер.

— Так кто из вас Туди, а кто Малдун?

11

Когда группа захвата АТО, возглавляемая агентом Косински, начинает инвентаризацию содержимого большого склада за скромным ломбардом «Королевская цена» на авеню Мартина Лютера Кинга, серый седан «мерседес» останавливается у тротуара перед домом 49 по Элм-стрит. Ходжес сидит за рулем, а на месте штурмана — Холли, которая утверждает — и определенная логика в этом есть, — что автомобиль скорее принадлежит ей, чем им.

— Кто-то дома, — сообщает она. — На подъездной дорожке — потрепанная «хонда-сивик».

Ходжес видит старика, который, волоча ноги, приближается к ним от дома напротив.

— Сейчас я поговорю с Обеспокоенным гражданином. Вы двое держите рот на замке.

Он опускает стекло.

— Помочь вам, сэр?

— Я подумал, что, возможно, смогу помочь *вам*. — Блестящие глаза старика всматриваются в Ходжеса и его спутников. Разглядывают автомобиль. Ходжеса это не удивляет. Автомобиль роскошный. — Если вы ищете Брейди, то вам не повезло. На подъездной дорожке машина миссис Хартсфилд. Она там уже не одну неделю. Не уверен, что она вообще на ходу. Возможно, миссис Хартсфилд уехала с ним, потому что сегодня я ее не видел. Обычно вижу каждый день, когда она выходит за почтой. — Он указывает на почтовый ящик рядом с парадной дверью дома 49. — Ей нравятся каталоги. Как и большинству женщин. — Протягивает руку с узловатыми пальцами. — Хэнк Бисон.

Ходжес пожимает ее, показывает удостоверение, не забывая прикрыть большим пальцем дату.

— Рад с вами познакомиться, мистер Бисон. Я — детектив Билл Ходжес. Можете сказать, на каком автомобиле ездит мистер Хартсфилд? Год выпуска? Модель?

— «Субару» болотного цвета. Насчет модели и года выпуска ничего сказать не могу. Для меня все эти япошки выглядят одинаково.

— Понятно. Сейчас должен попросить вас вернуться в дом, сэр. Мы, возможно, зайдем чуть позже, чтобы задать вам несколько вопросов.

— Брейди совершил что-то противозаконное?

— Пока нам надо просто его найти, — отвечает Ходжес. — Пожалуйста, возвращайтесь в дом.

Вместо того чтобы подчиниться, Бисон нагибается ниже, чтобы получше разглядеть Джерома.

— Не слишком ли ты молод для копа?

— Я стажер, — отвечает Джером. — Пожалуйста, прислушайтесь к детективу Ходжесу, сэр.

— Ухожу, ухожу. — Но он вновь оглядывает троицу. — С каких это пор городские копы стали разъезжать на «мерседесах-бенцах»?

У Ходжеса ответа нет, а у Холли есть:

— Этот автомобиль конфискован по закону БОПК. БОПК — это борьба с организованной преступностью и коррупцией. То, что забирают у них, остается у нас. Мы можем использовать конфискат, как нам того хочется, потому что мы — полиция.

— Да, конечно. Почему нет? — Бисон отчасти удовлетворен, отчасти озадачен. Но он возвращается в дом, правда, тут же появляется вновь, на этот раз выглядывает в окно.

— С организованной преступностью и коррупцией борются федералы, — тихо говорит Ходжес.

Холли кивает, глядя на наблюдателя в окне, потом искусанные губы изгибаются в легкой улыбке.

— Думаете, *он* это знает? — Поскольку ни Ходжес, ни Джером не отвечают, она задает еще один, более насущный вопрос: — Что будем делать?

— Если Хартсфилд дома, я произведу гражданский арест. Если дома только его мать, задам ей несколько вопросов. Вы остаетесь в салоне.

— Не думаю, что это хорошая идея, — говорит Джером, но по выражению лица юноши — Ходжес видит его в зеркале заднего вида — понятно, что он знает: к нему не прислушаются.

— Другой у меня нет, — отвечает Ходжес.

Вылезает из автомобиля. Прежде чем успевает закрыть дверь, Холли наклоняется к нему:

— В доме никого нет. — Ходжес ничего не говорит, но она кивает, словно получила ответ. — Или вы не чувствуете?

Если на то пошло, он чувствует.

12

Ходжес идет по подъездной дорожке, замечает задернутые шторы большого окна на фасаде. Смотрит на «хонду», но не видит ничего достойного внимания. Берется за ручку дверцы со стороны пассажирского сиденья, тянет на себя. Дверца открывается. Воздух в кабине горячий и затхлый, с легким запахом спиртного. Он захлопывает дверцу. Поднимается на крыльцо, нажимает кнопку звонка. Слышит его трель в глубине дома. Никто не откликается. Звонит снова, потом стучит. Никого. Он стучит еще сильнее, полностью отдавая себе отчет в том, что мистер Бисон с другой стороны улицы жадно ловит каждое его движение. Дверь никто не открывает.

Ходжес направляется к гаражу, смотрит в одно из окошек. Какие-то инструменты, мини-холодильник — и все.

Он достает мобильник и звонит Джерому. Этот квартал Элм-стрит очень тихий, поэтому он слышит — пусть и едва-едва — мелодию «Эй-си/Ди-си». Видит, как Джером подносит мобильник к уху.

— Пусть Холли включит айпад, зайдет в базу налогоплательщиков города и узнает, кому принадлежит дом сорок девять по Элм-стрит. У нее получится?

Он слышит, как Джером спрашивает Холли.

— Она говорит, что попытается.

— Хорошо. Я обойду дом. Оставайся на связи. Я буду давать о себе знать каждые тридцать секунд. Если пройдет минута, звони «девять-один-один».

— Вы действительно хотите идти, Билл?

— Да. Предупреди Холли, что фамилия владельца не слишком важна. Не хочу, чтобы она занервничала.

— Она совершенно спокойна, — отвечает Джером. — Уже запрашивает базу. Не отключайте мобильник.

— Само собой.

Ходжес проходит за дом. Двор маленький, но аккуратно прибранный. Посередине круглая цветочная клумба. Ходжес задается вопросом, кто посадил цветы — мамуля или сыночек? Он поднимается по трем деревянным ступеням, ведущим на заднее крыльцо. Дверей две. Сетчатая, а за ней — обычная. Первая не заперта в отличие от второй.

— Джером? Даю о себе знать. Все спокойно.

Он заглядывает в окно. Видит чистенькую кухню. На сушке над раковиной — несколько тарелок и стаканов. Сложенное кухонное полотенце висит на ручке духовки. На столе лежат две салфетки под тарелки. Третьей — для Папы Медведя — не предусмотрено, что соответствует портрету, который Ходжес описал Джейни. Он стучит в дверь, потом барабанит. Никто не отзывается.

— Джером? Даю о себе знать. Все спокойно.

Он кладет мобильник на перила и достает кожаный чехол, радуясь тому, что вовремя о нем вспомнил. Внутри отцовские отмычки: три серебристых цилиндра с разными крючками на концах. Ходжес останавливается на среднем. Выбор правильный: отмычка легко входит в замочную скважину. Ходжес поворачивает ее сначала в одну сторону, потом в другую, определяясь с механизмом замка. Собирается вновь дать о себе знать Джерому, когда крючок что-то цепляет. Ходжес резко и решительно поворачивает цилиндр, как учил его отец, и на той стороне кухонной двери щелкает открывающийся замок. Из мобильника доносится его имя. Ходжес берет трубу.

— Джером? Все спокойно.

— Вы уже заставили меня волноваться, — говорит Джером. — Что делаете?

— Взламываю замок, чтобы проникнуть в дом.

13

Ходжес заходит на кухню Хартсфилдов. Ему в нос сразу ударяет запах. Слабый, но отчетливый. Держа мобильник в левой руке, а отцовский «тридцать восьмой» — в правой, Ходжес, ведомый носом, сначала заглядывает в гостиную — комната пуста, хотя пульт дистанционного управления и каталоги на кофейном столике наводят на мысль, что диван — гнездышко миссис Хартсфилд на первом этаже, — потом поднимается по лестнице. Запах с каждым шагом усиливается. Это еще не вонь, но все к тому идет.

В коротком коридоре — одна дверь по правую руку и две по левую. Сначала Ходжес проверяет комнату справа. Спальня для гостей, в которой гости давно не останавливались. Она стерильна, как операционная.

Он сообщает Джерому, что все спокойно, прежде чем открыть первую дверь слева. Запах идет из этой комнаты. Он делает глубокий вдох и входит, присев. Первым делом убеждается, что за дверью никого нет. Потом открывает дверь в стенной шкаф — она складная, с рояльной петлей посередине — и проверяет, не прячется ли кто за одеждой. Не прячется.

— Джером? Даю о себе знать.

— Кто-нибудь есть?

— Да... в каком-то смысле. — Ему понятно, что лежит под покрывалом на двуспальной кровати. — Подожди...

Он заглядывает под кровать и видит шлепанцы, розовые кроссовки, белый короткий носок и несколько пыльных катышков. Сдергивает покрывало: под ним — мать Брейди Хартсфилда. Кожа восково-белая с чуть зеленоватым отливом. Рот раскрыт. Мутные остекленевшие глаза смотрят в никуда. Ходжес поднимает ее руку, чуть сгибает, отпускает. Трупное окоченение пришло и ушло.

— Послушай, Джером. Я нашел миссис Хартсфилд. Она мертва.

— Господи... — Голос Джерома, обычно как у взрослого, ломается на последнем слоге. — Что вы?..

— Подожди.

— Вы это уже говорили.

Ходжес кладет мобильник на ночной столик и сдергивает покрывало до ног. На ней синяя шелковая пижама. Рубашка запачкана вроде бы рвотой и кровью, но не видно ни пулевых, ни колотых ран. Лицо распухшее, но странгуляционных борозд или синяков нет. Опухание — результат медленного посмертного разложения. Ходжес подтягивает пижаму к груди, открывая живот. Как и лицо, он раздут, но причиной могут быть газы. Он наклоняется к раскрытому рту, видит то, что и ожидал: вязкую массу на языке и между десен и щек. Его догадка: она напилась, ее вырвало, и она захлебнулась блевотой, как какая-нибудь рок-звезда. Кровь... Возможно, горловое кровотечение. Или обострение язвенной болезни.

Он берет мобильник и говорит:

— Он мог ее отравить, но скорее всего она все сделала сама.

— Спиртное?

— Вероятно. Без вскрытия не скажешь.

— Что нам делать?

— Сидите тихо.

— Вы не позвонили в полицию?

— Еще нет.

— Холли хочет с вами поговорить.

Пауза, потом голос Холли, звонкий, как колокольчик. И спокойный. Если на то пошло, гораздо спокойнее, чем у Джерома.

— Ее зовут Дебора Хартсфилд.

— Отличная работа. Передай трубу Джерому.

— Я надеюсь, вы знаете, что делаете, — слышит он секундой позже.

«Я не знаю, — думает Ходжес, проверяя ванную. — Я сошел с ума, и единственный способ вернуть здравомыслие — дать задний ход. Это же ясно как божий день».

Но он думает о Джейни, подарившей ему новую шляпу — щегольскую федору частного детектива, — и понимает, что не может. И не отступится.

В ванной чисто... или почти. В раковине волосы. Ходжес их видит, но внимания не обращает. Он думает о критической разнице между случайной смертью и убийством. Второе — это плохо, потому что убийство близкого родственника зачастую означает одно: человек окончательно слетел с катушек и на этом не остановится. Так что меры надо принимать незамедлительно. Если же речь о несчастном случае или самоубийстве, тогда время есть. Брейди может где-то затаиться, стараясь решить, что делать дальше.

«И я, судя по всему, занимаюсь тем же», — думает Ходжес.

Последняя комната наверху — спальня Брейди. Кровать не застелена. Стол завален книгами, по большей части научной фантастикой. На стене — постер «Терминатора». Шварценеггер в черных очках и с каким-то фантастическим оружием в руках.

«Я вернусь», — думает Ходжес, глядя на постер.

— Джером? Даю о себе знать.

— Дед с другой стороны улицы все еще смотрит. Холли думает, что нам лучше уйти в дом.

— Пока рано.

— Когда?

— Как только я пойму, что в доме никого нет.

У Брейди своя ванная. Чистенькая, как тумбочка солдата в день проверки. Ходжес оглядывает ванную. Потом спускается на первый этаж. В гостиной есть маленькая ниша. Места как раз хватает для столика. На нем ноутбук. Женская сумка висит на спинке стула. На стене — большая фотография в рамке: женщина, чей труп лежит наверху, и Брейди Хартсфилд, еще подросток. Они стоят на пляже. Обнявшись. Соприкасаясь щеками. С одинаковыми улыбками на миллион долларов каждая. Фотография скорее девушки с парнем, а не матери с сыном.

Ходжес зачарованно смотрит на Мистера Мерседеса в юные годы. Ничто в его лице не говорит о жажде убивать, но это обычное дело. Эти двое не слишком похожи, общее можно найти только в форме носа и цвете волос. Она женщина симпатичная, можно сказать, красавица, но Ходжес склоняется к тому, что отец Брейди красотой не отличался, потому что мальчик на фотографии... обыкновенный. Мимо такого пройдешь на улице и не оглянешься.

«Ему наверняка это нравится, — думает Ходжес. — Человек-невидимка».

Он возвращается на кухню и на этот раз замечает дверь около плиты. Открывает и видит крутую лестницу, спускающуюся в темноту. Понимая, что представляет собой идеальную мишень для любого, кто затаился внизу, смещается в сторону, одновременно пытаясь нащупать выключатель. Находит и переступает порог, выставив перед собой револьвер. Видит верстак. За ним, на высоте талии — длинная полка вдоль всей стены. На полке — ряд компьютеров. У Ходжеса ощущение, что он попал в центр управления полетами на мысе Канаверал.

— Джером? Даю о себе знать.

Не дожидаясь ответа, спускается вниз с револьвером в одной руке и мобильником в другой, отдавая себе отчет, что нарушает одну из самых важных полицейских процедур. А если Брейди прячется под лестницей, готовый отстрелить ему ноги в лодыжках? Или поставил мину-ловушку? С него станется. Теперь Ходжес знает это очень хорошо.

Но никакой проволоки нет, и подвал пуст. В нем имеется чулан-кладовая, дверь приоткрыта, однако в чулане тоже ничего нет. Голые полки. Только в углу лежат коробки из-под обуви. Тоже, похоже, пустые.

«Вариантов два, — думает Ходжес. — Брейди либо убил мать, либо, придя домой, нашел ее мертвой. В любом случае он сделал ноги. Если у него была взрывчатка, она хранилась на полках чулана (возможно, в обувных коробках), и он забрал ее с собой».

Ходжес поднимается на кухню. Пора звать своих новых напарников. Он не хочет еще глубже втягивать их в это дело, но внизу компьютеры. Он ни хрена не понимает в компьютерах.

— Обойдите дом сзади, — говорит он. — Дверь на кухню открыта.

14

Холли заходит, принюхивается и говорит:

— О-о-ох. Это Дебора Хартсфилд?

— Да. Старайся не думать об этом. Пойдемте вниз. Я хочу, чтобы вы кое на что посмотрели.

В подвале Джером проводит рукой по верстаку.

— Кем бы он ни был еще, но он мистер Чистюля.

— Вы собираетесь позвонить в полицию, мистер Ходжес? — Холли вновь кусает губы. — Вероятно, собираетесь, и я не могу вас остановить, но моя мать безумно на меня разозлится. И это будет несправедливо, потому что именно мы выяснили, кто он.

— Я еще не решил, *что* собираюсь делать, — отвечает Ходжес, хотя она права: справедливостью тут и не пахнет. —

Но я точно хочу знать, что в этих компьютерах. Возможно, эти сведения помогут мне определиться с решением.

— Он — не Оливия, — говорит Холли. — У него будет настоящий пароль.

Джером наугад выбирает один из компьютеров (Номер шесть, в нем ничего интересного не хранится). Нажимает кнопку включения. Это «Мак», но мелодичный сигнал не раздается. Брейди ненавидит их, а потому отключил на всех компьютерах.

Экран Номера шесть вспыхивает серым, на нем вращается «шестеренка». Секунд через пять серый цвет сменяется синим. Должно появиться окно для пароля, даже Ходжес это знает, но вместо этого на экране вспыхивает число «20». Потом «19», «18», «17».

Они с Джеромом в замешательстве таращатся на экран.

— Нет, нет! — кричит Холли. — Выключи *его*!

Поскольку никто из них не двигается, она подпрыгивает к компьютеру, нажимает кнопку включения и не отпускает, пока не гаснет экран. Потом шумно выдыхает и улыбается:

— Ух! Едва успела!

— Чего ты боялась? — спросил Ходжес. — Думала, они взорвутся, или как?

— Может, он бы просто выключился, — отвечает Холли, — но я готова спорить, что в нем программа самоуничтожения. Когда обратный отсчет доходит до нуля, эта программа стирает всю информацию. *Всю*. Может, только на жестком диске включенного компьютера, а может, на всех, если они соединены вместе. Как скорее всего и есть.

— Как остановить отсчет? — спрашивает Джером. — Набить команду на клавиатуре?

— Может, и так. Может — голосом.

— Голосом? — переспрашивает Ходжес.

— Голосовая команда, — объясняет Джером. — Брейди говорит *карамельки* или *нижнее белье*, и отсчет прекращается.

Холли смеется, прикрыв рот рукой, потом застенчиво толкает Джерома в плечо.

— Глупыш.

15

Они сидят за кухонным столом. Дверь во двор открыта: свежий воздух весьма кстати. Ходжес упирается локтем в сервировочную салфетку, ладонью обхватывает лоб. Джером и Холли молчат, не мешая бывшему детективу думать. Наконец он поднимает голову.

— Я намерен обратиться в полицию. Не хочу этого делать и, наверное, не стал бы, если бы дело касалось только меня и Хартсфилда. Но надо помнить и о вас...

— Меня не считайте, — говорит Джером. — Если вы представляете себе, что делать дальше, я с вами.

«Разумеется, ты со мной, — думает Ходжес. — Возможно, тебе кажется, что ты знаешь, чем рискуешь, но на самом деле это не так. В семнадцать будущее представляется чистой теорией».

Холли... раньше он бы сказал, что она — человек-киноэкран, и каждая ее мысль четко высвечивается на лице, но теперь оно вдруг стало непроницаемым.

— Спасибо, Джером, только... — Только это трудно. Трудно отказаться, потому что он второй раз упускает Мистера Мерседеса.

Но.

— Речь не только о нас, понимаешь? Возможно, у него осталась взрывчатка, и если он использует ее в толпе... — Ходжес смотрит на Холли, — ...как использовал «мерседес» твоей кузины, направив его в толпу, вина ляжет на меня. Я не могу пойти на такой риск.

Холли говорит медленно, четко выговаривает каждое слово, будто компенсируя целую жизнь бормотания:

— Никому его не поймать, кроме вас.

— Спасибо, но нет. — Ходжес качает головой. — У полиции есть немалые ресурсы. Они объявят в розыск его автомобиль, благо узнать номерной знак им не составит труда. Мне это не под силу.

Звучит хорошо, но он не верит, что от этого будет какой-то толк. Устраивая бойню у Городского центра, Брейди безумно рисковал, однако во всем остальном он демонстрировал недюжинный ум. Автомобиль он наверняка где-нибудь спрячет: на какой-нибудь автостоянке, около аэропорта или одного из бесчисленных торговых центров. Он ездит не на «мерседесе-бенце». У него неприметный «субару» болотного цвета, и его не найдут ни сегодня, ни завтра. Возможно, не найдут и на следующей неделе. А когда отыщут, Брейди рядом уже не будет.

— Никто, кроме вас, — настаивает она. — И только с нашей помощью.

— Холли...

— Как вы можете сдаться? — кричит она. Сжимает пальцы в кулак и ударяет себя по лбу, оставляя красную отметину. — Как вы можете! Вы нравились Джейни! Она даже была вашей подружкой! Теперь она *мертва*! Как женщина наверху! Они обе *мертвы*!

Она вновь пытается ударить себя, но Джером перехватывает ее руку.

— Не надо, — говорит он. — Пожалуйста, не причиняй себе боль. Мне становится плохо.

Холли начинает плакать. Джером неуклюже обнимает ее. Он черный — она белая, ему семнадцать — ей сорок пять, но Ходжесу кажется, что это отец утешает дочь, которая пришла из школы и сказала, что никто не пригласил ее на Весенний бал.

Ходжес смотрит на маленький прибранный двор Хартсфилдов. Ему тоже плохо, и не только из-за Джейни, хотя что есть, то есть. Ему плохо из-за людей, погибших и изувеченных у Городского центра, ему плохо из-за сестры Джейни, которой они отказались поверить, которую поливала грязью пресса и которую довел до самоубийства человек, живший в этом доме. Ему плохо даже из-за того, что он не обратил внимания на слова миссис Мельбурн. Он знает, что теперь вся ответственность ляжет на Пита Хантли, и от этого ему становится только хуже. Почему? Потому что Пит Хантли не сравнится с ним, пусть он и на пенсии. Питу никогда не выйти на его, Ходжеса, уровень, даже в лучшие свои дни. Да, он хороший парень, упорный, трудолюбивый, но...

Но.

Но, но, *но*.

Все это ничего не меняет. Он должен позвонить, хотя ему кажется, что это равносильно смерти. Если отбросить все наносное, останется только одно: Кермит Уильям Ходжес в тупике, а Брейди Хартсфилд — вольный ветер. В этих компьютерах может быть ниточка, подсказка, где он сейчас, какие у него планы, но доступа к ним у Ходжеса нет. И он не может и дальше скрывать имя и приметы человека, устроившего бойню у Городского центра. Возможно, Холли права, возможно, Брейди Хартсфилд избежит ареста и совершит новое ужасное преступление, но кермит_лягушонок-19 ничего поделать не может. Ему по силам только одно: защитить Джерома и Холли. На данный момент он не знает, удастся ли ему даже это. В конце концов, любопытный старичок на другой стороне улицы видел их.

Он выходит на крыльцо и откидывает крышку «Нокии». Сегодня он пользовался мобильником чаще, чем за все месяцы, проведенные на пенсии.

Он думает: «Как же тошно», — и звонит Питу Хантли.

16

Пит отзывается на втором гудке.

— *Напарник!* — восторженно кричит он. Слышны голоса, и Ходжес первым делом думает, что Пит где-то в баре, уже прилично набрался и не намерен останавливаться.

— Пит, мне надо поговорить с тобой о...

— Да, да, я тебя с удовольствием выслушаю, но только не сейчас. Кто тебе позвонил? Иззи?

— Хантли! — кричит кто-то. — Чиф приезжает в пять! С прессой! Где этот чертов ОПСО?

ОПСО, офицер по связям с общественностью, в том числе и с прессой. Пит не в баре и не пьян, как поначалу подумал Ходжес. Просто рад до безумия.

— Никто мне не звонил, Пит. Что происходит?

— Ты не знаешь? — Пит смеется. — Просто накрыли самый большой склад оружия в истории города. Может, и в истории США. Сотни «Эм-два» и винтовок «Эйч-кей-девяносто один», гранатометы, гребаные лазерные прицелы, ящики с новенькими «Лахти Эл-тридцать пять», русские автоматы в заводской смазке. Достаточно оружия, чтобы вооружить полицию двух десятков восточноевропейских стран. И боеприпасы! Господи! Гора ящиков высотой с двухэтажный дом. Если бы в этом гребаном ломбарде вспыхнул пожар, разнесло бы весь Лоутаун.

Сирены. Он слышит сирены. Новые крики. Кто-то требует, чтобы поставили заграждения.

— В каком ломбарде?

— «Королевская цена», южная часть Мартина Лютера. Ты знаешь это место?

— Ага...

— И знаешь, кому принадлежит ломбард? — Пит слишком взволнован, чтобы дожидаться ответа. — Алонзо Моретти! Улавливаешь?

Ходжес не улавливает.

— Моретти — внук Фабрицио Аббаски, Билл! Носатого Фабби! Начинает доходить?

Поначалу нет, потому что во время допроса Ходжес наугад вытащил фамилию Аббаски из длинного списка тех, кто мог затаить на него зло... а в этом списке, который составлялся многие годы, значилась не одна сотня преступников.

— Пит, «Королевская цена» принадлежит черному. Как и все конторы в том районе.

— Хрен с два. Да, в договоре аренды значится Беронн Лоренс, но он всего лишь ширма и теперь разливается соловьем, давая показания. А знаешь самое лучшее? Мы тоже в деле, потому что двое патрульных задержали какого-то парня за несколько минут до того, как в ломбард ворвалась штурмовая группа АТО. Все детективы уже здесь. Сюда едет начальник полицейского управления, а с ним караван прессы, который длиннее парада у «Мэйсис» на День благодарения. И федералы не смогут приписать все себе. *Никогда!* — Он издает радостный вопль, соперничая с гагарой.

Все детективы уже там, думает Ходжес. И кому заниматься Мистером Мерседесом?

— Билл, я должен бежать. Это... друг, это *фантастика*!

— Конечно, но сначала скажи, я-то тут при чем?

— Ты же сам сказал. Взрыв автомобиля был местью. Моретти пытался вернуть кровавый должок деда. Помимо винтовок, автоматов, гранат, пистолетов и прочего оружия, тут не меньше четырех десятков ящиков с «Хендрикс кэмиклс деташит». Знаешь, что это такое?

— Пластит. — *Теперь* он начинает понимать.

— Да. Взрывается с помощью детонаторов из азида свинца, и мы уже знаем, что этим дерьмом и подорвали твой автомобиль. Пока результатов химического анализа мы не получили, но когда получим, это окажется «Деташит». И не сомневайся. Ты везунчик, Билл.

— Это точно, — отвечает Ходжес. — Он самый.

Он без труда представляет себе, что творится сейчас около ломбарда «Королевская цена». Везде копы и агенты АТО (возможно, уже спорят насчет юрисдикции), и подъезжают все новые. Лоубрайр перекрыта, МЛК — тоже. Толпы зевак. Начальник полицейского управления и другие шишки уже в пути. Мэр не упустит случая произнести речь. А еще репортеры, телевизионщики, фургоны для прямой трансляции. Пит прыгает от восторга, и может ли Ходжес рассказать ему длинную и запутанную историю о бойне у Городского центра, чат-сайте «Под синим зонтом Дебби», мертвой мамуле, которая, возможно, упилась до смерти, и сбежавшем компьютерном мастере?

Нет, решает он, не могу.

Поэтому он желает Питу удачи и дает отбой.

17

Когда Ходжес возвращается на кухню, Холли за столом уже нет, но он слышит ее голос. Холли-Бормотунья превратилась в Холли-Проповедницу. Она определенно вещает с той самой ритмичностью, с какой обычно говорят о могуществе Господа милосердного.

— Я с мистером *Ходжесом* и его другом *Джеромом*, — говорит она. — Они мои *друзья*, мама. Мы вместе зашли в кафе на *ленч*. Теперь осматриваем *достопримечательности*, а вечером собираемся *поужинать*. Мы говорим о *Джейни*. Я могу о ней говорить, если *хочу*.

Несмотря на сложную ситуацию и неутихающую боль из-за Джейни, Ходжесу приятно, что Холли решительно противостоит тете Шарлотте. Он не может утверждать, что впервые, но Бог свидетель, кто знает?..

— Кто кому позвонил? — спрашивает он Джерома, кивнув на голос.

— Позвонила Холли, но идея моя. Она отключила мобильник, чтобы мать не могла ей дозвониться. Не хотела сама звонить, пока я не сказал, что ее мать может позвонить копам.

— И что с того, если *взяла*? — продолжает Холли. — Это автомобиль *Оливии*, так что я его *не украла*. Я вернусь вечером, мама. До этого времени *оставь меня в покое*!

Она входит на кухню раскрасневшаяся, непокорная, помолодевшая на добрый десяток лет и просто красивая.

— Молодчина, Холли. — Джером поднимает руку, чтобы Холли шлепнула по ней.

Она его словно не замечает и не сводит по-прежнему сверкающих глаз с Ходжеса.

— Если вы позвоните в полицию и у меня будут неприятности, ничего страшного. Но если вы еще не позвонили, то и не надо. *Они* не смогут его найти. *Мы* найдем. *Я знаю*, что найдем.

И Ходжес осознает: если есть человек, для которого поимка Мистера Мерседеса имеет большее значение, чем для него, так это Холли Гибни. Может, впервые в жизни она делает что-то важное. Делает с людьми, которые любят и уважают ее.

— Что ж, я собираюсь продолжить поиски. Главным образом потому, что копы сегодня заняты другим. Самое забавное — может, это даже ирония судьбы, — они думают, что происходящее напрямую связано со мной.

— О чем вы говорите? — спрашивает Джером.

Ходжес смотрит на часы: двадцать минут третьего. Они слишком здесь задержались.

— Поехали ко мне. Я расскажу вам по пути, а потом мы сможем еще раз все обдумать. Если не решим, что делать дальше, мне придется вновь звонить моему напарнику. Нельзя допустить еще одно шоу ужасов.

А риск есть, и по лицам Джерома и Холли Ходжес видит, что они тоже это понимают.

— Я ушла в гостиную, чтобы позвонить маме, — говорит Холли. — Там в нише стоит ноутбук миссис Хартсфилд. Если мы поедем к вам, я хочу взять его с собой.

— Зачем?

— Возможно, мне удастся влезть в его компьютеры. Она могла записать пароли и голосовые команды.

— Холли, это вряд ли. Психически больные люди, вроде Брейди, идут на любые хитрости, чтобы никто не догадался об их сущности.

— Я это знаю, — отвечает Холли. — Разумеется, знаю. Потому что я *психически больная* и стараюсь это скрыть.

— Да перестань, Хол. — Джером пытается взять ее руку. Она не позволяет. Достает из кармана сигареты.

— Я психбольная и это знаю. Моя мать тоже знает и приглядывает за мной. *Не спускает с меня глаз.* Потому что хочет *уберечь* меня. Миссис Хартсфилд, возможно, была такой же. Он, в конце концов, ее сын.

— Если верить этой Линклэттер из «Дисконт электроникс», — говорит Ходжес, — миссис Хартсфилд большую часть времени проводила в обнимку с бутылкой.

— Она могла *постоянно пить* и нормально соображать, — возражает Холли. — У вас есть идея получше?

Ходжес сдается:

— Ладно, забирай ноутбук. Какая разница?

— Не сейчас, — говорит она. — Через пять минут. Я хочу выкурить сигарету. Посижу на крыльце.

Она выходит. Садится. Закуривает.

Ходжес кричит через сетчатую дверь:

— С каких пор ты стала такой напористой, Холли?

Она отвечает, не оборачиваясь:

— Наверное, с тех самых, как увидела горящие останки моей кузины на асфальте.

18

В тот же четверг, без четверти три, Брейди уходит из номера «Мотеля-6», чтобы подышать свежим воздухом, и замечает «Курятник» на другой стороне шоссе. Пересекает его и заказывает последнюю трапезу: «Кудахчущую радость» с подливой и капустным салатом. Ресторан практически пуст, и он садится с подносом у окна, где на него падает солнечный свет. Скоро он лишится такого удовольствия, поэтому хочет насладиться им, пока есть возможность.

Он ест медленно, думая о том, сколько раз приносил домой обед из «Курятника» и как мать всегда просила брать ей «Кудахчущую радость» с двойной порцией капустного салата. Он заказал то же самое, что всегда заказывала она, даже не подумав об этом. Воспоминания эти вызывают слезы, и он вытирает их бумажной салфеткой. Бедная мама!

Солнечный свет прекрасен, но его блага эфемерны. Брейди рассматривает преимущества темноты. Нет нужды слушать лесбо-феминистские монологи Фредди Линклэттер. Нет нужды слушать Тоунса Фробишера, объясняющего, что выезды киберпатруля не для него в силу лежащей на нем ОТВЕТСТВЕННОСТИ ЗА МАГАЗИН, а не потому, что он не выявит поломку жесткого диска, даже если та укусит его за член. Нет нужды ощущать, как почки превращаются в лед, когда сидишь за рулем «Мистера Вкусняшки» в августе при работающей на полную мощность холодильной установке. Нет нужды стучать кулаком по приборному щитку «субару», если вырубается радио. Нет нужды думать о кружевных трусиках матери и ее длинных, длинных бедрах. Нет нужды злиться за то, то тебя игнорируют и не уважают. Никаких больше головных болей. И никаких бессонных ночей, потому что этим вечером начнется его вечный сон.

Без сновидений.

Закончив трапезу (он съел все, до последней крошки), Брейди оставляет стол в идеальной чистоте, даже стирает салфеткой пятнышко подливы, после чего вываливает мусор с подноса в контейнер. Девушка за прилавком спрашивает, все ли ему понравилось в их ресторане. Брейди отвечает, что да, задаваясь вопросом, какая часть курятины, подливы, хлеба и капусты переварится, прежде чем взрыв разорвет желудок и его содержимое выплеснется наружу.

«Они меня запомнят, — думает он, стоя на обочине шоссе и дожидаясь разрыва в транспортном потоке, чтобы вернуться в мотель. — По числу жертв я установлю рекорд. Войду в историю». Теперь он рад, что не убил жирного экс-копа. Ходжес должен увидеть его сегодняшний триумф. Пусть запомнит. Пусть с этим поживет.

В номере Брейди смотрит на инвалидную коляску, на набитые взрывчаткой мочеприемник и диванную подушку с надписью «ПАРКОВКА ЗАДА». Он хочет приехать к ЦКИ загодя (но *не слишком* рано, незачем одинокому мужчине за тридцать светиться лишний раз), так что еще есть немного времени. Он захватил с собой ноутбук, не по какой-то особой причине — по привычке, но теперь этому рад. Открывает его, подсоединяется к вай-фаю мотеля и заходит на сайт «Под синим зонтом Дебби». Оставляет последнее сообщение — в каком-то смысле страхуется.

Покончив с этим, идет на долгосрочную парковку в аэропорту и забирает «субару».

19

Ходжес и двое его детективов-подмастерьев прибывают на Харпер-роуд за несколько минут до половины четвертого. Холли оглядывается, потом несет ноутбук усопшей миссис Хартсфилд на кухню и включает в сеть. Джером и Ходжес стоят рядом, оба надеются, что пароль не потребуется... но на экране появляется соответствующее окошко.

— Попробуй ее имя, — предлагает Джером.

Холли пробует. Изображение на экране дрожит: *нет*.

— Ладно, попробуй «Дебби», — предлагает Джером. — С одной «б» и с двумя.

Холли отбрасывает со лба прядь тусклых каштановых волос, и ее раздражение видно ясно и отчетливо.

— Найди себе какое-нибудь дело, Джером. Не хочу, чтобы ты заглядывал мне через плечо. Я это ненавижу. — Ее взгляд смещается на Ходжеса. — Могу я здесь курить? Надеюсь, что могу. Мне это помогает думать. Сигареты помогают мне думать.

Ходжес приносит ей блюдце.

— Курительная лампа горит*. Мы с Джеромом будем в моем кабинете. Кричи, если что-то найдешь.

Шансы невелики, думает он. И на поимку Брейди тоже.

Холли не обращает внимания на его слова. Закуривает. Голос проповедницы в прошлом, она снова бормочет:

— Надеюсь, она оставила намек. Вся моя надежда — на намек. Намек надежды — это все, что есть у Холли.

Господи, думает Ходжес.

В кабинете он спрашивает Джерома, представляет ли тот, о каком намеке она говорила.

— После трех попыток некоторые компьютеры подсказывают пароль. Чтобы расшевелить память на случай, если ты его забыл. Но при условии, что эта подсказка запрограммирована.

Из кухни доносится яростный — никакого тебе бормотания — крик:

— *Дерьмо! Дважды дерьмо! Трижды дерьмо!*

Ходжес и Джером переглядываются.

— Похоже, не запрограммирована, — говорит Джером.

---

* На парусных кораблях разрешалось курить в строго определенном месте — у специальной курительной лампы. Горящая курительная лампа означала, что курить разрешается.

20

Ходжес включает свой компьютер и просит Джерома составить список всех публичных мероприятий в городе на ближайшие семь дней.

— Я могу это сделать, — отвечает Джером, — но, возможно, сначала вы захотите глянуть на другое.

— На что?

— Вам сообщение. На сайте «Под синим зонтом».

— Открывай. — Пальцы Ходжеса сжаты в кулаки, но когда он читает последнюю весточку от **мерсуби**, они разжимаются. Сообщение короткое, и пользы от него никакой, но в нем теплится луч надежды.

Пока, ЛОХ.
P.S. Наслаждайся выходными. Я точно знаю, что у меня они пройдут отлично.

— Я думаю, Билл, это «Дорогой Джон»* для вас, — говорит Джером.

Ходжес тоже так думает, но его это не волнует. Главное — P.S. Возможно, это отвлекающий маневр, а если нет, у них есть немного времени.

Из кухни плывет запах табачного дыма и доносится очередной крик души:

— *Дерьмо!*

— Билл! Мне вдруг пришла неприятная мысль.

— Какая?

— Сегодняшний концерт. Бой-бэнд «Здесь и сейчас». В Минго. Мои сестра и мать будут там.

Ходжес задумывается. В аудитории Минго четыре тысячи мест, однако сегодня ее на восемьдесят процентов заполнят женщины: мамы и их дочери-малолетки. Мужчины тоже будут, но только в качестве сопровождения дочерей и их подруг. Брейди Хартсфилд — симпатичный парень лет трид-

---

* «Дорогой Джон» — письмо мужу или жениху от жены или подруги, в котором сообщается о разрыве отношений.

цати, и если он попытается прийти на концерт, то будет выделяться как белая ворона. В Америке двадцать первого века любой одинокий мужчина, появившийся на мероприятии, предназначенном для девочек, привлечет внимание и вызовет подозрения.

Опять же: **Наслаждайся выходными. Я точно знаю, что у меня они пройдут отлично.**

— Думаете, я должен позвонить маме и сказать, чтобы она оставила девочек дома? — На лице Джерома читается ужас от подобной перспективы. — Барб перестанет со мной разговаривать. И Хильда тоже, и еще пара других...

Из кухни:

— Чертова хреновина! *Сдавайся!*

Прежде чем Ходжес открывает рот, Джером добавляет:

— С другой стороны, получается, что он что-то запланировал на выходные, а сегодня только четверг. Или он хочет, чтобы мы так думали?

Ходжес прекрасно понимает, что последний вариант исключать нельзя.

— Найди мне фотографию Хартсфилда в киберпатруле. Ту самую, которую мы увидели, когда я открыл раздел «ПОЗНАКОМЬТЕСЬ С ЭКСПЕРТАМИ».

Пока Джером этим занимается, Ходжес звонит Марло Эверетт в архив управления полиции.

— Привет, Марло, это опять Билл Ходжес. Я... да, насчет Лоутауна знаю. Пит мне рассказал. Там сейчас половина полиции, так?.. Понятно... Я тебя надолго не задержу. Скажи, пожалуйста, Ларри Уиндом по-прежнему возглавляет службу безопасности ЦКИ?.. Да, точно. Отморозок... Конечно, я подожду.

Ожидая, он рассказывает Джерому, что Ларри Уиндом рано вышел на пенсию, потому что ему предложили работу с жалованьем в два раза больше, чем у детектива. Он не говорит, что это не единственная причина, по которой Уиндом ушел из полиции, отслужив только двадцать лет. Тут звонит Марло. Да, Ларри по-прежнему в ЦКИ. У нее даже есть телефон их службы безопасности. Прежде чем Ходжес прощается, она спрашивает, в чем проблема. «Потому что сегодня там большой концерт. Моя племянница тоже идет. Она без ума от этих придурков».

— Все хорошо, Марлс. Он мне нужен по одному давнему дельцу.

— Скажи Ларри, что сегодня мы бы нашли ему работу. Отдел расследований пуст. Ни одного детектива не просматривается.

— Я ему передам.

Ходжес звонит в службу безопасности ЦКИ, представляется детективом Биллом Ходжесом и просит соединить его с Уиндомом. В ожидании смотрит на Брейди Хартсфилда. Джером увеличил фотографию, и теперь она занимает весь экран. Ходжес зачарован глазами. На маленькой фотографии, рядом с коллегами по киберпатрулю, глаза Брейди Хартсфилда казались достаточно доброжелательными. При увеличении картина меняется. Рот улыбается, глаза — нет. Глаза бесстрастные и отстраненные. Почти мертвые.

Чушь, говорит себе Ходжес (*одергивает* себя). Тот самый классический случай, когда видишь то, чего нет, отталкиваясь от недавно полученной информации. Точно так же свидетель банковского ограбления заявляет: *Я подумал, что он какой-то дерганый, еще до того, как он вытащил пистолет.*

Звучит неплохо, звучит *профессионально,* но Ходжес в это не верит. Он думает, что глаза на экране — глаза жабы, прячущейся под камнем. Или под поливаемым дождем синим зонтом.

Потом Уиндом берет трубку. Голос у него грохочущий, так что при разговоре надо держать телефон в паре дюймов от уха, и поболтать он любит, как и прежде. Хочет подробностей о сегодняшнем захвате оружия. Ходжес говорит, что да, захватили огромный склад, но больше он ничего не знает. Напоминает Ларри, что он на пенсии.

Но.

— Детективам сейчас не до рутинной работы, и Пит Хантли, можно сказать, попросил позвонить тебе. Надеюсь, ты не возражаешь?

— Господи, нет! Я бы с удовольствием выпил с тобой, Билли. Поговорил о прежних временах, потому что теперь мы оба в ауте. Благо нам есть что вспомнить.

— Отличная идея. — На самом деле идея дурная.

— Чем я могу помочь?

— По словам Пита, у тебя сегодня концерт. Какой-то модный бой-бэнд. Из тех, что обожают маленькие девочки.

— Это точно. Они уже стоят в очереди. И настраиваются. Кто-то выкрикивает имя одного из мальчуганов, и они все орут. Еще идут с автостоянки, но уже орут. Словно вернулась битломания. Только из того, что я слышал, эта команда — не битлы. Ты с угрозой бомбы или с чем-то еще? Скажи мне, что нет. Эти птенчики разорвут меня на куски, а мамаши их сожрут.

— Как я понял, к тебе на огонек может заглянуть растлитель детей. Очень, очень плохой мальчик, Ларри.

— Имя и приметы. — По-деловому и быстро, шутки в сторону. Этот парень ушел со службы еще и потому, что не задумываясь пускал в ход кулаки. Выбросы накопившейся негативной энергии, как говорил мозгоправ управления полиции. Коллеги подобрали другой термин: отморозок.

— Его зовут Брейди Хартсфилд. Я перешлю тебе фотографию по электронной почте. — Ходжес смотрит на Джерома, который кивает и соединяет большой и указательный пальцы в круг. — Ему примерно тридцать лет. Если увидишь его, сначала позвони мне, а потом хватай. Будь осторожен. Если попытается сопротивляться, сразу вырубай говнюка.

— С радостью, Билли. Я раздам фотографию парням. Есть шанс, что он будет... ну, не знаю... с бородой? С девочкой-подростком или совсем ребенком?

— Маловероятно, но исключить нельзя. Если заметишь этого типа в толпе, Лар, его надо брать внезапно. Скорее всего он будет вооружен.

— Каковы шансы, что он заявится на шоу? — В голосе слышится надежда, что типично для Ларри Уиндома.

— Не очень большие. — Ходжес в это верит, и не только из-за фразы про выходные, написанной Хартсфилдом. Он должен знать, что в практически полностью женской аудитории будет на виду. — Во всяком случае, ты понимаешь, почему управление не может послать копов, так? С учетом того, что происходит в Лоутауне?

— Они и не нужны, — отвечает Уиндом. — Сегодня у меня тридцать пять парней, преимущественно бывшие копы. Мы знаем, что надо делать.

— Я в курсе, — говорит Ходжес. — Помни, сначала позвони мне. У нас, пенсионеров, дел немного, и мы трепетно относимся к тем, что еще остались.

Уиндом смеется:

— Я тебя слышу. Присылай фотографию. — Он диктует адрес, который Ходжес записывает и передает Джерому. — Если мы его увидим, то скрутим. После этого он твой... *дядюшка* Билл.

— Да пошел ты, *дядюшка* Ларри, — отвечает Ходжес. Кладет трубку, поворачивается к Джерому.

— Фотография уже в пути, — говорит тот.

— Хорошо. — Ходжес кивает, а потом произносит фразу, которая будет преследовать его до конца жизни: — Если Хартсфилд такой умный, каким я его себе представляю, сегодня он в Минго не сунется. Я думаю, твои мама и сестра могут идти на концерт. Если он попытается прокрасться в зал, парни Ларри скрутят его, прежде чем он доберется до двери.

Джером улыбается:

— Отлично.

— Посмотри, что еще ты можешь найти. Особое внимание удели субботе и воскресенью, но не оставляй без внимания следующую неделю. И завтрашний день тоже, потому что...

— Потому что выходные начинаются в пятницу. Усек.

Джером начинает поиск. Ходжес идет на кухню, чтобы проверить, как дела у Холли. От увиденного у него стынет кровь. Рядом с прихваченным из чужого дома компьютером лежит красный бумажник. На столе — удостоверение личности Деборы Хартсфилд, кредитные карточки, квитанции.

Холли уже на третьей сигарете. Держит в руке «Мастеркард» и внимательно рассматривает ее сквозь пелену сизого дыма. Она бросает на Ходжеса взгляд, одновременно испуганный и воинственный.

— Я просто стараюсь найти ее чертов пароль! Сумка висела на спинке ее стула, бумажник лежал на виду, и я сунула его в карман. Потому что иногда люди держат пароли в бумажниках. Особенно женщины. Мне не нужны *ее деньги*, мистер Ходжес. У меня есть свои *деньги*. Я получаю *пособие*.

Пособие, думает Ходжес. Ох, Холли.

Ее глаза блестят от слез, и она снова кусает губы.

— Я никогда *не краду*.

— Ладно. — Он хочет похлопать ее по руке, но чувствует, что это плохая идея. — Я понимаю.

Господи Иисусе, ну что за дурацкий день? С учетом всего, что он натворил с тех пор, как это чертово письмо упало на пол в его прихожей, кража бумажника умершей женщины — конечно же, цветочки. Когда все раскроется — а раскроется обязательно, — Ходжес скажет, что взял его сам.

Холли еще не закончила:

— У меня своя кредитная карточка, и у меня есть деньги. У меня даже есть счет в банке. Я покупаю видеоигры и мобильные приложения для моего айпада. Я покупаю одежду. И сережки, они мне нравятся. У меня пятьдесят шесть пар. И я покупаю сигареты, хотя сейчас они очень дорогие. Вам, наверное, будет интересно узнать, что в Нью-Йорке пачка сигарет нынче стоит *одиннадцать долларов*. Я стараюсь не быть обузой, потому что я не могу работать, и она говорит, что я не обуза, но я знаю, что я...

— Холли, остановись. Прибереги все это для своего мозгоправа, если он у тебя есть.

— *Разумеется*, есть. — Она бросает мрачный взгляд на упрямое окошко для пароля на экране ноутбука миссис Хартсфилд. — Я чокнутая, или вы не заметили?

Ходжес пропускает вопрос мимо ушей.

— Я искала листок с паролем, — продолжает Холли, — но его нет. Потом воспользовалась ее номером на карточке социального страхования, даже набрала его задом наперед. И номера кредитных карточек.

— Есть еще идеи?

— Парочка. Оставьте меня в покое. — Когда он уходит, добавляет: — Извините за курение, но сигареты помогают мне думать.

21

Холли корпит за компьютером на кухне, Джером — в кабинете, а Ходжес устраивается на раскладном кресле в гостиной, смотрит на темный экран телевизора. Он выбрал плохое место, может, наихудшее. Логическая сторона его ума понимает, что все случившееся — вина Брейди Хартсфилда, но когда сидишь в кресле, где провел столько скучных, заполненных телевидением часов, ощущая себя бесполезным и никому не нужным, полностью лишившимся той части жизни, которую воспринимал как само собой разумеющееся, логика теряет силу. Ее вытесняет жуткая идея: он, Кермит Уильям Ходжес, совершил преступление, возомнив себя действующим копом, и этим помог Мистеру Мерседесу, подвигнув его на новые убийства. Они на пару — звезды реалити-шоу под названием «Билл и Брейди убивают милых леди». Потому что среди жертв так много женщин: Джейни, Оливия Трелони, Дженис Крей и ее дочь Патриция... плюс Дебора Хартсфилд, которая, возможно, не отравилась: ее отравили. «И я забыл Холли, — думает он, — которая чокнется еще сильнее, если не найдет этот пароль... или если найдет, но в мамочкином компьютере не окажется ничего такого, что поможет нам отыскать ее сыночка». И действительно, велика ли вероятность, что найдется?

Сидя в кресле — зная, что должен подняться, но пока не в силах пошевелиться, — Ходжес думает, что список порушенных им женских жизней куда длиннее. Его бывшая жена стала бывшей не без причины. Годы балансирования на грани алкоголизма сыграли свою роль, но для Коринн (которая любила пропустить стаканчик или три, а может, и сейчас любит) главным было другое. Холодность, которая пролезла в щели их семейной жизни, а потом и развалила ее. Он сам отсекал жену, говоря себе, что это для ее же блага, потому что в его работе хватало тоскливой мерзости. Он постоянно демонстрировал — и по мелочам, и по-крупному, — что в забеге с двумя участницами, женой и работой, Коринн Ходжес может рассчитывать только на второе место. Что же касается дочери... ну... Черт! Эли всегда присылает ему открытки на день рождения и Рождество (правда, валентинки уже десять лет как не приходят) и крайне редко не звонит по субботам, но не виделась с ним уже два года. И это лучше всяких слов говорит о том, что отношения с дочерью он тоже просрал.

Ходжес вспоминает, какой красоткой она была в детстве, вся в веснушках и с копной рыжих волос — его маленькая морковка. Когда он приходил домой, она бежала к нему и бесстрашно прыгала, зная, что он поймает ее, выронив все, что держал в руках. Джейни упоминала, что сходила с ума по «Бэй-Сити роллерс», и у Эли были свои фавориты, ее собственные мальчишки. Она покупала на карманные деньги их пластинки, маленькие, с широким отверстием в центре. Кто на них пел и играл? Он не помнит, но в одной песне речь шла о каждом твоем движении и каждом твоем шаге. «Бананарама» или «Томпсон твинс»? Он не знает, зато знает другое: что ни разу не ходил с ней на концерт. А Кори, кажется, водила ее на Синди Лопер.

Воспоминания об Эли и ее любви к поп-музыке подводят его к мысли, которая заставляет Ходжеса выпрямиться в кресле. Глаза широко раскрываются, пальцы впиваются в подлокотники.

Позволил бы он *Эли* пойти на сегодняшний концерт?

Ответ: ни в коем случае. Ни за что.

Ходжес смотрит на часы: почти четыре. Поднимается с кресла, чтобы направиться в кабинет и сказать Джерому, что тот должен позвонить матери: вести девочек в ЦКИ нельзя, как бы они ни возмущались. Он позвонил Ларри Уиндому и принял меры предосторожности, но что с того? Он бы никогда не доверил жизнь Эли Отморозку. *Никогда.*

И он уже шагает к кабинету, когда раздается голос Джерома:

— Билл! Холли! Идите сюда! Кажется, я что-то нашел!

22

Они стоят за спиной Джерома. Ходжес смотрит поверх его левого плеча, Холли — поверх правого. На экране компьютера Ходжеса — пресс-релиз.

«СИНЕРДЖИ КОРП.», «СИТИБАНК», 3 РЕСТОРАННЫЕ СЕТИ ПРОВОДЯТ В «ЭМБАССИ-СЬЮТС» КРУПНЕЙШИЙ НА СРЕДНЕМ ЗАПАДЕ ДЕНЬ ПРОФЕССИИ

ДЛЯ НЕМЕДЛЕННОГО РАСПРОСТРАНЕНИЯ. Желающие начать долгую карьеру и ветераны армии приглашаются для участия в крупнейшем Дне профессии в субботу, 5 июня 2010 г. Мероприятие состоится в «Эмбасси-сьютс» по адресу Синерджи-сквер, дом 1. Предварительная регистрация желательна, но не является обязательным условием. Вы откроете для себя <u>сотни интересных и высокооплачиваемых вакансий</u> на веб-сайте «Ситибанка», в местных отделениях «Макдоналдса», «Бургер кинга» и «Курятника» или на www.synergy.com. Предлагается работа в таких сферах, как обслуживание клиентов, розничные продажи, обеспечение безопасности, обслуживание водопроводно-канализационных и электрических сетей, бухгалтерский учет, финансовый анализ, телемаркетинг, ведение денежных расчетов. Вас ждут подготовленные и желающие оказать всяческое содействие специалисты по подбору персонала и полезные семинары в различных конференц-залах. <u>Вход бесплатный</u>. Начало в 8 утра. Пришлите свое резюме и рассчитывайте на успех. Помните, что предварительная регис-

трация ускорит процесс и повысит ваши шансы получить именно ту работу, которую вы ищете.
ВМЕСТЕ МЫ ПОБЕДИМ РЕЦЕССИЮ!

— И что вы думаете? — спрашивает Джером.

— Я думаю, ты попал в десятку. — Ходжес испытывает безмерное облегчение. Не сегодняшний концерт, не переполненный ночной клуб в центре города, не пятничный бейсбольный матч между командами низшей лиги «Лесные сурки» и «Болотные курицы». Мероприятие в «Эмбассисьютс». Похоже на то, подходит по всем статьям. В безумии Брейди Хартсфилда есть своя логика. Для него альфа равняется омеге. Хартсфилд намерен закончить карьеру массового убийцы тем же, чем и начал: городскими безработными.

Ходжес поворачивается, чтобы узнать, что думает по этому поводу Холли, но той уже нет. Она снова на кухне. Сидит перед ноутбуком Деборы Хартсфилд, смотрит на экран с окошком, в которое надо ввести пароль. Ее плечи поникли. В блюдце дымится сигарета, догоревшая почти до самого фильтра. Дымится давно: Ходжес видит длинный цилиндр пепла.

На этот раз Ходжес решается прикоснуться к ней.

— Все нормально, Холли. Пароль значения не имеет. Мы уже знаем место. Через пару часов, когда в Лоутауне более-менее поутихнут восторги, я позвоню моему бывшему напарнику и все ему расскажу. Они начнут охоту на Хартсфилда и его автомобиль. Если не поймают до субботнего утра, то возьмут на подходе к ярмарке вакансий.

— Неужели мы ничего не можем сделать сегодня?

— Я об этом думаю. — Вроде бы один вариант есть, но вероятность успеха настолько мала, что ее можно считать несуществующей.

— А если вы ошибаетесь насчет Дня профессии? Вдруг он планирует взорвать сегодня какой-нибудь кинотеатр?

Джером выходит на кухню.

— Сегодня четверг, Хол, и сезон летних фильмов, на которые ломится народ, еще не наступил. В большинстве залов сегодня не больше десятка зрителей.

— Тогда концерт, — говорит она. — Может, он *не знает*, что там будут только девочки.

— Он знает, — отвечает Ходжес. — Он, конечно, склонен к импровизации, но далеко не глуп. И какую-то подготовку обязательно проведет.

— Дайте мне еще немного времени. Пожалуйста...

Ходжес смотрит на часы. Десять минут пятого.

— Хорошо. До половины пятого, договорились?

Глаза Холли вспыхивают желанием поторговаться.

— До без четверти?

Ходжес качает головой.

Холли вздыхает:

— У меня сигареты закончились.

— Они тебя убьют, — говорит Джером.

Холли бросает на него бесстрастный взгляд.

— Да. Отчасти их притягательность именно в этом.

23

Ходжес и Джером едут в маленький торговый центр на пересечении Харпер и Гановер, чтобы купить ей сигареты и не мешать поиску пароля. Холли определенно нравится работать в одиночестве.

Когда они вновь садятся в серый «мерседес», Джером, перебрасывая пачку «Винстона» из руки в руку, говорит:

— От этого автомобиля у меня бегут мурашки.

— У меня тоже, — признается Ходжес. — А у Холли — никакой реакции. Хотя она все тонко чувствует.

— Вы думаете, она будет в порядке? Я хочу сказать, после того как закончится эта история?

Неделей, может, и двумя днями раньше Ходжес ограничился бы неопределенным и политкорректным ответом, но за последнее время они с Джеромом прошли через очень многое.

— Какое-то время. Потом... нет.

Джером вздыхает, получив подтверждение того, о чем смутно догадывался.

— Черт.

— Ага.

— И что теперь?

— Возвращаемся, отдаем Холли гвозди для ее гроба и позволяем выкурить один. Потом собираем вещи, которые взяли в доме Хартсфилдов. Я отвожу вас обоих к торговому центру «Берч-хилл». Ты доставляешь Холли в Шугар-Хайтс на своем «рэнглере» и едешь домой.

— И позволяю маме, Барб и ее подружкам пойти на шоу?

Ходжес шумно выдыхает.

— Если тебе станет легче, скажи матери, что от похода на концерт надо отказаться.

— Если я это сделаю, все выплывет наружу. — Джером продолжает перебрасывать сигареты из руки в руку. — Все, что мы сегодня делали.

Джером — мальчик умный, и Ходжесу нет нужды это подтверждать. Или напоминать, что рано или поздно обо всем станет известно.

— А что будете делать вы, Билл?

— Вернусь в Норт-Сайд. Припаркую «мерседес» в квартале или двух от дома Хартсфилдов, чтобы не светился. Верну ноутбук и бумажник миссис Хартсфилд, потом затаюсь. На случай если он решит вернуться.

На лице Джерома — сомнение.

— Этот подвал выглядит так, будто он уже забрал все нужное. Каковы шансы?

— Минимальные или нулевые, но это все, что у меня есть, пока я не передам расследование Питу.

— Вы действительно хотели его арестовать, правда?

— Да, — отвечает Ходжес и вздыхает. — Да, хотел.

24

Когда они приезжают, Холли сидит, положив голову на стол и накрыв руками. Вокруг разбросано все, что было в бумажнике Деборы Хартсфилд. Ноутбук включен, на экране — окошко для пароля. На часах без двадцати пять.

Ходжес боится, что Холли будет возражать против возвращения домой, но она только выпрямляется, берет пачку сигарет, достает одну. Она не плачет, но выглядит усталой и павшей духом.

— Ты сделала все, что могла, — говорит Джером.

— Я всегда делаю все, что могу, Джером. И этого недостаточно.

Ходжес берет со стола красный бумажник, начинает раскладывать кредитные карточки. Наверное, не в том порядке, в каком их держала миссис Хартсфилд, но кто это заметит? Точно не она.

В бумажнике есть фотографии: в специальных кармашках с прозрачной стенкой. На одной — миссис Хартсфилд под руку с широкоплечим, крепким мужчиной в комбинезоне, вероятно, с ныне отсутствующим мистером Хартсфилдом. На другой — миссис Хартсфилд со смеющимися женщинами, похоже, в салоне красоты. На третьей — маленький пухлый мальчик с пожарным грузовичком в руках: вероятно, Брейди в три или четыре года. Четвертая — уменьшенная копия той, что висела в нише, которая служила миссис Хартсфилд кабинетом: Брейди и его мамуля, щека к щеке.

Джером постукивает по ней.

— Знаете, кого мне это напоминает? Деми Мур и... как его там? Эштона Кутчера.

— У Деми Мур волосы черные, — сухо возражает Холли. — За исключением «Солдата Джейн», где у нее волос нет вовсе, потому что она хотела стать «морским котиком». Я смотрела фильм трижды, в кинотеатре, на видео и через «айТьюнс». Очень понравился. Миссис Хартсфилд — блондинка. — После короткого раздумья добавляет: — Была.

Ходжес достает фотографию из отделения, чтобы получше рассмотреть, переворачивает. На обратной стороне — аккуратная надпись: *Мамуля и ее Красавчик, Сэнд-Пойнт-Бич, авг. 2007*. Он раз-другой подкидывает фотографию на ладони, собирается вернуть на место, но вместо этого кладет перед Холли обратной стороной вверх.

— Попробуй это.

Она хмуро смотрит на Ходжеса.

— Попробовать что?

— Красавчик.

Холли набивает, нажимает клавишу «Ввод»... и издает столь нехарактерный для нее радостный вопль. Получилось. В мгновение ока.

На рабочем столе ничего интересного нет: адресная книга, папка «ЛЮБИМЫЕ РЕЦЕПТЫ», еще одна — «СОХРАНЕННЫЕ ПИСЬМА», папка с онлайн-квитанциями (так она, похоже, оплачивала большинство счетов), альбом с фотографиями (по большей части Брейди в разном возрасте). В ее «айТьюнс» — множество телешоу, но только один музыкальный альбом: «Элвин и Бурундуки празднуют Рождество».

— Господи! — вырывается у Джерома. — Не знаю, заслуживала ли она смерти, но...

Взгляд Холли заставляет его замолчать.

— Не смешно, Джером. Давай без этого.

Он вскидывает руки.

— Извини, извини.

Ходжес просматривает сохраненные электронные письма. Ничего особенного. Большинство от школьных подруг миссис Хартсфилд, которые называют ее Дебс.

— О Брейди ничего, — подводит он итог и смотрит на часы. — Нам пора.

— Не так быстро, — говорит Холли и открывает строку поиска. Печатает: «БРЕЙДИ». Результатов несколько (в основном в папке с рецептами, где у некоторых имеется пометка *Любимые блюда Брейди*), но ничего нужного.

— Попробуй «КРАСАВЧИК», — предлагает Джером.

Холли пробует и получает только одну ссылку: папку, запрятанную в глубинах жесткого диска. Холли открывает ее. В ней размеры одежды и обуви Брейди, список подарков на Рождество и дни рождения за последние десять лет (вероятно, чтобы не повторяться). Миссис Хартсфилд записала и номер социального страхования Брейди. Тут же сканированные копии регистрационного талона и страхового полиса на автомобиль и свидетельства о рождении. Она также переписала всех, кто работает с ним в «Дисконт электроникс» и на фабрике Леба. Пометка рядом с Ширли Орсон вызвала бы у Брейди приступ дикого смеха: *Интересно, она его подр.?*

Холли мрачно улыбается:

— Что я и говорила. Она знала: с ним что-то не так.

— Что означает весь этот мусор? — спрашивает Джером. — Он же взрослый!

Самым последним в папке «КРАСАВЧИК» идет файл с названием «ПОДВАЛ».

— Это он, — говорит Холли. — Должен быть. Открывай его, открывай, открывай!

Джером кликает «ПОДВАЛ». В файле — десяток слов:

Контроль = свет
Хаос?? Тьма??
Почему они не срабатывают у меня????

Какое-то время все трое молча смотрят на экран.

Наконец Ходжес говорит:

— Я этого не понимаю. Джером?

Джером качает головой.

Холли, зачарованно уставившаяся на послание умершей женщины, едва слышно произносит одно слово:

— Возможно... — Она замолкает, жует губы, потом повторяет: — Возможно.

25

Брейди подъезжает к Центру культуры и искусств около шести вечера. Хотя до начала концерта еще час с небольшим, автостоянка на три четверти заполнена. Длинные очереди выстроились у дверей, ведущих в вестибюль, и с каждой минутой они растут. Девочки кричат во всю мощь легких. Наверное, это означает, что они счастливы, но для Брейди это крики призраков в заброшенном особняке. Невозможно смотреть на эту толпу и не вспоминать апрельское утро у Городского центра. «Будь у меня «хаммер», а не говенная японская консервная банка, — думает Брейди, — я бы въехал в них на скорости сорок миль в час. Убил бы пятьдесят или больше, а потом сдвинул бы переключатель, чтобы отправить остальных в стратосферу».

Но «хаммера» у него нет, и с мгновение он даже не знает, что ему теперь делать: нельзя, чтобы его увидели, пока он не закончит все приготовления. Потом в дальнем конце авто-стоянки он замечает полуприцеп. Тягача нет, полуприцеп стоит на домкратах. На борту нарисовано колесо обозрения и написано: «"ЗДЕСЬ И СЕЙЧАС": СЛУЖБА ПОДДЕ-РЖКИ». Это один из трейлеров, которые он видел около разгрузочно-погрузочной зоны, когда проводил разведку. Позже, после завершения концерта, к полуприцепу подгонят тягач, и он вернется на погрузку, но сейчас он выглядит по-кинутым.

Брейди подъезжает к полуприцепу (его длина не меньше пятидесяти футов) вплотную с обратной стороны, так что теперь «субару» полностью скрыт от посторонних глаз, хотя на автостоянке полно и людей, и машин. Достает из бардач-ка очки с простыми стеклами вместо линз, водружает на нос. Вылезает из «субару», обходит полуприцеп, чтобы убе-диться, что он пуст. Ожидания Брейди оправдываются, он возвращается к «субару» и выгружает инвалидную коляску. Это далеко не просто. Он бы предпочел «хонду», но побо-ялся ехать на автомобиле, лишенном надлежащего техоб-служивания. Наконец коляска встает на асфальт, и он кладет на ее сиденье диванную подушку с надписью «ПАРКОВКА ЗАДА» и соединяет провод, торчащий из отверстия в первой букве «А», с проводами из боковых карманов, в которых тоже блоки пластита. Еще один провод, от блока в заднем кармане, высовывается из дыры, которую Брейди проткнул в спинке.

Обильно потея, Брейди приступает к завершающему со-единению проводов. Места соединения обматывает заранее нарезанными полосками изоляционной ленты, которую налепил на большущую футболку с символикой «ЗДЕСЬ И СЕЙЧАС», купленную утром в аптечном магазине. На футболке — колесо обозрения, как и на борту полуприцепа. Над колесом надпись — «ПОЦЕЛУИ НА МИДВЕЕ». Под колесом — «Я ЛЮБЛЮ КЭМА, БОЙДА, СТИВА И ПИТА!».

Через десять минут интенсивной работы (с перерывами, чтобы выглянуть из-за полуприцепа и убедиться, что рядом по-прежнему никого нет) паутина соединенных проводов лежит на диванной подушке. Нет никакой возможности подсоединить провод к взрывчатке, положенной в мочеприемник «Уринеста» — во всяком случае, он способа не нашел, — но это и не важно. Брейди не сомневается, что при взрыве других блоков мочеприемник тоже взорвется.

Впрочем, он понимает, что ему этого никак не узнать.

Он снова возвращается к «субару» и достает фотографию размером восемь на десять дюймов в рамке. Ходжес эту фотографию уже видел: Фрэнки, недоуменно улыбающийся и прижимающий к груди пожарный грузовичок Сэмми. Брейди целует стекло и говорит:

— Я люблю тебя, Фрэнки. А ты любишь меня?

Делает вид, будто Фрэнки говорит «да».

— Хочешь помочь мне?

Делает вид, будто Фрэнки говорит «да».

Брейди идет к инвалидной коляске и садится на «ПАРКОВКУ ЗАДА». Теперь виден только один провод, свисающий с сиденья между расставленных ног Брейди. Он подсоединяет провод к Изделию два и глубоко вдыхает, прежде чем сдвинуть переключатель. Если АА-батарейки «подтекают»... даже чуть-чуть...

Но они не «текут». Загорается только желтая лампочка готовности, и ничего больше. Где-то — не так далеко, но в другом мире — маленькие девочки радостно кричат и визжат. Скоро многие обратятся в пар, а еще больше останутся без рук и ног и заорут уже по-настоящему. Ничего, по крайней мере они будут слушать свою любимую группу, когда раздастся большой взрыв.

А может, и нет. Он понимает, какой у него топорный и непродуманный план: самый глупый и бесталанный голливудский сценарист придумал бы что-нибудь получше. Брейди помнит коридор, ведущий в аудиторию: «ВХОД С ПАКЕТАМИ, КОРОБКАМИ, РЮКЗАКАМИ ВОСПРЕЩЕН». Ничего такого у него нет, но чтобы остановить его, нужен лишь один востроглазый охранник, который заметит торчащий провод. Даже если этого не случится, одного взгляда в карман инвалидной коляски достаточно, чтобы понять, что это вовсе не коляска, а катящаяся бомба. Брейди сунул в один из карманов вымпел «Здесь и сейчас», но на этом его маскировка и закончилась.

Брейди это не тревожит. Он не знает, то ли это уверенность в себе, то ли фатализм, и не думает, что это имеет значение. На поверку уверенность и фатализм — во многом одно и то же. Он вышел сухим из воды, направив «мерседес» в толпу у Городского центра, и не перетрудился с планированием: маска, сетка для волос и хлорка, убивающая ДНК. В глубине души он не ожидал, что ему удастся скрыться с места преступления, а в данном случае он скрываться не собирается. В этом плюющем на все мире он готов плюнуть дальше всех: на собственную жизнь.

Брейди сует Изделие два под свободную футболку. Оно чуть выпирает, и сквозь материю видна желтая лампочка, но и бугор, и лампочка исчезают, когда он ставит на колени фотографию Фрэнки. Подготовка закончена.

Очки с простыми стеклами сползают по влажной и скользкой от пота переносице. Брейди сдвигает их вверх. Чуть изогнув шею, видит себя в боковом зеркале «субару». С выбритым черепом и очкастый, он совершенно не похож на прежнего Брейди. И выглядит больным: бледный, потный, с темными мешками под глазами.

Брейди проводит рукой по макушке, ощущая гладкую кожу: волосы у него больше не отрастут. Он выкатывается из-за полуприцепа и направляет инвалидную коляску через автостоянку к толпе, увеличивающейся на глазах.

26

Час пик тормозит Ходжеса, и они прибывают в Норт-Сайд только в самом начале седьмого. Джером и Холли по-прежнему с ним, они хотят довести дело до конца, несмотря на последствия, а поскольку они понимают, какие это последствия, Ходжес решил, что не может им отказать. Да и выбора у него нет: Холли не делится своими догадками. Если они верны.

Хэнк Бисон выскакивает из дома и пересекает улицу еще до того, как Ходжес останавливает «мерседес» Оливии Трелони на подъездной дорожке дома Хартсфилдов. Ходжес вздыхает и нажимает кнопку, опускающую стекло водительской дверцы.

— Я хочу знать, что происходит! — выпаливает мистер Бисон. — Ваш второй приезд имеет отношение ко всей этой заварухе в Лоутауне?

— Мистер Бисон, — отвечает Ходжес, — я понимаю вашу озабоченность, но вы должны вернуться в дом и...

— Нет, подождите, — говорит Холли. Наклоняется через центральную консоль «мерседеса» Оливии Трелони, чтобы видеть лицо мистера Бисона. — Скажите мне, как звучит голос мистера Хартсфилда? Мне необходимо знать, как он звучит.

На лице Бисона — недоумение.

— Как и у всех, наверное. А что?

— У него низкий голос? Вы понимаете, баритон?

— Как у одного из этих толстых оперных певцов? — Бисон смеется. — Черт, нет. Что за странный вопрос?

— Не высокий и не скрипучий?

Бисон обращается к Ходжесу:

— Ваша напарница чокнутая?

Есть немного, думает Ходжес.

— Пожалуйста, ответьте на вопрос, сэр.

— Не низкий, не высокий и не скрипучий. Обычный! Что здесь происходит?

— Никакого особенного выговора? — настаивает Холли. — Скажем... э... южного? Или новоанглийского? Бруклинского?

— Нет, я же сказал. Он говорит как все.

Холли выпрямляется, откидывается на спинку сиденья, вероятно, удовлетворенная ответом.

— Идите в дом, мистер Бисон, — повторяет Ходжес. — Пожалуйста.

Бисон недовольно фыркает, но ретируется. Останавливается на ступеньках крыльца, чтобы оглянуться и бросить на «мерседес» сердитый взгляд. Ходжес видел такой много раз. Он означает: *Это я выплачиваю тебе жалованье, говнюк.* Потом старик уходит в дом, громко хлопнув дверью, чтобы у них не оставалось сомнений в его отношении к ним. Тут же появляется в окне, сложив руки на груди.

— А если он позвонит копам и спросит, что мы тут делаем? — спрашивает Джером с заднего сиденья.

Ходжес улыбается. Холодно, но искренне.

— Этим вечером желаю ему удачи. Пошли.

Он ведет их по узкой дорожке к двери черного хода, смотрит на часы. Четверть седьмого. Думает: «Как же летит время, когда ты при деле».

Они входят на кухню, Ходжес открывает дверь в подвал и тянется к выключателю.

— Нет, — останавливает его Холли. — Не трогайте.

Он вопросительно смотрит на нее, но Холли уже повернулась к Джерому.

— Это должен сделать ты. Мистер Ходжес слишком стар, а я — женщина.

Сначала Джером не понимает. Потом до него доходит.

— Контроль соответствует свету?

Она кивает. Лицо у нее напряженное и осунувшееся.

— Это должно сработать, если твой голос будет звучать так же, как и его.

Джером подходит к двери, откашливается, не отдавая себе в этом отчет, произносит:

— Контроль.

Подвал остается темным.

— У тебя от природы низкий голос, — говорит Ходжес. — Не баритон, но низкий. Поэтому по телефону тебя легко принять за двадцатипятилетнего. Попробуй изменить тональность на более высокую.

Джером повторяет слово, и в подвале вспыхивает свет. Холли Гибни, жизнь которой далеко не сахар, смеется и хлопает в ладоши.

27

К ЦКИ Таня Робинсон подъезжает в шесть двадцать и, присоединившись к очереди автомобилей у въезда на парковку, жалеет о том, что не послушала девочек, которые умоляли ее выехать на час раньше. Три четверти стоянки уже заполнены. Люди в оранжевых жилетках регулируют транспортный поток. Один предлагает ей взять левее. Она поворачивает, едет медленно, потому что в это путешествие отправилась на внедорожнике «тахо» Джинни Карвер, и меньше всего ей хочется что-нибудь поцарапать. На заднем сиденье Хильда Карвер, Бетси Девитт, Дайна Скотт и Барбара подпрыгивают — в прямом смысле этого слова — от волнения. В проигрыватель «Тахо» загружены компакт-диски «Здесь и сейчас» (всего шесть), и девчонки визжат: «Ой, это моя любимая!» — всякий раз, когда начинается новая песня. В салоне шумно, это напрягает, но, к изумлению Тани, ей нравится.

— Осторожно, миссис Робинсон, калека, — предупреждает Бетси и указывает, где он.

Калека щуплый, бледный и лысый, одет в мешковатую футболку. На коленях держит вроде бы фотографию в рамке, и Таня видит мочеприемник. Неуместно задорный вымпел «Здесь и сейчас» торчит из бокового кармана инвалидной коляски. Бедняга, думает Таня.

— Может, нам ему помочь? — спрашивает Барбара. — Он так медленно едет.

— Да благословит Господь твое доброе сердце, — отвечает Таня. — Давай припаркуемся, а потом, если он еще не доедет до дверей, мы ему обязательно поможем.

Она заезжает на пустую парковочную клетку и со вздохом облегчения глушит двигатель одолженного «тахо».

— Вы только посмотрите на эти очереди! — восклицает Дайна. — Тут, наверное, миллиард человек.

— Не так много, но достаточно, — отвечает Таня. — Они скоро откроют двери. Места у нас хорошие, так что волноваться не о чем.

— Билеты у тебя, да, мама?

Таня демонстративно проверяет сумку.

— Все здесь, милая.

— И мы можем купить сувениры?

— По одному каждая, и не дороже десяти долларов.

— У меня свои деньги, миссис Робинсон, — говорит Бетси, когда они вылезают из «тахо». Девочки немного нервничают при виде растущей толпы у ЦКИ. Они сбиваются в кучку. Их тени сливаются в темное пятно на асфальте, залитом яркими лучами опускающегося к горизонту солнца.

— Я в этом уверена, но эти сувениры от меня, — отвечает Таня. — А теперь послушайте, девочки. Я хочу, чтобы вы отдали мне ваши деньги и мобильники на хранение. Такое количество людей обычно привлекает карманников. Я вам все верну, как только мы займем наши места, но после начала шоу никаких эсэмэсок и разговоров... Это понятно?

— Мы можем сначала сделать фотографии, миссис Робинсон? — спрашивает Хильда.

— Да. Каждая по одной.

— По две! — молит Барбара.

— Хорошо, по две. Только быстро.

Они делают по две фотографии, обещая потом переслать их друг другу по электронной почте, чтобы у каждой получился полный комплект. Таня следует их примеру и фотографирует всех четырех девочек, которые встают рядом, положив руки друг дружке на плечи. Она думает, что они очаровательны.

— Хорошо, дамы, а теперь, пожалуйста, наличные и кудахталки.

Девочки сдают тридцать с небольшим долларов и яркие мобильники, цветом похожие на леденцы. Таня убирает все в сумку и запирает внедорожник Джинни Карвер нажатием кнопки на ключе-брелоке. Слышится щелчок закрывающихся замков, означающий, что автомобиль в полной безопасности.

— А теперь слушайте меня, безумные женщины. Мы все беремся за руки и не расцепляемся, пока не доберемся до наших мест. Да?

— *Да-а-а!* — кричат девочки и хватаются за руки. Все они в лучших обтягивающих джинсах и лучших кроссовках. Все в футболках «Здесь и сейчас», а конский хвост Хильды перевязан белой шелковой ленточкой с надписью красными буквами «Я ЛЮБЛЮ КЭМА».

— Мы приехали сюда, чтобы отдохнуть, да? Отлично провести время, да? Отвечайте.

— *ДА-А-А-А!*

Удовлетворенная Таня ведет их к ЦКИ. Путь долгий, по горячему асфальту, но никто не жалуется. Она оглядывается в поисках лысого мужчины в инвалидной коляске и замечает его, направляющегося к концу очереди для людей с ограниченными возможностями. Она гораздо короче, но все равно грустно видеть всех этих бедолаг. Тут инвалидные коляски приходят в движение. Первыми в зал пропускают инвалидов, и Таня думает, что это правильно. Пусть хотя бы большинство из них успеет добраться до отведенного им сектора, прежде чем начнется столпотворение.

Когда Таня с девочками встает в конец самой короткой очереди вполне здоровых людей (длинной-предлинной!), она видит, как щуплый лысый парень катит по пандусу, и думает, что ему не пришлось бы затрачивать таких усилий, будь у него моторизированная коляска. Таня задается вопросом, чья фотография у него на коленях. Какого-нибудь любимого умершего родственника? Скорее всего.

Бедняга, вновь думает она и посылает короткую молитву Богу, благодаря Его, что у нее здоровые дети.

— Мама? — спрашивает Барбара.

— Что, милая?

— Мы отлично проведем время, да?

Таня Робинсон сжимает руку дочери.

— Будь уверена.

Какая-то девочка начинает петь «Поцелуи на мидвее» чистым нежным голосом:

— *Солнце, бэби, солнце светит — это на меня ты смотришь... луна, бэби, луна в небе, значит, рядом ты идешь...*

Другие девочки присоединяются:

— *Любовь твоя и ласки твои — не хватит их мне никогда... я буду любить, я буду мечтать, теперь ты со мной навсегда...*

Песня наполняет теплый вечер, подхваченная тысячью голосов. Таня с радостью присоединяется к общему хору: эта песня доносилась из комнаты Барбары две последние недели, так что слова она выучила.

Под влиянием момента она наклоняется и целует дочь в макушку.

Отлично проводим время, думает она.

28

Ходжес и его более молодые Ватсоны стоят в командном пункте Брейди, глядя на ряд компьютеров с темными экранами.

— Первым — «хаос», — говорит Джером. — Следом — «тьма». Так?

Ходжес думает, что чем-то это напоминает Откровение Иоанна Богослова.

— Думаю, да, — отвечает Холли. — По крайней мере она написала эти слова в таком порядке. — Поворачивается к Ходжесу. — Она подслушивала, понимаете? Готова спорить, она знала гораздо больше. Он и представить себе не мог, как много она знала. — Вновь смотрит на Джерома. — Вот еще что. Очень важное. Не теряй времени, если «хаос» их включит.

— Да. Программа самоуничтожения. А если я занервничаю и мой голос станет высоким и писклявым, как у Микки-Мауса?

Она уже собирается ответить, но тут замечает смешинки в его глазах.

— Подначиваешь? — Холли не может сдержать улыбку. — Давай, Джером. Становись Брейди Хартсфилдом.

«Хаос» ему удается с первого раза. Экраны вспыхивают, появляются и начинают меняться числа.

— Тьма!

Числа продолжают меняться.

— Не *кричи*, — говорит Холли. — Черт!

16, 15, 14.

— Тьма.

— Думаю, слишком низко, — вставляет Ходжес, пытаясь изгнать из голоса нервозность, которую чувствует.

12, 11.

Джером вытирает рот.

— Т-тьма.

— Заика, — отмечает Холли. Возможно, не самая лучшая идея.

8, 7, 6.

— Тьма.

5.

Обратный отсчет обрывается, цифры исчезают. Джером шумно выдыхает. Теперь на экранах — цветные фотографии мужчин в старинной одежде Дикого Запада. Они стреляют или лежат на земле, сраженные пулями. На одной всадник и лошадь пробивают витрину.

— Что это за заставки? — спрашивает Джером.

Ходжес указывает на Номер пять.

— Это Уильям Холден, поэтому я думаю, что это кадры из какого-то фильма.

— «Дикая банда», — тут же уточняет Холли. — Режиссер Сэм Пекинпа. Я смотрела его только один раз. Потом мне снились кошмары.

Кадры фильма, думает Ходжес, глядя на перекошенные лица и выстрелы. *А также кадры сознания Брейди Хартсфилда.*

— Что теперь? — спрашивает он.

— Холли, ты начинаешь с первого, — говорит Джером. — Я — с последнего. Встретимся посередине.

— Похоже, придется попотеть. — Холли поворачивается к Ходжесу. — Мистер Ходжес, можно мне здесь курить?

— Почему нет? — отвечает он и идет к лестнице, чтобы сесть и наблюдать, как они работают. При этом рассеянно потирает грудь пониже левой ключицы. Раздражающая боль вернулась. Наверное, потянул мышцу, когда бежал по улице после взрыва своего автомобиля.

29

Прохладный кондиционированный воздух в вестибюле ЦКИ ударяет Брейди как пощечина, по его потным шее и рукам бегут мурашки. Широкая часть коридора пуста, потому что обычных зрителей в ЦКИ еще не пускают, но справа по проходу, отгороженному бархатными веревками с указателем «ДЛЯ ЛЮДЕЙ С ОГРАНИЧЕННЫМИ ВОЗМОЖНОСТЯМИ», инвалидные коляски медленно движутся к контрольно-пропускному пункту и аудитории за ним.

Брейди такой расклад не нравится.

Он предполагал, что толпа ринется в зал, как происходило на матче «Кливлендских индейцев», на который он ходил в восемнадцать лет, и служба безопасности не будет успевать ни к кому приглядываться. Ему следовало предположить, что на концерт калек будут пускать в первую очередь.

Он видит как минимум десять мужчин и женщин в синей униформе с коричневыми нашивками «СЛУЖБА БЕЗОПАСНОСТИ ЦКИ» на плечах, и делать им сейчас совершенно нечего, кроме как досматривать калек, которые медленно катятся мимо них. С нарастающим ужасом Брейди замечает: они не заглядывают в боковые и задние карманы на всех колясках, но проверяют каждую третью или четвертую, а иногда и две подряд. После того как калеки получают добро от службы безопасности, билетеры, одетые в футболки с логотипом «Здесь и сейчас», направляют их в сектор для людей с ограниченными возможностями.

Он полагал, что его могут остановить на контрольно-пропускном пункте, но надеялся, что вокруг будет множество юных поклонниц бой-бэнда. Еще одно неправильное допущение. Осколки выбитых стекол могут убить тех, кто стоит ближе всего к дверям, но их тела также послужат стеной, которая убережет остальных.

«Дерьмо, — думает он. — Однако... В Городском центре я убил только восьмерых. И сегодня все равно трупов будет больше».

Он катится вперед с фотографией Фрэнки на коленях. Рамка упирается в переключатель. Если кто-то из охранников наклонится, чтобы заглянуть в один из карманов, Брейди положит руку на рамку и нажмет. Вместо желтой лампочки вспыхнет зеленая, и электрический ток устремится к детонаторам из азида свинца, «утопленным» в самодельный пластит.

Впереди только двенадцать колясок. Холодный воздух обдувает разгоряченную кожу. Он думает о Городском центре, о том, как тяжелый автомобиль этой суки Трелони покачивался и приподнимался, переезжая тела людей, после того как врезался в них и сбивал с ног. Ощущения были как при оргазме. Он помнит запах резины под маской, помнит, как орал от радости и восторга. Наорался так, что осип, потом едва мог говорить, и ему пришлось сказать матери и Тоунсу Фробишеру в «ДЭ», что у него ларингит.

Между ним и КПП уже десять колясок. Один из охранников — вероятно, главный, потому что он старше всех и единственный в шляпе — берет рюкзак у девушки, такой же лысой, как и Брейди. Что-то ей объясняет и дает квитанцию на получение рюкзака после концерта.

«Они меня поймают, — хладнокровно думает Брейди. — Поймают, так что надо готовиться к смерти».

Он *готов*. Готов уже какое-то время.

Восемь колясок между ним и КПП. Семь. Шесть. Тот же обратный отсчет, что и на его компьютерах.

Снаружи доносится пение, сначала приглушенное.

— *Солнце, бэби, солнце светит* — *это на меня ты смотришь... луна, бэби, луна...*

Когда песню подхватывает толпа, звук набирает силу, как в кафедральном соборе.

— *ЛЮБОВЬ ТВОЯ И ЛАСКИ ТВОИ* — *НЕ ХВАТИТ ИХ МНЕ НИКОГДА... Я БУДУ ЛЮБИТЬ, Я БУДУ МЕЧТАТЬ, ТЕПЕРЬ ТЫ СО МНОЙ НАВСЕГДА.*

В этот самый момент двери распахиваются. Какие-то девочки визжат, большинство продолжает петь еще громче.

— *В СВЕТ ЗАРИ ВОЙДЕМ С ТОБОЮ И ОСТАНЕМСЯ ВДВОЕМ... ПОЦЕЛУИ БУДУТ КРЕПЧЕ НА МИДВЕЕ НОВЫМ ДНЕМ!*

Девчонки в футболках и топах «Здесь и сейчас», впервые накрашенные, врываются в вестибюль, родители (преимущественно мамаши) пытаются не отставать от своего отродья. Мясистая деваха двенадцати или тринадцати лет — жопа размером со штат Айова — врезается в коляску перед Брейди. В ней сидит девочка с миловидным личиком и тоненькими как спички ножками. Коляска едва не переворачивается.

— Эй, осторожнее! — кричит мать девочки, но жирной суки в необъятных джинсах, с вымпелом «Здесь и сейчас» в одной руке и билетом в другой, уже и след простыл. Кто-то толкает коляску Брейди, рамка с фотографией сдвигается, и на секунду он думает, что сейчас все исчезнет в белой вспышке, а металлические шарики добьют тех, кто не превратится в пар. Этого не происходит, он чуть приподнимает рамку и видит, что по-прежнему горит желтая лампочка.

На пределе, думает Брейди и ухмыляется.

В коридоре радостная суета, и все сотрудники службы безопасности, которые ранее досматривали калек, уже заняты рвущимися в зал девчонками. С калеками остается только одна охранница, молодая женщина, которая взмахом руки предлагает проезжать вперед, едва глянув на того или ту, кто сидит в коляске. Подъезжая к ней, Брейди обращает внимание на главного охранника в шляпе. Он стоит по другую сторону коридора. При росте в шесть футов три дюйма охранник видит все, потому что горой возвышается над девочками, и его глаза пребывают в непрерывном движении. В одной руке он держит лист бумаги, на который то и дело поглядывает.

— Покажите мне ваши билеты — и вперед, — говорит охранница симпатичной девочке-колясочнице и ее матери. — Дверь направо.

Брейди замечает кое-что интересное. Высокий начальник в шляпе хватает парня лет двадцати, который вроде бы пришел на концерт один, и выдергивает из толпы.

— Следующий! — обращается к Брейди охранница. — Не задерживайте очередь!

Брейди катится к ней, готовый прижать рамку с фотографией Фрэнки к переключателю на Изделии два, если охранница проявит какой-то интерес к карманам коляски. Коридор уже полностью заполнен кричащими и поющими девочками, так что с ним уйдут человек тридцать, а то и больше. Если придется умереть в коридоре, он согласен.

Охранница указывает на фотографию.

— Кто это, дорогой?

— Мой маленький мальчик, — отвечает Брейди с печальной улыбкой. — В прошлом году погиб в аварии. Той самой, что приковала меня... — Он указывает на кресло. — Он любил «Здесь и сейчас», но не дожил до их нового альбома. Теперь услышит все новые песни.

Она торопится пропустить всех, но находит время, чтобы выразить сочувствие. Ее взгляд смягчается.

— Я сожалею о вашей утрате.

— Спасибо, мэм, — отвечает Брейди, думая: «Тупая манда».

— Проезжайте вперед, сэр, потом направо. Вы найдете два широких прохода для зрителей с ограниченными возможностями. Видно будет отлично. Если вам понадобится помощь, чтобы спуститься по пандусу — он довольно крутой, — обратитесь к одному из билетеров с желтыми нарукавными повязками.

— Сам справлюсь, — с улыбкой отвечает Брейди. — У этой крошки отличные тормоза.

— Это хорошо. Наслаждайтесь шоу.

— Спасибо, мэм. Я уверен, что мне понравится. И Фрэнки тоже.

Брейди катит к главному входу. У КПП Ларри Уиндом — известный среди коллег-полицейских как Отморозок — отпускает молодого человека, который в последний момент решил воспользоваться билетом младшей сестры: ее свалил мононуклеоз. Этот урод совсем не похож на парня, фотографию которого прислал ему Билл Ходжес.

Аудитория напоминает стадион, что радует Брейди. Чаша увеличит силу взрыва. Он буквально видит, как разлетаются металлические шарики из пакетов, закрепленных под сиденьем. Если повезет, думает он, достанется не только зрителям, но и бой-бэнду.

Из динамиков над головой льется поп-музыка, но девчонки, рассаживающиеся по местам и заполняющие проходы, заглушают ее пронзительными юными голосами. Лучи прожекторов танцуют над толпой. Летают фрисби. Пару огромных надувных мячей перекидывают из ряда в ряд, из сектора в сектор. Удивляет Брейди одно: на сцене нет никакого колеса обозрения и прочей хрени с мидвея. Зачем же они притащили все это, если не собирались использовать?

Билетерша с желтой лентой на рукаве только что поставила на положенное место коляску симпатичной девочки с ножками-спичками и теперь идет к Брейди. Тот машет рукой, как бы говоря, что справится сам. Билетерша улыбается, похлопывает его по плечу и уходит, чтобы помочь кому-то еще. Брейди выбирает ближайший из двух секторов, отведенных зрителям с ограниченными возможностями. Пристраивается к симпатичной девочке с ножками-спичками.

Она с улыбкой поворачивается к нему.

— Так интересно, правда?

Брейди кивает, улыбаясь в ответ, и думает при этом: «Ты еще половины не знаешь, недоделанная сука».

30

Таня Робинсон смотрит на сцену и думает о первом концерте, на котором она побывала — на «Темпс», — и о поцелуе Бобби Уилсона при исполнении «Моей девушки». Как это было романтично.

Из этих грез ее вырывает дочь, дергающая за рукав.

— Посмотри, мама, вон тот покалеченный человек. Вместе с другими людьми на колясках. — Барбара указывает налево и вниз. Там сиденья убрали, чтобы освободить место для колясочников.

— Я вижу его, Барб, и так таращиться неприлично.

— Я надеюсь, ему тут нравится, правда?

Таня улыбается дочери.

— Я в этом уверена, милая.

— Ты нам раздашь мобильники? Потому что они нам понадобятся к началу шоу.

Для того чтобы фотографировать, догадывается Таня... потому что давненько не бывала на поп-концерте. Открывает сумку и раздает леденцы-мобильники. Но девочки только держат их в руках. Они слишком потрясены происходящим вокруг, чтобы позвонить или отправить эсэмэску. Таня целует Барб в макушку и садится, мыслями возвращаясь в прошлое, к поцелую Бобби Уилсона. Не то чтобы первому, но первому качественному.

Она надеется, что Барб, когда придет время, повезет ничуть не меньше.

31

— О, мой счастливый рукоплещущий Иисус! — восклицает Холли и ладонью шлепает себя по лбу. Она закончила с Номером один Брейди — там ничего не нашлось — и перешла к Номеру два.

Джером отрывается от Номера пять, в котором, похоже, одни видеоигры вроде «Большой автокражи» или «Зова долга».

— Что?

— Так я говорю всякий раз, когда натыкаюсь на человека, у которого с головой еще хуже, чем у меня, — отвечает Холли. — Меня это подбадривает. Ужасно, конечно, я знаю, но ничего не могу с собой поделать.

Ходжес, охнув, поднимается и идет посмотреть. Экран заполнен маленькими фотографиями. Вроде бы безобидными, не слишком отличающимися от тех, которые он и его друзья рассматривали в «Адаме» или «Аппетитной ножке» в конце пятидесятых. Холли увеличивает три и выставляет в ряд. Дебора в полупрозрачном халате. Дебора в комбинации. Дебора в розовом, с оборочками, гарнитуре из трусиков и бюстгальтера.

— Господи, это же его *мать*! — изумляется Джером. На его лице — отвращение, изумление, пристальное внимание. — И она, похоже, *позировала*.

У Ходжеса такое же впечатление.

— Да. Чистый дедушка Фрейд, — кивает Холли. — Почему вы постоянно потираете плечо, мистер Ходжес?

— Потянул мышцу, — отвечает он. Но уже начинает задумываться, а в этом ли причина.

Джером смотрит на рабочий стол Номера три, вновь переключается на фотографии матери Брейди, но тут же возвращается к Номеру три.

— Надо же! — вырывается у него. — Посмотрите сюда, Билл!

В нижнем левом углу рабочего стола Номера три — иконка «Синего зонта».

— Открой, — просит Ходжес.

Джером открывает, но там пустота. Ничего нового, подготовленного к отсылке, нет, а вся прежняя переписка на сайте «Под синим зонтом Дебби» отправляется, как им уже известно, на электронные небеса.

Джером садится за Номер три.

— Видать, его рабочий компьютер, Холс. Должен быть.

Она присоединяется к нему.

— Думаю, остальные только создают видимость, чтобы он мог представить себе, будто находится в рубке звездолета «Энтерпрайз» или что-то такое.

Ходжес указывает на иконку **2009**.

— Давайте поглядим, что здесь.

На экране появляется папка «ГОРОДСКОЙ ЦЕНТР». Джером открывает ее, и они смотрят на длинный перечень статей о происшествии в апреле 2009 года.

— Альбом газетных вырезок этого говнюка! — рычит Ходжес.

— Просмотри все, что здесь есть, — говорит Холли Джерому. — Начни с локального диска.

Джером подчиняется.

— Черт, вы только гляньте. — Он указывает на папку «ВЗРЫВЧАТЫЕ ВЕЩЕСТВА».

— Открой! — Холли трясет его за плечо.

Джером открывает, там новые папки. Ящики в ящиках, думает Ходжес. Компьютер — тот же викторианский стол со сдвижной крышкой и секретными отделениями.

— Эй, вы только взгляните, — говорит Холли. — Он целиком скачал «Поваренную книгу анархиста» с «Бит-торрента». Это же запрещено законом.

— Балда, — отзывается Джером, и она толкает его кулаком в плечо.

Боль в плече Ходжеса усиливается. Он возвращается к лестнице, с трудом садится. Джером и Холли уставились в экран Номера три и не замечают его ухода. Он кладет руки на бедра («Мои толстые бедра, — думает он. — Мои *чересчур* толстые бедра»), медленно и глубоко дышит. Чего ему не хватает в этот и без того неудачный день, так это инфаркта в доме, куда он незаконно проник в компании несовершеннолетнего и женщины, у которой в голове полный беспорядок. В доме, где наверху лежит мертвая красотка — она же мать массового убийцы.

Пожалуйста, Господи, только не инфаркт. *Пожалуйста.*

Еще несколько глубоких вдохов-выдохов. Он подавляет отрыжку, и боль начинает отступать.

Ходжес сидит, наклонив голову, смотрит в просвет между ступенями. Что-то блестит в свете потолочных флуоресцентных ламп. Ходжес опускается на колени и заползает под лестницу. Это стальной шарик, чуть побольше тех, что в Веселом ударнике, ладонь чувствует его тяжесть. Ходжес смотрит на свое искаженное отражение в сверкающей поверхности, и у него начинает формироваться идея. Нет, разом *всплывает* на поверхность, словно раздувшееся тело утопленника.

Дальше под лестницей лежит зеленый мусорный мешок. Ходжес тянется к нему одной рукой, сжимая шарик в другой, чувствуя, как свисающая с лестницы паутина ласкает его поредевшие волосы. Джером и Холли о чем-то возбужденно переговариваются, но ему не до них.

Он хватает мешок и тащит на себя, одновременно выползая из-под лестницы. Капля пота стекает в левый глаз, жжет, он моргает, чтобы стряхнуть ее. Вновь садится на ступеньку.

— Открывай его почту, — командует Холли.

— Ты прямо начальница, — отвечает Джером.

— Открывай, открывай, открывай!

Точно начальница, думает Ходжес, открывая мусорный мешок. Внутри обрывки проводов, сломанная печатная плата. Они лежат на каком-то предмете одежды цвета хаки, возможно, рубашке. Ходжес сметает провода в сторону и достает его. Не рубашка, а жилетка, походная, с множеством карманов. Подкладка разрезана в пяти или шести местах. Он сует в разрезы руку, находит еще пару металлических шариков. Нет, эта жилетка предназначалась не для походов. Во всяком случае, после того, как попала к Брейди. Ей нашли другое применение.

Теперь это жилетка смертника.

Точнее, была. По какой-то причине Брейди ее распотрошил. Потому что его планы изменились и он решил отправиться в субботу на День профессии в «Эмбасси-сьютс»? Должно быть. Взрывчатка, наверное, в его автомобиле, если только он не украл другой. Он...

— Нет! — вскрикивает Джером. И продолжает кричать: — *Нет! Нет, нет. О ГОСПОДИ, НЕТ!*

— Пожалуйста, только не это, — причитает Холли. — Только не это.

Ходжес бросает жилетку и спешит к компьютерам, чтобы посмотреть, что так поразило его Ватсонов. Это электронное письмо с сайта «ФэнТастик», с благодарностью мистеру Брейди Хартсфилду за его заказ.

Вы можете сразу загрузить и распечатать ваш билет. На это мероприятие сумки и рюкзаки брать с собой не разрешается. Благодарим за заказ на сайте «ФэнТастик», где можно в один клик получить лучшие места на все самые большие шоу.

И ниже: **«ЗДЕСЬ И СЕЙЧАС»: АУДИТОРИЯ МИНГО ЦЕНТРА КУЛЬТУРЫ И ИСКУССТВ СРЕДНЕГО ЗАПАДА, 3 ИЮНЯ 2010 г. 19.00.**

Ходжес закрывает глаза. «Все-таки этот гребаный концерт. Мы совершили ошибку, это объяснимо, но непростительно. Пожалуйста, Господи, не позволь ему пройти в зал. Пожалуйста, Господи, сделай так, чтобы парни Отморозка поймали его у дверей».

Но и от этого ничего хорошего ждать не приходится, потому что Ларри Уиндом думает, что ищет растлителя несовершеннолетних, а не безумного бомбиста. Если он заметит Брейди и попытается ухватить его за воротник с присущей ему грубостью...

— Без четверти семь. — Холли указывает на время в нижнем левом углу экрана Номера три Брейди. — Возможно, он еще стоит в очереди, но уже мог и пройти в зал.

Ходжес знает, что она права. Учитывая такое большое количество детей, в зал наверняка начали пускать не позже половины седьмого.

— Джером, — говорит он.

Юноша не отвечает. Смотрит на экран с письмом, подтверждающим покупку, а когда Ходжес кладет руку ему на плечо, ощущение такое, что он коснулся камня.

— Джером.

Джером медленно поворачивается. У него огромные глаза.

— Какие мы идиоты.

— Позвони маме. — Голос Ходжеса спокоен, и никаких усилий ему для этого не требуется, потому что он в глубоком шоке. У него перед глазами — металлический шарик. И искромсанная жилетка. — Позвони прямо сейчас. Скажи ей, чтобы хватала Барбару и других девочек, которых привезла с собой, и мчалась оттуда со всех ног.

Джером сдергивает мобильник с ремня и нажимает кнопку быстрого набора номера матери. Холли смотрит на него, крепко обхватив руками грудь. Уголки искусанного рта опустились в гримасе.

Джером ждет, бормочет проклятие, потом говорит:

— Тебе надо уйти, мама. Просто возьми девочек и уйди. Не перезванивай и не задавай вопросов, просто *уходите*. Не бегите. Но уходите оттуда!

Он обрывает связь и объясняет то, что они и так знают:

— Голосовая почта. Гудков было много, то есть она не разговаривала по другой линии и не отключала мобильник. Не понимаю.

— Как насчет сестры? — спрашивает Ходжес. — У нее наверняка мобильник с собой.

Он еще не закончил, а Джером уже нажимает кнопку быстрого набора. Слушает, как кажется Ходжесу, целую вечность, хотя он знает, что прошло десять или пятнадцать секунд. Потом Джером говорит:

— Барб! Почему ты не берешь трубку, черт побери? Ты, мама и другие девочки должны немедленно уйти! — Он обрывает связь. — Ничего не понимаю. Она *всегда* носит мобильник, он буквально с ней сросся, и она хотя бы должна почувствовать вибрацию...

— Дерьмо, — говорит Холли. И добавляет: — Твою *мать*! Они поворачиваются к ней.

— Зал большой? Сколько внутри народу?

Ходжес пытается вспомнить, что он знает об аудитории Минго.

— Четыре тысячи сидящих мест. Не помню, есть ли стоячие. Это все прописано в инструкции по пожарной безопасности.

— И в основном туда пришли девочки. Девочки, которые практически срослись с мобильниками. Все болтают в ожидании начала шоу или шлют эсэмэски. — От ужаса ее глаза становятся огромными. — Линии связи. Они перегружены. Ты должен пытаться, Джером. Должен пытаться, пока не дозвонишься.

Он кивает, но смотрит на Ходжеса.

— Вы должны позвонить вашему другу. Тому, что в службе безопасности.

— Да, но не отсюда. Из машины. — Ходжес вновь смотрит на часы. Без десяти семь. — Мы едем в ЦКИ.

Холли прижимает к щекам кулаки.

— Да, — говорит она, и Ходжес вспоминает ее слова, произнесенные раньше: «*Они* не смогут его найти. *Мы* найдем».

Несмотря на желание сойтись с Хартсфилдом лицом к лицу — стиснуть ему шею руками и увидеть, как глаза ублюдка вылезают из орбит, — Ходжес надеется, что она ошиблась. Потому что, если искать его придется им, они, возможно, уже опоздали.

32

На этот раз за рулем Джером, а Ходжес — на заднем сиденье. «Мерседес» Оливии Трелони разгоняется медленно, но как только двенадцатицилиндровый двигатель набирает обороты, несется ракетой, а поскольку на карте жизнь матери и сестры, Джером мчится как ветер, скачет с полосы на полосу, не обращая внимания на возмущенные гудки других водителей. По прикидкам Ходжеса, дорога к ЦКИ займет у них двадцать минут. Если, конечно, парень ни в кого не врежется.

— Позвоните в службу безопасности! — просит его Холли с переднего пассажирского сиденья. — Позвоните, позвоните, позвоните!

Доставая из кармана «Нокию», он советует Джерому ехать по окружной дороге.

— Обойдусь без поучений с заднего сиденья, — фыркает Джером. — Просто позвоните. И побыстрее.

Но когда Ходжес пытается открыть «Контакты», гребаная «Нокия» пикает и умирает. Когда он в последний раз заряжал аккумулятор? Ходжес не помнит. Как не помнит и телефон службы безопасности. Ему следовало записать номер в блокнот, а не полагаться на мобильник.

Чертов научно-технический прогресс, думает он.

Но кто виноват на самом деле?

— Холли, набери пять-пять-пять девятнадцать два ноля и передай мне телефон. Мой умер. — Это номер полицейского управления. Он вновь сможет узнать номер у Марло.

— Хорошо, только какой здесь телефонный код? Мой мобильник...

Она замолкает, потому что Джером объезжает автофургон и едва не натыкается на внедорожник. Мигает фарами и кричит:

— Прочь с дороги!

Внедорожник уходит в сторону, и «мерседес» впритирку проскакивает мимо.

— ...с кодом Цинциннати, — заканчивает Холли. Голос у нее ровный и предельно спокойный.

Ходжес диктует код, думая о том, что и ему не помешала бы пара таблеток, на которых она сидит. Холли набирает номер и передает ему мобильник.

— Управление полиции, с кем мне вас соединить?

— Мне нужно поговорить с Марло Эверетт из архива. Очень срочно.

— Сожалею, сэр, но я видела, как миссис Эверетт ушла полчаса тому назад.

— Подскажите, пожалуйста, номер ее мобильника.

— Сэр, я не имею права сообщать такие сведения...

У него нет желания тратить время на разговор, который наверняка не принесет результата, и он обрывает связь в тот самый момент, когда Джером выезжает на окружную дорогу со скоростью шестьдесят миль в час.

— В чем задержка, Билл? Почему вы не можете?..

— Заткнись и веди машину, Джером, — вмешивается Холли. — Мистер Ходжес делает все, что может.

Ходжес отдает себе отчет в том, что Холли не хочет, чтобы он до кого-нибудь дозвонился. Потому что нейтрализовать Брейди должны *они* и только *они*. В голову приходит дикая идея: Холли использует некое шестое чувство, чтобы гарантировать, что никому не удастся вмешаться в эту разборку. И возможно, так и будет. Учитывая скорость, с которой мчится Джером, они прибудут к ЦКИ прежде, чем он, Ходжес, сумеет связаться с *кем-то* из представителей власти.

Разумом он понимает, что это наилучший вариант. С кем бы ни удалось связаться Ходжесу, службой безопасности ЦКИ руководит Ларри Уиндом, а Ходжес ему не доверяет. Отморозок сначала пускал в ход кулаки, а потом разбирался, что к чему, и Ходжес сомневается, что он изменил своим привычкам.

Тем не менее он должен попытаться.

Ходжес возвращает мобильник Холли и говорит:

— Другого способа нет. Позвони в справочную и...

— Сначала позвони моей сестре, — вмешивается Джером и диктует номер.

Холли набирает номер Барбары, ее большой палец летает так быстро, что взгляду за ним не угнаться. Слушает.

— Голосовая почта.

С губ Джерома срывается проклятие, он увеличивает скорость. Ходжесу остается только надеяться, что на плече Джерома сидит ангел.

— *Барбара!* — орет Холли. Никакого бормотания. — *Ты и те, кто с тобой. Ноги в руки и бежать. Немедленно. В темпе! Pronto*!* — Она дает отбой и спрашивает: — Что теперь? Справочная, вы сказали?

— Да. Узнай номер службы безопасности ЦКИ и передай телефон мне. Джером, нам нужен съезд четыре-А.

— К ЦКИ ведет три-Б.

— Это к центральному входу. Мы подъедем сзади.

---

* Быстро (*ит.*).

— Билл, если с моей мамой и сестрой что-то случится...

— Не случится. Сворачивай на четыре-А. — Общение Холли со справочной явно затянулось. — Холли, в чем задержка?

— Прямого номера службы безопасности нет. — Она набирает новый номер и передает ему мобильник. — Надо звонить по номеру ЦКИ.

Ходжес с такой силой прижимает айфон Холли к уху, что становится больно. Гудок, гудок, опять гудок.

Они проезжают съезды 2А и 2Б. ЦКИ уже виден. Сверкает, как музыкальный автомат. Стоянка забита автомобилями. Звонок наконец-то проходит, но прежде чем Ходжес успевает произнести хоть слово, начинает говорить женским голосом робот. Медленно и отчетливо произносит каждое слово, будто общается с человеком, для которого английский — не родной язык и знает он его не слишком хорошо.

— Здравствуйте, спасибо, что позвонили в Центр культуры и искусств Среднего Запада, где мы прилагаем все силы, чтобы сделать жизнь лучше и обратить мечты в явь.

Ходжес слушает, прижав мобильник Холли к уху, пот течет по его щекам и шее. На часах шесть минут восьмого. Ублюдок не сделает этого, пока не начнется шоу, говорит он себе (молится об этом), а концерты всегда начинаются позже.

— Помните, — сладко поет женщина-робот, — мы зависим от вашей поддержки, и сейчас можно приобрести годовые абонементы на концерты симфонического оркестра и спектакли драматической труппы. Вы не только сэкономите пятьдесят процентов...

— Что происходит? — кричит Джером, когда они проезжают съезды 3А и 3Б. На следующем щите — надпись: «СЪЕЗД 4А, БУЛЬВАР СПАЙСЕРА, $1/2$ МИЛИ». Джером бросает Холли свой мобильник, и Холли пытается дозвониться сначала Тане, потом Барбаре, но безрезультатно.

— Я слушаю гребаный записанный текст, — отвечает Ходжес. Вновь потирает ложбинку под левой ключицей. Ноющая боль похожа на зубную. — После съезда налево. Потом направо, на первом или втором перекрестке. У «Макдоналдса». — Хотя «мерседес» разогнался до восьмидесяти миль в час, двигатель сонно урчит.

— Если мы услышим взрыв, я просто сойду с ума, — бесстрастно сообщает Джером.

— Веди машину, — отвечает Холли, зажав в зубах нераскуренную сигарету. — Если никуда не врежешься, все будет хорошо. — Она вновь звонит Тане. — Мы его возьмем. Мы его возьмем, возьмем, возьмем.

Джером бросает на нее взгляд.

— Холли, ты чокнутая.

— Веди машину, — повторяет она.

— Вы также можете использовать вашу карточку, чтобы получить десятипроцентную скидку в ресторанах и торговых сетях, — сообщает Ходжесу робот с женским голосом.

Потом — гораздо позже, чем следовало — переходит к делу:

— Сейчас на ваш звонок ответить никто не может. Если вы знаете добавочный номер нужного вам сотрудника, наберите его. Если нет — слушайте внимательно, потому что наши телефоны изменились. Чтобы позвонить Авери Джонсу в драматическую труппу, наберите один-ноль. Чтобы позвонить Белинде Дин в кассу, наберите один-один. Чтобы позвонить в Городской симфонический оркестр...

Господи, думает Ходжес, это же гребаный каталог «Сирса». В алфавитном порядке.

«Мерседес» приседает, когда Джером сворачивает на съезд 4А и мчит по закругляющемуся пандусу. На выезде горит красный.

— Холли, что скажешь?

Они смотрит вправо-влево, мобильник прижат к уху.

— Если поторопишься, все будет хорошо. Если хочешь, чтобы нас всех убило, жди.

Джером нажимает педаль газа. «Мерседес» Оливии пересекает четыре полосы движения, кренится влево, переваливается через бетонный разделитель. Водители возмущенно гудят, Ходжес замечает автофургон, который взбирается на тротуар, чтобы избежать столкновения.

— Чтобы позвонить в отдел оформления сцены, наберите...

Ходжес бьет кулаком в крышу «мерседеса».

— Куда подевались *ВСЕ ГРЕБАНЫЕ ЛЮДИ*?

Золотистые арки «Макдоналдса» уже совсем рядом, когда робот информирует Ходжеса, что он должен набрать три-
два, чтобы дозвониться до службы безопасности ЦКИ.

Он набирает, раздается четыре гудка, потом трубку сни-
мают. Услышанное заставляет его задаться вопросом, а не
сходит ли он с ума.

— Здравствуйте, спасибо, что позвонили в Центр культуры и искусств Среднего Запада, — вежливо благодарит его
робот женским голосом, — где мы прилагаем все силы, чтобы сделать жизнь лучше и обратить мечты в явь.

33

— Почему не начинается шоу, миссис Робинсон? — спрашивает Дайна Скотт. — Уже десять минут восьмого.

Таня думает, а не рассказать ли им о концерте Стиви
Уандера, на котором она побывала, когда училась в старших
классах — он начался не в восемь вечера, как полагалось, а
в половине десятого, — но воздерживается: это контрпро-
дуктивно.

Хильда, хмурясь, вглядывается в мобильник.

— Так и не могу дозвониться Гейл, — жалуется она. — Эта
дурацкая сеть пе...

В этот самый момент начинает гаснуть свет. Конечно же,
раздаются дикие вопли и аплодисменты.

— Господи, мама, я так волнуюсь! — шепчет Барбара, и
Таня растроганно замечает, как глаза дочери наливаются
слезами. На сцене появляется парень в футболке «ХОРО-
ШИЕ ПАРНИ с "БАМ-100"». В луче прожектора выходит
на середину.

— Всем привет! — кричит он. — Как настроение?

Новые вопли заверяют его, что настроение у перепол-
ненной аудитории отличное. Таня видит, что два ряда коля-

сочников тоже аплодируют. За исключением лысого мужчины. Он просто сидит. Возможно, не хочет выронить рамку с фотографией, думает Таня.

— Вы готовы к встрече с некими Бойдом, Стивом и Питом? — спрашивает диджей-ведущий.

Радостные крики подтверждают, что давно готовы.

— *Вы готовы к встрече с неким КЭМОМ НОУЛСОМ?*

Девчонки (большинство застыло бы столбом в присутствии их кумира) визжат как резаные. Они готовы, будьте уверены. Боже, как они готовы! Увидев его, они могут и умереть.

— Через несколько минут вы увидите декорации, от которых глаза у вас вылезут на лоб, а пока, дамы и господа... и особенно вы, девчонки, забудьте про декорации ради «*ЗДЕСЬ И... СЕЙЧА-А-А-А-С*»!!!

Все зрители вскакивают, а сцена погружается в кромешную тьму. В этот момент Таня понимает, зачем девочкам телефоны. В ее время поднимали спички и зажигалки «Бик». Эти детки поднимают мобильники, и маленькие экраны наполняют зал бледно-лунным сиянием.

«Откуда они об этом знают? — гадает Таня. — Кто им сказал? И если на то пошло, кто говорил нам?»

Она не помнит.

Сцена озаряется ярко-красным. В этот момент звонок наконец-то пробивается, несмотря на перегрузку сети, и мобильник в руке Барбары Робинсон начинает вибрировать. Она не обращает внимания. Меньше всего на свете ей хочется отвечать на звонок в такой момент (первый в ее юной жизни), да она и не услышит того, кто звонит — вероятнее всего, брат, — даже если ответит. Шум в Минго оглушающий... и Барб это нравится. Ее рука с вибрирующим телефоном описывает над головой медленные дуги. Все делают то же самое, даже ее мама.

Ведущий вокалист «Здесь и сейчас» — в суперузких джинсах, Таня Робинсон таких никогда не видела — широкими шагами выходит на сцену. Кэм Ноулс вскидывает голову с гривой светлых волос и запевает «Я излечу тебя от одиночества».

Большинство зрителей еще какое-то время остается на ногах, с поднятыми над головой мобильниками. Концерт начался.

34

«Мерседес» сворачивает с бульвара Спайсера на служебную дорогу, по обе стороны которой тянутся щиты с надписями «ДЛЯ СНАБЖЕНИЯ ЦКИ» и «ТОЛЬКО ДЛЯ СОТРУДНИКОВ». Через четверть мили путь преграждают откатные ворота. Они закрыты. Джером тормозит возле столба, на котором установлен аппарат внутренней связи. Над ним табличка: «ЧТОБЫ ВЪЕХАТЬ — ЗВОНИТЕ».

— Скажи им, что мы из полиции, — говорит Ходжес.

Джером опускает стекло, нажимает кнопку. Ничего не происходит. Нажимает еще раз и держит. У Ходжеса мелькает мысль, достойная кошмарного сна: на звонок Джерома ответит робот с женским голосом и примется рассказывать о ЦКИ. Может, добавит что-то новенькое.

Но отвечает человек, пусть и не такой приветливый, как робот.

— Въезд запрещен.

— Полиция, — представляется Джером. — Откройте ворота.

— Что вам надо?

— Я только что сказал. Открывайте эти чертовы ворота. У нас чрезвычайная ситуация.

Ворота начинают открываться, но вместо того чтобы подъехать к ним, Джером опять нажимает кнопку.

— Вы из службы безопасности?

— Я старший сторож, — произносит неприветливый голос. — Если вам нужна служба безопасности, звоните в их офис.

— Там никого нет, — говорит Ходжес Джерому. — Они в зале, все до единого. Просто *проезжай*.

Джером проезжает, хотя ворота открылись не полностью. Царапает отполированный бок «мерседеса».

— Может, они его поймали, — говорит он. — Приметы им известны, так, может, поймали?

— Нет, — возражает Ходжес. — Он в зале.

— Откуда вы знаете?

— Прислушайся.

Музыки они еще не слышат, но теперь, когда стекло опущено, из здания доносится гул.

— Концерт идет. Если бы люди Уиндома поймали парня со взрывчаткой, они бы тут же прервали концерт и всех бы эвакуировали.

— Как он мог проникнуть в зал? — спрашивает Джером и бьет по рулю. — *Как?* — Ходжес слышит ужас в голосе парнишки. Все из-за него. Во всем виноват он.

— Понятия не имею. Фотографию они получили.

Впереди широкий бетонный пандус, ведущий к разгрузочно-погрузочной зоне. Несколько рабочих из технического персонала сидят на ящиках из-под аппаратуры и курят — у них выдался перерыв. Открытая дверь ведет куда-то за сцену, и через нее доносится музыка. И другой звук: вопли тысяч девочек, каждая из которых может оказаться в эпицентре взрыва.

Каким образом Хартсфилд проник в аудиторию, значения уже не имеет, если только не поможет его найти, но как, скажите на милость, им удастся это сделать в темном зале, заполненном тысячами людей?

Когда Джером останавливает автомобиль у пандуса, Холли говорит:

— Де Ниро сделал себе ирокез. Может, Хартсфилд тоже.

— О чем ты говоришь? — спрашивает Ходжес, вылезая с заднего сиденья. Мужчина в униформе «Кархарт» цвета хаки идет к ним от двери.

— В «Таксисте» Роберт Де Ниро играл безумца, которого звали Тревис Бикл, — объясняет она, когда они втроем спешат к охраннику. — Решив убить политика, он обривает голову, чтобы его не узнали, а волосы оставляет только посередине. Такая прическа называется «ирокез». Брейди Хартсфилд ирокез оставлять бы не стал, потому что выглядел бы с ним очень странно.

Ходжес вспоминает волосы в раковине ванной. Не того оттенка, что у мертвой женщины. Холли, возможно, ку-ку, но Ходжес думает, что сейчас она права: Хартсфилд побрил-ся наголо. Хотя вряд ли этого хватило, потому что...

Старший сторож подходит к ним.

— Так в чем дело?

Ходжес достает удостоверение, показывает. Большой палец вновь закрывает дату.

— Детектив Ходжес. Как вас зовут, сэр?

— Джейми Голлисон. — Его взгляд смещается на Джеро-ма и Холли.

— Я его напарница, — говорит Холли.

— Я его стажер, — говорит Джером.

Рабочие наблюдают. Некоторые торопливо гасят сига-реты. Возможно, это совсем не табак. За дверью виднеется освещенное потолочными лампами складское помещение, заставленное бутафорией и разрисованными брезентовыми задниками.

— Мистер Голлисон, у нас серьезная проблема, — говорит Ходжес. — Вы должны вызвать сюда Ларри Уиндома, немед-ленно.

— Не делайте этого, Билл. — Несмотря на растущую тре-вогу, он отмечает, что Холли впервые называет его по имени.

Ходжес не реагирует на ее слова.

— Сэр, мне нужно, чтобы вы связались с ним по мобиль-нику.

Голлисон качает головой.

— Сотрудники службы безопасности не берут с собой мобильники, когда они при исполнении, потому что всякий раз, когда у нас такие большие шоу — я хочу сказать, большие детские шоу, со взрослыми иначе, — сети перегружены, и дозвониться невозможно. Охранники носят с собой...

Холли дергает Ходжеса за рукав.

— Не делайте этого. Вы его спугнете, и он приведет ее в действие. Я знаю, что приведет.

— Возможно, она права, — соглашается Джером. И, вспомнив свой статус стажера, добавляет: — Сэр.

Голлисон в тревоге смотрит на них.

— Спугнете кого? Приведет в действие что?

Ходжес поворачивается к сторожу.

— Так что при них? Рации?

— Да. Маленькие такие... — Он касается уха. — Напоминают слуховой аппарат. Как у ФБР и разведки. Что здесь происходит? Скажите мне, что это не бомба. — Ему не нравится выражение бледного и потного лица Ходжеса. — Господи, неужели?

Ходжес проходит мимо него в складское помещение, заставленное всяческой бутафорией, мебелью, пюпитрами здесь же расположены столярная мастерская и пошивочный цех. Музыка все громче, дышать Ходжесу все тяжелее. Боль ползет по левой руке, в груди тяжесть, но голова пока ясная

Брейди или побрился наголо, или оставил короткие волосы, которые перекрасил в другой цвет. Мог использовать тональный крем, чтобы изменить цвет кожи, вставить контактные линзы другого цвета, надеть очки. Но он все равно остался бы одиноким мужчиной, пришедшим на девчачий концерт. И после наводки, полученной Уиндомом, привлекал бы внимание и вызывал подозрения. Плюс взрывчатка. Холли и Джером знают о ней, но Ходжес знает больше. Стальные шарики, скорее всего много стальных шариков. Даже если его не остановили у дверей, как он сумел пронести все это в зал? Неужто служба безопасности работает так плохо?

Голлисон хватает его левую руку, а когда трясет, Ходжес чувствует, как боль добирается до висков.

— Я пойду сам. Как только увижу охранника, попрошу его связаться с Уиндомом, чтобы он пришел сюда и поговорил с вами.

— Нет, — возражает Ходжес, — вы этого не сделаете.

Холли Гибни — единственная, кто адекватно воспринимает ситуацию. Мистер Мерседес в зале. У него бомба, и только благодаря милости Божьей он ее еще не взорвал Слишком поздно привлекать полицию, слишком поздно привлекать службу безопасности ЦКИ. И для него слишком поздно.

Но.

Ходжес садится на пустой ящик.

— Джером, Холли, идите сюда.

Они подходят. У Джерома круглые глаза. Он едва сдерживает панику.

— Одного обритого черепа недостаточно. Он принял меры для того, чтобы выглядеть безвредным. Возможно, я знаю, как он это сделал, а если я прав, то знаю, где его искать.

— Где? — спрашивает Джером. — Скажите нам. Мы его возьмем. Обязательно.

— Это будет нелегко. Он уже настороже, постоянно проверяет свое личное пространство. И он знает тебя, Джером. Ты покупал у него мороженое, когда он приезжал на этом чертовом фургоне «Мистер Вкусняшка». Ты мне сам это говорил.

— Билл, мороженое у него покупали тысячи людей.

— Конечно, но много ли *черных* живет в Уэст-Сайде?

Джером молчит. Теперь его очередь кусать губы.

— Насколько большая бомба? — спрашивает Голлисон. — Может, включить пожарную тревогу?

— Только если вы хотите получить гору трупов, — отвечает Ходжес. Говорить ему все труднее. — Он взорвет бомбу, как только почувствует опасность. Вам это надо?

Голлисон не отвечает, и Ходжес поворачивается к двум своим столь далеким от полицейской службы Ватсонам, которых этим вечером Бог или капризная судьба определили ему в помощники.

— С тобой риск слишком велик, Джером, и конечно, я сразу выбываю из игры. Он начал следить за мной задолго до того, как я узнал о его существовании.

— Я подойду к нему сзади, — говорит Джером. — Он меня не увидит. Тем более в темноте, когда освещена только сцена.

— Если он такой, каким я его представляю, твои шансы — в лучшем случае пятьдесят на пятьдесят. Этого недостаточно.

Ходжес смотрит на женщину с седеющими волосами и лицом подростка-невротика.

— Надежда только на тебя, Холли. Сейчас рука у него на спусковом крючке, и ты — единственная, кто может подойти вплотную без опаски, что он тебя узнает.

Она закрывает искусанные губы одной рукой, но, похоже, этого недостаточно, потому что добавляется и другая. Глаза у нее огромные и влажные. *Господи, помоги нам*, думает Ходжес. Слова эти не в первый раз приходят в голову, когда дело касается Холли Гибни.

— Если только вы пойдете со мной, — говорит она сквозь руки.

— Я не могу, — отвечает Ходжес. — У меня сердечный приступ.

— *Еще и это*, — стонет Голлисон.

— Мистер Голлисон. В зале есть сектор для людей с ограниченными возможностями? Должен быть, так?

— Да. На полпути от сцены к верхним рядам.

Он не только пробрался в зал со взрывчаткой, думает Ходжес, *но еще и занял позицию, которая обеспечит максимальное число жертв.*

— Теперь слушайте, вы двое, — говорит он. — И не заставляйте меня повторять.

35

Вступительное слово диджея немного успокоило Брейди. Все это ярмарочное дерьмо или за кулисами, или подвешено над сценой. Первые четыре или пять песен — просто разогрев. Очень скоро декорации выкатятся из-за кулис или опустятся на сцену. Потому что главная причина присутствия здесь этих ублюдков — увеличение продаж последней порции их аудиодерьма. Когда детки — а для большинства это первый в жизни поп-концерт — увидят яркие мерцающие огни, колесо обозрения и задник с нарисованным на нем пляжем, они просто рехнутся от восторга. И тогда, именно *тогда* он нажмет выключатель Изделия два и полетит в темноту на золотистом шаре их счастья.

Ведущий вокалист с копной светлых волос заканчивает приторную балладу на коленях. Застывает, наклонив голову, омерзительно играя на публику. Певец он отвратный, и ему давно следовало принять смертельную дозу какого-нибудь наркотика, но когда он поднимает голову и кричит:

— *Вам здесь нравится?* — зрители отвечают предсказуемой овацией и диким визгом.

Брейди оглядывается — он проделывает это каждые несколько секунд, охраняет личное пространство, как и предположил Ходжес, — и его взгляд падает на маленькую черную девочку, которая сидит справа от него, двумя рядами выше.

Я ее знаю?

— На кого вы смотрите? — кричит миловидная девочка с ножками-спичками, перекрывая шум. Он едва ее слышит. Она широко улыбается, и Брейди думает, что для девочки с такими ногами улыбка — нонсенс. Мир подложил ей знатную свинью, напрочь лишив как секса, так и многого другого. Она должна сидеть мрачнее тучи, а не растягивать рот до ушей. Он предполагает, что девочка скорее всего обкурилась.

— На моего друга! — кричит в ответ Брейди, думая: *Как будто у меня есть хоть один.*

Как будто.

36

Голлисон уводит Холли и Джерома к... ладно, куда-то. Ходжес сидит на ящике, наклонив голову, руки лежат на бедрах. Один из рабочих осторожно подходит к нему и предлагает вызвать «скорую». Ходжес благодарит, но отказывается. Он не верит, что Брейди сможет услышать вой сирены приближающейся «скорой» (или вообще что-то) за грохотом «Здесь и сейчас», но не хочет испытывать судьбу. Уже наиспытывал, и в итоге все, кто сейчас в аудитории Минго, включая сестру и мать Джерома, оказались в опасности. Он предпочтет умереть, чем рискнуть еще раз, и надеется, что умрет прежде, чем ему придется объяснять, как он влетел в такое дерьмо по самое не хочу.

Только... Джейни. Думая о Джейни, смеющейся, в его федоре, надетой набекрень под фирменным углом Филипа Марлоу, он знает: представься возможность все повторить, он пошел бы тем же путем.

Ну... почти. На втором заходе более внимательно прислушивался бы к миссис Мельбурн.

Она думает, они среди нас, сказал Боуфингер, и они посмеялись. Но, как выяснилось, смеялись они над собой, верно? Потому что миссис Мельбурн была права. Брейди Хартсфилд — на самом деле *чужой,* и он все время бродил среди них, ремонтируя компьютеры и продавая мороженое.

Холли и Джером ушли, Джером — с револьвером тридцать восьмого калибра, который принадлежал отцу Ходжеса. У Ходжеса большие сомнения в том, что стоило посылать семнадцатилетнего юношу с заряженным оружием в набитый людьми зал. При обычных обстоятельствах хладнокровия Джерому не занимать, но сохранит ли он его, когда над сестрой и матерью нависла смертельная опасность? А Холли нужно прикрывать. *Помни, ты — на подстраховке,* сказал он юноше, прежде чем Голлисон их увел, но тот даже не кивнул. И Ходжес не уверен, слышал ли его Джером.

В любом случае Ходжес сделал все, что мог. И оставалось только сидеть, бороться с болью, пытаться протолкнуть воздух в легкие, ждать взрыва и надеяться, что его не будет.

37

За свою жизнь Холли Гибни дважды попадала в психиатрическую лечебницу: в подростковом возрасте и после двадцати. Мозгоправ, к которому она ходила впоследствии (в годы ее так называемой *зрелости*), называл эти периоды «уходами от реальности»: это, мол, не очень хорошо, но лучше «психических расстройств», после которых многие уже не возвращаются в мир нормальных людей. У Холли для этих «уходов» было свое название. Для нее это были периоды «полного сумасшествия», отличающиеся от малого или среднего сумасшествия — ее обычного состояния в повседневной жизни.

Причиной полного сумасшествия Холли после двадцати стал ее босс в риелторской фирме «Фрэнк Митчелл: изысканные дома и поместья». Босса звали Фрэнк Митчелл-младший. Он модно одевался, а лицом напоминал разумную форель. Утверждал, что работает она из рук вон плохо, что коллеги презирают ее и что она может остаться на фирме только при одном условии: если он возьмет ее под свое крыло. Для этого требовалось, чтобы она с ним спала. Холли не хотела спать с Фрэнком Митчеллом-младшим и не хотела терять работу. Если бы потеряла, то лишилась бы квартиры и ей пришлось бы вернуться домой, к робкому отцу и властной матери. В конце концов внутренний конфликт разрешился: однажды она пришла на работу рано утром и разнесла кабинет Фрэнка Митчелла-младшего. Потом Холли нашли в ее закутке — она забилась в угол. С окровавленными кончиками пальцев. Она искусала их, как зверек, пытающийся вырваться из ловушки.

Причиной первого полного сумасшествия стал Майк Стердевант. Именно он придумал приставшее к ней как банный лист прозвище Лепе-Лепе.

В те дни, только перейдя в старшие классы, Холли хотела одного: незаметно перебегать из кабинета в кабинет, прижимая учебники к едва проклюнувшимся грудям и глядя на мир сквозь занавес волос, прикрывавших прыщавое лицо. Но и тогда ей хватало проблем помимо прыщей. Тревога, депрессия, бессонница...

А хуже всего была самостимуляция.

Звучало как мастурбация, но речь шла о другом. О навязчивых движениях, которые зачастую сопровождались обрывками разговора с самой собой. К легким формам самостимуляции относились обгрызание ногтей и жевание губ. К более тяжелым — размахивание руками, оплеухи, удары в грудь, поднимание воображаемых гирь.

Примерно с восьми лет Холли охватывала себя руками и дрожала всем телом, что-то бормоча себе под нос и строя зверские рожи. Приступ продолжался пять или десять секунд после чего она продолжала прерванное занятие: читала, шила вместе с отцом бросала мяч в кольцо на подъездной дорожке Она не отдавала себе отчета, что проделывает все это, пока однажды мать не сказала ей, что надо перестать трястись и строить рожи, а не то люди подумают, что у нее припадок.

Майк Стердевант относился к мужчинам, заметно отстающим в поведенческом развитии. Пребывание в средней школе он считал великим утраченным золотым веком своей жизни. Он учился в выпускном классе и — подобно Кэму Ноулсу — казался юным богом: широкие плечи, узкие бедра, длинные ноги, золотистые волосы, похожие на нимб. Играл в школьной футбольной команде (естественно) и встречался с капитаном группы поддержки (естественно). В сравнении с Холли Гибни пребывал на совершенно другом уровне школьной иерархии, и при обычных обстоятельствах она никоим образом не могла привлечь его внимания. Но он ее заметил. Потому что однажды приступ самостимуляции случился с ней, когда она шла в школьную столовую.

Майк Стердевант и несколько его дружков-футболистов проходили мимо. Остановились, уставившись на нее: девушка обхватила себя руками, тряслась, строила рожи. Губы растягивались и изгибались, глаза то превращались в щелочки, то вылезали из орбит. При этом какие-то нечленораздельные звуки — может, слова, может, и нет — пробивались сквозь стиснутые зубы.

— Что ты там лепечешь? — спросил ее Майк.

Холли опустила руки и в крайнем изумлении уставилась на него. Она не понимала, о чем он говорит, знала лишь, что он на нее смотрит. И все его друзья. Смотрят и лыбятся.

— Что? — переспросила она.

— Лепечешь! — прокричал Майк. — Лепе-лепе-лепе-чешь!

Другие подхватили его крик, когда она побежала к столовой, опустив голову, натыкаясь на других учеников. С тех юр ученики старших классов Уолнат-хиллс называли Холли Гибни исключительно Лепе-Лепе, и так продолжалось, юка не начались рождественские каникулы. Именно тогда мать нашла Холли голой, свернувшейся калачиком в ванне. Девушка заявила, что никогда больше не пойдет в среднюю школу Уолнат-хиллс. А если мать попытается заставить ее, юкончит с собой.

Voila*! Полное сумасшествие!

Когда ей стало лучше (ненамного), она пошла в другую школу, пребывание в которой вызывало у нее меньший (ненамного) стресс. Она никогда больше не видела Майка Стердеванта, но ей по-прежнему снится сон, в котором она бежит по бесконечному школьному коридору — иногда в нижнем белье, — а другие ученики смеются над ней, показывают на нее пальцем и называют Лепе-Лепе.

Она думает о старых добрых днях учебы в старших классах, когда вместе с Джеромом идет за Голлисоном по лабиринту комнат и коридоров под аудиторией Минго. Именно так Брейди Хартсфилд и будет выглядеть, думает она. Как Майк Стердевант, только лысый. И она очень надеется, что настоящий Майк Стердевант тоже облысел, где бы он сейчас ни находился. Лысый... толстый... предрасположенный к диабету... донимаемый склочной женой и неблагодарными детьми.

Лепе-Лепе, думает она.

«Я с тобой поквитаюсь», — думает она.

Голлисон ведет их через столярную мастерскую и пошивочный цех, мимо гримерных, по коридору, достаточно широкому, чтобы провозить смонтированные декорации. Коридор упирается в грузовой лифт, двери которого открыты. Из шахты доносится веселая поп-музыка. Поют о любви и танцах. К Холли ни то ни другое отношения не имеет.

— Лифт вам ни к чему, — говорит Голлисон. — Он поднимет вас за кулисы, и в зал удастся пройти только через сцену. Послушайте, у этого человека действительно сердеч-

---

* Вот! (*фр.*)

ный приступ? А вы настоящие копы? Вы на них не похожи. — Он смотрит на Джерома. — Вы слишком молодой. — Потом, с еще большим сомнением, на Холли. — А вы...

— Слишком чокнутая? — заканчивает Холли.

— Я не собирался этого говорить...

Может, и так, но подумал точно. Холли знает. Женщина, которой когда-то дали прозвище Лепе-Лепе, всегда знает.

— Я звоню копам, — говорит Голлисон. — *Настоящим* копам. И если это какая-то шутка...

— Делайте все, что считаете нужным, — перебивает его Джером, думая: *Почему нет? Пусть звонит хоть Национальной гвардии, если есть желание. Так или иначе, в ближайшие минуты все закончится.* Джером это знает, и Холли тоже. Револьвер, который дал ему Ходжес, лежит в кармане. Тяжелый и — на удивление — теплый. Если не считать духовушки (ему подарили ее на день рождения в девять или десять лет, несмотря на возражения матери), он никогда в жизни не носил при себе оружия, а этот револьвер кажется *живым*.

Холли указывает на дверь слева от лифта.

— Что это за дверь? — Голлисон медлит с ответом, и она продолжает: — Помогите нам. Пожалуйста. Может, мы не настоящие копы, может, в этом вы правы, но в зале действительно находится человек, который очень опасен. — Она набирает полную грудь воздуха и произносит слова, в которые ей самой верится с трудом, хотя она знает, что это чистая правда: — Мистер, мы — это все, что у вас сейчас есть.

Голлисон задумывается, потом говорит:

— Лестница выведет вас к левому входу в аудиторию. Она длинная. Наверху две двери. Левая — на улицу. Правая — в зал, у самой сцены. Так близко, что музыка может оглушить.

Коснувшись рукоятки лежащего в кармане револьвера, Джером спрашивает:

— А где сектор для людей с ограниченными возможностями?

38

Брейди ее *знает*. Точно *знает*.

Сначала не может понять откуда. Это похоже на слово, которое вертится на языке, но не желает с него слетать. Потом, когда группа начинает петь о любви на танцплощадке, он вспоминает. Дом на Тиберри-лейн, в котором любимчик Ходжеса живет со своей семьей, гнездо ниггеров с белыми именами. За исключением собаки. Пса назвали Одиллом, это точно ниггерская кличка, и Брейди намеревался убить его... да только убил свою мать.

Брейди вспоминает тот день, когда ниггер-юнец — с лодыжками, зелеными от травы с лужайки жирного экс-копа — подбежал к фургону «Мистер Вкусняшка». А его сестра кричала: «Купи мне шоколадное, Джерри! *Пожа-а-алуйста!*»

Сестру зовут Барбара, и это она, во всей красе. Сидит в двух рядах справа от него со своими подружками и женщиной, похоже, ее матерью. Джерома нет, и Брейди безумно этому рад. Пусть Джером останется в живых, это прекрасно.

Но без сестры.

И без матери.

Пусть *почувствует*, каково это.

Он не отрывает глаз от Барбары Робинсон, а его палец ползет под фотографией Фрэнки, пока не нащупывает переключатель. Поглаживает его через материю футболки, как ему разрешали — считанные счастливые разы — поглаживать соски матери. На сцене ведущий вокалист делает шпагат — и по-хорошему должен расплющить яйца (при условии, что они у него есть) в этих обтягивающих джинсах, — потом вскакивает и идет к краю сцены. Девчонки орут. Девчонки тянутся, пытаясь прикоснуться к нему, руки мелькают, ногти, окрашенные во все цвета радуги, блестят в свете прожекторов.

— *Эй, вам нравится парк развлечений?* — кричит Кэм.

Зал хором отвечает, что да.

— *Вам нравится карнавал?*

Еще бы, само собой, нравится.

— *Вас когда-нибудь целовали на мидвее?*

От криков едва не рушится крыша. Все зрители вновь на ногах. Лучи прожекторов рассекают темноту над головами. Сцену заслонили, но значения это не имеет. Брейди знает, что грядет, потому что побывал в разгрузочно-погрузочной зоне.

Понизив голос до задушевного, усиленного динамиками шепота, Кэм Ноулс говорит:

— Что ж, сегодня вас ждет этот поцелуй.

Звучит ярмарочная музыка. Синтезатор «Корг» играет мелодию, какую раньше исполняли на каллиопе. На сцене — водоворот цветов: оранжевые, красные, зеленые, желтые лучи. Под изумленные и восторженные крики с потолка спускаются декорации: мидвей парка развлечений. Карусель и колесо обозрения уже вращаются.

— *ЭТО ЗАГЛАВНАЯ КОМПОЗИЦИЯ НАШЕГО НОВОГО АЛЬБОМА, И МЫ ОЧЕНЬ НАДЕЕМСЯ, ЧТО ОНА ВАМ ПО-НРАВИТСЯ!* — кричит Кэм, и к синтезатору присоединяются другие инструменты.

— *Нигде и никогда не обрету покой,* — запевает Кэм Ноулс. — *И вечно мне теперь болеть тобой.* — Брейди он напоминает Джима Моррисона после лоботомии. И тут Кэм радостно вопит: — *Что излечит меня?*

Зрители знают и выкрикивают слова под грянувшую с полной силой музыку:

— *БЭБИ, БЭБИ, ТЫ И ЕСТЬ МОЯ ЛЮБОВЬ... МЫ С ТО-БОЙ НЕ ПОТЕРЯЕМ ЕЕ ВНОВЬ... ТОЛЬКО ТАК...*

Брейди улыбается. Это умиротворенная улыбка измученного проблемами человека, который внезапно обрел покой. Он смотрит на желтую лампочку, просвечивающую сквозь материю, и думает, проживет ли достаточно долго, чтобы увидеть, как желтизна сменится зеленью. Потом вновь поворачивается к ниггерской девчонке: она тоже на ногах, подпрыгивает, хлопает в ладоши, визжит.

«Посмотри на меня, — думает он. — Посмотри на меня, Барбара. Я хочу, чтобы в этом мире последним ты увидела меня».

39

Барбара отрывает взгляд от чудес на сцене, чтобы посмотреть, наслаждается ли лысый мужчина в инвалидной коляске так же, как она. Он стал — по непонятным ей самой причинам — *ее* мужчиной в инвалидной коляске. Возможно, он ей кого-то напоминает? Но такого просто быть не может. Дастин Стивенс — единственный знакомый ей колясочник, он учится во втором классе ее школы. И все-таки есть *что-то* знакомое в этом лысом мужчине.

Весь вечер — сладкий сон. И то, что она видит сейчас, тоже похоже на сон. Поначалу она думает, что мужчина в инвалидной коляске машет ей рукой, потом понимает, что нет. Он улыбается... и показывает ей средний палец. Поначалу она не верит своим глазам, но убеждается: это чистая правда.

К мужчине приближается женщина, поднимается по проходу, перепрыгивая через две ступеньки, очень быстро, почти бежит. За ней, буквально наступая на пятки... может, это *действительно* сон, потому что этот человек — вылитый...

— Джером? — Барбара дергает Таню за рукав, отвлекая ее внимание от сцены. — Мама, это же...

Тут все и происходит.

40

Поначалу Холли думает, что Джером все-таки мог пойти первым, потому что очкастый лысый мужчина в инвалидной коляске даже не смотрит на сцену, во всяком случае, в этот момент. Он повернул голову и уставился на кого-то в центральном секторе, и ей представляется, что этот гнусный сукин сын показывает кому-то палец. Но уже слишком поздно меняться местами с Джеромом, пусть даже револьвер у него. Одна рука мужчины лежит под рамкой с фотографией, которая у него на коленях, и Холли боится, что он готов взорвать бомбу. Если так, остались считанные секунды.

Хорошо хоть он у самого прохода, думает она.

Никакого плана у нее нет, планирование для Холли не простирается дальше приготовления сандвича к вечернему просмотру фильма, но внезапно туман, обычно застилающий ее мозг, рассеивается. И когда она добирается до мужчины, которого они ищут, с губ слетают правильные слова. *Истинно* правильные. Ей приходится нагнуться и прокричать их во всю глотку, чтобы перекрыть грохот музыки и счастливый девичий визг.

— *Майк? Майк Стердевант, это ты?*

Брейди отворачивается от Барбары Робинсон, удивленно смотрит на Холли, и в этот самый момент она практически без замаха бьет его завязанным в узел носком, который дал ей Ходжес, — Веселым ударником. Адреналин придает удару дополнительную силу. Короткая дуга заканчивается чуть повыше виска Брейди. Холли не слышит никакого звука за грохотом и визгом, но видит, как на лысом черепе появляется вмятина размером с маленькую чайную чашку. Руки Брейди взлетают вверх, рамка с фотографией Фрэнки падает на пол. Стекло разбивается вдребезги. Глаза Брейди вроде бы смотрят на Холли, но закатившись под веки так, что видна только нижняя часть радужек.

Сидящая рядом девочка с тоненькими как спички ножками в изумлении таращится на Холли. Как и Барбара Робинсон. Больше никто внимания на происходящее не обращает. Все на ногах, хлопают, раскачиваются и поют вместе с бой-бэндом:

— *ЛЮБОВЬ ТВОЯ И ЛАСКИ ТВОИ — НЕ ХВАТИТ ИХ МНЕ НИКОГДА... Я БУДУ ЛЮБИТЬ, Я БУДУ МЕЧТАТЬ, ТЕПЕРЬ ТЫ СО МНОЙ НАВСЕГДА.*

Рот Брейди открывается и закрывается, как у рыбы, только что вытащенной из реки.

— *В СВЕТ ЗАРИ ВОЙДЕМ С ТОБОЮ И ОСТАНЕМСЯ ВДВОЕМ... ПОЦЕЛУИ БУДУТ КРЕПЧЕ НА МИДВЕЕ НОВЫМ ДНЕМ!*

Джером кладет руку на плечо Холли и кричит, чтобы та его услышала:

— *Холли! Что у него под футболкой?*

Она его слышит — Джером так близко, что при каждом слове она щекой чувствует его дыхание, — но голос словно доносится из плохого радиоприемника и принадлежит диджею или проповеднику, которого отделяет от тебя полстраны.

— А это маленький подарок от Лепе-Лепе, Майк. — С этими словами Холли бьет Брейди еще раз в то же место, только сильнее, углубляя впадину в черепе. Тонкая кожа рвется, появляется кровь, сначала каплями, потом струей, стекает вниз на футболку с логотипом «Здесь и сейчас», пурпурное пятно растет на глазах. На этот раз голова Брейди валится на правое плечо. Его трясет, ноги скребут по полу. Как у пса, которому снится, что он преследует кроликов, думает Холли.

Прежде чем она наносит третий удар — и ей того действительно хочется, — Джером хватает ее и разворачивает к себе лицом.

— Он в отключке, Холли! Он в отключке! Что ты делаешь?

— Лечу, — отвечает она, а потом у нее подкашиваются ноги. Холли садится на пол. Ее пальцы разжимаются, Веселый ударник падает рядом с кроссовкой.

На сцене продолжают петь.

41

Его дергают за рукав.

— Джером? *Джером!*

Он отворачивается от Холли и обмякшего тела Брейди Хартсфилда и видит свою маленькую сестру. Ее глаза широко раскрыты от страха. У нее за спиной мать. Нервы Джерома на пределе, и он нисколько не удивлен, но знает, что опасность не миновала.

— Что вы *сделали?* — кричит девочка. — Что вы с ним *сделали?*

Джером поворачивает голову и видит, что девочка, коляска которой стоит рядом, тянется к Хартсфилду.

— *Холли!* — кричит Джером. — *Останови ее!*

Холли вскакивает, спотыкается, чуть не падает на Брейди. Это падение точно стало бы последним в ее жизни, но ей удается удержаться на ногах, и она перехватывает руки девочки. Силы в них никакой, и Холли чувствует укол жалости. Наклоняется к девочке и кричит:

— *Не трогай его! У него бомба, и я боюсь, что она может взорваться!*

Девочка откидывается на спинку инвалидной коляски. Возможно, разобрала слова, возможно, испугалась Холли, которая выглядит еще более безумной, чем всегда.

Дрожь и конвульсии Брейди усиливаются. Холли это не нравится, потому что она кое-что видит: пятнышко тускло-желтого света под футболкой. Желтый — цвет беды.

— Джером? — спрашивает Таня. — Что ты здесь делаешь? Приближается билетерша.

— Освободите проход! — кричит она, перекрывая музыку. — Немедленно освободите проход!

Джером хватает мать за плечи. Тянет на себя, пока их лбы не соприкасаются.

— Ты должна уйти отсюда, мама. Бери девочек и уходи. Прямо сейчас. И уведи с собой билетершу. Скажи ей, что твоей дочери стало нехорошо. Пожалуйста, не задавай вопросов.

Она смотрит ему в глаза и не задает вопросов.

— Мама! — начинает Барбара. — Что?.. — Остальное теряется в грохоте музыки и зрительском хоре. Таня берет Барбару за руку и ведет к билетерше. Одновременно машет Хильде, Дайне и Бетси, чтобы они присоединились к ним.

Джером поворачивается к Холли. Та склонилась над Брейди, которого продолжает трясти из-за бушующих в голове церебральных штормов. Его ноги выбивают чечетку, словно он наконец проникся музыкой. Руки судорожно дергаются, и когда одна приближается к тусклому желтому огоньку, Джером отбивает ее в сторону, будто защитник — трехочковый бросок.

— Я хочу уехать отсюда, — стонет девочка в соседней коляске. — Мне страшно.

Джером прекрасно ее понимает. Ему тоже хочется убраться куда-нибудь подальше, и он испуган до смерти, но она должна оставаться там, где сидит. Брейди слишком близко, она может задеть его коляску, а допустить этого никак нельзя. Во всяком случае, пока.

Как обычно, Холли опережает Джерома.

— Сейчас ты должна оставаться на месте, — говорит она девочке. — Успокойся и смотри концерт. — Холли думает, насколько бы все упростилось, если бы она убила Брейди, вместо того чтобы как следует тряхануть его и так больные мозги. Задается вопросом, застрелит ли Джером Брейди, если она попросит. Вероятно, нет. Плохо. При таком шуме выстрела бы никто не расслышал.

— Вы *сумасшедшая*? — в изумлении спрашивает девочка.

— Люди постоянно задают мне этот вопрос, — будничным тоном отвечает Холли и очень осторожно начинает поднимать подол футболки Брейди. — Придержи его руки, Джером, — просит она.

— А если я не смогу?

— Тогда пристрели эту сволочь.

Зрители, заполнившие зал до отказа, на ногах, качаются и хлопают. Джером быстро оглядывается, видит мать, уводящую девочек к выходу. Их сопровождает билетерша. Один-ноль в нашу пользу, думает он и берется за дело. Хватает летающие руки Брейди, крепко зажимает в своих. Запястья скользкие от пота. Он словно держит две пытающиеся вырваться рыбины.

— Я не знаю, что ты собираешься сделать, но делай быстрее! — кричит он Холли.

Желтый свет идет из пластмассового гаджета, который выглядит как переделанный пульт от телевизора. Вместо кнопок с каналами — белый переключатель, бегунок которого стоит посередине. Выходящий из гаджета провод ныряет Брейди под зад.

Брейди кряхтит, и им в нос ударяет резкий запах: это опорожнился его мочевой пузырь. Холли смотрит на мочеприемник, но он ни к чему не подсоединен. Она хватает его и протягивает девочке.

— Подержи.

— Фу-у. Это же *пипи*, — говорит девочка, потом добавляет: — Нет, это не пипи. Там что-то внутри. Выглядит как глина.

— Положи на пол! — кричит Джером, перекрывая музыку. — Положи на пол. Только *осторожно* — не бросай. — Потом обращается к Холли: — Поторопись, черт побери!

Холли внимательно смотрит на желтую лампочку. И на белый бегунок переключателя. Она может сдвинуть его вперед или назад, но не решается, потому что не знает, где выключение, а где *бум*.

Она поднимает Изделие два с живота Брейди. Этот гаджет для нее — змея, раздувшаяся от яда, и ей приходится собрать всю волю в кулак.

— Держи его руки, Джером, крепко держи его руки.

— Они *скользкие*, — бурчит Джером.

«Это мы уже знаем, — думает Холли. — Скользкий сукин сын. Скользкий *козел*».

Холли переворачивает гаджет, уговаривая свои руки не дрожать так сильно, стараясь не думать о том, что жизни четырех тысяч человек зависят от самообладания бедной чокнутой Холли Гибни. Она смотрит на крышку отсека для батареек. Потом, затаив дыхание, сдвигает ее и роняет на пол.

Внутри две батарейки АА. Холли подцепляет ногтем одну и думает: Господи, если Ты есть, пожалуйста, сделай так, чтобы все получилось. На мгновение не может заставить себя пошевелиться. Но тут рука Брейди выскальзывает из пальцев Джерома и ударяет Холли по голове.

Она дергается, подцепленная батарейка выскакивает из отсека. Холли ждет взрыва, но гремит только музыка. Она переворачивает гаджет. Желтая лампочка погасла. Холли начинает плакать. Резким движением хватает провод и выдергивает из Изделия два.

— Ты можешь его отпу... — Но Джером уже это сделал. Он стискивает Холли так крепко, что она едва может дышать. Ее это не волнует. Она обнимает Джерома.

Зрители восторженно ревут.

— Они думают, что хвалят песню, но на самом деле хвалят нас, — шепчет Холли в ухо Джерому. — Они просто этого еще не знают. Теперь отпусти меня, Джером. Ты слишком сильно прижимаешь меня к себе. Отпусти, а не то я упаду в обморок.

42

Ходжес все сидит на ящике в складском помещении, и не один. На его груди устроился слон. Что-то происходит. То ли мир уходит от него, то ли он — из мира. Ходжес склоняется ко второму варианту. Он словно внутри съемочной камеры, и она отъезжает по рельсам. Мир остается таким же ярким, как и прежде, но уменьшается в размерах, а вокруг — темнота.

Он цепляется за сознание невероятным усилием воли, ожидая взрыва или не взрыва.

Один из рабочих технического персонала наклоняется к нему и спрашивает, все ли с ним в порядке.

— У вас синеют губы, — сообщает он. Ходжес отгоняет его взмахом руки. Потому что слушает.

Музыка, радостный визг, крики счастья. Больше ничего. Во всяком случае, пока — ничего.

«Держись, — говорит он себе, — держись».

— Что? — переспрашивает рабочий, снова наклоняясь. — Что?

— Я должен держаться, — шепчет Ходжес, но едва может дышать. Мир сузился до яростно сверкающего серебряного доллара. Но и этот доллар исчезает, и не потому, что Ходжес теряет сознание: кто-то идет к нему и закрывает мир собой. Это Джейни, она вышагивает медленно, как модель. На ней федора, сексуально сдвинутая набекрень. Ходжес помнит, что она сказала, когда он спросил, каким образом ему посчастливилось оказаться в ее постели: «Я ни о чем не сожалею... Мы можем поставить на этом точку?»

Ага, думает он. Ага. Закрывает глаза и падает с ящика, как Шалтай-Болтай со стены.

Рабочий подхватывает его, но может только смягчить падение. Подходят другие рабочие.

— Кто умеет делать искусственное дыхание? — спрашивает тот, кто подхватил Ходжеса.

Вперед выступает рабочий, волосы которого завязаны в длинный седеющий конский хвост. Он в футболке с вылинявшим изображением Джудаса Койна*, и глаза у него ярко-красные.

— Я умею, но, чувак, я так обкурился.

— Все равно попытайся.

Рабочий с конским хвостом опускается на колени.

— Думаю, он уже отправился в последний путь, — говорит он, но берется за дело.

Наверху «Здесь и сейчас» начинают новую песню под крики и визг малолетних поклонниц. Все девочки будут помнить этот вечер до конца жизни. Музыка. Возбуждение. Мячи, летящие над раскачивающейся, танцующей толпой. Они прочитают о несостоявшемся взрыве в газетах, но для молодых не произошедшие трагедии сродни снам.

Воспоминания — вот что реально.

43

Ходжес приходит в себя в больничной палате, удивленный тем, что еще жив. Зато сидящий у кровати бывший напарник нисколько его не удивляет. Первая мысль: Пит — с ввалившимися глазами, небритый, кончики воротника торчат вверх — выглядит хуже, чем он, Ходжес, себя чувствует. Вторая мысль — о Джероме и Холли.

— Им удалось? — хрипит он. В горло словно насыпали песку. Он пытается сесть. Окружающие его аппараты принимаются возмущенно пищать. Ходжес откидывается на подушку, но не отрывает глаз от лица Пита. — *Да?*

---

* Джудас Койн — рок-звезда, герой романа Джо Хилла «Коробка в форме сердца» (2007).

— Да, — отвечает Пит. — Эта женщина говорит, что она Холли Гибни, но я думаю, что на самом деле она Шина, королева джунглей. Этот парень, «перп»...

— «Перк», — поправляет его Ходжес. — Он думает, что он — «перк».

— Сейчас он не думает ни о себе, ни о чем-то еще, и врачи полагают, что это навсегда. Гибни вышибла из него все дерьмо. Он в глубокой коме. Мозговая активность минимальная. Когда поднимешься на ноги, сможешь на него взглянуть, если захочешь. Он в трех палатах от тебя.

— Где я? В окружной больнице?

— В больнице Кайнера. Отделение интенсивной терапии.

— Где Джером и Холли?

— В управлении. Отвечают на миллион вопросов. Тем временем мать Шины бегает вокруг и угрожает всех перебить, если мы не перестанем доставать ее дочь.

Приходит медсестра и говорит, что Пит должен уйти. Твердит о тяжелом состоянии мистера Ходжеса и указаниях врача. Ходжес поднимает руку, чтобы ее угомонить, хотя дается это нелегко.

— Джером несовершеннолетний, а у Холли... проблемы. Так что вся вина — моя.

— Это мы знаем, — отвечает Пит. — Как же не знать. Сокрытие информации от правосудия по-крупному. Что, скажи на милость, ты, по-твоему, делал, Билли?

— Все, что мог, — отвечает он и закрывает глаза.

Уплывает в дрему. Думает обо всех этих юных голосах, поющих вместе с бой-бэндом. Сейчас они дома. В полном порядке. Ходжес держится за эту мысль, пока не проваливается в сон.

УКАЗ

КАНЦЕЛЯРИЯ МЭРА

В СООТВЕТСТВИИ С ТЕМ, ЧТО Холли Рейчел Гибни и Джером Питер Робинсон раскрыли заговор, направленный на совершение террористического акта в аудитории Минго, входящей в комплекс Центра культуры и искусств Среднего Запада, после чего:

1) проникли в аудиторию Минго, понимая, что информирование службы безопасности ЦКИ может вызвать приведение означенным террористом в действие взрывного устройства большой разрушительной силы, поражающая способность которого усиливалась несколькими фунтами металлических шариков;

2) вступили в схватку с означенным террористом, подвергнув риску собственные жизни;

3) обезвредили означенного террориста и предотвратили многочисленные жертвы и большие разрушения;

ТЕМ САМЫМ сослужив городу великую и героическую службу, Я, Ричард М. Тьюки, мэр,

В СВЯЗИ С ВЫШЕИЗЛОЖЕННЫМ ПОСТАНОВЛЯЮ:

1. Наградить Холли Рейчел Гибни и Джерома Питера Робинсона медалью «За заслуги», высшей наградой города;

2. Предоставить Холли Рейчел Гибни и Джерому Питеру Робинсону бесплатный доступ к услугам всех городских служб в течение десяти (10) лет.

ПРИЗНАВАЯ, что некоторые деяния не оплатить никакими деньгами, мы благодарим их от всего сердца.

В подтверждение чего
я скрепляю документ
собственноручной подписью
и Городской печатью.

Ричард М. Тьюки
Мэр

Синий
«мерседес»

1

Теплым солнечным днем в конце октября 2010 года седан «мерседес» заезжает на практически пустую автомобильную стоянку в парке Макгинниса, где Брейди Хартсфилд не так давно продавал мороженое болельщикам и игрокам Малой лиги. Он останавливается рядом с аккуратным маленьким «приусом». «Мерседес», когда-то серый, выкрашен в светло-синий цвет, и новый слой краски полностью скрыл царапину на водительской стороне, появившуюся в тот день, когда Джером въехал на территорию ЦКИ со стороны разгрузочно-погрузочной зоны, не дождавшись полного раскрытия ворот.

Сегодня за рулем Холли. Она словно помолодела лет на десять. Ее длинные волосы — ранее седеющие и всклокоченные — превратились в черную шапочку благодаря визиту в первоклассный салон красоты, рекомендованный ей Таней Робинсон. Она машет владельцу «приуса», который сидит за столом в зоне для пикника, неподалеку от игровых площадок Малой лиги.

Джером вылезает из «мерседеса», открывает багажник, достает корзинку для пикника.

— Господи Иисусе, Холли, — говорит он. — Чем ты ее набила? Это обед на День благодарения?

— Я хотела, чтобы всем хватило.

— Ты знаешь, он на строгой диете.

— Зато ты — нет, — говорит она. — У тебя молодой, растущий организм. Опять же там бутылка шампанского, так что не урони.

Холли вытаскивает из кармана упаковку «Никоретте», бросает подушечку в рот.

— Как все идет? — спрашивает Джером, когда они спускаются вниз по склону.

— Прогресс налицо, — отвечает она. — Но гипноз помогает лучше, чем жевательная резинка.

— А если этот парень скажет тебе, что ты курица, и велит кудахтать, бегая по кабинету?

— Во-первых, мой психоаналитик — она. Во-вторых, она такого не сделает.

— Откуда *тебе* знать? — спрашивает Джером. — Ты же будешь под гипнозом.

— Ты идиот, Джером. Только у идиота могло возникнуть желание приехать сюда на *автобусе* со всей этой *едой*.

— Благодаря указу мы ездим бесплатно. Мне это нравится.

Ходжес — по-прежнему в костюме, который надел этим утром (только галстук отправился в карман) — поднимается им навстречу. Он не чувствует кардиостимулятора, который тикает у него в груди — ему сказали, что теперь они совсем маленькие, — но помнит, что он там. Иногда пытается представить его себе, и воображение рисует уменьшенную копию гаджета Хартсфилда. Только его гаджет призван предотвращать взрыв, а не вызывать.

— Детки, — говорит он. Холли — не детка, но почти на двадцать лет моложе его, так что Ходжес может так ее называть. Он протягивает руку к корзинке, но Джером убирает ее подальше.

— Нет-нет, — качает он головой. — Я понесу. У вас сердце.

— С сердцем у меня порядок, — возражает Ходжес, и, согласно последнему обследованию, так оно и есть, хотя он сам до конца в это не верит. Наверное, никто из переживших инфаркт не верит.

— И вы хорошо выглядите, — говорит Джером.

— Да, — соглашается Холли. — Слава Богу, вы купили новую одежду. В старой вы напоминали пугало. Сколько вы сбросили?

— Тридцать пять фунтов, — отвечает Ходжес, и мысль: «Как жаль, что сейчас меня не видит Джейни», — иголкой вонзается в его контролируемое электроникой сердце.

— «Следящие за весом» могут ставить вас в пример, — улыбается Джером. — Холс привезла шампанское. Я хочу знать, есть ли повод его выпить? Как все прошло утром?

— Окружной прокурор претензий ко мне не имеет. Все обвинения сняты. Билл Ходжес свободен, как птичка.

Холли бросается к нему и обнимает. Ходжес отвечает тем же и целует ее в щеку. Короткая стрижка полностью открывает лицо Холли — впервые с детства, хотя он об этом и не знает, — и теперь явственно проступает ее сходство с Джейни. От этого и больно, и приятно одновременно.

Джером чувствует, что только тайронский выговор может в полной мере выразить его радость:

— Масса Ходжес наконец на свободе! Наконец на свободе! Великий и всемощий Господь, на свободе!

— Перестань так говорить, Джером, — отчитывает его Холли. — Ты уже не ребенок. — Она достает из корзинки бутылку шампанского и три пластмассовых стакана.

— Окружной прокурор сопроводила меня в комнату судьи Даниэля Силвера, который много раз выслушивал мои показания, когда я служил в полиции. Он десять минут отчитывал меня и сообщил, что мое безответственное поведение поставило под удар четыре тысячи жизней.

— Это ни в какие ворота не лезет! — негодует Джером. — Они живы только благодаря вам!

— Нет, — возражает Ходжес. — Благодаря тебе и Холли.

— Если бы Хартсфилд не связался с вами, копы понятия бы не имели о его существовании. И многие из этих людей *были бы мертвы*.

Трудно сказать, правда это или нет, но за события в Минго Ходжес себя упрекнуть не может. С Джейни — другая история. Силвер обвинил его в том, что он сыграл «ключевую роль» в ее смерти, и он думает, что, возможно, так оно и есть. Но не сомневается: Хартсфилд решился бы на новые массовые убийства, если не на концерте или не на Дне профессии в «Эмбасси-сьютс», то где-то еще. Он вошел во вкус. Так что размен получился следующим: жизнь Джейни за жизни всех этих гипотетических жертв. И если бы концерт проходил в некой альтернативной (но вполне вероятной реальности), где Джейни осталась жива, двумя этими жертвами стали бы мать и сестра Джерома.

— А что ответили вы? — спрашивает Холли. — Что вы ему сказали?

— Ничего. Если тебя приводят в дровяной сарай, лучше молча ждать, когда закончится порка.

— Поэтому вы не получили медаль вместе с нами? — спрашивает Холли. — Поэтому о вас нет ни слова в указе? Так эти говнюки вас наказывают?

— Наверное, — отвечает Ходжес, хотя если власти думали, что это наказание, то ошиблись. Меньше всего на свете он хотел бы получить медаль на грудь или ключи от города. Он прослужил копом сорок лет. *Это* и были его ключи.

— Безобразие! — возмущается Джером. — Вы не сможете ездить на автобусе бесплатно.

— Как тебе на Лейк-авеню, Холли? Обустроилась?

— Лучше, — отвечает Холли. С деликатностью хирурга вытаскивает пробку из бутылки шампанского. — Сплю с вечера до утра. Дважды в неделю вижусь с доктором Лейбовиц. Она очень мне помогает.

— А что с матерью? — Он знает, это щекотливая тема, но считает необходимым ее коснуться хотя бы раз. — По-прежнему звонит по пять раз в день, умоляя вернуться в Цинциннати?

— Теперь только дважды, — говорит Холли. — С самого утра и поздним вечером. И я думаю, она больше боится за себя, чем за меня. В старости трудно менять жизнь.

«Как будто я сам не знаю», — думает Ходжес.

— Глубокая мысль, Холли.

— Доктор Лейбовиц говорит, что это непросто — менять привычки. Мне трудно бросить курить, маме трудно приспособиться к жизни в одиночестве. И осознать, что я не должна до конца жизни оставаться четырнадцатилетней девочкой, свернувшейся калачиком в ванне.

Они какое-то время молчат. Ворона по-хозяйски устраивается на питчерской горке третьего поля Малой лиги и торжествующе каркает.

Холли смогла уехать от матери благодаря завещанию Джанель Паттерсон. Большая часть состояния — которое досталось Джейни еще от одной жертвы Брейди Хартсфилда — отошла дяде Генри Сируа и тете Шарлотте Гибни, но Джейни также оставила полмиллиона долларов Холли. Для этого она создала доверительный фонд, управляющим которого назначила мистера Джорджа Шрона, адвоката, также унаследованного от Оливии. Ходжес понятия не имел, когда Джейни успела все это провернуть. Или почему она это сделала. Он никогда не верил в предчувствия, но...

Но.

Шарлотта категорически возражала против отъезда Холли, заявляя, что ее дочь еще не готова жить одна. Учитывая, что Холли перевалило за сорок пять, получалось, что к самостоятельной жизни она не будет готова никогда. Холли придерживалась прямо противоположного мнения, и с помощью Ходжеса ей удалось убедить Шрона, что у нее все получится.

На Шрона, несомненно, подействовал и тот факт, что Холли была героиней, у которой брали интервью все ведущие средства массовой информации. А мать Холли, напротив, статус героини пугал больше всего. Шарлотта так и не смогла признать, что ее психически неуравновешенная дочь сыграла важную роль (может, *самую* важную) в предотвращении массового убийства невинных людей.

Согласно завещанию Джейни, квартира в кондоминиуме с роскошным видом на озеро теперь в равных долях принадлежала тете Шарлотте и дяде Генри. Когда Холли спросила, сможет ли она там пожить хотя бы первое время, Шарлотта отказала сразу и категорически. Ее брат ничего не смог с ней поделать. Но выход нашла сама Холли. Заявила, что все равно останется в городе, а если мать не пустит ее в квартиру, найдет другую в Лоутауне.

«В самой худшей части Лоутауна, — уточнила она, — где я все буду покупать за наличные, демонстрируя, что денег у меня немерено».

Это решило дело.

Конечно, жить в городе — впервые она проводит столько времени вдали от матери — Холли непросто, но мозгоправ ее всячески поддерживает, а Ходжес достаточно часто навещает. Что более важно, к ней заглядывает и Джером, а кроме того, Холли — частый гость в доме Робинсонов на Тиберрилейн. Ходжес думает, что именно там, а не на кушетке доктора Лейбовиц, она получает наиболее эффективное лечение. Барбара зовет ее тетя Холли.

— А что у вас, Билл? — спрашивает Джером. — Какие планы?

Ходжес улыбается:

— Мне предложили работу в охранном агентстве «Всегда начеку». Что скажете?

Холли хлопает в ладоши и подпрыгивает на скамье у столика для пикника, будто ребенок.

— Вы согласитесь?

— Не могу.

— Сердце? — спрашивает Джером.

— Нет. Нужны рекомендации, а судья Силвер этим утром сказал мне, что мои шансы получить их не слишком велики. Скорее евреи и палестинцы объединятся, чтобы построить первую межконфессенную космическую станцию. И мои мечты стать частным детективом тоже развеялись как дым. Однако поручитель, которого я знаю много лет, предложил помогать ему разыскивать должников, которые отказываются платить. Для этого никакие бумаги не нужны. Этим я смогу заниматься, почти не выходя из дома, с помощью компьютера.

— Я могу вам помочь, — говорит Холли. — По компьютерной части. За кем-то гоняться мне больше не хочется. Одного раза достаточно.

— А как там Хартсфилд? — спрашивает Джером. — Есть что-нибудь новенькое, или все по-прежнему?

— Все по-прежнему, — отвечает Ходжес.

— А мне плевать. — Голос Холли звучит воинственно, и впервые после прибытия в парк Макгинниса она кусает губы. — Я бы сделала это снова. — Она сжимает кулаки. — Снова-снова-снова!

Ходжес берет ее руку, медленно разжимает пальцы. Джером проделывает то же самое с другой.

— Разумеется, сделала бы, — кивает Ходжес. — Поэтому мэр и наградил тебя медалью.

— Не говоря уже про бесплатные поездки на автобусах и посещения музеев, — добавляет Джером.

Постепенно она расслабляется.

— С чего мне ездить на автобусе, Джером? В моем фонде уйма денег. У меня «мерседес» Оливии. Прекрасный автомобиль. И такой маленький пробег!

— Никаких призраков? — спрашивает Ходжес. Он не шутит — ему действительно интересно.

Она долго не отвечает, просто смотрит на большой немецкий седан, припаркованный рядом с аккуратным японцем Ходжеса. Наконец перестает кусать губы.

— Сначала были, — говорит она. — Я думала, что продам его. Но потом просто перекрасила. Это была моя идея — не доктора Лейбовиц. — Она гордо смотрит на них. — Я с ней даже не советовалась.

— И теперь? — Джером по-прежнему держит ее за руку. Он любит Холли, при всех ее странностях. Они оба любят ее.

— Синий — цвет забвения. Я прочла это в каком-то стихотворении. — Она замолкает. — Билл, почему вы плачете? Думаете о Джейни?

Да. Нет. И да, и нет.

— Я плачу, потому что мы здесь, в этот прекрасный осенний день, когда кажется, что вернулось лето.

— Доктор Лейбовиц говорит, что плакать — это хорошо, — бесстрастно сообщает Холли. — Она говорит, что слезы смывают эмоции.

— Возможно, она права. — Ходжес вспоминает, как Джейни носила его шляпу. Набекрень, под идеальным углом. — Так мы собираемся пить шампанское или нет?

Джером разливает. Они поднимают стаканы.

— За нас, — говорит Ходжес.

Джером и Холли вторят ему. И пьют.

2

В дождливый ноябрьский вечер 2011 года медсестра спешит по коридору Клиники травматических повреждений мозга Озерного региона, примыкающей к Мемориальной больнице Джона М. Кайнера, лучшей в городе. Несколько пациентов ТПМ не платят за лечение, включая одного, печально известного... правда, со временем его известность заметно потускнела.

Медсестра боится, что главный невролог уже ушел, но он в ординаторской, просматривает истории болезни.

— Возможно, вы захотите пойти со мной, доктор Бэбино, — говорит она. — Мистер Хартсфилд очнулся. — При этих словах врач только поднимает голову, но услышав следующую фразу, вскакивает. — Он заговорил.

— После семнадцати месяцев комы? Чрезвычайно интересно. Вы уверены?

Медсестра раскраснелась от волнения.

— Да, доктор, абсолютно.

— Что он сказал?

— Он говорит, что у него болит голова. И он просит позвать мать.

14 сентября 2013 г.

От автора

Если и существует такое понятие, как «сдернуть писк» (речь о СДО), нет никакой возможности провернуть подобное с автомобилями, упомянутыми в книге, в том числе и с «Мерседесом-S600», изготовленным в эпоху использования системы дистанционного открывания. «Шестисотые», как и все «бенцы», — отличные автомобили с чрезвычайно высокой степенью защиты от угона.

Считаю своим долгом поблагодарить Расса Дорра и Дейва Хиггинса за подбор необходимых материалов, а также мою жену Табиту, которая знает о мобильниках гораздо больше, чем я, и моего сына, писателя Джо Хилла, который помогал мне разбираться с вопросами, поставленными Тэбби. Если я все сделал правильно, спасибо моей команде. Если где-то ошибся — это исключительно моя вина.

Нэн Грэм из «Скрибнера», как обычно, блестяще отредактировала книгу, а мой сын Оуэн вычитал ее. Мой агент Чак Веррилл болеет за «Янкис», но я все равно его люблю.

От переводчика

Пользуясь случаем, переводчик выражает искреннюю благодарность русскоязычным фэнам Стивена Кинга (прежде всего Алексею Анисимову из Сестрорецка, Ольге Бугровой из Москвы, Александру Викторову из Саратова, Антону Галаю из Харькова, Кристине Егоровой из Риги, Антону Егорову из Тулы, Алексею Ефимову из Санкт-Петербурга, Ольге Исаковой из Екатеринбурга, Петру Кадину из Северодвинска, Эрику М. Кауфману из Санкт-Петербурга, Николаю Козлову из Ногинска, Егору Куликову из Томска, Сергею Ларину из Рязани, Валерию Ледовскому из Ставрополя, Анне Михайловой из Минска, Андрею Михалицыну из Москвы, Лизе Пинаевой из Бендер, Анастасье Садовой из Саратова, Марине Сапаргалиевой из Усть-Каменогорска, Валентине Сидоровой из Москвы, Надежде Симкиной из Химок, Екатерине Сoймановой из Томска, Станиславу и Светлане Талановым из Казани, Антону Чекмареву из Днепропетровска), принявшим участие в работе над черновыми материалами перевода, и администрации сайтов «Стивен Кинг.ру — Творчество Стивена Кинга», «Русский сайт Стивена Кинга» и «Стивен Кинг. Королевский клуб» в лице Дмитрия Голомолзина, Сергея Тихоненко и Екатерины Лян, усилиями которых эту работу удалось провести.

Содержание

Литературно-художественное издание

16+

Кинг Стивен

Мистер Мерседес

Роман

Редакторы К. Егорова и С. Тихоненко
Ответственный редактор Л. Кузнецова
Ответственный корректор И. Мокина
Компьютерная верстка: Р. Рыдалин
Технический редактор О. Панкрашина

Подписано в печать 02.02.15. Формат 84x108 $^1/_{32}$.
Усл. печ. л. 25,2. Доп. тираж 5000 экз. Заказ № 913.

Общероссийский классификатор продукции
ОК-005-93, том 2; 953000 — книги, брошюры

Наши электронные адреса: WWW.AST.RU
E-mail: astpub@aha.ru

ООО «Издательство АСТ»
129085, г. Москва, Звездный бульвар, д. 21, строение 3, комната 5
Наш электронный адрес: **www.ast.ru**
E-mail: **astpub@aha.ru**
Вконтакте: vk.com/ast_neoclassic

«Баспа Аста» деген ООО
129085, г. Мәскеу, жұлдызды гүлзар, д. 21, 3 құрылым, 5 бөлме
Біздің электрондық мекенжайымыз: www.ast.ru
E-mail: astpub@aha.ru

Қазақстан Республикасында дистрибьютор
және өнім бойынша арыз-талаптарды қабылдаушының
өкілі «РДЦ-Алматы» ЖШС, Алматы қ., Домбровский көш., 3«а», литер Б, офис 1.
Тел.: 8(727) 2 51 59 89,90,91,92
Факс: 8 (727) 251 58 12, вн. 107; E-mail: RDC-Almaty@eksmo.kz
Өнімнің жарамдылық мерзімі шектелмеген.

Өндірген мемлекет: Ресей
Сертификация қарастырылмаған

Отпечатано с готовых файлов заказчика
в ОАО «Первая Образцовая типография»,
филиал «УЛЬЯНОВСКИЙ ДОМ ПЕЧАТИ»
432980, г. Ульяновск, ул. Гончарова, 14